松田聡

家持歌日記の研究

塙書房刊

目次

家持歌日記の研究

緒言　――本書の視点――

本書は、家持歌日記の性格を有する万葉集末四巻（巻十七～巻二十）を主たる考察の対象とし、その組織の一端を明らかにすると共に、これら四巻が万葉集二十巻の中でいかなる意味を持っているのかということについて私見を述べたものである。

周知のごとく、末四巻が家持歌日記などと呼ばれるのは、これら四巻が大伴家持の歌を中心としているだけでなく、部立を持たず、日付順配列を原則として編まれているということによるものである。しかし、言うまでもなく末四巻も万葉集二十巻の一部であり、これを家持歌日記などと呼ぶのはあくまで便宜上のことに過ぎない。本書もこれら四巻を独立した歌集として捉えているわけではないが、そもそも、かかる日記的な歌巻が万葉集という歌集の末尾に据えられているということを、どう考えるべきだろうか。

また、末四巻の中核となった原資料としては、家持自身が作歌日次に従って自作を書き付けた日録のようなもの（あるいは自作を記した断簡の集積）を想定してよいのであろうが、例えば巻二十の防人歌のように、家持個人の日録がもとになっているとは考えがたい部分が随所に指摘できるということも事実である。このような家持ならざる作者の歌（いわゆる「伝聞歌」）の中には、採録の事情が不明であるために、家持との関係が一見はっきりしないものも散見される。「日記」という用語が特定の個人に関わって用いられるものである以上、もし性質の異なる複数の資料を単に日付順に並べただけのものであれば、それを「歌日記」と呼ぶのは必ずしも適切なことではあるまい。ここには、「歌日記」とは何か、何をもって「歌日記」と言うのか、という問題が潜んでいる。

もちろん、本書は万葉集の末四巻が家持を主体とする日記文学的な歌巻として構想されていることを疑うものではない。鉄野昌弘氏も指摘するように、末四巻が「総体として、大伴家持という一人の官人の軌跡を描こうとしている」（「総論　家持『歌日誌』とその方法」『大伴家持「歌日誌」論考』二〇〇七・一、三頁）ことは否定すべくもないと考えるからである。問題は、多様な資料の集成と見られる末四巻が、家持の何をどのように描き出しているのかということであろう。伝聞歌（家持が人づてに蒐集し採録したと考えられる歌）をどう捉えるかということも、その問題と関わっている。万葉集末四巻はいかにして家持歌日記たりえているのか。そして、それらは万葉集二十巻の中でいかなる意味を持っているのか。本書の関心はその点にある。

従って、本書は必ずしも末四巻の成立過程を明らかにしようとするものではない。あくまで現態としての末四巻を対象に、そこに一貫する編纂原理や表現手法、そして主題性を追究しようとするものである。仮に末四巻が増補を繰り返してきた歌巻だとしても、現態としての末四巻に一貫したものが認められるならば、それを末四巻編者（家持）の構想によるものと措定して読んでみようというのが本書の基本的な姿勢である。

如上の視点から、本書は三部に分けて歌日記の問題を考察していく。第一部では歌日記の主題に関わる問題を、第二部では伝聞歌の問題を、第三部では題詞・左注の問題を、それぞれ中心に扱ったが、この分類も便宜的なものであって、その問題意識は全て右に述べたことにつながっている。ちなみに、万葉集末四巻は家持歌日記として構想されているだけでなく、それ以前の十六巻の中のいくつかの要素に光をあてつつそれを継承・発展させる形で編まれている、というのが本書の見通しである。

なお、本書においては万葉集末四巻を「家持歌日記」または「歌日記」と総称する。この四巻は「歌日誌」と呼ばれることもあり、研究史的には両者に大きな使い分けがあるようにも思われないが、「日誌」の方は「日直日誌」などのように、どちらかというと不特定多数の者が記すものにも用いられるので、本書においては「歌日記」で統一した。これは、万葉集末四巻を日記文学的な歌巻と捉える本書の視座に基づくものでもある。

〔凡例〕

一、本書は既発表論文をもとに再構成したものであり、体系化を図るため、全編にわたり加筆修整を施した。初出稿発表後に重要な論文が発表されている場合には、可能な限りそれについても触れるようにした。初出稿と大きく異なる部分はなるべく注で断るようにしたが、細部においてはその限りでない。

一、『万葉集』本文については、『新校注万葉集』（井手至・毛利正守編、二〇〇八・一〇）に基づき、漢字仮名交じり文に適宜改めた。但し、訓読や訓点など、私に改めたところがある。なお、自立語についてはある程度原文の面影を残すよう配慮した部分もあるが、あくまで便宜的なものである。特に一字一音表記を原則とする巻についてはこの限りでない。

一、『万葉集』の歌番号については旧国歌大観番号に拠ったが、それ以外の歌集については原則として新編国歌大観番号に拠った。

一、『万葉集』以外の本文・訓読・番号は原則として次の文献に拠ったが、訓読や訓点など、私に改めたところがある。これ以外のものについては必要に応じて出典を示した。

『記紀歌謡』……………日本古典文学大系『古代歌謡集』（岩波書店）

『懐風藻』『文華秀麗集』……日本古典文学大系『懐風藻　文華秀麗集　本朝文粋』（岩波書店）

『凌雲集』『経国集』………小島憲之『国風暗黒時代の文学』（塙書房）

『続日本紀』……………新日本古典文学大系『続日本紀』（岩波書店）

『律令』……………………日本思想大系『律令』（岩波書店）

一、漢字の字体については原則として通行のものを用いたが、人名については必ずしもその限りではない。

一、注釈書や諸本の略号は通行のものに従った。なお、『窪田評釈』は『窪田空穂全集』に、『全註釈』は『増訂万葉集全註釈』に、それぞれ拠った。

第一部　歌日記の手法

万葉集末四巻は、家持歌日記の性格を持ちながらも、同時に万葉集の掉尾を飾る歌巻として、全二十巻の一部を構成している。末四巻が、先行する巻十六以前の巻をいかに継承し、いかに展開しているかというのが本書の問題意識である。

第一部では、家持歌の解釈を通して、末四巻に底流する主要なテーマのいくつかについて考察する。具体的には、ホトトギスと暦法の問題、交友・君臣和楽の問題、孤愁の問題などを取り上げ、これらの主題が末四巻の中でいかに表現されているかということを個々の作品に即して見ていきたい。家持は先行する巻の中からこれらの主題を継承し、それを展開させる形で末四巻を編んでいるものと見通されるが、その展開の相はあたかも複数の主題の絡み合う変奏曲のごとくである。末四巻がかくあることによって、万葉集の中のいくつかの主題に光が当てられ、そこにある種の「和歌史」が構築されていることを見逃すことはできない。

以下、歌日記に表現された家持の「生」をたどりつつ、右に述べたような歌日記の手法について考えていくこととする。

第一章　大伴家持のホトトギス詠
――万葉集末四巻と立夏――

一　はじめに

家持がホトトギスの歌を多く残していることはよく知られている。確かに、ホトトギスを詠んだ百五十五首の万葉歌の中で家持の作は六十五首を占めており、残された数の上では他の歌人を圧倒している。(1)だがこのことは、よく言われる、ホトトギスに対する酷愛というような家持の個人的嗜好の問題だけで説明しきれるものだろうか。周知のごとく、家持のホトトギス詠の大半（五十五首）は末四巻に集中し、それ以前の巻には十首（全て巻八）しかない。また、越中国守時代の作が四十五首もあるのに対し、帰京後の作はわずかに三首を数えるのみである。家持がホトトギスを愛好したこと自体は事実であろうが、万葉集という編纂物の中におけるこの偏りは、好きで詠んだ歌を日付順に並べただけで偶然に生じたものとは考えにくい。

本章では、立夏のホトトギスという主題を手がかりに、万葉集末四巻がいかに編まれているかという視点から、この問題について考えてみたい。

二　天平二十年四月一日の宴歌

立夏に関わる作として、初めに越中掾久米広縄の公館における天平二十年四月一日の宴歌について検討する。この日の作には家持以外の作者によるホトトギスの歌も見受けられ、家持の個人的嗜好ということだけでは片付けられない問題が集約的に表れていると考えられるからである。

　四月一日、掾久米朝臣広縄之館宴歌四首

卯の花の咲く月立ちぬほととぎす来鳴き響めよふふみたりとも　（18・四〇六六）

　右一首、守大伴宿祢家持作之。

二上の山に隠れるほととぎす今も鳴かぬか君に聞かせむ　（四〇六七）

　右一首、遊行女婦土師作之。

居り明かしも今宵は飲まむほととぎす明けむ朝は鳴き渡らむそ　二日応二立夏節一。故謂二之明旦一将レ喧也。　（四〇六八）

　右一首、守大伴宿祢家持作之。

明日よりは継ぎて聞こえむほととぎす一夜のからに恋ひ渡るかも　（四〇六九）

　右一首、羽咋郡擬主帳能登臣乙美作。

第一首は家持の作である。題詞に「四月一日」とあることから「卯の花の咲く月」は諸注の言うように陰暦四月のことと解されるが、四月になったのだからホトトギスに鳴いてほしいというこの歌の発想には、四月一日をもって夏とする観念が認められる。結句で「ふふみたりとも」と詠んでいるのは、『大系』『私注』などが指摘するように、まだ卯の花が咲き揃っていないからであろうが、それをあえて詠むことの裏側には、四月になっても卯の花が咲かないという越中の風土への興味があるのだろう。但しこの歌の場合、そこに違和感や驚きを表明したりするのではなく、暦とのずれに興味を感じ、ホトトギスに呼びかけ命令するという架空の設定を通してそれを楽しんでいる趣がある。結局、ここには実際には咲いていない卯の花と、鳴いてもいないホトトギスが詠まれているわけだが、にもかかわらずそれが歌として成り立っているのは、四月一日からは夏だという暦法意識が前提となっているからであろう。

第二首は遊行女婦土師（伝未詳）の作。第一首に詠まれたホトトギスを二上山に籠もっているものと見なして応じたものである。「今も鳴かぬか」の「今」とは、下に「君に聞かせむ」とあることからすれば、直接には「君」と一緒にいる「今」ということであろうが、前歌を受けて四月一日という「今」をクローズアップする効果を持つ。この点、前歌の暦法意識を踏まえたものと見てよいだろう。

第三首は再び家持の歌である。『全注巻第十八』（伊藤博氏担当）に「たとえ今の今鳴かずとも『明けむ朝は鳴き渡らむぞ』というのであって、前歌の『今も鳴かぬか君に聞かせむ』に対する配慮を前提としている」とあるように、この歌も前歌を受けたものと認められる。『新大系』はこの家持歌について「前歌とは特に呼応関係にない。この場の主人久米広縄の歌もこの四首には欠けており、緊密な贈答が確認できない」と述べているが、四首は「夏になったらホトトギスが鳴く」という観念を前提に、それぞれが前歌を受ける形で配列されていると見るべきであろう。(2)

この第三首には家持の自注と見られる細注があり、(3)この年の立夏が四月二日であることを断っている。これは前年の家持歌の注記に「霍公鳥者、立夏之日、来鳴必定」（17・三九八三〜四左注）とあるのを踏まえ、下二句の表現意図を補足的に説明したものである。暦については当日の列席者にとっては了解事項だったのであろうが、それをあえて記すことで当該歌の眼目が暦にあることを読み手に提示しているのだと理解されよう。この細注がいつ付されたかは不明であるが、『釈注』が指摘するようにこれが読み手を意識した編纂上の注記であることには注意しておきたい。

問題なのは、第一首が四月一日からを夏と捉えていたのに対し、同じ家持の歌でありながらこちらは立夏をもって夏とする観念に立脚しているということである。田中新一氏が指摘するように、このような「二元的四季観」に基づいて歌を詠むこと自体、「新機軸の詠法」であったと考えられるが(4)、目を引くのは、この宴の当日が四月一日という、暦月における夏の最初の日でありながら、同時に節気における立夏の前日にあたっていたということである。四月二日が立夏にあたることは稀であり、末四巻の範囲（天平二年から天平宝字三年に至る三十年間）ではこの年の一回しかない(5)。この歌群は、一晩を隔てて夏が二度到来するという暦のめぐり合わせ(6)に着目し、その一晩のずれを表現するところに眼目があったと見るべきではなかろうか(7)。実際、当夜の宴自体がそのような興味から催されたのかもしれないが、万葉集の中で当該歌群がそう読めるように配列され、注記が施されているということをより重視したい。特にこの第三首の細注は決定的で、これがなければ一夜のずれを問題にする当該歌群の主題は全くわからなくなってしまう。

第四首は羽咋郡の擬主帳(8)であった能登乙美（伝未詳）の作である。この歌の「明日よりは」は前歌を受けたもので、「立夏となる明日からは」ということであるが、冒頭歌からの流れを踏まえると、「今は鳴かなくても明日からは」という余意を持つことになる。つまり「一夜のからに恋ひ渡るかも」というのは、四月一日の「今」と立夏の「明日」とを対比的に捉えようとする家持の意図を正確に酌み取った上で、暦法意識に基づくその一晩のずれを問題にしているのである。

「立夏」の日にホトトギスが鳴くという観念については漢籍に起源を求めうることが指摘されているが(9)、かかる観念に基づいて歌を詠むということ自体、極めて斬新な発想と言わねばならない。そのような作は巻十六以前に確認できないだけでなく、平安中期頃まで範囲を広げても類例を見出しがたいからである。かろうじて『貫之集』(陽明文庫本)に、

夏衣しばしなたちそ時鳥鳴くともいまだ聞こえざりけり　(七八)

夏衣たちてし日より時鳥とくきかんとぞ待ちわたりつる　(五二七)

という例が見出され(歌番号は『新編国歌大観』による)、田中氏はこれらを「立夏之日、来鳴必定」の発想によるものとしているが(10)、「夏衣」を「裁つ」という表現は「衣更」(四月一日)に関わるものであり(11)、「夏」が「立つ」という掛詞によるもう一方の表現を「立夏」に結び付けることには疑問が残る(12)。特に、後者の詞書には「同じ年四月のないしの屏風のうた十二首」とあり、この十二首(但し歌仙歌集本は一首を欠く)がいわゆる月次屏風の歌であることが注意される。十二首はそれぞれ暦月における一月から十二月の風物を詠んだものであるが、五二七歌の前後がそれぞれ「三月尽(三月末日)」「端午(五月五日)」という暦月の歌であることを考えると、『貫之集』の五二七歌もやはり立夏ではなく四月一日の歌と見るのが穏やかではなかろうか。そもそも立春・立秋を除き、節気を歌に詠むことは一般化しなかったと見え、平安朝においても立夏の歌自体がほとんど確認できない(13)。まして立夏と四月一日とのずれを問題にするような歌は、万葉集末四巻の他にはおよそ見出しがたいのである(14)。夏の到来について暦月と節気のずれを問題にする当該歌群四首は、和歌史的に見ても異例なほど前衛的なものと言うべきだろう。

重要なのは、その前衛的な暦法意識が、このような順に配列され、題詞や細注を施されることで、初めて効果的に表現されているということである。しかも当該歌群は家持の独詠ではなく、その半数までが遊行女婦や郡の擬主帳という、越中に暮らす身分の低い人々の歌で構成されている。かくも前衛的な歌群が辺境の人々の歌を交えて構成され、万葉集に採録されているということを、本書としては重視したいのである。仮に作歌の現場における家持の教導を想定するにしても、その時そういう歌が詠まれたことと、その歌が万葉集に採録されていることとは別の次元の問題であろう。作者名が身分と共に明示されているということは歌の理解に関わる重要な要素であり、作者注記も編者の領域に属する表現手段の一つと考えるべきである(15)。

蓋しこの歌群には、越中という辺境において家持の切り開いた最新の文芸が、当地の人々にまで共有されていくという、そのプロセスが語られているのではないだろうか。

三　立夏とホトトギス

前節で述べたように「立夏」の日にホトトギスが鳴くという観念は巻十六以前の作に確認できないのであるが、実は「四月一日」をホトトギスに結び付ける歌も巻十六以前には確例を見出せない(16)。もちろん「卯の花」や「橘」「菖蒲草」「五月の玉」といった季節の風物とホトトギスとを取り合わせた歌は多く、ホトトギスを夏の鳥とする意識が広く共有されていたことは認められるが、ホトトギスを「立夏」や「四月一日」といった暦法上の夏の到来と結び付ける意識は存外希薄なのである。

ホトトギスが「暦」と結び付けられる場合、むしろ陰暦五月の鳥として詠まれるのが通例であり、例えば「霍公鳥汝が初声は吾にもが五月の玉に交へて貫かむ」（10・一九三九）などはホトトギスの「初声」を歌いつつも「五月の玉」という五月五日の風物[17]を詠んでいるし、「五月山卯の花月夜霍公鳥聞けども飽かずまた鳴かぬかも」（10・一九五三）などはホトトギスと「卯の花」を取り合わせながら「五月」に結び付けている。「霍公鳥鳴く五月には」（四一二三、四一一一）とか「霍公鳥来鳴く五月」（一九八一、四一〇一、四一一六、四一六九）といった表現の存在も、そうした共通理解が存したことを示唆していよう。[18]ホトトギスは暦における夏の到来の指標というより、一般には五月初旬頃に盛りを迎える夏の鳥として、ゆるやかに捉えられていたのではないか。

しかるに、巻十七以降の四巻、特に家持の越中国守時代の歌にはホトトギスを「立夏」や「四月一日」に結び付ける作品が繰り返し現れるのである。家持の越中赴任は天平十八年秋のことであるが、翌十九年夏（越中で迎える最初の夏）には早くも立夏とホトトギスという主題が家持の作に見える。これは集中における立夏の歌の初見である。

立夏四月、既経㆓累日㆒而由未㆑聞㆓霍公鳥喧㆒。因作恨歌二首。

あしひきの山も近きをほととぎす月立つまでに何か来鳴かぬ　（17・三九八三）

玉に貫く花橘をともしみしこの我が里に来鳴かずあるらし　（三九八四）

霍公鳥者、立夏之日、来鳴必定。又越中風土、希㆑有㆓橙橘㆒也。因㆑此、大伴宿祢家持、感㆓発於懐㆒、聊裁㆓此歌㆒　三月廿九日

題詞によれば、「立夏」を過ぎたのにホトトギスが鳴くのを聞かないので「恨歌」を作ったのだという。この年の立夏は三月二十一日なので、この歌の詠まれた時点（三月二十九日）では既に立夏の後「累日」を経ていたこ

とになる。「立夏四月」とは「立夏四月節」と同義の暦法上の用語と考えられ、これが三月中の立夏であっても用いられていたことは、『天平勝宝八歳具注暦』（正倉院文書）の三月三十日の項に「立夏四月節」とあるところからもわかる[19]。19・四一七一〜二題詞に「（三月）廿四日応㆓立夏四月節㆒也」とあるのも同様の用法であろう。なお後述するように、左注の「霍公鳥者、立夏之日、来鳴必定」（この観念の集中における初見）は、以後に現れる立夏のホトトギス詠を強く規定している。

第一首（三九八三）の「月立つ」については未だ定解がない。立夏になることとする解が古くから行われてきたが（『略解』『全釈』『集成』『新編全集』など）、「月立つ」という表現を節気に結び付けた例が他にないばかりか、「月立つまでに」の解釈にどうしても無理が出てしまうという難点がある。例えば『全釈』は「月立つ」の「月」を「立夏四月の節のこと」とし、第四句を「夏ノ四月ノ節ニナルマデ」と訳しているが、立夏になるまでどうして鳴かないのかというのでは、立夏には既に鳴いていたということになり、題詞の言うところと矛盾してしまう。「月立つ」は本来新月になって暦法上の月が改まること、つまり朔日《ツキタチ》になることをいうものであるから、『新考』が「ツキタツマデニは正しくいはば月立タムトスルマデニなり。立夏をツキタツといへるにあらず」と指摘するように、これから四月一日になることを言うものと解すべきであろう。『大系』も「月立つまでに」について「新月が出る、四月になるまで。この歌は三月二十九日の作なのでこの句がある」と注した上で、下句を「どうして四月の月が始まるまでは鳴かないのだ」と訳しているが、この解が最も無理が少ないのではないか。

つまり第一首は、夏四月一日になれば鳴くのは当然としても、[20] もう立夏（三月二十一日）は過ぎているのだから、今すぐにでも鳴いてほしい、という心情を表現しているのであろう。この歌が詠まれたのは四月の前々日であるから、「四月になるまでに」というのは「すぐにでも」ということを言おうとしているのであろうが、このようなまわりくどい言い回しになっているのは、立夏と四月に挟まれ、なおかつ四月を目前にした今日という日（三月二十九日）を、何とかして歌の中に表現しようとした結果ではないだろうか。[21] ここには既に「立夏」と「四月一日」のずれに対するまなざしが認められるが、[22] 大切なのは、その「ずれ」が題詞や左注を施されることで初めて表現されているということであろう。

第二首（三九八四）は、立夏を過ぎてもホトトギスが鳴かない理由を「越中風土、希レ有二橙橘一也」（左注）というところに求めて納得しようとするものであるが、この左注が立夏のホトトギスという季節の問題を「越中の風土」に結び付けて理解していることに注意したい。このような左注が最初の立夏の歌に現れることは偶然ではあるまい。「越中の風土」に接し、都との相違を実感した家持は、その相違を客観的に捉えるための指標として「暦」をより強く意識するようになったのではないだろうか。[23] この左注はその辺の事情を家持自ら語るものとして理解すべきである。

ところで、この第二首が「橘」の修飾語として「玉に貫く」という表現を採用していることをどう捉えるべきであろうか。特に実質的な意味を持たない枕詞的修辞と言ってしまえばそれまでだが、実は、この年（天平十九年）の歌には家持の一時帰京（五月）に関わって玉に貫くということを詠んだものが散見する。[24] 中には「我なしとなわび我が背子ほととぎす鳴かむ五月は玉を貫かさね」（17・三九九七、家持）のように、ホトトギスとの取り合わせで「五月の玉」を貫くことに言及する作もある。これらは、程度の差こそあれ、いずれもこの年の端午の節句を念頭に置いたものと考えられるが、当面する第二首（三九八四）の上三句も、一ヶ月あまり先に迫った端午の節句（越中で初めての）を意識し、節句の飾りとして玉に貫くべき花橘が乏しいということを表明するものではないだろうか。「恨歌二首」は、立夏から四月一日を経て五月五日に至る時間的広がり（それは末四巻においてホトトギスの歌が詠まれる暦の範囲とも概ね重なる）の中で、三月二十九日という今を定位しようとしているのだと言えよう。

ここで「恨歌二首」の前後に配列された歌についても目を向けておきたい。

a　…霍公鳥　来鳴かむ月に　いつしかも　早くなりなむ…（17・三九七八）

b　たまくしげ二上山に鳴く鳥の声の恋しき時は来にけり（三九八七）

aは直前に配列された「恋緒を述ぶる歌」の一節で、立夏前日の三月二十日に詠まれたもの、bは直後に配列された「二上山の賦」の第二反歌で、三月三十日に詠まれたものである（このb歌の「鳴く鳥」は諸注の説くようにホトトギスを指すと考えられる）[25]。つまり、立夏前日と四月の前日に、それぞれホトトギスを待ち望む歌を詠んでいるわけである。

aの「霍公鳥　来鳴かむ月」が何月を指しているのかということは一応問題である。『全釈』は特に説明なく五月のこととしているが、巻十六以前におけるホトトギス詠の一般的な詠みぶりからすれば、五月と取る説があるのはむしろ当然とも言えよう[26]。一方、『総釈』（巻十七は佐佐木信綱氏担当）は、この句について「この年五月上旬に、家持は正税使税帳使となつて上京してゐるので、この時すでにその事が予定されてゐて、かく詠んだのである」と注しており、何月を指すかは明言していないものの、家持の一時帰京と結び付けて考えている点が注目される。『全註釈』以後の諸注は、概ねこの一時帰京の事実と、三九八四左注に「霍公鳥者、立夏之日、来鳴必定」とあるのを挙げて、「霍公鳥　来鳴かむ月」を四月と解している。

結論的に言えば、本書もこの句を四月のこととする通説的理解に従いたい。但し、家持の一時帰京は五月のことであり、一方、この年の立夏は三月中のことであるから、これらのことだけから「霍公鳥　来鳴かむ月」を四月とすることにはいささか飛躍があるように思われる。この句を四月を指すものとして解しうるのは、ホトトギスをめぐる複数の歌の配列がそのように読むことを要求しているからではないだろうか。すなわち、この歌（a）の直後に「恨歌二首」（17・三九八三〜四）があり、更にその後に四月前日の作（b）が配されているということ、それが、「四月」に向けて次第に募っていくホトトギスへの思いを端的に表現しているということである。[27]

なお、芳賀紀雄氏が「彼のほととぎす詠は、この『立夏之日、来鳴必定』、ないし四月朔日をひとつの軸として展開されている」と述べているのは重要な指摘であるが、[28]ここでは更に、末四巻が「立夏」と「四月一日」の双方に目を向けつつ、二度夏が来るという主題を繰り返し表現していることに注目したい。この主題が末四巻に繰り返し現れるのは偶然ではなく、末四巻編者（家持）の意図するところであったと考えられるからである。

以下、集中において「立夏」と明記されている部分を掲げよう（①〜③は再掲）。

①　立夏四月、既経二累日一而由未レ聞二霍公鳥喧一。因作恨歌二首。（17・三九八三〜四題詞）

②　霍公鳥者、立夏之日、来鳴必定。…（17・三九八三〜四左注）

③　二日応二立夏節一。故謂二之明旦将レ喧也。（18・四〇六八細注）

④　（三月）廿四日応二立夏四月節一也。因レ此廿三日之暮、忽思二霍公鳥暁喧声一作歌二首。（19・四一七一〜二題詞）

集中「立夏」の語は右に掲げた末四巻の四例のみで、全て家持歌の題詞・左注及び細注における用例である。①②は天平十九年、③は天平二十年、④は天平勝宝二年の例で、巻十七、十八、十九に散在しているが、表現の類似（③④）もさることながら、②の「立夏之日、来鳴必定」という説明が③④の前提になっているという点から見ても、これらが互いに関連を持つことは明らかである。また、既に述べたように、「立夏之日、来鳴必定」という観念に基づいた作の確例は巻十六以前には見出せず、こうした観念を歌に詠むことが一般的であったとは考えにくい。蓋し、①～④は編纂上不可欠な説明であると同時に、相互の関連を読者に想起させるような一種のインデックスとして機能しているのではないだろうか。つまり、立夏をめぐって同一の主題が繰り返されていることを、これらのインデックスが示唆していると考えるのである。

但し、④の詠まれた天平勝宝二年の夏には非常に多くのホトトギス詠が残されており、それらの中には架空の設定の歌もあると見られるので(29)、天平十九年や二十年のケースに比べるとややわかりにくいかもしれない。しかし、この年の家持歌（「更怨二霍公鳥哢晩一歌」）に「月立ちし日より招きつつうち偲ひ待てど来鳴かぬ霍公鳥かも」（19・四一九六）とあり、この「月立ちし日」が四月一日を指していることには注意すべきであろう(30)。この年のホトトギス詠もまた、「立夏」と「四月一日」の双方に目を向けつつ、二度夏を迎えてもなお鳴かないホトトギスという主題を浮かび上がらせているのである。

四　巻八のホトトギス詠と末四巻

このように、越中におけるホトトギス詠は、立夏や四月一日という暦法上の「夏の到来」を軸に、時に五月を意識しながら展開している。それは和歌史的に見ても画期的なものであるが、ここで考えておきたいのは、その発想の淵源とも言うべき要素が、家持自身の旧作に既に現れているということである。

A　大伴家持恨二霍公鳥晩喧一歌二首

吾が屋前の花橘を霍公鳥来鳴かず地に散らしてむとか　（8・一四八六）

霍公鳥思はずありき木の暗のかくなるまでにロ何か来鳴かぬ　（一四八七）

B　大伴家持霍公鳥歌一首

霍公鳥ハ待てど来鳴かず菖蒲草玉に貫く日をいまだ遠みか　（8・一四九〇）

いずれも巻八の歌である。Aの二首は共にホトトギスの鳴かないことを詠んでおり、題詞の「晩喧」は「未喧」の意であると解されるが、この「恨むる歌」の題詞が前掲の「未レ聞二霍公鳥喧一。因作恨歌二首」（17・三九八三〜四題詞）と類似することは明らかであろう。芳賀紀雄氏は、この巻八の二首の題詞・表現が巻十七の「恨歌二首」へと「繋絡するもの」であるとし、「家持のほととぎす詠において、暦日とのかかわりの一貫していたことが知られよう」と述べているが(31)、従うべき見解と思われる。もちろんAの二首も立夏や四月ということを明示しているわけではなく、「花橘」や「木の暗」といった自然現象を基準にしたものではあるが、それにしても鳴くべき標準の時期というものが意識されていなければ早い遅いを問題にはできないはずであるから、暦法意識と無縁ではあるまい(32)。B歌は「菖蒲草玉に貫く日」（五月五日）を基準として未だ鳴かないホトトギスを問題にするものであり、A歌に通ずるものがある。恐らく家持は、時代の潮流の中で若年の頃から暦法意識に基づく作歌を試みていたのであろう。

ここで重視すべきは、題詞という編者の領域に属する記載が指標となって、越中の家持が巻八の家持と結び付いているということである。末四巻の編者たる家持は、あえて類似した題詞を付すことで、末四巻のホトトギス詠が巻八のそれと「繋絡するもの」であることを示そうとしているのではないだろうか(33)。

前述したように、「立夏」をめぐる記載は末四巻に繰り返し現れてインデックス的な役割を果たしていると見られるが、同様のことはこの「恨歌」の題詞にも言えそうである。類似の題詞が越中時代のホトトギス詠に繰り返し現れるからである。

(1)　立夏四月、既経二累日一而由未レ聞二霍公鳥喧一。因作恨歌二首　(17・三九八三〜四)

(2)　更怨二霍公鳥哢晩一歌三首　(19・四一九四〜六)

(3)　恨二霍公鳥不レ喧歌一首　(19・四二〇三)

(4)　廿二日贈二判官久米朝臣広縄一霍公鳥怨恨歌一首　(19・四二〇七〜八)

(1)・(2)はいずれも前節で取り上げた家持の独詠歌、(3)は家持一行の布勢水海遊覧の折に久米広縄が詠んだ歌である。(4)は(3)の十日後に家持が広縄へ贈ったもので、自分が未だに聞いていないホトトギスを広縄が独りで聞いていること、しかも広縄がそれを自分に告げないでいるということを問題にし、恨み言を述べるという体の歌である。表現の類似から見て、(3)を含め、これらの題詞は最終的には全て編者家持の手を経ていると考えられよう。

なお、池田三枝子氏が指摘するように、(4)の「怨恨」は広縄と共にホトトギスを賞美できないということに対する思いを軸としており、ホトトギス自体を恨むという他の例と同列には論じられない部分もある。[34] しかし、その「怨恨」の原因の根本はホトトギスの声を聞けないでいるというところにあるので、間接的ではあるが、この題詞も同じ系列のものと見てよいだろう。そもそも(2)〜(4)はいずれも天平勝宝二年四月の歌群中に位置しており、内容的にも互いに無関係とは考えにくい。すなわち、未だ身近に鳴かないホトトギスへの思いを家持が歌い(2)、同様の思いを家持の同席する場で広縄が歌う(3)。そして、そのホトトギスの声をなお広縄と共有できないでいることへの嘆きを再び家持が歌う(4)。このような流れで読むことを、これらの歌の題詞が要求しているのではないか。

看過できないのは、これら末四巻の「恨(怨)むる歌」あるいは「怨恨歌」には、巻八の家持歌(前掲A・B)

と共通の表現が少なからず見られるということである。

(1) あしひきの山も近きをほととぎす月立つまでにロ何か来鳴かぬ　（17・三九八三）

玉に貫く花橘をともしみしこの我が里にイ来鳴かずあるらし　（三九八四）

(2) 月立ちし日より招きつつうち偲ひハ待てど来鳴かぬ霍公鳥かも　（19・四一九六）

(4) …はろはろに　鳴く霍公鳥　吾が屋戸の　植木橘　花に散る　時をまだしみイ来鳴かなく　そこは怨みず…　（19・四二〇七）

吾がここだハ待てど来鳴かぬ霍公鳥ひとり聞きつつ告げぬ君かも　（四二〇八）

右の傍線イ～ハはほぼ同じ形で巻八の家持歌（前掲Ａ・Ｂ）に見えたものである。(35) 家持歌におけるこうした類型表現の繰り返しは、かつては新味のないものとして低く評価されることもあったが、むしろ、あえて同一の表現を用いることによって、先行する巻の歌との連関を読み手に想起させる効果を狙っていると理解すべきではあるまいか。

もちろん、「来鳴く」は古くから用いられてきた比較的一般的な語彙であるし、家持がホトトギス詠にこの語を好んで用いた形跡もあるので、(36) あるいはこれを偶然の一致と見る向きもあるかもしれない。だが、ホトトギスについて「来鳴かず」という否定形で用いた例は、巻十六以前においては巻八の家持歌（Ａ・Ｂ）に限られる。鳴くべき当然の時期を想定し、その時期との比較において未だホトトギスが「鳴かない」ということをわざわざ歌うのは、やはり独特な発想と言うべきであろう。まして、しかるべき時節に鳴かないことを「何か来鳴かぬ」などと詰問するように詠んだり、「待つ」気持ちを表現の対象として「待てど来鳴かず」などと詠んだりするのは、Ａ・Ｂに著しく特徴的な言い回しであり、巻十六以前において他に例が全くないのである。

このように、末四巻の「恨（怨）むる歌」は、題詞も歌の表現も巻八の家持歌を踏まえたものと認められる。これらの歌は、巻八の歌を淵源とする一種の変奏《バリエーション》として、万葉集におけるホトトギス詠の展開の中に位置づけられているのである。(1)・(2)の歌が「立夏」や「四月一日」といった「暦」を問題にするのも、越中下向に伴う暦法意識の深まりを背景として巻八の旧作における暦法意識が顕在化したものと考えるべきであろう。

もとより、これらの歌の題詞や表現が作歌の時点で既に現在見る形になっていたのか、あるいは編纂時に（作歌者と編纂者が同一人物であるために）改変が施されているのか、それは確かめるすべがない。だが、万葉集の現態においてそうなっているものは、そこに一貫性が見出せる限りにおいて、編纂のプロセスを経た結果と見るべきではなかろうか。「恨（怨）むる歌」について言えば、同じ主題を様々に変容させながら、あたかも変奏曲のように巻八から末四巻へと展開しているように見えるが、それは同じ表現を持つ歌を採録し類似の題詞を付すという編纂作業の結果ではないかということである。

五　おわりに

以上、「立夏」をめぐる記載を手がかりに家持のホトトギス詠について考えてみた。これによれば、越中下向を契機とした暦法意識の深化が家持のホトトギス詠に画期をもたらしたことは明らかであろう。家持のホトトギス詠は在京中の作にも既に暦法意識の萌芽が認められるが、家持はそれらの旧作を踏まえつつ、越中の人や風土との出会いを通し、新たな歌境を切り開いていったのである。

だが、ここで改めて強調しておきたいのは、ホトトギス詠をめぐるそのような展開が、末四巻編者たる家持自身によって意識的に語られているということである。特に、ホトトギスを暦法上の夏の到来（「立夏」や「四月一日」）に直接結び付ける発想は巻十六以前には見出しがたいものであるが、越中のホトトギス詠がこの発想を軸として編まれていることは注目に値する。初めに挙げた天平二十年四月一日の宴歌などは典型的で、二元的四季観に基づく最新の文芸が、題詞や細注といった編纂上の記載に支えられて初めて成り立っているのである。

末四巻においては、こうした新しい暦法意識に基づく歌々が、日付順配列という原則を活かして意識的に配列されていると考えられる。蓋し編者としての家持は、自他の作を交えて複数のホトトギス詠を配することにより、越中における心情の移ろいや、当地の人々との交流を、自らの文芸的達成と共に万葉集の中に跡づけようとしているのであろう。これはホトトギスの歌を一首ごとに独立して扱うのとはおのずと異なる編纂態度と言うべきである。家持のホトトギス詠が越中国守時代に偏ることについても、かかる末四巻の編纂態度が根底にあると見るべきではないだろうか。

〔注〕

（1）家持に次ぐのは中臣宅守の七首。なおここに掲げた歌数はホトトギスの語を直接詠み込む歌一五三首のほかに第三節で扱う家持歌二首（17・三九八四、17・三九八七）を含んでいる。

（2）大濱眞幸氏はこの歌群が暦法を軸に起承転結の構成をもって配列されていることを指摘している（「万葉集の場と表現」『万葉集Ⅰ』和歌文学講座2、一九九二・九）

（3）後述するように、末四巻の題詞・左注等は最終的には家持の手を経ていると考えるべきであるが、特にこの細注は歌の表現意図を説明するものであり、家持以外の第三者の手が入っているとは考えがたい。

（4）田中新一『平安朝文学に見る二元的四季観』一九九〇・四、七八頁。

（5）この年の前後で四月二日の立夏は天平元年（七二九）及び神護景雲元年（七六七）。原則として十九年周期だが、ずれることもある。なお、本章における暦の計算は全て『日本暦日便覧』（湯浅吉美編、一九八八・一〇）による。

（6）三月末日が立夏であった場合も二日連続で夏が到来することになるが、この年の前後で三月末日が立夏にあたるのは天平九年（七三七）と天平勝宝八歳（七五六）であり、家持の越中国守時代には見られない。

（7）夙に大濱眞幸氏は、当該四首が「立夏前日の夏四月一日」の歌であることに着目し、これらを「暦月と節月との〝二元的季節観〟に基づいて構成された歌群」であると指摘している（「大伴家持作『三年春正月一日』の歌―「新しき年の初春の今日」をめぐって―」『日本古典の眺望』吉井巖先生古稀記念論集刊行会編、一九九一・五）。

（8）擬主帳は郡の四等官に仮に任ぜられた者で、郡司の中でも最下位に位置している。

（9）青木正児氏は、『漢書』揚雄伝「反離騒」の顔師古注に「鸛鳩鳥、一名買鵤、一名子規、一名杜鵑、常以二立夏一鳴。鳴則衆芳皆歇」とあるのを挙げている（「子規と郭公」『中華名物考』一九八八、初出一九五四・三、一八三頁）。

（10）田中注4前掲書、一五六～七頁。

（11）例えば『古今和歌六帖』は「夏衣たちきるものをあふさかのせきのし水の寒くも有るかな」（七二）という貫之の歌を「ころもがへ」の詞書のもとに載せている。また、時代は下るが、『詞花集』は「けふよりはたつ夏衣うすくともあつしとのみや思ひわたらむ」（五一）という歌に「卯月の一日の日よめる」という詞書を付している。

（12）和語のタツを「立春」など節気の「立」に直結させることには慎重であるべきだが（参照、新井栄蔵「万葉集季節観攷―漢語〈立春〉と和語〈ハルタツ〉―」『万葉集研究』第五集、一九七六・七）、そもそも「夏」がタツという表現自体、例の多いものではなく、掛詞と併用される例に散見する程度である（注13参照）。ちなみに木村正中氏はこの『貫之集』の歌のタツについて単に「夏になること」と注している（新潮日本古典集成『土佐日記　貫之集』一九八頁）。

（13）立夏に関わるかと疑われているものも、「花散ると厭ひしものを夏衣たつや遅きと風を待つかな」（拾遺八二）のように、多くは「夏衣」との関連で詠まれている。これらも「衣更」の歌と見るべきもののように思われるが、なお後考を待ちたい。ここでは立夏の歌の特殊性が確認できれば十分であろう。

（14）暦月と節気のずれを主題とする発想自体、「年内立春」を例外として一般化しなかったと言ってよい。「年内立春」は三形王の歌（20・四四八八）や家持の歌（20・四四九二）を先蹤とし、古今集冒頭歌の登場を画期として一つの型となったものであるが、隋源遠氏によれば、年内立春詠が本格的に詠まれるようになったのは院政期以後であるという（「平安朝における年内立春詠の展開」『和歌文学研究』第一〇六号、二〇一三・六）。節気を詠むものとしては比較的ポピュラーな「年内立春」でさえ、古今集の時代にあってなお前衛的な主題であったことに注意したい。

(15) 参照、拙稿「万葉集末四巻における作者無記の歌―歌日記の編纂と家持―」『国文学研究』第一五六集、二〇〇八・一〇、本書第三部第一章。

(16) 平安朝でも四月一日と言えば「衣更」を詠むのが一般的で、ホトトギスとこの日を関連づける歌は多くない。八代集では『拾遺集』（一〇六六）、『後拾遺集』（一六五・一六六）、私家集では『貫之集』（先掲七八・五二七）、『元輔集』（一一八）、『元真集』（一二六・一二七）、『一条摂政御集』（四二）、『兼澄集』（九三）などに例が見える程度である（歌番号は『新編国歌大観』による）。

(17) 端午には橘や菖蒲を玉に貫き、縵にしたものと推測される。集中に「…霍公鳥　鳴く五月には　菖蒲草　花橘を　玉に貫き　縵にせむと…」（3・四二三）などとあり、天平十九年五月五日の元正上皇の詔にも「昔者、五日之節、常用二菖蒲一為レ縵。…従レ今而後、非二菖蒲縵一、勿レ入二宮中一」（『続紀』）とある。なお、「玉に貫く」という表現については拙稿参照（「家持と書持の贈答―『橘の玉貫く月』をめぐって―」『万葉』第二二二号、二〇一六・五、本書第一部第二章）。

(18) 参照、佐々木民夫「夏の鳥『ほととぎす』と『五月』」『万葉集歌のことばの研究』二〇〇四、初出一九八六・九。

(19) 『大日本古文書』第四巻、二二六頁。

(20) 四月になるとホトトギスが鳴くという観念は、第二節で掲げた18・四〇六六歌のほか、18・四〇八九、19・四一六六、19・四一九六などにうかがわれるが、全て家持歌であり、かつ末四巻の例であるということに注意したい。

(21) 『釈注』は「四月が到来した意識に立ってこのように表現したのであろう」と述べているが、あくまで三月二十九日の今日を表現していると見るべきである。

(22) 田中新一氏もこの歌が「節月・暦月両意識に支えられた詠作である」ことを指摘している（注4前掲書、七九頁）。

(23) 村瀬憲夫氏は「都と越中との風土の相違に直面させられた家持が、言わば絶対的規準としての立夏を持出し、ほととぎすが初声をあげるのを待ち焦がれた」と指摘している（「大伴家持とほととぎす」『青須我波良』第二六号、一九八三・七）。その理解に従いたい。

(24) 17・三九九七、17・三九九八、17・四〇〇六～七。なお、このうち三九九八は三九九七に関連して同じ宴席で披露された伝誦歌。本書四〇頁参照。

(25) 元暦校本には「二十五日」とあるが、「二十日」が立夏前日であることを重視し、他の諸本に従う。

(26) 長歌には「卯の花」が詠まれているが、集中には卯の花を五月のものとする歌もあり（前掲10・一九五三のほか一九七五）、卯の花が必ずしも四月の指標となるわけではない。

(27) 芳賀紀雄氏はこれらの歌について「立夏から四月朔日へと、暦日に照らしてほととぎすに対する待ち遠しさは、いやがうえにも昂ぶりを見せてゆくのである」と述べ、相互に関連を持つ作であることを指摘している（「大伴家持―ほととぎすの詠をめぐって―」『万葉集における中国文学の受容』二〇〇三、初出一九八七・一二、六二〇頁）。

(28) 芳賀注27前掲書、六一五頁。

(29) 参照、田中大士「ほととぎす詠の成立―家持季節歌の性格―」『国語国文』第五八巻第九号、一九八九・九。

(30) 『仙覚抄』以来の古注は多く「月立ちし日」を立夏の日とするが、『新考』以下の諸注が言うように四月一日と取るべきである。

(31) 芳賀注27前掲書、六一七頁。

(32) 芳賀氏は「木の暗の四月《うづき》し立てば夜隠りに鳴く霍公鳥」（19・四一六六）を例として、A歌の「木の暗の」が「四月と不可分である」ことを述べている（注27前掲書、六一七頁）。氏の言うように、A歌が陰暦四月頃の現象である「木の暗」を持ち出して季節の規準としたところには暦法意識の萌芽を読み取ってよいだろう。但し「木の暗の四月」は末四巻の例であり、巻八の歌にこれが無条件に当てはまるわけではない。巻八では「立夏」や「四月」という暦を明示することに関心が払われていないのであり、それらをあえて明示する末四巻の編纂手法は、巻八のそれより一歩踏み込んだものと言うべきである。

(33) 念のために言えば、これらの題詞が原資料の段階からあったかどうかは問題ではない。原資料の題詞をそのまま採用したのだとしてもそれは編者の裁量によるものだからである。

(34) 池田三枝子「家持の『怨』」『上代文学』第七五号、一九九五・一一。

(35) イ～ハのうち「何か来鳴かぬ」の類似については既に寺窪健志氏の指摘がある（「家持の『恨歌二首』―越中の風土と霍公

鳥―」『高岡市万葉歴史館紀要』第一九号、二〇〇九・三）。

（36）参照、新谷秀夫「《来鳴く》ことへのこだわり―越中時代の家持のホトトギス詠をめぐって―」『美夫君志』第八四号、二〇一二・三。

第二章　家持と書持の贈答

——「橘の玉貫く月」をめぐって——

一　はじめに

詠㆓霍公鳥㆒歌二首

橘は常花にもがほととぎす住むと来鳴かば聞かぬ日なけむ　（17・三九〇九）

玉に貫く楝を家に植ゑたらば山ほととぎす離れず来むかも　（三九一〇）

右、四月二日、大伴宿祢書持従㆓奈良宅㆒贈㆓兄家持㆒。

橙橘初咲、霍鳥飜嚶。対㆓此時候㆒、詎不㆑暢㆑志。因作㆓三首短歌㆒、以散㆓鬱結之緒㆒耳。

あしひきの山辺にをればほととぎす木の間立ち潜き鳴かぬ日はなし　（三九一一）

ほととぎす何の情《こころ》そ橘の玉貫く月し来鳴きとよむ　（三九一二）

ほととぎす楝の枝に行きて居ば花は散らむな玉と見るまで　（三九一三）

右、四月三日、内舎人大伴宿祢家持従㆓久迩京㆒報㆓送弟書持㆒。

右の贈答（以下、当該歌群）は、当時「奈良宅」にいた書持と、「久迩京」にいた家持との間で交わされたもので、左注や配列から天平十三年四月の作と認められる。日次を明記する歌としては久迩京時代最初の家持歌である。[1] 家持の返歌には書持宛の書簡のような形で題詞が付されており、そこに後年の家持の歌境（19・四二九二左注など）に通ずるような言説が見られることから、比較的言及されることの多い歌群と言ってよいだろう。しかし、歌の表現については未だ議論が尽くされたとは言いがたく、特に家持歌第二首については「橘の玉貫く月」（傍線部）が何月を指すのかという問題もあって、歌の解釈自体、見解が様々に分かれているというのが現状である。

本章ではこの家持歌第二首の表現について検討し、新たな解釈を提示した上で、このような歌が巻十七のこの位置に載録されていることの意義について考察してみたい。

二　問題の所在

論の都合上、まず書持歌から見ておこう。

第一首（三九〇九）は、橘が常に咲く花であってほしいということを歌い、それによってホトトギスの常住を願う歌である。第二首（三九一〇）も、楝の木を家に植えたら山に住むホトトギスが離れずにやってくるだろうかと、やはり常住を願う歌になっている。「来鳴かば」とか「植ゑたらば」といった仮定条件で詠んでいることからすると、『全注巻第十七』（橋本達雄氏担当）の言うように、「奈良宅」に楝はなく、ホトトギスもまだほとんど鳴いていなかったと捉えるべきであろう。

第二首（三九一〇）の「山ほととぎす」は、季節の推移に伴って山から里へと下りてくるホトトギスの習性を踏まえ、ホトトギスを山に住むものと見なしたものである。この歌が家持に贈られたものであることからすれば、「歌の相手家持が山深い久邇京に住むことを意識している」（『釈注』）という指摘が首肯されるところであろう。とすれば、この「山ほととぎす」は家持の聞いているホトトギスであり、それに対して「離れず来むかも」と歌うのは、そのホトトギスの声を自分も常に共有していたいということではないだろうか。(2)

ところで、第二首の「玉に貫く楝」には問題がある。後述のごとく「玉に貫く」のは一般に橘や菖蒲草であり、比喩的にホトトギスの声を貫くという例はあるけれども、「楝」を「玉に貫く」という例は、上代においてはこの歌以外に確認できないからである。(3) そもそも「玉に貫く」がいかなる「玉」を作ることを言うのか実態がはっきりしない上に、当時実際に「楝」を玉に貫くことがあったのかどうかも確かめるすべがない。「楝」の用例自体、当該歌群以外には、

妹が見し楝の花は散りぬべし我が泣く涙いまだ干なくに　（5・七九八）
吾妹子に楝の花は散り過ぎず今咲けるごとありこせぬかも　（10・一九七三）

の二例しかなく、歌語としての性格を考えるには限界があるということも否定できない。

しかし、前者の例（山上憶良「日本挽歌」の第四反歌）について、伊藤博氏が「『楝』のアフに『逢ふ』を意識し、『散りぬべし』にそれを否定する意味あいがこめられている」と述べているのは、(4) 後者の例（「吾妹子にあふち」）に照らして、恐らく正しい理解と思われる。鈴木武晴氏は伊藤氏の指摘を受け、当面する書持第二首（三九一〇）についても「『楝』に『逢ふ』の意をこめている」と述べているが、(5) 大筋において肯われる見解と言えよう。但し、鈴木氏は当該歌を坂上大嬢の立場に立ったものとし、「楝」に「妻に逢う」という含意を見るのであるが、家持の返歌を見ても、この贈答で妻に逢うことが問題にされているとは考えがたい。『釈注』に「『楝』（アフチ）

なればこそ、それを庭に植えれば、山時鳥が時となくやって来て、いつもいつも逢うことができるという心が潜んでいるのではあるまいか」とあるように、ここは単にホトトギスに「逢ふ」という心で「楝」という希少な歌語を持ち出したものと見るべきではないだろうか。「玉に貫く」という表現自体は前の歌の「橘」からの連想で引き出されたものであろうが、そのあとに「楝」を続けたところに意表を突いた面白さがあったのだろうと推察される。(6)

これに対し家持は三首の歌で応じている。問題の第二首については後述することにして、まずは第一首と第三首の表現を概観しておきたい。

第一首（三九一一）については、『全注巻第十七』に「書持の歌のほととぎすがまだ鳴いていないか、鳴いていたとしても声の乏しそうなのをとらえ、私の方では山辺にいるので鳴かぬ日とてない、と応じたのである」とあるのが概ね意を尽くしている。但し、「山辺にをれば」とあるのは書持第二首の「山ほととぎす」に込められたメッセージを正確に受けとめたものと見るべく、「おっしゃる通りこちらの山ではホトトギスが始終鳴いておりますよ」という心で応じているのであろう。「鳴かぬ日はなし」が書持第一首の「聞かぬ日なけむ」を受けていることを考え合わせると、『全注巻第十七』や『集成』『釈注』の言うように、この家持第一首は書持の二首に総括的に答えたものとすべきである。

第三首（三九一三）は書持の第二首を受けたものと見るべきであり（『古典全集』『全注巻第十七』『新編全集』『釈注』『新大系』に指摘あり）、「行きて居ば」については『古義』に「奈良の大伴氏の家のあたりに、行て居ば、と云なるべし」とあるのがよい。すなわち、もし奈良の家に「楝」が植えられ、こちらのホトトギスがそこに飛んで行って止まったら、楝の花は玉と見紛うほどに美しく散るだろう、というのである。「玉に貫く楝」という意表を突いた表現を受けて、本当にホトトギスがその枝に止まったら、棟の花はそれこそ「玉」のように散ることであろうという機転で応じたものであろう。

さて、問題の家持第二首（三九一二）である。そもそもこの歌の「橘の玉貫く月」（傍線部）は何月を指しているのであろうか。

夙に『古義』は「玉に貫《キ》と云るは、薬玉に貫《ク》ことにて、（中略）かゝればその玉に貫《ク》は、主《ムネ》とは五月五日の事なれど、すべて五月を、ひろく玉貫《ク》月と云りし趣、集中を見わたしてしられたり」と述べ、その上で左注の「四月」は「五月」の誤りではないかと疑っている。つまり、『古義』は「玉に貫く」という表現が一般に「五月」に関わることを指摘し、歌の表現と左注の日付との間に矛盾があるように見えることを問題視しているのである。

この『古義』の問題提起はどういうわけか十分検証されないまま今日に至っている。総じて近代以降の諸注は、「橘の玉貫く月」を五月と解する説（『折口口訳』『全釈』『総釈』『全註釈』『窪田評釈』『佐佐木評釈』『注釈』『和歌文学大系』など）と、四月と解する説（『大系』『古典全集』『全注巻第十七』『新編全集』など）とに二分されており、概ね昭和四十年前後を境に四月説に傾いていくように見受けられるが、その四月説を取るものにしても十分な根拠を挙げているわけではない。最近の注でも、『集成』『釈注』は「四月から五月にかけての頃」と大まかに捉えているし、『新大系』はこの問題に触れてさえいないといった状況である。

なお、『全釈』（書持歌三九一〇左注の評）に「古義はここに四月とあるのを五月の誤ではないかと疑つて、縷々述べてゐるが、続紀によると、天平十三年は閏三月があつたのだから、四月は例年の五月のやうな気節であつたのである」とあるのは、この贈答が「四月」になされていることを実態に即して合理的に理解しようとしたものであろう。[7]『私注』に「タマヌクツキは薬玉を作る月で五月であるが、四月にも薬狩をすることが、巻十六に見えたから、薬玉も四月にも作られたのであらう」とあるのも例外的な状況を推測する点で同様である。

用例については後で検証するとして、さしあたって注意しておきたいのはこの歌群が提起する日付の問題である。仮にこの贈答歌群が日付を持たず、巻八や巻十あたりに載録されていたら、疑いもなく五月の歌と解されていたのではないだろうか。一般に「五月」に関わると見られている「玉貫く」という表現が、「四月三日」という日付を伴って、しかも巻十七のこの位置に取り込まれているということが問題なのである。

三　研究史

ここで、この家持第二首がこれまでどのように解釈されてきたかを通覧しておきたい。

『代匠記』（初稿本）には「玉にぬきましへよと今しもなくかといふ心なり」とあるが、これは、ホトトギスの声を玉に貫き交えるという発想の歌が巻八などにあることをもってこのように言うものである（『古義』も同様）。しかし、そこまで深読みできるかどうかは措くとしても、この解釈は「橘の玉貫く月」の「月」に全く注意を払っていないところが問題である。『新考』はこの『代匠記』の見方を否定して、「サラヌダニ故郷コヒシクオボユル頃ナルヲ思遣モナク来鳴クモノカナといへるならむ。当時家持は妻妾を奈良におきて独久邇京にありしなり」と述べ、望京という観点からこの歌を読もうとしているが、これとても「橘の玉貫く月」が何月を指すかということに全く触れていない。既に『全注巻第十七』が指摘するように、この歌は「橘の玉貫く月し」と強意の助詞を用いて、「橘の玉貫く月に、折しも、ホトトギスが鳴く」ということを問題にしているのであるから、その「月」を等閑視することはできないはずである。

中西進氏は「せっかくタチバナを玉に貫こうと思っていたのに、ホトトギスがやってきて散らしてしまうとはどういう気持なのかという疑問である」とし、「はやばやと四月から薬玉への期待をなくさせるという難詰であろうか」と述べている。(8) しかし、この解釈では書持の歌にどう応えたのか判然としないだけでなく、やはり「橘の玉貫く月」の説明が苦しくなってしまうのではないだろうか。確かにホトトギスが橘の花を散らしてしまうという歌はあるが（8・一五〇七など）、「玉」に貫く前にホトトギスが橘を散らしてしまうというのでは、「橘の玉貫く月」に限って鳴くというこの歌の表現と矛盾してしまう。

また、花井しおり氏は「ほととぎすの訪れを翌五月『橘の玉貫く月』に予祝する」ものだと述べているが、(9) これにも従いがたい。『古典全集』『釈注』『新大系』が指摘するように、この歌の「何の情そ」という表現には非難や詰問の口調が認められるが、(10) その月に限って鳴くのを咎めるような歌い方であるならば、それを「予祝」と取ることは難しいからである。

一方、『全釈』は「橘と郭公との二つの優れた景物の、相伴つてあらはれることを讃嘆した意であらう」と述べている。これもやはり「橘の玉貫く月し」を問題にしていないが、『総釈』（佐佐木信綱氏担当）に「折も折、薬玉を貫く月である五月に、霍公鳥が来て鳴くことよ、との詠嘆であつて、従来おほく歌はれてをるこの二つの関係を、今更の如くいぶかしみつつ、その自然の配合の妙を讃美したのである」とあるのは、『全釈』の不足を補ったものと位置づけられよう。ちなみに、『窪田評釈』に「この歌は、橘の花の咲く時にほととぎすが渡って来て、盛んに鳴くのは、どういう心であろうと、その心を解し難いものにして、疑って問題としているものである」とあるのも、取り合わせの妙を讃嘆する歌と見る点では『全釈』や『総釈』と軌を一にする。『全註釈』に

「五月に来て鳴くのを、何か心があるかと疑っている。風流の鳥として扱っている歌である」とあるのも同様の視点からの発言であろう。しかし、『全釈』を始め、これらの注釈書はいずれも「橘の玉貫く月」を「五月」と解しているのである。右の解は左注の日付と切り離せば不自然ではないが、この解が左注の「四月」とどう関係するのか、やはり説明不足と言わざるをえない。

左注との整合性に目を配っているのは『古典全集』である。前述したように『古典全集』は「何の情そ」に「非難する気持」を読み取り、そこから「四月だけに限らず常に鳴いてくれることを願っていう」という解を引き出している。この解を支持する論者は比較的多く、『全注巻第十七』『釈注』のほか、鈴木武晴氏[11]、鉄野昌弘氏[12]が同調している。

確かに「何の情そ」という詠みぶりからすれば、その月に限らず鳴いてほしいという気持ちを詠んだことは認められる。その点において、書持第一首（三九〇九）を受けたものとする『古典全集』の理解は正鵠を射るものと言えよう。しかし、この理解にも「橘の玉貫く月」をどう捉えるかという問題がつきまとう。『古典全集』は明確に四月と取っており、鉄野氏もそれを支持しているが、鈴木氏はそのことに触れていないし、『釈注』は四月と限定的に捉えずに「四月から五月にかけての頃」としている。そもそも「橘の玉貫く月」を左注の「四月」と同一視する『古典全集』のような理解は成り立つのであろうか。

四　玉に貫く

集中の他の用例から見る限り、やはりそれは難しいと言わざるをえない。ここで「玉（に・を）貫く」という表現の、集中におけるありようを見ておこう。(13) まず末四巻以外の例。

【巻三】

a　…霍公鳥　鳴く五月には　菖蒲草　花橘を　玉に貫き　一に云ふ、貫き交へ　縵にせむと…　（四二三、山前王）

【巻八】

b　霍公鳥いたくな鳴きそ汝が声を五月の玉にあへ貫くまでに　（一四六五、藤原夫人）

c　吾が屋前の花橘のいつしかも玉に貫くべくその実なりなむ　（一四七八、家持）

d　吾が屋前の花橘は散り過ぎて玉に貫くべく実になりにけり　（一四八九、家持）

e　霍公鳥待てど来鳴かず菖蒲草玉に貫く日をいまだ遠みか　（一四九〇、家持）

f　五月の花橘を君がため玉にこそ貫け散らまく惜しみ　（一五〇二、大伴坂上郎女）

g　いかといかと　ある吾が屋前に　百枝さし　生ふる橘　玉に貫く　五月を近み　あえぬがに　花咲きにけり…うれたきや　醜霍公鳥　暁の　うら悲しきに　追へど追へど　なほし来鳴きて　いたづらに　地に散らせば…　（一五〇七、家持）

【巻十】

h　霍公鳥汝が初声は吾にもが五月の玉に交へて貫かむ（一九三九）
i　かぐはしき花橘を玉に貫き送らむ妹はみつれてもあるか（一九六七）
j　時ならず玉をそ貫ける卯の花の五月を待たば久しくあるべみ（一九七五）

aは人麻呂作の異伝を持っているので相応に古い時代の作と考えられるが、ここにはホトトギスの鳴く「五月」に、「菖蒲草」や「橘」を「玉に貫」いたり、「縵」にするということが詠まれている。また、bは集中のホトトギス詠の中でも最も古いものの一つであるが、「五月の玉」にホトトギスの声を交えて貫くという空想を軸としており、既にして「玉に貫く」ことを五月のものとする発想が背景にあるものと考えてよいだろう。このbは「夏雑歌」の冒頭歌であり、巻八の中でも規範的な位置に配されているということに注意しておきたい。その他の例にも「五月」の語を直接詠み込むものが散見するが（f・g・h・j）、とりわけjに至っては、五月を待ちきれずに「玉に貫」いたことを「時ならず」と表現しており、「玉に貫く」ことが「五月」に固定した習俗であることをうかがわせる。

注目すべきは、gにおいて家持自身が「百枝さし　生ふる橘　玉に貫く　五月を近み」と詠んでいることである。これなどは当面する家持三九一二歌の「橘の玉貫く月」とほぼ重なる表現と言ってよいだろう。なお、巻八の六例のうち家持歌は四例を占めているが、g以外は「五月」を詠み込んでいない。だがcは橘の「実」を「玉に貫く」というものであり、dは橘の花が「散り過ぎ」ることを詠むものなので、これらの「玉に貫く」を四月に結び付けることは難しいと思われる。また、eの「玉に貫く日」については、その日が何月何日なのか自明であるためにこのような表現になっていると思われ、諸注の言うように、それは五月五日を指すと考えるのが妥当であろう。「玉に貫く」ということがどのような習俗なのか、また、その「玉」がどのような形状のものなのか、十分わからないところもあり、通説のように「薬玉」と解してよいかどうかにも問題があるが、(14)実態は措くとしても、少なくとも歌言葉として見た場合、「玉（に）貫く」という表現が、「五月」と強く結び付くものであったことは明らかであろう。

以上の例のみによっても、「玉（に）貫く」が五月の表現であることを認定するには十分であろうが、ここで末四巻の例（但し巻二十には用例なし）も見ておきたい。この表現が末四巻においていかに展開しているかを俯瞰することにより、当面する三九一二歌の位置づけが見えてくると予想されるからである。そもそもこの問題が今日まで等閑視されてきたのは、当該表現を含む歌が暦月を歌中に詠み込んでいるとは限らず、ために単独では「五月」の表現とは断言しかねる事例が散見するからだと思われる。しかし、当該表現は末四巻においてほぼ全てホトトギスとの関連で詠まれており、越中におけるホトトギス詠が暦法意識の上で互いに無関係ではないらしいことを考えると、(15)この表現についても、歌日記の中で相互に関連させて読むという視点が求められていると見るべきではないだろうか。

まず、巻十七の例を配列順に掲げよう（当面する三九一〇・三九一二歌は除く）。

A　玉に貫く花橘をともしみしこの我が里に来鳴かずあるらし　（17・三九八四）

B　我《あれ》なしとなわび我が背子ほととぎす鳴かむ五月は玉を貫かさね　（三九九七）

C　我が宿の花橘を花ごめに玉にそ我《あ》が貫く待たば苦しみ　（三九九八）

D　…ほととぎす　声にあへ貫く　玉にもが　手に巻き持ちて　朝夕に　見つつ行《ゆ》かむを　置きて行《い》かば惜し　（四〇〇六）

E　我が背子は玉にもがもなほととぎす声にあへ貫き手に巻きて行《ゆ》かむ　（四〇〇七）

これらの歌は、Cを除き全て天平十九年四月の作で、越中に来て初めての夏を迎えた家持が季節の推移に従って詠み続けたホトトギス詠の一部である（CはBに触発されて池主が披露した伝誦歌）。このうち暦月を詠み込むのは家持歌Bのみであるが、やはり「五月」に「玉を貫」くことを前提とした詠みぶりになっている。一方、D・Eは家持が一時帰京を前に池主に贈った長反歌で、左注によれば四月三十日の作であるが、これは翌日以降（つまり「五月」）に予定される自らの出立を予想してこのように詠んでいるのであろう。「行かむ」という推量表現を用いていることからもそれは確かめられる。Cは元来どのような作意があったかはっきりしない古歌であるが、Bに触発されての披露ということを考えれば、少なくともこの宴席においては、「五月」を待ちきれないので「玉に貫く」という文脈で理解しなければならないだろう。

Aは「立夏四月、既経二累日一而由未レ聞二霍公鳥喧一。因作恨歌二首」という題詞に括られる歌群の第二首で、左注によれば三月二十九日の作である。前章で述べたように、立夏を過ぎ（この年の立夏は三月二十一日）、節気の上では夏になったが、暦月上の夏（四月一日）はまだ訪れていないという、夏の到来の「ずれ」に着目した歌詠と目される。(16) この歌群には「五月」の語がどこにもないので、この歌群の中だけで見れば「玉に貫く」は枕詞的な形式的修辞に見えなくもないが、この表現こそはAからEまでの流れの中で捉えるべきものではないだろうか。これらの歌は五月の一時帰京に向かって詠み継がれる一連のホトトギス詠の一部であり、互いに無関係とは考えにくい。Aの「玉に貫く」も他の例と同様に五月の習俗を意識した修飾句であって、「玉に貫く花橘」とは「五月には玉に貫く花橘」というほどの意味ではないだろうか。Aを含むこの歌群は、立夏から四月一日を経て五月に至る季節の流れの中で「三月二十九日」の「今」を捉え、それを題詞・歌・左注の総体によって定位したものと見るべきであろう。その「五月」までの時間的広がりをこの歌群に与えているのが「玉に貫く」なのである。

ところで、このA歌の左注に「越中風土、希レ有二橙橘一也」とあることからもわかるように、A歌が基盤としているのは、都と違ってホトトギスの訪れが遅いという越中の風土へのまなざしである。家持はその風土の違いに目を向け、立夏から四月を経て五月まで、という暦の中に「越中のホトトギス」を位置づけようとしているわけだが、後述するように、この手法が越中のホトトギス詠に繰り返し現れることには注意すべきであろう。

さて、以下は巻十八の例。いずれも家持歌で、天平感宝元年五月及び閏五月の作である。

F　…百鳥の　来居て鳴く声　春されば[1]　聞きのかなしも　いづれをか　別きてしのはむ　卯の花の[2]
咲く月立てば　めづらしく　鳴くほととぎす　あやめぐさ　玉貫くまでに　昼暮らし　夜わたし聞け
ど…　（18・四〇八九）

G　…ほととぎす　来鳴く五月の　あやめぐさ　花橘に　貫き交へ　かづらにせよと　包みて遣らむ　（四一〇一）

H　白玉を包みて遣らばあやめぐさ花橘にあへも貫くがね　（四一〇二）

I　…春されば　孫枝萌いつつ　ほととぎす　鳴く五月には　初花を　枝に手折りて　娘子らに　つとにも
遣りみ　しろたへの　袖にも扱入れ　かぐはしみ　置きて枯らしみ　あゆる実は　玉に貫きつつ　手に
巻きて　見れども飽かず…　（四一一一）

このうちGとHは「為レ贈二京家一願二真珠一歌」という題詞に括られる長反歌で、「白玉」を橘や菖蒲草に貫くことを詠むものであるが、これも「玉（に）貫く」ことを詠む歌のバリエーションと見てよいだろう。この長歌（G）に「五月」の語が見える。Iはその翌月（閏五月）に詠んだ「橘の歌」であるが、これも「五月」に橘の実を「玉に貫」くことを詠んでいる。

Fは左注によれば五月十日の作で、「独居二幄裏一遥聞二霍公鳥喧一作歌」という題詞を持つ長歌の一節である。注目すべきは、この長歌には、春（波線部1）から四月（波線部2）を経て五月に至る季節の推移が詠み込まれているということである。波線部2の「卯の花の咲く月」はこの歌に先行する同じ年の例（18・四〇六六）に照らして四月と考えられるが、つまりここには、四月になると清新な声を聞かせるホトトギスの声を、菖蒲草を「玉に貫く」まで、昼夜を問わず聞き続けるということが詠まれているわけである。「までに」は時間の範囲を示すものであり、五月十日の今に至るまでずっと、ということであろうから、諸注の言うようにこの「玉貫く」も五月を指すと見てよいだろう。ホトトギスの鳴く時節を、卯の花の咲く四月から、「玉貫く」五月まで、という広がりの中で捉えていることに改めて注意しておきたい。前掲の巻十七の例（Aを含む三九八三～四）に既に同様の発想が見られたが、このような発想は末四巻以外のホトトギス詠には全く認められないものであり、家持の切り開いた歌境と言ってよいだろう。

次に巻十九の例。これらも全て家持歌であるが、五月の作はなく、天平勝宝二年三月から四月の作として配列されている。なお、Lには「玉」の語がないが、「貫き交へ」は前掲a歌（3・四二三）の異伝に見えるので、「玉に貫く」のバリエーションと見ておく。

J　…木の暗の　四月し立てば　夜ごもりに　鳴く霍公鳥　いにしへゆ　語り継ぎつる　鶯の　現し真子かも　菖蒲草　花橘を　娘子らが　玉貫くまでに　…往き還り　鳴きとよむれど　何か飽き足らむ　（19・四一六六）

K　…うら悲し　春し過ぐれば　霍公鳥　いやしき鳴きぬ　独りのみ　聞けばさぶしも…菖蒲草　玉貫くまでに　鳴きとよめ　安眠寝しめず　君を悩ませ　（四一七七）

L　春過ぎて　夏来向かへば　あしひきの　山呼びとよめ　さ夜中に　鳴く霍公鳥　初声を　聞けばなつかし　菖蒲草　花橘を　貫き交へ　かづらくまでに　里響め　鳴き渡れども　なほししのはゆ（四一八〇）

M　…そこゆゑに　情なぐさに　霍公鳥　鳴く初声を　橘の　玉にあへ貫き　かづらきて　遊ばむはしも…（四一八九）

Jは三月二十日の歌であるが、左注に「雖レ未レ及レ時、依レ興預作之」とあり、夏の到来を先取りして詠まれた作であることが知られる。[17]題詞に「詠二霍公鳥并時花一歌」とある、いわゆる詠物的長歌であり、ホトトギスの生態を描写しつつ、「四月」から「玉貫くまで」昼も夜も鳴き続けるホトトギスに対して心寄せるという趣の作である。この歌には「五月」の語が詠み込まれていないが、傍線部が前掲a歌の「霍公鳥　鳴く五月には　菖蒲草　花橘を　玉に貫き」（3・四二三）と酷似していることに注意したい。また、集中「菖蒲草」を「貫く」と歌うものはこのa歌のほかは全て家持歌であり、前掲e歌（8・一四九〇）を除けば、いずれも末四巻の例ばかりである（前掲F・G・H・J・K・L）。これらのことからすると、「玉貫くまで」「かづらくまでに」は、諸注の言うように五月まで（乃至は五月五日まで）と理解してよいのではないか。

夏の到来を起点とし、五月に至るまでの季節の推移の中でホトトギスを捉えるというこの家持独自の発想は既に前年のF歌にも見られたものであるが、ここで注目すべきは、それが天平勝宝二年のホトトギス詠に繰り返し現れるということである。Kは四月三日に家持が池主に贈ったものであるが、波線部に春が過ぎるとホトトギスのしきりに鳴くことが歌われる一方、傍線部には菖蒲草を「玉に貫く」まで鳴き続けてほしいということが詠まれているし、Lも同様に夏の到来から五月まで鳴き続けるホトトギスを詠むものである。

Mは夏の到来を詠む部分を欠いているので他の三例に比べるとやや不明瞭だが、「遊ばむはしも」と推量の

「む」を用いているのは、この歌を池主に贈った四月九日（左注）からするとこれが未来の事柄に属するからであろう。この歌がKなどと同様池主に贈られたものであることを勘案しても、諸注の言うごとく、傍線部は五月（恐らく端午の節句）を念頭にした表現と見てよいだろう。

五　家持第二首の解釈

以上検証したところによれば、集中の「玉（に）貫く」は、いずれも五月に関わる表現と見るべきであろう。少なくともこの表現が「四月」の指標として用いられているような例は確認できない。やはり家持第二首（三九一二）における「橘の玉貫く月」も五月と解すべきではなかろうか。これを四月と取る近年の理解は、この歌が四月の歌であること（左注）に加え、題詞の「橙橘初めて咲き、霍鳥飜り嚶く」という作歌時の状況をこの歌に結び付けたことから導かれたものと思われる。しかし、橘が咲き始めていたことと、今現在が「橘の玉貫く月」かどうかは別問題であるし、また、ホトトギスが翔り鳴いていたからと言って、「来鳴きとよむる」という当該歌の表現がその実景を詠んだものとは限らないはずである。

確かに家持の第一首には「ほととぎす木の間立ち潜き鳴かぬ日はなし」（三九一一）とあるが、しかしそれは「あしひきの山辺にをれば」という条件句を伴うものであった。別稿で述べたように、ホトトギスが暦月に結び付けられる場合、むしろ「五月」の鳥として詠まれるのが通例であったが[18]、この第一首では、まだ「四月」なのにホトトギスが盛んに鳴いているという、言わば異例な状況の理由を、自らの置かれた「山辺」という環境に求めようとしているわけである。

私見を述べれば、問題の第二首（三九一二）は、第一首に詠まれたその異例な状況を受けたものであり、「ホトトギスというものはどういう心で五月に限って鳴いて声を響かせるのか」といささか観念的に詠んだものではあるまいか。つまり、ここ久迩京では四月の今も鳴いているのに、世間で五月の鳥のように言われているのはどういうことかと、通念に対して疑問を呈しているのである。一首の眼目は季節の風物と暦とのずれにあると見てよい。

その発想の端緒は「四月二日」という書持歌の日付にあったと考えられる。もちろん、四月のホトトギス詠と見られる歌はこれ以前の巻にも確認できないわけではないが、それらは例えば「五月の玉にあへ貫くまでに」（8・一四六五、藤原夫人）とか、「玉に貫く五月を近み」（8・一五〇七、家持）のように、内容からそれとわかるに過ぎないものである。また、家持には「卯の花もいまだ咲かねば霍公鳥佐保の山辺に来鳴き響もす」（8・一四七七）のごとき作もあり、これなどは「卯の花」の咲く時節（陰暦四月頃）を指標として初音の早さを問題にしているわけであるから、「四月」に対する意識を潜在させていると言っても過言ではないが[19]、これとても日付を伴っているわけではない。「時ならず玉をそ貫ける卯の花の五月を待たば久しくあるべみ」（10・一九七五）なども同様である。要するに、巻十六以前においてはホトトギス詠に関して「四月」という暦月を明示しようとする意識が極めて希薄なのである。そもそも暦法上の「夏の到来」（四月一日や立夏）をホトトギスに結び付けるような発想自体、末四巻以外には確例を見出せず、そのような発想が当時一般的であったとは考えにくい[20]。夏四月になったばかりのこの日にホトトギスの歌を受け取ったということが、「四月のホトトギス」ということに家持が目を向ける契機となったのであろう。

もちろん、山に近い久迩京では平城京と違って既にホトトギスが鳴いていたという事実があり、書持とはホトトギスをめぐる状況が異なっている。だが、その状況の相違こそが「四月」にホトトギスが「飜り嚶く」ということの意味を家持に認識させたのではなかったか。当該歌群が久迩京で迎える最初の夏に詠まれていることを改めて想起したい。家持歌題詞に「対二此時候一」とあるのは、「四月三日」の今、「橙橘初咲、霍鳥飜嚶」という状況を目の当たりにしていることを言うものであって（「此」は近称）、決して一般論を述べているわけではない。その「四月のホトトギス」に対する感興を、書持の贈歌に答える形で主題化するというところに家持の苦心があったと思われるが、こうした歌を書持と共有することによって「鬱結之緒」(21)を解消しようとする、その意識を「因作二三首短歌一、以散二鬱結之緒一耳」（題詞）と記しているのではないだろうか。

だが、より重要なのは、当該歌群が巻十七において「四月」という暦と関係づけられ、それによって、それまでの巻には見られなかった視点が開かれているということである。既に見たように、越中でのホトトギス詠には、夏の到来から五月に至るまでの季節の推移がしばしば詠み込まれており、それは家持の切り開いた歌境と言ってよいものであったが、その発想の端緒とも言えるものが、ホトトギスをめぐる歌日記最初の歌群に見られるということは看過できない。もちろん、越中においてはホトトギスの来訪が遅いという事実があり、それが暦法の面からホトトギスを捉えようとする家持の意識を飛躍的に高めたのであろうが、そのような暦法意識の淵源がこの書持との贈答にあるということ——より正確に言えばそう見えるように歌日記の中で位置づけられているということ——に注意すべきである。これらの歌自体は天平十三年に制作されていたものであるが、そこに左注が付けられ、暦を明示する形で歌日記の導入部とも言える位置に取り込まれているということが問題なのである(22)。

見てきたように、当該歌群は日付と一体となることでその真意がより明瞭に伝わるという側面を持っており、日付順配列を原則とする末四巻の中にあってこそ光彩を放つものと言える。前述のごとく暦法意識を潜在させるホトトギス詠は巻八や巻十にも見受けられるが、家持は当該歌群を日付と共に取り込むことで、先行する巻に胚胎するそうした暦法意識をより明確な形で示そうとしているのであろう。暦法という特定の要素に光を当てているという意味において、それはそれ以前の巻に対する一種の「解釈」と言っても過言ではないが、その「解釈」によってクローズアップされた暦法意識がそれ以降のホトトギス詠に繰り返し展開していくという歌日記のありようからすれば、当該歌群はその導入の役割を果たしていると見るべきではないだろうか。

六　おわりに

以上、書持との贈答歌群に見られる家持のホトトギス詠（三九一二）が、五月を意識しつつ四月のホトトギスを詠むものであり、「ホトトギスというものはどういう心で五月に限って鳴いて声を響かせるのか」という趣意の歌であることを明らかにした。ここ久迩京では四月の今も鳴いているのに、世間で五月の鳥のように言われているのはどういうことかと、通念に対して疑問を呈しているのである。

家持の第一首は書持の二首に対して総括的に答えたものと見なされるが、第二首で「橘」、第三首で「楝」を詠み込んでいるのは、書持の二首にそれぞれ答えているからであろう。しかし、家持第二首の解が右のごときものであるならば、やはりこの歌を「四月だけに限らず常に鳴いてくれることを願っていう」（『古典全集』）ものと見ることはできない。家持は、書持がホトトギスの常住を願って「橘は常花にもが」と歌うのに対して、ホトトギスが鳴くのは何も「橘の玉貫く月」（＝五月）に限ったことではないでしょう、という機転で応じているのである。家持の三首は、書持の歌にまず総括的に答えた上で、続く二首の歌で機転を利かせて応じつつも、最終的には「こちらで始終鳴いているホトトギスが本当にそっちに飛んで行ったら、きっと楝の花も美しく散るでしょうね」と歌い、「山ほととぎす」の来訪を願う書持の心に寄り添っている。

大切なのは、家持と書持のこの贈答に底流する「四月のホトトギス」という主題が、歌日記におけるその後のホトトギス詠に繰り返し現れるということである。この主題が巻八や巻十に胚胎する要素を展開させたものであるということも見逃せない。当該歌群は、単に歌日記最初のホトトギス詠であるというだけでなく、主題上の展開という点から見ても、歌日記におけるホトトギス詠の導入たりえていると言うべきだろう。

〔注〕

（1）天平十三年の年紀を持つ歌は、当該歌群と、その直前に配される久迩京讃歌（17・三九〇七～八）のみ。当該歌群が久迩京で迎える最初の夏に詠まれていることは注意される。

（2）鈴木武晴氏はこの「山ほととぎす」に「久邇京の山辺に住む家持がなぞらえられている」とするが（「家持と書持の贈報」『山梨英和短期大学紀要』第二二号、一九八八・一二）、公務で久迩京にいる家持に対し、「離れず来」ることを求めるような文脈は成り立ちがたいのではないか。離ればなれになっている家持とせめてホトトギスの声だけでも共有したいというのがこの歌（17・三九一〇）のメッセージと思われる。

（3）但し、『枕草子』（三巻本）には「節は、五月にしく月はなし。（中略）紫紙に楝の花、青き紙に菖蒲の葉ほそくまきて結ひ、また白き紙を根してひき結ひたるもをかし」（「節は」）とあり、また、「木のさまにくげなれど、楝の花、いとをかし。かれがれにさまことに咲きて、かならず五月五日にあふもをかし」（「木の花は」）ともあるので、平安中期頃には「楝」は「菖蒲」と並ぶ端午の節句の節物となっていたようである。『相模集』に「くすだまをたもとにかくるさ月にはうれしきよにぞあふちなるべき」（二四〇）とあることからすると、あるいは平安朝においては楝を薬玉に貫くこともあったのかもしれないが、上代における実態はなお不明とせざるをえない。なお、鈴木氏は「楝」を「玉に貫く」例として『新撰和歌六帖』などの歌を挙げているが（注2論文）、いずれも鎌倉期のものであり、上代にそのような習俗があったことを証するものとは見なしがたい。

（4）伊藤博「家と旅」『万葉集の表現と方法』下、一九七六、初出一九七三・九、一三三頁。但し、この指摘は橋本四郎氏の伊藤氏宛書簡に基づくものだという。「日本挽歌」が亡妻挽歌であることを考えても、妥当な読みと思われる。なお、「あふち」と「逢ふ」を掛詞にする歌は平安朝以降にも散見される。

（5）鈴木注2論文。氏は集中に「逢ふ」と「離る」を呼応させて詠む例があることを挙げ、書持第二首の「離れず来むかも」もそれらと同様の例であることを指摘する。なお、「日本挽歌」が旅人に献ぜられたという経緯からすれば書持が憶良歌を知っていた蓋然性は高く、「楝」を詠んだことの背景に憶良歌があった可能性は考慮されてよいかもしれないが、本章の論旨には影響しないので、今は可能性の指摘に留めておく。

（6）鉄野昌弘氏は「橘や卯の花のような普通に取り合わされる花ではとどめがたい霍公鳥が、楝でも植えてみたら、万が一でも通い続けるのではないか、というのが、あえてこの希少な取り合せを仮想する意味であったように思われる」と述べ、更に「実現性の薄い仮想を仮定形で語ることによって、かえって霍公鳥への強い執着を照らしだすのである」と述べている（「詠物歌の方法―家持と書持―」『大伴家持「歌日誌」論考』二〇〇七、初出一九九七・九、七五頁）。本書とはやや視点が異なるものの、希少なものの仮想であるところに意味があるというのはその通りであろう。

（7）『全注巻第十七』『全解』にも同様の指摘がある。なお『全歌講義』は「橘の実を玉として糸に通すのは、五月五日頃の行事」としながら、四月説の『古典全集』を支持している。

（8）中西進『大伴家持2 久邇京の青春』一九九四・一〇、一二二頁。

（9）花井しおり「『橘』と『あふち』―家持と書持「ほととぎす」をめぐる贈答―」『奈良女子大学文学部研究年報』第四七号、二〇〇三・一二。

（10）『新大系』は類例として4・六〇四、11・二五八二、12・三〇六九を挙げる。

（11）鈴木注2論文

（12）鉄野注6論文

(13)「白露」を「玉に貫く」というような明らかに季節違いの例（8・一五七二、一六一八）や、単に「玉の緒」を通す意と見られるもの（11・二四四八、二七九一、16・三八一四、三八一五）は除いた。

(14)参照、大越寛文「玉に貫く花橘―薬玉説に対する疑問―」『阿南工業高等専門学校研究紀要』第八号、一九七二・三。なお、大越氏は三九一二の「橘の玉貫く月」を五月とする。

(15)参照、拙稿「大伴家持のホトトギス詠―万葉集末四巻と立夏―」『国語と国文学』第九一巻第七号、二〇一四・七、本書第一部第一章。

(16)この歌群については注15拙稿参照。

(17)この歌はいわゆる「依興歌」であるが、「依興」についての私見は拙稿参照（「大伴家持の依興歌―家持歌日記の問題として―」『和歌文学研究』第九〇号、二〇〇五・六、本書第三部第二章）。

(18)注15拙稿参照

(19)芳賀紀雄氏はこの歌について「歌自体に、当然、四月に到る前の作であったことが暗示されていよう」と述べ、「立夏」や「四月朔日」を「ひとつの軸」として展開する後年のホトトギス詠との関連を指摘している（「大伴家持―ほととぎすの詠をめぐって―」『万葉集における中国文学の受容』二〇〇三、初出一九八七・一二、六一六～七頁）。首肯すべき見解であろう。

(20)注15拙稿参照

(21)この「鬱結之緒」の内実がどのようなものであるか明確に示されているわけではないが、山辺にいる自分を歌い（第一首）、奈良の家へ遙かに飛んでいくホトトギスを空想している（第三首）のは、久迩京にいては満たされない思いがあるということを暗に語るものであろう。とすれば、そこに「閉塞感と孤独感」を読み取る鉄野昌弘氏の説（注6論文）は顧みられてよいと考える。

(22)無論、日付を伴うこの左注が原資料の段階で既にあったものかどうかは確定できない事柄に属するが、仮に元からあったものだとしても、それをそのまま巻十七に取り込んだのだとすれば、やはりそれは編者の判断であり、編纂上の処理と見るべきである。なお、当該歌群を含む巻十七冒頭部（三八九〇～三九二一）については近年多くの論が提出されているが、これについては稿を改めて論じたい。

第三章　万葉集の餞宴の歌

——家持送別の宴を中心として——

一　はじめに

A

以㆓七月十七日㆒、遷㆓任少納言㆒。仍作㆓悲別之歌㆒、贈㆓貽朝集使掾久米朝臣広縄之館㆒二首。

既満㆓六載之期㆒、忽値㆓遷替之運㆒。於㆑是別㆑旧之悽、心中鬱結、拭㆑涕之袖、何以能旱。因作㆓悲歌二首㆒、式遺㆓莫忘之志㆒。其詞曰、

あらたまの年の緒長く相見てしその心引き忘らえめやも　（19・四二四八）

石瀬野に秋萩しのぎ馬並めて初鷹猟だにせずや別れむ　（四二四九）

右、八月四日贈之。

B

便附㆓大帳使㆒、取㆓八月五日㆒応㆑入㆓京師㆒。因㆑此、以㆓四日㆒設㆓国厨之饌於介内蔵伊美吉縄麻呂館㆒餞之。

于㆑時大伴宿祢家持作歌一首

しなざかる越に五年住み住みて立ち別れまく惜しき宵かも　（四二五〇）

C

五日平旦上㆑道。仍国司次官已下諸僚、皆共視送。於㆑時射水郡大領安努君広嶋門前之林中預設㆓餞饌之宴㆒。于㆑此大帳使大伴宿祢家持、和㆓内蔵伊美吉縄麻呂捧㆑盞之歌㆒一首

たまほこの道に出で立ち行く吾は公が事跡を負ひてし行かむ　（四二五一）

正税帳使掾久米朝臣広縄、事畢退レ任。適遇二於越前国掾大伴宿祢池主之館一、仍共飲楽也。于レ時久米朝臣広縄、矚二芽子花一作歌一首

D　君が家に植ゑたる萩の初花を折りてかざさな旅別るどち　（四二五二）

大伴宿祢家持和歌一首

立ちて居て待てど待ちかね出でて来し君にここに逢ひかざしつる萩　（四二五三）

家持が少納言となって帰京の途に就いたのは天平勝宝三年秋のことであるが、万葉集巻十九はこの折の様子を右のごとく克明に伝えている。詠まれた日付に従って便宜上A～Dの符号を付したが、これらはいずれも当地の官人との離別を主題とするものであり、一つの歌群を形成していると見てよいだろう。

それぞれの題詞は詳細な事情を語りながら家持の動作の多くについて主体を明示せず、家持自身が一人称で物語るごとき独特の文体をとっている。例えばAの題詞に「七月十七日を以て少納言に遷任す」とあるが、誰が、ということは示されていない。B・Cの題詞の書き出しも同様である。こうした日記的とも言える文体で統一されているのは、この六首が一連の作として読まれることを前提に編まれているからではないだろうか。

そのことを証するかのように、これらの題詞や歌の内容は相互補完的である。例えばDの題詞は明らかにAを前提としており、「適遇」というのは一体誰と誰が会うのか、何故「たまたま」なのか、それは予めAの題詞の内容を知らなければ理解できない。Dの家持歌の「待てど待ちかね出でて来し」というのもAの書簡を前提としていよう。そのAにしても作者名の記載がなく、当該六首の文脈や巻末記の記載などに照らして初めて家持の事

情を語るものと判明するのである。(1)

ところでB・Cの題詞にはそれぞれ「餞」「餞饌之宴」とあり、いわゆる餞宴の歌であることが明示されている。Dには「餞」という記載はないが、広縄歌に「旅別る」とあるのでやはり餞宴の一つと見るべきであろう。また、Aはそれ自体は宴席歌ではないが、Dの伏線として広縄と餞宴を共にできない悲しみを含意としている。周知のごとく「餞」とは漢文学の用語であり、一般に官人の赴任・帰郷に伴う送別の酒宴を指すものとして六朝以降の詩題に頻出するものであるが、当該歌群についてもそのような作品として理解することが求められているのである。

さて、本章が問題にするのは、家持自身が構成したと見られる(2)この餞宴の歌群に、漢風の交友観が底流しているということである。ここで言う「交友」とは、宴席や遊覧の地などにおいて「思ふどち」と良辰・美景を共有し、詩歌を通じて交流しようとする姿勢のことであるが、(3)六朝詩学を基盤とするこうした交友観は家持が越中時代を通じ深めてきたものと言ってよい。この歌群の場合も、例えばDの二首は宴席における唱和で、萩の初花を折り取ってそれを共に挿頭にするということを歌っているが、梅花の宴の歌（5・八一五～八四六）を例に挙げるまでもなく、季節の花を手折ってそれを挿頭にするというのは交友の歌の基本的な発想の一つであろう。Aの二首目では秋萩が咲く野での鷹狩りを取り上げ、それを共にできない嘆きが歌われるが、これも季節の風物の共有を希求するという点において同様の発想に基づくものである。またBとCでは、歌そのものに季節の風物は取り上げられていないが、Cの題詞には「安努君広嶋の門前の林中」に、予め餞宴の場を用意していたことが語られており、その詳細な記述が目を引く。恐らくは当地の風光を愛でる便宜を図り、あえて「林中」に宴の場を設けたのであろうが、家持もそこに風流の意気を感じ取り、交友の記念としてこの題詞を記したものと思われる。

しかし、後述するように、こうした交友への志向は、万葉集の餞宴の歌においては必ずしも一般的なものとは言いがたいのである。これをどう考えるべきであろうか。

二　末四巻の餞宴の歌

そこでまず末四巻における餞宴の歌を見ておきたい。以下、当該歌群を除き、末四巻において餞宴での作と考えられる歌を掲げよう。＊印を付したものはいわゆる伝聞歌である[4]。

1　大目秦忌寸八千嶋之館、餞㆓守大伴宿祢家持㆒宴歌（17・三九八九～九〇）

2　四月廿六日、掾大伴宿祢池主之館、餞㆓税帳使守大伴宿祢家持㆒宴歌、并古歌（17・三九九五～八）

3　守大伴宿祢家持館飲宴歌（17・三九九九）

4　掾久米朝臣広縄之館、饗㆓田辺史福麻呂㆒宴歌（18・四〇五二～五）

5　詠㆓庭中牛麦花㆒歌（18・四〇七〇）

右、先国師従僧清見可㆑入㆓京師㆒、因設㆓飲饌㆒饗宴。于㆑時主人大伴宿祢家持作㆓此歌詞㆒送㆓酒清見㆒也。

6　無題（18・四〇七一）

右、郡司已下子弟已上諸人多集㆓此会㆒。因守大伴宿祢家持作㆓此歌㆒也。

7　無題（18・四〇七二）

右、此夕、月光遅流、和風稍扇。即因二属目一聊作二此歌一也。

8　天平感宝元年五月五日、饗二東大寺之占墾地使僧平栄等一。于レ時守大伴宿祢家持送二酒僧一歌（18・四〇八五）

9　無題（19・四二二五）

右一首、同月十六日、餞二之朝集使少目秦伊美吉石竹一時、守大伴宿祢家持作之。

10　二月二日、会二集于守館一宴作歌（19・四二三八）

右、判官久米朝臣広縄、以二正税帳一応レ入二京師一、仍守大伴宿祢家持作二此歌一也。（下略）

＊11　春日祭レ神之日、藤原太后御作歌一首。／即賜二入唐大使藤原朝臣清河一。参議従四位下遣唐使（19・四二四〇）

＊12　大使藤原朝臣清河歌（19・四二四一）

＊13　大納言藤原家、餞二之入唐使等一宴日歌（19・四二四二）

＊14　民部少輔多治比真人土作歌（19・四二四三）

＊15　大使藤原朝臣清河歌（19・四二四四）

＊16　天平五年、贈二入唐使一歌一首并短歌、作主未レ詳（19・四二四五〜六）

＊17　閏三月、於二衛門督大伴古慈悲宿祢家一、餞二之入唐副使同胡麻呂宿祢等一歌（19・四二六二〜三）

＊18　勅二従四位上高麗朝臣福信一遣二於難波一、賜二酒肴入唐使藤原朝臣清河等一御歌（19・四二六四〜五）

19　廿七日、林王宅、餞二之但馬按察使橘奈良麻呂朝臣一宴歌（19・四二七九〜八一）

＊20　上総国朝集使大掾大原真人今城向レ京之時、郡司妻女等餞之歌（20・四四四〇〜一）

21　五月九日、兵部少輔大伴宿祢家持之宅集飲歌（20・四四四二〜五）

＊22　八日、讃岐守安宿王等、集二於出雲掾安宿奈杼麻呂之家一宴歌（20・四四七三）
右一首、守山背王歌也。主人安宿奈杼麻呂語云、奈杼麻呂被レ差二朝集使一擬レ入二京師一。因レ此餞之日、各作レ歌聊陳二所心一也。

＊23　三月四日、於二兵部大丞大原真人今城之宅一宴歌（20・四四八二）
右一首、播磨介藤原朝臣執弓赴レ任悲レ別也。主人大原今城伝読云レ尓。

24　二月十日、於二内相宅一餞二渤海大使小野田守朝臣等一宴歌（20・四五一四）

25　七月五日、於二治部少輔大原今城真人宅一餞二因幡守大伴宿祢家持一宴歌（20・四五一五）

なお、本章では題詞または左注に「餞」と明記されるもの（傍線部）のほか、官人の赴任[5]・帰京や公使の派遣に際して詠まれたと考えられるものも餞宴の歌と認定している（赴任等の事情が題詞・左注に明示されている場合には該当部分に波線を付した）。無論、夫婦間や親族間の贈答は除いている。

さて、これらには次のような特徴を指摘することができる。第一に、題詞・左注に餞宴の作であることを明示するケースが非常に多いということ。第二に、餞宴に関わる伝聞歌の多くが遣唐使関係歌であるということ（十一例中八例）。そして第三に、家持に直接関わる歌には季節の風物を同席の官人と共有しようとする発想が散見するのに対し、伝聞歌にはそれが見られないということである。

まず伝聞歌の方から検討する。遣唐使関係歌は11～18の八例であるが、これらの歌には非常にはっきりした類型が認められる。基本的には行旅の無事（とりわけ無事に早く帰ること）を祈るものが多く、11・14・16・17・18などは、それに該当しよう（12も無事の帰還を前提にしているという点では共通している）。一方、13や15のように相手への恋情を相聞歌的に歌うものも目に付くが、後述するようにこれは離別歌としては最も一般的な詠み方であろう。

大事なことは、これら遣唐使関係歌には、旅行く者と一緒に景を愛でるといったような発想は見受けられないということである。遣唐使関係歌以外の伝聞歌は三例（20・22・23）あるが、これらにもそうした発想は全く認められない。

しかし、前述したように、家持に関わる餞宴の歌にはそれが随所に指摘できるのである。まず2を掲げよう。

我が背子が国へましなばほととぎす鳴かむ五月は寂しけむかも　（17・三九九六）

右一首、介内蔵忌寸縄麻呂作之。

我なしとなわび我が背子ほととぎす鳴かむ五月は玉を貫かさね　（三九九七）

右一首、守大伴宿祢家持和。

天平十九年夏に家持が税帳使として一時帰京した際には数度の餞宴が催されたが（1～3）、右はそのうちの二首である。この唱和は、五月になって霍公鳥が鳴いても共に賞美する相手がいなくて寂しいであろうということを前提にしており、美景の共有ということを強く志向している。同様の発想は、

10　君が行きもし久にあらば梅柳誰と共にか吾がかづらかむ　（19・四二三八）

25　秋風の末吹き靡く萩の花共にかざさず相か別れむ　（20・四五一五）

にも認められる。いずれも家持の作であるが、梅・柳（10）や萩の花（25）を相手と共に賞翫できない嘆きを歌うものである。

次に5～7を検討する。これら三首を別時の作とする見方もあるが、6・7の左注「此会」「此夕」の「此」はいずれも5の宴席を受けた表現であろうから、同日の作と考えるべきである。[6] このうち5・6を見てみよう。

5　一本のなでしこ植ゑしその心誰に見せむと思ひそめけむ　（18・四〇七〇）

右、先国師従僧清見可レ入二京師一、因設二飲饌一饗宴。于レ時主人大伴宿祢家持作二此歌詞一、送二酒清見一也。

6　しなざかる越の君らとかくしこそ柳かづらき楽しく遊ばめ　（18・四〇七一）

右、郡司已下子弟已上諸人多集二此会一。因守大伴宿祢家持作二此歌一也。

これらによると僧清見の帰京に際し、多くの人が参集して雅宴を催したことが知られる。5は清見に対し、他の誰でもなくあなたのために撫子を植えたということを歌うが、これは共に賞美しようと思って植えた撫子なのに、それが花を咲かせる前に旅立ってしまうという清見への愛惜の念を表現したものであろう。また6は、柳を縵にして楽しく遊ぼうと、一座の者に呼びかける趣の歌と取れるが、ここには餞宴において季節の風物を共にしようとする姿勢がはっきりとうかがわれる。

続いて4である。これは田辺福麻呂の餞宴での作と考えられているものであるが、(7) このうち二首を掲げよう。

ほととぎす今鳴かずして明日越えむ山に鳴くともしるしあらめやも　（18・四〇五二、田辺福麻呂）

木の暗になりぬるものをほととぎす何か来鳴かぬ君に逢へる時　（四〇五三、久米広縄）

二首とも、席を共にしている今こそホトトギスの声を一緒に聴きたいという思いを歌うものである。これらは家持の作ではないが、この宴には家持も同席している（18・四〇五四～五）。宴席歌は一座の者に共有されるべき心情を歌うのが基本であるから、少なくとも家持とその周辺の官人達にはこうした詠み方に共感する文学的基盤が存したということであろう。

21にも同様の発想が看取される。以下のごとくである。

五月九日、兵部少輔大伴宿祢家持之宅集飲歌四首

我が背子が屋戸のなでしこ日並《ひ》べて雨は降れども色も変はらず　（20・四四四二）
右一首、大原真人今城。
ひさかたの雨は降りしくなでしこがいや初花に恋しき我が背　（四四四三）
右一首、大伴宿祢家持。
我が背子が屋戸なる萩の花咲かむ秋の夕は我を偲はせ　（四四四四）
右一首、大原真人今城。
即聞二鶯哢一作歌一首
うぐひすの声は過ぎぬと思へどもしみにし心なほ恋ひにけり　（四四四五）
右一首、大伴宿祢家持。

大原今城と家持の唱和からなる歌群である。題詞には単に「集飲歌」とあるのみで餞宴の歌であることは示されていないが、直前に配列される20の題詞によれば今城は上総国の朝集使として上京中であり、それを考えると、諸家の説くようにこれらは今城の帰任に伴う餞宴における歌々と見るべきであろう。第三首の今城の歌に「花咲かむ秋の夕は我を偲はせ」（四四四四）とあることもその推定と矛盾しない。

これら四首の歌は「なでしこ」「萩の花」「うぐひす」といった季節感に関わる風物にことよせて相手への思いを歌うものであるが、特に第三首は、自分が去った後、秋になって「萩の花」が咲いたら自分を偲んでほしいという心情を詠むものである。ここには、前掲の2と同様、美景を共に賞美するということを希求する発想がその基盤にあると見てよいだろう。

もちろん家持関係の全ての作にこうした姿勢が見られるわけではなく、従来の離別歌の範疇に入るような作もある（1・3・19・24など）。しかし、離別の場面で季節の風物に目を向け、それを共有しようとする態度は、家持関係歌以外には認められないのである。

三　巻十六以前の餞宴の歌

では巻十六以前において餞宴の歌はいかなるものであったか。次にその一覧を掲げよう。

1　三野連 名闕 入唐時、春日蔵首老作歌（1・六二）
2　筑紫娘子贈二行旅一歌一首 娘子字曰二児嶋一（3・三八一）
3　藤原宇合大夫遷任上レ京時、常陸娘子贈歌（4・五二一）
4　五年戊辰、大宰少弐石川足人朝臣遷任、餞二于筑前国蘆城駅家一歌（4・五四九～五五一）
5　大宰帥大伴卿、贈三大弐丹比県守卿遷二任民部卿一歌（4・五五五）
6　大宰大監大伴宿祢百代等贈二駅使一歌（4・五六六～七）
（前略）相二送駅使一共到二夷守駅家一、聊飲悲レ別、乃作二此歌一。
7　大宰帥大伴卿、被レ任二大納言一、臨二入レ京之時一、府官人等、餞二卿筑前国蘆城駅家一歌（4・五六八～五七一）
8　書殿餞酒日倭歌（5・八七六～九）
9　好去好来歌（5・八九四～六）
天平五年三月一日、良宅対面、献三日。山上憶良／謹上二大唐大使卿記室一。

10　四年壬申、藤原宇合卿遣二西海道節度使一之時、高橋連虫麻呂作歌（6・九七一～二）
11　天皇賜二酒節度使卿等一御歌（6・九七三～四）
12　天平五年癸酉春閏三月、笠朝臣金村贈二入唐使一歌（8・一四五三～五）
13　大神大夫任二長門守一時、集二三輪河辺一宴歌（9・一七七〇～一）
14　大神大夫任二筑紫国一時、阿倍大夫作歌（9・一七七二）
15　石川大夫、遷任上レ京時、播磨娘子贈歌（9・一七七六～七）
16　藤井連、遷任上レ京時、娘子贈歌（9・一七七八）。藤井連和歌（一七七九）
17　鹿嶋郡苅野橋、別二大伴卿一歌（9・一七八〇～一）
18　贈二入唐使一歌（9・一七八四）

末四巻と比較すると餞宴の歌そのものが少なく、[8]巻にも偏りが見られる。また、作歌の場について何も記載しない歌も多く、[9]「餞」と明示するものに至っては大伴旅人在任中の大宰府関連の歌に限られる（4・7・8の三例のみ）ということが注意される。

この資料的様態は内容とも無関係ではない。送別に際して景の共有を志向する作は次に掲げる旅人関係歌にしか見られないのである。

5　君がため醸みし待酒安の野に独りや飲まむ友なしにして（4・五五五）

7　月夜よし河の音清しいざここに行くも行かぬも遊びて行かむ（4・五七一）

5は丹比県守の遷任に際し旅人が贈ったものであるが、ここで「安の野」における野遊を詠むのは当地の風光を共にしたいという思いからのものであろう。この歌を「大宰府より京へ贈ったもの」（『窪田評釈』）とする見方もあるが、仮にそうだとしても、離別に際して友との野遊を希求するという態度は注目に値する。一方、7は旅人帰京時の餞宴における大伴四綱の歌で、月と川の素晴らしさを共に楽しもうとするものであるが、これによれば少なくとも旅人周辺では餞宴を交友の場と見る発想が共有されていたと見てよいだろう。

だが、それ以外の歌に関しては末四巻における伝聞歌の場合と大きな相違は認められない。[10] 季節の風物を歌うものもあるが（10・13の二首目・14・15の一首目）、それらは餞宴における美景の共有を詠むものとは言いがたい。つまり旅人関係歌を除けば、巻十六以前の餞宴の歌は、行旅の無事を祈るものか恋情を歌うものにほぼ分類されてしまうのである。

そもそも、送別の場面では旅の無事を祈ったり離別に伴う恋情を歌ったりする方が一般的だったと思われる。一例を掲げよう。

a　大船を荒海に出だしいます君障むことなく早帰りませ　（15・三五八二）

b　真幸くて妹が斎はば沖つ波千重に立つとも障りあらめやも　（15・三五八三）

c　別れなばうら悲しけむ我が衣下にを着ませ直に逢ふまでに　（15・三五八四）

これらは遣新羅使出航の際の贈答であるが、男女間の離別歌として典型的なものである。aは夫が早く無事に帰ることを祈るものであるし、bは妻の潔斎により無事が保障されることを強く確認するもの、cは離別後の恋情を予想して悲嘆するものである。餞宴の歌の場合も、その多くはこうした相聞歌的な発想の延長線上にあるのではないだろうか。

つまり、餞宴の歌の中でも、旅人と家持に関わるものに限って、例外的に交友を志向する作が確認できるということなのである。無論このような偏りについては、万葉集が大伴家の資料を多用しているという側面を十分に考慮する必要があるが[11]、それにしても巻十六以前の用例が極端に限られることを考えると、餞宴におけるこうした創作活動はごく限られた範囲で行われた新しい試みであったと見るべきではないか。家持の餞宴についても、やはり父旅人の影響を第一に考えるべきである。

四　懐風藻と新羅使の餞宴

しかし、漢風の交友観を和歌に応用したという点については旅人とその周辺の歌人にその淵源を求めうるにしても、餞宴を交友の場と見ること自体は、特定の個人の創意によるものというよりは、養老から天平初年頃にかけての文芸思潮を反映していると考えた方が無理が少ないのではないだろうか。というのは、『懐風藻』の餞宴詩にも同種の発想が指摘できるからである。

『懐風藻』には、新羅使を送別する詩として十首を載せるが、これが日本の餞宴詩としては現存最古のものであろう。すなわち、「秋日於㆓長王宅㆒宴㆓新羅客㆒」(52・60・63・65・71・77・79・86)、「初秋於㆓長王宅㆒宴㆓新羅客㆒」(62)、「於㆓宝宅㆒宴㆓新羅客㆒」(68・長屋王)である(詩番号は『大系』による)。いずれも長屋王邸において詠まれたものであり、長屋王のサロンが送別詩というジャンルに積極的な意義を見出していたことがうかがわれる。

この詩題に該当しうる新羅使の来朝は、養老三年(七一九)、養老七年(七二三)、神亀三年(七二六)の三回あり、そのいずれの時点での作かは明らかではないが[12]、養老以後の作であることはまず動くまい。旅人の大宰府赴任が神亀四年(七二七)頃のことであるとすれば、その直前であることが注意されよう。だが、より重要なのは、これら十首の懐風藻詩には美景を詠み込むものが非常に多いということである。以下のごとくである（数字は詩番号）。

52　白露懸レ珠日、黄葉散レ風朝。…
60　…盃酒皆有レ月、歌声共逐レ風。…
62　一面金蘭席、三秋風月時。琴樽叶二幽賞一、文華叙二離思一。…
63　玉燭調二秋序一、金風扇二月幃一。…
65　…寒蝉鳴二葉後一、朔雁度二雲前一。…
68　高旻開二遠照一、遥嶺靄二浮烟一。有レ愛二金蘭賞一、無レ疲二風月筵一。桂山余景下。菊浦落霞鮮。…
71　山牖臨二幽谷一、松林対二晩流一。宴庭招二遠使一、離席開二文遊一。蝉息涼風暮、雁飛明月秋。…
77　勝地山園宅、秋天風月時。置酒開二桂賞一、倒レ屣逐二蘭期一。…

和歌と漢詩という違いから、扱われる景物は万葉集とは若干異なるが、美景を交友の宴席において共有しようとする姿勢は全ての詩に底流していると言っても過言ではない。例えば、62「金蘭」というのは麗しい交友を表す一種のキーワードであるが、[13]そのすぐ後に「琴樽幽賞に叶ひ、文華離思を叙ぶ」とあるのは、その交友の宴が奥深い眺めに叶うものであり、詩文によって離別の思いを述べるのにふさわしい場であるということを言うものである。他にも、68の「金蘭の賞」「風月の筵」、71の「文遊」、77の「桂賞」「蘭期」など、この宴席を文雅の宴として位置付けようとする姿勢は随所にうかがわれる。

　これら新羅使送別の詩には詩序を伴うものもあるが、それらにも同様の傾向を指摘できる。すなわち「寒蝉唱而柳葉飄、霜雁度而蘆花落。」（52序）、「寒雲千嶺、涼風四域。白露下而南亭粛、蒼烟生以北林藹。」（65序）などと秋景を描写する一方で、「歳光時物、好レ事者賞而可レ憐。勝地良遊、相遇者懐而忘レ返。」（65序）、「草也樹也、揺落之興緒難レ窮。…物色相召、烟霞有二奔命之場一。山水助レ仁、風月無二息肩之地一。」（65序）と、美景に心奪われる「良遊」の様を述べているのである。

また、52の序には「小山丹桂、流二彩別愁之篇一、長坂紫蘭、散二馥同心之翼一。」という隔句対が見えるが、ここにも秋景と交友とを理念的に結び付けようとする姿勢が顕著にうかがわれる。対句前半は築山に咲く丹桂の花を描写したものであろうが、諸注の説くごとく淮南王劉安のもとに集まった文人達を小山と称した故事に基づく。これは宴の主催者である長屋王を劉安に擬えつつ、一座の者を「小山」に比すべき文学集団と捉えていたことを物語るものであろう。一方、対句後半は、曹植の「公讌詩」に「秋蘭被二長坂一」（『文選』巻二十）とあるのを踏まえつつ、「同心」の友と蘭の香を楽しむ様を描写したものと解される。つまり「小山丹桂」と「長坂紫蘭」の対句は、秋景を描写する形を取りながら、長屋王のもとに参集する人々を文雅を愛する「同心」の友として描き出そうとしているのである。

これら新羅使送別の詩や詩序が当該の詩宴を交友の座として位置付けようとするのは、一つにはこの宴が外交使節との交歓を意図したものだったからであろう。『続紀』に、藤原真楯（八束）が渤海使の帰国に際して「宴餞」を設け[14]、それを渤海使が「甚だ称歎」したという記事が見えるが（天平神護二年三月十二日の真楯薨伝）、この記事も餞宴が外交使節との交歓の場になっていたことをうかがわせる。平安朝においても渤海使の来朝に際しては詩宴や詩の贈答が行われるのが通例で[15]、その中には餞宴での作も少なからず目に付くが、菅原文時の「封事三箇条」（『本朝文粋』巻二）に「国家故事、蕃客朝時、択二通賢之倫一、任二行人之職一、礼遇之中、賓主闘レ筆。又抜二諸生能レ文者一、令レ預二餞別之席一。」とあるように、外交使節の餞宴は、詩文を通じた文化交流の場として機能していたのである[16]。長屋王の主催した新羅使送別の詩宴はこうした餞宴の嚆矢とも言うべきものであり、恐らく当時としては空前の規模のものだったのであろう。

官人の赴任などに伴う餞宴において漢詩が作られるようになった時期については資料的制約もあって定かではないが、『懐風藻』にも「掾の公が遷任して京に入らむとするに贈る」(一一六・石上乙麻呂)のような作があるので、遅くとも天平の頃には一般化していたのではないだろうか[17]。長屋王主催の宴の理念が当時の知識層に影響を与えた可能性は十分にある。

五　中国文学の餞宴

ところで、餞宴の席では詩文を贈ること自体が交誼を深めることにつながるはずであり、美景を詠むということが単純に餞宴詩文の必須の要件ということにはならないように思われる。平安朝の餞宴詩文に視野を広げると、美景の共有を志向するものも確かにあるが、単に別れを惜しんだり相手の前途を思いやったりするだけのものも見受けられるし、描写された景が悲別の情を掻き立てる心象風景になっているものも少なくない。つまり前節に掲げた新羅使送別の詩文(『懐風藻』)は、宴を取り巻く美景を対象化し、それを共に賞翫しようとする姿勢において際だっているのである。長屋王主催のこの餞宴には何か規範となるものがあったのではなかろうか。

新羅使送別の詩序が表現において初唐詩序の影響を強く受けていることは既に小島憲之氏などにより指摘されているが[18]、ここではまず初唐王勃の詩序を検討してみたい。

a

…①十旬休仮、勝友如レ雲、千里逢迎、高朋満レ座。…時維九月、序属二三秋一。潦水尽而寒潭清、煙光凝而暮山紫。…披二繍闥一、俯二雕甍一、山原曠其盈レ視、川沢紆其駭レ矚。…雲銷雨霽、彩徹区明。落霞与二孤鶩一斉飛、秋水共二長天一一色。漁舟唱レ晩、響窮二彭蠡之浜一。雁陣驚レ寒、声断二衡陽之浦一。遥襟甫暢、逸興遄飛、爽籟発而清風生、纖歌凝而白雲遏。睢園緑竹、気凌二彭沢之樽一、鄴水朱華、光照二臨川之筆一。②四美具、二難并。窮二睇眄於中天一、極二娯游於暇日一。…嗚呼、③勝地不レ常、盛筵難レ再。④蘭亭已矣、梓沢丘墟。…⑤一言均賦、四韻俱成。請灑二潘江一、各傾二陸海一云爾。

（「秋日登二洪府滕王閣一餞別序」『王子安集注』巻八）

b

…臨二風雲一而解レ帯、眄二江山一以揮レ涕。巌楹左峙、俯映二玄潭一、野径斜開、旁連二翠渚一。青蘋布レ葉、乱二荷芰一而動二秋風一、朱草垂レ栄、雑二芝蘭一而涵二晩液一。艤二仙舟於右岸一、薦二綺席於沙場一。①賓友盛而芳樽満、林塘清而上筵粛。琴歌迭起、俎豆駢羅。煙霞充二耳目之玩一、魚鳥尽二江湖之賞一。…②且欣二風物一、共悦二濠梁一。…嗟乎、此歓難レ再、慇二懃北海之樽一。相見何時、惆二悵南溟之路一。③請揚二文筆一、共記二良遊一。人賦二一言一、俱成二四韻一云爾。

（「秋日楚州郝司戸宅遇餞二崔使君一序」同右）

c

…接二光儀於促席一、直観二明月生レ天。響二詞辯於中筵一、但覚二清風満レ室。悠哉天地、含レ霊有二喜慍之容一。丘也東西、悵レ望積二別離之恨一。煙霞直視、蛇龍去而泉石空、文酒求レ朋、賢俊散而琴歌断。…

（「秋日餞別序」同右）

d　…雲異レ色而傷二遠離一、風雅レ響而飄二別路一。月来日往、澄二晩気於幽巌一、景浄天高、引二秋陰於爽籟一。此時握レ手、共対二離樽一、将下以レ釋二慰於行前一、用レ宴安中於別後上。命レ篇挙レ酌、咸可レ賦レ詩。一字用探、四韻成作。[19]
（「秋日送二沈大虞三入洛一詩序」『王勃詩序』）

e　…烟霞挙而原野晴、鴻鴈起而汀洲夕。蒼蒼葭菼、傷二白露之遷レ時、淡淡波瀾、喜二青天之在レ矚。…盍レ申二文雅一。式序二良遊一。人賦二一言一、同裁二四韻一。
（「秋晩什邡西池宴二餞九隴柳明府一序」同右）

f　…于レ時風雨如レ晦、花柳含レ春、雕梁看二紫燕双飛一、喬木聴二黄鶯雑一囀一。殷憂別思、晼晩年光。時不二再来一、須レ探二一字一。
（「春日送二呂三儲学士一序」同右）

送別に関わる詩序のいくつかを掲げたが、傍線を付した部分はいずれも美景の描写と解される。但し、王勃の送別詩序に必ず美景描写があるというわけではなく、中には惜別の情を景に託しているようなものもあるが、右に掲げた例はいずれも離別の場を取り巻く美景を描写するという点で共通している。[20]

aは後の『古文真宝後集』にも載録される王勃の代表作であるが、波線部①によればこの餞宴が「友」の集う宴として捉えられていることは明らかである。傍線部は離別の場たる「滕王閣」周辺の情景と楼閣からの眺めを描写したものである。波線部③（「勝地常ならず、盛筵再びし難し」）において美景と盛宴とが対をなす要素として掲げられ、理念的に結び付けられていることに注意しておきたい。波線部④は王羲之の「蘭亭の会」や石崇の「金谷の宴」（梓沢の金谷園における餞宴・後述）を踏まえているが、ここにも交友への志向を読み取るべきであろう。波線部⑤は一座の者を潘岳・陸機になぞらえつつ（「潘江」「陸海」）、めいめいに作詩を促すものである。

ちなみに、aの波線部②に「四美」とあるのは「良辰・美景・賞心・楽事」を指すものと考えられるが(21)、これは謝霊運「擬二魏太子鄴中集詩一八首」（『文選』巻三十）の序に「建安末、余時在二鄴宮一。朝遊夕讌、究二歓愉之極一。天下良辰、美景、賞心、楽事、四者難レ幷。」とあるのを踏まえたものである。この四つの条件が揃うことを詩宴の理想とするものであるが(22)、この日の餞宴にはその四条件が揃っているというのである。美景への志向がこのような詩学に支えられていることは注意される。

一方、bは友人同士が美景を共に賞美する様を描きつつ（波線部①②）、その「良遊」を詩に昇華させようと呼びかけるものであるし（波線部③）、cの波線部はお互いが散り散りになったら「文酒」の宴も断たれてしまうであろうことを語るものである。d〜fはいずれも宴を取り巻く美景を描写して（傍線部）、一座の者に作詩を呼びかける（波線部）ものになっている。いずれも美景への志向が顕著である。

これら王勃の詩序は、「良遊」（b・e）の語が端的に示すように、いずれも餞宴を交友の座と位置付けると共に、餞宴を取り巻く美景を対象化して描写するという点において共通している(23)。そこに底流しているのは、ひとたび友と別れたら再び歓を共にすることは難しいという観念であるが(24)、そう考えるからこそ、王勃は「四美」（良辰・美景・賞心・楽事）の揃った離別の場を再び得がたいものとして称揚し、その様子を丹念に描写するのであろう。『懐風藻』の詩序は、語句のレベルにとどまらず、王勃詩序のこうした発想も学んでいるのではないだろうか(25)。

但し、このような発想は独り王勃のみに見られるものではなく、既に六朝期の離別詩にも広く確認できるものである。

a　…緑池汎淡淡、青柳何依依。濫泉龍鱗瀾、激波連珠揮。前庭樹二沙棠一、後園植二鳥椑一。霊囿繁二若榴一、茂林列二芳梨一。…

（晋潘岳「金谷集作詩」『文選』巻二十・祖餞）

b　花樹雑為レ錦、月池皎如レ練。…

（斉謝朓「別二王僧孺一詩」『芸文類聚』巻二十九・別上）

c　…葉下涼風初、日隠軽霞暮。…

（斉謝朓「臨レ渓送別」『謝宣城集』巻三）

d　…風遅山尚響、雨息雲猶積。巣空初鳥飛、荇乱新魚戯。…

（梁丘遅「侍二宴楽遊苑一送二張徐州一応レ詔詩」『文選』巻二十・公讌）

e　…籜解篁開レ節、花闇鳥迷レ枝。牕陰随レ影度、水色帯レ風移。…

（梁簡文帝「餞別詩」『芸文類聚』巻二十九・別上）

f　…夏雲清二朝景一、秋風揚二早蝉一。…

（梁沈約「侍二宴謝朏宅一餞二東帰一応レ詔詩」『芸文類聚』巻二十九・別上）

g　…麗景花上鮮、油雲葉裏潤。風度余芳満、鳥集新条振。…

（梁劉孝綽「侍レ宴餞二張恵紹一応レ詔詩」『芸文類聚』巻二十九・別上）

ｈ　…流蘋方繞繞、落葉尚紛紛。無レ由レ得二共賞一。山川間二白雲一。（梁呉筠「贈別詩」『芸文類聚』巻二十九・別上）

ｉ　…長飆落二江樹一、秋月照二沙溆一。…（梁何遜「贈二江長史別一」『何遜集』巻二）

これらは一例であるが、応詔詩を含むことからしても、離別詩における美景描写は一般化していたと考えてよいだろう[26]。というよりも、応詔詩の場合、「侍宴応詔」という「場」が、その宴を彩るべき美景の描写を要請したというような側面もあったのではないだろうか。

ａは比較的古い例で[27]、晋の石崇が王詡（と石崇自身）の送別のために盛大な遊宴（金谷の宴）を催した折の作である。この詩ではまず「何を以て離思を叙べむ。手を攜へて郊畿に游ぶ」と、離別の思いを叙べ晴らすために友と手を取り合って郊外で遊ぶということが語られ、それに続く部分（ａ引用部）で宴を取り巻く美景の描写が入念になされているのである。この金谷の宴は王羲之の蘭亭の会にも影響を与えたものであり[28]、交友の宴の一つの規範とも言うべきものである[29]。

また、ｈ波線部の「共に賞す」という表現からは旅行く者と共に美景を賞美するという発想が明瞭に読み取れる。この波線部は離別後に共に賞美する手段がなくなることを言うものであろうが、同様の発想は、例えば梁簡文帝「傷レ離新体詩」の「猶是銜レ杯共賞処。今茲対レ此独生レ愁」（『芸文類聚』巻二十九・別上）にもうかがわれる[30]。離別後に美景を共にできなくなるという発想は旅人や家持周辺の餞宴歌（4・五五五、17・三九九六、19・四二三八）にも見られたが、これについても漢籍の影響を考えるべきではないだろうか。

六　おわりに

このように、餞宴において季節の風物を共有し交友の情を尽くすという発想は、六朝時代から長い時間をかけて醸成されてきたものと考えられるが、長屋王の新羅使送別の宴は、かかる漢詩文の伝統的発想の上に立ち、王勃の詩序などを範として周到に準備されたものだったのであろう。漢風の交友観を基盤とするこうした餞宴のあり方は、最新のモードを求める時代思潮の中で、旅人とその周辺の歌人によって和歌の世界に応用され、家持らに継承されていったのではないだろうか(31)。冒頭に掲げた歌群（A～D）も、漢籍の教養を背景に、餞宴を交友の場として描き出そうとする試みの一つだったのである。

末四巻に「餞」と明示する例が多いのも(32)、原資料に偏りがあるとはいえ、直接には編者家持が餞宴の歌を積極的に採録した結果と考えるべきである。餞宴という場に注目すること自体、漢詩文の影響と言ってよい。家持は餞宴の持つ文学の場としての可能性に注目し、自他に関わる様々な送別の場面を歌巻の中に織り込もうとしていたのではないか。

以上、家持帰京時の歌を中心として万葉集の餞宴の歌を瞥見し、漢籍受容の一端について考察した。なお、はじめに述べたように、当該歌群（A～D）は、自らの帰京を語る散文（漢文題詞(34)）の中にその折の歌が点在するという日記文学的な趣向で一括されているのであるが(33)、こうした日記性の問題については稿を改めて論じることにしたい。

〔注〕

（1）Aは広縄宛書簡の手控えのようなものが原資料と考えられるので初めから作者名を欠いていた可能性は高いが（参照、拙稿「万葉集末四巻における作者無記の歌―歌日記の編纂と家持―」『国文学研究』第一五六集、二〇〇八・一〇、本書第三部第一章）、そのような署名のない個人的資料を操作して配列しうる人物は家持本人以外には考えにくい。なおAとDでは広縄の肩書きが食い違うが、これは諸注の指摘するように編纂時の単純なミスであろう（Aが誤りと見られる）。

（2）本書は末四巻の最終編者も家持と考えるので、A～Dの歌稿が編纂のどの段階で集成されたかは問題にしていない。

（3）参照、辰巳正明「交友の詩学」『万葉集と比較詩学』一九九七、初出一九九五～一九九六。

（4）本書では末四巻で家持が第一次制作の場に関わっていないと考えられる他人の作を便宜的に伝聞歌と総称している。伝聞歌の認定については拙稿参照（「万葉集末四巻の伝聞歌―家持歌日記の方法―」『美夫君志』第七八号、二〇〇九・三、本書第二部第一章）。

（5）僧の帰京に伴う酒宴（5～8）も含む。

（6）注1拙稿参照

（7）題詞・左注に「餞」などの記載はないが、福麻呂の歌に「明日越えむ山」（18・四〇五二）とあることや、福麻呂関係の宴席歌の中では最後に位置していることから、帰京前日の餞宴における作と認められる。なお直前の四〇三二～五一を含めて福麻呂送別の宴と理解する見方もあり（『釈注』など）、その方が本書には都合がよいが、それらの歌は離別の情を歌うものではないので、念のため除外した。

（8）作歌事情不明の作はこの一覧からは除いた。末四巻では題詞・左注に特別な記載がなくても配列や歌の内容から餞宴と特定できる場合があったが（注7参照）、巻十六以前では題詞等に「餞」「遷任」「贈入唐使」などの記載がないと夫婦間の相聞と区別がつかないからである（12・三二一七～八や13・三二九一～二など）。但し、それらの作は漢風の交友観に基づくものではないので、仮にそれらを餞宴の歌に含めても論旨に影響はない。

（9）従って宴席での作かどうか確認できないものも多いが、本書では念のため宴の有無を問題とせずに掲げた。

（10）特に遣唐使送別の歌（1・9・12・18）には強い類型性がある。餞宴の歌ではないが遣唐使の母が子に贈った長反歌（9・一七九〇～一）も発想が類似しているし、また後の例であるが、遣唐使の餞宴における桓武御製「この酒はおほにはあらず平らかに帰り来ませと斎ひたる酒」（『日本紀略』延暦二十二年三月二十九日）にも同様の発想が認められる。なお、この桓武御製については、参照、近藤信義「延暦宴歌考―後期万葉集からのまなざし―」『万葉遊宴』二〇〇三、初出二〇〇二・七、一七八頁以下。

(11) 上野誠氏は「餞」の用例が「旅人・家持の父子か、その周辺の人物の例に限られる」ことについて、万葉集の資料的制約を考慮すべきことを指摘する（「『書殿にして餞酒する日の倭歌』の論」『万葉』第二〇六号、二〇一〇・三）。

(12) 井実充史氏は養老三年及び七年の二度に比定している（「『於長王宅宴新羅使』詩の論」『上代文学』第七三号、一九九四・一一）。

(13) 「二人同レ心、其利断レ金、同心之言、其臭如レ蘭」（周易・繋辞上）による。

(14) 『続紀』の「餞」の用例はこの一例のみ。

(15) 参照、波戸岡旭「渤海国の文学」『宮廷詩人　菅原道真―『菅家文草』『菅家後集』の世界―』二〇〇五、初出一九九八～二〇〇三。

(16) 一例を挙げれば、元慶七年渤海使の帰国に際して、菅原道真は渤海使と十日余りにわたって詩の贈答を行っている（『菅家文草』一〇四～一一二、詩番号は『大系』による）。「餞」と題されるのは一首（一一二）だけだが、一連の贈答は全体が慰労・歓迎と送別を兼ねていたと思われる。これらの作には「我寧離レ袂忘二新友一」（一〇九）、「毎レ列二詩筵一、解レ帯開レ襟、頻交二杯爵一」（詩序・五五五）など、友情を端的に述べるものが目に付く一方で、「挙レ眼無二雲靄一、窓頭翫二月華一」（一〇七）のような美景の描写も見られる。

(17) 上野誠氏は「書殿餞酒日倭歌」（5・八七六～九題詞）の「倭歌」に注目し、『万葉考』の説なども援用しながら「官人の送別宴においては、漢詩も披露されたことを想定しなくてはならない」と述べている（注11論文）。なお、平安朝に入ると餞宴での作詩はかなり一般化したものと思われる。例えば『文華秀麗集』は「餞別」の部立を設けて官人を送別する詩も載録しているし、『本朝文粋』（巻九「祖餞」）所収の詩序によれば、赴任に際し「文章院」や個人の「亭」「書閣」などでしばしば餞別の詩宴が催されていたことが確認できる。

(18) 小島憲之『上代日本文学と中国文学』下、一九六五・三、一二九九頁以下。

(19) d～fは正倉院本の『王勃詩序』のみに見える。本文は『正倉院本王勃詩序訳注』（二〇一四・九、日中文化交流史研究会編）に拠った。なお、ここに掲げたa～fの詩序のうち、正倉院本に収載されていないのはcのみ。

(20) 王勃は詩の方でも、例えば「明月沈二珠浦一、秋風濯二錦川一。楼台臨二絶岸一、洲渚亘二長天一。…」（「重別二薛華一」『王子安集注』巻三）のごとき作を残しており、離別と美景描写を結び付けて詠んでいる。

(21) 新釈漢文大系『古文真宝（後集）』の語釈（一三六頁）、及び注19前掲書の語釈（二六三頁）を参照。

(22) 参照、辰巳正明「家持の詩学」『万葉集と比較詩学』一九九七・四、三三一頁など。

(23) なお、次の詩序は今現在の景を美景として描写するものではないが、餞宴を交友の場と見る点でa～fと同様の発想に基づくものである。

　嗟乎、不レ游二天下一者、安知二四海之交一。不レ渉二河梁一者、豈識二別離之恨一。薜衣松杖、琴尊為二得意之親一、臨レ遠登レ高、煙霞是賞心之事。…許玄度之清風朗月、時慰二相思一、王逸少之修竹茂林、屢陪二歓宴一。加以、恵而好レ我、攜レ手同行。…

（「越州永興李明府宅送二蕭三還二斉州一序」『王子安集注』巻八）

冒頭は『論語』の「四海之内、皆兄弟也」（顔淵篇）や、李陵「与二蘇武一三首」の「攜レ手上二河梁一」（『文選』巻二十九・雑詩上）を踏まえて「別離之恨」が深い友情に根差していることを説き起こし、更に「琴尊（琴樽）」と「賞心之事」を軸として、別れの場のかくあるべきことを述べている。傍線部では「許玄度」（＝許詢）、「王逸少」（＝王羲之）の故事に基づいて「歓宴」を相手としばしば共にしたことを述べ、波線部では『詩経』（「北風」）に拠りつつ友と手を取り合う様を述べている。「賞心之事」「清風朗月」「修竹茂林」など、美景の賞美と交友とを結び付ける発想が見られることに注意したい。

(24) 「蘭亭は已みぬ。梓沢は丘墟となる」（a）、「此の歓再びし難し」（b）、「賢俊散りて琴歌断たれん」（c）、「時は再び来たらず」（f）などは、そうした観念の表れと考えられる。

(25) 王勃の作には送別詩やその詩序が多く、そのことも日本の餞宴に影響を与えた一因であろう。松原朗氏によれば、詩序が大量に制作されるようになるのは初唐四傑に至ってからのことであり、送別の詩序については王勃に二十三篇、楊炯に三篇、駱賓王に六篇が認められるという（「送別と留別―初唐四傑による「送序」の創出をめぐって―」『中国離別詩の成立』二〇〇三、初出一九九三・一〇）。なお、正倉院に伝わる『王勃詩序』残闕は四十一篇の詩序を伝えるが（うち二十一篇は『王子安集』に見えない）、そのうち「餞」「送」「別」の語を題に持つものが十六篇に及んでいる。

(26) 但し、いかなる意味において美景を描写しているかということについては、それぞれの詩で意味合いを異にしているようである。詳細については後考を待つとして、とりあえず王勃の詩序に先立つものとしてこれらの例があることを今は指摘しておきたい。

(27)　aはむしろ例外的に古い事例であって、ここに挙げた例からもわかるように、こうした詩は斉梁期から多く目につくようになる。なお松原朗氏は、斉謝朓が離別詩における景の描写に画期をもたらしたことを指摘している（「永明期における離別詩の競作―六朝期における離別詩の形成（中）―」注25前掲書、初出一九九一・一〇）。

(28)　参照、興膳宏「石崇と王羲之―蘭亭序外説―」『乱世を生きる詩人たち―六朝詩人論―』二〇〇一、初出一九七三・一一。

(29)　長屋王の詩（『懐風藻』六九）や藤原宇合の詩序（同八八）にも「金谷」の語が見える。

(30)　引用部は、共に酒を飲み景を賞美した場所に独り対峙し、それが叶わなくなった憂いを言うもので、離別後の心情と解される。

(31)　餞宴における美景の共有という発想は平安朝の漢詩文にも散見するが（『本朝文粋』所載の詩序など）、和歌の方では例えば三代集の離別歌にも明確な例をほとんど見出せない。旅人・家持の試みはやはり限定的な範囲にとどまったものと推測される。

(32)　末四巻において「餞」と明示する歌とそうでない歌がある理由は一様ではないと思われるが、これについてはなお後考を待つ。

(33)　題詞を一人称で語り始めるという異例な書き方にしても、歌巻の中に日記的な世界を構築しようとする編纂姿勢の表れと考えるべきである。

(34)　例えば『土左日記』も連日催される餞宴の記述から始まるが、当該歌群も帰京に伴う悲喜こもごもの心情を時系列に従って叙述するという点で類似する。両者に直接の影響関係があるかどうかは今は措くとしても、このことは当該歌群の日記性を照らし出すものと思われる。

第四章　大伴家持の宮廷讃歌
――長歌体讃歌の意義――

一　はじめに

A　為下幸二行芳野離宮一之時上儲作歌一首　并短歌（18・四〇九八～四一〇〇）
B　向レ京路上依レ興預作侍レ宴応レ詔歌一首　并短歌（19・四二五四～五）
C　為レ応レ詔儲作歌一首　并短歌（19・四二六六～七）
D　陳二私拙懐一一首　并短歌（20・四三六〇～二）

右は、長歌形式をとる家持の宮廷讃歌の全てである。[1]長歌による宮廷讃歌は天平十六、七年頃の田辺福麻呂歌集歌を境として急速に姿を消していった一つの様式であるが、[2]福麻呂以後、独り家持だけがこの種の讃歌を残しているという事実は注目に値する。これらの作品を歌日記の中でどう捉えるかというのが本章の課題であるが、その点注意すべきは、Aを除く三例がいずれも越中国府を離れてからの作だということであろう。万葉集の中で見る限り、家持は越中からの帰京途上にBを詠み、帰京後最初の長歌としてCを詠んだ後は、およそ三年にわたり長歌を残していないが、防人歌の蒐集に関わって四群の長歌を制作した際には、その第二作としてDを詠んでいるのである。越中を離れてから家持の詠んだ長歌は七首しか残されていないが、その七首のうち三首までが宮廷讃歌であるということ(3)は何を意味するのであろうか。とりわけ、帰京前後の長歌が宮廷讃歌に限られる（B・C）ということは越中以後の歌日記を考える上で少なからず問題であろう。
本章では巻十九巻末部を中心にこの問題について考えてみたい。(4)

二　問題の所在――巻十九巻末部の家持歌

まず、巻十九巻末部における帰京前後の家持歌のありようを俯瞰するために、Bの長反歌（以下、讃歌Bと略称する。他の讃歌も同様）から巻十九巻末歌までの配列を題詞によって掲げよう。①〜⑫は家持歌（又は家持歌を含む歌群）、(a)〜(e)は家持歌を含まない歌群（本書で言うところの「伝聞歌」(5)）である。

〔天平勝宝三年〕
① 讃歌Ｂ（「向レ京路上依レ興預作侍レ宴応レ詔歌」19・四二五四〜五、帰京途上の作）
② 為レ寿二左大臣橘卿一預作歌一首（四二五六）
③ 十月廿二日、於二左大弁紀飯麻呂朝臣家一宴歌三首（四二五七〜九、家持歌は四二五九）

〔天平勝宝四年〕
(a) 壬申年之乱平定以後歌二首（四二六〇〜一、左注に「天平勝宝四年二月二日聞レ之、即載二於茲一也」とある）
(b) 閏三月、於二衛門督大伴古慈悲宿祢家一、餞二之入唐副使同胡麻呂宿祢等一歌二首（四二六二〜三）
(c) 勅二従四位上高麗朝臣福信一、遣二於難波一、賜二酒肴入唐使藤原朝臣清河等一御歌一首　并短歌（四二六四〜五、

左注に「右、発二遣勅使一并賜レ酒。楽宴之日月、未レ得二詳審一也」とある）

④ 讃歌C（「為レ応レ詔儲作歌」四二六六～七）

(d) 天皇太后、共幸二於大納言藤原家一之日、黄葉沢蘭一株抜取、令レ持二内侍佐々貴山君一、遣二賜大納言藤原卿并陪従大夫等一御歌一首（四二六八）

⑤ 十一月八日、在二於左大臣橘朝臣宅一肆宴歌四首（四二六九～四二七二、家持歌は四二七二、但し「未奏」の注記あり）

⑥ 〔十一月〕廿五日、新嘗会肆宴応レ詔歌六首（四二七三～八、家持歌は四二七八）

⑦ 〔十一月〕廿七日、林王宅餞二之但馬按察使橘奈良麻呂朝臣一宴歌三首（四二七九～四二八一、家持歌は四二八一）

〔天平勝宝五年〕

(e) 五年正月四日、於二治部少輔石上朝臣宅嗣家一宴歌三首（四二八二～四）

⑧ 〔正月〕十一日、大雪落積尺有二二寸一、因述二拙懐一歌三首（四二八五～七、家持独詠歌）

⑨ 〔正月〕十二日、侍二於内裏一、聞二千鳥喧一作歌一首（四二八八、家持独詠歌）

⑩ 二月十九日、於二左大臣橘家宴一、見二攀折柳条一歌一首（四二八九）

⑪ 〔二月〕廿三日、依レ興作歌二首（四二九〇～一、家持独詠歌）

⑫ 〔二月〕廿五日作歌（四二九二、家持独詠歌）

日付順配列を原則とする万葉集末四巻において、巻十九の巻末部は家持の帰京前後の期間に相当するが、帰京直後の家持歌がそれ以前の部分に比して極端に減少することはよく知られている。右に掲げた配列によれば、帰京後における家持歌の空白は、③と⑤の間（括弧でくくった部分）において特にその傾向が顕著であることが知られる。巻十九においては②から後が帰京後の作という位置づけであると考えられるが、[6]この②は日付を欠くので日次判明歌としては③が帰京後最初のものである。この③から⑤まで、つまり勝宝三年十月から翌年十一月までのおよそ一年間に家持歌として残されているのは僅かに④（讃歌C）だけなのである。この間、天平勝宝四年四月には大仏開眼会が挙行されているがそれに関する歌もない。

この家持歌の空白について、当時の政情との関連を考える説のあることは周知の通りである。例えば、勝宝四年の空白（右の(a)～(d)にあたる期間）を重視する伊藤博氏は、藤原仲麻呂が専横を振るいつつあった都の現実の中には、家持が越中において抱き続けてきた「夢」を迎える場などなかったということを指摘し、この空白こそは「こういった夢と現実との葛藤、そこからくる苦悶に由来するもの」であったと説く。[7]つまり、橘諸兄の庇護を受けていたとおぼしい家持が仲麻呂の専横という現実に直面して失望し、作歌意欲を喪失したというのである。伊藤氏のこの論は天平宝字三年の万葉終焉歌に至る道程を視野に入れたものであり、作歌の空白を正面から問題にしたという点において注目すべきものと言えよう。

だが疑問は残る。確かに、官人としての家持が当時の政情と無関係であったはずはないし、橘奈良麻呂の乱に向けて次第に激化しつつあった政治的対立――具体的には聖武・諸兄と光明・孝謙・仲麻呂の対立――の渦中にあって、家持が聖武・諸兄の方に親近感を持っていたと見ることは、ほとんど通説化していると言ってもよいだろう。しかし、仲麻呂の政治における専横やそれに起因する家持の政治的不遇が事実だとしても、それに対する失望と歌日記の「空白」とを直接結び付けてよいものだろうか。

具体的に言えば本書の疑問は次のようなことである。大仏開眼に関する歌が万葉集に一首もないことについて、川口常孝氏は「（家持の）仲麿の画策に対する反発」があったと指摘するが、[8]それならば同じ勝宝四年の作として前掲(c)・(d)のごとき歌が採録されていることをどう理解したらよいのであろうか。(c)歌（19・四二六四〜五）は遣唐使に酒肴を下賜する際の孝謙御製、(d)歌（19・四二六八）は孝謙と光明が共に「大納言藤原家」（仲麻呂の田村第を指す）に行幸した際の、やはり孝謙御製である。特に(d)歌の詠まれた田村第行幸は仲麻呂の専横を如実に示す事件であり、反仲麻呂という政治的立場を取る官人達からすれば眉をひそめるようなものだったはずである。光明・孝謙・仲麻呂関係の歌はこれらの他にも末四巻に散見するが、これらを第三者による補入と見るべき徴証はなく、いずれも家持の蒐集によるものと考えるべきであろう。[9]そして(c)・(d)について言えば、これらはまさしく家持歌の空白期に載録されているのである。少なくとも末四巻の編纂者としての家持には、反仲麻呂という図式が単純にはあてはまらないのではないだろうか。

但し、こうした仲麻呂関係歌を家持が不本意ながら歌日記に書き入れたと考える向きもある。例えば、巻二十に、

天平宝字元年十一月十八日、於二内裏一肆宴歌二首

天地を照らす日月の極みなくあるべきものを何をか思はむ　（20・四四八六）

右一首、皇太子御歌。

いざ子どもたはわざなせそ天地のかためし国そ大和島根は　（四四八七）

右一首、内相藤原朝臣奏之。

という形で皇太子大炊王（後の淳仁天皇）と仲麻呂の歌が載録されているが、北山茂夫氏は橘奈良麻呂の乱（この年の七月に発覚）との関連に触れ、「（家持は）信条に立って事件の圏外に身を置いてはいたが、大伴の族をおもえ

ば、心は萎えてみじめであった。からくも胸中を静めて、皇太子、内相の二首だけを歌日誌に記した」と述べている。(10)また山﨑健司氏は、この歌群の後に家持の「不奏」「未奏」の歌が集中的に載録されていることについて、「宮廷内で家持が歌を披露する場面がついに得られなかったほど、仲麻呂が専制的にふるまっていたことを印象づける効果を発揮している」と述べているが、(11)これも仲麻呂関係歌を負の側面から捉えるという点で共通している。

確かに、右のような歌を耳にした（あるいは伝え聞いた）家持の複雑な胸中は察するに余りあり、その「胸中を静め」るのに時間を要したであろうことは想像に難くない。しかし、いかに「家持歌日記」としての性格を持つとは言え、万葉集という歌集の掉尾を飾るべく据えられていると見られる末四巻において、家持が「内相藤原朝臣」（仲麻呂）の専横を意図的に描き出すなどということがありうるだろうか。万葉集の末四巻はそれ以前の十六巻の中のいくつかの要素に光をあてつつそれを継承・発展させる形で編まれているというのが本書の見通しであるが、(12)その視点からすれば、家持が「皇太子」と「内相藤原朝臣」の唱和を負の側面から捉えて採録するなどというのは極めて考えにくいことである。

ちなみに、右の二首について『釈注』は、

「天地を照らす日月の極みなくあるべき」天の日継、「天地の堅めし国」の中心たる天の日継は、伴一族の代表を自認する家持にとって、ただちに、聖武天皇・元正天皇や、そしてさかのぼっては天武天皇に繋がって行くものであったろう。のちにきわめて丹念に整理した部分の冒頭にこの二首を据えたことには、それだけの意味があったというべきである。

と述べているが、むしろこの指摘の方が事の核心を突いているように思われる。仲麻呂の歌の「たはわざなせそ」は、奈良麻呂の乱の結末や仲麻呂のその後の運命を知っている我々からすれば、確かに「現体制の頂点に立った仲麻呂の思い上がりを如実に物語る」（木下正俊氏『全注巻第二十』）ものと言っても過言ではあるまいが、表現だけを虚心に見れば、臣下の妄動を戒めて治世の安泰を祈念したものに過ぎず、表向きは肆宴における詠歌としてありうる内容のものであろう。要するに右の二首（20・四四八六～七）は、肆宴の席で皇太子が天皇の治世の永遠であることを頌し、その歌に唱和する形で仲麻呂も奏上したというものであり、その点よりすれば、むしろ君臣和楽を体現したものと見るべきではなかろうか。伊藤氏の言うように、家持が「この二首を据えたことには、それだけの意味があった」のだと思われる。

これは前述の巻十九の場合にもあてはまる。(d)歌（19・四二六八）は、

天皇太后、共幸二於大納言藤原家一之日、黄葉沢蘭一株抜取、令レ持二内侍佐々貴山君一、遣二賜大納言藤原卿并陪従大夫等一御歌一首。

命婦誦曰、

此の里は継ぎて霜や置く夏の野に吾が見し草はもみちたりけり（19・四二六八）

というものであるが、これなども内容的には天皇と臣下との和歌をめぐる和やかな一齣を伝えるものであり、君臣和楽の歌の一つの典型と言ってよいだろう。[13] 伊藤氏は、この四二六八歌について直前の応詔儲作歌（讃歌C）との関連を指摘し、「応詔儲作歌を詠んだ家持にとっては、かかる歌の聴取は大いに意に適うものであったであろう」（『釈注』）と述べているが、首肯すべき見解と思われる。しかし、それならば、やはり仲麻呂の専横に対する失望が歌日記における家持歌の空白をもたらしたとは考えられないのではないか。[14]

そこで、改めて巻十九巻末部のありようを見てみよう。既に諸家によって指摘されていることではあるが、宴

に関わる歌が非常に多いということにまず驚かされる。家持関係歌群で言えば、③⑦⑩に「宴歌」または「宴」とあるが、②なども宴席での披露を想定して予作したものであろう。何よりも、①④⑤⑥が肆宴における作（またはその予作歌）であり、その過半が応詔歌（①④⑥）であるということに注意したい。歌日記において天平勝宝三年から四年にかけての家持作歌は極めて明確に肆宴を志向していると言ってよいだろう。「大王」や諸兄の臨席する宴を想定した予作歌が三例も含まれている（①②④）ことは、家持の期待がどこにあったかを如実に物語るものと考えられる（後述）。

宴席への志向は「伝聞歌」ⓑ～ⓓからもうかがわれる。ⓑは題詞に「餞」と明記されているが、ⓒも「酒肴」を「入唐使」に「賜ふ」というものであり、左注にも「楽宴」とあるので、遣唐使の餞宴で披露された作と見てよいだろう。同じ遣唐使の餞宴でもⓑが私的なものであるのに対し、孝謙天皇御製の長歌が披露されたというⓒの餞宴は、肆宴に準ずる儀礼的なものであったと推測される。先に挙げたⓓも、「黄葉」した「沢蘭」を抜き取って御製歌と共に下賜したというのだから、そのような文雅の場としてはやはり肆宴を想定すべきではないだろうか。

ところで、「伝聞歌」は巻十八までは比較的少なく、天平勝宝二年十月五日の歌（19・四二二四）以降、巻二十巻末に至るまで漸増する傾向を見せるが（参照、本書第二部第一章）、帰京後においては家持歌の空白期（天平勝宝四年のⓐ～ⓓ）に集中することが目を引く。披露の場が明確でないⓐを除けば全て宴席に関わるものと考えられるが、前述のようにⓒ・ⓓはいずれも孝謙天皇の御製であり、かつⓒが遣唐使の餞宴に関わる長歌であるということに注意しておきたい。[15]「空白」というのはあくまで家持歌の空白であって、歌日記そのものが空白になっているわけではないのである。本書第二部第一章でも述べるように、伝聞歌によって家持自身の関心の所在を示すというのも、歌日記の手法の一つと見るべきであろう。
こうしてみると、帰京後の歌日記には、家持歌・伝聞歌共に、肆宴に対する志向が顕著にうかがわれる。重要なのは、帰京後における家持歌の空白期（③と⑤の間の約一年間）にも、全く家持歌がないわけではなく、日次無記ではあるものの、讃歌Cが載録されているということである。この讃歌Cは肆宴の場における応詔歌奏上を仮想して予作したものであるが、思い合わされるのは、帰京途上に詠んだという讃歌Bも讃歌Cと同じ方向性を持った作品だということであろう。やはり讃歌B・Cをどう捉えるかということが帰京後の歌日記を理解する鍵を握っているのではなかろうか。

三　吉野讃歌の表現

讃歌B・Cについて考える前に、論の都合上、本節ではまず讃歌Aの表現を瞥見しておきたい。讃歌Aには讃歌B・Cにおいて展開する要素が既に萌していると考えられるからである。

為下幸二行芳野離宮一之時上儲作歌一首　并短歌

高御座　天の日嗣と　天の下　知らしめしける　天皇の　神の命の　かしこくも　始めたまひて　貴くも
定めたまへる　み芳野の　この大宮に　あり通ひ　見したまふらし　もののふの　八十伴の男も　己が負へる　己が名負ふ負ふ　大王の　任けのまにまに　この河の　絶ゆることなく　この山の　いや継ぎ継ぎに
かくしこそ　仕へ奉らめ　いや遠長に

（18・四〇九八）

反歌

いにしへを思ほすらしもわご大王芳野の宮をあり通ひ見す　（四〇九九）

もののふの八十氏人も芳野川絶ゆることなく仕へつつ見む　（四一〇〇）

讃歌Aは、長歌による宮廷讃歌の様式を踏むものとして家持が制作した最初のものであり、かつ集中最初の予作歌でもある。この歌は天平感宝元年五月十二日の「賀㆓陸奥国出㆑金詔書㆒歌一首」（18・四〇九四～七）と、同年五月十四日の「為㆑贈㆓京家㆒願㆓真珠㆒歌一首」（18・四一〇一～五）との間に配列されており、一見日次無記の作のようにも見えるが、別稿で述べたように、四一〇一～五の左注（「右、五月十四日、大伴宿祢家持依㆑興作」）の「右」は讃歌Aまで及ぶものと考えられるので、讃歌Aも五月十四日に詠まれた「依㆑興」の作と見てよいだろう。[16]

ところで、巻十八のこの位置に家持作の吉野讃歌が現れるというのは、ここまで万葉集を読み進めてきた者にとって必ずしも予期しうることではない。もちろん、いわゆる出金詔書歌に続いてこの作が配列されていることからすれば、小野寛氏が指摘するように、「詔書」（宣命第十三詔）を目にした感激が作歌の背景にあることは認めてよいだろう。[17]また、天武朝以後、重要な政治的局面において吉野行幸が繰り返されてきたことや、その行幸従駕に際して宮廷歌人たちによって吉野讃歌が詠み継がれてきたという伝統を考え合わせれば、家持がこのような讃歌を予作したということも、読んだ後で考えれば理解できないことではない。

しかし、このような宮廷讃歌を越中にいる家持が詠むというのは、やはり極めて異例なこととすべきであろう。離宮讃歌は行幸に供奉する下級官人によって詠まれるものであり、作歌日次が不明の場合に「類を以て」他の離宮讃歌の後に配列されることはあるにしても、原則としては行幸の日次に従って配列されるものだからである。

当時従五位上であった家持が、遠く都を離れた越中にあって宮廷讃歌を「儲けて作」り、しかもその歌を、披露した日ではなく作歌日次に従って配列するなどというのは、全く空前のことだったのである。そもそも吉野行幸は天平八年以来この時まで十三年間行われておらず、この後にも復活した形跡はない。この位置に吉野讃歌が配列されていることには唐突の感が否めないが、家持のこの作に「依興」という注記が付されているのも、こうした事情によるものであろう。[18]

予作であることを明示する宮廷讃歌というのも前例がない。類似の例をあえて集中に求めるならば、「未ㇾ逕二奏上一歌」という注記を持つ父大伴旅人の吉野讃歌（3・三一五～六）ということになるだろうし、作歌にあたって家持がこの旅人歌の存在を意識していたことは認めてよいと思われるが、[19]本質においてはやはり決定的に異なると言わざるをえない。旅人の場合は現実に行われる吉野行幸を前提として詠んでいるのであるが、越中にいる家持の場合はたとえ吉野行幸が企画されたとしても奏上の機会など訪れるはずもないという状況下で詠んでいるからである。讃歌Aは、吉野讃歌をいつの日か奏上することを夢見ている自らの姿を、天平感宝元年五月十四日という日付と共に歌日記に記し留めたものと見るべきではなかろうか。

なお、本書では「儲作」「予作」「預作」を概ね同じ意味に解しているが、これには異説もある。例えば、小野氏は「儲作」と記される歌には同時に「…の為に」とあることを重視し、「儲作」は「予作」「預作」とは違って「将来の、ある日のために、あらかじめ用意をしておいた」ものだとしている。[20]しかし、「～の為に」という記載は「為ㇾ寿二左大臣橘卿一預作歌」（19・四二五六）のごとく「預作」歌にも見受けられるものであり、小野氏の言うような使い分けがあったとは考えにくい。一方、朴一昊氏は「『儲作』は実際の披露を目的として作るのではなく、（仮想して）歌をうたうこと自体に意義のある創作行為であった」と述べ、小野氏とは全く逆の結論に至っている。[21]しかし、朴氏は例えば、

・為下向レ京之時、見二貴人一及相二美人一飲宴之日、述上懐、儲作歌二首（18・四一二〇～一）

・向レ京路上依レ興預作侍レ宴応レ詔歌一首（19・四二五四～五）

の二つの題詞を比較し、後者（預作歌）の「向レ京路上」という題詞には、前者（儲作歌）の「向レ京之時」と違って「より目的性と実現性が強く意識されていたことがうかがえる」と言うのであるが、果たして「路上」で作ったという題詞から「目的性」や「実現性」が読み取れるものだろうか。氏は前者の例が「上京の実行と実体を明確にしていない」と言うが、そういったことは前後の配列から判明する事柄であって、題詞の表現そのものからはわからないとすべきであろう。讃歌Aに戻って言えば、「儲作」とか「為」といった表現だけから実用性の有無を論ずることは難しいと思われる。

そもそも歌日記を読むという立場からすれば、家持が将来における奏上をどの程度現実的に考えていたかということはあまり問題ではない（究極的にはそれを明らかにすることはできないと思われる）。「儲けて作る」とある以上、歌日記の中では奏上のために準備して作ったと文字通りに受け取るしかないのではあるまいか。それよりも重要なのは、天平感宝元年五月十四日という時点において家持の心が「いにしへ」の吉野へと飛んでいたということであろう。しかも、越中にいるその時点では讃歌の奏上という機会があるはずもなく、家持のその心が満たされるなどということはありえなかったのである。歌日記から読み取るべきは正にそういうことではないだろうか。[22]

さて、聖武の宣命（第十三詔）に接した感動が讃歌Aの作歌につながったことは前述したが、文脈的にも宣命第十三詔と無縁ではないということをまず確認しておきたい。長歌の結びに「己が負へる　己が名負ふ負ふ……かくしこそ　仕へ奉らめ　いや遠長に」とあるのは、氏族の伝統を背負った「八十伴の男」に家持自身の思いを託して永遠の忠誠を誓うものであるが（第二反歌もほぼ同じ内容）、これは宣命第十三詔が大伴・佐伯の父祖の功を顕彰して「子は祖の心成すいし子には在るべし。此の心失はずして明き浄き心を以て仕へ奉れ」と言うのを受けているると見てよいだろう。[23] 氏族意識を前面に出しているのは、出金詔書歌との関連でこの歌が詠まれていることを強く示唆するものと思われる。

但し、本書としては、この長歌の末尾「かくしこそ　仕へ奉らめ　いや遠長に」について、その類似の表現が続日本紀歌謡や万葉集に見られるということに注意しておきたい。

1　壬戌（十六日）、天皇御㆓大安殿㆒、宴㆓群臣㆒。酒酣奏㆓五節田儛㆒。訖更令㆓少年童女踏歌㆒。又賜㆓宴天下有位人并諸司史生㆒。於㆑是、六位以下人等鼓㆑琴歌曰、

新しき年の始めにかくしこそ仕へ奉らめ万代までに　（『続紀』天平十四年正月十六日条）

2　山背の　久迩の都は　春されば　花咲きをり　秋されば　黄葉にほひ　帯ばせる　泉の河の　上つ瀬に　打橋渡し　淀瀬には　浮橋渡し　あり通ひ　仕へ奉らむ　万代までに　（17・三九〇七「讃㆓三香原新都㆒歌」）

3　天地と久しきまでに万代に仕へ奉らむ黒酒白酒を　（19・四二七五「新嘗会肆宴応㆑詔歌」）

3は、「黒酒白酒」を造って奉仕するというものではあるが、天皇に対する永遠の奉仕を詠むという点では他の二例と同様のものと見て差し支えない。また、2は披露の場が定かでないが、[24] 1は踏歌節会、3は新嘗会での詠であり、いずれも宮廷の公宴で披露されたことがはっきりしている（ちなみに1は後の催馬楽にもほぼ同型の歌が見える）。これらによれば讃歌Aの長歌末尾も天平期頃の賀歌の類型に拠ったものと考えられるが、家持がこうした類型によって讃歌Aを制作したのは、肆宴における披露を仮想しているからではないだろうか。

ここで着目すべきは讃歌Aの二つの反歌である。この二首では、「大王」の見る吉野の宮を「八十氏人も」見

る、ということが歌われるが、髙松寿夫氏はこれを「天皇と同じ宴席に列なることの喜びを、視線の共有で象徴させること」の例として挙げ、こうした「視線の共有」が当時の宴の理念を反映したものであることを指摘している。[25] 従うべき見解であろう。こうした点から見ても、讃歌Aが天皇臨席の宴における披露を仮想していることは認めてよいと思われるが、そうした設定で歌を詠むということの背後には、宴における君臣の交流を理想とし、そうした宴に座を列ねることを希求する家持の意識が潜んでいるのではあるまいか。

問題なのは、讃歌Aに潜むこうした家持の意識が讃歌B・Cにおいては次第に顕在化し、具体的に表現されるようになってくるということである。次に讃歌Bを見てみよう。

四　預作侍宴応詔歌の表現

向レ京路上依レ興預作侍レ宴応レ詔歌一首　并短歌

イ蜻蛉島　大和の国を　天雲に　磐船浮かべ　艫に舳に　ま櫂しじ貫き　い漕ぎつつ　国見しせして　天降
りまし　掃ひ平げ　千代重ね　いや継ぎ継ぎに　知らし来る　天の日継と　ロ神ながら　吾が皇の　天の下
治め賜へば　もののふの　八十伴の男を　撫で賜ひ　ととのへ賜ひ　食す国の　四方の人をも　あぶさはず
恵み賜へば　ハ古ゆ　無かりし瑞　度まねく　申したまひぬ　手拱きて　事無き御代と　天地　日月ととも
に　万世に　記し継がむそ　やすみしし　吾が大皇　秋の花　しが色々に　見し賜ひ　明らめたまひ　酒み
づき　栄ゆる今日の　あやに貴さ　（19・四二五四）

反歌一首

秋の花くさぐさにあれど色ごとに見し明らむる今日の貴さ　（四二五五）

長歌は三つの部分からなる。「申したまひぬ」までが第一段、「記し継がむぞ」までが第二段、残りが第三段である。夙に小野氏は、出金詔書歌とこの歌の冒頭部が構造的に類似していることに着目し、その淵源に宣命第十三詔があることを指摘しているが(26)、正鵠を射る見解であろう。特定の宣命を背景にした作ではないと見る向きもあるが(27)、本書としてはやはりこの歌の第一段の文脈が宣命第十三詔のそれと酷似していることを重視したい。すなわち傍線イでは降臨伝承に始まる天皇の系譜を、ロでは現在の大王の統治を、ハではその結果としての瑞祥の出現を、それぞれ歌うのであるが、このイ・ロ・ハの要素は、

…イ高天原ゆ天降り坐しし天皇が御世を始めて、中・今に至るまでに、天皇が御世御世、天日嗣高御座に坐して治め賜ひ恵び賜ひ来る食国天下の業となも、神ながらも念し行さくと宣りたまふ大命を、衆聞きたまへと宣る。ロかく治め賜ひ恵び賜ひ来る天日嗣の業と、今皇朕が御世に当りて坐せば、天地の心を労しみ重しみ辱み恐み坐すに、ハ聞こしめす食国の東の方陸奥国の小田郡に金出でたりと奏して進れり。…

（『続紀』天平勝宝元年四月一日条・訓読は『新大系』による）

という具合に、そのままの順番で宣命第十三詔に現れているのである。讃歌Bより以前の宣命でこれらの要素を全て備えたものは第四詔（和銅改元の宣命）、第六詔（天平改元の宣命）、第十三詔（出金の宣命）の三例あり、瑞祥出現を述べる際の定型と見られるが、讃歌Bに「古ゆ　無かりし瑞」というのは主に陸奥国の黄金出土を指すものであろうから(28)、やはり直接には第十三詔を意識したものと考えられる。つまり讃歌Bの第一段は、降臨伝承に独自な部分を持ちながらも大筋においては宣命第十三詔の文脈を襲ったものであり、聖武の治世を理想化したもの

として冒頭に据えられているのであろう。第二段ではその理想的な治世を「万世に記し継」ぐことを歌い、宴の主催者たる「大皇《おほきみ》」（ここでは聖武上皇を指すと考えられる）[29]を讃美しているのである。

第三段と反歌は当該長反歌の主題にあたる部分であり、一転して当日の酒宴を讃えるものとなっている。この歌の構成について、『全註釈』は「前半、神話から説き起して御代の太平を賀しているが、儀礼的で感興が乗らない」と否定的に捉えているが、酒宴を讃美するのに第一段、第二段のごとき大がかりな表現を必要としたのは、菊池威雄氏[30]や辰巳正明氏[31]の指摘するように六朝公讌詩（侍宴詩）の影響と考えられる。公讌詩には、聖君による善政の結果、天下太平となり、宴が催される、という文脈がしばしば現れるが、こうした文脈は讃歌Bにもそのまま当てはまるからである。この発想は、讃歌Bと同じ勝宝三年に書かれた『懐風藻』序文にも、

是に三階平煥、四海殷昌、旒纊無為、巌廊暇多し。旋文学の士を招き、時に置醴の遊を開きたまふ。此の際に当りて、宸翰文を垂らし、賢臣頌を献る。

という形で見られるが（訓は『大系』による）、これは近江朝の事績をそのまま伝えるものというよりは天子が宴を主催することの意味を理念的に表現したものと考えられる。つまり、長歌前半部はこうした宴の理念を表現するために置かれたものであり、辰巳氏の指摘するごとくそこには「君臣和楽の基本的な姿」が示されているものと見てよいだろう。[32]

但し辰巳氏は、讃歌Bの意図について「天皇に近侍して奉仕した大伴の遠祖への誇りを思い、そのように天皇に仕えることを主旨とする君臣の心を示すことにあった」と言うのであるが、[33]この長反歌の眼目は「酒みづき栄ゆる今日」の貴さを讃美するところにあり、「己が負へる　己が名負ふ負ふ」（讃歌A）というような氏族意識は相対的に弱くなっていると見るべきである。注目すべきは、讃歌Aでは背景として想定されているに過ぎな

かった大君臨席の宴が、讃歌Bではそれ自体価値あるものとして主題に据えられているということである。そもそも、宴そのものに価値を見出し、直接讃美の対象に据えるという発想は記紀や人麻呂などの宮廷讃歌には見られないものであったが、讃歌Bに至って肆宴（しかも秋の花を賞美する文雅の宴）が対象化され、理念的に表現されたということは看過できない。ここでは家持の理想とする宴のあり方が具体的に語られ、肆宴に座を列ねることを希求する意識が顕在化してきているのである。

「酒みづく」は「酒盛りする」（『時代別国語大辞典上代編』）というほどの意味であろうが、用例の少ない語であり、万葉では家持歌に二例（当該歌と19・四二一六）あるほかは、河内女王の歌に一例（18・四〇五九）あるだけである。[34]これは偶然ではあるまい。河内女王の歌は越中において田辺福麻呂から伝えられた次の歌群に含まれているからである。

　太上皇御㆓在於難波宮㆒之時歌七首　清足姫天皇也

　左大臣橘宿祢歌一首

堀江には玉敷かましを大皇を御船漕がむとかねて知りせば　（18・四〇五六）

　御製歌一首　和

玉敷かず君が悔いて言ふ堀江には玉敷き満てて継ぎて通はむ　（四〇五七）

　或云、玉こき敷きて

　右二首件歌者、御船泝㆑江遊宴之日、左大臣奏并御製。

　御製歌一首

橘のとをの橘八つ代にもあれは忘れじこの橘を　（四〇五八）

河内女王歌一首

橘の下照る庭に殿建てて酒みづきいますわが大君かも　（四〇五九）

粟田女王歌一首

月待ちて家には行かむわが挿せる赤ら橘影に見えつつ　（四〇六〇）

右件歌者、在二於左大臣橘卿之宅一肆宴御歌并奏歌也。

堀江より水脈引きしつつ御船さす賤男の伴は川の瀬申せ　（四〇六一）

夏の夜は道たづたづし船に乗り川の瀬ごとに棹さし上れ　（四〇六二）

右件歌者、御船以二綱手一泝レ江遊宴之日作也。伝誦之人、田辺史福麻呂是也。

冒頭二首は橘諸兄と元正上皇との唱和であり、続く三首も元正と二人の女王との唱和であるが、これは前掲の『懐風藻』序文で言えば「宸翰文を垂らし、賢臣頌を献る」という世界に相当するものであり、君臣唱和の一つの典型と言ってよい。しかも、河内女王の歌の「酒みづきいますわが大君かも」（傍線部）というのは、酒宴を開いていることそれ自体を価値あるものとして「わが大君」を讃美するものであり、讃歌Bの発想に通ずるものがある。家持がこの歌群の君臣唱和に強い関心を寄せていたことは、四〇五七歌の題詞・左注（家持の自記と見られる）が唱和という点を強調していることや（波線部）、家持自身の追和歌（19・四〇六三～四）の存在から明らかであるが、讃歌Bに「酒みづく」の語が用いられることからすれば、讃歌B制作時にもこの歌群を意識していたと見るべきである。蓋し、家持はこの歌群に見られるような君臣唱和の行われる宴を理想とし、帰京後そうした宴に座を列ねることを期待してこの讃歌Bを制作したのであろう。その讃歌Bが「向レ京路上」という題詞を伴って歌日記のこの位置に載録されているのは、末四巻の編者である家持が、そのような期待を持って帰京の途に就いた自らの姿を示そうとしているからではなかろうか。

なお、巻十九は讃歌Bに続いて「為レ寿二左大臣橘卿一預作歌」（19・四二五六）を載録する。前述のごとくこの歌は帰京後のものとして提示されていると見られるが、[35]讃歌Bと諸兄讃歌が予作の形でここに配されているのは、帰京前後における家持の期待がどこにあったかを物語るものとして注目に値しよう。

五　応詔儲作歌の表現

為レ応レ詔儲作歌一首　并短歌

あしひきの　八つ峰の上の　つがの木の　いや継ぎ継ぎに　松が根の　絶ゆる事なく　あをによし　奈良の
京師に　万代に　国知らさむと　やすみしし　吾が大皇の　神ながら　思ほしめして　豊の宴　見す今日の
日は　もののふの　八十伴の男の　嶋山に　あかる橘　うずに刺し　紐解き放けて　千年寿き　寿きとよも
し　ゑらゑらに　仕へ奉るを　見るが貴さ　（19・四二六六）

反歌一首

すめろきの御代万代にかくしこそ見し明らめめ立つ年のはに　（四二六七）

右二首、大伴宿祢家持作之。

讃歌Cは、群臣が酒宴に集う様を描写することによって宴の主催者たる「大皇《おほきみ》」を讃美するものであり、その点、伝統的な発想に基づくものであるが、[36]「豊の宴」を催すに至った天皇の心中を「…あをによし　奈良の京師

に　万代に　国知らさむと」と引用文の形で歌っていることは看過できない。そもそも天皇の心中を忖度して歌うということ自体が異例なことではあるが、このように宴というものを天皇の統治との関係において捉え、それを表現するということもまた前代の讃歌にはない発想だからである。前代の讃歌では群臣の描写によって天皇が讃美されればそれで事足りたのであるが、讃歌Cでは宮廷公宴の開催がいかなる意味を持つかということまで具体的に歌い、宴の理念を明確に表現しようとしている。これは天皇の統治と宴の開催とを不可分のものとする理念に基づいており、その点において讃歌Bと軌を一にするものである。

　しかし讃歌Cで注意されるのは、天皇の視線と歌の詠み手の視線がどちらも宴に集う群臣に向けられている（傍線部参照）ということである。高松氏の言う「視線の共有」であるが、氏も指摘するごとく、讃歌Cの場合、共に見ているのが周囲の美景ではなく「宴」そのものであるという点に著しい特徴がある。[37] 看過できないのは、その宴が「八十伴の男」の打ち解けた様子を中心に描写されているということである。「紐解き放けて」「ゑらゑらに」といった表現は天皇讃歌としては全く例のないものだからである。打ち解けてくつろぐ様子を歌うことでその宴を讃美するという発想は『懐風藻』にも例のないものではないが（参照、本書第三部第五章）、それを「大皇」の讃仰に結び付け、長歌形式による伝統的な天皇讃歌の表現に取り込んだのは家持の独創であり、宴における君臣のあり方を歌おうとする家持の姿勢を端的に示すものと言うべきだろう。

　「寿きとよもし」というのも他に例を見ない表現であるが、「とよもし」とある以上、賑やかに声をあげてことほぐことを意味するはずである。ここで想起されるのは、『続紀』天平十四年正月十六日条（前掲）の「…また、宴を天下の有位の人、并せて諸司の史生に賜ふ。是に、六位以下の人等、琴鼓きて、歌ひて曰はく、新しき年の始めにかくしこそ仕へ奉らめ万代までに、といふ」という記事である。新年の賀宴（ここは踏歌の宴）において、永遠の奉仕を主題とする賀歌が琴に合わせて歌われたというのであるが、讃歌Cに「立つ年のはに」（反歌）とあることからすれば、恐らく讃歌Cが披露の場として想定しているのも新年の賀宴なのである。[38] 蓋し、「千年寿き寿きとよもし」とは、こうした賀歌の奏上を念頭に置いた表現なのであろう。とすれば、讃歌Cでは群臣が打ち解けて賀歌を奏上する様子が理想的なものとして描かれていることになるが、このような、歌を媒介として君臣が打ち解け楽しむという宴のあり方こそ、家持の追求したものだったのではなかろうか。[39]

このように、家持の讃歌A・B・Cには、いずれも宴における君臣の交流を重視する意識が読み取れるが、その意識はAよりも帰京前後のB・Cにおいて明らかに深化している。讃歌Dについての論述は本書第一部第六章に譲るが、さしあたって指摘しておきたいのは、讃歌Dでは宴が直接のテーマになっていないということである。宴に対するこうした意識は、帰京前後に制作された讃歌B・Cにおいて特に顕著だったのである。

ここで問題なのは讃歌Cの配列である。前述のごとく、讃歌Cは帰京後最も家持歌の少ない勝宝四年の作として配列されているのであるが、ほかならぬこの時期に、こうした歌が配列されていることをどう捉えるべきであろうか。

これについて伊藤博氏は、讃歌Cの前に配列された歌群（第二節に掲げた(a)(b)(c)）に着目し、讃歌Cは(a)（四二六〇～一）の抒情に刺激された感興の作であると説く。[40] 伊藤氏によれば(b)（四二六二～三）に「閏三月」とだけあるのは日次明記の例ではなく、これは(c)（四二六四～五、日次無記）と同様に後でそこに補入されたものであって、讃歌Cは本来は(a)と資料的に同居していたというのである。しかし、この論理には飛躍がありはしないだろうか。仮に(b)・(c)が後の補入であったとしても、それが直ちに(a)と讃歌Cとの資料的同居関係や、まして内容的関連を示すとは限らない。第一、(a)と讃歌Cが本来そのような密接な関係にあったのだとすれば、日次無記の歌である讃歌Ｃの前に(b)・(c)を割り込ませた理由が問題となるはずであるが、伊藤氏の論ではその点の説明がつかないのである。

思うに、讃歌Ｃの配列は(a)ではなく(c)・(d)との関わりで理解すべきものではないだろうか。讃歌Ｃは肆宴における応詔歌奏上を仮想したものであるが、この配列に従って読む限り(41)、前後の孝謙御製と響き合う形で配列されていることは明らかだろう。前述のごとく(c)は孝謙天皇が勅使を遣わして遣唐使に酒肴を下賜した際の長反歌であるが、これは儀礼的なものとはいえ、和歌を通じての君臣の交流を端的にうかがわせるものだからである。(c)が儀礼長歌であるということを考えると、同じく儀礼長歌である讃歌Ｃは正に絶妙な位置に配列されていると言ってよいのではなかろうか。

帰京前後に詠まれた讃歌Ｂ・Ｃが宴における君臣の交流を特に強く志向しているということは前述したが、(c)が肆宴において臣下を慰労するために披露された御製歌であったこと、しかも長反歌であったことは、家持のそうした志向に適うものと言える。孝謙天皇の儀礼長歌に触発された家持が、近い将来の肆宴における長歌奏上を仮想し、讃歌Ｃを制作する――そのような文脈をここからは読み取るべきではなかろうか(42)。もちろん讃歌Ｃが本当にこのタイミングで詠まれたのかどうかを確認するすべはないが、少なくとも歌日記の中ではそのような作品として位置づけられていると見るべきであろう。

だが、歌日記をたどる限り、家持にそのような宮廷讃歌奏上の機会は遂に訪れなかったようである。(d)歌の披露された場に家持が同席していたかどうかは全く不明であるが、少なくとも家持に詠歌の機会がなかったことだけは間違いあるまい。また、家持は天平勝宝四年十一月八日には諸兄邸における聖武上皇臨席の肆宴に席を列ねているが⑤、この時の家持歌（19・四二七二）には「未奏」とあり、結局短歌さえ披露できなかったということが示されているのである。「未奏」という注記には、奏上できなかったという現実とは裏腹に、却って奏上というごとに対する家持の並々ならぬ意気込みが読み取れるが、聖武や諸兄が少なくともこの場では家持に積極的に詠歌を求めなかったということもまた事実ではないだろうか。巻十九巻末部は、帰京にあたって君臣和楽を志向する家持の姿と、それが容易に実現しないという現実とを交互に描き出し、その齟齬に起因する家持の葛藤を軸として展開しているということなのである。(43)

六　おわりに

以上、讃歌A～Cを歌日記の中に位置づけることを試みた。これらの宮廷讃歌はいずれも肆宴における披露を仮想して詠まれたものと考えられるが、帰京前後に制作された讃歌B・Cにおいては、肆宴そのものが讃美の対象になっているという点に著しい特徴がある。特に讃歌Cには、群臣が打ち解けてくつろぐ様子や、賀歌を奏上する様子が描写されているが、このような表現は前代の宮廷讃歌には見られないものである。これらの歌からは君臣和楽の宴を理想とする家持の和歌観がうかがわれるが、大切なのは、このような独自の表現を持つ宮廷讃歌が、歌日記において、家持の帰京前後に集中して現れるということであろう。(44)要するに、歌日記は、帰京後の現実の中に理想を求めようとする家持自身の姿を描き出そうとしているのである。そして、その理想が容易に実現しなかったということは、第十九巻末部からも十分に読み取れることと言ってよい。歌日記における帰京後の家持作歌は、反仲麻呂といった政治意識よりは、むしろ自らの文学的理想と現実との食い違いに起因する葛藤を軸として展開しているのではないだろうか。

〔注〕

（1）いわゆる出金詔書歌（18・四〇九四～七）のような作も広い意味では宮廷讃歌の範疇に入るかもしれないが、行幸や肆宴を背景に持つ伝統的な宮廷讃歌とは異質なものと見て、本章では考察の対象から外した。

（2）橋本達雄「田辺福麻呂―橘諸兄との関連―」『万葉宮廷歌人の研究』一九七五、初出一九六七・一、四三五頁以下。

（3）残りの四首のうち三首までが防人関係長歌であることも注意されるが、この三首については本書第二部第五章、及び第二部補論一を参照。なお、残る一首は喩族歌（20・四四六五～七）である。

（4）本章では主に讃歌A～Cについて考察する。讃歌Dについては本書第一部第六章を参照。

（5）伝聞歌については拙稿参照（「万葉集末四巻の伝聞歌―家持歌日記の方法―」『美夫君志』第七八号、二〇〇九・三、本書第二部第一章）。

（6）②には日付がなく、本論の初出稿では①と同時の作と見ていたが、その後「依興」注記について考えを進めるうちに、②は帰京後の作として配列されたものと考えるに至った。詳しくは拙稿参照（「大伴家持の依興歌―家持歌日記の問題として―」『和歌文学研究』九〇号、二〇〇五・六、本書第三部第二章）。

（7）伊藤博「歌日誌の空白」『万葉集の歌人と作品』下、一九七五、初出一九六二・七、三三〇頁。

（8）川口常孝『大伴家持』一九七六・一一、八〇六頁。

（9）注5拙稿参照。なお、末四巻において光明・孝謙・仲麻呂の歌は全て「伝聞歌」であるが、巻十九の他の例（四二二四、四二四〇～一、四二四二～四）には、いずれも伝誦者や伝聞時期に関する注記がある。特に後の二例は左注に「但年月次者、随二聞之時一載二於此一焉」（19・四二四〇～四左注）とあり、家持による蒐集であることは動かしがたい。

（10）北山茂夫『万葉集とその世紀』下、一九八五・一、三二八頁。

（11）山﨑健司「歌群のありようから見た巻第二十」『大伴家持の歌群と編纂』二〇一〇、初出二〇〇五・六、三一七頁。なお、同書三八二頁では、この歌について「仲麻呂の歌を登場させることによってその専横ぶりを強調している」とも述べている。

（12）本書「緒言」参照。なお、末四巻がそれ以前の巻を踏まえる形で編まれていることについては、本書第一部第一章及び第二章においても既に言及した。
（13）ちなみに、「伝聞歌」は基本的に家持の和歌観によって選択された歌々であると考えられるが、光明・孝謙・仲麻呂の歌は概ね君臣和楽や交友に関わるものとして採録されているのではないだろうか。注5拙稿参照。
（14）本論初出稿の執筆時には『釈注』（巻第十九・巻第二十、一九九八・一二）はまだ世に出ていなかったが、今思うに『釈注』のこの説明は伊藤注7論文の言うところと矛盾を来してしまうように思われる。
（15）「伝聞歌」に遣唐使関係の歌が多いことについては注5拙稿参照。なお、家持は餞宴を文学の場として重視していたと考えられる（参照、拙稿「万葉集の餞宴の歌―家持送別の宴を中心として―」『国語と国文学』第八八巻第六号、二〇一一・六、本書第一部第三章）。
（16）参照、拙稿「万葉集末四巻における作者無記の歌―歌日記の編纂と家持―」『国文学研究』第一五六集、二〇〇八・一〇、本書第三部第一章。
（17）小野寛「家持と陸奥国出金詔書」『大伴家持研究』一九八〇、初出一九七一・一二、及び注26論文。
（18）注6拙稿参照
（19）旅人歌の「未レ遷二奏上一歌」という注記には予め歌を用意していたという状況を想定しうるが、土屋文明『私注』（四〇九八の項）の指摘するように、これは「儲作」という讃歌Aの態度と重なると言ってよい。宣命第十三詔が大伴・佐伯に対して父祖と同じ心で仕えるよう求めていること（後述）や、当該歌にそれを受けた表現があることを重視するならば、旅人の吉野讃歌の影響はやはり無視できないであろう。家持が初めて試みた長歌体の宮廷讃歌が吉野讃歌であり、かつ最初の「儲作」歌であったという点にも旅人の影響を考えるべきではないだろうか。なお、本論初出稿の発表後、朴一昊氏も、家持の当該作の発想の淵源が旅人の吉野讃歌にあることを指摘している（「家持の儲作歌」『セミナー万葉の歌人と作品　第八巻』二〇〇二・五）。
（20）小野寛「家持予作歌の形成と背景」注17前掲書所収、初出一九七八・一二、三七五頁。
（21）朴注19論文
（22）鉄野昌弘氏は、出金詔書歌や吉野讃歌の「高揚」が、越中にあって局外に置かれているということに起因する「陰鬱な気分」と表裏するものだと述べているが（「大伴家持『予作歌』の性格と位置」『芸文研究』第一〇九号第一分冊、二〇一五・一二）、これは讃歌Aが歌日記の中でいかなる意味を持っているかを指摘したものとして注目に値する。

(23) 但し、こうした発想は宣命においても先例のないものではない。新沢典子氏は宣命第十一詔に「…継ぎ坐さむ天皇が御世御世に明き浄き心を以て祖の名を戴き持ちて、天地と共に長く遠く仕へ奉れとして…」（『続紀』天平十五年五月五日）とあるのを挙げ、讃歌Aとの類似を指摘している（「大伴家持の吉野讃歌と聖武天皇詔」『万葉』第一八四号、二〇〇三・七）。この宣命第十一詔も、皇太子阿倍内親王（後の孝謙天皇）が五節の田舞を舞った五月五日の肆宴において宣下されたものであり、宴との関わりが注意される。

(24) この「讃三香原新都歌」は「右馬頭境部宿祢老麻呂」による久迩京讃歌としていわゆる巻十七冒頭歌群に載録されるものである。天平十三年二月の作とあるので、久迩京讃歌の中では最も早い時期に詠まれたものであるが、この歌の作者が「右馬頭」（従五位上相当）という比較的高位の人物であることは看過できない。この作が歌日記の導入とも言える巻十七冒頭歌群に含まれていることについては稿を改めて考えてみたい。

(25) 髙松寿夫「宮廷公宴における視線の共有―山部赤人、大伴家持の作品に触れながら―」『上代和歌史の研究』二〇〇七、初出一九九五・三、四〇八頁。

(26) 小野寛「家持の皇統讃美の表現―「あまのひつぎ」―」注17前掲書所収、初出一九七一・一一、三三九頁。

(27) 大濱眞幸「大伴家持作『依興預作侍宴応詔歌』のこころとことば」『論集古代の歌と説話』一九九〇・一一。

(28) 宣命第十二詔には「黄金は人国より献ることはあれども、斯の地には無き物と念へるに、……部内の小田郡に黄金在りと奏して献れり」とあり、陸奥国の黄金出土がかつてない瑞祥であることが強調されている。

(29) 家持の讃歌BやCに詠まれる「大皇」が誰を指しているかというのは難しい問題である。この時点では聖武は譲位しており、孝謙天皇を指すという可能性も考慮しなければならないからである。しかし、讃歌Bに詠まれる瑞祥とは陸奥国よりの黄金献上を指していると考えられるので、少なくとも讃歌Bについては聖武上皇を指すとするのが穏当であろう。

(30) 菊池威雄「天平の寿歌『預作侍宴応詔歌』」『天平の歌人大伴家持』二〇〇五、初出一九九三・六、五一一頁以下。

(31) 辰巳正明「応詔―大伴家持の政道について」『万葉集と比較詩学』一九九七・四、五一六頁以下。

(32) 辰巳注31前掲書、五一七頁。

（33）辰巳注31前掲書、五二三頁。

（34）雄略記に載る「天語歌」第三首にも「ももしきの　大宮人は　鶉鳥　領巾取り掛けて　鶺鴒　尾行き合へ　庭雀　踞集りゐて　今日もかも　酒みづくらし　高光る　日の宮人　ことの　語りごとも　こをば」（記一〇二・歌番号は大系『古代歌謡集』による）とあり、宮廷讃歌に関わりの深い語であることが知られる。

（35）注6拙稿参照

（36）森朝男氏は、大宮人を歌うことがそのまま行事の主催者たる天皇への讃美になるという発想形式の存在を指摘している（「景としての大宮人―宮廷歌人論として―」『古代和歌の成立』一九九三、初出一九八四・一一）。注34に掲げた「天語歌」第三首などは典型的な例であろう。

（37）高松注25前掲書、四一一頁。

（38）平安朝の儀式書によれば、新年の賀宴（元日節会・白馬節会・踏歌節会）と新嘗祭豊宴節会とは基本的に同じ構造を持っていたようなので、いずれの宴にも使い回しが可能であったと推察される。実際、この年の新嘗会の肆宴では応詔歌が奏上されており（19・四二七三～八）、この時の藤原八束の歌（19・四二七六）には讃歌Cの類句も認められる。但し、八束の歌と讃歌Cに類句があることの理由は不明である。参照、本書第三部第五章。

（39）太田豊明氏は、応詔歌というものが「〈身内〉的な意識に裏打ちされた、非常にくつろいだ自由な雰囲気」の中で詠まれる傾向があることを指摘している（「山部赤人の応詔歌―宮廷歌人論として―」『上代文学』第七四号、一九九五・四）。家持が讃歌B・Cを「応詔」という設定で詠むのは、そういう打ち解けた宴のあり方を志向していたからであろう。参照、本書第三部第五章。

（40）伊藤博「家持の芸―預作讃歌をめぐって―」『万葉集の表現と方法』下、一九七六、初出一九七一・一、一六八頁以下。

（41）日次不明の伝聞歌は伝聞した時期に従って配列されるのが原則であり（三九一五・四二二四・四二四〇～七・四二六〇～一の左注参照）、ここもそのような原則に従って読むことが求められていると見るべきなのであろう。なお、念のために言えば、本書は万葉集の現態における編纂原理を問題にしているのであって、伊藤氏のようにこの配列を成立論的に捉えているわけではない。

（42）このように、讃歌Cの制作が孝謙御製と響き合う形で載録されていることを重視するならば、そこに歌われる「吾が大皇」

とは直接には孝謙を意識したものと一応は考えられる。長歌に「あをによし　奈良の京師に　万代に　国知らさむと」とあることからすれば、「大皇」は「いつまでも国を統治しよう」と思って「今日」「豊の宴」を主催しているのであるから、やはり讃美の対象は現天皇たる孝謙とするのが穏やかであろう。但し、家持には「天皇」（スメロキ）というものを永遠に続く皇統譜の中で捉えようとする傾向があり、その点よりすれば、この「大皇」をあえて特定の天皇に結び付ける必要はないのかもしれない。なお後考を待ちたい。

(43)　こうしたことに対する鬱屈は家持の心の奥底に沈澱していったと見られる。春愁歌に至る巻十九巻末部は、そうした家持の鬱屈を底流させせつつ展開しているのではないだろうか。参照、拙稿「拙懐歌の論―帰京後の家持―」『国文学研究』第一二五集、一九九八・六、本書第三部第四章。及び、「家持の未奏歌―帰京後の宴―」『古代文学の思想と表現』戸谷高明編、二〇〇〇・一、本書第三部第六章。

(44)　公的性格を持った儀礼歌を「予作」するということ自体、かくあるべしと家持が願う理想世界を描き出すことだったのではないだろうか（参照、本書第三部第五章）。ちなみに鉄野氏は、近年の論文（注22論文）において、帰京前後の予作歌に家持の「期待」を読み取った上で、次のように述べている。

それが、「予作歌」のままで終わること、披露された場が記されないこと――すべての「予作歌」がそうであるが――は、やはりその期待が裏切られたことを暗示するのではないか。特に、⑤⑥⑦（讃歌B・C及び諸兄讃歌のこと、引用者注）を経て、巻十九巻末の徹底的な孤立の表現へと向かう配列の中で、帰京時の期待が失望へと変わって行ったことが推測されるのである。

鉄野氏のこの言説は、予作歌が歌日記に載録されることの意味を正しく把握したものとして重要である。但し、そのような家持の「失望」を歌日記が積極的に語ろうとしているのかということになると、なお慎重に検討する必要があると思われる。この問題については本書第三部第六章で改めて考えたい。

第五章　大伴家持の春愁歌

一　はじめに

廿三日依レ興作歌二首

春の野に霞たなびきうら悲しこの夕影に鶯鳴くも　（19・四二九〇）

我がやどのいささ村竹吹く風の音のかそけきこの夕かも　（四二九一）

廿五日作歌一首

うらうらに照れる春日にひばり上がり情《こころ》悲しもひとりし思へば　（四二九二）

春日遅々、鶬鶊正啼。悽惆之意、非レ歌難レ撥耳。仍作二此歌一、式展二締緒一。但此巻中、不レ偁二作者名字一、徒録二年月所処縁起一者、皆大伴宿祢家持裁作歌詞也。

巻十九巻末部に据えられた右の三首（以下、春愁歌）は、家持作歌の一つの到達点を示すものとして大正期以後高く評価されてきたものであるが[1]、その抒情の質については未だに共通の理解が得られているとは言い難い。特に第三首（四二九二）については、下二句に孤愁を読み取る方向に落ち着きつつあるけれども、その孤愁の内実となると漠として捉えがたく、表現そのものが何か特定のものと結びつけられることを拒んでいるようでさえある。これは、「うら悲し」「情悲しも」の対象が明瞭に示されていないという事情によるところが大きいが、その言外に表現された部分を問題にせざるをえないところに当該歌群の難しさがあると言えよう。

かつて山本健吉氏は、第一首（四二九〇）を評して「霞がたなびいている春の野の景色の中に、彼の悲しさがみなぎり拡がっている」と評したが、氏によれば、その感情は「原因不明だから圧えようもない」のだという。(2) 本書はそういった理解を一概に否定するものではないが、当時の読み手（と想定される奈良朝官人層）が「原因不明」の悲しみを何らの前提もなく歌の表現として享受できたのであろうか。漠たる悲愁を自然の風物に寄せて歌うという発想は天平期には例のないものではないが、(3) 当該歌群のように春景を孤愁に結びつける発想は――家持歌を例外とすれば――万葉においては必ずしも一般的とは言いがたい。しかし、作者と享受者の間に何らかの共通理解があることを前提とする古代和歌のあり方からすれば、その基底には奈良朝の官人が共有できるような何らかの発想が潜んでいると考えるべきではないか。

もちろん従来もこの点の解明に力が注がれてきており、中国文学の影響など、個別的な事柄はかなりの程度明らかになっていると言えるだろう。(4) 本章ではそれら先学の達成を踏まえつつ、春愁歌の表現について検討し、その万葉集における意義を考察する。

二　春愁と鶯――四二九〇番歌の問題

二十三日作歌には「依興」という題詞が付されているが、この題詞の意味するところに関しては本書第三部第二章の論述に譲り、ここではまず歌の表現を見ていきたい。

第一首（四二九〇）の第三句「うら悲し」については、これを「夕影」にかかる連体修飾語と見る説（『新考』『注釈』『全注』『釈注』など）と、この句で切れていると見る説（『全釈』『私注』『窪田評釈』『大系』『新大系』『全解』『和歌文学大系』など）の、両説が行われている。まずこれについて考えておきたい。

「うら悲し」を連体修飾と見る根拠としては次の二例がしばしば挙げられる。

a　うら恋し我が背の君はなでしこが花にもがもな朝な朝な見む　（17・四〇一〇）

b　我が背子と　手携はりて　明けくれば　出で立ち向ひ　夕されば　振り放け見つつ　思ひ延べ　見なぎし山に　八つ峯には　霞たなびき　谷辺には　椿花咲き　うら悲し　春し過ぐれば　霍公鳥　いやしき鳴きぬ　独りのみ　聞けば寂しも…　（19・四一七七）

確かにaは「うら恋し」がそのままの形で連体格になっていると見てよいだろう。しかし、bは池主への贈歌で、「八つ峯には　霞たなびき　谷辺には　椿花咲き」という春景を眼前にしながら、それを共に見ることができないまま無為に春が過ぎていったこと（「春し過ぐれば」）を「うら悲し」と詠んだものであろう。とすれば、「うら悲し」は形としてはむしろ前後の文脈（波線部）に対する挿入句的な表現と捉えるべきではあるまいか。もっとも、仮にこの句を連体格と取ったところで、この長歌が「霞たなびき」「椿花咲き」という上からの文脈を受けて「うら悲し」と詠んでいることに変わりはなく、従って「うら悲し」が「春」に直接かかっているかどうかはあまり本質的な問題ではないと思われる。大切なのは、「うら悲し」が前後の文脈に対する感懐だということであるが、構文的な類似から見て、四二九〇の場合も同様と考えるべきではなかろうか(5)。

ちなみに、四二九〇を三句切れと見る『新大系』は、「うら悲し」について「たなびく霞を見て心悲しくなることを言う」とし、「『夕暮はものぞ悲しき』（和泉式部集）などは平安時代以降の発想であり、万葉集には例がない」と指摘するが、このように下二句と「うら悲し」とを切り離すような理解の仕方には賛同できない。四二九〇歌の「うら悲し」も形としては挿入句であって[6]、前後に描写される春景の総体に対し悲愁を表出したもの[7]と見るべきであろう。

それにしても、霞の中で鶯が鳴くことを、何故、「うら悲し」と歌うのか。

万葉の「鶯」一般については、既に多くの先学により、『詩経』伐木篇との関係が指摘されている。[8]すなわち、『詩経』に「伐レ木丁丁、鳥鳴嚶嚶、出レ自二幽谷一、遷二于喬木一、嚶其鳴矣、求二其友一声、相彼鳥矣、猶求レ友声…」とあり、当該部分を引用する『文選』李善注に「毛詩曰、鸎其鳴矣」とあることから、鶯は友を求めて鳴く鳥として理解されていたというものである。例えば渡瀬昌忠氏は、「少なくとも、李善注によって文選を読んだ上代日本人は、毛詩の伐木の『嚶嚶』を、『鸎』が『友』と鳴きかわし、また『友』を求めて鳴く声として受容したことは疑いない」とし、「四十八首にのぼる万葉集の鶯を詠ずる歌には、すべて友を求める鸎が下敷きになっているものと見て大過はない」と述べている。[9]この『詩経』伐木の詩句は『芸文類聚』「交友」（巻二十一）の項にも引かれており、万葉時代の歌人が、鶯を交友の観念と結びつけていた蓋然性は高いと言えるだろう。

ここで想起されるのは、越中における池主との贈答歌群である。まず家持は次のように述べる。

…方今、春朝春花、流二馥於春苑一、春暮春鶯、囀二声於春林一。対二此節候一、琴罇可レ翫矣。雖レ有二乗レ興之感一、不レ耐二策レ杖之労一。独臥二帷幄之裏一、聊作二寸分歌一。…

（17・三九六五〜六前置書簡）

この書簡において、花は単に「春花」とあるのに、鳥の方は「鶯」に限定されている（傍線部）。また、この鶯の鳴く季節に、本来なら宴を開くべきであるが、それもできず、「独り」歌を作るという状況が記されている（波線部）。吉田信宏氏も指摘しているように、[10]この贈答において、家持が『詩経』伐木篇を意識し、「鶯」を交友

の象徴として表現に取り込んでいるということは認めてよいであろう。一方、これに対し池主は、

　…紅桃灼々、戯蝶廻レ花儛、翠柳依々、嬌鶯隠レ葉歌。可レ楽哉。（中略）豈慮乎、蘭蕙隔レ藂、琴罇無レ用、空過二令節一、物色軽レ人乎。…

（17・三九六七～八前置書簡）

と答える。春を「楽しぶべき」ものと捉え、この季節に宴を共有できないことを「空し」と表現するものであるが（波線部）、その春の美景として「紅桃」「戯蝶」「翠柳」と並び「嬌鶯」が挙げられているということに注意したい。これはやはり家持の書簡に見える「春鶯」を受けたものと見るべきではなかろうか。

　事実、書簡に添えられた歌の贈答においても、家持の「うぐひすの鳴き散らすらむ春の花いつしか君と手折りかざさむ」（17・三九六六）に対し、池主は「うぐひすの来鳴く山吹うたがたも君が手触れず花散らめやも」（17・三九六八）と応じ、家持は更に「…隠り居て　思ひ嘆かひ　慰むる　心はなしに　春花の　咲ける盛りに　思ふどち　手折りかざさず　春の野の　茂み飛び潜く　鶯の　声だに聞かず…」（17・三九六九）と贈っている。「鶯」を共に賞美すべき美景として意識し、それが叶わぬ現実の状況を「…時の盛りを　いたづらに　過ぐしやりつれ」（17・三九六九）などと惜しむのである。少なくとも贈答の最初の時点において、「桜」や「山吹」などと並び、「鶯」が常に話題となっていることは注意してよい。

　こうした発想は家持以前にも見られるもので、例えば、神亀四年正月の次の歌にも指摘することができる。

真葛延ふ　春日の山は　打ち靡く　春さりゆくと　山の上に　霞たなびき　高円に　鶯鳴きぬ　もののふの
八十伴の男は　雁がねの　来継ぐこのころ　かく継ぎて　常にありせば　友並めて　遊ばむものを　馬並め
て　行かまし里を（中略）天皇の　御命恐み　ももしきの　大宮人の　たまほこの　道にも出でず　恋ふる
このころ　（6・九四八）

この歌は左注によれば、諸王・諸臣が外出を禁ぜられた時の作であるが、ここでは、「霞」がたなびき、「鶯」が鳴いているのに、それを「友」と賞美できない鬱屈（左注には「悒憤」とある）を歌っているのである。これは、「霞」や「鶯」を友と賞美すべきものとする発想が、官人層では既にある程度共通の理解となっていたことを示している。

但し、家持においては「梅花歌三十二首」（5・八一五～八四六）の影響も無視できないと思われる。天平二年の梅花の宴が万葉集においてシンボリックな意味を持ち、家持がこの時の歌々に対して憧憬の念を持っていたらしいことは、追和歌（19・四一七四）の存在によっても明らかであるが、家持が池主との贈答や春愁歌において「鶯」を歌うのは、家持が「梅花歌三十二首」（特にその序）を意識していたからではないだろうか。表現の類似がそれを証している。

A　曙の嶺に雲移り、松は羅を掛けて蓋を傾け、夕の岫に霧結び、鳥は縠に封ぢられて林に迷ふ。（中略）是に、天を蓋にし地を坐にし、膝を促け觴を飛ばす。　（梅花歌序…5・八一五～八四六序）

B　春朝の春花、馥ひを春苑に流し、春暮の春鶯、声を春林に囀る。此の節候に対ひ、琴罇翫ぶべし。　（17・三九六五～六前置書簡、家持）

C　春の野に霞たなびきうら悲しこの夕影に鶯鳴くも　（春愁歌…19・四二九〇）

こうして見るとAとBの類似は明らかである。どちらも朝夕の美景を対句的に述べ、それを前提に酒を酌み交わすべきことを述べている。Bが漢籍の表現に倣っていることは諸家の指摘するところであるが、発想においてはむしろ梅花歌序に拠るところが大きいのではないか。歌に漢文の序を付すということは旅人・憶良を先蹤とするものであり、かつ梅花歌が辺境における交友を体現したものであってみれば、家持が範を梅花歌序に求めたとしても不思議はない。

特に、梅花歌序（A）の傍線部は、夕暮れの山に「霧」（ここは霞の意）がかかり、鳥はその「霧」に封じ込められて林の中に迷っている、というのであるが、この表現はB・Cの傍線部と酷似している。特にCの表現は、AとBに見られる要素――「夕」「霧」「春」「鶯」「囀」――を合わせたような趣があり、A→B→Cという展開を認めてよさそうである。というよりも、あえて類似の表現を取り込むことによって、万葉集の中にA→B→Cという展開を作り上げようとしている、と言った方が正確かもしれない。

もっとも、梅花歌序においては単に「鳥」とあるだけであるが、梅花歌三十二首に歌われる鳥としては「鶯」が七例見えるだけであるから（但し具体的な鳥名を示さない「百鳥」が他に一例ある）、序が歌に先行して作られたかどうかは今は措くとしても、少なくとも万葉集に載録された段階では、序の「鳥」は「鶯」として認識されることになったと見てよい。友への思いをかきたてる景物としての鶯は漢籍に由来するものではあるが、家持には梅花歌を通して既に馴染み深いものだったのではないか。こうした「鶯」は、まず越中における池主との贈答で歌われ、その後、四二九〇へと応用されるに至ったのであろう。ここには、梅花歌序から池主との贈答書簡を経て春愁歌へと至る、一つの道筋を読み取ることができる。

このように、家持が池主との贈答や春愁歌において特に鶯を選んで歌うのは、梅花歌の序や歌を意識しているからだと考えられる。この場合、何故「梅」ではなく「鶯」を歌うのかという反論が一応予想されるが、Bは二月二十九日（太陽暦の四月十三日頃）(11)、Cは二月二十三日（同じく四月一日頃）の作であり、梅の季節ではないということが一つの要因として考えられる。特にBは、数日後の上巳の節句を意識した書簡であるから、いかに春の遅い越中といえども梅を話題にするのは場違いであっただろう（念のために言えば、鶯はこの時季にも鳴く）。そもそも、

B・Cの歌はいずれも鶯が友を求めて鳴くという漢籍の教養を前提としているのであるから、鶯を歌うことにこそ家持の真意があったと見るべきではないか。四二九二左注がわざわざ「鶬鶊」（後述のごとく本書は「鶯」を指すと考える）に言及することも考え合わせるべきである。

かくして、四二九〇に描かれる春景を友と賞美すべき美景とする考えには一定の根拠を見出すことができる。つまり、一首の心は、霞がたなびき鶯が鳴く、春の美景を眼前にしながら、共に賞美する友もなく、独り悲しみに沈んでいるということなのである。

但し、こうした交友への志向は作品の底に沈んでしまっており、家持は友を求める心を直截に語ることはしていない。「うら悲し」の前提となる交友への志向は、「鶯」という景物の持つ文学的イメージに依存しつつ、余情として表現されているに過ぎない。

越中において友の不在を嘆いた時には、互いに任地が異なるとか、相手が旅に出てしまうといった物理的な要因があり、かつ不在を悲しむ相手が実際に存在していたのであるが、当該歌の場合は独詠歌であり、悲しみを吐露すべき特定の相手が想定されているわけではない。つまり、独詠であるということが、このような表現を導いたのであろう。その観点よりすれば、友を希求する心が表現の基層にあることは認められるが、友の不在を嘆く歌だと限定的に捉えることは恐らく誤りである。言ってみれば、友の不在ということはこの歌の文脈を支える一つの条件であって、この歌は友の不在を悲しむ心を第一に表現しようとしたものではないということである。このことは極めて重要な問題を含んでいる。「うら悲し」の表す世界は、交友への志向を基盤としながら、既にそれを越えて、より普遍的な（あるいは観念的な）寂寥感へ昇華しつつあると見るべきではないか。

三　景としての竹——四二九一番歌の問題

では、続く第二首（四二九一）はどのような歌として理解すればよいのであろうか。

竹に吹く風の音を詠むこの歌は、繊細な葉擦れの音にじっと聴き入る作者の、その静かな心の内を余情として感じさせ、第一首に歌われた悲愁を受けている。それはもはや、個別の感情を越えているようにも見えるが、ここで着目したいのは、「竹」という歌語の特殊性である。「竹」を属目の景物として詠んだものは当該歌を含めて集中三首しかないからである。しかも当該歌より前の作は、

a　梅の花散らまく惜しみ我が苑の竹の林にうぐひす鳴くも（5・八二四）

b　御苑生の竹の林に鶯はしば鳴きにしを雪は降りつつ（19・四二八六）

の二首であるが、[12] aは梅花の宴の歌、bは家持自身の歌なのである。「竹」という歌語の特殊性や傍線部分の類似から見て、家持がaを踏まえてbを作ったことは認めてよいだろう。更に、b歌に「竹」と「鶯」が詠まれていることも看過できない。尾崎暢殃氏が指摘するごとく、[13] 二月二十三日の歌（19・四二九〇～一）は、その前月に詠んだb歌の素材を二首に再構成したものと考えるべきであろう。とすれば、ここにもやはり、梅花歌（a）からb歌を経て、春愁歌（二月二十三日作歌）へと至る道筋が読み取れることになる。

梅花歌からの流れは後にまた考えるとして、ここでまず「竹」そのものの文学的イメージを考えておきたい。[14]「竹」は歌語としては一般的ではないが、詩語としては特殊なものではない。まず漢籍からの用例を掲げよう。イが『玉台新詠』、ロが『文選』、ハ～ホが『芸文類聚』（巻八十九・竹）の例である。

イ、竹葉響二南窓一、月光照二東壁一。誰知夜独覚、枕前双涙滴。
（梁何遜「秋閨怨」『玉台新詠』巻十）

ロ、…浮陽映二翠林一、迴飈扇二緑竹一。…
（晋張協「雑詩十首・第二」『文選』巻二十九）

ハ、挺二此貞堅性一、来二樹朝夕池一…含レ風自颯颯、負レ雪亦猗猗。…
（斉虞羲「見二江辺竹一詩」『芸文類聚』巻八十九・竹）

ニ、…風動露滴瀝、月照影参差。…
（梁沈約「詠二簷前竹一」『芸文類聚』巻八十九・竹）

ホ、…夜条風析析、暁葉露凄凄。籜紫春鶯思、筠緑寒蛩啼。…
（梁江洪「和二新浦侯斎前竹一詩」『芸文類聚』巻八十九・竹）

これらによれば、風（迴飈）に吹かれる竹や、その葉擦れの音を歌うことは、漢籍にその由来を問うことができそうである。[15]一方、『懐風藻』において「竹」を属目の景物として詠んでいるのは、次の五例である。

へ、桑門寡二言晤一、策レ杖事二迎逢一。以二此芳春節一、忽値二竹林風一。求レ友鶯嫣レ樹、含レ香花笑レ叢。雖レ喜二遨遊志一、還媿乏二雕虫一。
（釈智蔵「翫二花鶯一」八）

ト、…不レ期逐二恩詔一、従レ駕上林春。松巌鳴泉落、竹浦笑花新。…
（大神高市麻呂「従駕応詔」一八）

チ、新年寒気尽、上月淑光軽。送レ雪梅花笑、含レ霞竹葉清。…
（境部王「宴二長王宅一」五〇）

リ、…竹葉禊庭満、桃花曲浦軽。雲浮天裏麗、樹茂苑中栄。…
（背奈行文「上巳禊飲、応詔」六一）

ヌ、…松竹含二春彩一、容暉寂二旧墟一。清夜琴樽罷、傾門車馬疎。…
（藤原麻呂「過二神納言墟一」九五）

これらには「竹」と共に、風・雪・鶯などが詠まれているが、こうした景物の組み合わせは既に漢籍の用例（前掲イ〜ホ）にも見られたものであり、中国文学の影響と見てよいであろう。特にへの例では「竹林の風」が友を求めて鳴く「鶯」と共に詠まれており（波線部）、家持歌の発想が孤立したものでないことが知られる。

しかしここで看過できないのは、これら懐風藻詩と宴との関わりである。ト・チ・リは詩題から宴席での作であると判断されるが、ヘ・ヌの二例も宴との関わりを指摘できる。まずヘであるが、この智蔵の詩について井実充史氏は次のように述べ、これを私的な宴における作と認定している。

> 花鶯の描写は二句にとどまり、主意は野外の遊びの楽しみを述べることにある。「竹林の風」は文字通りの意味の裏に竹林の七賢の風を慕う意も込められている。野遊の集いを竹林の七賢たちの遊びに見立てているのである。友を求めて木に笑う鶯は、賢人高士たちと遊んだ作者の喜びの心象風景であろう。酒の存在を表す言葉はないが、風流の野宴での作と見てよいのではないか。[16]

従うべき見解であろう。また、ヌは大神高市麻呂の旧居を訪れての作であって宴席の詩ではないが、松や竹が春の美景として取り上げられ、それが、主人もなく宴も行われない寂しい情景と対比されているのであるから、やはり宴と無縁ではない。つまり、これら懐風藻詩において、「竹」は宴を彩るべき美景として選択されたものだったのである。

ところで、懐風藻には「因㆓茲竹林友㆒」（九）、「何必竹林之間」（六五序）、「染㆑翰良友、数不㆑過㆓於竹林㆒」（八八序）、「放曠遊㆓嵆竹㆒」（九六）のように、「竹」に関して竹林の七賢を指すと見られる表現が散見する。管楽器や地名を表す例を除くと『懐風藻』に見える「竹」の語は十例であるが、前掲の属目詠を除いた五例のうち、四例までが竹林の七賢を指しているのである。このことからすると、竹が好んで貴族庭園に植えられ、宴と結びついていったことには、竹林の七賢を一つの理想とする奈良朝文人の志向が働いていたのではないか。

こうした文人の志向を、和歌の世界に応用しようとしたのが旅人であることは極めて示唆的である。旅人の讃酒歌に「古の七の賢しき人たち」（3・三四〇）とあることは周知の事実であるが、より大切なことは、中西進氏が明らかにしたように、旅人が六朝文人を理想とし、その「交友」の世界を、歌の世界に結実させようとしていたということである。[17] その成果の一つが「梅花歌三十二首」であることは言を待たないが、その中に前掲のａ歌（5・八二四）が含まれるというのは偶然ではあるまい。梅花の宴の行われた庭園に「竹」が植えられていたのは漢風の文人趣味に基づくものであり、「交友」を演出する道具立てであったと見るべきである。

　このことは家持もよく承知していたことではなかったか。既に述べたごとく、前掲ａ歌は梅花の宴の歌であり、家持はそれを踏まえてｂ歌を詠んだと考えられるのであるが、このｂ歌が宴を意識した歌であるらしいことは注意すべきである。ｂ歌は「十一日、大雪落積尺有二寸。因述二拙懐一歌」という題詞に一括される三首（19・四二八五～七）の内の一首であるが、別稿で論じたように、[18] この歌群は三首一連で宮廷公宴を幻想するものと考えられる。言わば家持は、宴を連想させる庭園の景物として、梅花の歌から「竹」「鶯」を選び取ってきたわけであるが、そこに働いたのは父旅人と同様、漢風の文人意識であったと考えられよう。

　とすれば、ｂ歌に詠まれたこの二語（竹・鶯）を二首に分かち、二十三日作歌を一組の作として構想したとき、そこに交友への志向が含意として存したことは十分にあり得ることではないだろうか。[19] 右に見たように、上代人にとって「竹」は宴や交友と関わりの深い詩語であったと考えられるのであるが、四二九一の場合、その竹の葉擦れを独り聞いているのであるから、そこに「友の不在」という孤独感が余情として立ち現れてくるのだと、一応は考えられよう。

　ところで、懐風藻（ヌ）の例に見られるような、その景を賞美すべき人の不在を嘆く発想は、万葉においても、例えば、「み冬継ぎ春は来たれど梅の花君にしあらねば招く人もなし」（17・三九〇一）などに指摘できる。この歌は梅花歌の追和歌であり、作者については家持、書持の両説あるが、いずれにしても、家持に深く関わる歌であることに違いはない（参照、本書第二部第二章）。この「賞美する者の不在」が「友の不在」と結びつくことは容易なことであった。

我が背子が国へましなばほととぎす鳴かむ五月は寂しけむかも　（17・三九九六）
桜花今そ盛りと人は云へど我は寂しも君としあらねば　（18・四〇七四）
君が行きもし久にあらば梅柳誰と共にか吾がかづらかむ　（19・四二三八）
秋風の末吹き靡く萩の花共にかざさず相か別れむ　（20・四五一五）

これらはいずれも、家持とその歌友の離別に関わって詠まれたものである[20]。このような「友の不在」という発想の延長線上に春愁歌があるのではなかろうか。

しかし、ここで重要なことは、四二九一もまた、右に掲げた越中での歌詠と異なり、友への思いを直截には語らないということである。四二九一における交友への志向は、「竹」という特殊な歌語が誘発する余情として表現されてはいるが、歌中には「悲し」などの感情語さえないのであるから、特定の何かを悲しむ歌として構想されているとは言い難い。ここにはより純化され、抽象化された悲愁があり、そこに深く沈潜しようとする姿勢がうかがわれる。つまり、友の不在は、四二九一が成立するために必要な条件ではあっても、それがこの歌の表現する全てではないということである。その辺の事情は四二九〇と同じであるが、四二九一の場合も独詠であるということが深く関わっていよう。

四　孤愁の自覚――四二九二番歌の問題

春愁歌第三首（四二九二）は二日後の二月二十五日（太陽暦の四月三日頃）に詠まれている。橋本達雄氏はこの日が清明の節日にあたることを指摘した上で、四二九二の制作について「この日がほかならぬ清明の日であったことが動機となっている」と述べているが、[21]従うべき見解であろう。

ここで注意されるのは、家持が清明の日に歌を詠んだのは初めてではないということである。春愁歌制作の六年前にあたる天平十九年、越中で初めての春を迎えた家持は、ほかならぬ清明の日（二月二十日）に「忽沈㆓枉疾㆒、殆臨㆓泉路㆒。仍作㆓歌詞㆒、以申㆓悲緒㆒一首」（17・三九六二〜四）という題詞を伴う長反歌を作っているのである。この臥病の作について橋本氏は次のように述べている。

　時あたかも春の盛りに向かう楽しかるべき清明の節日であるという認識が、まだ行楽もままならず悲しみの中にある自己の現状を対比的に強く意識させ、こうした内容の作品を作ろうと思い立たせたのではないかと思うのである。[22]

氏の指摘は重要な問題提起を含んでいる。この臥病の作は歌日記においてこの後に配列される池主との贈答と不可分のものであり、春日の孤独を背景とするものであることは間違いない。橋本氏が同じ清明の日に詠まれた春愁歌第三首を「これとやや似た場合」とするのもうなづけよう。

さて、この第三首（四二九二）も春景を前にしての悲愁を歌うものであり、その点においては第一首（四二九〇）と同様の発想によるものであるが、下二句が倒置の文になっていることには注意すべきであろう。試みに倒置を

本来の語順に戻して一首を示せば、

うらうらに照れる春日にひばり上がりひとりし思へば情悲しも

となるが、この形では上三句に詠まれた春景が「悲し」という情にどう関わるのかやや曖昧に感じられる。これは、第三句の「ひばり上がり」（波線部）が「情悲しも」（傍線部）と離れてしまい、結果として「ひばり上がり」から「ひとりし思へば」に続く文脈が先に目に入ってしまうからであろう。「上がり」という連用中止法が必ずしも原因理由を示す形ではないということも因果関係に曖昧さを感じさせる一因となっている。

しかし、実際には、下二句が倒置になっており、「ひばり上がり」は直ちに「情悲しも」に続いているのである。

うらうらに照れる春日にひばり上がり情悲しもひとりし思へば

このように、上三句の文脈はそのまま第四句に流れ込んでおり、その第四句で文が一度終止しているために、結句を読むまでは上三句が「情悲しも」の原因であるかのように見えるのである（ここまでは第一首の「春の野に霞たなびきうら悲し」と構文的に類似している）。そして、この第四句が「も」という詠嘆の助詞によって強く終止していることも見逃せない。その後にはいくばくかの「間」が表現されることになるが、このように一呼吸おいた上で、結句に理由を申し添えるというこの形は、自らの心情を後から内省的に捉え返すような効果を持っているからである。「うらうらに照れる春日にひばり上がり」という春景を前に、ふと「情悲しも」という感慨を抱き、深く考えてみると、その理由は「ひとり思ふ」ところにあった、というのであろう。一方、下二句の倒置文だけを取ってみれば、「ひとり思ふ」こと自体に対して「情悲しも」と詠嘆しているようにも見えてくる。つまり、春景を前にした自らの悲愁に深く沈潜し、その原因を「ひとり思ふ」ところに見出した上で、その原因に思い至ることによって一層の孤独に沈んでいくというのがこの歌の描き出す構図と考えられるのである。

もちろん、その悲愁は前二首に底流する孤独感と無縁ではあるまい。前二首においては、「鶯」や「竹」という歌語の持つイメージによって、友を希求する心が表現の基層に据えられ、そこから独り春景と向き合う孤独感が滲み出てくるわけだが、その流れの中に置いてみれば、第三首の「ひとり」が「友と離れてひとり」(23)という響き——後述するように「交友」という観点でのみこの歌を捉えることはできないにせよ——を持つことは認めてよいのではないか。

ところで、この上三句に詠まれた「ひばり」は歌語としては極めて特殊で(24)、漢詩にもほとんど用例を見出せないが、恐らく家持自身がかつて同じ時季に詠んだ「燕」（19・四一四四、歌語としては集中の孤例）と同じように、この時季の季節感を表現しうる新たな歌材として選び取ったものなのであろう。

ちなみに、万葉集には当該歌の他、次の歌群に二例が指摘できるのみである。

　三月三日、検二校防人一勅使并兵部使人等、同集飲宴作歌三首

朝な朝な上がるひばりになりてしか都に行きて早帰り来む　（20・四四三三）

　右一首、勅使紫微大弼安倍沙美麻呂朝臣

ひばり上がる春へとさやになりぬれば都も見えず霞たなびく　（四四三四）

ふふめりし花の初めに来し我や散りなむ後に都へ行かむ　（四四三五）

　右二首、兵部使少輔大伴宿祢家持

これらは天平勝宝七歳三月三日の作で、難波で防人の検校にあたっていた家持と、勅使安倍沙美麻呂の宴席歌である。一連の防人歌進上の後に配列されていることから、上巳の節句にあたるこの日に慰労を兼ねて催された

かに見受けられる。ここでは「ひばり」が「霞」や「花」と並ぶ春の景として歌われているのであるが、これによれば少なくともこの場において「ひばり」が宴の景物として共有されていたことは認められよう。ちなみに四四三五に「散りなむ後に都へ行かむ」とあるのは、桜の花期を過ぎてしまった三月三日（太陽暦の四月十八日頃）の現況を踏まえた物言いであるが[25]、第二首に「ひばり上がる春へとさやになりぬれば」とあるのも、「ひばり」がこの日の季節感を実感させるものとして取り上げられていることを示唆していよう。

　このような新奇な素材を安倍沙美麻呂が歌に詠み込んでいる理由は明らかではないが、あるいはこの日の宴席で家持が話題にしたものかとも想像される。しかし事実はどうあれ、大切なのは、この歌群の存在により「ひばり」（しかも「上がるひばり」）が宴席で共有されるべき春景の一つとして万葉集の中に立ち現れているということである。既に別稿で論じたように[26]、共通の言葉や表現によっていくつかの歌を結び付けるというのは末四巻における一つの編纂手法と言ってよいものであるが、「ひばり」という歌語の特殊性を考えれば、ここにもそうした表現のつながりを想定しておく必要がありはしないだろうか。春愁歌第三首（19・四二九二）においては誰とも共有されなかった「うらうらに照れる春日にひばり上がり」という景が、ここに至って宴席で共有されているということは注意しておいてよい。少なくとも『万葉集』をここまで読み進めてきた者にとっては、「ひばり」は誰かと共有すべき春景として捉え返されることになるわけである。

　但し、四二九二の結句は「ひとりし思へば」であって「ひとりし見れば」ではない。池田三枝子氏も指摘するように[27]、上句に表現された景を独りで「見」ていることを詠んでいるわけではないのである。「ひとりし見れば」であるならば、独り景を見ることを嘆き、友と一緒に見ることを求めているのだと解することもできようが、「ひとりし思へば」ではそのように理解することはできそうにない。池田氏の言うごとく、むしろこれは「思ひ」

すら共有できないでいるという、孤独の自覚に基づく言説と見るほかはないだろう。[28] 考えてみれば、「思ふ」ことは「見る」こと以上に共有することが難しい。突き詰めれば「思ふ」ことは「ひとり」でしかできない行為とも言えるが、このことを初めて自覚的に歌ったのがこの二十五日作歌（四二九二）ではなかったか。

かくしてこの二十五日作歌も、前二首（四二九〇～一）と同様、交友への志向を底流させながら、より抽象化された孤独を歌っているのだと理解される。無論、この二十五日作歌のように孤独（「ひとり」）を自覚し、それを表明する態度は前二首には見られないものであるが、そこには二十三日作歌から二十五日作歌へという悲愁の深化を読み取ってよいのであろう。

五　左注の問題

ここで、この三首を一連のものと考えることは誤りだとする中西進氏の説[29]について考えておきたい。氏によれば、四二九二の「うらうらに照れる春日にひばり上がり情悲しも」は、四二九〇の「春の野に霞たなびきうら悲し」をほぼ繰り返したものであり、繰り返しという点において両者は連続的ではないというのである。氏はまた、四二九二を「一昨日の感懐をもう一度、今度は漢籍を翻案する形でくり返した」ものと捉え、「ひとりし思へば」という新たな要素が付加されているのは、「何物かに向かって、孤独の悲しさを歌いたかった」からだという。そこには「質の違い」があるというのである。

中西氏の指摘は、それまで無批判に三首一連のものとされてきた通説に対し一石を投ずるものであった。しかし、中西氏自身が認めているように、両者には質の違いがあり、二十五日作歌は二十三日作歌の単なる繰り返しとは言えないのではないか。そもそも、時間的な展開を追った連作とは言えないにしても、内容的に重なる部分がある以上、三首一連という捉え方そのものを否定することはできないだろう。

　では、この三首はいかにして巻十九に載録されているのだろうか。この問題を考えるため、本節では四二九二左注（家持の自記と考えられる）を検討してみたい。この左注が当面する三首に対してどういう位置づけを与えているかということは、とりもなおさず、家持自身がこの歌群をどう捉えていたかという問題と直結しているからである。

　とはいえ、左注には厄介な問題がある。多くの先学が手を焼いてきた「鶬鶊」の解釈である。『代匠記』以来指摘されてきたように、この左注は『詩経』の「春日遅々、卉木萋萋、倉庚喈喈、采レ蘩祁祁」（小雅・出車）又は「春日載陽、有二鳴倉庚一。…春日遅遅、采レ蘩祁祁」（豳風・七月）を典拠とするものであるが、これら『詩経』の原典にあって「倉庚（＝鶬鶊）」とは疑いもなく鶯（高麗鶯）を指している。もし家持が左注の鶬鶊を鶯の義に用いたのであれば、これは四二九二の「ひばり」と合わないことになり、このことが古来問題とされてきたのである。これに対して『代匠記』（初稿本）が、『和名抄』の「雲雀」の項に「鶬鶊」とあることを以て四二九二左注の鶬鶊も雲雀を指すとしたが、以後のほとんどの注釈書がこの説を踏襲したのは、この左注の文脈が四二九二と一対一で対応するものと見ているからであろう。

　しかし、この左注における鶬鶊は、やはりウグヒスの義ではないか。[30]『芸文類聚』の「倉庚」の項（鶯・鸎の項はない）に「鶯の賦」が引かれていることからしても、漢籍における倉庚（鶬鶊）が鶯であり、奈良朝の官人が『詩経』の「倉庚」をウグヒスと解していたことは間違いない。その彼等が『詩経』の詩句を前提に当該歌の左注を読むとすれば、鶬鶊はウグヒスと解するほかなかったはずである。事は奈良朝の官人における『詩経』の理解の問題であり、『和名抄』との整合性は必ずしも問題ではない。鶬鶊＝ウグヒスであるならば、当時の読み手が左注の「鶬鶊」と四二九〇の「うぐひす」とを無関係のものとして捉えるとは考えにくいのではないか。

そう考えた場合、この左注のかかる範囲が改めて問題となってこよう。もっとも、古い注では範囲について言及しているもの自体が少ないが、概ねこの左注は四二九二のみにかかると見ているようである。一方、『古典全集』が鶬鶊をウグヒスと取り、左注を四二九〇〜二の三首にかかるものと見て以来、近年は前三首にかかるとする注も多いようである（『新編全集』『全注巻第十九』『釈注』『新大系』『全解』など）。

これに対して鈴木武晴氏は、左注において詠作日の異なる歌を一括して「此歌」と言った例は一例もないと指摘し、左注は四二九二のみにかかるとする。[31]「此歌」の用例については確かに鈴木氏の指摘する通りであろう。「此歌」が複数の歌を指す例（A）ならば末四巻に限っても三九八三〜四を初めとして散見するし、左注が題詞を飛び越えて複数の歌にかかる例（B）も、四〇一一〜九などに見られるが、AかつBを満たす例は確かに他にないのである。もっとも、特殊な語彙とは言い難い「此歌」が、そのような語法上の制約を持つかどうか、判断の難しいところではあるが、鈴木氏の主張を覆すほどの論拠もまたなさそうである。また、二十三日作歌に「依興」の記載があることを考えると、末四巻全体の「依興」注記のありように照らして、左注自体は二十五日の歌（四二九二）のみにかかるとするのが穏やかであろう。[32]

しかし、「此歌」が四二九二のみを指すものだとしても、左注の文脈が二十三日作歌と全く無関係だというわけではあるまい。結論を先に言えば、「此歌」は四二九二のみを指しているが、「春日遅々、鶬鶊正啼」の部分は四二九〇の表現する世界をゆるやかに受けているのではないだろうか。言い換えれば、左注は四二九二のみに付属するものであり、四二九二の作歌事情を説明すべく付けられているのであるが、その説明の中に二十三日作歌の世界が揺曳しているということである。

つまり、こういうことである。虚心に左注の文脈をたどれば、

①「春日遅々、鶬鶊正に啼く」という状況の中で「悽惆の意」に襲われた。

②その「悽惆の意」は歌でなくては払うことが難しい。だから「此の歌（四二九二）を作」った。

ということであろう。この文脈によれば、①は四二九二を作る以前から連続する状況を述べたものであり、かつ、四二九二を詠む原因となったものなのであって、①の部分が四二九二と同一内容である必要はない。ということは、「鶬鶊」が四二九二のヒバリと一対一で対応していなくても矛盾はないことになる。従来の論では、「春日遅々、鶬鶊正啼」の全てが四二九二に対応するものと見る傾向があったが、そこに根本的な誤解があったのではないか。「春日遅々、鶬鶊正啼」は四二九〇以来の状況を大きく受けつつ、そのうららかな春景を毛詩の語彙によって整えたものと見るべきだろう(33)。この左注による限り、やはり家持自身も三首を一組のものとして理解していたと見るべきである。

ところで、この左注に見られる、歌を以て悲しみを除くという歌論意識が、山上憶良のそれを継承したものであり、更に遡れば「使二窮賤易レ安、幽居靡レ悶、莫レ尚二於詩一矣。」（梁鍾嶸『詩品』序）といった中国詩論にたどり着くことは、既に指摘されている通りであろう(34)。その憶良の歌論意識とはおよそ次のようなものである。

a　易レ集難レ排、八大辛苦、難レ遂易レ尽、百年賞楽。古人所レ歎、今亦及レ之。所以因作二一章之歌一、以撥二二毛之歎一。……（5・八〇四～五序、憶良）

b　……謹以二三首之鄙歌一、欲レ写二五蔵之鬱結一。……（5・八六八～八七〇前置書簡、憶良）

こうした発想が例えば梅花歌序の「若非二翰苑一、何以攄レ情。」（5・八一五～八四六序）といった文学の力への信頼に基づくことは言うまでもないが、特にbの例などは、橋本達雄氏の言うごとく「大伴旅人の松浦川に遊ぶ歌と序に対して、一緒に遊楽できなかった不満（五蔵之鬱結）を三首の歌を詠むことによって写（除）こう」というものであり、(35)「交友」への志向を背景とする点において春愁歌との類似が注意される。

これら巻五に見られる歌論意識が末四巻へと展開していくことを本書としては重視したい。

c　橙橘初咲、霍鳥飜嚶。対二此時候一、詎不レ暢レ志。因作二三首短歌一、以散二鬱結之緒一耳。（17・三九一一～三題詞、家持）

d　忽辱二芳音一、翰苑凌レ雲。兼垂二倭詩一、詞林舒レ錦。以吟以詠、能蠲二恋緒一。…（17・三九六七～八前置書簡、池主）

e　…巧遣二愁人之重患一、能除二恋者之積思一。…（17・三九七三～五前置書簡、池主）

f　…一看二玉藻一、稍写二鬱結一、二吟二秀句一、已蠲二愁緒一。非二此眺翫一、孰能暢レ心乎。…（17・三九七六～七前置書簡、家持）

g　入レ京漸近、悲情難レ撥。述レ懐一首（17・四〇〇六～七題詞、家持）

h　…因作二却レ恨之歌一、式旌二感信一。…（17・四〇一一～四〇一五左注、家持）

i　…尋誦二針袋詠一、詞泉酌不レ渇。抱レ膝独咲、能蠲二旅愁一。…（18・四一三二～三前置書簡、池主）

j　…別レ旧之悽、心中鬱結、拭レ渧之袖、何以能旱。因作二悲歌二首一、式遣二莫忘之志一。…（19・四二四八～九前置書簡、家持）

k　…悽惆之意、非レ歌難レ撥耳。仍作二此歌一、式展二締緒一。…（19・四二九二左注、家持）

それぞれ状況は異なるものの、悲愁を歌によって除くという発想においては共通している。とりわけ、家持と池主の間で交わされたd・e・f・gや、家持が久米広縄に宛てたjなどは、友の不在に伴う満たされない思いを除くという点で、当該歌の場合（k）に通ずるものがあると言えよう。これらが巻十七から巻十九に散在していること、そして、「鬱結」というキーワード（〇印）で巻五とつながっていることは偶然ではあるまい。これらの言説を丁寧に取り込むことで、家持は、巻五の歌論意識が末四巻に継承されていく様を描き出しているのではなかろうか〔補注〕。

見方を変えれば、これは、歌日記を万葉集の最後に据えることによって、巻五→巻十七→巻十八→巻十九という流れを万葉集の内部に作り出しているということでもある。「但此巻中、不㆑偁㆓作者名字㆒、徒録㆓年月所処縁起㆒者、皆大伴宿祢家持裁作歌詞也」という、いわゆる巻十九巻末記が四二九二左注に一括されているのも、右に見たような言説の系譜を、家持自身、歌巻を編むという視点から定位させようとしていることの表れと見るべきであろう。

六　おわりに

以上見てきたところによれば、春愁三首はいずれも交友への志向を基層に持つものであり、その点において和歌史的な枠組みから外れるものではないと考えられる。しかし、二十三日作歌から二十五日作歌へと詠み継ぐ過程において、友の不在ということから誘発されるもっと本質的な孤独感へと悲愁が昇華されていったことを見逃

すことはできない。「悽惆の意」とは、かかる孤独の自覚からくる悲愁を指しているのである。(36)

この辺の事情を「彼の心事の欝悒《いぶせ》さの根源は、彼が深く人間存在のかなしみを体したところに発している」と直観的に述べたのは山本健吉氏であるが、(37)現代の家持研究はこのような見方に概ね否定的である。確かに、奈良朝の官人である家持は「人間存在のかなしみ」というような物言いとは無縁であっただろう。しかし、奈良朝後期ともなれば、官人が集団の中で孤独感や疎外感を感じていたとしても不思議はないと思われる。近代的な個の意識からそうした感情を捉えることはできなかったとしても、感情そのものがなかったわけではあるまい。実際、春愁歌には当時としては異例なほど高度に抽象化された悲愁が表現されているのである。(38)

但し、春愁三首は決して集中に孤立したものではない。端的に言って、二十三日作歌に用いられた「鶯」や「竹」といった歌語は、万葉集の他の巻々、とりわけ巻五や巻十七と関連を持つことによって、交友への志向を感じさせるものとなっている。「ひばり」による歌世界が巻二十に広がっていくことも、また、四二九二左注における歌論意識が巻五や巻十七に由緒を持つことも、決して偶然ではないだろう。それらの歌語や歌論意識が、巻を越えたそのつながりを保証していると言ってよい。この三首は他巻に有機的につながるものとして歌日記に取り込まれているのであり、結果として他巻に光をあてる役割をも担っていると考えられるのである。

〔注〕
（1）参照、橋本達雄「秀歌三首の発見—窪田空穂顕彰—」『大伴家持作品論攷』一九八五、初出一九八二・九。
（2）山本健吉「悽惆の意—詩の頂点」『大伴家持』一九七一・七、二一二頁。
（3）例えば、家持の叔母である大伴坂上郎女には既に「ぬばたまの夜霧の立ちておほほしく照れる月夜の見れば悲しさ」（6・九八二）のごとき作が見られる。

（4）芳賀紀雄氏は、春の愁いを歌う万葉歌が「春の艶情ないし閨情を詠ずる詩・楽府」の表現を踏まえていることを指摘した上で、その発想が家持において孤愁の表現に昇華していく過程を論じている（「家持の春愁の歌―その表現をめぐって―」『万葉集における中国文学の受容』二〇〇三、初出一九九五・六）。また、辰巳正明氏は「春の日に女が悲しむというのは、中国の伝統的な考えである」とする一方で、必ずしも閨情に限定されない「春の心は憂いの心であるという伝統」があることを指摘し、「春の日の悲しみ」を歌う家持の歌は、その二つの側面に対する深い理解の上に形象されたものだということを論じている（「悲歌―家持の春の心」『万葉集と比較詩学』一九九七・四）。

（5）もちろん、ここには構文上の類似だけでなく、発想上の関連を認めてよいと思われる。春愁歌における孤愁の表現は、池主との贈答を通じて醸成された交友への志向と無縁ではないと考えるからである（後述）。ちなみに、芳賀紀雄氏は「うら悲し」が「繊細さを志向する天平期にあって、恋情を含んだやるせない悲愁を表す語として好まれたこと」を指摘し、「家持は、この語に同じ感触を込めて、先述のごとく池主に贈り、最後にみずからのあてどない孤愁をうたう例に、意識的に転じ用いたという展開になるのではあるまいか」と述べ、夙にb歌から春愁歌へという展開を認めている（注4前掲書、七五三頁以下）。大筋において従うべき見解であろう。

（6）『注釈』は「うら悲し」を「この夕影」にかかるものとしながらも、「春の野に霞がたなびいて、うら悲しい気持になる、そのうら悲しいこの夕方の日かげに、とつゞくのである」と述べている。丁寧な解釈であるが、結果として挿入句のような理解になっていることに注意したい。

（7）この「うら悲し」に讃歌性を見る説もあるが（佐藤和喜「讃歌としての『春愁三首』」『文学』第五六巻第二号、一九八八・二）、この「うら悲し」が四二九二左注の「悽惆之意」と無関係とは考えにくく、従えない。

（8）次の諸論を参照。
a　山田孝雄「山部宿禰赤人詠春鶯歌について」『万葉集考叢』一九五五、初出一九三四・六。
b　芳賀紀雄「毛詩と万葉集―毛詩の受容をめぐって」『万葉集における中国文学の受容』二〇〇三、初出一九八四・一〇。
c　中西進「文人歌の試み―大伴旅人における和歌―」『中西進万葉論集第三巻』一九九五、初出一九八四・一二。
d　渡瀬昌忠「『友鶯』と漢文学」『渡瀬昌忠著作集第二巻　人麻呂歌集略体歌論下』二〇〇二、初出一九八七・三。

（9）渡瀬注8前掲書一一二頁、一一八頁。なお、渡瀬氏は春愁歌については直接言及していないが、同論文において万葉の鶯の歌を「交友の宴歌の系譜」に位置づけている（同書一一八頁）。

（10）吉田信宏「越路の春―家持と池主の臥病贈答（巻十七ノ三九六五～三九六八）をめぐって―」『井手至先生古稀記念論文集国語国文学藻』一九九九・一二。

（11）『日本暦日総覧』（岡田芳朗他共編、一九九三・四）による。以下同じ。

（12）夙に斎藤茂吉氏は春愁歌の前にこの二首があることを指摘している（『万葉秀歌』下、一九三八・一一、一六五頁）。なお、当該歌の「いささ」は難解で、「いささか」の意とする説（『代匠記』など）、「い」を接頭語として「い小竹」の意とする説（澤瀉久孝『万葉古径』一）などがあり、どちらかといえば前者の説を採る注が多いものの、未だ決着を見ない。形容動詞の語幹の一部に名詞が付いて一語化することは例のないものではないが（例えば「静心」のごとき）、「いささ村竹」が集中の孤例であることもまた事実である。鉄野昌弘氏は「一叢竹」といった漢語の翻訳である可能性を指摘し、前者の説を支持しているが（「巻十九巻末三首をめぐって」『大伴家持「歌日誌」論考』二〇〇七、初出二〇〇五・四、三七三頁）、本書も鉄野氏の理解に従い、「いささ村竹」は、いささかなる一叢の竹の意に解しておく。

（13）尾崎暢殃「いささ群竹」『美夫君志』第三〇号、一九八五・三。

（14）以下の例については旧稿（「家持春愁歌の成立―「竹」の語に関する漢籍受容の方法をめぐって―」『古代研究』第二四号、一九九二・一）でも触れたが、当該論文は後半の論述に不備が目立つことから、改めて本章で取り上げることとした。なお、春愁歌をめぐる旧稿の論述は本章で述べるように訂正したい。

（15）既にイの例は岡崎義恵氏によって指摘されている（『古代日本の文芸』一九四三・五、二三九頁）。

（16）井実充史「『懐風藻』私宴詩の基礎的考察」『言文』第四四号、一九九六・一二、福島大学教育学部国語学国文学会。

（17）中西進氏は、「大伴淡等謹状」（5・八一〇～一）が嵆康（竹林の七賢の一人）の賦を踏まえたものであることを重視し、旅人がこうした六朝文人を範とし、歌を「交友の具」として考えていたことを克明に論じた（注8論文）。

（18）拙稿「拙懐歌の論―帰京後の家持―」『国文学研究』第一二五集、一九九八・六、本書第三部第四章。

（19）周知のごとく、二十三日作歌には「依興」の注記があり、その意味するところは多くの議論を呼んできた。本書では、集中における「依興」を全て編纂上の注記と捉え、作歌事情を明瞭に示し得ないと判断される歌に対して付されたものと考えているが（参照、拙稿「大伴家持の依興歌―家持歌日記の問題として―」『和歌文学研究』第九〇号、二〇〇五・六、本書第三部

第二章）、当該歌群の場合も、その作歌事情がここに述べたようなものだとすれば、そのような特殊な事情は「依興」としか書けなかったのではないか。

（20）　いわゆる餞宴の歌において、友と季節の風物を共有することを志向するような作は、万葉集では家持とその周辺に偏って現れる（拙稿「万葉集の餞宴の歌―家持送別の宴を中心として―」『国語と国文学』第八八巻第六号、二〇一一・六、本書第一部第三章）。これは家持が季節詠を「交友」という観点から歌日記に位置づけようとしていたことの一つの表れだと考えられる。

（21）　橋本達雄「大伴家持と二十四節気」『万葉集の作品と歌風』一九九一、初出一九八七・一二、一九八頁。

（22）　橋本注21前掲書、一九七頁。

（23）　その意味では家持が繰り返し題詞に用いた「独」と同じ意識で用いられたものと見て差し支えないと思われる（参照、川口常孝「家持覚書」『万葉歌人の美学と構造』一九七三、初出一九七一・三、及び吉村誠「大伴家持の題詞・左注表記『独』の特徴」『大伴家持と奈良朝和歌』二〇〇一、初出一九九三・一二）。なお、「ひとり思ふ」という表現が集中この一例であることはよく知られているが、この表現について芳賀氏は、元来男女・友人間のこととして用いられる「独思」「独念」「独懐」といった漢語が、孤愁を歌う四二九二の文脈に意識的に取り込まれたものだとしている（注4前掲書、七五九頁）。

（24）　平安朝でも院政期頃までは歌語としての用例を見ない。なお、本論の初出稿発表後に鉄野昌弘氏の論（注12論文）に接した。氏は、当該歌の「ひばり」について次のように述べている。「天高く上がるひばりは、地上に残されて『心悲し』む家持の対極にある。そこは憧れつつ、届きようもない場所であろう。つまり、歌は左注の『憧憬と違和』の布置をこそ表すのである」（同書三六六〜七頁）。これは左注との関係を視野に歌語としての「ひばり」の意味に言及したものとして注目される。

（25）　この四四三五は二月十七日に家持自身が詠んだ「龍田山見つつ越え来し桜花散りか過ぎなむ我が帰るとに」（20・四三九五）と対応しており、歌日記の中では両者相まって家持の難波下向や帰京の時期を物語るものとして配列されている。参照、本書第二部第四章。

（26）　本書第一部第一章・第二章など参照。

（27）　池田三枝子「景と孤愁―『万葉集』巻十九・四二九二番歌考―」『芸文研究』第七七号、一九九九・一二。

（28）　池田氏は、この歌（四二九二）について「当該歌の場合、『うらうらに照れる春日にひばり上がり』という『良辰・美景』

に接した家持は、それを心を同じくする『思ふどち』と共に賞美することを欲した。だが、現実には心を同じくする者など存在し得ない。そのことを自覚し、『思ふどち』の希求を断念したときに生まれる表現が『独り思ふ』なのではないか」と述べている（注27論文）。池田氏の論は、春愁歌の発想の前提に友の不在ということを考えるものであり、「交友」という側面から悲愁の根源に迫ろうとした点において注目すべきものと言える。なお、春愁歌を友の不在と結びつけたものとしては、他に高野正美氏の論がある（「『春』への愛惜―家持の表現3」『美夫君志』第五二号、一九九六・三）。

(29) 中西進「『絶唱三首』の誤り」『万葉の時代と風土』一九八〇、初出一九七九・一一。以下、中西氏の論はこれによる。

(30) 木船正雄「万葉集左註『鶬鶊』私案」『国語国文』第二〇巻第一号、一九五一・一。及び芳賀注4論文。

(31) 鈴木武晴「大伴家持絶唱三首」『都留文科大学大学院紀要』第三集、一九九九・三。

(32) 注19拙稿参照。なお、本論の初出時には「依興」に関する考察が不十分であったために左注を前三首にかかるとしていたが、ここで述べたように訂正したい。

(33) 但し、『新大系』は「『鶬鶊』は春景の代表として挙げられていて『ひばり』とは直接には関わらない」とするが、そこまで窮屈に考える必要はないと考える。本書は「鶬鶊」を四二九〇の「鶯」を受けるものと見ているが、二十三日以来の状況を大きく受けているという視点からすれば、「『ひばり』『うぐひす』の双方をこめていったもの」（『釈注』）と解することもあながち誤りとは言えないと思われる。

(34) 中西進「家持ノート」『中西進万葉論集第一巻（万葉集の比較文学的研究）』一九九五、初出一九六二・三、四六二頁以下、及び、橋本達雄「万葉の歌学―人麻呂・憶良から家持へ―」『大伴家持作品論攷』一九八五、初出一九八一・三、三五八頁以下。

(35) 橋本注34前掲書、三五七頁。

(36) この孤独感は、友の不在ということだけでなく、当時の家持を覆う状況全体に根差すものであったと考えられる。参照、本書第三部第六章。

(37) 山本注2前掲書、二一九頁。

(38) なお、内田賢徳氏は、漢語「春思」について「楽しみにも哀しみにも限定されない、春の感傷的気分そのものであろう」と指摘し、「こうした用法、春への思いを、家持は当然知っていたであろう」とした上で、第一首の「うら悲し」や第三首の

二・七）。

「心悲し」が「抽象化」された「春の日の感傷」を表現していることを論じている（「感傷と知」『万葉』第一八一号、二〇〇

〔補注〕　本書脱稿後に村瀬憲夫氏の論に接した（「書物を紡ぐ大伴家持―万葉集巻十七冒頭部歌群をめぐって―」『文学・語学』第二一七号、二〇一六・一二）。氏は、c・f・g・j・kの例を挙げた上で、特に巻十七冒頭歌群に含まれるcに着目し、「歌を詠むことによって鬱結の緒を開放するという、天平十三年における家持のこの揚言は、それ以降の歌々、巻々の展開上のプロローグをなしている」と指摘している。巻十七冒頭歌群を「プロローグ」と捉えることを含め、従うべき見解と思われる。

第六章　大伴家持の陳私拙懐一首

――万葉讃歌の終焉――

一　はじめに

陳二私拙懐一一首　并短歌

天皇の　遠き御代にも　おしてる　難波の国に　天の下　知らしめしきと　今のをに　絶えず言ひつつ　かけまくも　あやに畏し　神ながら　わご大王の　うちなびく　春の初めは　八千種に　花咲きにほひ　山見れば　見のともしく　川見れば　見のさやけく　物ごとに　栄ゆる時と　見したまひ　明らめたまひ　敷きませる　難波の宮は　聞こしめす　四方の国より　奉る　御調の舟は　堀江より　水脈引きしつつ　朝なぎに　楫引き上り　夕潮に　棹さし下り　あぢ群の　騒き競ひて　浜に出でて　海原見れば　白波の　八重折るが上に　海人小舟　はららに浮きて　大御食に　仕へ奉ると　をちこちに　いざり釣りけり　そきだくもおぎろなきかも　こきばくも　ゆたけきかも　ここ見れば　うべし神代ゆ　始めけらしも　（20・四三六〇）

桜花今盛りなり難波の海おしてる宮に聞こしめすなへ　（四三六一）

海原のゆたけき見つつ葦が散る難波に年は経ぬべく思ほゆ　（四三六二）

右、二月十三日、兵部少輔大伴宿祢家持。

天平勝宝七歳（七五五）二月、防人の検校に関わって難波に滞在していた家持は、防人歌蒐集の傍ら、多くの独詠歌を制作している。二月十三日の日付を持つ右の長反歌（以下、当該歌）はその一つであり、他の独詠歌同様、諸国の防人歌（20・四三二一～四四二四）に混在する形で巻二十に載録されているものである。

この時の家持は僅か十六日間に長歌四首を含む計二十首を残しているが、この一連の作歌が防人歌の蒐集と深く関わっていることは、独詠歌二十首のうち十四首（長歌三首を含む）までが防人を直接の主題としていることからも明らかである。しかし、諸注の指摘するごとく、当該歌は内容的に防人と直接の関わりがない。この時詠まれた独詠歌のうち、防人と直接関わらない歌は他にも三首あるが（20・四三九五～七）、特にこの長反歌は難波宮を讃美するという点において離宮讃歌と称しうるものであり、他の独詠歌とは一線を画するものと言えよう。

長歌による宮廷讃歌は、万葉集においては行幸従駕に伴う離宮讃歌をその中核とするものであり(1)、天平十六、七年頃の福麻呂歌集歌を境に姿を消していく一つの様式である(2)。人麻呂・赤人など一般に身分の低い歌人を主たる作者層とするものであって、兵部少輔たる家持が天平勝宝七歳という時点でこうした長歌体の讃歌を作るということ自体、極めて異例のことと言わねばならない(3)。この種の讃歌がこれ以降見られないことを考えても、当該歌は万葉讃歌の掉尾を飾る作品としてその意義が追究されてしかるべきであろう。しかし、意外なことに当該歌の讃歌としての位置づけに言及した論はほとんど見受けられない(4)。当該歌は防人歌群中に割り込むような形で載録されているために、防人歌群との関係において問題とされることはあっても、一首の構想が問題とされるようなことはほとんどなかったのである。

そこで本章では、当該歌の表現をめぐる諸問題について検討し、宮廷讃歌としていかに構想されているかを考察してみたい。

二　問題の所在

当該歌に関する論文は多くないが、注目すべき論として二篇を挙げておく。

まず、この長反歌が防人歌群の中に存在することの意味を問う伊藤博氏の論である。(5) 氏は「歌には防人に関する言及は一かけらもない」ということを認めつつも、讃美の対象が「諸国の防人たちが続々と集結して来る土地」であることを重視し、「この長短歌の主題である難波讃美の『拙懐』は、兵部少輔の任にある大伴家持の視線が、難波を防人結集の晴れの地ととらえることを通して抱かれるに至ったもの」だと言う。また、家持が防人の悲別を主題とする四三三一～三、四三三四～六に続いて当該歌を詠んでいることから、「その題詞にいう『私かなる拙懐』とは、『防人への痛み』の裏にひそかに張りついていた心情であった」と推測する。伊藤氏によれば、当該歌の心情と防人の悲別を痛む心情とは「撞着」するものであり、そのことを家持自身が自覚していたからこそ、「防人結集の賑わいは表現の底に埋められ、難波讃美という一点だけを掲げて作品化がなされるに至った」のだというのである。

「撞着」とまで言えるかどうかは措くとしても、防人の集結する難波の地の賑わいを眼前にし、それを晴れのものとして捉えたという点については、作歌背景に対する推測としては恐らく間違っていないと思われる。しかし伊藤論は、配列から推測される作歌状況を題詞（「陳私拙懐」）の解釈に結び付け、それによって当該歌を位置づけようとするものであり、歌自体の表現については分析が十分でないという憾みがある。そもそも難波の地を「晴れの地」として讃美するのに、家持は何故、離宮讃歌などという行幸を前提とするような前代の様式を持ち出したのであろうか。

一方、題詞「陳私拙懐一首」の「拙懐」から当該歌を捉えようとしたのが北島徹氏である。(6)「拙懐」の語は当該歌を含めて集中に三例あり、いずれも家持歌に用いられたものであるが、氏は当該歌以外の二例の「拙懐」歌(19・四二八五～七、及び20・四三一五～二〇)がいずれも過去の歌を踏まえていることを指摘し、これらの歌を「過去のある時点を懐しむ心の込められた歌」とした上で、当該歌も同様ではないかと予想する。そして当該歌と安積皇子挽歌(3・四七五～七)に類句があることを指摘し、家持が安積皇子のことを追懐しつつ当該歌を作ったのではないかと推測するのである。また、この長短歌が難波宮讃歌の形を取るのは「家持にとって讃歌とは、単に現在するものを讃えることではなく、讃美することを通して白鳳への回帰を願うことに外ならなかった」からだと言う。この北島論は「拙懐」歌の全てに共通の要素を見出そうとした点において、また、当該歌が離宮讃歌の形を取る理由に言及したという点において、新たな視点を切り開いたものと言うべきであろう。

だが、北島論にも以下のごとき疑問が残る。まず、過去のある時点を追懐した歌は他の家持歌にも認められるのに、何故、これら三例だけに「拙懐」という特殊な注記がなされたのか。また、氏は「難波宮讃歌の形をとる勝宝七歳の拙懐歌には、その裏に安積皇子を思い、安積皇子に託した白鳳への回帰を再度願うという、家持の心が隠されていた」と言うが、その根拠とされる安積皇子挽歌との類句は、「かけまくもあやに畏し」「見したまふ」「うちなびく春」「栄ゆる時」など、氏も認めるようにいずれも常套的な表現であり、文脈上安積皇子を想起させる部分は認め難い。第一、安積皇子は難波宮に向ったが「脚病」のため途中で引き返し、難波には至っていないのであるから(『続紀』天平十六年閏正月十一日条)、難波宮への讃美と安積皇子に対する追懐は直接には結び付かない。「拙懐」の内実については再検討の余地が残されているのではないか。(7)

こうしてみると、当該歌における問題は主に以下の二点に集約されよう。一つは、この歌が離宮讃歌の形を取るのは何故かということ。そして、もう一つは「陳私拙懐」（私の拙き懐ひを陳ぶる）という題詞[8]と歌の内容とがどう対応しているのかということである。

三　当該歌の表現

長歌はまず「難波の宮は」までの二十六句で讃美の対象たる難波宮を提示し（第一段）、続く「聞こしめす〜いざり釣りけり」で難波の景を歌い（第二段）、「そきだくも」以下は難波の海の広大さと豊かさとを讃美しつつ難波宮が神代よりのものであることを賀している（第三段）。前述のごとく、いわゆる離宮讃歌の様式を踏むものである。但し、賀歌としては「著しく型を離れている」（『窪田評釈』）ということも見逃せない。以下、これについて見ていこう。

第一段二十六句は、子細に見ると更に二つの部分（A・B）に分けることができる。

A　「天皇の　遠き御代にも　おしてる　難波の国に　天の下　知らしめしき」と　今のをに　絶えず言ひつつ

B　かけまくも　あやに畏し　神ながら　わご大王の「うちなびく　春の初めは　八千種に　花咲きにほひ　山見れば　見のともしく　川見れば　見のさやけく　物ごとに　栄ゆる時」と　見したまひ　明らめたまひ　敷きませる　難波の宮は

A部は「〜と今のをに絶えず言ひつつ」という引用の形を取るが、これは世人の口を借りて難波の歴史に対する一般的認識を提示するものである。「天皇《スメロキ》の遠き御代」は特定の一人の天皇の治世を指すものではないと思われるが、難波に都を置いた応神・仁徳などを念頭にした表現と見られる。「おしてる　難波の国に　天の下　知らしめしき」というのは「難波の国でそこを都として統治なさった」という意味にしか解しようがないからである。事実、「天の下知らしめす（知らします）」という表現は、集中においても例外なく天下統治の義で用いられている。

a　玉だすき　畝傍の山の　橿原の　ひじりの御代ゆ　生れましし　神のことごと　つがの木の　いや継ぎ継ぎに　天の下　知らしめししを…
（1・二九、人麻呂「近江荒都歌」）

b　明日香の　清御原の宮に　天の下　知らしめしし　やすみしし　吾が大王　高照らす　日の皇子…
（2・一六二、持統天皇「天武挽歌」）

c　…吾が大君　皇子の命の　天の下　知らしめしせば…
（2・一六七、人麻呂「日並皇子挽歌」）

d　…生れまさむ　御子の継ぎ継ぎ　天の下　知らしまさむと　八百万　千年を兼ねて　定めけむ　平城の京師は…
（6・一〇四七、福麻呂歌集「悲㆓寧楽故郷㆒作歌」）

e　…天の下　知らしめさむと　百代にも　変るましじき　大宮処
（6・一〇五三、福麻呂歌集「久迩京讃歌」）

f　高御座　天の日嗣と　天の下　知らしめしける　天皇の　神の命の　かしこくも　始めたまひて　貴くも　定めたまへる　み芳野の　この大宮に　あり通ひ　見したまふらし…（18・四〇九八、家持「吉野讃歌」）

g　…蜻蛉島　大和の国の　橿原の　畝傍の宮に　宮柱　太知り立てて　天の下　知らしめしける　天皇の　天の日継と　継ぎてくる　君の御代御代…
（20・四四六五、家持「喩族歌」）

特に、b（明日香の清御原の宮）、d（平城の京師）、e（大宮処）、g（橿原の畝傍の宮）などは、その地を都としたことが明確に詠まれている。当該歌A部はこれらの表現と軌を一にするものであろう。

問題はこのA部とB部の関係である。A部の「…と言ひつつ」という文脈は、B部の「わご大王の…敷きませる」という部分に続くものと考えられるが、今現在の難波行幸（B部）を詠むのに、何故、難波が「遠き御代」に「都」であったこと（A部）を歌う必要があるのだろうか。もちろん、そこには難波の国の由緒を語ろうとする意識もあるのだろうが、注意すべきは「遠き御代にも」という表現である。ここの「も」は詠嘆ではなく同種の事例が他にもあることを暗示する助詞と考えるべきであるが、「遠き御代にも」と歌う以上、その類例として暗示されているのは「今も…」ということであろう。つまり、遠き御代にも難波を都としたという事実（A部）によって、今の行幸（B部）も正当性が保証されているのであり、言わば傍線部AはBの前提になっているのである。難波は、今、行幸によって都となっているかのごとく歌われているということになる。

長歌第二段もやはり二つの部分（C・D）に分かれる。

C　聞こしめす　四方の国より　奉る　御調の舟は　堀江より　水脈引きしつつ　朝なぎに　楫引き上り
夕潮に　棹さし下り　あぢ群の　騒き競ひて

D　浜に出でて　海原見れば　白波の　八重折るが上に　海人小舟　はららに浮きて　大御食に　仕へ奉る
と　をちこちに　いざり釣りけり

C部は、難波を代表する景としてまず「堀江」を取り上げ、盛んに行き交う「御調の舟」を描写して天皇を讃美する。後述するように「堀江より　水脈引きしつつ」は、元正上皇の難波宮滞在の折に詠まれた「堀江より水脈引きしつつ御船さす賤男の伴は川の瀬申せ」（18・四〇六一）を踏まえるものである。元正上皇のこの堀江遊覧は天平十六年のことと推測されるが、(9)家持は「賤男の伴」が「堀江より水脈引きしつつ」天皇に奉仕するという往事の様子に思いを馳せつつ、その表現を現在の奉仕の様に転用したのであろう。なお、「朝なぎに　楫引き上り　夕潮に　棹さし下り」という対句は、防人の悲別を歌う長歌（20・四三三一）に「葦が散る　難波の御津に　大船に　ま櫂しじ貫き　朝なぎに　水手ととのへ　夕潮に　楫引き折り」とあるのを思い起こさせるが、これは「御調の舟」の賑わいに「難波の御津」から出航していく防人の様子を二重写しにしているのだと理解される。文脈上、直接防人に言及することはないにせよ、前に配列される防人関係長歌第一作（20・四三三一）と響き合っていることは認められよう。

D部では「浜に出でて　海原見れば」という部分に注意しておきたい。ここには「堀江」から「浜」へと移動する詠み手の姿が表現されているからである。確かに、宮の北方にあったと推定される堀江を眺めつつ、西方に展開する「海原」（＝大阪湾）を同時に眺めることはできなかったであろうから、これは難波の地形に即した表現と言ってよいのかもしれないが、天皇讃美を主たる目的とする宮廷讃歌において、詠み手の行動がこのように具体的に表現されることは、やはり異例なこととすべきであろう。

第三段は、第二段で提示された景の広大さと豊かさを讃え、「うべし神代ゆ　始めけらしも」と、「神代」にこの宮が創建されたことを納得して結ぶ。この「神代」は長歌冒頭の「天皇の　遠き御代」を受けたものと見て大過あるまい。

こうしてみると、当該長歌は「天皇の　遠き御代」に難波を都としたことを想起しつつ、今もまた、行幸によって難波宮が都のごとく栄えているということを詠んでいるのであるが、反歌の内容もそのことと矛盾しない。すなわち第一反歌には「桜花今盛りなり難波の海おしてる宮に聞こしめすなへ」とあり、桜花が盛りを迎えている「今」、まさに時を同じくして難波宮で天下統治が行われているかのごとく詠まれているのである。「聞こしめす」は単に行幸しているという意味に取れないこともないが、集中の用例に照らす限り天下統治の義で用いられるのが原則で（「聞こしをす」も同じ）、当該長歌に「聞こしめす[10]四方の国より　奉る　御調の舟」とあるのも、明らかに天下統治を言うものであるから、鉄野昌弘氏が言うように、この第一反歌も「大王」行幸中の難波宮を都に見立てて歌っているものと見ておきたい。[11]

第二反歌も同様である。第二反歌は、「海原のゆたけき」情景を眼前にして「葦が散る難波に年は経ぬべく思ほゆ」と歌うのであるが、『新大系』が「『べし』は、当然そうなのだ、という気持」と指摘するように、この下三句は原義的には「当然難波で歳月を経るべきだ」ということを意味している。「年を過したいやうに思はれる」（『全釈』）、「ここに住んで年を経てもよいと思う」（『全註釈』）、「長年月滞在してしまいそうなほどだ」（『古典全集』頭注）などと様々に解釈が分かれるのは、どこに重点を置いて「べし」を訳出するかという違いに過ぎないと思われる。[12]その動作主体は詠み手である「我」なのであろうが、長歌からの流れで読むと、「我」の滞在は行幸に伴うものであるから、難波宮に滞在し続けるべきだというその思いは結局はこの行幸の永続を願うことに通じるのであろう。

それにしても「経ぬべく思ほゆ」とはおよそ讃歌らしからぬ結びである。諸注釈における現代語訳の微妙な揺れも、この歌が直接には自らの感懐を詠んでいるということに起因するのであって、讃歌としては不安定な表現と言うべきであろう。ちなみに「経ぬべし」というフレーズは、当該歌のほか集中に三例見える。

h　紅に深く染みにし情かも寧楽の京師に年の経ぬべき　（6・一〇四四）

i　たらちねの母に申さば君も我も逢ふとはなしに年ぞ経ぬべき　（11・二五五七）

j　いささかに思ひて来しを多祜の浦に咲ける藤見て一夜経ぬべし　（19・四二〇一）

歌の内容は一様ではないが、いずれも思いがけず（或いは意に反して）歳月を経てしまいそうになるということを詠んでおり、その点では共通している。このうちhは「傷㆓惜寧楽京荒墟㆒作歌三首」の第一首（作者未詳）で、久邇京時代に「荒墟」となってしまった奈良の旧都を傷む歌である。荒れ果ててしまってはいるけれども、深く馴れ親しんだ心のためか、この奈良の都に歳月を経てしまいそうだ、という複雑な胸の内を詠んでいる。蓋し当該歌の第二反歌にも同様の心の揺れを読み取ってよいのではないか。それは家持自身が過去に詠んだ次のごとき歌と比較すれば一層明らかである。

もののふの八十氏人も吉野川絶ゆることなく仕へつつ見む　（18・四一〇〇）

すめろきの御代万代にかくしこそ見し明らめめ立つ年のはに　（19・四二六七）

どちらも宮廷讃歌の反歌であるが、離宮や治世の永遠性を端的に詠んでいる。宮廷讃歌においては、讃美される対象は絶対のものであり、その永遠性が問題にされる場合、それは予め保証されたものとして詠まれるのが通例なのである。「絶ゆることなく」とか「万代に」といった熟した表現があるにもかかわらず、「難波に年は経ぬべく思ほゆ」などという表現を選択したところに当該歌の性格が表れているのではないだろうか。この第二反歌において、難波の地に永遠に滞在することは自明のこととはされていない。むしろ、そうしようとは思っていなかったがこの地で歳月を経てしまいそうだ、いや、そうすべきだ、と自らを納得させようとするような物言いである。難波が都ではないことを承知しながら、あえてこの地に君臨する「大王」の姿を仮想し、その永遠の支配を祈るという、屈折した心情がそこには読み取れるのである。(13)

四　行幸の幻想

こうしてみると、当該歌は総体として離宮讃歌の様式を踏むものではあるが、随所に異例な部分を含み持つことがわかる。特に、詠み手（家持）自身の行動や心情が、宮廷讃歌としては例のないほど丁寧に表現されていることが注意されよう。

そもそも当該歌には離宮讃歌として大いに不審なことがある。『全注巻第二十』（木下正俊氏担当）も指摘するごとく、この歌の詠まれた勝宝七歳二月は諒闇中であり（勝宝六年七月十九日太皇太后宮子崩）、この時点での難波行幸はありえなかったということである。離宮讃歌は離宮に行幸中の天皇を讃美するのが通例なのに、[14]家持は天皇不在の難波宮にあって難波宮讃歌を作っているのである。これをどう考えるべきであろうか。

これについて『古義』は、翌天平勝宝八歳二月に行幸があったこと（『続紀』）を踏まえ、「八歳ノ春、難波に行幸あらむとて、七歳の春より御用意《ミアラマシ》ありて、卿大夫を難波に下されしに、（中略）あらかじめ行幸のありしほど、の意になりて、よまれけるなるべし」と述べている。当該歌を翌年の行幸に備えたものと見るのである。しかし、『新考』も批判するように、かつて家持が作った予作讃歌に「儲作」（18・四〇九八～四一〇〇、19・四二六六～七）、あるいは「預作」（19・四二五四～五）と明記されていることを考えれば、「陳私拙懐」とのみ記された当歌はむしろ予作ではないと考えるのが穏やかではないだろうか。そもそも「桜花今盛りなり」（第一反歌）という表現は、勝宝七歳二月十三日（太陽暦で三月三十日頃）[15]の「今」を歌ったものと見るべきであり、[16]これを一年も先の行幸に備えた作と考えることには無理があると思われる。

一方、『全釈』は「歌中の叙述が、恰も天皇の行幸中のやうにも思はれるが、天皇を中心として離宮を歌ったので、おのづからさう見えるのに過ぎない」と述べ、行幸の描写を形式的なものとして説明しようとするが、長歌第一段の過半（「神ながら～難波の宮は」の十六句）は行幸の描写に費されており、これは形式上の必要に迫られてやむなく歌ったという程度を越えていよう。前節でも触れたように、第一反歌に「おしてる宮に聞こしめすなへ」とあるのも難波宮における天皇の天下統治を詠んだものと見るべきである。神亀二年の難波行幸における金村や赤人の讃歌にも「績麻なす　長柄の宮に　真木柱　太高敷きて　食す国を　治めたまへば」（6・九二八）とか、「おしてる　難波の宮に　わご大王　国知らすらし」（6・九三三）という表現が見られるが、家持はこれら行幸従駕の歌と同じように、今現在の難波への行幸を前提に、難波宮を都に見立てて歌っているのである。

要するに、こうした状況設定は全て家持の幻想と見るほかあるまい。行幸が現在行われているごとく仮想して宮廷讃歌を作るなどということ（これは将来の行幸に備える予作とは根本的に違う）は、無論、極めて異例なものである[17]。結局、「天皇が難波宮に居られる如く見えるが、此の作は、寧ろ家持の難波滞在の徒然に作つたものであらうから、事実ではなく、家持がそんな風に空想したに過ぎない」（『私注』）とか、「家持の心象風景か」（『新編全集』）といった理解に落ち着くことになろうが、それにしても、何故このような幻想を歌うのであろうか。

五　春の初め

不審な点はまだある。この歌の詠まれたのは陰暦二月十三日であるにもかかわらず、長歌に「春の初め」と詠まれていることである。しかもこの表現は「わご大王」の心中を描写する部分に現れるのである。長歌の文脈による限り、難波宮への行幸は「うちなびく　春の初め」こそが「八千種に　花咲きにほひ　山見れば　見のともしく　川見れば　見のさやけく　物ごとに　栄ゆる時」であるという「大王」自身の判断に裏打ちされているのであるが、このような表現も宮廷讃歌としては異例なものであろう。菊池威雄氏が「和歌は天皇の心情に対しては極めて慎み深く、特に寿歌は天皇の心情を不可知なものとして触れないことを原則とする」と指摘するごとく、(18)前代の讃歌においては「〜と」という引用の形で天皇の心中を叙述するようなことは非常に稀であり、例外的に人麻呂吉野讃歌の「山川の　清き河内と　御心を　吉野の国の」（1・三六）というような例はあるが、それが十句にも及ぶようなものは家持歌以外には見受けられない。ましてや「春の初め」などと特定の季節に言及するものは当該歌の他に全く例がないのである。(19)ここには、「春の初め」という季節を特に選んで難波に行幸した「大王」の深慮が、異例なほど具体的に歌われていると見るべきであろう。

『窪田評釈』はこの「春の初め」を作歌日と結び付けて陰暦二月と解するが、そうではあるまい。「春の初め」という表現は当該歌を除き集中に、

正月立つ春の初めにかくしつつ相し笑みてば時じけめやも　（18・四一三七、家持）

霞立つ春の初めを今日のごと見むと思へば楽しとそ思ふ　（20・四三〇〇、池主）

の二例を指摘しうるが、題詞や左注によればこれらはいずれも正月の歌であり、「春の初め」は暦法上の「孟春」あるいは「初春」を和語化したものと考えられるからである。また、『釈注』は「正月の初めをいうめでたい語と知っていて二月中旬の目下の作に応用し、難波讃美の気持を強めようとした」と言うが、正月を意味する語を使うことがどうして讃美の気持ちを強めることにつながるのか釈然としない。「うちなびく春さりぬれば」とか

「うちなびく春さりくれば」といった類型表現があるにもかかわらず（安積皇子挽歌で家持は前者を採用している）、わざわざこうした特殊な語彙を使用しているということからも、当該歌の「春の初め」はやはり孟春の義で読むべきではないだろうか。家持が暦法に強い関心を抱いていたことも思い合わせるべきであろう。当該歌において、「大王」は孟春（正月）に難波に行幸し、現在（二月十三日）に至っているという設定なのである。

それにしても、難波への行幸を「春の初め」に設定するのは何故なのだろうか。ここで注意したいのは、聖武の難波宮行幸には「春の初め」の行幸と言い得るものが一回だけあるという事実である。『続紀』や万葉により知られる聖武の難波宮行幸は、

(1)　神亀二年十月十日
(2)　神亀三年十月十九日
(3)　神亀五年（『続紀』に記事なし、万葉集巻6・九五〇〜三題詞による）
(4)　天平六年三月十日
(5)　天平十二年二月七日
(6)　天平十六年閏正月十一日
(7)　天平十七年八月二十八日
(8)　天平勝宝八歳二月二十四日

の計八回（当該歌の制作以前に行われたのは(1)〜(7)）であるが、このうち「春の初め」の行幸は(6)だけなのである。「閏」というのが少々引っ掛かるが、『続紀』天平十六年正月十五日条には「任二装束次第司一。為レ幸二難波宮一也。」とあり、この時の行幸は既に前月（すなわち正月）から計画されていたことがわかる。この認識に立つならば、こ

れを「春の初め」の行幸と理解することに特に支障はあるまい。以下、天平十六年の記事を摘記してみよう。

正月十五日　難波行幸のため装束次第司を任ず。
閏正月一日　百官を集め恭仁・難波の便宜を問う。
閏正月四日　「市」の民に「定京之事」を問う。
閏正月十一日　難波宮行幸（恭仁宮留守は藤原仲麻呂）。
二月一日　恭仁宮から駅鈴・内外の印を取り寄せ、諸司・朝集使を難波宮に移動させる。
二月二十日　恭仁宮から高御座・大楯・兵庫の器仗を運ばせる。
二月二十四日　紫香楽宮行幸（聖武）。元正上皇と左大臣橘諸兄は難波に留まる。
二月二十六日　左大臣（橘諸兄）、難波宮を「皇都」とする旨の勅を宣る。

「百官」のみならず「市人」を相手に「定京之事」を問うなど朝廷の動きもただ事ではないが、ここで注意しておきたいのは、この難波行幸が難波宮への遷都に関わるものであり、しかも正月（春の初め）から二月にかけての一連の事件だったということである。この行幸のありようは、当該歌に描かれる行幸の設定と一致する。

ちなみに難波宮への遷都は天平十六年二月二十六日のことであるが、既に前年（天平十五年）末頃に紫香楽宮へ遷都しようという動きがあり（十二月二十六日に紫香楽宮造営のため恭仁宮の造作を停止している）、難波宮への遷都はそれに対抗する形で強行されたと見られている。紫香楽宮や難波宮を支持していたのが具体的にそれぞれどのような勢力であったかについては史家の説も分かれるようであるが[20]、難波宮を皇都とする旨の勅を、天皇不在のままに左大臣橘諸兄が宣言しているということ（二月二十六日）は重い意味を持っていよう。難波遷都の真の立役者が誰であったにせよ、左大臣である諸兄の最終的な承認なくしてこのようなことは起こりえないからである。官人としては諸兄の側に立っていたとおぼしい家持が、諸兄にまつわる盛儀としてこの難波行幸を捉えていたとしても不思議はないと思われる。

天平十六年の難波行幸が難波宮への遷都に関わるものであり、宮廷を揺るがす大事件であったことを思えば、爾後十一年を経た当該歌の作歌時（天平勝宝七歳二月）においても、恐らくは生々しい記憶と共に語り継がれていたことであろう。第三節で見たように、当該歌は長反歌共に「大王」の行幸を前提とし、難波宮を「都」に見立てて讃美するものであったが、それは右に見た天平十六年初春の印象を濃厚に揺曳するものと言ってよい。蓋し家持は、この天平十六年春の行幸を想起しつつ、その記憶を核として、あるはずのない今現在の行幸を幻想したのではないだろうか。

六　天平十六年

ところで、天平十六年と言えば、次の歌群が改めて想起されよう。

　太上皇御㆓在於難波宮㆒之時歌七首　清足姫天皇也

　左大臣橘宿祢歌一首

堀江には玉敷かましを大皇を御船漕がむとかねて知りせば　（18・四〇五六）

　御製歌一首　和

玉敷かず君が悔いて言ふ堀江には玉敷き満てて継ぎて通はむ　（四〇五七）

　　或云、玉こき敷きて

　右二首件歌者、御船泝レ江遊宴之日、左大臣奏并御製。

　御製歌一首

橘のとをの橘八つ代にもあれは忘れじこの橘を　（四〇五八）

　河内女王歌一首

橘の下照る庭に殿建てて酒みづきいますわが大君かも　（四〇五九）

　粟田女王歌一首

月待ちて家には行かむわが挿せる赤ら橘影に見えつつ　（四〇六〇）

　右件歌者、在二於左大臣橘卿之宅一肆宴御歌并奏歌也。

堀江より水脈引きしつつ御船さす賤男の伴は川の瀬申せ　（四〇六一）

夏の夜は道たづたづし船に乗り川の瀬ごとに棹さし上れ　（四〇六二）

　右件歌者、御船以二綱手一泝レ江遊宴之日作也。伝誦之人、田辺史福麻呂是也。

巻十八に載るこの歌群は、天平二十年三月に橘諸兄の使者として来越した田辺福麻呂が家持に披露したものである。いわゆる伝聞歌であり、家持による追和歌（18・四〇六三～四）が存在することからも、家持自身が共感を持って歌日記に採録したものと考えられる（本書第二部第一章参照）。これらは元正上皇と諸兄が難波堀江において催した遊宴の折の歌々を中心とするものであるが、前述のごとく、この堀江遊覧は難波を都としていた天平十六年の出来事と考えるべきであろう[21]。

その冒頭二首（18・四〇五六～七）は諸兄の歌に元正が和したものであるが、この諸兄と元正の君臣唱和が、家持をして難波堀江に対する関心を抱かしめたのではないか。堀江を歌っていることの確実な十五首のうち家持歌が六首（全て天平勝宝七歳以後の作）を占めるということからすれば、資料の偏りを考慮しても、家持が難波堀江にかなり高い関心を持っていたことは認められよう。記紀によれば仁徳帝によって開掘されたというこの堀江は難波宮のすぐ北方を流れていたと推測されるが、天平勝宝七歳二月、難波堀江を訪れた家持の心中にかの堀江遊覧の歌々が去来したことは間違いあるまい。前述のごとく、当該歌に「堀江より　水脈引きしつつ」とあるのは、福麻呂が披露したうちの一首（18・四〇六一）を明らかに踏まえているからである（傍線部）。恐らくこれらの歌々を想起したことが契機となって天平十六年という年に対する追懐の念が生じ、当時の難波行幸をも懐しく思い起こすことになったのではないだろうか。

無論、天平十六年が全てにおいて良い年であったというわけではない。安積皇子の薨去はこの難波行幸の間のことであるし、この行幸の背景に「激烈な政争・対立」があったこともまた事実であろう[22]。しかし、元正と諸兄をめぐる右の伝聞歌群が、君臣和楽の理想的な世界を体現するものとして歌日記に取り込まれていることを見逃すわけにはいかない。「御製歌一首　和」（四〇五七題詞）と記し、重ねて「左大臣奏并御製」（同左注）と記しているのは、家持が君臣唱和ということに並々ならぬ関心を抱いていることをうかがわせる。四〇六〇左注の「御歌并奏歌」も同様である。また、二箇所に表れる「遊宴」（波線部）という表現は、集中ここにしか見えない注記であるが、家持がこの唱和の行われた場を和楽の場として捉えていたことを端的に示すものであろう。

こうしてみると、当該歌は「春の初め」「堀江」といったキーワードによって、読み手の意識を天平十六年へと誘うかのようである。とりわけ、「堀江」は巻十八に載録された福麻呂の伝誦歌と響き合うことによって、良き時代――君臣唱和が実現したという意味において――への思いを掻き立てる効果を担っている。少なくとも当該歌においては天平十六年は懐かしむべき年として想定されていると言ってよいだろう。諸兄をめぐって難波宮への遷都や堀江遊覧が行われたという点で、天平十六年は家持が難波宮を歌うにあたってのイメージの源泉たりえているのである。

七　私の拙き懐ひ

このように、当該歌は天平十六年に結び付く要素を少なからず持っていると認められる。但し、歌っているのはあくまで「今現在の行幸」であり、そこに天平十六年の印象が二重写しにされているのである。家持は、難波宮に君臨する「大王」を仮想し、宮の主たる「大王」を寿ぐ意識から難波宮讃歌という宮讃めの形式を採用したのであるが、そこには天平十六年の難波行幸に対する追慕の念が底流している。

もちろん「大王」を寿ぐといっても、この場合家持の追懐を核とした幻想であり、あくまでも私的な感懐に過ぎないものである。聖武の難波行幸をモデルとしている以上、「大王」とは主に聖武の面影を追ったものと思われるが、架空の行幸であることを考えれば、あるいは聖武に限定する必要はないのかもしれない。(23)『全注巻第二十』に「家持がこの時白昼夢裡に思い浮べていたものは恐らく、神亀二年以来何度か難波に行幸し、一時皇都とされたこともある聖武天皇か、聖武によって代表される難波にゆかりがある天皇のあれこれの姿であったろう」とあるのは、その意味で本質を突く指摘と思われる。

なお、あるはずのない行幸を歌っていることからすれば、奏上の意図も全くなかったと考えられる。題詞に見える「私」の語は「公」の対義語として据えられたものであり、本来公的な讃歌の形式によりつつ私的な感懐を歌ったということに対する家持の自覚を示すものなのであろう(24)。

ここで問題になるのが「拙懐」である。既に述べたように「拙懐」の語は集中に三例あるが、当該歌以外の二例は次のごときものである(25)。

A　十一日、大雪落積尺有二二寸一。因述二拙懐一歌三首

大宮の内にも外にもめづらしく降れる大雪な踏みそね惜し　（19・四二八五）
御苑生の竹の林に鶯はしば鳴きにしを雪は降りつつ　（四二八六）
鶯の鳴きし垣内ににほへりし梅この雪にうつろふらむか　（四二八七）

B　宮人の袖付け衣秋萩ににほひよろしき高円の宮　（20・四三一五）
高円の宮の裾廻の野づかさに今咲けるらむをみなへしはも　（四三一六）
秋野には今こそ行かめもののふの男女の花にほひ見に　（四三一七）
秋の野に露負へる萩を手折らずてあたら盛りを過ぐしてむとか　（四三一八）
高円の秋野の上の朝霧に妻呼ぶ雄鹿出で立つらむか　（四三一九）
ますらをの呼び立てしかばさ雄鹿の胸別け行かむ秋野萩原　（四三二〇）

右歌六首、兵部少輔大伴宿祢家持、独憶二秋野一、聊述二拙懐一作之。

A歌群の題詞について、『代匠記』初稿本が「述拙懐歌。これ家持の撰なるゆゑに、卑下の詞有て、作者の名なし。此巻の終にそのよしを注せり。たれか家持の撰にあらすといはむ」と指摘して以来、「拙懐」の語はしばしば家持による歌稿編纂の痕跡として理解されてきたものである（『全註釈』『注釈』『全注』『新編全集』など）。確か

に「拙」は謙辞であり、これが家持の自記によることは認めてよいであろう。しかし、この注記を編纂の問題と関わらせる前に、何故これら三例のみにこうした異例の注記が付されているのかということを検証してみるべきではなかろうか。夙に北島氏が試みたように[26]、三例の拙懐歌に共通の表現意識が指摘できるとすれば、「拙懐」の語が用いられる必然性はそこから説明できるはずだからである。

　但し、北島氏は拙懐歌を「過去のある時点を懐しむ心の込められた歌」と規定するのであるが（前述）、これだけでは自らの「懐ひ」を「拙」と卑下する理由が依然として説明できない。この点注目すべきは、森長新氏の指摘である[27]。森長氏は、三例の拙懐歌がいずれも「宮」に関して歌われていることに着目し、「家持がその歌に込められた『懐《おもい》』を『拙』なるものとして意識的に記した」と述べるが、これは「拙」を宮廷に対する意識と捉えた点において、注目に値する。しかし森長氏は、Aの三首を「大雪を理由に出仕しないことを述べる」歌であるとし、そこに「拙懐」と記される必然性を読み取るのであるが、A歌群をそのような歌として理解することには賛同できない。また、B歌群については「家持の聖武朝に対するノスタルジーの表出」と捉え（森長氏によれば問題の「陳私拙懐一首」も同様だという）、「左注の『拙懐』とは、そのような後ろ向きな心情ゆえの記述なのではないだろうか」と言うが、家持が聖武朝に対する思慕を「後ろ向き」に感じていたとは考えにくい。「拙」が宮廷に対する何らかの意識を示していることは認められるが[28]、「拙懐」という意識の内実は、もっと別の視点から考えるべきではないか。

　既に見たように、当面する「陳私拙懐一首」は天平十六年の難波行幸に対する追懐を核として今現在の行幸を幻想するものであったが、他の二例の拙懐歌（前掲A・B）も同様の手法によるものと認められる。詳しい分析については本書第三部第四章に譲るが、以下要点のみ述べておく。

Bの六首は高円離宮における大宮人の野遊びや遊猟を主題とした連作であるが、四三一六歌や四三一九歌に「らむ」が用いられているところから、作者は高円離宮から離れた場所におり、今頃催されているであろう野遊びや遊猟に思いを馳せているものと認められる。だが、この大宮人の姿は明らかに幻想なのである。B歌群の直前に配列された歌（20・四三一四）は勝宝六年七月二十八日の作であり、この歌群は少なくともそれ以降の作と推定されるが、とすればこの六首が詠まれた時はやはり太皇太后宮子の諒闇中であり、遊猟などありえないからである。更に注意すべきは、歌群の結びとなる四三二〇歌が、坂上郎女の「大夫の高円山に迫めたれば里に下り来るむざさびそ此れ」（6・一〇二八）と家持自身の「をみなへし秋萩凌ぎさ雄鹿の露別け鳴かむ高円の野そ」（20・四二九七）とを切ってつないだような趣を持っていることである。一〇二八歌は天平十一年に聖武が高円で催した遊猟に際しての作、四二九七歌は勝宝五年八月に池主や清麻呂と高円の野に遊んだ折の宴席歌であるが、北島氏が指摘するように、四三二〇歌だけではなくB歌群全体がこの二首をもとに構築されていると言っても過言ではない(29)。つまり家持は、過去のことを意識的に再構成し、それがあたかも今現在の出来事であるかのごとく幻想しているのである。その幻想が自身の私的な追懐の念に基づいているという自覚と、諒闇中であるにもかかわらず宮廷に関わる華やかな行事を幻想しているという憚りの心とが、家持をして左注に「拙懐」と注記せしめたのであろう。

一方、Aの三首は皇居の大雪をモティーフとした歌群であるが、B歌群と同様、「らむ」が用いられており（第三首）、この点からすれば、A歌群は皇居から離れた所（自邸など）で詠まれたと考えるべきである。珍しく降り積もった大雪に触発され、皇居の雪に思いを馳せたという趣向であろう。しかし、皇居以外の場所にいる家持が、何故ことさらに皇居の雪を歌うのであろうか。注意したいのは、Aの冒頭を飾る四二八五歌が、諸注の指摘することく家持自身の歌（17・三九二六）と三形沙弥の歌（19・四二二七〜八）を踏まえているということである。自身の旧作にあたる三九二六歌は天平十八年正月の大雪の折に元正上皇の御所で詠んだ応詔歌であり、家持にとって記念碑的な意味を持っていたはずである。勝宝五年正月の大雪を眼前にした家持は、この時の肆宴を懐かしく思い起こしたのであろう。蓋し、四二八五歌は、あたかも今、宮中に大宮人が集っているかのごとく仮想し、その仮想された大宮人に対して踏まないでくれと呼びかけるという体の歌なのではあるまいか。天平十八年正月の応詔歌を踏まえていることを考えれば、そこには肆宴の印象が揺曳していると言うべきだろう（結句の「な踏みそね」が三形沙弥の歌を踏まえていることは明らかであるが、この三形沙弥の作が宴席において一座に呼びかける形の歌であることも重視すべきである）。しかも、A歌群の制作された正月十一日は、天平十八年の大雪の時とは違って、大雪に伴う肆宴が催されるような状況であったとは考えにくい。『続紀』勝宝五年正月一日条には「廃朝」とあり（理由は不明だが聖武の体調不良が原因ではないか）、「五位已上を宴したまふ」とはあるものの、正月儀礼でさえ例年通りではなかったのである。やはりA歌群においても、家持はありえない設定のもとに今現在の宮廷の様子を幻想しているのであるが、このことに対する自覚が、自らの「懐ひ」を取るに足らぬものとして卑下する意識（＝拙）を喚起したのであろう。

これを要するに、「拙懐」とは「ありもしない宮廷行事を幻想したということに対する憚りの心と、その幻想が私的な追懐の念に基づくという自覚を意味するもの[30]」であると見て大過ないのではあるまいか。見てきたように、当該歌はありもしない行幸を仮想して詠まれたものであり、その題詞に「私の拙懐を陳ぶる」とあるのも、他の二例と同様に理解して矛盾はない。

八　おわりに

以上、「陳私拙懐一首」をめぐる諸問題について考察した。

当該歌が讃仰の対象とするのは、難波宮に行幸し、そこを都として君臨する「大王」であるが、この歌が詠まれた当時は諒闇中であり、従ってここに描かれる行幸自体、全くの幻想と言うほかはない。家持は、橘諸兄や元正上皇の深く関わった天平十六年の聖武行幸を追懐し、その印象をもとに勝宝七歳二月現在の行幸を幻想してみせたのであった。当該歌が離宮讃歌の様式によっているのは、天平十六年の行幸を追慕し、行幸従駕の場を仮想しているからにほかならない。

つまり、当該歌の中核をなす難波宮の讃美は、聖武ゆかりの離宮をめぐって家持の心中に去来した、私的な感懐に基づくものだったのである。第二反歌の下二句に「難波に年は経ぬべく思ほゆ」とあるのも、間接的に宮の永遠性を表現してはいるものの、直接には「このまま難波に滞在しているべきだ（滞在していたい）」という家持の私的感懐を歌うものであり、宮廷讃歌になりきれないこの歌の本質を覗かせていよう。この歌は離宮讃歌の形を取りながらも、公的性格を持つ従来の離宮讃歌とは全く異質の作品に仕立てられているのである。「私の拙き懐ひを陳ぶる」というおよそ讃歌らしからぬ題詞も、その辺の事情を物語っている。恐らくこの「私」は「公」の対義語として据えられたものであり、「陳私拙懐」とは本来公的な讃歌の形式によりつつ私的な感懐を歌ったということに対する家持の自覚を示しているのである。

なお、長歌形式による宮廷讃歌はこの歌を最後に万葉から姿を消してしまう。長歌そのものが存在意義を失っていく時代にあって、個人的な思いを歌う離宮讃歌などというものは、勝宝七歳二月の家持をめぐる特殊な状況がなければ生まれえなかったものであり、一回的なものに過ぎなかったのであろう。(31)

〔注〕

(1) 参照、森朝男「万葉離宮儀礼歌の位相」『古代和歌の成立』一九九三、初出一九八三・三。

(2) 参照、橋本達雄「田辺福麻呂―橘諸兄との関連―」『万葉宮廷歌人の研究』一九七五、初出一九六七・一。

(3) 家持自身はこれ以前に三首の長歌体讃歌を残しているが、いずれも予作歌であることが明記されており、奏上された形跡も認められない。家持の讃歌は前代のそれとは異質なものと言うべきだろう。本書第一部第四章参照。

(4) 但し、本論の初出稿発表後に、二篇の注目すべき論が相次いで発表された。参照願いたい。

A　奥村和美「家持の難波宮讃歌（上・下）―「陳私拙懐一首」の讃美の方法と表現―」『美夫君志』第七五号（二〇〇七・一一）、第七六号（二〇〇八・三）。

B　鉄野昌弘「『陳私拙懐』歌をめぐって」『万葉』第二〇二号、二〇〇八・八。

(5) 伊藤博「防人歌群」『万葉集の歌群と配列』下、一九九二、初出一九八四・一〇、一六八頁以下。

(6) 北島徹「大伴家持と難波」『万葉の風土と歌人』犬養孝編、一九九一・一。

(7) 「拙懐」についての私見は拙稿参照（「拙懐歌の論―帰京後の家持―」『国文学研究』第一二五集、一九九八・六、本書第三部第四章）。

(8) この題詞の「私」は語順から見て下の「拙懐」を修飾するものと考えられ、一方、後述のように、この「私」は「公」の対義語と見られるので「わたくしの」と訓読するべきである。なお、「拙」という謙辞が付されていることからこの題詞は家持の自記と認められる。

(9) 『続紀』天平十六年二月二十四日条に「太上天皇及左大臣橘宿禰諸兄、留在二難波宮一焉」とあり、他にこのような記述がないことから、堀江遊覧の歌々もこの年に詠まれたと考えることが通説化している。参照、澤瀉久孝『万葉集新釈』上、改訂版一九四七・一一、初出一九三一、五四頁以下。

(10) 西本願寺本などには「伎己之乎須《きこしをす》」とある。本書では元赭、広瀬本、類聚古集などにより「伎己之米須《きこしめす》」の本文によった。
(11) 鉄野注4論文
(12) これについては既に鉄野氏も同様のことを指摘している（注4論文）。
(13) 鉄野氏は「自分が本当にいたい場所で、したいことをしているのならば、やはり『年を経』るとは言わないと考える」とし、「当該歌は、難波が都になったことを仮想し、自己をその中にあるべきとしながら、その仮想がかえってより満たされない状況を作り出してしまっている仕儀なのである」と述べている（注4論文）。首肯すべき見解であろう。しかしながら、この指摘は重要な問題提起を含んでいると思われる。「より満たされない状況」がそこに表現されてしまっているということは事実だとしても、それが予め家持によって意図されたものかどうかというと、それは我々が後から見たときにそう見えるということかもしれないからである。仮想したものとはいえ、行幸讃歌の形をとる当該歌に関して、家持がそれを万葉集に載録することで「満たされない」思いを表現しているということは少々考えにくい。ありもしない行幸を仮想し、都でもない難波を都のように歌うというところに、屈折した家持の心情を読み取ることはできるが、万葉集（あるいは歌日記）の中ではあくまで晴れのものとして当該歌を読むことが要請されていると見るべきではなかろうか。屈折した「満たされない」思いは、その行間に滲み出てしまっている、言わば二次的なものとして理解すべきものと思われる。この二重性は歌日記にとりわけ特徴的なものである。参照、本書第三部第六章。
(14) 森朝男氏が「宮讃めはそれ自体において即ち主讃めであったと見てもよい」と述べるように（森注1前掲書、四六頁）、離宮讃歌はその宮の主たる天皇を讃美するものであり、宮に天皇がいることを前提としていると考えられる。
(15) 『日本暦日総覧』（具注歴篇古代中期2、岡田芳朗ほか編、一九九三・四）による。
(16) この点、伊藤注5論文にも指摘がある。
(17) 後述するごとく、家持の「拙懐」歌のみに類似の事例を見出しうる。
(18) 菊池威雄「天平の寿歌」『預作侍宴応詔歌』」『天平の歌人大伴家持』二〇〇五、初出一九九三・六、五四頁。
(19) もちろん季節を観念化し、春と秋を対句的に歌う例ならば多く指摘できるが、「春の初め」のように季節を特定するような表現は例がない。なお、大王の心中を歌う「うちなびく春の初めは～物ごとに栄ゆる時」という部分は、『続紀』天平元年正月十六日条に見える「孟春正月には万物和ぎ悦ぶ」という聖武の勅と内容的に酷似している。「孟春」の語は『続紀』ではここだけに見えるものであり、家持がこれを踏まえている可能性もあると思われるが、なお後考を待つ。

(20) 参照、横田健一「安積親王の死とその前後」『白鳳天平の世界』一九七三、初出一九五九・六。

(21) 「太上皇御ニ在於難波宮ニ之時」という総題にも注目したい。家持や福麻呂はもちろん、当時の官人層にとってはこれが天平十六年のことであることは恐らく自明のことであり、だからこそ年次が記されることもなく歌日記に取り込まれたのではないだろうか。

(22) 横田注20前掲書、四一〇頁。

(23) 但し、当該歌の「大王」と聖武とを完全に切り離して考えることもまたできないと思われる。難波宮は朱鳥元年（六八六）正月に焼失して以後、後期難波宮が聖武によって造営されるまで、重視されていた形跡はない。聖武の最初の難波行幸時（神亀二年十月十日）に詠まれた金村の歌（6・九二八）や、知造難波宮事に任ぜられた宇合の歌（3・三一二）からも、聖武以前には難波に対する認識が極めて低かったことがうかがわれる。それに対し、聖武はこの宮を副都として整備したばかりか、一時は皇都にさえしている。家持の時代において難波宮は聖武の治世と切っても切れないものだったということは看過できない。

(24) 伊藤博氏は「私の」と訓読した場合、「拙懐」と意味が重複することになって不自然だと言うが（「万葉語〝拙懐〟」『万葉歌林』二〇〇三、初出一九九九・八、三七二頁）、「私」が個人的の義であり、「拙」が自らを卑下するものであるとすれば、必ずしも重複とは言えないはずである。

(25) 以下、A・Bの歌群に関する考察は本論初出時（「家持の陳私拙懐一首—万葉讃歌の終焉—」『美夫君志』第五四号、一九九七・三）にはなかったものであるが、後に発表した「私の拙懐を陳ぶる歌」（『セミナー万葉の歌人と作品　第九巻』二〇〇三・七）の該当箇所をここに取り込んだ。そのため内容が本書第三部第四章と一部重複することをお断りしておく。

(26) 北島注6論文

(27) 森長新「述拙懐歌考」『新居浜工業高等専門学校紀要　人文科学編』第三一号、一九九五・一。

(28) 伊藤博氏も、「拙懐」について「公の事柄について『懐』を抱くことに恐懼する意を示す」と述べ、宮廷との関係においてこの語を捉えようとしている（注24前掲書、三七一頁。『釈注』四二八五歌の語釈にも同様の指摘あり）。だが、家持歌には公の事柄を扱いながら「拙懐」と記されない歌もあるのだから、「懐」の内容を明らかにしない限り、説明としては不十分ではなかろうか。

(29) 北島注6論文

(30) 注7拙稿（本書第三部第四章、四六四〜五頁）。

(31) その特殊な状況というのは、言うまでもなく防人との出会いであるが、この歌が防人歌群の中に位置することの意義については本書第二部第四章を参照。

補論　家持亡妾悲傷歌の構想

一　はじめに

十一年己卯夏六月、大伴宿祢家持悲二傷亡妾一作歌一首

今よりは秋風寒く吹きなむを如何にか独り長き夜を寝む　（3・四六二）

弟大伴宿祢書持即和歌一首

長き夜を独りや寝むと君が云へば過ぎにし人の思ほゆらくに　（四六三）

又、家持見二砌上瞿麦花一作歌一首

秋さらば見つつ偲へと妹が植ゑし屋前のなでしこ咲きにけるかも　（四六四）

移レ朔而後、悲二嘆秋風一家持作歌一首

うつせみの世は常無しと知るものを秋風寒み偲ひつるかも　（四六五）

又、家持作歌一首　并短歌

吾が屋前に　花そ咲きたる　そを見れど　情《こころ》もゆかず　はしきやし　妹がありせば　水鴨なす　二人並び
居　手折りても　見せましものを　うつせみの　借れる身なれば　露霜の　消ぬるがごとく　あしひきの
山道を指して　入日なす　隠りにしかば　そこ思ふに　胸こそ痛き　言ひもえず　名づけも知らず　跡も無

き　世間にあれば　せむすべもなし　（四六六）

反歌

時はしも何時もあらむを情痛くい行く吾妹かみどり子を置きて　（四六七）

出でて行く道知らませば予め妹を留めむ関も置かましを　（四六八）

妹が見し屋前に花咲き時は経ぬ吾が泣く涙未だ干なくに　（四六九）

悲緒未レ息、更作歌五首

かくのみにありけるものを妹も吾も千歳のごとく頼みたりけり　（四七〇）

家離りいます吾妹を留めかね山隠しつれ情どもなし　（四七一）

世間し常かくのみとかつ知れど痛き情は忍びかねつも　（四七二）

佐保山にたなびく霞見るごとに妹を思ひ出泣かぬ日は無し　（四七三）

昔こそ外にも見しか吾妹子が奥つ城と思へば愛しき佐宝山　（四七四）

およそ複数の歌が連続する形で載録されている場合、その配列が意図的なものかどうかは興味ある問題であるが、右に掲げた亡妾悲傷歌十三首（以下、当該歌群）について言えば、概ねその配列に何らかの構想を読み取ろうとする方向で研究が進められてきたと言ってよいだろう。本論も、同様の視点から各歌の読みを再検討し、その構想を明らかにしようというものである。[1] なお、第二首（3・四六三）に書持の「即和歌」があることからすれば、家持が初めから十三首全体の見通しを持っていたとは考えにくいが、後述のごとく当該歌群の題詞は当事者である家持が付したものと認められるので、最終的には十三首一組の歌群としてまとめられていると見るべきであろう。

さて、当該歌群は季節の歌に端を発する亡妻挽歌であり、作品解釈にあたっては、次の二点に留意する必要がある。

(1)　当該歌群の季節感は亡妾を悲傷するという主題とどのように関わっているか。
(2)　当該歌群に歌われる「妾」はいつ死んだのか（いつ死んだものとして詠まれているか）。

これらはいずれも従来は閑却されがちであった問題である。殊に(2)のような視点はほぼ欠落していたと言ってよいが、作品の構想を考える上で十三首それぞれが「妾」の死後どれくらいのところに位置しているかは無視できないのではないだろうか。そもそも『万葉集講義』を始め、「妾」の死は冒頭歌四六二の作歌時点（天平十一年六月）とする見方が多数を占めているが、既に伊藤博氏の指摘もあるように、(2)冒頭歌題詞はあくまで作歌の時点を示すものであって、これが直ちに「妾」の死亡年月に結びつくわけではないのであるから、「妾」の死の時期はあくまで歌の読みから検証されるべき問題であろう。また、「妾」の実在を疑う説もあるが、(3)仮に事実としては架空の存在であったとしても、なお作品内部における「妾」の死の時期が問題となるはずである（但し、「妾」の実在を否定するに足る根拠があるわけではなく、実在と考えるのが穏やかであろう）。

以下、全十三首（書持歌四六三を含む）を冒頭四首（3・四六二～四六五）・長反歌（四六六～四六九）・結尾五首（四七〇～四七四）の三つに分けて論じていく。後述のごとく、本論は四六五の後と四六九の後に内容的な段落を認める立場を取るからである。(4)

二　冒頭四首の構想

冒頭歌（3・四六二）は一見平易な歌であるが、「夏六月」（題詞）に秋風の寒さを歌うというのは、やはり問題であろう（天平十一年の六月は太陽暦で七月十一日〜八月八日頃にあたる）。[5] もちろん、秋になると涼風が吹くというのは、『礼記』（月令）の「孟秋之月」に「涼風至」とあるように中国起源の観念であり、四六二の背景に暦法意識があるということは動かないだろう。だが、題詞はあくまで「夏六月」であり、そのままでは「秋風」と結びつかないのである。

　これについて、四六二を立秋の日の詠とする廣岡義隆氏の興味深い見解がある。[6] 氏によれば、四六二の「今よりは」は「今日からは」の意であり、六月でありながら秋風を歌うのはその「今日」が立秋だからだというのである（天平十一年の立秋は六月二十四日）。これは、四六二における暦法の問題を積極的に論じたものであり、その点において高く評価されるべきものと思われる。[7]

　しかし、この説には以下のごとき疑問が残る。

　第一に、四六二の表現はあくまで「秋風寒く吹きなむ」という推量であり、これによれば寒い秋風はまだ吹いていないのであるから、暦法の観念からすれば、むしろ秋は到来していないことになってしまうのではないか。この推量表現について、廣岡氏は亡妾のいってしまったあの世の秋風を推量したものとして説明しようとするが、下二句の主語は家持としか考えられないので、上三句だけがあの世の秋風を歌ったものとは言えないであろう。

　第二に、四六二が立秋の歌だとすると題詞の「夏六月」と矛盾してしまうのではないか。廣岡氏は、四〜六月を夏とする巻三の編纂基準に従って機械的に付されたものとして説明するが、たとえそうだとしても、なお歌群内部における題詞相互の照応が問題になると思われる。いったいに当該歌群の題詞は、作者名の記載が後ろへ行くほど簡略になるなど全体を一つの作品群として整理した痕跡が認められるが、その中で四六五題詞に「移レ朔」とあるのは極めて異例な書き方であり（集中この一例のみ）、家持以外の第三者による機械的な注記とは考えにくい。恐らくこれは、題詞全体が家持の自記であることを示唆するものであり、とすれば、四六二題詞に「夏六月」とあり、二首を隔てて四六五歌にわざわざ「移レ朔而後、悲二嘆秋風一」とある以上、四六二の詠まれた時点を夏、四六五以降を秋と理解すべきではないだろうか。

第三に、立秋を歌に詠むということ自体が上代において一般的なこととは言いがたいのではないかということである。「今よりは秋風寒く吹きなむを」という表現から読み手が立秋を想起するためには、立秋を歌に詠むことがある程度一般化していなければならないはずであるが、立秋を詠んだ可能性が指摘されている歌は、実のところ万葉集全体を見渡しても決して多いわけではない。それらの歌にしても、本当に立秋を詠んでいるのかどうか断定できないケースが大半なのである。例えば、七夕歌には、

秋風の吹きにし日より何時しかと吾が待ち恋ひし君そ来ませる　（8・一五二三、山上憶良）

秋風の吹きにし日より天漢瀬に出で立ちて待つと告げこそ　（10・二〇八三、作者未詳）

といった類型表現を持つものがあり（傍線部の表現は『古今集』秋上・一七三にも見える）、この「秋風の吹きにし日」を近年のほとんどの注は立秋の日と見ているが（『古典全集』『集成』『新編全集』『釈注』『新大系』『和歌文学大系』『全解』など）、事はそう簡単ではないと思われる。立秋という「節気」は、「暦月」の側から見た場合、陰暦六月中旬から七月中旬の間で毎年大きく変動するものであり、従って「立秋」と「七月七日」との遠近も全く一定しないも

のだからである。(8) 七月七日以降に立秋が来る年さえあり（平均すると約三年半に一度）、これでは年によってこの表現が全く使えないということも起こることになるが、類型表現というものはもっと汎用性の高いものではないだろうか。確かに、『芸文類聚』（歳時上・秋）に「周書時訓曰、立秋之日、涼風至」とあることも事実であるが、前述のごとく『礼記』にも「孟秋之月…涼風至」とあるのだから（この『礼記』の一節も『芸文類聚』に引かれている）、「秋風」を詠んでいるからといって立秋を意識しているとは限らないはずである。蓋し、「秋風の吹きにし日」とは、『窪田評釈』や『注釈』が指摘するように、暦月における「七月一日」のことと理解すべきではあるまいか。

従来、立秋に関わるとされてきた歌としては、他に、

秋立ちて幾日もあらねばこの寝ぬる朝開の風は手本寒しも　（8・一五五五、安貴王）

時の花いやめづらしもかくしこそ見し明らめめ秋立つごとに　（20・四四八五、家持）

などが挙げられるが、(9) いずれも日付の記載がなく、立秋との関わりを確かめるすべがない。「秋立而」（8・一五五五）という原文の字面が「立秋」を連想させることは事実であるが、新井栄蔵氏が指摘するごとく、和語のタツを二十四節気の「立…」に直結することには慎重であるべきであり、(10) 例えば、

…春へは　花かざし持ち　秋立てば（秋立者）　黄葉かざせり…　（1・三八）

…春へは　花折りかざし　秋立てば（秋立者）　黄葉かざし…　（2・一九六）

の「秋立つ」は、「春へは」の対として単に秋になることを言っているに過ぎないものである。「秋立つ」の例としては他に、

思ふ子が衣摺らむににほひこそ嶋の榛原秋立たずとも　（10・一九六五、作者未詳）

天漢安の渡りに船浮けて秋立つ待つと妹に告げこそ　（10・二〇〇〇、人麻呂歌集）

といったものも見受けられるが、これらも立秋を指しているとすることはためらわれる。後者は七夕歌なので、やはり「秋立つ」は「立秋」ではなく「七月一日」になることを意味していると見るべきであろう（なお、後者の原文「秋立待」には「秋立ち待つ」の異訓もあり、その場合にはそもそも「秋立つ」とは無関係ということになる）。

前掲の安貴王の歌（8・一五五五）や家持の歌（20・四四八五）についても、これらが暦法を意識していることは間違いないにせよ、「節気」（立秋）と「暦月」（七月一日）のどちらの季節観に拠っているかは慎重に判断すべきことではないだろうか。

要するに、万葉集の中には確実に「立秋」を詠んでいると言い切れるような例は存在しないのである。このことは万葉集における日付の問題に関わるものと考えられる。例えば歌日記において「立夏」のごとき節気が主題となりうるのは、端的に言って末四巻が日付順配列という形で編纂されているからである。そもそも万葉集の題詞・左注に「立秋」の語は現れないが、そのようなテクストの状況では、日付がない限り立秋の歌を確実に認定するのは至難の業ではないだろうか。少なくとも巻十六以前の万葉集において、歌と節気の関わりを表現しようとする意識は極めて希薄なのである[11]。

以上のことからすると、やはり四六二を立秋の日の詠とすることには無理があるように思われる。そもそも、前掲廣岡論において四六二を立秋の歌とする根拠は「今よりは」を「今日からは」と解するところにあるわけだが、この「今」を「今日」という限定的な意味で捉える必要はないと思われる。例えば、葛井大成の「今よりは城の山道はさぶしけむ」（4・五七六）という歌は、「大宰帥大伴卿上京之後…悲嘆作歌」という題詞によれば、旅人と別れてから多少なりとも時間を置いてから作ったことになるが、それでも「今よりは」と歌いうるのは、この「今」が局所的な一点を意味するものではないからであろう。四六二の「今よりは」も、「これからは」という程度の意味で用いていると思われ、少なくとも立秋の日の詠とする積極的な根拠にはなりそうにない。

思うに、夏六月でありながら「吹きなむ」という確信をもった推量で「これからはきっと秋風が寒く吹くだろう」と歌いうる日があるとすれば、それは秋の前日（夏の終わりの日）ではないか。後に家持は、立春の前日（20・四四九〇）[12]や立夏の前日（18・四〇六八、19・四一七一〜二）に、来たるべき季節を予感して歌っているが、節気と暦月の違いはあるものの、四六二もこれと同様の発想であろう。例えば、「ほととぎす明けむ朝は鳴き渡らむぞ」（18・四〇六八）というのは、立夏前日の歌でありながら翌日に時鳥が鳴くことを推量しているのであるが、これは四六二が夏六月の歌でありながら秋風の吹くことを推量するのと極めて近い発想と言えよう。恐らく四六二も翌日から秋だという事実が秋風を歌う重要な契機となっているのである。

但し、前述のごとく四六五題詞には「移㆑朔而後」とあり、この「朔」は七月一日であろうから、当該歌群においては六月末日までを夏、七月一日以降を秋と捉えているようである。これは二十四節気に基づく「立秋」を意識したものではなく、暦月に従って七〜九月を秋とする『日本書紀』などの季節区分と同じであるが、これによれば四六二は立秋の前日（六月二十三日）ではなく、秋七月の前日（六月末日）の作ということになるのではないだろうか[13]。

しかし、この歌（四六二）にはなお問題がある。橋本達雄氏は「家持がこの一首を作って書持に示した時、はたして亡妾を悼む挽歌という意識があったかさえ疑わしめるような歌である」と言うが[14]、確かにこの歌には「妾」の死を悼む直接的な表現がなく、この一首単独では単に独り寝の寂しさを嘆く歌としても読めてしまうのである（事実、この歌は『新古今集』などでは「秋」の歌として採られている）。これは、秋風の寒さを歌い、独り寝の寂しさを歌うことが、亡妾を悲傷するということにどう関わるか明らかでないということに起因していよう。四六二の秋風の性格については「わびしさや悲しみをつのらせるものとして『秋風』を歌うのである」という小野寺静子氏の指摘[15]が一応首肯されるものの、それだけではこの歌の挽歌としての性格が捉えきれないのである。

ここで、四六二の「秋風」を支えている発想が万葉集においては特殊なものに属するということに注意したい。佐藤隆氏によれば、この歌のように「秋風」の寒さと「独寝の肌寒さ」とを意識的に結び付けた歌は、家持以前（と考えうる範囲）では巻十（氏は二二三〇・二二六〇・二三〇一の三首を挙げる）にしか見られないという[16]。佐藤氏の指摘するように家持が巻十の歌を念頭に置いていた可能性はもちろん考えられるが、亡妻挽歌である四六二は巻十の歌々と比べても異質なものであり、その特殊性は際立っているといえるだろう。ここに四六二を読み解く手がかりがあるのではないだろうか。

恐らくこれは潘岳の「悼亡詩」を踏まえるものである。周知のごとく、悼亡詩は『文選』（巻二十三）、『玉台新詠』（巻二）、『芸文類聚』（巻三十四、哀傷）などに載る著名な詩であるが、その「悼亡詩」の一節に、

皎皎窓中月、照二我室南端一。
清商応レ秋至、溽暑随レ節闌。
凛凛涼風升、始覚二夏衾単一。
豈曰レ無二重纊一、誰与同二歳寒一。

とあることが注意される（「悼亡詩其二」『文選』巻二十三、本文は新釈漢文大系による）。「清商」「涼風」はいずれも秋風のことであり、特に傍線部は、季節の推移に従って吹く秋風の寒さから独り寝の寂しさ、肌寒さを嘆くという点において家持歌（四六二）と発想が類似するのである[17]。既に辰巳正明氏は潘岳の「悼亡詩」及び「寡婦賦」を挙げて亡妾悲傷歌への影響を指摘し、「（「悼亡詩」と「寡婦賦」は）秋の悲しみと死の悲しみとが交響して、文学の

表現としての悲しみを成立させているると見ることができるのであり、家持の『秋風』もそのような中から得られた表現であったといえよう」と述べている。[18]辰巳氏の言うように、悼亡詩と亡妾悲傷歌がどちらも亡妻挽歌であり、亡妻挽歌に「秋風」を歌うということの特殊性を考えれば、家持が積極的に悼亡詩を踏まえていると考えてよいのではないだろうか。そうだとすれば、それはむしろ亡妾を悲傷するという主題を読み手に強く印象付けるものだったはずである。恐らく、翌日から秋だという事実が悼亡詩の発想と結びついたところに四六二が成り立っているのであり、そこには明確に亡妻挽歌制作の意識があったとすべきであろう。

さて、ではこの歌は「妾」の死をいつのこととして歌っているのであろうか。初めに述べたように「妾」の死は四六二の詠まれた天平十一年六月のことと解されることが多いが、そのほとんど唯一の根拠は、この歌の「今」を「妾を失った今」と解するところにある。[19]しかし、上述のごとく「今よりは」も「秋風」も翌日からは秋だという事実を踏まえてのものであるから、「今」という表現から「妾」の死の時期を読み取ることはできないはずである。四六二の表現自体には「妾」の死去直後の歌とすべき点は見出せそうにない。

これは、家持歌（四六二）に即座に応じたという次の書持歌（四六三）を見ると更にはっきりする。[20]この歌は「…と君が云へば…思ほゆらくに」という表現から、家持の嘆きが契機となって書持が故人を偲んでいるという歌に解されるが、これは死後時が過ぎていたがゆえに、家持の言葉にはっとしたということであり、そのとき生々しく蘇った悲しみこそがこの歌の抒情を支えていると見るべきであろう。この歌によれば、「妾」の死は六月よりやや遡ると考えるのが自然ではないだろうか。

続く第三首（四六四）は「又」という題詞や配列からすると第一首・第二首（四六二〜三）と同じ六月末日の歌ということになるが、これは早くもなでしこが咲いて秋の悲哀を予感させているということに対する詠嘆を表現するものであろう。この歌は「妾」の行動を具体的に回想することにより、前後の歌の嘆きに実感を与えているが、季節表現の点では、「吾が屋戸の萩咲きにけり秋風の吹かむを待たばいと遠みかも」（19・四二一九、家持）と同様、秋を待たずに咲いた花への驚きが根底にある。〔補注1〕ちなみに、もし第一首四六二の「今」が「妾を失った今」であるとしたら、この第三首も死去直後の歌ということになるが、「妾」がなでしこの開花直前に死んだというような劇的な状況をこの歌の表現から読み取ることは難しいように思われる。

　ところで、第三首の「見つつ偲へ」の「偲ふ」については、亡妾を偲ぶ意とする説（『拾穂抄』以下）と、なでしこを賞美する意とする説（『万葉考』以下）に現在でも二分されている。だが、次歌（四六五）の「偲ふ」は明らかに亡妾を偲ぶという意味であり、少なくとも次の四六五まで読み進めた段階では、第三首の「見つつ偲へ」は「花を見ながら私を偲んでください」という意味で捉え返されることになるのではないだろうか。事は作品内部の読みに関わるものであり、生前の「妾」がそのように発言したことの真意を問題にする必要はあるまい。

　第四首（四六五）は題詞に「移レ朔而後」とあるので七月に入ってからの作ということになるが、「秋風寒み偲ひつるかも」は明らかに第一首（四六二）を踏まえるものである。特に「偲ひつるかも」の対象が亡妾であることは四六二題詞を念頭に置かない限りわからない仕組みになっており、『窪田評釈』が「連作の趣を発揮している作である」と指摘する通りであろう。しかし、秋七月になったら予想通り秋風が吹いたというのでは、実感に遠い四六二の表現をわざわざ確認するようなものである。[21] これをどう捉えるべきであろうか。

　もちろんこれは、「考慮の足りない表現」（『私注』）というようなものではなく、暦に従った季節の推移を表現するために、実感の方はあえて捨象しているのであろう。夏六月の四六二はまず「今よりは秋風寒く吹きなむ」と歌い、朔に移りて後、秋七月の四六五は「秋風寒み」と応じる。つまり、題詞を含めてこの二首を読むとき、自らの悲しみをよそに容赦なく推移する季節ということが背景として強く印象されるように仕組まれているのではないか。題詞と歌の総体で季節の推移を表現しているという点において、これは「歌日記」の手法を先取りするものと言うべきであろう。

実は悼亡詩にも同様の発想が指摘できる。『文選』所載の悼亡詩は三首あり、第一首は「荏苒として冬春謝し、寒暑は忽ち流易す…春風は隟に縁りて来たり、晨霤は檐を承けて滴る」（訓読は新釈漢文大系による）とあるところから冬が過ぎ春も終わろうとする頃の作と考えられるが、第二首は既に見たように秋の作であり、第三首は「淒淒として朝露凝り、烈烈として夕風厲し」とあって晩秋か初冬の頃の作であることがわかる。すなわちここでは、冬から春秋を経て晩秋・初冬に至るまでの季節の推移が一つのテーマとなっているのであるが、これは悲しみがいつまでも生々しいのに季節だけは規則正しく推移していくことを表現しているのであろう。[22] 第二首に「清商は秋に応じて至り、溽暑は節に随つて闌ふ」とあるのは、暦に従って秋風が起こり暑さが衰えることを言うものであり、背景に暦法意識のあることは明らかであるが、家持が四六五題詞にわざわざ「移レ朔而後、悲ニ嘆秋風一」と記したのはこの悼亡詩の手法を踏襲したものと考えるべきであろう。

さて、四六二と四六五はこの意味で相互補完的な関係にあると言うべきであるが、この二首に他の二首がはさまれるという現行の配列による限り、冒頭四首は一連の読みを要求していると考えるほかはあるまい。この四首が起承転結の趣を持つことは橋本氏の指摘[23]の通りであり、最終的に四首一連に構成されていることは認めてよいと思われるが、書持の「即和歌」（四六三）が存在することからすると、冒頭四首（四六二〜四六五）が初めから四首一連の連作として構想されたと考えるよりは、既に独立した作品として詠まれていた歌に、題詞や歌（前述のごとく少なくとも四六五は題詞と同時の作と考えられる）を加えて一連の作品に仕立てたと考えるのが穏やかであろう。

ここには「歌日記」の編纂に通底する家持の手法が垣間見えると言ってよい。

三　長反歌の構想

このように、冒頭の四首一連はやや以前に亡くなった「妾」を偲ぶ作品として構想されていると考えられるが、続く長反歌はいかなる作品であろうか。

長歌はまず、我が家の庭に花が咲いているのを見てその花を手折って見せるべき「妹」の不在に改めて気付いたことを歌い（「吾が屋前に～見せましものを」）、「妹」の死を回想することでその不在の原因を確認している（「うつせみの～隠りにしかば」）。そして「妹」の死を思い出すがゆえにこみあげてくる悲しみを歌い（「そこ思ふに　胸こそ痛き　言ひもえず　名づけも知らず」）、最後は世の無常を嘆いて結んでいる（「跡も無き　世間にあれば　せむすべもなし」）。

第一反歌と第二反歌は長歌中間部の叙述を受け、「妹」の死を回想しているが、第三反歌では再び長歌冒頭の「花」に視点を戻すことによって首尾を呼応させているものと思われる。第三反歌の「屋前に花咲き時は経ぬ」というのは、花が咲いているのを見て「妹」が死んでから時が経ったことに気付いた、ということであるが、下に「吾が泣く涙未だ干なくに」とあることから、既に「妹」の死後一定の時日が経過していることがうかがわれよう。もし「妾」の死去直後の歌であれば涙がまだ乾かないのは当然であり、ことさらにそれを歌う必然性はないからである。やはりこの長反歌も、「妾」の死をやや以前のこととして歌っていると見てよいであろう。(24)

ところで第三反歌の解釈には問題がある。(25)この反歌が憶良の「妹が見し楝の花は散りぬべし我が泣く涙いまだ干なくに」（5・七九八）を範としていることは諸注の指摘する通りであろうが、橋本氏が「『妹が見し』は憶良の場合『棟の花』に直接かかるのに対し、家持のは『やど』にかかり、『花』は間接的となり拙劣である」と述べている[26]ことには賛同できない。あまりにも似た歌であるためにこの反歌は憶良歌と同じ方向で読まれる傾向があるようだが、憶良歌と家持歌とでは表現するところが異なるのではあるまいか。憶良歌の場合、妹が見た花というところに重点があり、それが散るということは故人を偲ぶよすがが失われることであるゆえに無常が意識されるのであるが、家持歌の場合、妹が見たのはあくまで「屋前」であり、故人との思い出の場所に花が咲いているのを見て時の経過を嘆くところに重点が置かれているのである。この「屋前」とは庭のことと理解されるが、「妹が見し屋前」とあることから、過去において「妹」がこの庭を見たということを意味していよう。長歌の表現によれば、この「妹」とは一緒に並んでこの庭を賞美するというようなことがあったものと思われるが、今はその庭に花が咲くのを独り見ているということなのであろう。これは、自らの悲しみをよそに移り行く季節を歌うという点で、冒頭歌群における四六二・四六五と同じ発想ではないだろうか。

　そこで気になるのがこの長反歌と冒頭四首との関係であるが、これについて一番問題なのは、長歌冒頭の「花」は二首前に出た「なでしこ」（四六四）を直接受けているのかどうかということであろう。橋本氏は「この長反歌がＡ群（冒頭四首のこと・引用者注）と構成上かかわりなく、独立で詠まれたとするならば、『なでしこ』といわず、ただ『花』とだけいうはずはない」と述べている[27]が、四六四をそのまま受けるのであれば、むしろ「なでしこ咲けり」とでもあった方がはっきりするはずである。四六四からの続きで読めば庭に咲いている花の中に「なでしこ」が含まれているのは事実であろうが、長歌に「花」とあるのは、四六四の「なでしこ」を契機として、庭に咲く花全体（この時期には他の花も咲くはずである）へと視点が移ったことを示すものではないだろうか。

第一、「妹」がなでしこを見て私を偲んでくださいと言った（四六四）というのに、その花を「妹」に見せたいというような文脈は果たして成り立つのだろうか。

よく見ると、四六四の「なでしこ」と長反歌における「花」とでは歌の中での扱われ方が異なっている。四六四の場合、なでしこは「妹」の植えたものであるがゆえに「妹」を偲ぶ直接の形見になりえたのであるが、長歌の方には、

吾が屋前に　花そ咲きたる　そを見れど　情もゆかず　はしきやし　妹がありせば　水鴨なす　二人並び居手折りても　見せましものを…

とあり、これによれば、花を見ても心が満たされないのは、「妹」と並んで座り、花を手折ってそれを見せることができないからだというのである。長歌の「花」は、季節の推移を示すと同時に、自分と一緒にこれを賞美すべき「妹」の不在を認識させるものとして歌われているのであって、少なくとも表現上は花そのものに「妹」の思い出を重ねているわけではない。第三反歌に「妹が見し屋前」とあることから、長反歌において「妹」を想起させるのは直接には「屋前」であると知られるが、つまり思い出の場所に咲く花であるがゆえに、それを折り取って見せるべき「妹」の不在を自覚するのであって、この「花」は、「妹」が植えたという事実を介在させなくても十分解釈可能なのである。これは、長反歌が冒頭歌群四首の単純な進展としてではなく、やや視点の異なる作品として構想されているからであろう。

但し、冒頭四首と長反歌が亡妾を悲傷するという大きな枠組みの中にあることは事実であり、長歌で「花」を歌う契機として四六四の「なでしこ」が背景にあることもまた確かであるから、この点においてこれらを連作と言うならばそれを否定するわけではない。ただ、冒頭四首と長反歌の間には前歌を踏まえなければ単独では読め

ないというほどの緊密な連関はなく、双方がある程度の自立性を持って対しているということである。

四　結尾五首の構想

亡妾悲傷歌群の最後の五首は「悲緒未だ息まず、更に作れる歌五首」という題詞によって括られ、配列の上からは前八首と一線を画する趣を有しているが、従来はこれらも前の長反歌を受けるものとされている。しかし結論的に言って、これも前の歌群を単純に展開させたものではないと考えられる。なお、この五首が同時の作かどうかは明記されてはいないが、題詞に「更作歌五首」とある点や、後述のごとく五首に緊密な構成が認められるという点から見て、五首それぞれが「今」とする時点に大きな隔たりはないものと理解しておきたい。

まず第一首（四七〇）。この「かくのみにありけるものを」について、伊藤氏は「前段の叙述のはかない死を全体的に承け」ているとするが(28)、必ずしも前段を「承け」たものと見なくても表現として十分に成り立っているのではないか。この家持歌は旅人の死を悼む余明軍の歌「かくのみにありけるものを萩の花咲きてありやと問ひし君はも」（3・四五五）を範としたものであろうが、この四五五の「かく」はいわゆる現場指示的な用法であり、前の文脈を受けているわけではない。この場合「かく」の内容は自明に属することだからである。家持歌の場合も必ずしも前の歌群を直接に受けるのではなく、『代匠記』（初稿本）に「かくはかりみしかき妹か命にて有けるものを、さるへしともしらてといふこゝろなり」とあるように、「わずかこれだけの短い命」というほどの意味であろう。次の四七一を待つまでもなく挽歌であることは既に明確に示されているのであり、前の長反歌の内容を前提としなくても表現として自立していると言うべきである。

一方、橋本氏は四七〇が第一反歌（四六七）の「進展」であることの根拠として、「時はしも何時もあらむを」（四六七）は「千歳のごとく頼」（四七〇）んでいたからこそ発せられたものであって「表現は違うが表裏の関係にある」ということを挙げる[29]。しかし、四七〇は「妹」の生前を回想するものであり、これは明白に長歌の内容より以前の出来事なのだから、少なくとも長歌の内容の「進展」とは言えないであろう。

橋本氏はまた、冒頭歌群から長歌末尾に流れてきた「無常観」が反歌に表れず結尾歌群の第三首（四七二）に表れるのは、「長歌末尾の時間的・心理的展開」であると言うが[30]、ここにもそのような意味での展開を読み取ることは難しい。『全釈』が指摘するように、四七二は冒頭歌群の結び「うつせみの世は常無しと知るものを秋風寒み偲ひつるかも」（四六五）とほぼ同内容の歌であるが、一方、長歌末尾も「世の無常は理屈ではわかっているが…」という心で「妹」の死を悲しむ反歌へと続くものであり、これも発想的には四六五と同じと言えよう。つまり四六五と同じ論理が長反歌と結尾歌群にそれぞれ反復されているのであり、これは進展ではなく繰り返しなのだから、長歌末尾の「時間的・心理的展開」とは言えないはずである。

繰り返しと言えば、第二首（四七一）も四六八の反実仮想を普通の表現に改めたような趣であり、どちらも死に行く「妹」を引き留められなかったことへの嘆きを歌っているのであるが、これもほぼ同じことの繰り返しといって差し支えあるまい。もちろんそれぞれの歌は完全に同一ではなく、同じことを少しずつ別の角度から歌っているのであるが、いずれにせよ、長反歌の内容を進展させたものとまでは言えないのではないか。やはり結尾歌群は長反歌の単純な続きとして構想されたものではなく、一定の自立性を持って前の二つの歌群に相対しているのであろう。

ところで、第四首（四七三）の「霞」には問題がある。四六五題詞に「移レ朔而後、悲二嘆秋風一」とある流れから、ここも季節は秋と取るのが通説であり、ほぼ全ての論者がこの「霞」を秋の霞と解しているが[31]、果たしてそうだろうか。これは家持の内舎人時代には霞は春という通念がまだ定着していなかったという通説[32]に基づくものであるが、八十例近い万葉の「霞」のうち、「秋の霞」の確例として挙げうるのは、

秋の田の穂の上に霧らふ朝霞いつへの方に我が恋ひやまむ　（2・八八、磐姫皇后）

霞立つ天の河原に君待つとい往き還るに裳の裾ぬれぬ　（8・一五二八、山上憶良）

という僅か二例しかない（憶良歌は七夕歌群中の一首）。家持歌（四七三）の場合、歌の内部からは秋であるとは言えず、遠く離れた四六五の題詞だけが唯一の根拠である所がはなはだ心もとない。

一方、「霞」を春のものとする意識は、古くは巻十冒頭の人麻呂歌集歌（10・一八一二〜一八一八）などに指摘できるが、人麻呂と同時代頃の歌人と見なしうる鴨足人の歌にも「天降りつく　天の香具山　霞立つ　春に至れば…」（3・二五七）とあって、「霞立つ」が「春」の枕詞のように使われていることが注意される。また、神亀四年正月の歌には「真葛延ふ　春日の山は　打ち靡く　春さりゆくと　山の上に　霞たなびき　高円に　鶯鳴きぬ…」（6・九四八、作者未詳）とあり、既に「霞」のたなびくことが、「鶯」の鳴くことと並んで春の典型的な風物として詠まれている。天平期頃になると、

霞立つ長き春日をかざせれどいやなつかしき梅の花かも　（5・八四六、小野淡理）

霞立つ春日の里の梅の花山のあらしに散りこすなゆめ　（8・一四三七、大伴村上）

霞立つ春日の里の梅の花花に問はむと吾が思はなくに　（8・一四三八、大伴駿河麻呂）

時は今は春になりぬとみ雪降る遠き山辺に霞たなびく　（8・一四三九、中臣武良自）

霞立つ野の上の方に行きしかば鶯鳴きつ春になるらし　（8・一四四三、丹比乙麻呂）

のように、かなり明瞭に「霞」を春のものとする前提に立った歌が目に付くようになる。家持自身、四七三のほかに十三例の「霞」を詠んでいるが、四月六日の作に詠み込まれた一例（19・四一八七）を例外とすれば、他の十二例は全て春の霞である。(33) 既に久迩京時代（天平十三～十六年）には、

大伴家持贈㆓坂上大嬢㆒歌一首

春霞たなびく山の隔れれば妹に逢はずて月そ経にける　（8・一四六四）

右、従㆓久迩京㆒贈㆓寧楽宅㆒。

のように「春霞」の用例も見られるが、天平二十年の「鶯は今は鳴かむと片待てば霞たなびき月は経につつ」（17・四〇三〇、家持）に至っては、「霞たなびく」が春の到来を表すことを前提として歌うものである。恐らく天平期の歌としては憶良の一五二八歌が極めて例外的な存在なのであって、〔補注2〕「霞」を春のものとする観念はやはり家持の時代には既に定着していたと考えるべきであろう。

要するに、四七三の「霞」だけを秋の霞と考えることには、和歌史的に見ても相当の無理があるということである。しかも結尾五首の題詞には前の歌群と同時の作だと書いてあるわけではないし、五首の表現にも秋を示すものは他に全く認められない。やはり四七三の「霞」は春の霞であり、この四七三を含む結尾五首は春の歌として構想されているのではなかろうか。そしてこれらが天平十一年秋の歌群の後に置かれていることからすれば、その春とは翌天平十二年の春ということになるはずである。この五首だけを見ると十一年春の時点に立ち返っての感懐と取れなくもないが、冒頭歌群と長反歌が季節の推移を軸に配列されていることを思えば、結尾五首の季節が冒頭歌群より前に戻るということは考えにくいとすべきであろう。

無論、結尾五首の前に「天平十二年」の標目はない。当該歌群の題詞「(天平)十一年」の後には五年の年紀の空白があり、天平十六年の安積皇子挽歌(3・四七五～七、四七八～四八〇、家持)と、亡妻挽歌(3・四八一～三、高橋朝臣)が置かれて巻三は巻末を迎える。恐らく従来の諸注が四七三の「霞」を春の霞と解釈するのをためらったのは、「天平十二年」の標目がないという、その一点が理由であると推察される。

しかし、これは歌群の連続性を重視して巻三を編纂した結果ではないだろうか。そもそも巻三には年紀や日付の記載される例自体が少なく、記載されている年紀にもかなりの間断が認められるのであって、年紀のないことをそこまで問題視する必要はないだろう。仮に、巻三の他の例に倣って年紀を書き入れるとすれば、結尾五首の前に、例えば「十二年庚辰春某月、大伴宿祢家持、悲緒未レ息、更作歌五首」のような題詞が割り込むことになるが、これでは題詞後半の「悲緒」や「更」が何に対してのものかがわかりにくくなってしまう。亡妾悲傷歌の題詞は、「即和歌」「見二砌上瞿麦花一」「移レ朔而後」「悲緒未レ息」のごとく、歌の内容からは知り得ない(従って当事者しか知り得ない)情報が散見するが、これは当該歌群の総体を家持自身が整理したことを意味していよう。その完成された一連の歌稿が巻三に採録される時に、「(天平)十二年」のような記載はほとんど割り込む余地がなかったのではあるまいか。

さて、四七三までの四首が尽きぬ悲しみを歌うのに対し、結びとなる第五首(四七四)は佐保山を「愛しき」ものと歌うところに特徴があると言えよう。これについては、時の経過により悲哀が鎮まったことの表れだとする見方もあるが、前四首の流れからすれば四七四で急に悲しみが鎮まると見るのはやはり不自然と言わざるをえない。そうではなく、あえて「愛しき佐保山」と歌うことにより自分を納得させ、何とか悲しみを鎮めようとしているという体の歌なのであろう。悲しみにみずから区切りをつけようとしているのである。

だがここで問題なのは、何故、天平十二年春という時点で悲しみに区切りをつけねばならないのかということであろう。難しい問題であるが、一案として本論は四七四の背景に「妾」の一周忌を想定してみたい。平安朝になると一周忌の歌は多く見られるが、この結尾五首も妾の一周忌にあたる時期の歌群として構想されているのではないだろうか。仮に結尾五首の時点（天平十二年春）で死後一年であれば「妾」は天平十一年の春に死んだことになり、これは、「妾」の死が冒頭歌四六二の作歌時点（天平十一年六月）よりやや遡るという第二節の推定とも矛盾しないのである。[34] また『古義』以来いくつかの注釈が指摘するように、四七三において「霞」が妻を思い出すよすがとなっているのは、それが火葬の煙を想起させるからであろうが、[35] 春に亡くなったのであれば「霞」から火葬を連想するというのも自然なこととして理解されよう。

　そこで五首の構成を見ると、「妹」の死と生前の回想（四七〇）、「妹」の葬送の回想（四七一）、無常の嘆き（四七二）、死後一年の感懐（四七三）と、回想から現在の嘆きへ内容的・時間的に整然と展開し、墓所を愛惜する果ての歌（四七四）で結んでいる。これらは妾の死後一年の歌として一つの完結した世界を構築していると言うべきであろう。これら五首があることによって亡妾悲傷歌全体に夏から秋を経て翌春に至る季節の移ろいが表現されているのであるが、結果的に、十三首の構成が悼亡詩にごく近いものになっていることに注意したい。既に述べたように悼亡詩は季節の移ろいを一つのテーマとしており、その第三首は「此を念ふに昨日の如くなるも、誰か知らん已に歳を卒ふとは」という句により妻の死の一年後の作と知れるが、つまり潘岳は推移していく季節を詠み込みながら妻の死の一年後を限りとして歌い収めているのである。この類似からすれば、結尾五首も悼亡詩の構成に倣って配列されていると見てよいだろう。辰巳氏が指摘するように、四七三・四七四が葬地を臨んで歌うのも、悼亡詩第三首が「臨レ墳思紆軫」と、妻の墓所を臨んでの悲嘆を詠むことに拠るものではないだろうか。[36]

五　おわりに

亡妾悲傷歌は最終的に十三首一組の作品として整理されているが、全体は冒頭四首・長反歌・結尾五首の三群に分かれてそれぞれがある程度自立していると考えるべきである。三つの歌群は内容的に重なるところが多く、それぞれが前の歌群の内容を単純に展開させているわけではないが、しかし十三首に詠み込まれた季節には、夏から秋（冒頭四首）、秋（長反歌）、春（結尾五首）という推移が認められ、一周忌前後の歌で結んでいる点からしても、構成的には一貫している。「妾」は天平十一年の春、恐らくなでしこを植えてまもなく亡くなったのであるが、その死を悼む心情の種々相を、夏の終わりから翌春にかけての季節の推移を軸に、あたかも組曲のように三つの部分に分けて歌っているのである。この構成は潘岳「悼亡詩」（特に『文選』に収載される三首）の影響と見られるが、同じようなことを繰り返し歌いながら平板にならないのは、長歌を中心に据えているということと同時に、季節を詠み込んだこの構成によるところが大きいと言えよう。

そしてこの構成を支えているのは、亡妾を悲傷するという主題を様々な角度から照射するという手法であった。この手法は一見同じようなことを少しずつ視点を変えて歌うというものであり、後年の家持歌にも見られるものであるが(37)、その点、そのような手法による最初の本格的作品が挽歌であったことは偶然ではあるまい。死を悼み、故人を偲ぶということは、それ自体悲しみを何度も反芻する行為にほかならず、多くの歌を詠み続ければ繰り言に傾斜していくのも道理だからである。

なお、当該歌群の題詞は、当事者のみが知りうるような情報を随所に含んでいるが、このことはこれらの題詞が家持自身によって付されたものであることを示唆していよう。当該歌群は、題詞と歌の総体で一つの作品世界を作っているという点において、また、季節の推移に従って歌が配列されているという点において、歌日記的な手法の先駆をなすものと言ってよいのではなかろうか。

〔注〕

（1）本論が問題にする「亡妾悲傷歌」は巻三に載録されるものであり、「家持歌日記」に直接関わるものではないが、後述のごとく、題詞と歌の総体で一つの作品世界を作っているという点において、また、季節の推移に従って歌が配列されているという点において、歌日記的な手法の先駆をなすものと認められる。本論では家持歌日記の問題を考えるための一助として当該歌群の解釈について考察する。なお、近年鉄野昌弘氏は、「『亡妾悲傷歌』には某月某日という形の日付こそ無いが、暦の節目への関心、季節の推移による抒情が、『歌日誌』に通底することは明らかであろう」と述べているが（「編纂者としての大伴家持―「十五巻本」と「二十巻本」―」『アナホリッシュ国文学』第一号、二〇一二・一二）、当該歌群と末四巻との関連に言及した論として注目に値する（本書の最終校正中に公表された氏の最新の論にも同様の指摘がある。注7論文参照）。

（2）伊藤博「内舎人の文学」『万葉集の歌人と作品』下、一九七五、初出一九七四・一〇、二六六頁。但し、「妾」の死の時期に関する氏の推測には従いがたい（注34参照）。

（3）中西進「家持ノート」（『中西進万葉論集第一巻（万葉集の比較文学的研究）』一九九五、初出一九六二・三、四五九頁）、及び、有木節子「『亡妾歌』の真実―家持文学のアプローチとして―」（『国文目白』第九号、一九七〇・一〇）など。

（4）伊藤博氏は「又→又→更」という題詞の形式から四六四と四六九の後に段落を指摘しているが（注2論文、二四九頁以下）、これは内容的な段落とは必ずしも一致していないと思われる。

（5）『日本暦日総覧』（具注歴篇古代中期1、岡田芳郎ほか編、一九九三・四）による。以下、暦日の計算はこれによる。

（6）廣岡義隆「家持の亡妾悲傷歌―作品形成における季の展開について―」『三重大学日本語学文学』第四号、一九九三・五。

（7）最近では鉄野氏がこの説を支持している（「結節点としての『亡妾悲傷歌』」『万葉』第二二四号、二〇一七・八）。なお、

『全解』も立秋に近い時期の作とするが、一方、近年の注でも『新編全集』『釈注』『和歌文学大系』は暦月による季節観に立って七月以降を秋と理解しており、四六二を立秋の日の作とするかどうかは現在でも説が分かれている。

（8）七夕歌は「七月七日」という暦月による季節観に立脚しているのに、その解釈に「立秋」という節気を持ち込むということ自体に問題がありはしないか。田中新一氏によれば、万葉第三期までは基本的に「暦月」による四季区分観によっており、「節気（節月）」による四季区分観は、第四期に入り「大伴家持ら一部の人々にほんの僅かながら芽生え始めてきた」ものだという（「上代文学に見る節月意識の発生」『平安朝文学に見る二元的四季観』一九九〇・四、八二頁）。

（9）参照、橋本達雄「大伴家持と二十四節気」『万葉集の作品と歌風』一九九一、初出一九八七・一二、二〇五頁以下。なお、橋本氏は「吾が屋戸の萩咲きにけり秋風の吹かむを待たばいと遠みかも」（19・四二一九）も立秋を念頭にした作とするが、述べたように「秋風」が必ずしも「立秋」と結びつくわけではないので、確例とは言いがたい。

（10）新井栄蔵「万葉集季節観攷―漢語〈立春〉と和語〈ハルタツ〉―」『万葉集研究』第五集、一九七六・七。

（11）これについては「立夏」を中心に詳しく述べたことがある（拙稿「大伴家持のホトトギス詠―万葉集末四巻と立夏―」『国語と国文学』第九一巻七号、二〇一四・七、本書第一部第一章）。家持は歌日記において「立夏」を繰り返し歌の主題に取り上げているが、このように節気に関わらせて歌を詠むということは家持においてさえ前衛的なことであったと見るべきである。平安朝以降の和歌においても、「立春」「立秋」を例外とすれば、節気を詠むことは必ずしも一般的なこととは言えないようである。『古今集』巻頭のいわゆる年内立春の歌の印象が強いために、暦法というと節気に目が向けられがちであるが、その『古今集』にしてもその四季区分は原則として暦月に拠っているということに注意したい（参照、田中新一『『古今集』に見る二元的四季観』注8前掲書）。

（12）この歌が立春前日の作であることは橋本氏によって指摘されている（注9前掲書、一九五頁以下）。この歌の場合、同じ日の歌に「み雪降る冬は今日のみ」（20・四四八八、三形王）とあり、題詞に「十二月十八日」とあることによって、初めて立春前日の作であるということが判明する。日付を明示するという歌日記の特長がよく表れている歌群と言えよう。

（13）この歌が立秋の作でないとすれば、巻十六以前に二十四節気を意識した家持歌の確例は一例も認められないということになる。興味深いことに、家持が二十四節気を意識して歌う例は越中以後に集中し、橋本注9論文においても越中以前の用例は指摘されていないが、これは家持が越中国守となり具注暦を自在に活用できる立場になったということも背景にあると思われる。

但し、より重要な要因は末四巻が日付順配列を原則としているというところにあると見るべきだろう。日付順配列ということに支えられて、初めて節気を詠むという新たな手法が確立されたということである。

(14) 橋本達雄「亡妾を悲傷する歌」『大伴家持作品論攷』一九八五、初出一九七四・一一、九九頁。

(15) 小野寺静子「『悲㆓傷亡妾㆒』歌」『国語国文研究』第五〇号、一九七二・一〇。

(16) 佐藤隆「亡妾挽歌群―「秋風」をめぐって―」『大伴家持作品論説』一九九三、初出一九八六・九、四〇頁以下。

(17) 但し、家持歌がまだ吹いていない秋風の寒さを歌っているのに対し、「悼亡詩」では既に吹いている秋風から冬の寒さを思いやっているが、これは四六二制作の時点が夏であったことに起因するものであろう。

(18) 辰巳正明「秋風の歌―悲秋と閨情―」『万葉集と中国文学　第二』一九九三・五、四八七〜八頁。

(19) 例えば小野寛氏は「まだ秋風の吹く季節ではないのに『今よりは秋風寒く吹きなむを』とまで言って秋の夜長のひとり寝のわびしさをうたったのは、『今』、愛妾を失ったからである」と述べている（「家持亡妾悲傷歌」『大伴家持研究』一九八〇、初出一九七八・三、二四一頁、傍点原文）。

(20) 題詞に「即和歌」とあるが、「即」というのは、第三者が歌の内容から判断できることではなく、やはりこれも当事者（恐らく家持自身）が記したものと考えるべきであろう。なお、後述のようにこの書持歌四六三の存在によって家持歌四六二も亡妻挽歌であることが明示され、「妾」の死から時間が経過していることも暗示されるという次第なのである。

(21) 天平十一年七月一日は太陽暦の八月九日頃であり、「秋風寒み」という季節からは遠いと言わざるをえない。家持は、この年の九月（太陽暦の十月七日〜十一月五日頃）に「秋風の寒きこの頃」（8・一六二六）と歌っており、こちらの方が実感に近いものであろう。

(22) 但し、悼亡詩をこの順序で三首載録するのは『文選』のみ。『玉台新詠』と『芸文類聚』は第三首を欠き、かつ『芸文類聚』は第一首と第二首の順序が逆になっている。

(23) 橋本注14前掲書、一〇〇頁。

(24) 妾の死を回想する部分に「露霜の　消ぬるがごとく　あしひきの　山道を指して　入日なす　隠りにしかば」とあるが、この「露霜」は長歌の季節に合わせた比喩であって「妾」が露霜の季節に死んだことを示すわけではない。何故なら、妾の死は少なくとも四六二の制作時点（夏六月）より以前に遡るからである。

(25) この第三反歌の原文「花咲」を『私注』は旧訓によって「花咲く」と訓み、「花咲く時季も既に過ぎ去つたと解すべきである」と言うが、長歌冒頭に「花そ咲きたる」とあり、長歌と反歌の間に時間的展開を認めるのは難しいので、そのように解することはできない。『玉の小琴』に「花さく時はへぬと訓ては、花の時過ぬる意になれば、長歌に、花ぞさきたる、とあるにかなはず、時はへぬは、死てより月日の経たるをいふ也」とある通りである。

(26) 橋本注14前掲書、一一一頁。

(27) 橋本注14前掲書、一〇八頁。なお、長歌の「花」を四六四の「なでしこ」と同一視する説は『古義』に始まるが、単に「花」と解する説も『講義』『全註釈』『古典全集』『新編全集』などに見られる。近年の注は概ね「なでしこ」と解している（『新大系』『釈注』『全歌講義』『全解』など）。

(28) 伊藤注2前掲書、二五五頁。

(29) 橋本注14前掲書、一一三頁。

(30) 橋本注14前掲書、一一二～三頁。

(31) 本論の初出稿（「家持亡妾悲傷歌の構想」『国文学研究』第一一八集、一九九六・三）発表時に四七三を翌春の歌と解していたのは管見の限り山本健吉氏（『大伴家持』一九七一・七、八四頁）のみであり、現在（二〇一七・五）においてもほぼ全ての論者が秋の歌に解している。但し、鉄野昌弘氏は最近の論文（注1論文）において、拙稿（初出稿）に触れつつ、「翌春になっても悲しみに沈む日の多いことを述べるのであろう」としている。四七三を春の歌と見る点で大いに注目される。

(32) 参照、渡瀬昌忠「万葉歌人の季節感」『渡瀬昌忠著作集第三巻　人麻呂歌集非略体歌論上』二〇〇二、初出一九七〇・五、など。

(33) 以下、歌番号のみ掲げる。七八九・一四六四・四〇三〇・四〇七九・四一四九・四一七七・四二九〇・四三九八・四三九九・四四〇〇・四四三四・四四九二。なお、夏（四月六日）の霞を詠む四一八七にしても、晩春から初夏にかけての気候の中で制作されたものであり、霞を春のものとする観念と必ずしも齟齬を来すものではないと思われる。

(34) 管見の限り、「妾」の死そのものを春と見る説はないようである。伊藤氏は「妾」の死は事実としては三年前の天平八年のことだと言うが（注2前掲書、二六二頁以下）、これは無理であろう。氏の推定は、四六七に見える「みどり子」を巻四や巻十九の家持女と同一人物だという前提に立つがその確証はなく、そもそも三年前という数字には根拠がない。いずれにせよ、作品内部における「妾」の死の時期は問題とされていないようである。

(35)「妾」が火葬されて佐保山に葬られたであろうことは、後の「書持挽歌」(17・三九五七)の分注にも「佐保山火葬」とあることから推測される。『新編全集』は、元正上皇が「佐保山陵」で火葬されたこと(『続紀』天平二十年四月二十八日条)を挙げ、「佐保山は当時の葬地であったらし」いと指摘している(四七三歌頭注)。ちなみに聖武の葬地も「佐保山陵」である(『続紀』天平勝宝八歳五月十九日条)。なお、霞を火葬の煙にたとえることは、巻七の挽歌「こもりくの泊瀬の山に霞立ちたなびく雲は妹にかもあらむ」(7・一四〇七)にも見られ、古今集以後においては類型化するものである。

(36)辰巳注18前掲書、四八七頁。

(37)例えば、巻二十に載録される三群の防人関係長歌(20・四三三一～四三三三、四三九八～四四〇〇、四四〇八～四四一二)は、一見同じような主題を扱う歌でありながら、それぞれ表現の重点が異なっている(参照、拙稿「防人関係長歌の成立」『国文学研究』第一一四集、一九九四・一〇、本書第二部補論一)。亡妾悲傷歌には既にこのような手法の萌芽を認めてよいと思われる。

〔補注1〕　もちろん、実際には撫子の開花時期は初夏から秋に及び(平安朝では「常夏」とも呼ばれる)、必ずしも秋の花と言いがたいところがあるが、この四六四の場合、「秋さらば見つつ偲へ」とあるので、秋の到来を告げる花として詠まれていることは明らかである。ちなみに、撫子を秋の花とするものとしては憶良の「秋野の花を詠む歌」(8・一五三八)がよく知られているが、巻八や巻十には撫子を詠み込んだ歌を「夏雑歌」「夏相聞」に分類している場合も見受けられる(8・一四九六、8・一五一〇、10・一九七〇など)。天平勝宝年間になっても、「なでしこは秋咲くものを」(19・四二三一、久米広縄)のような表現が見られる一方で、五月九日の宴で「我が背子が屋戸のなでしこ日並べて雨は降れども色も変はらず」(20・四四四二、大原今城)のような作が詠まれたりもしている。総じて、撫子の季節感には揺れがあったようである。

〔補注2〕　本論初出稿の発表後、この憶良歌の「霞立つ」を春のものとする品田悦一氏の論に接した。参看願いたい(「憶良の七夕歌十二首」『セミナー万葉の歌人と作品　第五巻』二〇〇〇・九)。

第二部　歌日記と伝聞歌

万葉集末四巻が家持歌を軸として編まれていることは誰の目にも明らかであるが、その一方で、この四巻に家持以外の作者の歌が少なからず採録されているということもまた事実である。これらの中には家持の同席する宴で披露された歌や、家持との贈答歌なども含まれているが、中には家持との関係が一見明らかでない作も見受けられる。とりわけ巻十九の後半から巻二十にかけてはその傾向が強い。本書では家持が第一次の制作の場に関わったことが確認できない歌を便宜的に「伝聞歌」と総称しているが、家持歌日記の性格を有する末四巻に、このような他人の作が採録されていることをどう捉えるべきだろうか。

仮に自他の作を無作為に蒐集し、それを日付順に並べただけのものであるならば、そうした歌巻を「家持歌日記」などと呼んだところでそれほど意味のあることとは言えまい。そもそも「伝聞歌」を多量に抱え込む巻二十などは「歌日記」と呼べなくなってしまうおそれすらあるのではないか。問題は「伝聞歌」が家持の「生」にどう関わっているのかということであろう。無論、個々の「伝聞歌」に即して見ればその採録の事情は様々であり、従ってそれらの歌と家持との関係性も一様ではないと考えられるが、全体として見れば「伝聞歌」はやはり家持に関わるものとして「歌日記」に取り込まれているのではなかろうか。末四巻の各巻に散在する「伝聞歌」を総体として捉えたときに、その採録にあたって何らかの基準があったのかということは、一度考えてみるべき問題だと思われる。

右のような視点から、第二部では「伝聞歌」の問題について考察する。なお、ここには家持の防人関係長歌に関する論も収録したが、これは本書が天平勝宝七歳の防人歌を歌日記における最大の伝聞歌群と捉えるからである。

第一章　万葉集末四巻の伝聞歌

――家持歌日記の方法――

一　はじめに

本章では、家持が伝聞により万葉集末四巻に採録したと考えられる歌を抽出し、これらを採録するにあたって何らかの基準があったのかどうかを検討する。それを通して末四巻の編纂物としての性格を考えてみたい。

従来、末四巻が歌日記あるいは歌日誌などと呼ばれてきたのは、これらの巻に部立がなく、家持歌を中心とする歌々が概ね作歌日次に従って配列されているという、その外見的な特徴によるものである。しかし、多くの場合、歌日記・歌日誌というのは便宜的な呼称として用いられているのであって、これらの巻が本当に「日記」的な性格を持っているかどうかとなると、未だ議論の分かれるところではないだろうか。「日記」という語が特定の個人に関わって用いられるものである以上、家持以外の歌を少なからず含む末四巻を無条件に「歌日記」などと呼ぶことはできないからである。ここには、何を以て「歌日記（歌日誌）」と呼ぶのかという本質的な問題が潜んでいる。

末四巻の編纂については種々の議論があるものの、これらの巻が複数の資料乃至断簡を接合する形で編纂されたと見る点では概ね一致している。それゆえ末四巻を未整理なものとする見方も一方にはあるわけだが(1)、確かに、性質の異なる複数の資料を単に日付順に並べただけのものであれば、それを「歌日記」と呼んでみたところで何ほどのことが明らかになるわけでもあるまい。問題は、歌稿の集積とも言うべきこれら四巻が、全体として何かを語っているのか否かということであろう。

思うに、原資料の様態の如何にかかわらず、現行の末四巻全体が家持という一官人の生を照らし出しているならば、これを「家持歌日記」と理解してよいのではないか。(2)原資料の段階で第三者の筆録が入っているかどうかは本質的な問題ではない。既に鉄野昌弘氏も「末四巻を「家持『歌日誌』」とあえて呼ぼうとするのは、結論から言えば、それらが総体として、大伴家持という一人の官人の軌跡を描こうとしている、と見るからに他ならない」と述べているが、(3)この発言は重要な問題提起を含んでいよう。

だが、末四巻を家持歌日記と捉えようとしたときに依然として問題なのは、この四巻に家持ならざる作者の歌が少なからず存在するという事実である。(4)これらのうち、家持の同席する宴で制作された歌や、家持との贈答歌は、ひとまず家持の「生」を語るものとして理解してよいだろう。(5)しかし、これらを除いた作（以下、便宜上「伝聞歌」と呼ぶ）は、いかなる意図を持って蒐集され、末四巻に採録されたのか。そして、それら伝聞歌は果たして家持という一官人の「生」に関わるものなのかどうか。本章の問題意識はそこにある。(6)

二　伝聞歌の認定をめぐって

伝聞歌の問題については、夙に伊藤博氏が詳細に論じているが、(7)氏の興味は、これら伝聞歌群が原資料の段階においてどのような状態で保管されていたかという点にあり、本書とは関心の所在を異にしている。また、伊藤氏は家持が宴席で伝聞したと考え得る歌は全て「集宴歌」に分類し、それ以外の伝聞歌（伊藤氏の言う「独立伝聞歌」）に考察の対象を限定しているが、宴席での伝聞かどうか判別の難しい例も少なくない上に、家持がどのような歌に関心を持っていたかということと、どこでどのように蒐集したかということとは一応別の問題なので、宴席における伝誦歌を含めて包括的に検討する必要があると思われる。そもそも伊藤氏は「伝聞歌とは、家持が他人から伝え聞いた歌のことである」という大前提に立つのであるが[8]、伝聞歌の蒐集・採録に家持自身が関わったかどうか、題詞・左注等の情報からは判定できないケースも少なからずあり、論証なくそれを前提とすることはできないはずである。

一方、山﨑健司氏は「詠作の場に家持が関与しておらず、享受の場に家持が関与しているかも不明な歌」という基準によって、伊藤氏の言う「独立伝聞歌」の範囲に修正を加えた上で、これらを「他人資料」と総称している[9]。氏の論は、これらの歌の位置づけを考えずに「歌日記」の性格を論じることはできないということを正しく指摘したものであり、その点、高く評価されるべきものであるが、「他人資料」の認定については基本的に伊藤論を下地にしているので、伊藤論と同様の問題が残ってしまっていると思われる。

両氏の論に潜在する問題が最も端的に現れている例を掲げよう。巻十八の四〇五二〜四〇六五が載録される一連の部分である。

(a)　田辺福麻呂の餞宴の歌（18・四〇五二〜五）
(b)　福麻呂伝誦歌（元正上皇の難波堀江遊覧の歌、四〇五六〜四〇六二）
(c)　家持が後に「橘の歌」に追和した歌（四〇六三〜四）

(d)　射水郡の駅館の屋の柱に題著せる歌（四〇六五）

後述するように本書では(b)(d)を「伝聞歌」に認定しているが、ここは巻十八において「伝聞歌」を含む唯一の部分である。しかるに、伊藤氏は、日付無記の(b)(d)について、日付を有する(a)と同じ宴席で披露されたものと推測し、追和の(c)を含め右の全てを「集宴歌」に分類しているのである[10]。また、山﨑氏は伊藤氏の説をほぼ全面的に支持しながら、(d)を「他人資料」歌に分類しているが[11]、これは(d)の題詞・左注に資料提供者が明示されていないということによる判断と思われる。しかし、伊藤氏はこの歌について「太上皇らの都歌を福麻呂が披露したことに対する、古歌を利用しての家持その人の和歌だった」と推測しているのであるから[12]、伊藤説に従うならば(d)は「他人資料」歌とは言えなくなってしまうのではないだろうか。

ちなみに本書は(d)が(a)と同じ宴席で披露されたという伊藤説には与しない。「後追和」という題詞を持つ家持の追和歌が、(a)と(d)の間に割り込むように配列されているからである（参照、本書第二部第三章）。また、(b)が(a)と同じ宴席で披露されたという説にしても、あくまで可能性の一つというレベルにとどまる推測であって、日付の有無（伊藤氏の言う「〇＋×」構造）によってそれを証明することはできないと考える。そもそも、(a)はホトトギスにことよせる餞宴の歌群であり、一方、(b)は元正上皇の船御遊をめぐる歌群であって、両者には内容的な接点が全く見出せない。仮に(b)が宴席で披露されたものではなく、別の機会に提供されたものだとすれば、これは決して「集宴歌」などではなく、たとえ伝誦者が明記されていようとも、(d)と本質的には変わらない「伝聞歌」ということになりはしないだろうか。重要なのは、このような歌が家持の手を介して歌日記に取り込まれているということであって、資料提供の「場」がどこであったかは——それが記されていない限りにおいて——さほど本質的な問題ではない。それよりもこの歌群が伝聞歌の考察から外れてしまうことの方がよほど問題であろう。

右の巻十八のケースは論者の視点によって伝聞歌の範囲そのものが変動してしまうという好例である。資料入手の経緯については、特に記載のある場合を除き推測の域を出ないものが多いが、その推測によって伝聞歌の範囲を先に絞り込んでしまうと、重要な歌（右の(b)(d)のごとき）が考察の対象から外れてしまうということになりかねないのである。もちろん、原資料の入手経路や経緯がわかるに越したことはないし、本書においても必要に応じて考えていくことにはなるが（その意味で本書は必ずしもテクスト論的立場を取るものではない）、本書が問題にするのは家持と直接関わりを持たないように見える歌が何故「歌日記」に採録されているのかということであり、それを考えるためには、どのような歌が伝聞歌として採録されているかということを検証するのが先ではないだろうか。

要するに、考察以前の段階で伝聞歌の範囲が変動してしまうような（狭くなってしまうような）基準を設けることは極力避けるべきなのである。[13] 前述したように、本書においては、末四巻における家持ならざる作者の歌のうち、

イ、家持の同席する宴で制作（＝新作）された歌

ロ、家持との贈答歌

を除いたものについて、便宜的に「伝聞歌」という呼称を用いているが、まずこのイ・ロに当てはまる歌を題詞・左注に基づいて客観的に認定し、それらを取り除くことによって「伝聞歌」を抽出してみてはどうだろうか。この場合、「伝聞歌」には家持が宴席で耳にした古歌なども含まれることになるので、伊藤氏や山﨑氏の論に比べてその範囲が大幅に拡大することになるが、それは視点の相違によるものである。本章では、考察を加える前に一度「伝聞歌」の総体を客観的に見渡し、その上で、それぞれの「伝聞歌」が万葉集の中でいかなる意義を担わされているかということについて考えてみようというのである。

なお、ここで言う「伝聞」とは、原則として口頭あるいは文書によって歌を伝え聞くことを指すが、それぞれの歌に即して見ると、その「伝聞」の内実は一様ではない。採録の事情が全く記載されていないものも少なからず目に付くが、中には、その歌の制作された場に家持が同席していたにもかかわらず、その事情が記されていないために、見かけ上「伝聞歌」に見えるというようなケースもあると思われる（後述）。本書が「伝聞歌」という呼称を用いるにあたって「便宜的に」という留保を付けているのは、そのような例外的なケースを視野に入れてのことである。〔補注〕

しかし、見かけ上「伝聞歌」に見えるということ自体、万葉集を読む上では大いに問題なのであって、家持との関わりがはっきりしない歌々をどう捉えるかという観点からすれば、そのような歌にも同じ問題が内在していると言うべきだろう。本章の狙いは、採録事情の不明な歌――家持との関係が題詞・左注に明示されていない歌――を分析し、そこに共通する性格を見極めようとするところにある。そのためには、まず「伝聞歌」を客観的に認定し、その総体を把握する必要があるのではなかろうか。

三　題詞・左注による分類

その認定の結果は「伝聞歌一覧」として本章第六節（二一五頁）に掲げた。(14) 以下、伝聞歌の通し番号はこの一覧に基づく。

この一覧からも明らかなように、伝聞歌は様々な形で末四巻に取り込まれている。そこで、題詞・左注から得られる情報のみに基づき、家持の手を介しているかどうかという視点から機械的に見ていくと、伝聞歌の載録形態は大略次のように分類される。

A　家持の同席する宴で伝誦されたことが明らかなもの
B　伝聞の時期あるいは蒐集の事情に関する記載があるもの
C　家持自身による追和歌などが存在するもの
D　家持が伝聞・蒐集したものかどうか明らかでないもの（A～C以外）

末四巻の伝聞歌がA～Dのいずれに分類されるかは「伝聞歌一覧」の「載録形態」の項に示した。なお、当然のことながら、複数の分類に該当する作もある。

Aは主として古歌であるが、これらは宴席の座興として供されたものであり、原則として当座の宴席歌の流れの中で享受されることが想定されていると考えられる。以下、Aに分類される歌（6・8・14・15・20・21・48・55）を順に見ていこう。

6（三九五二）は「八月七日夜、集二于守大伴宿祢家持館一宴歌」（三九四三～三九五五題詞）の支配下にあり、また6の題詞には「年月不レ審、但随二聞時一記二載茲一焉」とあるので、家持の館における宴で伝聞したことが明らかである。後述するように、この記載は家持が聞いたことを示すものであろう。

8（三九九八）は、題詞に「…掾大伴宿祢池主之館、餞二税帳使守大伴宿祢家持一宴歌、并古歌四首」とある、その「古歌」に相当する。8の左注には「右一首、伝誦主人大伴宿祢池主云尓」とあるので、家持送別の宴において「主人」である池主によって披露されたということが明らかである。

14（四二三五）と15（四二三六～七）は、直前に配列される宴歌（四二三〇～四）と同じ宴席で披露されたものと考えられる。その宴の出席者と14・15の伝誦者（久米広縄・遊行女婦蒲生）が一致するからである。なお、この宴に家持が同席したことは家持歌（四二三〇・四二三四）の存在により明らかである。

20（四二五七）と21（四二五八）は紀飯麻呂邸における宴で披露された歌であるが、この日の宴でも家持は歌を詠んでいる（四二五九）。

48（四四五九）は、直前の二首と同じ宴で披露されたものと認められる。四四五七の前に「…二月七日於二河内国伎人郷馬国人之家一宴歌三首」という題詞があり、この「三首」が明らかに当該歌を含む四四五七〜九を指しているからである。四四五七は家持の作であるから、同席の場で披露されたことが明らかである。

55（四四八二）は、直前に配列される家持歌（四四八一）と同じ宴席で披露されたものと考えられる。55の左注は伝誦者について「主人大原今城伝読云尓」と注記するが、これは明らかに家持歌題詞の「於二兵部大丞大原真人今城之宅一宴歌」を前提としているからである。

次に、Bについて見ていこう。まず、注記の原文を掲げておく（6以外全て左注）。29〜38の防人歌については左注の様式が各国とも類似しているので、最初の29のみを掲げた（但し、駿河国・信濃国の左注には小異がある）。

5　右、年月所処、未レ得二詳審一。但随二聞之時一、記二載於茲一。（三九一五）

6　古歌一首　大原高安真人作　年月不レ審。但随二聞時一、記二載茲一焉。（三九五二）

12　右一首歌者、幸二於芳野宮一之時、藤原皇后御作。但年月未二審詳一。
　十月五日、河辺朝臣東人伝誦云尓。（四二二四）

16〜19　右件歌者、伝誦之人、越中大目高安倉人種麻呂是也。但年月次者、随二聞之時一、載二於此一焉。（四二四〇〜七）

22　右件二首、天平勝宝四年二月二日聞レ之。即載二於茲一也。（四二六〇〜一）

27　右、天平勝宝五年五月、在二於大納言藤原朝臣之家一時、依レ奏レ事而請問之間、少主鈴山田史土麻呂、語二少納言大伴宿祢家持一曰、昔聞二此言一、即誦二此歌一也。（四二九三〜四）

29　二月六日、防人部領使遠江国史生坂本朝臣人上。進歌数十八首。但有二拙劣歌十一首一、不二取載一之。（四三二一〜七）

30〜38略（諸国防人歌・29参照）

39　右八首、昔年防人歌矣。主典刑部少録正七位上磐余伊美吉諸君抄写、贈二兵部少輔大伴宿祢家持一。（四四二五〜三二）

これらの伝聞注記は、内容的に次の二種類に大別される。

a　伝聞時期に従ってその場所に配列したことを記すもの（5・6・12・16〜19・22）

b　家持が歌を入手した経緯を記すもの（27・29〜38・39）

12と29〜38は他の例と記載内容がやや異なるが、12は作歌日次が不明であることを断った上で伝誦の日付に従って配列されているので、aに分類した。また、29〜38は勝宝七歳の防人歌であるが、周知のごとく家持にはこれらの防人歌に触発されて詠んだ作があり（四三三一〜三、四三三四〜六、四三九八〜四四〇〇、四四〇八〜四四一二）、防人歌左注の「進」は家持のもとに防人歌が集められたという経緯を示すものと考えられるので、(15) bに分類すべきものと判断した（参照、本書第二部第四章）。

さて、aの伝聞注記は誰が「聞」いたことを示しているのであろうか。手がかりは6の歌（三九五二）にある。この歌は前述したように家持の館における宴で披露されたものであり、この歌を聞いて書き入れた者としては、やはり家持を想定すべきである。他の注記も表現が6に酷似しており、いずれも家持自身が聞いたことを示すものと考えてよいであろう。

Cにあたるケースは、家持の「追和」「追作」の歌が存在するもの（10・45・49）と、防人歌の一部（29〜37）がこれに該当する。前述のごとく家持には防人をテーマにした歌があり、これらが直前に配列される防人の歌を受けて詠まれたことは題詞からも明らかなものと見て、防人歌をCに分類した（但し、この家持の作より後に配列される武蔵国防人歌、昔年防人歌は、念のためCから除外した）。なお、45に対する家持の「追作」（四四五〇〜一）は44・45の双方を受けている可能性もあり、[16]そうだとすれば44もCに分類されることになるが、今は慎重を期して含めないでおく（どちらであっても論旨には影響しない）。

さて、A〜Cに見られるような特徴が題詞や左注に一切見られないものがDであるが、Dの中にも状況的に家持の手を介して載録されたと考えられるものは当然含まれている。大伴氏関係の歌（1・2・23）はもちろん、直接の下僚である秦八千島の歌（7）や大原今城に関わる歌稿（40〜42・43・50・51〜54・55）なども家持の目に触れたと考えるのが自然であろうし、また、28についても、『続紀』（天平勝宝六年正月七日条）に「天皇、東院に御しまして、五位已上を宴したまふ」とあるので、この歌の披露された宴に家持も同席していた可能性が高い。しかし、本節の分類はあくまで題詞左注の提供する情報のみに基づいて行ったものであり、万葉集の外側にある状況から臆測することを極力排除している。つまりA〜Cの歌は、家持の手を介していることが題詞左注等の編纂上の記載によって明示されている歌、ということである。

四　家持の志向したもの

本節では、そのA～Cの伝聞歌を手がかりに、家持がいかなる歌に関心を持っていたかを考察してみたい。今、宴席の流れで披露されたAを念のために除外するとしても、少なくともBとCは家持が強い関心を持って採録したものと考えてよいだろう。

まず10の七首（四〇五六～四〇六二）であるが、これらは総題に「太上皇御ニ在於難波宮一之時歌七首」とあるので、七首一組のものとして家持に伝えられたと見てよいだろう。家持の追和歌（四〇六三～四）は題詞に「後追ニ和橘歌二首一」とあることから、直接には橘を歌う四〇五八～四〇六〇に対する追和歌と見られるが、これらの歌が元正上皇をめぐる唱和の作であることに注意しておきたい。左注にも「御歌并せて奏歌」とあり、御製との唱和であることを殊更に強調している。また冒頭二首（四〇五六～七）も諸兄と元正の君臣唱和であるが、御製歌の題詞にわざわざ「和」と注記する一方で、左注に「左大臣が奏、并せて御製」などと記している辺り、編者が君臣の「唱和」ということに並々ならぬ関心を抱いていたことがうかがわれる。これらの唱和が行われたのは堀江遊覧に伴う遊宴の場であろうが（四〇五六～七左注、及び四〇六一～二左注には「遊宴」とある）、10の七首の採録にあたっては、こうした君臣和楽の宴に対する憧憬の念が、まずは働いたのではないだろうか(17)。

27（四二九三～四）も元正上皇をめぐる君臣唱和の例である。27の左注は前節に掲げたが、それによれば、山田土麻呂なる人物が家持に語ったものだという。つまり、この歌が家持によって採録されたことは明白であり、この題詞もその時の家持の理解に基づいて家持自身が付したものと考えるべきである。その題詞によれば、元正上皇[18]が諸王臣に「和歌」を求めて自ら歌を「口号」したのに対し、舎人親王が「応レ詔奉レ和歌」を詠んだというのである。歌の解釈には諸説あり[19]、今は細部には立ち入らないが、行幸に伴う肆宴の席において、元正の誦詠した歌に舎人親王が当意即妙の一首を以て応じたという状況は動かないと思われる。この歌の場合も、「和（唱和）」ということに編者の関心が向いている。

君臣唱和は、君臣の和楽を象徴する一つの典型と理解されていた節がある。例えば、『懐風藻』序文は近江朝の事績について「旋文学の士を招き、時に置醴の遊を開きたまふ。此の際に当りて、宸翰文を垂らし、賢臣頌を献る」と評しているが（訓は『大系』による）、ここには君臣唱和の行われた近江朝を理想化し、規範にしようとする意識を読み取ることができる。歴史的事実はどうあれ、少なくとも『懐風藻』序文の書かれた天平勝宝三年には、詩宴における君臣唱和を一つの理想型とする観念があったのである。家持も、こうした時代思潮の中で同様の世界を和歌の世界に求めていたのであろう。

次に16（四二四〇～一）を見てみよう。16は遣唐大使藤原清河の無事を祈る光明皇后の歌と、それに対する清河の歌である。諸注指摘するごとく、清河の歌は「梅の花」を皇后の寓意としつつ皇后の弥栄を祈念したものである。清河は光明の甥であり、春日の地で神を祭るというのも藤原氏の私的な祭祀であることを思わせるが、歌の場（恐らく直会の席）は肆宴に準じて考えてよいであろう。二首の詞句が重ならないことを考えると、本来は厳密な意味での唱和ではなかったのかもしれないが、皇族と臣下による歌のやりとりであるという点においては10と同様と見るべきである。後述するように、家持は遣唐使への関心も高かったと思われるが、まずは君臣唱和に対する憧憬の念をここにも読み取っておきたい。

もっとも、君臣唱和の作は実は万葉にもそれほど数多く残されているわけではない。要は、君臣和楽の宴で和歌が詠まれるという状況そのものを、家持は志向していたのではないか[20]。それゆえにこそ、例えば次に掲げる12の例のように、唱和でなくても肆宴における作と目されるものは採録されるのであろう。

朝霧のたなびく田居に鳴く雁を留め得むかも吾が屋戸の萩　（四二二四）

右一首歌者、幸二於芳野宮一之時、藤原皇后御作。但年月未二審詳一。

十月五日、河辺朝臣東人伝誦云尓。

12は光明皇后の歌としてこの一首のみを載せる。あるいは皇族の作であることが既に採録の条件を満たしているのかもしれないが、左注が吉野行幸ということに関心を示していることは注意すべきである。歌の表現からは本来いかなる場で披露されたのか推測しがたい作であるが、左注が伝えるように行幸時の作とすれば、宴の場で詠まれた可能性は高いであろうし[21]、吉野行幸ということが既にして遊宴への連想を伴うことは認めてよいであろう。「雁」や「萩」を賞でるそうした遊宴に心を寄せる態度は、10・16・27に見られたような、君臣和楽の宴に対する志向と軌を一にするものではないだろうか。

さて、B・Cには私的な宴に関わる歌も散見するが、次にこれを検討してみたい。

まず45（四四四九）である。これは、天平勝宝七歳五月十八日、左大臣諸兄が奈良麻呂邸で宴を催した際の船王の歌で、この後には家持の「追作」（四四五〇～一）が併録されている。この歌の題詞は西本願寺本などに「三首」とあり、これが追作の二首を含むことから、当該の宴に家持が出席していた可能性を指摘する説もあるが[22]、元暦校本や広瀬本に「一首」とあるのが原形と考えられ、にわかに従いがたい。また、仮に「追作」が「追和」と同義でないとしても、後から自作を加えることによって過去の宴席に座を連ねようとする姿勢は同じであろう。

この三首はいずれも、撫子という季節の花に寄せて主人を讃美するものであるが、属目の景物に寄せて相手を讃美するという発想は、宴席歌の定型である。単なる挨拶歌と言ってしまえばそれまでだが、船王の歌は皆で撫子を賞でながら詠歌を楽しんだという当夜の風情を伝えており、家持はその風雅な趣に共感しつつ、後日歌を加えたということなのであろう。そもそも宴席だからといって必ず歌が詠まれるとは限らないということには注意すべきで、それは例えば、四三〇四歌の左注に「右一首、少納言大伴宿祢家持矚二時花一作。但未レ出之間、大臣罷レ宴而不二挙誦一耳」とあることによっても知られる。家持の帰京後、厳しい政争を背景として、宴席は優雅に歌を詠み交わす余裕を次第に失っていったと考えられるが(23)、その中にあって家持はこうした宴席歌に深い共感を示していたのであろう。家持の興味は、同じ座を共有しつつ、時に同じ主題で歌を読み継いだり、互いに歌の贈答をしたりするという、文雅の宴のあり方そのものにあったのではないだろうか。

その点注意されるのが、家持自身による伝聞時期の注記を持つ5の歌である。

山部宿祢明人詠二春鶯一歌一首

あしひきの山谷越えて野づかさに今は鳴くらむうぐひすの声　（三九一五）

右、年月所処、未レ得二詳審一。但随二聞之時一、記二載於茲一。

山田孝雄氏は、この歌が『詩経』伐木篇の「伐レ木丁丁、鳥鳴嚶嚶、出レ自二幽谷一、遷二于喬木一、嚶其鳴矣、求二其友一声、相彼鳥矣、猶求レ友声」を典拠とすることを指摘する(24)。詩経の「鳥」は何の鳥か示されていないが、六朝頃から鶯と解されるようになり、『文選』李善注にも当該箇所が「毛詩曰鸎其鳴矣」という形で引用されていることが知られている(25)。こうした典拠に基づいて理解するならば、右の歌は、小高い丘で今しも鶯が友を求めて鳴いていることを想像して歌っていることになろう。

中西進氏はこの『詩経』伐木篇との関連において、5の歌を交友を志向する文人歌の系譜に位置づけているが(26)、家持が5を採録した理由は、一つには、この友を求めるという寓意性にあったと見るべきではないだろうか。越中に赴任した家持は池主との出会いによって交友に対する志向を深化させ、「思ふどち」と歌を詠み交わすことに価値を見出していったと見られるが、5の歌はそのような家持の志向と重なるものと言える。というよりも、むしろそのような歌をここに載せることにより、後に続く交友の歌々と響き合うように編纂しているのだと見るべきであろう。

大切なのは、私的な宴に対する興味も、こうした交友の理念に支えられているということである。辰巳正明氏によれば、交友とは「良辰・美景」を共有し、「琴樽の遊び」を尽くすことであり、その琴樽の遊びを全うするために詩歌が詠まれるのだという。(27) 家持は越中での体験を通して、様々な機会をとらえてはそこに歌による交友の場を見出だし、その成果を歌日記に定着させていったものと思われる。

さて、次に49である。この二首（四四七二～三）と家持の追和歌（四四七四）について、題詞左注の語る事情はやや複雑である。要約すると、出雲国の掾であった安宿奈杼麻呂が朝集使として一時帰京し、安宿王等を招いて自邸で宴を催したが、その際、出雲出国時の餞宴の歌を奈杼麻呂が披露したということであろう。すなわち奈杼麻呂自身の作（四四七二）と出雲国守山背王の作（四四七三）である。ここには二つの宴が記録されているが、家持は山背王の作に追和しており、主として出雲国での餞宴の方に興味を惹かれたものと見える。この歌は朝集使であった奈杼麻呂から直接聞いたものと考えられるが、(28) 任国での餞宴の様子に話が及んだ時に、家持の脳裏には越中国守時代に幾度も経験した餞宴の記憶が去来したのではなかったか。(29) 右の伝聞歌を採録したのは、一つにはその宴席における交友の情に共鳴したからであろうが、一方で、官命により旅をする者（国府に留まる山背王も含めて）への共感もあったのであろう。

越中赴任中に弟書持の死を聞き、また自らも病に臥した経験のある家持は、官命のままに旅をすることの負の一面を痛感していたに違いない。伝聞歌の中に長途の旅に関わる歌が多いのは偶然ではあるまい。例えば、先に見た光明と清河の唱和（16）は、家持が高安種麻呂から伝聞した一連の歌群の一部であるが、これらの歌群（16〜19）は全て遣唐使の送別歌・悲別歌である。また、B・Cの伝聞歌としては他に防人歌が多数を占めるが（29〜40）、遣唐使も防人も官命による旅を背景とする点においては共通していよう。(30) 家持がこうした歌を積極的に蒐集したのは、旅をする者や辺境にある者への深い共感からのものと見て大過ないと思われる。

五　伝聞歌の採録

前節の考察によれば、B・Cの伝聞歌はおよそ次のごときものを中心としていると考えられる（無論、複数の要素に該当する歌もある）。

イ、君臣和楽を志向するもの
ロ、交友を志向するもの
ハ、官命による旅に関わるもの

いずれのケースにおいても宴に関わる歌が中核をなすことは注意されよう。大まかに言えば、イは肆宴・公宴に関わるもの、ロは私宴に関わるものを中心とし、ハも防人歌を除けば多くが餞宴の歌である。

なお、B・Cの中では22（四二六〇〜一）がやや異質であるが、二首とも「大君は神にしませば」という句を持っていることからすると、天皇に奏上した歌と見ていた可能性があり、一応イに分類することができる。但し、この二首は題詞に「壬申年之乱平定以後歌二首」とあり、最初の一首は大伴御行の歌であるから、大伴氏あるいは父祖の功業に対する関心から採録したものと考える必要もありそうである。また、前節ではAの内容には触れなかったが、Aは宴席で披露された伝誦歌であり、これらは編者の興味もさることながら、まずは宴の流れの中で披露されたものと見るべきである。[31]これらを考慮に入れると、伝聞歌には、右のイ～ハのほか次のような要素も見ておく必要があるだろう。

ニ、大伴氏に関わるもの

ホ、当座の宴席の関心に添うもの

末四巻の伝聞歌は、Dを含め、その全てがこれらイ～ホのいずれかに該当するのではないだろうか（本章第六節「伝聞歌一覧」参照）。以下、Dの伝聞歌を中心に見ていきたい。

Dの中でイに該当するのは七例（3・24・25・28・41・42・56）である。

3（三九〇七～八）は天平十三年二月の日付を持つ久迩京讃歌であるが、いかなる場で詠まれたものかは不明である。しかし、この歌が久迩京遷都直後の作であることや、長歌体の宮廷讃歌であることからすれば、公的性格を有する何らかの場で天皇讃美の目的を持って奏上されたものと考えるべきである。この長歌の末尾「仕へ奉らむ万代までに」は、続日本紀歌謡「新しき年の始めにかくしこそ仕へ奉らめ万代までに」（『続紀』天平十四年正月十六日条）の傍線部とほぼ同形であるが、この続日本紀歌謡は3と同じ久迩京時代（3の約一年後）に、天皇の臨席する踏歌の宴において披露されたものである。3の長反歌も同様の宴席で奏上されたものと見るべく、君臣の和楽を志向する作と見て差し支えあるまい。

24（四二六四〜五）は難波に勅使を派遣して、遣唐大使藤原清河等に酒肴を下賜した際の孝謙天皇の御製である。天皇は臨席していないが、これは遣唐使が出航に備えて難波に滞在していたからであって、天皇が勅使を派遣し、宴を催して酒肴と御製を下賜したということからすれば、例外とすべきではない。「楽宴之日月、未レ得二詳審一也」という左注は、編者が当歌の披露された場をいかに捉えていたかを如実に物語るものと言えよう。

25（四二六八）は孝謙天皇と光明皇太后が藤原仲麻呂邸に行幸した際のやはり御製である。題詞によれば、時ならず黄葉した「沢蘭」を引き抜き、内侍にそれを持たせて仲麻呂と陪従の大夫等に向かって御製を誦詠させたというのであるが、この御製も、24と同様に君臣和楽の座に対する関心から採録されたものと見てよいだろう。(32)

41（四四三七〜八）と42（四四三九）はどちらも大原今城が伝誦した元正上皇をめぐる歌である。41はホトトギスを詠む元正御製とそれに対する応詔奉和歌であり、典型的な君臣唱和と言ってよい。42もやはり応詔歌で、左注の伝えるところによると、病気で参内できない水主内親王に贈るために、元正が「雪を賦し歌を作り奉献れ」と勅を下したところ、石川命婦だけがこの歌を詠んだというのである。宴席の歌とは考えにくいが、歌をめぐる君臣の交流という点に価値を認めて採録したものであろう。

28（四三〇一）と56（四四八六〜七）はどちらも肆宴での作であるが、それぞれ左注に「播磨国守安宿王奏」（28）、「内相藤原朝臣奏之」（56）とあることが注意される。そもそも歌に「奏」と注記するのは異例であり、実際に奏上された歌でさえ「奏」と記された例は、家持歌を含む天平十八年の応詔歌群（三九二二〜六）と、当面問題にする伝聞歌（10・27・28・42・56）の他には、巻二十の一首（四四五二）しかない。(33)この「奏」という記載が巻十七以降に偏るのは、和歌を通じての君臣の交流に末四巻編者の関心が向けられていることの一つの証左であろう。なお、56（四四八六〜七）は皇太子大炊王（後の淳仁天皇）と藤原仲麻呂の唱和であり、反仲麻呂という政治的立場をとる者からすれば快い内容とは言えないかもしれないが、内裏での肆宴という晴れの場における皇太子との唱和であることから、採録に至ったものと推測される。(34)

さて、Dの中でロに該当するのは九例（2・4・7・13・23・26・44・46・50）である。

2（三九〇一～六）は天平二年の「梅花の歌」（八一五～八四六）に追和したものであり、この歌群が「梅花の歌」における「交友」の世界を追ったものであることは明白であろう。(35)

4（三九一四）は「ほととぎす今し来鳴かば万代に語り継ぐべく思ほゆるかも」というホトトギスの歌であるが、左注に「右、伝云、一時交遊集宴。此日此処、霍鳥不レ喧。仍作二件歌一、以陳二思慕之意一。但其宴所并年月、未レ得二詳審一也」とあるのが目を引く。これによれば一首の意は、宴を催している「今」、ホトトギスが鳴いてほしいということなのであるが、ここには季節の風物を宴席で「交遊」（＝友）と共有し、歌を詠んで賞美しようとする姿勢がうかがわれる。この注記は編者が「集宴」を「交遊」の集う文芸の場として自覚的に捉えていることの表れと見るべきである。

7（三九五六）は越中国大目であった秦八千島の館における日次無記の宴歌で、主人八千島の歌一首のみを載録する。直前に家持の館における宴歌（三九四三～三九五五）が配列され、八千島もその宴に出席していることから、二次会の作かと推測されているものであるが（『全注巻第十七』『釈注』など）、無論、この八千島邸の宴に家持が同席したという確証はない。(36) 今はそれよりも左注に「右、館之客屋居望二蒼海一。仍主人八千嶋作二此歌一也」とあることに注意しておきたい。客屋から居ながらにして蒼海を望むことができたというのであるが、つまり「奈呉の海人の釣する舟は今こそば舟棚打ちてあへて漕ぎ出め」（三九五六）という八千島の歌の「今」とは、宴をする「今」であり、この歌は同じ宴席に列なる友と「奈呉の海人の釣する舟」という「景」を共有しようとする歌と解される。

この時代の宴席における詠歌は、いったいに交友の具として機能したのであり、「思ふどち」と座を共有しているという連帯感に根ざすものであった。26の「新しき年の始めに思ふどちい群れて居ればうれしくもあるか」（四二八四）などはそういう意識を端的に示しているだろう。44（四四四六〜八）・46（四四五四）・50（四四七五〜六）も同様であると考えられるが、とりわけ44は丹比国人の作に対する左大臣橘諸兄の「和歌」を含み、属目の景物である撫子をテーマに詠み交わしているという点、交友の宴として典型的である。また、23（四二六一〜三）は、大伴氏関係の、しかも官命による長途の旅（遣唐使）に関わる歌ということもあって採録されたのであろうが、餞宴も「思ふどち」と歌の座を共有するという点では同じと言えよう。[37]

13（四二二七〜八）は、珍しく降った雪を踏まないでくれと懇請する内容の長反歌であるが、左注に「三形沙弥承㆓贈左大臣藤原北卿之語㆒作誦之也」とあり、これによれば、長反歌の「雪な踏みそね」という懇請は藤原北卿（房前）の「語」と見るべく、この言葉を承けて三形沙弥が作り誦んだということになろう。一座の者に対して、かかる懇請が歌によってなされるというのは、かなり打ち解けた場を想定すべきであり、やはり宴での誦詠と見るべきではあるまいか。『私注』は「恐らく房前の邸で、或は巻十七に見えた如き宮中の雪の日の賜宴で、左大臣の言下に作つたものであらう」というが、左注からすると、少なくとも編者は天皇・皇子の臨席は考えていないと思われる。「見したまふ」という表現が「天皇・皇子の行為に限られる」という指摘もあるが（『釈注』）、これには例外もあるので（6・九七二）、今は房前邸における私宴の風雅な一場面を考えるにとどめておく。

続いてハに該当する七例（1・9・11・23・24・40・43）を検討しよう。

これらはそれぞれ異なる事情を有するものであり、一概に同一視することはできないが、いずれも官命による長途の旅を背景に持つ点では共通している。1（三八九〇～九）は大宰府から海路都を目指す官人の望郷歌群、23と24はどちらも遣唐使送別の歌（前述）、40（四四三六）は防人の歌、43（四四四〇～一）は大原今城上京時の上総の国における餞宴の歌（49と類似のケース）である。

9（四〇一六）は高市黒人の歌であることに興味を持ったということもあろうが、内容的には「婦負の野のすすき押しなべ降る雪に宿借る今日し悲しく思ほゆ」と、旅愁を歌うものであり、「婦負」が越中の地名であることに照らしても、黒人が官人として越中の地を訪れたことに深い共感を覚えて採録したものであろう。(38)

11（四〇六五）は「射水郡の駅館の屋の柱」に記されていたという歌であるが、左注に「右一首、山上臣作。不㆑審㆑名。或云、憶良大夫之男。但其正名未㆑詳也」とあり、憶良の子息ではないかという推測を記している。当然、憶良への関心も働いたであろうが、歌は「朝開き入江漕ぐなる楫の音のつばらつばらに吾家し思ほゆ」という望郷の作であり、射水という越中の地名とも相まって、辺境に旅する者の哀感が滲み出ている。まずはそこに共感したのであろう。(39)

残るはニとホであるが、Dの中でニに該当するのは1・2・23の三例で、全て前に出た。ここではホに該当する六例（47・51・52・53・54・57）を見ておこう。

47（四四五五～六）は葛城王（橘諸兄）が薩妙観と交わした贈答歌であるが、「天平元年」の題詞を持ち、諸兄自身が伝誦した旨を記す左注がある。直前に諸兄自身の宴歌（四四五四・伝聞歌46）があるので、諸注の言うようにこの宴の中で諸兄が披露したものであろう。諸兄をめぐる文雅の交流を記念して採録したものと思われ、その意味ではロに分類することも可能かもしれない。

一方、51～54（四四七七～四四八〇）には「右件四首、伝読兵部大丞大原今城」という左注があり、一括して今城が伝誦したことが知られる。これも、直前に池主邸における今城の宴歌が配列されており（四四七五〜六）、『代匠記』以来指摘されてきたように、その宴で披露されたものと考えてよいだろう。この四首は、「佐保」の地を詠み込む前半二首（四四七七〜八）と、「朝夕」に「音のみし泣く」ことを詠む後半二首（四四七九〜四四八〇）とに大きく分かれ、一見すると互いに関連がないようにも見えるが、『集成』に「以上四首悲しい歌ばかりで、今城自身の四四七五〜六の『恋』にも通ずる」とあるように、悲愁を詠むという点では共通する。ちなみに、影山尚之氏は、歌表現の精緻な分析から、当日（天平勝宝八歳十一月二十三日）の宴の主題が同年五月に崩御した聖武上皇の「追慕」にあったということを指摘しているが、[40]聖武が「佐保山陵」に埋葬されていること（『続紀』天平勝宝八歳五月十九日条）に照らしても、説得的な見解と言えよう。

57（四四九一）は採録の事情を推測しがたい作であり、例外とすべきかもしれないが、諸注の指摘するごとく、[41]直前に配列される三形王宅の宴歌（四四八八〜九〇）と同じ席で披露された伝誦歌と一応見ておく。伝誦者名が欠落しているのは、『釈注』や『新大系』が指摘するように、伝誦者が家持本人だったからであろう。臆測の域を出ないが、しばらくホに分類する。

六　おわりに

このように見る限り、Dの伝聞歌もA〜Cと同じ基準で採録されていると判断してよさそうである。つまり末四巻の伝聞歌は、たまたま知り得た歌を単に日付順に配列したものではなく、ほぼ全てが一定の基準に従って採録されたものなのである。本章の検証結果を一覧に示せば次のようになる。

【伝聞歌一覧】

<table>
<tr><th>巻</th><th></th><th>歌番号</th><th>作者</th><th>伝誦者・資料提供者</th><th>載録形態</th><th>内容</th></tr>
<tr><td rowspan="9">巻17</td><td>1</td><td>三八九〇～九</td><td>三野石守ほか（傔従等）</td><td></td><td>D</td><td>ハニ</td></tr>
<tr><td>2</td><td>三九〇一～六</td><td>大伴書持（家持説もあり）</td><td></td><td>D</td><td>ロニ</td></tr>
<tr><td>3</td><td>三九〇七～八</td><td>境部老麻呂</td><td></td><td>D</td><td>イ</td></tr>
<tr><td>4</td><td>三九一四</td><td>田口馬長</td><td></td><td>D</td><td>ロ</td></tr>
<tr><td>5</td><td>三九一五</td><td>山部明人（赤人？）</td><td></td><td>B</td><td>ロ</td></tr>
<tr><td>6</td><td>三九五二</td><td>大原高安</td><td>僧玄勝</td><td>AB</td><td>ホ</td></tr>
<tr><td>7</td><td>三九五六</td><td>秦八千島</td><td></td><td>D</td><td>ロ</td></tr>
<tr><td>8</td><td>三九九八</td><td>石川水通</td><td>大伴池主</td><td>A</td><td>ホ</td></tr>
<tr><td>9</td><td>四〇一六</td><td>高市黒人</td><td>三国五百国</td><td>D</td><td>ハ</td></tr>
<tr><td rowspan="2">巻18</td><td>10</td><td>四〇五六～六二</td><td>元正上皇・橘諸兄ほか</td><td>田辺福麻呂</td><td>C</td><td>イ</td></tr>
<tr><td>11</td><td>四〇六五</td><td>山上の臣（憶良の子息？）</td><td></td><td>D</td><td>ハ</td></tr>
<tr><td rowspan="9">巻19</td><td>12</td><td>四二二四</td><td>光明皇后</td><td>河辺東人</td><td>B</td><td>イ</td></tr>
<tr><td>13</td><td>四二二七～八</td><td>三形沙弥</td><td>笠子君→久米広縄</td><td>D</td><td>ロ</td></tr>
<tr><td>14</td><td>四二三五</td><td>県犬養命婦</td><td>久米広縄</td><td>A</td><td>イホ</td></tr>
<tr><td>15</td><td>四二三六～七</td><td>未詳</td><td>遊行女婦蒲生</td><td>A</td><td>ホ</td></tr>
<tr><td>16</td><td>四二四〇～一</td><td>光明皇后・藤原清河</td><td rowspan="4">高安種麻呂</td><td rowspan="4">B</td><td>イハ</td></tr>
<tr><td>17</td><td>四二四二～四</td><td>藤原仲麻呂・藤原清河ほか</td><td>ロハ</td></tr>
<tr><td>18</td><td>四二四五～六</td><td>未詳</td><td>ハ</td></tr>
<tr><td>19</td><td>四二四七</td><td>阿倍老人</td><td>ハ</td></tr>
<tr><td>20</td><td>四二五七</td><td>未詳</td><td>船王</td><td>A</td><td>ホ</td></tr>
</table>

	21	四二五八	（記載なし）	中臣清麻呂	A	ホ
	22	四二六〇～一	大伴御行・ほか未詳		B	イニ
	23	四二六二～三	多治比鷹主・ほか未詳	大伴村上・清継等	D	ロハニ
	24	四二六四～五	孝謙天皇		D	イハ
	25	四二六八	孝謙天皇		D	イ
	26	四二八二～四	石上宅嗣・茨田王・道祖王		D	ロ
巻20	27	四二九三～四	元正上皇・舎人親王	山田土麻呂	B	イ
	28	四三〇一	安宿王		D	イ
	29	四三二一～七	諸国防人等（遠江）	防人部領使	BC	ハ
	30	四三二八～三〇	諸国防人等（相模）		BC	ハ
	31	四三三七～四六	諸国防人等（駿河）		BC	ハ
	32	四三四七～五九	諸国防人等（上総）		BC	ハ
	33	四三六三～七二	諸国防人等（常陸）		BC	ハ
	34	四三七三～八三	諸国防人等（下野）		BC	ハ
	35	四三八四～九四	諸国防人等（下総）		BC	ハ
	36	四四〇一～三	諸国防人等（信濃）		BC	ハ
	37	四四〇四～七	諸国防人等（上野）		BC	ハ
	38	四四一三～二四	諸国防人等（武蔵）		B	ハ
	39	四四二五～三二	昔年防人	磐余諸君	B	ハ
	40	四四三六	昔年相替防人	大原今城	D	ハ
	41	四四三七～八	元正上皇・薩妙観			イ
	42	四四三九	内命婦石川朝臣			イ
	43	四四四〇～一	郡司の妻女等		D	ハ
	44	四四四六～八	橘諸兄・丹比国人		D（C？）	ロ

<table>
<tr><th></th><th></th><th></th><th></th><th></th><th></th></tr>
<tr><td>45</td><td>四四四九</td><td>船王</td><td></td><td>C</td><td>ロ</td></tr>
<tr><td>46</td><td>四四五四</td><td>橘諸兄</td><td></td><td>D</td><td>ロ</td></tr>
<tr><td>47</td><td>四四五五～六</td><td>葛城王（橘諸兄）・薩妙観</td><td>橘諸兄</td><td>D</td><td>ホ</td></tr>
<tr><td>48</td><td>四四五九</td><td>（記載なし）</td><td>今城→大伴池主</td><td>A</td><td>イホ</td></tr>
<tr><td>49</td><td>四四七二～三</td><td>安宿奈杼麻呂・山背王</td><td></td><td>C</td><td>ロハ</td></tr>
<tr><td>50</td><td>四四七五～六</td><td>大原今城</td><td></td><td>D</td><td>ロ</td></tr>
<tr><td>51</td><td>四四七七</td><td>円方女王</td><td rowspan="4">大原今城</td><td rowspan="4">D</td><td>ホ</td></tr>
<tr><td>52</td><td>四四七八</td><td>大原桜井</td><td>ホ</td></tr>
<tr><td>53</td><td>四四七九</td><td>藤原夫人（天武の夫人）</td><td>ホ</td></tr>
<tr><td>54</td><td>四四八〇</td><td>未詳</td><td>ホ</td></tr>
<tr><td>55</td><td>四四八二</td><td>藤原執弓</td><td>大原今城</td><td>A</td><td>ハホ</td></tr>
<tr><td>56</td><td>四四八六～七</td><td>皇太子（大炊王）・藤原仲麻呂</td><td></td><td>D</td><td>イ</td></tr>
<tr><td>57</td><td>四四九一</td><td>石川女郎</td><td></td><td>D</td><td>ホ？</td></tr>
</table>

〔載録形態による分類〕

A　家持の同席する宴で伝誦されたことが明らかなもの

B　伝聞の時期あるいは蒐集の事情に関する記載があるもの

C　家持自身による追和歌などが存在するもの

D　家持が伝聞・蒐集したものかどうか明らかでないもの（A～C以外）

〔内容による分類〕

イ　君臣和楽を志向するもの

ロ　交友を志向するもの

ハ　官命による旅に関わるもの

ニ　大伴氏に関わるもの

ホ　当座の宴席の関心に添うもの

大切なのは、その採録の基準が家持の興味・関心をほぼ反映しているということである。末四巻は、家持に直接関わる歌だけでなく、伝聞歌を配することによって、家持の興味・関心がどこにあったかを示そうとしているのであるが、特にA～Cの伝聞歌にはその編纂意識が顕著にうかがわれる。伝聞の時期を明示することによって編者自身の生きた時間の中にその伝聞歌を定位しようとしたり（A・B）、自身の追和歌を併録することによって関心の所在を示したりする（C）のは、伝聞歌を家持自身の「生」に関わるものとして提示しようとする態度の表れであろう。

かくして、全ての伝聞歌は最終的に家持によって採録されたものと考えられるが、伝聞歌を自らの生きた時間の中に位置付けつつ組み込むという編纂のあり方は、歌日記の一つの「方法」だったのではないだろうか(42)。それは例えば、『土左日記』が阿倍仲麻呂の歌を引いたり当地の童が歌う舟歌を採録したりしながら、自らの心情や関心の所在を読者に提示していくのと同様の手法と思われる。その意味において、伝聞歌の存在はむしろ末四巻の日記文学的な一面を示すものと言えよう(43)。

内容面から見ると、君臣和楽を志向するもの（イ）、交友を志向するもの（ロ）、官命による旅に関わるもの（ハ）、のいずれかに該当するものだけで全体の八割弱（五七例中の四五例）を占めている。これらの伝聞歌は、同様の方向性を持つ家持自身の歌と響き合いながら歌日記に一貫した主題性を与えていると見るべきである。もちろん、伝聞歌の中には採録の事情がはっきりしないものもあり（特に巻二十の末尾近くに配列される57など）、また、それぞれの伝聞歌について子細に分析していくと右の一覧では示しきれないような要素を複合的に含んでいる場合もあると思われるので(44)、細部においては今後修整されるべきところもあろうかと思われるが、全体の傾向としてはイ～ハに対する偏りは覆うべくもない。こうした明瞭な傾向が末四巻の全ての巻に共通しているということは、これら四巻が題詞・左注の記載法や表記などの面で大小の差異を含みながらも、全体としては一貫性を持って編纂されていることを示唆しているのではないだろうか。

ところで、右の一覧を見て気付くことは、伝聞歌が後半の巻に行くほど増加する傾向にあるということである。巻十七に比較的多く伝聞歌があるように見えるが、1～5は巻十七冒頭の、「後補的」とされている部分であり、(45)これを例外とすれば、実際には巻十九後半から急激に増加することが知られる。しかも、伝聞歌の過半は帰京後の蒐集によるものである。この事実は、伝聞歌によって自らの興味や関心を語るという編纂手法が、当初から家持の中にあったものではなく、歌巻の編纂を通して次第に確立していったものであることをうかがわせる。編纂過程の詳細を明らかにすることは無論本書の及ぶところではないが、今は見通しとして提示しておきたい。

〔注〕

(1) 例えば中西進氏は、最終的にこの四巻を整えた人物として家持を想定しながらも末四巻を「編纂に遠い未整理のまま残された」ものとする(「家持の追憶—続・巻十七以下四巻の形成」『中西進万葉論集第六巻』一九九五、初出一九六六・六～七、二九八頁)。

(2) 末四巻の持つ日記文学的な側面については既に述べたことがある(「大伴家持の依興歌—家持歌日記の問題として—」『和歌文学研究』第九〇号、二〇〇五・六、本書第三部第二章。及び注4拙稿)。

(3) 鉄野昌弘「総論　家持『歌日誌』とその方法」『大伴家持「歌日誌」論考』二〇〇七・一、三頁。

(4) 末四巻には作者表示の有無に問題の残る歌が八群にわたって認められるが(三九六二～四、三九九九、四〇三〇、四〇四四～五、四〇七二、四〇九八～四一〇〇、四一一九、四四六〇～二)、これらは全て家持の作と考えられる(拙稿「万葉集末四巻における作者無記の歌—歌日記の編纂と家持—」『国文学研究』第一五六集、二〇〇八・一〇、本書第三部第一章)。

(5) 坂上郎女が越中にいる大嬢に送った歌(四二二〇～一)も家持の生に関わるものと見る。

(6)「伝聞歌」の問題についてはかつて口頭で発表したことがあり、本章の末尾に付した「伝聞歌一覧」(二一五頁)もその時の発表資料をもとにしている(「家持の讃歌」上代文学会平成九年度大会、一九九七・五、於立命館大学)。但し、当時は家持の宮廷讃歌を論じるに当たって補足的に触れるにとどまったので、本章では家持歌日記論の中心的課題として取り上げることとした。

(7)伊藤博「万葉集末四巻歌群の原形態」『万葉集の構造と成立』下、一九七四、初出一九七〇・六。

(8)伊藤注7前掲書、二九〇頁。

(9)山﨑健司「家持『歌日記』から万葉集へ」『大伴家持の歌群と編纂』二〇一〇、初出二〇〇五・三。氏は巻十七と巻十八から各一例、巻十九から八例、巻二十から二例、合計十二例を摘出している。

(10)伊藤注7前掲書、二九一頁以下。

(11)山﨑注9前掲書、三七八頁以下。

(12)伊藤注7前掲書、二九二頁。

(13)山﨑氏はいわゆる巻十七冒頭歌群(三八九〇〜三九二一)についても、これを「後補的部分」とする伊藤説に従って初めから考察の対象外としているが(注9前掲書・三七〇頁)、同じ理由から従えない。なお、念のために言えば、本研究は原資料の様態を考えることを一概に否定しているわけではない。題詞・左注に従ってまず機械的に分類した上で、個々の事例について検討していこうというのである。

(14)四〇七三は題詞に「古人云」とあり、伝聞した歌という形をとってはいるが、池主の書簡中の一首であり、家持の「生」に直接関わるものである。伝聞による歌の蒐集・採録ということとは異質なものと見て、この一覧からは外してある。

(15)この「進」は家持のもとに勝宝七歳防人歌が集められた事情を物語るものと考えられる。もちろん、文書の様式としては朝廷乃至天皇に進上するということを意味するのであろうが、家持が公の力を利用して蒐集したのであれば、提出される文書に形式的に「進」と記されることは十分にありうる。なお、防人歌蒐集の実態については本書第二部補論二を参照。

(16)山﨑氏は歌の表現からこの「追作」が44・45の双方に従属するかたちになっていることを指摘している(「宴席歌群と家持」注9前掲書、二〇一〇、初出一九九〇・七)。内容的には恐らくその通りであろう。本章は題詞左注に基づいて一度機械的に分類し、その上で考えるという原則によっているので、念のため44はCに含めなかった。

(17) 参照、拙稿「家持の宮廷讃歌—長歌体讃歌の意義—」『美夫君志』第五七号、一九九八・一二、本書第一部第四章。
(18) かつて「先太上天皇」を元明とする説もあったが、元正説に従う（参照、吉永登「『先太上天皇』について」『万葉—その探求』一九八一、初出一九七四・一一）。
(19) 参照、藤原茂樹「山村に幸行しし時のうた」『万葉』第一九一号、二〇〇五・一。
(20) 注17拙稿参照
(21) 『釈注』は「歌は、吉野離宮での、女性たちの集う宴の場で、座興として詠まれたものと推測される」と述べている。
(22) 吉村誠「『追作』歌二首—「追和」と相違の意味—」『大伴家持と奈良朝和歌』二〇〇一、初出一九八三・三。
(23) 拙稿「家持の未奏歌—帰京後の宴—」『古代文学の思想と表現』戸谷高明編、二〇〇〇・一、本書第三部第六章。
(24) 山田孝雄「山部宿禰赤人春鶯歌について」『万葉集考叢』一九五五、初出一九三四・六。
(25) 芳賀紀雄「毛詩と万葉集—毛詩の受容をめぐって」『万葉集における中国文学の受容』二〇〇三、初出一九八四・一二、六三頁以下。
(26) 中西進「文人歌の試み—大伴旅人における和歌—」『中西進万葉論集第三巻』一九九五、初出一九八四・一二、七六頁以下。
(27) 辰巳正明「交友論(1)—交友をめぐる文章論の理念性とその展開」『万葉集と比較詩学』一九九七、初出一九九六・四。
(28) 参照、拙稿「防人歌の蒐集と家持」『古代研究』第三〇号、一九九七・一、本書第二部補論二。
(29) 本論の初出時には気づいていなかったが、その後、家持が漢籍の影響から餞宴を交友の場として重視しているということ、更には餞宴の歌を積極的に歌日記に取り込もうとしているということに思い至った（拙稿「万葉集の餞宴の歌—家持送別の宴を中心として—」『国語と国文学』第八八巻第六号、二〇一一・六、本書第一部第三章）。
(30) とりわけ勝宝七歳防人歌については、家持自身が防人の悲別を主題として詠んだ長歌によってその歌日記における位置づけを知ることができる。参照、本書第二部第五章。
(31) Aについては別途考察が必要であろうが、「伝聞歌一覧」に掲げたように、Aの中にも君臣の交流に関わるもの（14・48）や官命による旅を歌うもの（55）がある。48が宮廷公宴に関わる作であることは注4拙稿参照。
(32) こうした歌が取り込まれていることからすれば、少なくとも万葉集内部において家持が反仲麻呂といった政治的な思想を語ろうとしているとは考えられない（注17拙稿参照）。この仲麻呂邸への行幸は史実としては仲麻呂の専横を如実に示す出来事かもしれないが、この歌自体は君臣和楽を体現したものとして歌日記に採録されているのではないだろうか。

(33) この他奏上に至らなかった歌は、旅人(三一五～六)、坂上郎女(一〇二八)にそれぞれ一例ずつ、残りは全て帰京後の家持歌(四二七二、四四五三、四四九三、四四九四、四四九五)である。注23拙稿参照。

(34) 山﨑氏はこの唱和の少し後に家持の「不奏」「未誦」の歌が続くことに注目し、この唱和について「宮廷内で家持が歌を披露する場面がついに得られなかったほど、仲麻呂が専制的にふるまっていたことを印象づける効果を発揮している」と述べている(「歌群のありようから見た巻第二十」注9前掲書、三一七頁、初出二〇〇五・六)。しかし、これらの家持歌の注記による限り(四四九三左注・四四九四左注)、「不奏」「未誦」の原因が仲麻呂の専横にあるようには書かれていないと見るべきである。注23拙稿参照。官人としての家持が人間関係的に反仲麻呂のグループの方に近かったことは事実であろうが、そのことが万葉集に語られているわけではないと思われる。

(35) 参照、拙稿「万葉集の梅柳―「大宰の時の梅花に追和する新しき歌」の解釈をめぐって―」『上代文学』第九九号、二〇〇七・一一、本書第二部第二章。なお、この歌群の作者には問題があり、元暦校本以外の諸本では「家持」を作者としている。本書では通説によって書持を作者と考えているが、仮に家持が作者であったならば伝聞歌ではないということになる。もちろん、作者がどちらであっても本章の論旨には影響しない。

(36) Dの宴歌には家持が同席したケースもあったかもしれないが、臆測の域を出ないので、念のため全て伝聞歌として扱う。

(37) 注29拙稿参照

(38) 山﨑氏はこの黒人の歌が後続の家持歌四首(17・四〇一七～四〇二〇)と内容的に響き合うことに注目し、「『家持の歌日記』の中で、見事に役割を果たしている」と述べている(注9論文、三七八頁)。鋭い指摘であり、本書もその理解に従いたい。

(39) 本章第二節で既に触れたように、この歌は様々な問題を含んでいるものの、家持の関心の所在を多角的に物語るものと考えられる(参照、拙稿「射水郡の駅館の屋の柱に題著せる歌―万葉集末四巻における伝聞歌の採録―」『上代文学』第一〇九号、二〇一二・一一、本書第二部第三章)。

(40) 影山尚之「天平勝宝八歳池主宅の宴歌―万葉末期の哀傷歌―」『万葉和歌の表現空間』二〇〇九、初出一九九三・一一。

(41) 『新考』『古典全集』『集成』『全注巻第二十』『新編全集』『釈注』『新大系』『全解』など。『古義』『全釈』も一つの可能性として指摘している。なお、この四四九一と三形王宅宴歌（四四八八〜九〇）との間に内容的な関連は見出しがたいが、影山尚之氏によれば、四四九一の作者「石川女郎」の名が契機となって「一座を構成する者たちの意識は七世紀半ばの伝承世界へ回帰し、その物語の内包する風流がこの日の宴席に呼び込まれることにな」ったのだという（「天平宝字元年十二月三形王宅宴席伝誦歌」『万葉』第一七六号、二〇〇一・二）。

(42)　伝聞を示す注記（「伝誦」「伝読」「読」のほか「誦」の一部）は、末四巻に用例が偏る（二十五例中十九例）。これは末四巻の編者である家持が伝聞による採録に自覚的であったことを示すものと考えるべきである。

(43)　このことに関連して『蜻蛉日記』中巻に興味深い記述がある。源高明の配流に都が騒然となった際、伝聞した事件の様子を自らの日記に書き入れた上で、作者は最後に次のようにコメントする。「身の上をのみする日記には入るまじきことなれども、悲しと思ひ入りしも誰ならねば、記しおくなり」（安和二年三月二十五六日条・本文は『新編全集』による）――ここには、自分の身の上に関する事柄でなくとも、自分が関心を持った以上、自らの心に関わるものとして自分の生きた時間の中に位置付ける意味がある、という考え方がうかがわれる。末四巻の伝聞歌も、基本的にはこれと同じ姿勢で採録されたものではないだろうか。

(44)　例えば伝聞歌11（四〇六五）などはその顕著な例である。注39拙稿参照。

(45)　伊藤注7前掲書、二六七頁以下。実際に「後補」であったかどうかはともかく、確かにこの部分には例外的な要素が散見し、「後補的」であることは否めない。しかし、万葉集の現態としては、この巻十七冒頭三十二首がそれ以後の部分と区別されているわけではない。本書としてはこの部分も歌日記の導入部としてそれ以後の部分と連続的に捉えるべきだと考えている。

〔補注〕　従って、より適切な用語があれば「伝聞歌」という呼称に拘泥するつもりはないが、先行研究との関連を示すためにもいたずらに新奇な用語を用いるべきではないと判断し、本書においては「伝聞歌」で統一した。但し、本章の考察によれば、伝聞歌は最終的に家持によって採録されたものと考えられるので（第六節参照）、その意味においては「家持蒐集歌」というような呼称も今後検討すべきかもしれない。

第二章　大宰の時の梅花に追和する新しき歌

――万葉集の梅柳――

一　はじめに

追二和大宰之時梅花一新歌六首

1　み冬継ぎ春は来たれど梅の花君にしあらねば招く人もなし　（17・三九〇一）
2　梅の花み山としみにありともやかくのみ君は見れど飽かにせむ　（三九〇二）
3　春雨に萌えし柳か梅の花ともに後れぬ常の物かも　（三九〇三）
4　梅の花いつは折らじといとはねど咲きの盛りは惜しきものなり　（三九〇四）
5　遊ぶ内の楽しき庭に梅柳折りかざしてば思ひなみかも　（三九〇五）
6　御苑生の百木の梅の散る花し天に飛び上がり雪と降りけむ　（三九〇六）

右、十二年十二月九日大伴宿祢書持作。

巻十七冒頭付近に載録される「大宰の時の梅花に追和する新しき歌」（以下、当該歌群）については多くの先行研究があるけれども、その議論のほとんどが作者の問題に集中してきたと言っても過言ではない。それは言うまでもなく、当該歌群の左注に異同があり、元暦校本以外の諸本全て（広瀬本を含む）が「右十二年十一〇月九日大伴宿祢家持作」と記載しているからである。決定的な根拠があるとは言えないものの、近年は歌風などから書持作であろうとする見方が大勢を占めており、(1) 本書もしばらく書持説に従っておきたい。

　但し、仮に作者が家持でないとしても、当該歌群が家持（乃至は歌日記）を論ずる上で避けて通れない作品であることは動かないであろう。書持作だとすれば当該歌群は「伝聞歌」ということになるが、前章で述べたように、歌日記における「伝聞歌」は家持の興味・関心がどこにあったかを物語るものと考えられるからである。この六首は末四巻における最初の追和歌であるが、後年の家持作歌における追和歌の重要性を考えれば、追和という手法を巻五の世界から継承した当該歌群の意義は小さくないし、(2) その追和の対象が、家持作歌に影響を与え続けた梅花の宴の歌であるということも看過できない。また、歌日記の導入部とも言うべきこの位置(3)に当該歌群が配列されていることの意味も追究されなければならないだろう。要するに、この六首の歌群は家持論に関わる重要な問題を多く含んでいるのである。

　しかし、当該歌群には解釈の定まらない箇所も少なからずあり、そのことがこの歌群の位置づけを難しくしている。そもそも諸注が作者を書持と主張する主要な根拠は、この六首に熟さない表現が多く、歌風から見て家持の作とは認めがたいというところにあった。もとより歌風による判断は主観に左右される部分があり、作者を決定する確証とはなりえないが、橋本四郎氏が指摘するように、この歌群に「助詞・助動詞・接頭語などの形式語や、構文のあり方など、語句の組み立てに特異なものが目立つ(4)」ことは事実である。六首の解釈に揺れがあるのは、専らこうした事情によるものであろうが、それゆえ、梅花の宴の歌にどのように追和しているかという重要な点についても必ずしも意見の一致を見ていないのが現状なのである。

　そこで本章では、当該歌群のうち、梅と柳を同時に詠み込む歌――とりわけ第三首目（17・三九〇三）を中心に、その解釈と追和の方法について考察する。あえてこの歌を取り上げるのは、梅と柳を取り合わせてその同時性を強調するというこの歌の発想が、当該歌群の問題を浮き彫りにするものであると同時に、古代和歌における「梅柳」の問題に深く関わるものだと考えるからである。

二　問題の所在

三九〇三歌の構文について諸注の理解にそれほど大きな差はなく、例えば「春雨に促されて早く萌え出た柳なのでしょうか。（それとも）梅の花と一緒に、遅れずに萌え出た普通の柳なのでしょうか」（『全注巻第十七』橋本達雄氏担当）といった解が一般的である。つまり、「柳か」と「常の物かも」の「か」を文末用法と取り、二つの疑問文を並べたものと解するのである。一方、「柳か」の「か」を文末用法と取らず、「遅れぬ」の「ぬ」で結んでいると解する説もあるが（『新考』『古典全集』『新編全集』）、この説によると、「遅れぬ」で一度文が切れ、結句の「常の物かも」は単独で疑問文を形成していることになるので、解釈が難しくなってしまう。例えば『新編全集』は「春雨に　萌え出た柳こそ　梅の花と　一緒に姿を見せる景物ではないか　それとも四季一貫しての眺めか」と解釈するが、結句を「四季一貫しての眺めか」とするのは柳や梅に関するものとしては不適当であろう。また、『新考』は「此梅ノ花ハ春雨ニ萌エシ柳ニ相後レズシテ早クサケルカ又ハ尋常ノモノカ」としているが、主語を「梅の花」に変えるために「柳」の下に「に」を補ってしまっており、語法上無理があると言わざるをえない。ここは通説に従って「か」と「かも」をそれぞれ文末用法と見ておく。

さて、そのように解した上で、なお疑問なのは、この歌が一体何を表現しているのかということである。既に指摘されてきたように、「Aか、それともBか」という選択疑問の類型においては後のBの方に重点があり、(5)そのことからすれば、当該歌の場合も「柳が梅の花に遅れない常の物である」という後半部分に抒情の中心があると考えてよいだろう。しかし、このように柳と梅の同時性を強調し、それに対する感動を歌うというのは一体どういうことなのか。また、それが梅花の宴の歌に対する追和歌として、いかなる意味を持っているのか。本章の問題意識はそこにある。

もちろん、梅と柳の取り合わせが中国文学に由来するということは、既に諸家によって指摘されている通りであろう。(6)

A　曖曖陽雲台、春柳発二新梅一。（梁簡文帝蕭綱「和二湘東王陽雲楼簷柳一詩」『芸文類聚』楊柳）

B　楊柳条青楼上軽、梅花色白雪中明。（隋江総「梅花落」『楽府詩集』…『芸文類聚』「梅」にも載録される）

C　無レ事レ逐二梅花一、空教レ信二楊柳一。（梁沈約「初春」『玉台新詠』巻五）

D　柳絮時依レ酒、梅花乍入レ衣。（梁湘東王「和二劉上黄一」『玉台新詠』巻七）

E　相逢小苑北、停レ車問二苑中一。梅新雑二柳故一、粉白映二綸紅一。（梁庾肩吾「送二別於建興苑一相逢」『玉台新詠』巻八）

F　縈レ雪臨二春岸一、参差間二早梅一。（唐太宗「詠二春池柳一詩」『初学記』「柳」）

これらは一例であるが、漢詩において梅に柳という発想はごく一般的なものとして確認できる。一口に柳と言っても、Bのようにその枝を詠むもの、Dのように柳絮を詠むものなどがあるが、(7)柳と梅の取り合わせ自体は漢詩に頻出するものであり、万葉集がその影響下にあるということは認めて良いだろう。特に、Bの「梅花落」は、梅花の宴への影響が指摘されるものであり、(8)その点、注意される。なお、「梅柳」という熟語の形で用いられる例は意外に少なく、初唐以後の詩には散見されるが、六朝期の用例としては「梅柳夾レ門植、一条有二佳花一。」（陶淵明「蜡日」『陶淵明集』）が指摘できる程度である。

しかし、ここで問題にしたいのは、そもそも日本において梅と柳は必ずしも時季を同じくするものではないという事実である。個体差はあるにせよ、一般的に言えば、柳が芽吹くのは、早くても梅が盛りを過ぎた後、むしろ桜や桃の季節ではないだろうか。実際、懐風藻にも、柳と桜・桃を取り合わせた例が見られるが、平安朝の和歌や散文でも、柳は桜や桃などと同時季の景物として認識されているのである。

A　見わたせば柳桜をこきまぜて宮こぞ春の錦なりける　（古今・春上・五六）

B　三月三日は、うらうらとのどかに照りたる。桃の花の今咲きはじむる。柳などをかしきこそさらなれ。それもまだ、まゆにこもりたるはをかし。ひろごりたるはうたてぞ見ゆる。おもしろく咲きたる桜を、長く折りて、大きなる瓶にさしたるこそをかしけれ。　（枕草子「正月一日は」・本文は『新編全集』による）

C　三月三日、頭弁の、柳かづらせさせ、桃の花を挿頭にささせ、桜腰にさしなどして、ありかせたまひしをり…　（枕草子「上に候ふ御猫は」）

Aの古今集歌には「柳桜をこきまぜて」とあり、柳と桜が同時季のものとして詠まれているが、一方、B・Cの『枕草子』でも、陰暦三月三日における典型的な景物として桃・柳・桜が取り上げられていることが確認できる。

何より注意されるのは、平安朝に入ると、柳と梅の取り合わせが和歌の世界からほぼ姿を消すという事実である。これについては菊川恵三氏も「『梅・柳』の取り合せは万葉には多いが、三代集には一例、しかも古今集の神楽歌にしかない」と指摘しているが[9]、今、用例を八代集にまで拡げても、梅と柳が一首の中に詠み込まれるのは次の二首だけなのである。

D　青柳を片糸によりて鶯のぬふてふ笠は梅の花笠　（古今・神遊びの歌・一〇八一→催馬楽「青柳」にも類歌あり）

E　梅が香を桜の花に匂はせて柳が枝に咲かせてしがな　（後拾遺・春上・八二）

これらはやや例外的で、Dは巻二十に載る「神遊び」の歌であるし、Eは梅と桜と柳を一つの植物にしたいという非現実的な願望を歌ったものである。つまり、「柳」と「梅」を取り合わせて、初春の景物の典型のごとく歌うという発想は、少なくとも平安朝和歌の一般的傾向としては確認できないのである。(10) もっとも、漢詩の場合は平安朝の文献にも散見されるのであるが、(11) 和歌史の問題として見た場合、万葉集における梅柳の歌が、際だって例外的な存在であることは否定できない。つまるところ、梅・柳の取り合わせが漢籍の影響だということは事実だとしても、それだけでは柳と梅の同時性をクローズアップする三九〇三歌の意図は、よくわからないのである。

三　万葉集の梅柳

そこで、万葉集の梅柳について、その用例を見てみたい。以下、その全用例を掲げよう。

①　梅柳過ぐらく惜しみ佐保の内に遊びしことを宮もとどろに　（6・九四九）

②　梅の花咲きたる苑の青柳はかづらにすべくなりにけらずや　（5・八一七）

③　青柳梅との花を折りかざし飲みての後は散りぬともよし　（5・八二一）

④　梅の花咲きたる苑の青柳をかづらにしつつ遊び暮らさな　（5・八二五）
⑤　うちなびく春の柳と我が屋前の梅の花とをいかにか分かむ　（5・八二六）
⑥　春柳かづらに折りし梅の花誰か浮かべし酒坏の上に　（5・八四〇）
⑦　梅の花取り持ち見れば吾が屋前の柳の眉し思ほゆるかも　（10・一八五三）
⑧　我がかざす柳の糸を吹き乱る風にか妹が梅の散るらむ　（10・一八五六）
⑨　梅の花しだり柳に折り交へ花に供へば君に逢はむかも　（10・一九〇四）
⑩　春雨に萌えし柳か梅の花ともに後れぬ常の物かも　（17・三九〇三）
⑪　遊ぶ内の楽しき庭に梅柳折りかざしてば思ひなみかも　（17・三九〇五）
⑫　君が行きもし久にあらば梅柳誰と共にか吾がかづらかむ　（19・四二三八）

万葉集には梅と柳を取り合わせた歌は全部で十二例あるが、これらを見ると、年代および作者層に明らかな偏りがあることがわかる。⑩と⑪の二首は当面する「追二和大宰之時梅花一新歌」（天平十二年）であるが、②から⑥の五首はその追和の対象たる梅花の宴の歌（天平二年）であり、梅柳の歌の過半数が梅花の宴の関係歌であるということがまず目を引く。また、①は神亀四年の歌として巻六に載録されるもので、作者は不明だが、題詞・左注によれば、勅命により授刀寮で謹慎処分となった官人の作と考えられるし、⑫は天平勝宝三年に催された久米広縄送別の宴で家持が詠んだ歌である。これらは全て官人の作であることがはっきりしている。

⑦⑧⑨は、作者も作歌年次も不明だが、巻十に載録されているところからすれば、他の歌とほぼ同年代の作と考えてよかろう。また、⑦の「柳の眉」という用語には漢籍の影響が見て取れるし、後述するように、宴の歌と見るべき要素も含まれているので、これらも官人の作と見てよさそうである。

そもそも、⑦は眼前の梅を見て、視界の外にある柳を思う歌であり、⑧は髪飾りにした柳から、やはり視界の外にある梅を想像する歌である。このような歌が詠まれるには、梅と柳を対のものと考える漢籍の教養が介在していると考えるべきであろう。

つまり、梅柳の歌は神亀四年（七二七）から天平勝宝三年（七五一）の範囲にほぼ収まってしまい、しかもその作者は官人層に著しく偏っているのである。万葉集に残された歌が当時の歌の全てではないにせよ、聖武朝を中心とする奈良時代の特定の時期に梅柳の用例が集中するという、この事実は偶然ではあるまい。

重要なのは、これらの歌のほとんどが、「宴」を発想の基盤としていることであろう。すなわち、②から⑥は梅花の宴での歌、⑩⑪はそれに追和した歌、⑫は広縄送別の宴で詠まれた歌である。①は佐保の地における「遊び」を歌っているが、このような屋外での遊楽には宴が伴ったと考えてよい。これだけでも既に四分の三が宴に関わる歌なのであるが、後述するように、⑦⑧も宴での作と見るべきで、やや例外的なのは⑨だけと思われる。

これらの歌には、梅や柳を「かづら」や「かざし」にするものが多い（波線部）ということにも注目しておきたい。かづらはもともとは呪的な意義を有していたと推測されるが、この時代には既に宴を演出する道具立てとして機能していたと考えられる[12]。また、かづらにしない場合でも、「折る」とか「取り持つ」などの動作は宴を演出するものと考えてよいだろう。⑦⑧を宴席歌と考える所以である。

但し、⑨だけはやや異質で、実体のわかりにくい歌と言わざるをえない。「供へば」の部分は、原文に「供養者」とあるところから、諸注は概ね「神仏に花を供える」という意味に解しているようだが、仮にそういう意味だとしても、「供へば」と仮定条件で訓読するならば、あくまで架空の事柄と考えるべきであって、神事あるいは仏事における儀式歌と考える必要はない。恐らくは初春の風流の典型として、梅に柳という道具を持ち出したまでであって、神頼みということを初春の景物に即して表現しているのだと考えられる。

整理すると、万葉集の梅柳の歌については、一般に次のようなことが指摘できる。

(1) 梅と柳を取り合わせる歌は聖武朝を中心に集中して現れる。

(2) 作者は官人層にほぼ限られる。

(3) 宴を発想の基盤とする。

(4) 梅や柳を、「かづら」や「かざし」といった、宴を演出する風流な道具立てとして詠むものが多い。

(5) 梅花の宴に関わる歌が過半数を占める。

梅柳の歌が、聖武朝以降の官人の、しかも宴の歌に偏るというこの事実は、端的に言って、この時期の宴のあり方に関わるものではないだろうか。つまり、「交友」の文学が和歌の世界に立ち現れてくるという、神亀から天平にかけての時代状況と表裏をなす現象ではないか、ということである。その観点よりすれば、梅柳の歌十二例のうち、七例までが梅花の宴と関わっていることは、重い意味を持っていよう。

四　懐風藻の梅柳

ここで、『懐風藻』に目を転じたい。『懐風藻』において梅と柳を取り合わせたものは、次に掲げる七例がその全てである。「梅」を詠み込むものは全部で十四例あるが（番外の詩一例を含む）、その中の七例というのは他の取り合わせ（「雪」三例・「鶯」一例・「桃」一例など）に比べても群を抜いて多く、注目に値する。

①　階梅闘二素蝶一、塘柳掃二芳塵一。　（紀麻呂「春日応詔」一四）
②　柳絮未レ飛蝶先舞、梅芳猶遅花早臨。　（紀古麻呂「望レ雪」二二）
③　玄圃梅已故、紫庭桃欲レ新。柳糸入二歌曲一、蘭香染二舞巾一。　（長屋王「元日宴応詔」六七）
④　芳梅含レ雪散、嫩柳帯レ風斜。　（百済和麻呂「初春於二左僕射長王宅一讌」七五）
⑤　柳条未レ吐レ緑、梅蕊已芳レ裾。　（箭集虫麻呂「於二左僕射長王宅一宴」八二）
⑥　庭梅已含レ笑、門柳未レ成レ眉。　（大津首「春日於二左僕射長王宅一宴」八四）
⑦　柳条風未レ煖、梅花雪猶寒。　（塩屋古麻呂「春日於二左僕射長王宅一宴」一〇六）

さて、これら『懐風藻』の例を見ると、やはり梅に柳という景が観念的なものであることがうかがわれる。例えば、②の例は「雪を望む」という題の詩であるが、柳も梅もまだその季節でないのに蝶や花のように雪が降っているというのである。これは、梅と柳を春の景物の典型とする観念が先になければ出て来ない発想であろう。⑤や⑥も同様である。⑤は、柳がまだ芽吹かないのに梅が既に匂っているということであろうし、⑥は、梅が既に咲いたのに柳はまだ芽吹かないということであろう。芽吹かない柳をわざわざ詠み込むのは、梅に柳という景を一つの典型とする観念が成立していたからだと考えられる。

更に、③から⑦の詩題（波線部）に注目したい。これらの詩題によると、七例のうち、五例までが長屋王に関わる作であり、しかも③以外は全て長王宅における詩宴が制作の場となっているのである。これは偶然ではあるまい。梅に柳という観念が漢籍に由来するということ自体はその通りであろうし、長屋王以前にもこの発想があったことは①や②の例があることから察せられるが、梅に柳という景を初春の典型とする観念は、長屋王の詩宴において特に重視されるようになったと見てよいのではないだろうか。

梅柳の用例に関して、万葉歌と懐風藻詩の前後関係を言えば、長屋王は七二九年に没しているので、概ね懐風藻詩が先行すると見てよい。とすれば、ここには長屋王の詩宴が一つの規範になっていたという状況を読み取るべきではないだろうか。辰巳正明氏は、長屋王の催した季節の詩宴が「理想的な季節」「理想的な景」という観念を成立させたことを指摘し、それが和歌における季節表現の源泉となったことを論じているが[13]、それは梅柳の歌についても概ね当てはまると思われる。

もちろん、梅柳に関しては、長屋王以前のものとして紀麻呂・古麻呂兄弟の例（①②）も指摘できるので、その他の詩宴が全く無関係であったとまでは言えないだろう。また、庭園や宴を重視するという時代背景の中で、歌と詩がそれぞれ独自に漢詩を学んだというケースもあったかもしれない。本書の立場としても、それらの可能性を排除するわけではないが、しかし、大きな流れとしては、長屋王の詩宴を媒介とした影響関係を認めるべきではないかと考えるのである。特に梅柳の歌の過半を占める梅花の宴の関係歌については、多くの詩宴の中でも、とりわけ長屋王の詩宴を意識していた可能性が高い。長屋王の詩宴から梅花の宴を通って当該三九〇三歌へ、という流れは十分想定できるであろう。

梅花の宴が長屋王の詩宴を意識していたことについては既に大久保廣行氏に指摘がある。氏は梅花の宴の歌について、中国詩序に倣った序文が付けられていること、梅や柳が多く詠み込まれていること、長屋王の詩宴に参加していた吉田宜に歌群が送られたこと、などを指摘し、それを根拠に、「長王の好みだったらしい梅や柳をふんだんに詠み込んだ歌詠を手向けて、不運な長王の鎮魂を図ろうとしたのではないか」と論じるのである[14]。

旅人が長屋王を意識して梅花の宴を主催したという大久保氏の理解は大筋において正しいであろう。但し梅と柳という景の特殊性を考えれば、これを単に長屋王の好みとだけ言ってしまってよいのかという疑問は残る。また、梅や柳を詠み込むことが鎮魂になるというならば、何故旅人の歌にはその組み合わせが詠まれないのか。そもそも梅花の宴の列席者が一様に鎮魂の意図を以て梅柳の歌を詠んだと考えるのは、少々無理があると思われる。

むしろここは、「庭園における宴」という場の方を重視すべきではないか。大宰府にも長王宅にも庭園があり、そこには梅や柳など共通の植物が植えられていたと推測されるが、そうした場の共通性が表現に共通の枠組みを与えていた可能性は高いであろう。庭園との関わりということで言えば歌よりも漢詩の方が先であろうが、そもそも漢詩は庭園の文化と共に享受される部分があり、実作も主に庭園文化の枠組みの中で試みられてきたのである。ごく図式的に言うならば、梅や柳などが植えられた貴族庭園は漢詩の世界を擬似体験する場であったと言っても過言ではない。それが庭園の機能の全てではないが、少なくともそういう一面を持っていたことは否定できないであろう。その庭園で催される宴に多くの文人が集い、漢詩文を享受し、自らも詩を作る。そのように庭園と文学が一体となった総合的な文化、ここではそれを仮に庭園文化と呼んでいるのであるが、その庭園文化の一つの頂点が長屋王の詩宴だったのである。梅花の宴は、詩の表現だけを模倣したのではなく、庭園文化の総体を継承し、それを和歌の世界に持ち込もうとしたのではないだろうか。

和歌の世界で、宴における文雅の交友ということが重視されるようになるのは旅人の頃と考えられるが、[15]梅柳の歌の登場は、こうした時代思潮と無関係ではあるまい。梅と柳を取り合わせた歌のうち、年代の判明する最古の例が神亀四年（七二七）の「梅柳過ぐらく惜しみ佐保の内に遊びしことを宮もとどろに」（6・九四九）であることは前述したが、この歌などは作者不明ながら、交友への志向を顕在化させた最も古い例の一つであろう。[16]梅柳の歌の初見が、同時に交友の文学の最初期の作品でもあるという事実は看過できない。

庭園に文人が集い、友として詩歌を詠み交わすという「同志交遊」の理念を具現したものとしては、当時まず[17]

長屋王の詩宴が意識されたのではないか。無論、梅花の宴が全てにおいて長屋王の詩宴と同じものを目指したと考えるわけではない。大宰府という辺境における梅花の宴が、その本質において、長屋王の詩宴と異なる要素を含んでいたとしてもそれは当然であろう。(18) しかし、梅花の宴の歌に梅と柳の取り合わせが見られるのは、恐らく長屋王の詩宴を庭園文化の規範と仰ぐ意識が列席者に共有されていたからであり、その背景には、交友の文学への共感と憧憬があったのである。

五　当該歌の解釈と追和の方法

さて、三九〇三歌の解釈である。

実はこの歌には未解決の問題がもう一つある。「ともに遅れぬ」の「ともに」は「共に」「友に」のいずれに解すべきか。この歌の下二句について、『代匠記』初稿本は「よき友とちの心なとのやうに常ある物かとなり」と注しているが、精撰本では「共ニオクレスシテ一時ニ並ヒ賞セラル、ヲホメテ云ヘリ」と、特に根拠を挙げずに考えを改めている。以後の諸注でも解釈は分かれたままであるが、実際には議論の対象にすらなっていないというのが現状であろう。該当部分の原文表記は「登母尓」であるが、「と」の甲乙は「友」も「共」も同じなので、どちらにも解しうるからである。だが、これは、当該歌の表現するところと深く関わる問題ではないだろうか。

解釈が分かれる原因は、「梅の花」と「ともに遅れぬ」のつながりが不明瞭だからである。この部分だけを取り出してみれば「梅の花」が主語のように見えるし、実際『私注』などはそう解しているのであるが、「梅の花」

が主語だとすると下三句は梅についての疑問文ということになり、柳を歌う上二句と主題が分裂してしまうのである。つまり、「遅れぬ」の主語は「柳」であるらしいのに、すぐ上に「梅の花」という語があり、「梅の花」と「ともに」の関係がよくわからないのである。

近年は「共に」と取り、「梅の花と一緒に」と解するものが多いが、そう解するためには、「〜の共に」または「〜と共に」とあるべきところである（8・一四七二、19・四二三八など参照）。熟さない表現であることは事実だが、ここはやはり「友に」と解すべきではないか。[19]「梅の花」と「友」を同格と見れば、助詞の省略を想定しなくて済むので、語法的にも無理が少ない。結局、「梅の花という友達」（『大系』）、或いは「友ダチノ梅ノ花」（『全釈』）といった解釈が正しいのである。つまり、当該歌の場合、柳と梅を擬人化し、両者を「友」に擬えているのではないだろうか。こうした発想は、長屋王の詩宴や梅花の宴を意識することによって醸成されてきた、交友への志向を背景に持つものと考えられる。

「ともに」という語句が「友に」の意味に用いられる例は多くないが、確実な例として、「我が屋前の花橘に霍公鳥今こそ鳴かめ友《とも》尓《に》相《あへ》流《る》時《とき》」（8・一四八一）という大伴書持の歌を挙げることができる。この歌は、友と逢っている今こそホトトギスに鳴いてほしいと願ったものであるが、わざわざ「花橘」に「霍公鳥」を取り合わせ、両者の出会いを望ましいものとして歌っているのは、橘とホトトギスを友人同士に見立て、そこに自分と友人との関係を投影しているからだと考えられよう。とすれば、この書持の一四八一歌と当面する三九〇三歌との間にはいくつかの共通点が認められるのではないだろうか。すなわち、

(1)　二つの景物（季節の景物）の同時性に関心を寄せている点

(2)　景を擬人化している点

(3)　交友への志向を底流させている点

の三点である。初めに述べたように、当該歌群の作者については問題があるので今は措くとしても、少なくとも三九〇三歌の発想が孤立したものではないことが知られよう。

さて、次に追和の問題を検討する。当該歌群六首は、それぞれ梅花の歌の特定の一首に追和しているというのが通説であるが、以下、その対象と目される梅花の宴の歌を掲げよう（①～⑥の番号は冒頭に掲げた当該歌群の1～6に対応している）。

①　正月立ち春の来たらばかくしこそ梅を招きつつ楽しき終へめ　（5・八一五）
②　梅の花今咲けるごと散り過ぎず我が家の苑にありこせぬかも　（八一六）
③　梅の花咲きたる苑の青柳はかづらにすべくなりにけらずや　（八一七）
④　梅の花今盛りなり思ふどちかざしにしてな今盛りなり　（八二〇）
⑤　青柳梅との花を折りかざし飲みての後は散りぬともよし　（八二一）
⑥　我が苑に梅の花散るひさかたの天より雪の流れ来るかも　（八二二）

当該歌群の1が梅花歌の①に追和していることは夙に『略解』や『古義』が指摘しており、6が⑥に追和していることは『万葉考』が指摘している。また、当面する三九〇三歌が③に追和していることは『古義』の引く中山厳水の説に指摘がある。近代に入り、『全釈』が1～6と①～⑥の対応を指摘してからは諸注概ね『全釈』の説を支持しているといってよいだろう。だが、『私注』のように、三九〇六歌以外には特定の一首との対応を認めない説もあり、無条件に前提としてよい事柄ではない。どの歌にどのように追和しているかというのは、表現に即して一首ごとに検証していくべき課題なのである。

本章は差し当たり三九〇三歌を問題にしているのであるが、橋本四郎氏もこの歌は特定の一首に追和したものではないということを述べている。[20] 氏によれば、梅と柳を詠み込む歌は梅花歌には複数あり、当該歌（三九〇三）と八一七歌を特定的に結びつける理由は配列による枠組み以外には考えにくいというのである。橋本氏の論拠は以下の三点に要約される。

(1)　当該歌の「春雨」は梅花の宴の歌には見られない素材である。
(2)　八一七歌の重要な素材である「縵」が当該歌には詠まれていない。
(3)　当該歌の柳が萌え出たばかりなのに対し、八一七歌の柳は「縵」に仕立てることが可能な程度に萌え揃っている。

(1)の「春雨」はそもそも梅花の宴の歌には現れないものであるから今は措くとして、残りの二点はどうであろうか。実は、これも単純ではない。例えば『釈注』は(2)(3)と同様のことを指摘し、「歌の中身は対立関係にあり、追和の姿勢を取ってはいない」としているのに、一方では、当該歌と八一七歌とが「無縁ではない」という立場をとっている。『釈注』は「双方とも取り合わせの梅と柳とをうたい、しかも、柳を押し立てるようにしている点で相通う」という点を重視するからである。内容的な関連の有無と言っても、「追和」という概念をどう捉えるかによって、或いは歌のどのような点を重視するかによって、結論が変動してしまうおそれがあるのである。

鉄野昌弘氏は「追和の対象の歌から離れた立場にあって、自己の情を述べるのは、むしろ追和の歌として本来のあり方であろう」と述べ、「後追㆓和梅歌㆒四首」（5・八四九〜八五二）において既にそれが方法化されていることを指摘した上で、当該歌群が「後追㆓和梅歌㆒四首」の「強い影響下に成った」ことを論じている。[21] 従うべき見解であろう。ここで注目したいのはその追和の手法であるが、例えば、「後追㆓和梅歌㆒四首」の第二、第三首には、その手法が端的に現れている。

雪の色を奪ひて咲ける梅の花今盛りなり見む人もがも　（5・八五〇）

我が屋前に盛りに咲ける梅の花散るべくなりぬ見む人もがも　（八五一）

これらの歌に見える「見む人もがも」という表現は、鉄野氏が「美しく咲いた梅の花を前に、共に楽しむ相手もなく、空しく時を過ごす者の立場からなされたものであろう」と指摘する通りであるが（同論文）、こうした歌い方は、追和の対象である梅花の宴の歌々に単純に同調するものではない。一口に追和といっても様々な手法があることは既に諸家によって論じられてきたが、「後追㆓和梅歌㆒四首」のような方法も、追和の一形態として認めるべきであろう。つまり、過去の歌に触発された自己の感懐を、現在の自分の立場で詠むという追和の手法もあったのである。三九〇三歌はその手法を踏襲したものと考えられる。

三九〇三歌と八一七歌の問題に戻ろう。まず八一七歌の下の句「かづらにすべくなりにけらずや」に注目してみたい。事実としてみれば、梅花の宴の当日は一般的には梅でさえ満開であったかどうか疑わしい時期と言わざるをえない(22)。早咲きの梅もあるだろうから、梅を含めて全てが虚構だとは言い切れないが、さすがに「柳」は、ほころんでさえいなかったというのが実情ではなかったか。とすれば、八一七歌がその下の句で、「縵にするのにふさわしくなったではないか」と念を押すように歌っているのは示唆的である。むしろ実際にはまだ萌え出ていないからこそ、虚構の景を歌の中に構築し、それを一座の者に提示して、同意を求めているのではないだろうか。前述したように、梅に柳というのは、そもそも観念の中で構築された景であり、現実には少々無理のある組み合わせであったと推測される。八一七歌が梅に柳という取り合わせを虚構の中に作り上げたとき、そこには長屋王の詩宴さながらの風雅な世界が立ち現れることになったのであろう。

従って三九〇三歌は、八一七歌を受けて、「あなたがかづらにするのにふさわしいと言った柳、それは春雨によって早く萌え出た柳なのか、それともそうではなくて梅の花という友に遅れないで萌え出る常の物であるのか」と歌っているものと解される。つまり、「かづら」は歌われていないのではなく、言外の前提になっているのである。また、橋本四郎氏の言う「『縵』に仕立てることが可能な程度に萌え揃っている」柳というのが、どの程度の柳を想定しているのかは不明だが、三九〇三歌は、縵に仕立てるべきその八一七歌の柳を「萌えし柳」と理解しているのであり、そこに芽吹きの程度の違いを読み取る必要はあるまい。この歌は、あくまで八一七歌に対する感懐・感想を歌っているのであり、「問いかけるように唱和した」とする『全注巻第十七』（橋本達雄氏担当）の指摘が正しいのである。

　こうしてみると、三九〇三歌も梅花歌の特定の歌（5・八一七）に丁寧に追和したものと見てよさそうである。ここで注意すべきは、当該歌群の真意は巻五の歌と照らし合わせて読むことによって初めて明らかになるということであろう。それはこれらの歌の享受者が巻五の歌々を予め知っているという前提に立っているということを意味しているのであるが、考えてみれば当該歌群の題詞「追二和大宰之時梅花一新歌」というのも、「大宰之時梅花」という文字列によって巻五の「梅花歌三十二首」を読み手が当然想起するであろうという書きざまになっている。(23) つまり、当該歌群は明らかに巻五に連続するものとして提示されているわけであるが、これらが巻十七冒頭部に載録されていることは意味のあることとせねばなるまい。当該歌群のこのありようは、巻十七以下の四巻があくまで万葉集の一部であって、それ以前の巻と一体のものとして読まれるべく編まれているということを示唆しているのではないだろうか。(24)

　大切なことは、「梅柳」の歌の基盤とも言える漢風の交友観が、以後の歌日記において大きく展開していくということであろう。「梅柳」の語にしても、家持自身、「君が行きもし久にあらば梅柳誰と共にか吾がかづらかむ」（19・四二三八）という交友の歌に用いている。要するに家持は、「梅柳」を詠む自他の歌を歌日記に取り込むことで、巻五や巻六、巻十に載録される「梅柳」の歌に光を当てると同時に、それらの歌の表現する「交友」の世界が歌日記内部に展開していく様を示そうとしているのではなかろうか。これは本書第一部の諸論で確認した歌日記の方法と通底するものと言うべきであろう。

六　おわりに

以上、梅柳の歌が梅花の宴の関係歌に偏って現れることを手がかりに、三九〇三歌の歌日記における意義を考察した。梅花の宴における梅と柳の取り合わせは長屋王の詩宴を初めとする文雅の詩宴を意識したものであり、その背景には交友の文学への志向があったと考えられる。一方、三九〇三歌は、「柳が常に梅の花に遅れず萌え出る」という観念の景が梅花の宴の歌（5・八一七）の中に実現しているという、そのことに対する感動を歌っているのであるが、三九〇三歌が梅と柳の同時性をクローズアップし、詠嘆を込めて歌うのは、そうした交友への志向を反映したものにほかならない。梅を柳の「友」に見立てるのも、梅花の宴における交友の世界を二重写しにしているからであろう。

なお、この歌群では、当該歌だけでなく三九〇五歌にも「梅柳」が歌われているが、この歌も当該歌と同様、梅と柳を同時に折りかざすことに対する感動を歌っているのだと解される。梅に柳という理想的な組み合わせが

実現したならば、もはや思い残すことはない、という発想を前提としているのである。(25)

当該歌群は、こうした交友への志向を底流させている点で注目に値する。巻十七冒頭部にこのような歌群が配列されていることは、巻五の世界を引き継ぎつつ、池主たちとの交友を語るという、この後の巻十七の方向性を予告するものとして、極めて重要な意味を持っていると言うべきであろう。(26)

〔注〕

(1)『全釈』が書持作の可能性を指摘するまでは家持作を疑う説はなかったが、『全註釈』や『窪田評釈』が書持作としてからは、それが通説化した。但し、『私注』は家持作とする。

(2) 後述のごとく当該歌群は巻五における「後追㆓和梅歌㆒四首」(5・八四九～八五二)の影響下にあると考えられるが、このことは既に小野寛氏(「万葉集追和歌覚書—大宰の時の梅花に追和する新しき歌六首の論の続編として—」『論集上代文学』第一八冊、一九九〇・一〇)や、鉄野昌弘氏(「『追㆓和大宰之時梅花㆒新歌』六首をめぐって」『大伴家持「歌日誌」論考』二〇〇七、初出一九九八・五)に指摘がある。

(3) 巻十七冒頭歌群三十二首(三八九〇～三九二一)は伊藤博氏によって「後補的部分」と認定され、それが通説化していたが(「万葉集末四巻歌群の原形態」『万葉集の構造と成立』下、一九七四、初出一九七〇・六)、近年、伊藤論に対する検証が進む中で、この部分についても多くの論が提出されている。本書は、巻十七冒頭部が成立論的に「後補」であるかどうかは問題としていないが、この部分がその後の部分に比べて異質な要素を含んでいること自体は認めてよいと考えている。年紀に間断があるということは既に伊藤論文の指摘するところであるが、この巻十七冒頭部が、歌日記前半部(巻十七・十八)において「伝聞歌」を異例に多く採録する部分であるということ(本書第二部第一章「伝聞歌一覧」参照)も看過できない。詳細は別稿を期したいが、それらの「伝聞歌」(当該歌群を含む)が基本的に後に続く部分と内容的な関連を持っていることを考えると、この部分は歌日記の導入のような役割を果たしていると見るべきではなかろうか。注26参照。

(4) 橋本四郎「大伴書持追和の梅花歌」『橋本四郎論文集 万葉集編』一九八六、初出一九八三・一二、七六頁。

（5）橋本注4前掲書、八六頁。但し、氏は三九〇三歌の選択疑問は「内容的にすこぶるわかりにくいもの」であり、「万葉集中で特異なもの」であるとも述べている（同書七八頁）。
（6）例えば菊川恵三氏もB・Dの例を挙げている（「万葉の柳歌と漢詩の受容」『美夫君志』第四〇号、一九九〇・三）。
（7）柳絮とは白い綿状の種子の部分で漢籍ではしばしば雪に喩えられるが、日本の柳では柳絮の飛散という現象自体があまり一般的でないらしく、万葉集には用例が乏しい。小島憲之氏は、梅花の歌の一首（5・八二六）の「いかにか分かむ」について、「雪と柳、雪と梅との判別を意味するものではなからうか」と指摘し、柳絮を詠んだ作であることを示唆するが（「原拠論の周辺」『神田博士還暦記念書誌学論集』一九五七・一一）、そうだとすればほぼ唯一の作例ということになる。梅花の宴の歌にこうした漢詩的な発想に基づく歌があることは十分必然性があると考えられる。
（8）古沢未知男『漢詩文引用より見た万葉集の研究』（一九六六・七、七六頁以下）、辰巳正明「落梅の篇―楽府「梅花落」と大宰府梅花の宴―」『万葉集と中国文学』（一九八七、初出一九八四・一一）、中西進「六朝詩と万葉集―梅花歌をめぐって―」『論集上代文学』第一七冊（一九八九・八）など。
（9）菊川注6論文
（10）但し、院政期以後を中心として、梅と柳の歌は再び詠まれるようになるが、これはむしろ歌材の新奇さを古歌に求めた結果であろうと思われる。例えば、『袋草紙』下巻には特異な語を詠んだ歌の一覧（「詠₂異事₁歌」）が載録されるが、そこには梅と柳を取り合わせる梅花歌（5・八二一）やDの古今集歌などが挙げられている。Dの古今集歌を踏まえた作は、やや遡って『和泉式部集』や『公任集』など平安中期頃から散見される。
（11）『凌雲集』に三例（一八・五一・七一）、『文華秀麗集』に一例（一二九）ある。但し、『文華秀麗集』の例は梅と柳が文脈的に離れており、取り合わせとまでは言えないかもしれない。管見の範囲では、他にも『経国集』に十例（二十・九二・九三・九四・一二六・一三七・一六六・一七八・一七九・一八〇）、『新撰万葉集』の漢詩に六例（一六・一六二・二四〇・二四六・二七六・四三七）など、他にも広く用例が確認できる。漢詩の世界では梅に柳という発想は継承されていったと見られる。
（12）戸谷高明「『柳』についての考察」（『古代文学の研究』一九六五・三）や、菊川注6論文にも同様の指摘がある。
（13）辰巳正明「長屋王と作宝楼の文学」『万葉集と中国文学　第二』一九九三・五、三七二頁以下。
（14）大久保廣行「園梅の短詠と『懐風藻』」『筑紫文学圏論　大伴旅人　筑紫文学圏』一九九八、初出一九八六・三、三五三頁。

(15) 中西進「文人歌の試み―大伴旅人における和歌―」『中西進万葉論集第三巻』一九九五、初出一九八四・一二。

(16) この歌は九四八歌の反歌であるが、この長反歌が交友を志向する作であることについては拙稿参照（「大伴家持の春愁歌」『国文学研究』第一四三集、二〇〇四・六、本書第一部第五章）。

(17) 井実充史氏は、「君臣という身分的秩序を超越し友として平等な関係を取り結ぶ場として、私宴は開かれる」とし、その理念を「同志交遊」という用語で規定する（「君臣和楽と同志交遊と―『懐風藻』宴集詩考」『懐風藻　漢字文化圏の中の日本古代漢詩』辰巳正明編、二〇〇〇・一一）。井実氏は、長屋王の詩宴が公宴の要素を有することを認めつつも、その根底に「同志交遊」の理念があることを論じている。

(18) 辰巳正明氏は梅花の宴の歌が「望京歌群」であることを論じている（注8論文）。

(19) 三九〇三歌と同じ表記「登母」が「友」の意味になる確例としては、同じ巻十七の「…麻須良乎能《ますらをの》　登母伊射奈比弖《ともいざなひて》…」（家持「思二放逸鷹一夢見感悦作歌」17・四〇一一）が挙げられる。なお、近年の注では『全歌講義』が三九〇三歌の「ともに」を「友に」の意に解している。

(20) 橋本注4前掲書、八五頁以下。

(21) 鉄野注2前掲書、二〇一～二〇五頁。

(22) 『新編全集』は八二三歌の頭注で「太陽暦の二月八日に当る天平二年（七三〇）正月十三日に落梅が見られた可能性は少ない」と指摘し、「宴そのものが文学的虚構の産物である可能性が大きい」と述べている。二月上旬であれば梅が開花していた可能性はあり、本書では宴自体が虚構であるとまでは考えていないが、少なくとも柳が芽吹く時期ではないと言ってよいだろう。

(23) 巻十七冒頭歌群の「天平二年庚午冬十一月、大宰帥大伴卿被レ任二大納言一、兼レ帥如レ旧　上レ京之時、傔従等別取二海路一入レ京。…」という題詞も、巻三～巻六に載る大伴旅人の帰京に伴う歌々（3・四四六～四五〇、4・五六八～五七七、5・八七六～八八二、6・九六五～九六八など）との連続性を意識したものであろう。

(24) 市瀬雅之氏は、巻十七冒頭部三十二首（17・三八九〇～三九二一）がそれ以前の巻を意識させるような歌で編まれていることを指摘し、その冒頭部について「これ（「大宰府を中心とした歌世界」のこと・引用者注）を巻十六以前を振り返る契機としながら、巻十七が十六以前を引き受けて編まれた巻であることを示す」と述べている（「巻十七冒頭三十二首の場合」『万葉集編纂構想論』二〇一四、初出二〇一〇・三、一六九頁）。巻十七冒頭部がそれ以前の巻と歌日記とを接合する部分であることを具体的に指摘したものとして示唆に富む。

(25)『全注巻第十七』（橋本達雄氏担当）によれば、三九〇五歌は、八二一歌を承けて「あなたが『飲みての後は散りぬともよし』などとおっしゃるのは、『柳梅を折りかざして飲んでしまったら、もう何の心残りもないからでしょうか』と応じたもの」だという。この理解が基本的に正しいと思われる。

(26)鉄野氏は巻十七冒頭部について「その歌々は、『歌日誌』部分に繋がるように選択されていると見られる」とし、主題的に「越中時代の孤独と交友」や「書持の死」と「明らかに連続的である」と述べている（「大伴家持論（前期）」注2前掲書、初出二〇〇二・五、四五三〜四頁）。また、村瀬憲夫氏も、最近の論文で「書持のこの梅花宴歌への追和歌は、越中時代そして越中後の家持の追和（追同）歌へのプロローグをなしていると言ってよいだろう」と述べている（「書物を紡ぐ大伴家持―万葉集巻十七冒頭部歌群をめぐって―」『文学・語学』第二一七号、二〇一六・一二）。いずれも従うべき見解であろう。

第三章　射水郡の駅館の屋の柱に題著せる歌

――題壁と駅――

一　はじめに

射水郡駅館之屋柱題著歌一首

朝開き入江漕ぐなる楫の音のつばらつばらに吾家し思ほゆ　（18・四〇六五）

右一首、山上臣作。不レ審レ名。或云、憶良大夫之男。但其正名未レ詳也。

右の歌（以下、当該歌）は、題詞によれば「射水郡の駅館の屋の柱」に記してあった歌だという。柱や壁に歌を記すということ自体は後世の文献にも散見するが、当該歌はその最も古い例であると同時に、「駅」の柱に記してあったという点において注目に値する。

しかし、より大きな問題は、当該歌が家持によって巻十八に採録されたものであるらしいというところにある。左注によればこの歌の作者は「山上臣」であって家持ではない。しかもこの左注の書き手と目される家持は、作者の「正しき名」を知り得なかったのであるから、この歌が詠まれた場に同席していたとは考えられない。家持が第一次の制作の場に直接関わったことが確認できないこのような歌（便宜的に「伝聞歌」と呼ぶ）(1)は末四巻には少なくないが、家持歌日記の様相を呈する末四巻に、こうした歌が採録されていることをどう考えるべきであろうか。

もちろん、たとえ伝聞歌であっても、家持の同席する宴で披露された歌や、家持が自ら追和した歌、或いは自ら蒐集のプロセスを記した歌などは、ひとまず家持の生きた日々に関わるものと理解してよいだろう。しかるに当該歌は、「射水」という地名が家持との関わりを連想させるものの（後述）、家持の直接的な関与を示す記載が題詞・左注に一切見られないという点において、伝聞歌の中でも位置づけの難しいものに属する。

本章では、当該歌の表現の特質を題詞・左注と併せて検討し、この歌が末四巻に採録されていることの意義について考察してみたい。

二　楫の音

当該歌の上三句は序詞であるが、聴覚的な推定を表す「なり」が用いられていることからも、作者は駅館の中で楫の音を聞き、入江に漕ぎ出す舟の様子を想像したものと認められる。『全釈』が言うように、題詞の「射水の郡の駅館」が兵部式にいうところの亘理の駅であり、越中第一の要港である亘理の湊に面していたのだとすれば、船を漕ぐ音が駅館の中まで聞こえてきても不思議ではない。

但し、当該歌のように「楫の音」を序詞として望郷の念を歌うものとなると、古い時代の歌には確例を見出せない。楫の音を歌うこと自体は古くは七夕歌などに見えるが、多くは「楫の音聞こゆ」という形で彦星の船出を表すものである。例えば人麻呂歌集の「吾が背子にうら恋ひ居れば天漢夜船漕ぐなる楫の音聞こゆ」（10・二〇一五）のごとくである。この表現が旅先の景の描写に用いられたものとしては、笠金村の「海人娘子棚なし小舟漕ぎ出らし旅の宿りに楫の音聞こゆ」（6・九三〇）や、山部赤人の「朝なぎに楫の音聞こゆ御食つ国野嶋の海人の船にしあるらし」（6・九三四）などが比較的古い例（いずれも神亀二年）として挙げられるが、これらにしても聖武天皇の難波宮行幸に伴う宮廷讃歌であり、海人の奉仕を描写することで天皇を讃美するものであろうから、やはり望郷の歌とは言い難い。

なお、「楫の音聞こゆ」は一種の慣用句であるが、集中八例のうち七夕歌が四例（二〇一五・二〇二九・二〇四四・二〇六七…いずれも巻十）、難波宮讃歌が三例（前掲九三〇・九三四のほか、田辺福麻呂歌集の一〇六二…いずれも巻六）という偏りを見せる。難波宮は諸国の船が往来する難波堀江の至近に位置しており、近くには浜も広がっていたので、実際に「楫の音」が聞こえてくることもあったと考えられるが、その「音」を難波宮の「景」を構成する一要素として捉えたところにこれら難波宮讃歌の新しさがあったものと思われる。「堀江」を往来する船の「楫」はしばしば歌に詠まれているが（7・一一四三、12・三一七三、20・四三三六、20・四三六〇、20・四四五九、20・四四六〇、20・四四六一）、このうち四例（傍線）に「楫の音」が詠み込まれている。これらの中には作歌年次不明の作もあるが、いずれにしても聖武による難波宮再興以後の歌と考えるのが穏当であろう。赤人や金村らの難波宮讃歌が端緒となり、難波の地を訪れる官人にとって「楫」や「楫の音」を詠むことが一つの型となっていったのではないだろうか。

このように「楫」や「楫の音」が旅先の「景」として認識されるようになると、序詞に「楫」を詠み込む作や望郷を主題とする作も現れてくる。とはいえ、巻十六以前においては例の多いものではないが、例えば、

松浦舟騒く堀江の水脈早み楫取る間なく思ほゆるかも　（12・三一七三）

漁りする海人の楫の音ゆくらかに妹は心に乗りにけるかも　（12・三一七四）

などは、「楫」「楫の音」を序とするものであり、「羈旅発思」に配列されているところからすれば編者はこれらを望郷の歌と見ているのであろう。特に前者は難波堀江での作であることが注意される。また、巻十五の遣新羅使人歌には旅先で耳にした「楫の音」を詠むものが三首ほど見えるが（三六二四・三六四一・三六六四）、このうち「暁の家恋しきに浦廻より楫の音するは海人娘子かも」（15・三六四一）などは「楫の音」を望郷の念に結び付けて詠んだものと認められる。遣新羅使もまた難波を起点に新羅に向かう官人であり、難波と無縁ではない。「楫の音」を序詞に用いたり、望郷の念と結び付けたりする発想は、主に難波を訪れる官人たちの間で試みられ、その周辺に拡大していったもののようである。

　万葉集の中で楫の歌が右のような展開を見せていることを考えると、当該歌はそうした楫の歌の比較的新しいバリエーションの一つとして位置づけられることになる。看過できないのは、この歌の「つばらつばらに（都波良都婆良尓）」という表現が、ほかならぬ大伴旅人の望郷歌、「浅茅原曲曲二《つばらつばらに》も思へば故りにし郷し思ほゆるかも」（3・三三三）に拠っているらしいということである。「委曲毛《つばらにも》」（1・一七）とか、「都婆良可尓《つばらかに》」（19・四一五二）などという形はあるが、「つばらつばらに」は当該歌と旅人の歌にしか現れない。つまり当該歌は、難波宮讃歌以来の流れを持つ「楫の音」という歌語を序詞に据え、その「音」を「つばらつばらに」という旅人歌の表現と結び付けることによって、望郷という主題を効果的に導き出しているのである。[2]

　注意すべきは、当該歌のように「楫」を序詞に詠み込む歌は、巻十六以前には四例しかないのに対し（前掲三一七三・三一七四のほか、二七四六・三五五五）、末四巻には以下のごとく七例もあるということである。

①　淡路嶋門渡る船の楫間にも吾は忘れず家をしそ思ふ　（17・三八九四）

②　白浪の寄する磯廻を漕ぐ船の楫取る間なく思ほえし君　（17・三九六一）
③　香嶋より熊来をさして漕ぐ船の楫取る間なく京師し思ほゆ　（17・四〇二七）
④　垂姫の浦を漕ぐ船楫間にも奈良の我家を忘れて思へや　（18・四〇四八）
⑤　当該歌　（18・四〇六五）
⑥　防人の堀江漕ぎ出る伊豆手船楫取る間なく恋は繁けむ　（20・四三三六）
⑦　堀江より水脈さかのぼる楫の音の間なくそ奈良は恋しかりける　（20・四四六一）

右の七例のうち旅人の傔従の歌（①）と当該歌（⑤）を除く五例は全て家持の歌であり、かつ②を除く全てが望郷・望京の歌である（波線部参照）。②は池主の帰任の際の宴歌であり、望郷の歌ではないが、その発想においては他の六首と大きく異なるところはない。また、⑦などは「難波堀江」の「楫の音」を詠むものであり、万葉の楫の歌の掉尾を飾るものとして誠にふさわしい。

こうしてみると、これら七首が共通の方向性を持つことは明らかだが、そもそも末四巻にこの種の歌が偏るのは、一つには家持が自作・他作を問わずこうした歌を積極的に末四巻に採録していたからではないだろうか。当該歌が巻十八に採録されていることについても、まずはその表現が家持の志向するものと合致していたからと考えるべきであろう。

なお左注は、「或云」として当該歌の作者「山上臣」が憶良の子息である可能性を伝えているが、ここにも当該歌を採録した家持の関心の所在が見え隠れしている。「つばらつばらに」が旅人歌の語彙であることは前述したが、この特徴的な言い回しが筑紫歌壇への連想を誘ったことは想像に難くない。家持が憶良との関連において当該歌を記録し、巻十八に採録したのは、筑紫歌壇への連想が働いたこととも無関係ではないと考えられる。

三　柱歌と題壁詩

ところで、当該歌の題詞にはこの歌が「駅館」の「屋の柱」に「題著」(3)されていたとあるが、このような記載は万葉集では他に例を見ない。ここには、それを書き記すことに何らかの意味を認める編者家持の姿勢を読み取るべきではないだろうか。『古典全集』に「『題』は壁や柱などにものを書きつけること。漢詩の詩題に多い」とあるように、漢詩には壁などに詩を書きつける「題壁」の習慣があり、それが詩の発表形態の一つとなっていたことが知られている(4)。田野慎二氏も指摘するように、「家持はこの万葉歌を『題壁詩』の一種と捉えていた」のであろう(5)。

但し、柱に書かれていたというだけで題壁詩との類似を問題にするのはやや早計と思われる。初めに述べたように、柱や壁に書き付けられた歌（以下「柱歌」）自体は、平安朝以降の文献には比較的多く見受けられるが、これらを全て題壁詩の影響下に詠まれたと考えることには無理があるからである。

確かに柱歌の中には漢籍と類似する事例も認められる。例えば、「田舎へ下りける人のもとにまかりたりけるに、侍らざりければ、家の柱に書き付けける」（後拾遺・四六三詞書）のように、訪問先の住人が不在であったために、その住居に詩歌を書き付けるという例は漢籍にも散見するが、既に田野氏は、邵陵王蕭綸の「入二茅山一尋二桓清遠一、酒題レ壁詩」（『先秦漢魏晋南北朝詩』梁詩巻二十四）を挙げ(6)、その制作事情について右の後拾遺歌との類同性に言及している(7)。「和歌を建築物に書きつけるようになった背景には、『題壁詩』の存在が関係している」という田野氏の見通し(8)は、きっかけの一つという意味においては恐らくその通りであろう。

だが、柱歌の全てを題壁詩との関連で考えられるかという難しい側面もあり、柱や壁に書くという以上の共通性を指摘できないケースも多い。例えば、寺社参詣に際して建物に歌を書き付けることは平安朝以降次第に恒例化していったようであるが、中には明らかに神への奉納、願掛といった日本的な観念が見え隠れするものもあり（千載集・神祇一二七〇などはその典型的な一例）、一概に漢籍との影響関係を言うことには慎重にならざるをえない。(9)

つまり、柱や壁に歌を書き付けるようになったきっかけの一つに題壁詩があったことは認められるものの、柱歌の中には必ずしも題壁詩の影響と言えないものも少なからず見受けられるということである。いったいに平安朝の柱歌を見ていくと、その内容は意外なほど多様であるということに気づかされるが、(10)柱歌の作歌事情が様々なのは、柱に歌を書くという行為の応用範囲がそれだけ広かったということであろう。題壁詩を意識していると認められるような事例は、柱歌全体の中では一部にとどまると見るべきではなかろうか。

四　題壁詩と「駅」

では、家持が当該歌を題壁詩の枠組みで捉え、「題著」と記したのは、いかなる理由によるものであろうか。ここではまず、当該歌が「駅」の柱に記されていたという点に着目したい。というのは漢詩にも「駅」と「題壁」とが交叉する次のような例があるからである。

a

途中寒食、題ニ黄梅臨レ江駅一、寄ニ崔融一。
馬上逢ニ寒食一、途中属ニ暮春一。
可レ憐江浦望、不レ見洛陽人。
北極懐ニ明主一、南溟作ニ逐臣一。
故園腸断処、日夜柳条新。

b

題ニ大庾嶺北駅一
陽月南飛雁、伝聞至レ此迴。
我行殊未レ已、何日復帰来。
江静潮初落、林昏瘴不レ開。
明朝望レ郷処、応レ見ニ隴頭梅一。

c

至ニ端州駅一、見ニ杜五審言・沈三佺期・閻五朝隠・王二無競題レ壁、慨然成レ詠。
逐臣北地承ニ厳譴一、謂到ニ南中一毎相見。
豈意南中岐路多、千山万水分ニ郷県一。
雲揺雨散各翻飛、海闊天長音信稀。
処処山川同瘴癘、自憐能得ニ幾人帰一。

いずれも『宋之問集』巻二に載るもので、宋之問が神龍元年（七〇五）に左遷された折の作と推定されている。(11)道中の駅に次々に記していったものであろう。cの詩題によれば、共に左遷され、各地に散り散りになった友人たちが駅の壁に詩を残し、その壁がメッセージボードとなって作者に伝わったという事情が看取される。aの詩題にも「崔融に寄す」とあり、実際にこの詩に和した崔融の詩（「和三宋之問寒食題二黄梅臨レ江駅一」『全唐詩』巻六十八）が残されているが、崔融も共に左遷された一人であるから、駅の壁を通してのやりとりがあったものと見てよいだろう。こうしたやりとりが成立していることから見て、駅の壁に詩を書き付けるという習慣は初唐にはかなり一般化していたと推測される。

「駅」は、官人が往来する際の拠点であることから、友人や、その他、官人に向けて詩を発表する場の一つになっていったのであろう。右に掲げた宋之問の例は左遷時のものであり、やや特殊なケースかとも疑われるが、例えば後の白居易の詩にも「毎レ到二駅亭一先下レ馬、循レ牆繞レ柱覓二君詩一」（「藍橋駅、見二元九詩一」『白氏文集』巻十五）とあり(12)、友人などが目にすることを予期して駅の柱や壁に詩を書き付けるということは、決して特殊なことではなかったと考えられる。

場の問題と併せて本書が着目するのは、これらa〜cの波線部に、当該歌と同様、望郷（望京）の念が読み取れるということである。特に、これらの詩が水辺の景を描写しつつ、それを望郷の念に結び付けていることには注意しておきたい。a詩の「憐れむべし江浦の望、見ず洛陽の人」という対句は典型的だが、b詩の「江静かにして潮初めて落ち」や、c詩の「海闊く天長くして」なども、水辺の景を描くという点で共通している。これらの詩が詠まれた駅はいずれも川に面していたものと思われるが、(13)当該歌もまた海浜に面した「射水郡の駅館」で詠まれたものであり、内容的にも、入り江を漕ぐ舟を描きつつ、それを序として望郷の念を詠むというものである。当該歌とこれらの詩との間には、「駅」に書き付けられたという状況だけでなく、発想の面でも通底するものがあると言えよう。

但し、和歌と漢詩という相違に加え、宋之問の詩は左遷時の作であるという事情もあって、当該歌とこれらの詩の表現が完全に重なるわけではない。「南溟逐臣と作る」（a）、「逐臣北地に厳譴を承け」（c）のように、放逐された自分の境遇に言及したり、「何れの日か復た帰り来たらむ」（b）、「能く幾人か帰るを得めや」（c）のように、いつ帰れるかわからない身の上を嘆いたりするのは、左遷という状況が深く関わっていよう。

それにもかかわらず、本書がこれらの詩と当該歌との比較を試みるのは、万葉集に左遷や配流に関わる歌が少なからず採録されており[14]、こうした折の作が当時の人々に共感を持って享受されていたと考えられるからである。官命によって旅を余儀なくされる立場にあった律令官人にとって、左遷や配流の歌に見られる悲別・望郷といった心情は、自らの旅におけるそれと本質的には重なり合うものとして理解されていたのではないだろうか[15]。巻十五に至っては遣新羅使人の歌と中臣宅守の配流をめぐる歌が巻を二分して採録されているわけであるが、公使の派遣に伴う歌と流謫の地に赴く旅の歌とが一つの巻に共存していること自体、編者が両者の抒情に通い合うものを見ていることの証左であろう。先に掲げたような左遷の詩が旅の詩の一類型として受容される素地は十分にあったと思われる[16]。

ところで、題壁という発表形態や左遷という状況を別にしても、そもそも「駅」と望郷とは結びつきやすいものであった。以下、初唐詩文における「駅」の例を掲げよう[17]。二重線を付したものは、詩題（「餞」「別」）から離別に関わる詩文であることがわかる例である。

d

白下駅、餞二唐少府一　王勃

下駅窮交日、昌亭旅食年。
相知何用レ早、懐抱即依然。
浦楼低二晩照一、郷路隔二風煙一。
去去如何道、長安在二日辺一。

（『王子安集注』巻三）

e

江寧県白下駅、呉少府見レ餞序　王勃

…嗟乎、九江為レ別、帝里隔二於雲端一、五嶺方踰、交州在二於天際一。方厳二去軸一、且レ対二窮塗一。白露下而蒼山空、他郷悲而故人別。請開二文囿一、共写二憂源一。人賦二一言一、倶題二四韻一云尓。[18]

（『王勃詩序』）

f

寒食。江州蒲塘駅。　宋之問

去年上巳洛橋辺、今年寒食廬山曲。
遥憐鞏樹花応レ満、復見呉洲草新レ緑。
呉洲春草蘭杜芳、感レ物思レ帰懐二故郷一。
駅騎明朝発二何処一、猿声今夜断二君腸一。

（『宋之問集』巻一）

g

深渡駅　張説

旅宿青山夜、荒庭白露秋。

洞房懸㆓月影㆒、高枕聴㆓江流㆒。
猿響寒巌樹、螢飛古駅楼。
他郷対㆓揺落㆒、併覚㆑起㆓離憂㆒。
（『張説之文集』巻八）

h　還至㆓端州駅㆒。前与㆓高六㆒別処。　張説

旧館分江口、悽然望㆓落暉㆒。
相逢伝㆓旅舎㆒、臨㆑別換㆓征衣㆒。
昔寄山川是、今傷人代非。
往来皆此路、生死不㆑同㆑帰。
（『張説之文集』巻八）

　これらの例の波線部も、やはり望郷ということと無縁ではない。「物に感じて帰るを思ひ故郷を懐ふ」（f）などは明瞭に望郷の念を詠んでいるが、「郷路風煙を隔つ」（d）、「帝里は雲端に隔たり…他郷に悲しみて故人に別る」（e）、「他郷揺落に対ひ、併せて離憂起こるを覚ゆ」（g）なども、都を意識しているという点では共通する。「駅」は、都との往来を前提にした施設であることから、まずは望郷と結び付きやすい場だったのではないだろうか。もちろん望郷というのは漢詩一般で扱われることの多い主題であるし、また、駅の詩に必ず望郷の念が詠まれるというわけでもないが、駅を舞台とする詩文に望郷の念を表現するものが多いことは認めてよいだろう。偶然であろうが、ここに挙げた詩文も多くは水辺の駅での作であり、「浦楼晩照を低《た》れ」（d）、「高枕江流を聴く」（g）のように、「江流」や「浦楼」といった景が望郷の念に関わるものとして描写される例も認められる。

以上、宋之問の題壁詩を中心に「駅」の詩を瞥見したが、これによれば、当該歌は題詞だけでなく内容的にも漢詩の表現と重なる部分のあることが知られる。とりわけ旅先の水辺の景を望郷の念に関連させて描くという発想が「駅」の詩に散見することは注意される。家持が当該歌を「題著歌」と捉えたのは、こうした発想上の類似に加え、「駅」の柱に書き付けられていたというところに、他の歌には見られない題壁詩との近縁性を見出していたからではないだろうか。(19)

五　「駅」の文芸

なお、漢詩において「駅」が何故「題壁」の舞台になりうるのかと言えば、「駅」が文芸の場としての側面を有していたからであろう。前節に掲げたｄ・ｅ・ｈの詩文の二重線部からは、駅が離別の舞台になっていたことがうかがわれるが、ｄ・ｅは王勃の作品であり、これらの題に「餞」と明記されていることも見逃せない。盛唐詩に範囲を広げれば更に多くの例を指摘できるが、駅は離別に関わる文芸の場として機能することも多かったようである。

実は万葉集の「駅」もその傾向と無縁ではない。当面する巻十八の例のほかに、万葉集の題詞・左注には駅（「駅家」）が六例見えるが、(20)このうち鎮懐石の位置を示す注記（5・八一三〜四題詞）を除くと、残る五例は以下の通りである。

①（神亀）五年戊辰、大宰少弐石川足人朝臣遷任、餞二于筑前国蘆城駅家一歌三首　（4・五四九～五五一題詞）

②…于レ時稲公等以二病既療一、発レ府上レ京。於レ是大監大伴宿祢百代、少典山口忌寸若麻呂、及卿男家持等、相二送駅使一、共到二夷守駅家一、聊飲悲レ別、乃作二此歌一。　（4・五六六～七左注）

③大宰帥大伴卿被レ任二大納言一、臨二入レ京之時一、府官人等餞二卿筑前国蘆城駅家一歌四首　（4・五六八～五七一題詞）

④大伴君熊凝者、肥後国益城郡人也。年十八歳、以二天平三年六月十七日一、為二相撲使某国司官位姓名従人一、参二向京都一。為レ天不レ幸、在レ路獲レ疾、即於二安芸国佐伯郡高庭駅家一身故也。…　（5・八八六～八九一序）

⑤大宰諸卿大夫并官人等、宴二筑前国蘆城駅家一歌二首　（8・一五三〇～一題詞）

全て神亀の末から天平の初めにかけての筑紫関係の用例であり、明らかに旅人を中心とする大宰府文化圏の歌に偏っている。また、④を除く四例までが「蘆城駅家」「夷守駅家」といった大宰府周辺の駅における宴歌であること、とりわけ①～③が餞宴での作であることに注意しておきたい。このうち①と③は題詞に「餞」と記されているが、「餞」は漢籍の用語であり、駅と餞宴を結び付けようとすること自体、漢籍の世界を和歌の世界で体現しようとする姿勢の表れにほかならない(21)。原資料の偏りを考慮するにしても、右の例によれば、旅人にゆかりのある筑紫の官人達が「駅」を文芸の場に見立て、そこで文雅の宴をしばしば催していたということは読み取ってよいだろう。なお、②の宴席に家持が同座していたこと（波線部）には注意すべきで、駅を歌の場と見る筑紫の文芸思潮に家持が接していたことは銘記しておく必要がある。

④は他の用例とはやや趣を異にする。これは憶良が熊凝になりかわって詠んだ「敬和下為二熊凝一述二其志一歌上六首」の序であるが、熊凝が死に臨んで歌を作ったという舞台が「駅」に設定されているところが興味深い。この歌が大宰大典麻田陽春の「大伴君熊凝歌二首」（5・八八四～五）に和した作であることを考え合わせると、「駅」を歌の場に見立てるこうした設定は、少なくとも筑紫の官人達には共有されうるものであったと判断されよう。近年飯泉健司氏は、風土記における説話の伝播という視点から「駅家」が地方文芸の拠点となっていたことを論じているが、(22)④の憶良の事例も「駅」を拠点とした文芸の交流を示唆するものではないだろうか。(23)

ところで、こうした「駅」の文芸とも言うべき世界は、詩歌に関してはさほど広がりを持つものではなかったと考えられる。というのは、平安朝まで視野を広げても、「駅」での感興を詠み込んだ作となると、極めて限定的な範囲にしか用例を見出せないからである。以下、平安前期の漢詩の例を掲げよう。

a　…雖レ聴二山猿助レ客叫一、誰能不レ憶二帝京春一。（嵯峨天皇「河陽駅経宿、有レ懐二京邑一」『凌雲集』一一）

b　今宵旅宿江村駅、漁浦漁歌響二夜亭一。…（嵯峨天皇「江亭暁興」『凌雲集』一二）

c　…不分瓊瑶屑、来霑二旅客巾一。（菅原清公「冬日汴州上源駅逢レ雪」『凌雲集』七一）

d　…駅門臨二迴陌一、亭子隠二高葩一。…（仲雄王「奉レ和二春日江亭閑望一首一」『文華秀麗集』五）

e　去歳故人王府君、駅楼執レ手泣相分。…（菅原道真「到二河陽駅一、有レ感而泣」『菅家文草』二三七）

f　離レ家四日自傷レ春、梅柳何因触処新。為問去来行客報、讃州刺史本詩人。（菅原道真「題二駅楼壁一」『菅家文草』二四三）

aの詩題の「河陽の駅」というのは、山陽道・南海道の起点でもある山崎の駅を、晋の潘岳が県令として赴任した河陽県に擬したものであるが（いわゆる「河陽一県の花」の故事による）、c・fを除く四例がいずれもこの山崎の駅での作であるということに注意したい。嵯峨天皇は度々この付近に遊猟に出かけており、この山崎の駅を行宮とすることもあったが（『日本後紀』弘仁二年閏十二月十四日、同四年二月十六日）、交通の要衝であるだけでなく、詩壇の中核をなす嵯峨天皇が行宮としていたというような事情もあって、ここで詩宴が行われることもあったのだろう。(24)

興味深いのは、aは天皇の御製であり、しかも遊猟の折の作であるにもかかわらず、望郷を主題とした詩になっているということである（波線部）。いかに望郷ということが一般的なテーマであるとしても、京都近郊の山崎において、わざわざ「駅」を詩題に据え、望郷の念を詠むというのは、やはり漢籍に倣ったことによるものではないだろうか（山崎の駅も水辺の駅であったことが注意される）。

cは遣唐使として渡唐した菅原清公が「汴州の上源の駅」で作ったものである。波線部は直接には雪が旅客の手巾《ハンカチ》を濡らすということだが、旅愁による涙を暗示するものであり、故国への思いが背景にあるものと見られる。

勅撰三集以外では道真に二例ほど見られるが、特にfは明石の駅（自注に「到㆓播州明石駅㆒」とある）の壁に記したものであり、題壁詩であることが目を引く（左遷された任国に戻る際の作であり、前節に掲げた宋之問の題壁詩と状況が類似する）。波線部に「家を離れて四日、自ら春を傷む」とあり、ここにも望郷の念がうかがわれるが、注意されるのは次の波線部「為に問へば去来する行客報ふ」という部分である。(25)梅や柳が道中の至る所でどうしてこんなに新鮮に見えるのか、それを「去来する行客」に尋ねてみる、というのである。文飾もあるにせよ、ここには駅路を往来する官人同士の、文雅をめぐるやりとりの様が読み取れる。なお、『大鏡』（時平）によれば、道真が大宰府に左遷される折に「駅長莫レ驚時変改、一栄一落是春秋」と詠じた場所も「明石の駅家《むまや》」ということになっている。

一方、やや時代が下ると、『大和物語』に次のような例が見える（本文は『新編全集』による）。

この在次君（中略）心あるものにて、人の国のあはれに心ぼそきところどころにては、歌よみて書きつけなどなむしける。小総《をふさ》の駅《うまや》といふ所は海辺になむありける。それによみて書きつけたりける。

わたつうみと人や見るらむあふことのなみだをふさに泣きつめつれば

また、箕輪の里といふ駅にて、

いつはとはわかねどたえて秋の夜ぞ身のわびしさは知りまさりける

とよみて書きつけたりける。（中略）

この在次君のひと所に具して知りたりける人、三河の国よりのぼるとて、この駅どもに宿りて、この歌どもを見て、手は見知りたりければ見つけて、いとあはれと思ひけり。（第百四十四段）

駅のどこに書き付けたかは書かれていないが、駅舎が媒体となって歌が他者に伝わっている点、そしてその歌が旅愁を詠むものである点において、漢籍の例と通うところがある。

しかし、『大和物語』以降、こうした例は影を潜めてしまう。(26) 以後に「駅」で詠まれた和歌が絶無というわけではないが、(27) 漢籍の影響は見出し難く、万葉歌との関連もないとすべきであろう。そもそも「駅」が舞台になっていることを明示する詩歌は十世紀以前においても決して例の多いものではない。既に見たように、場所も大宰府周辺の駅か山崎の駅、明石の駅に集中している。それぞれ大伴旅人・嵯峨天皇・菅原道真といった特定の人物に深い関わりを持つことは言うまでもないが、これによれば駅を文芸の場に見立てる試みは、漢文学に造詣の深い一部の文人を中心とする限定的な範囲に留まったと見るべきであろう。

もちろん、これは駅で詠まれた詩歌が他になかったということを意味しているわけではない。実際には駅で詠まれたのに、その事情が題詞等に記されていないというケースもあると考えられるからである[28]。駅での作であることをわざわざ題詞や詩題に書き記すということは、単に駅で詩歌を作るというのとは全く別の次元に属する営為であり、駅を文芸の場に見立てるという点において、漢籍の教養に基づく文学表現の一つだったのである。家持が当該歌を採録するにあたり「駅」に注意を払っているのは、かかる「駅の文芸」を意識しているからではないだろうか。

六　当該歌の採録

さて、初めに述べたように、本章の問題意識は、「伝聞歌」である当該歌が末四巻に採録されていることをどう捉えるべきかというところにあるが、この問題を考える際に、避けて通れないのが伊藤博氏の論であろう[29]。氏は当該歌を「伝聞歌」ではなく、家持が宴で披露したものと考えるのであるが、その根拠は当該歌の巻十八における配列にある。

(a)　田辺福麻呂の餞宴の歌（四〇五二〜五）
(b)　福麻呂伝誦歌（元正上皇の難波堀江遊覧の歌、四〇五六〜四〇六二）
(c)　家持が後に「橘の歌」に追和した歌（四〇六三〜四）

(d)　当該歌（四〇六五）

伊藤氏は、このうち(c)については「後追和」の作であることをもって「ひとまず追放することができる」とし、残る(a)(b)(d)については同じ宴席で披露されたものと推測する。すなわち福麻呂が(a)の宴席において(b)の元正関係歌を披露したのに対し、家持が(d)の「古歌」（当該歌）を披露して和したというのである。[30] だが、果たしてこの配列からそのようなことが読み取れるのであろうか。(c)が挿入されていることは、むしろ当該歌と(a)(b)との断絶を示しているとも言えてしまうのではないか。

しいて言えば、(b)の福麻呂伝誦歌は元正上皇の難波堀江における船御遊の折の歌を含んでいるから、本章第二節の考察によれば「堀江」が「楫」の歌と響き合っていると言えなくもないが、それは同一の場で披露されたことを証するほどの緊密な結びつきとは言い難い。そもそも日次無記の伝聞歌の場合、採録にあたって前の歌と響き合うような位置に配列するという程度の操作はありうるのではないだろうか。伝聞歌はその多くが伝聞の日次に従って配列されているが、[31] だからといって採録の経緯を何も記さない当該歌のごとき伝聞歌まで一様にそうであるという保証はない。[32] 伝聞の時期と無関係に、最も効果的な位置を狙って当該歌を配列したということは十分に考えられる。

重要なのは、題詞や左注からは宴席で披露されたというような事情が全く読み取れないということである。その痕跡（例えば伝誦者注記のような）すら認められない。このように、第一次の制作の場に家持の関わったことが確認できない作を、本書はおしなべて「伝聞歌」と呼ぶ立場をとっている（参照、本書第二部第一章）。もちろん、家持の同席する場で詠まれたのに、その事情が題詞・左注に記されていないために「伝聞歌」に見えるという場合も、可能性としてはあるだろう。しかし、その可能性も考慮に入れた上で、その総体を便宜的に「伝聞歌」と呼んでいるのである。題詞・左注に従って「伝聞歌」を一度客観的に認定し、その上で、各々の「伝聞歌」が万葉集の中でいかなる意義を担わされているかを検証すべきだと考えるからである。

当該歌に話を戻せば、この歌がどこかで披露されたものかどうかということは、結局のところ不明とせざるをえない。しかし注目したいのは、既に述べてきたように、題詞・歌・左注のいずれの面から見ても、当該歌が家持の関心に沿ったものだということである。

家持が「駅」を文芸の場に見立てる筑紫の文芸思潮に直に接していたことは前節で述べたが、その思潮の背景にあるのは漢詩文の教養であり、家持が当該歌を題壁詩の枠組みで捉えるのも、大きくは漢詩文の世界を和歌で体現しようとした父旅人の世界を継承しようとするものであろう。「つばらつばらに」という当該歌の表現が旅人の歌を想起させたことは想像に難くないし、当該歌の作者「山上臣」に左注が少なからぬ関心を示しているのも、家持が筑紫歌壇へと思いを馳せたことを示唆している。また、第二節で述べたように、当該歌が「楫」を序とする望郷の歌であるということも家持の志向するものによく適っている。当該歌の表現世界が家持のそれと重なることを思えば、家持が深い共感を持って当該歌を巻十八に採録したことは万葉集から十分に読み取れることではないだろうか。

大切なのは、当該歌を巻十八のこの位置に置いて読んだ時に何が浮かび上がってくるかということである。例えば題詞に見える「射水」という地名にしても、末四巻を読み進めてきた者にとっては、それが家持の生活圏に属することは自明のことであり、駅が国司の管轄であることを考え合わせれば、その至近に暮らす国守大伴家持に思いを致すことは困難なことではない。また当該歌は、遠く越中の地にあって遥かに楫の音を聞き、しみじみ家郷を偲ぶものであるが、それこそはこの時の家持の心情を代弁するものであったに違いない。前述のごとく、(33)

福麻呂の餞宴で当該歌が披露されたというような状況までは読み取れないが、福麻呂の帰京を語る歌群の後に当該歌が配されることで、都への思いが効果的に表現されているということは確かであろう。

万葉集が編者により集成された「撰集」であるという視点に立つならば、むしろこれらのことは、末四巻の編者である家持がそう読み取れるように仕組んだことと考えるべきではないだろうか。つまり、当該歌はこの時の家持の心情や関心の所在を語るべくここに採録されているのではないかということである。

七　おわりに

以上の考察によれば、当該歌は明確な意図を持ってここに配列されたものと考えるべきであろう。第二部第一章（「万葉集末四巻の伝聞歌」）でも述べたように、歌日記と目される末四巻に伝聞歌が採録されるのは、その時点での家持自身の心情や関心の所在を語ろうとしているからだと見通されるが、当該歌も同様の理由から採録に至ったものと推測される。「題壁」「駅」といった漢詩的な道具立てや、筑紫歌壇を想起させる諸々の要素に関心を示しつつ、家郷を偲ぶ歌に共感を寄せる――そのような自らの姿を描き出そうとしたところに、当該歌採録の真意があったのではないだろうか。

〔注〕
（1）　伝聞歌全体の見通しについては拙稿参照（「万葉集末四巻の伝聞歌―家持歌日記の方法―」『美夫君志』第七八号、二〇〇

九・三、本書第二部第一章）。

（2）ちなみに漢詩にも「楫」と望郷の念を結び付けるものが見受けられる。「旅人嗟二倦游一、結レ纜坐二春洲一。日暮江風静、中川聞二棹謳一。…単艫時向レ浦、独楫乍乗レ流。…客心自有レ緒、対レ此空復愁。」（梁何遜「春夕早泊、和二劉諮議落日望水一」『何遜集校注（修訂本）』巻二）や、「…江童暮理レ楫、山女夜調レ砧。此時故郷遠、寧知遊子心。」（初唐王勃「深湾夜宿」『王子安集注』巻三）などはその一例であるが、特に何遜の詩は聴覚によって舟を描き出し（「聞二棹謳一」）、入り江を漕ぐ舟に目を向ける（「単艫時向レ浦」）という点において、当該歌と類似する。

（3）「題著」の「著」は動詞に附属する俗語的な助辞であるという（小島憲之『上代日本文学と中国文学』中、一九六四・三、八二五頁以下）。

（4）参照、鈴木修次『唐詩　その伝達の場』一九七六・一〇、一三五頁以下。

（5）田野慎二「和歌を柱に書きつけるとき―「題壁詩」の影響と柱信仰とに注目して―」『人間研究論輯』第一号、二〇〇一・一二。

（6）同様の例としては、晋馬岌「題二宋織石壁一詩」（『先秦漢魏晋南北朝詩』晋詩巻十五）や、初唐宋之問「使至二嵩山一、尋二杜四一不レ遇。慨然復傷二田洗馬・韓観主一、因以題レ壁、贈二杜侯杜四一。」（『宋之問集』巻一）が挙げられる。

（7）田野注5論文

（8）田野注5論文

（9）寺社参拝に伴う柱歌について、加畠吉春氏は「中国の題壁詩のように、一つの文化として社会的に公認され、そこから作品が流布していく状況とは大きく異なっていた」と述べている（「題壁詩と和歌」『和漢比較文学』第四一号、二〇〇八・八）。

（10）平安朝の柱歌については、田野注5論文、加畠注9論文のほか、岩原真代氏の論も参照（「『真木柱』によせる和歌―柱歌の系譜と住環境から―」『日本文学』第五五巻第九号、二〇〇六・九）。

（11）本文及び年次の推定は『沈佺期宋之問集校注』（中華書局、中国古典文学基本叢書、陶敏・易淑瓊校注）による。『宋之問集』は『日本国見在書目録』に見え、上代に伝来していた可能性は高いと思われる。なおａ詩は『芸文類聚』（巻四・寒食）、『初学記』（巻四・寒食）にも載るが、いずれも後半を欠く。

（12）田野氏は、この白居易の詩を挙げた上で、「『駅』は、交通の要衝で、題壁の舞台の一つであったが、『万葉集』にも、駅の柱に望郷の和歌を書きつけた例がある」として巻十八の当該歌にも触れている（注5論文）。

（13）a詩は題に「臨ㇾ江駅」とある。また後に掲げる張説の詩によればc詩の「端州駅」も川辺にあったことが知られる。

（14）麻績王（1・二三～四）、軽太子（2・九〇）、石上乙麻呂（6・一〇一九～一〇二三）、穂積老（13・三二四〇～一）、中臣宅守（15・三七二三～八五）などはその一例。但し、これらには本人以外の歌も含まれている。

（15）例えば、家持が家郷の妻への思いを詠んだ「恋緒を述ぶる歌」に「…寝る夜おちず夢には見れど…」（17・三九七八）とあり、その反歌に「ぬばたまの夢にはもとな相見れど直にあらねば恋やまずけり」（17・三九八〇）とあるが、これは越前に流された中臣宅守の歌に「思ひつつ寝ればかもとなぬばたまの一夜も落ちず夢にし見ゆる」（15・三七三八）とあるのを主に意識していよう。

（16）ちなみに『新唐書』（巻二百二・宋之問伝）によれば、宋之問は則天武后にその才を認められ、武后の寵臣張易之に付き従っていたが、武后の退位に伴って張易之が失脚したために左遷されたのだという。また、沈佺期と共に「沈宋」と並び称せられ、左遷先で詠んだ詩が都で愛唱されるほどの人気詩人であったともいう。養老元年（七一七）の遣唐使が渡唐した折には宋之問は既に死を賜り世を去っていたが（七一二年頃）、武后の失脚（七〇五年）はまだ生々しい記憶とともに語り継がれていたであろうから、当代きっての著名詩人であった宋之問の噂が遣唐使の耳に入ることもあったのではないだろうか。臆測の域を出ないけれども、養老元年か天平五年（七三三）の遣唐使あたりが左遷にまつわるエピソードと共にその詩を日本に伝えたという可能性は十分に考えられよう。

（17）g・hは張説（六六七～七三〇）の例である。張説は初唐から盛唐にかけて宮廷で活躍した詩人であるが、『日本国見在書目録』に「張説集十巻」とあり、没年（七三〇）から考えると、その詩が上代に伝来していた可能性はやはり考慮すべきだろう（参照、芳賀紀雄「典籍受容の諸問題」『万葉集における中国文学の受容』二〇〇三、初出一九九四・七、二一五頁）。

（18）この詩序の本文は正倉院蔵の『王勃詩序』残簡によった（この残簡の全文を収載する平成七年正倉院展図録の写真版を用いた）。なお、『王子安集注』では題を「江寧呉少府宅餞宴序」に作るが、この詩序は王勃が父を訪ねて交州へ赴く途中の作と考えられるので、「見ㇾ餞」と受身に作る正倉院本の題の方が正しいと考えられる（参照、『正倉院本王勃詩序訳注』二〇一四・九、日中文化交流史研究会編、四〇七頁）。

（19）当該歌の作者山上臣が漢詩を踏まえていたかどうかはまた別の問題だが、当該歌と「楫」の詩との類似（注2参照）を考えると、あるいは漢詩の影響を考慮すべきかもしれない。

(20) 歌語としての「駅家（うまや）」は東歌に一例見えるのみ（14・三四三九）。

(21) 参照、拙稿「万葉集の餞宴の歌―家持送別の宴を中心として―」『国語と国文学』第八八巻第六号、二〇一一・六、本書第一部第三章。

(22) 飯泉健司「循環する説話―流通させる者」『播磨国風土記神話の研究―神と人の文学』二〇一七、初出二〇一〇・四、及び二〇一〇・一二。

(23) 例えば熊凝を引率していた相撲使から駅に情報がもたらされ、それが痛ましい話として説話化し、駅を往来する官人の情報網に乗ったというようなことではなかったか。

(24) 参照、小島憲之「弘仁期文学より承和期文学へ―嵯峨天皇を中心とする応制奉和の詩賦をめぐって―」『国語国文』第三四巻第九号、一九六五・九。及び、井実充史「河陽文学の初発―『凌雲集』河陽関連作品の考察―」『福島大学教育学部論集 人文科学部門』第七一号、二〇〇一・一二。

(25) この句の解は小島憲之・山本登朗『日本漢詩人選集1 菅原道真』（一九九八・一一）による。

(26) 天暦以降、駅制は急速に衰退していったと見られるが（参照、田名網宏『古代の交通』一九六九・一一）、その過程で駅が文芸の場として機能することも激減したものと推測される。

(27) これ以後の和歌における「駅」の例としては、「東路のむまや」（古今六帖一一〇三）、「すはうに侍るかつまのむまや」（元輔集四二、子の日の歌）、「一志のむまや」（新古今・神祇一八八一）、「甲賀のむまや」（新勅撰・雑一三〇八、伊勢の勅使の歌）などが挙げられる（但し題詠を除く）。

(28) 例えば万葉集巻十八には大伴池主が「深見の村」から家持に送った歌が二度にわたり採録されているが（四〇七三～五及び四一三二～三）、後者の書簡には「依㆘迎㆓駅使㆒事㆖」とあるので、これらは恐らく能登への道を分岐する深見の駅で詠まれたものと推測される。

(29) 伊藤博「万葉集末四巻歌群の原形態」『万葉集の構造と成立』下、一九七四、初出一九七〇・六。なお、以下の論述については、本書第二部第一章も参照。

(30) 伊藤注29前掲書、二九一頁以下。

(31) 注1拙稿参照。
(32) そもそも、国府の最寄りの「駅館の屋」（中枢の建築物であろう）の柱に記されていたというのに、越中に赴任して一年半以上を経過したこの時点で家持が初めて知ったと見るのは、無理があるのではないか。
(33) 廐牧令20に「凡そ駅伝馬は、年毎に国司検簡せよ」とある（令の番号・訓読は思想大系『律令』による）。

第四章　万葉集巻二十における伝聞歌の採録

——天平勝宝七歳防人歌をめぐって——

一　はじめに

家持歌日記の性格を持つ万葉集末四巻の中でも、巻二十は家持以外の作者の歌をとりわけ多く収載するという点において、一筋縄ではいかない側面を持っている。既に本書は、末四巻におけるいわゆる「伝聞歌」の問題を取り上げ、それらの歌が総体として家持の興味・関心の所在を示しているという趣旨のことを述べてきたが(1)、巻二十における伝聞歌の多さはそれだけでは説明のつかない部分があるように思われる。そもそも巻二十はその巻頭歌からして伝聞歌であることが目を引くが、歌数から見ても半数以上が伝聞歌であり、その数は他巻を圧倒している(2)。巻二十がかくも積極的に伝聞歌を採録していることをどう捉えるべきであろうか。

本章では巻二十における最大の伝聞歌群である天平勝宝七歳の防人歌（20・四三二一～四四二四、以下「勝宝七歳防人歌」）を中心に、その採録のありようを検討することで、この問題について考えてみたい(3)。

二　問題の所在

巻二十において、伝聞歌は巻頭の天平勝宝五年から天平勝宝九歳（天平宝字元年）に至る各年次に散在し、家持歌と伝聞歌の混在というありようは巻二十の一つの特徴であることが注意される。言ってみれば、巻二十は伝聞歌の隙間に家持歌が点在するという様相を呈しているのであるが、防人歌群を含む巻二十の中盤（天平勝宝七歳）はとりわけその傾向が顕著であると言えよう。本章で問題にする範囲を示せば以下のごとくである。

天平勝宝七歳乙未二月、相替遣二筑紫一諸国防人等歌

二月六日　遠江国防人歌（20・四三二一〜四三二七）
七日　相模国防人歌（四三二八〜四三三〇）
①八日　家持「追二痛防人悲別之心一作歌」（四三三一〜四三三三、防人関係長歌A）
②九日　家持独詠短歌（四三三四〜四三三六、防人関係短歌）
九日　駿河国防人歌（四三三七〜四三四六）
九日　上総国防人歌（四三四七〜四三五九）
③十三日　家持「陳二私拙懐一一首」（四三六〇〜四三六二）
十四日　常陸国防人歌（四三六三〜四三七二）
十四日　下野国防人歌（四三七三〜四三八三）
十六日　下総国防人歌（四三八四〜四三九四）

④　十七日　家持独詠短歌（四三九五～四三九七）
⑤　十九日　家持「為二防人情一陳レ思作歌」（四三九八～四四〇〇、防人関係長歌B）
　　廿二日　信濃国防人歌（四四〇一～四四〇三）
　　廿三日　上野国防人歌（四四〇四～四四〇七）
⑥　廿三日　家持「陳二防人悲別之情一歌」（四四〇八～四四一二、防人関係長歌C）
　　廿九日　武蔵国防人歌（四四一三～四四二四）
イ　日次無記　昔年防人歌（四四二五～四四三二）
　　〔左注〕右八首、昔年防人歌矣。主典刑部少録正七位上磐余伊美吉諸君抄写、贈二兵部少輔大伴宿祢家持一。
⑦　三月三日　検二校防人一勅使并兵部使人等、同集飲宴作歌（四四三三～四四三五）
ロ　日次無記　昔年相替防人歌（四四三六）
　　日次無記　先太上天皇御製霍公鳥歌・薩妙観応レ詔奉レ和歌（四四三七・四四三八）
　　日次無記　冬日幸二于靫負御井一之時、内命婦石川朝臣応レ詔賦レ雪歌（四四三九）
　　〔左注〕…右件四首、上総国大掾正六位上大原真人今城伝誦云尓。年月未レ詳
ハ　日次無記　上総国朝集使大掾大原真人今城、向レ京之時、郡司妻女等餞之歌（四四四〇～四四四一）
⑧　五月九日　兵部少輔大伴宿祢家持之宅集飲歌（四四四二～四四四五）

傍線を付したもののうち、①～⑥が家持の独詠歌、⑦⑧は家持歌を含む宴歌である（以下、本章のマル番号とイ～ハの符号は右の一覧による）。勝宝七歳防人歌とイ～ハがいわゆる伝聞歌であるが、これによれば、巻二十のこの辺

りは伝聞歌の占める割合が圧倒的だということが見て取れよう。巻二十の伝聞歌の約七十七％が防人歌で占められている（「昔年防人歌」「昔年相替防人歌」を含め九十三首）ということも特筆に値する。防人歌群を伝聞歌としてどう捉えるかというのは、巻二十、ひいては歌日記の理解に深く関わっているのではないだろうか。

但し、勝宝七歳防人歌を伝聞歌と捉えることは決して自明のことではない。というよりも、従来、これらの歌を伝聞歌として捉える視点はなかったと言っても過言ではない。「伝聞歌」という用語自体は伊藤博氏の著名な論文に拠ったもの(4)であるが、伊藤氏の関心は主に資料の原形態やその保管の状況といったところにあり、視点を異にしているために、そもそも伝聞歌として認定している歌の範囲が本書とは大きく異なる（参照、本書第二部第一章）。伊藤氏は防人歌群を伝聞歌とは全く別個に論じているが、これは恐らく、防人歌が大枠としては公文書の形を取って進上されているために、他の伝聞歌とは資料的様態が異なるということによる判断なのであろう。勝宝七歳防人歌が公文書を思わせるような左注を伴っていることは事実であり、その点からすれば、これらを宴席で耳にした古歌などと無条件に同一視できないことは言うまでもないし、書面で提出されたと見られる勝宝七歳防人歌を「伝聞歌」と捉えることに、あるいは異論を唱える向きもあるかもしれない。

しかし、本書の関心は、家持歌日記の様相を呈する万葉集末四巻に、家持ならざる作者の歌が少なからず採録されていることをどう考えるかというところにある。端的に言って、勝宝七歳防人歌は、家持の歌ではないし、家持を意識して詠まれたものでもない。家持はそれらを人づてに——部領使を通じて——入手し、巻二十に採録しているのである。とすれば、公文書か私信か、あるいは、文書で入手したのか、口頭で聞いたのか、といったことは一度捨象して、他の伝聞歌との共通点に目を向けてみることも必要ではあるまいか。

ここで着目したいのが、題詞や左注といった編纂に関わる記載である。後述するように、伝聞歌の題詞左注には、その歌の蒐集や編纂のプロセスについて言及したものが散見するが、勝宝七歳防人歌の左注にも同様の記載が見られるからである。言ってみれば、そこには歌集を編む家持自身の姿が表現されているということになるが、このような題詞左注にこそ伝聞歌の位置づけを考える手がかりがありはしないだろうか。

三　勝宝七歳防人歌の左注

右のような視点から、本節では勝宝七歳防人歌の左注のうち、採録事情に関わる記述を持つものについて検討する。以下、代表的なものとして遠江・駿河・信濃の三国の左注を掲げよう[5]。なお、他の国の左注は――国名の位置や拙劣歌の歌数表示の有無等に小異はあるが――概ねaと同じ書きざまになっている。

a　二月六日、防人部領使遠江国史生坂本朝臣人上。進歌数十八首。但有二拙劣歌十一首一不二取載一之。（四三二一～四三二七左注・遠江国）

b　二月七日、駿河国防人部領使守従五位下布勢朝臣人主。実進九日。歌数廿首。但拙劣歌者不二取載一之。（四三三七～四三四六左注・駿河国）

c　二月廿二日。信濃国防人部領使、上レ道、得レ病不レ来。進歌数十二首。但拙劣歌者不二取載一之。（四四〇一～四四〇三左注・信濃国）

これを見ると、確かに前半部は公文書の形を取っているように見えるが、拙劣歌不載の旨を記した部分（傍線部）は通説のごとく家持の手によるものと見るべきであろう。提出期日に二日のずれがあったことを示す記載

（bの波線部）や、部領使が病気のため難波に来なかったことを語る記載（cの波線部）なども、もとの提出文書にあったものとは考えにくく、伊藤氏の言うように、家持の加筆した注記である可能性が高いと思われる(6)。但し、本書はその原資料としての性格を論じようとしているわけではない。問題なのは、国名と日付を除き、これらの情報は防人歌の理解に不可欠なものとは言いがたいということである。仮に原資料にこれらの覚え書きがあったのだとしても、それが削除されることなく万葉集に取り込まれているということに、いかなる意味があるのだろうか。

ここで、万葉集末四巻において、勝宝七歳防人歌の左注と同様に、伝聞の時期あるいは伝聞歌採録の事情を語っていると見られる題詞左注を通覧しておきたい(7)。

1　右、年月所処、未レ得二詳審一。但随二聞之時一、記二載於茲一。（17・三九一五左注）

2　古歌一首 大原高安真人作 年月不レ審。但随二聞時一、記二載茲一焉。（17・三九五二題詞）

3　右一首歌者、幸二於芳野宮一之時、藤原皇后御作。但年月未二審詳一。
十月五日、河辺朝臣東人伝誦云尓。（19・四二二四左注）

4　右件歌者、伝誦之人、越中大目高安倉人種麻呂是也。但年月次者、随二聞之時一、載二於此一焉。（19・四二四〇～七左注）

5　右件二首、天平勝宝四年二月二日聞レ之。即載二於茲一也。（19・四二六〇～一左注）

6　右、天平勝宝五年五月、在二於大納言藤原朝臣之家一時、依レ奏レ事而請問之間、少主鈴山田史土麻呂、語二少納言大伴宿祢家持一曰、昔聞二此言一、即誦二此歌一也。（20・四二九三～四左注）

7　右八首、昔年防人歌矣。主典刑部少録正七位上磐余伊美吉諸君抄写、贈二兵部少輔大伴宿祢家持一。

（20・四四二五〜四四三二左注）

1・2・4・5には、伝聞歌は家持が聞いた日に従って配列するという原則が語られている（波線部）。伝聞歌は家持の生きた時間の中に取り込まれることで家持に関わるものとして示されているということである。一方、1と5を除き、歌を伝えた者の名前まで記されていることが注意される（2は左注に「右一首、伝誦僧玄勝是也」とある）。これらのうち、3以外の人物が家持の関係者であることは明瞭であるが、3についても、例えば『新編全集』が「河辺東人が越中に下り家持に逢った時に伝えたことをいうか」と注を付けているように、この左注が、そういう事情を読者に推測させるような効果を持っていることは間違いない。これらは伝聞歌蒐集の事情と共に、家持の交友関係をも語っていると見るべきではなかろうか。伝聞歌は作者未詳であるケースも多いが、そういった作も、原則として家持ゆかりの人々と共に取り込まれ、日付順に配列されることによって、家持の生きた時間の中に位置づけられているのである[8]。

このように、伝聞歌蒐集のプロセスの中に家持周辺の人物が登場するのは、歌の蒐集という営みの中心に家持がいるということを暗に物語るものであろう。先に見た勝宝七歳防人歌の左注も、その意味では伝聞歌採録の事情を語る他の題詞左注と同じ範疇に属するものと見るべきではなかろうか。防人部領使と兵部少輔たる家持との間に職務上の関係以上のものはなかったかもしれないが、それにしても、当該の左注が、防人歌蒐集のプロセスを語る文脈の中で、家持とその周辺人物の交流を伝えていることは間違いない。

さて、ここで注意したいのは、巻二十に入ると記載内容に若干の変化が見られるということである。前掲の6は巻二十冒頭歌群の左注であるが、次にその歌群の全体を掲げよう。

幸㆓行於山村㆒之時歌二首

先太上天皇詔㆓陪従王臣㆒曰、夫諸王卿等、宣㆘賦㆓和歌㆒而奏㆖。即御口号曰、
あしひきの山行きしかば山人の我に得しめし山づとそこれ　（20・四二九三）

舎人親王応㆑詔奉㆑和歌一首
あしひきの山に行きけむ山人の情《こころ》も知らず山人や誰　（四二九四）

右、天平勝宝五年五月、在㆓於大納言藤原朝臣之家㆒時、依㆑奏㆑事而請問之間、少主鈴山田史土麻呂語㆓少納言大伴宿祢家持㆒曰、昔聞㆓此言㆒、即誦㆓此歌㆒也。


題詞により先太上天皇（元正）と舎人親王の唱和であることが知られる。(9) 舎人親王の歌はいわゆる応詔歌であるが、応詔や君臣唱和という歌のあり方が家持の志向に適うものであることは既に何度か述べてきた通りである。(10)

この歌群の左注（6）はそれ以前の1～5に比べても非常に詳しく書かれていることが目を引く。天平勝宝五年五月、藤原仲麻呂の邸にいた時、孝謙天皇に奏上するにあたって「請問」をしていた合間に、下僚である山田土麻呂が家持に語ったというのである。土麻呂が文書を提供したのではなく、口頭で誦詠したということまで記載されているが、ここには歌をめぐる家持と土麻呂の交流が生き生きと描かれているとすべきだろう。

7は「昔年防人歌」八首の左注である。既に伊藤氏が指摘するように、勝宝七歳防人歌の左注に見える「進」が縦の関係を示すのに比べ、この左注に「贈」とあるのは横の関係を示すものと考えられる。(11) 家持に対して個人的な関係において贈っているということであるが、これは先の6における山田土麻呂のケースと類似する。ちなみに、「抄写」とある以上、諸君が個人的に所蔵する何らかの文献資料があって、そこから抜き書きしたものと考えるべきであろう。

さて、問題なのは、これら6・7の左注が提供する情報も、伝えられた歌そのものの理解には直接関わらない

ということである。成立論的な視点から見ればこれらは原資料の来歴を語るものと捉えられることになるのかもしれないが、「歌日記」が単に資料の出所を示すためだけにこれらを記しているとは考えにくい。特に「在㆓於大納言藤原朝臣之家㆒時、依㆑奏㆑事而請問之間」（6の傍線部）などは家持に関わる極めて個人的な情報に過ぎず、これが原資料の来歴を語る上で必須の情報であったとは思われない。

　要するに、6や7は、それ以前の巻の伝聞歌の左注と比べても、格段に詳しく家持のプライベートな事情を語っているということなのである。内容的にも家持以外の第三者が忖度しうる内容とは考えにくく、家持の自記と見るほかはあるまい。そこには歌を蒐集する家持自身の姿を記し留めようとする意識が垣間見える。6に至っては巻二十冒頭歌群の左注であることが注意されるが、このような歌群を冒頭に据えていること自体、巻二十が家持による歌の蒐集をクローズアップし、主題化しようとしていることを端的に示すものであろう。

　勝宝七歳防人歌の左注も同様のものとして理解すべきではなかろうか。「実進九日」や「信濃国防人部領使、上㆑道、得㆑病不㆑来」といった、防人歌そのものの理解には直接関わらないような情報が記されているのも、それらによって家持の体験した蒐集の一場面を語ろうとしているからだと思われる。つまり、こうした情報があえて切り捨てられることなく取り込まれているのは、「歌日記」が蒐集のプロセスを含めて伝聞歌を読ませようとしているからであろう。末四巻の編者たる家持は、蒐集の主体である自らの存在を示しつつ、自身を中心とした歌集編纂の営為をも描き出そうとしているのである。

四　大原今城関係歌群

さて、その観点から、本節では「昔年相替防人歌一首」（20・四四三六）を伝誦した大原今城のケースを考えてみたい。大原今城は歌日記に最も多く伝誦歌を残している人物であり、集中においては、今城自身の歌が八首なのに対し、彼が伝えたと見られる他人の作は十首に及ぶ（参照、【伝聞歌一覧】本書二一五頁）。「歌日記」ではロ（20・四四三六〜九）の左注が今城の名の初見である。以下、大原今城に関わる一連の部分（ロ・ハ・⑧）を掲げよう。

ロ

昔年相替防人歌一首

闇の夜の行く先知らず行く我をいつ来まさむと問ひし子らはも　（20・四四三六）

先太上天皇御製霍公鳥歌一首　日本根子高瑞日清足姫天皇也

ほととぎすなほも鳴かなむ本つ人かけつつもとな我を音し泣くも　（四四三七）

薩妙観、応レ詔奉レ和歌一首

ほととぎすここに近くを来鳴きてよ過ぎなむ後に験あらめやも　（四四三八）

冬日幸二于靫負御井一之時、内命婦石川朝臣応レ詔賦レ雪歌一首　諱曰二邑婆一

松が枝の地につくまで降る雪を見ずてや妹が隠りをるらむ　（四四三九）

于レ時水主内親王寝膳不レ安、累日不レ参。因以二此日一太上天皇勅二侍嬬等一曰、為レ遣二水主内親王一賦レ雪作レ歌奉献者。於レ是、諸命婦等不レ堪レ作レ歌而、此石川命婦独作二此歌一奏之。

右件四首、上総国大掾正六位上大原真人今城伝誦云尓。年月未レ詳

ハ　上総国朝集使大掾大原真人今城、向レ京之時、郡司妻女等餞之歌二首

足柄の八重山越えていましなば誰をか君と見つつ偲はむ　（20・四四四〇）

立ちしなふ君が姿を忘れずは世の限りにや恋ひわたりなむ　（四四四一）

⑧　五月九日、兵部少輔大伴宿祢家持之宅集飲歌四首

我が背子が屋戸のなでしこ日《ひ》並べて雨は降れども色も変はらず　（20・四四四二）

右一首、大原真人今城。

ひさかたの雨は降りしくなでしこがいや初花に恋しき我が背　（四四四三）

右一首、大伴宿祢家持。

我が背子が屋戸なる萩の花咲かむ秋の夕は我を偲はせ　（四四四四）

右一首、大原真人今城。

即聞二鶯哢一作歌一首

うぐひすの声は過ぎぬと思へどもしみにし心なほ恋ひにけり　（四四四五）

右一首、大伴宿祢家持。

ロの左注を見ると、「右の件の四首は、上総国大掾正六位上大原真人今城伝誦してしか云ふ　年月未だ詳らかならず」（波線部）とあるのみで、この歌群を誰に対して「伝誦」したのかは左注の情報だけでは判断がつかないが[12]、内容的に見て、これらも家持に対して披露されたものと見てよいだろう。[13]また、後述するように、この後に続くハや⑧との関連を考えると、この左注も単に資料の来歴を示すためだけに記載されているとは考えがたい。恐らくこれも、今城による古歌の「伝誦」という、歌の蒐集に関わる一場面を描くことによって、今城との文芸上の

交流を伝えているのではなかろうか。

ハは今城が任国上総国を発つときの「郡司妻女等」による餞宴の歌であるが[14]、この歌の題詞に、「上総国の朝集使」(傍線部)とあることに注意したい。軍防令に、

○凡そ兵士以上は、皆歴名の簿二通造れ。並に征防遠使の処所顕せ。…一通は国に留めよ。一通は年毎に朝集使に附けて、兵部に送れ。(軍防令14)

○…其の国郡の器仗は、年毎に帳を録して、朝集使に附けて、兵部に申せ。(軍防令42)

とあるが、これによれば、朝集使は防人の名簿や武器の帳簿を持って上京し、それを兵部省に提出する義務を負っていたことがわかる[15]。朝集使は種々の公文書を持って十一月一日までに上京し、翌年の五月か六月頃に任国に帰るものであったが[16]、今城はこの任務を負って上京中だったのである。五味智英氏はこれらのことを踏まえ、今城が難波の家持を訪問し、三月三日の宴でロやハを披露したのではないかと推測しているが[17]、難波を訪れたかどうかまでは確認できないにしても、今城と家持が職務上の接点を持っていたことは認めてよいだろう。つまりハは、ロの四首を伝誦した「上総国大掾正六位上大原真人今城」なる人物について、彼が朝集使として上京中であることを補足的に語ることによって、兵部少輔たる家持との関係を説明しているのである。

ハに続いて載録されるのが⑧である。第三首の今城の歌に「花咲かむ秋の夕は我を偲はせ」とあることからすると、諸家の説くようにこれらは今城の帰任に伴う餞宴における歌々と見られるが[18]、その帰任ということも⑧を見ただけではわからないということに注意したい。前にハがあることにより初めて今城が一時帰京している事情が了解されるという次第なのである。ちなみに、この宴歌は家持と今城の唱和のみから構成されるが、四首いずれも季節の風物にことよせて相手への思いを表明するものである。第四首の題詞に「即聞二鶯哢一」とあり、この

場で折しも季節外れの鶯が鳴いたということが知られるが、これは季節の風物に関心を寄せるこの宴席の雰囲気を臨場感と共に伝えるものと言ってよいだろう。つまり⑧は、家持と今城の風雅な交流を物語るものとしてここに配置されているのである。

このように、ロ・ハ・⑧は、家持と今城の交流を語るものとして一連の歌群を形成していると認められる。また、ロの最初に「昔年相替防人歌」が配されていることや、その後に続くハと⑧が上総国朝集使としての今城の動静を有機的に語っていることを考えると、これらの配列が偶然によるものとは考えにくい。これら今城関係歌群は、家持による防人歌の蒐集という文脈の中で巻二十に取り込まれているのではないだろうか。

五　「防人歌巻」をめぐって

ところで従来の研究には、勝宝七歳防人歌を一連のものと見て、この部分を取り出して考えようとする傾向があったように思われる。この歌群の直後に「昔年防人歌」（イ）が配列されていることをもって、このイまでを防人歌群として扱うことも行われてきた。

例えば伊藤氏は、巻二十における防人歌群の範囲を、勝宝七歳防人歌（20・四三二一～四四二四）から、イの「昔年防人歌」（20・四四二五～四四三二）までと考えて立論している。伊藤氏は、直前の「諸国防人歌」に日付があり、「昔年防人歌」に日付がないことをもって、「家持の手許にあっては、諸国防人歌と昔年防人歌とは同居していたと見てよい」とし、家持の手許にあった「写本もしくは下書の防人歌巻」には「昔年防人歌」が「付録的につながれていた」ということを推測するのである。[19] ちなみに、後に発表された論文では更に考えを進め、その「〃防人歌巻〃とも称すべき歌集」には家持の独詠歌（①～⑥）も初めから含まれていたということを推測している。[20]

確かに、日付の有無（伊藤氏の言う「○＋×」構造）を念頭に配列の様相を見るならば、勝宝七歳防人歌とイを一括りにするという見方には一定の説得力があるようにも見える。しかし、その場合、ロにも「昔年相替防人歌」（20・四四三六）が含まれているということをどう考えればよいのだろうか。日付の有無のみによって歌群の範囲を区切ろうとすると、この場合、内容面でかみ合わない部分が出てきてしまうのではないか。

但し、本書は「防人歌巻」のような「歌集」が存在したかどうかを問題にしているわけではない。万葉集以前にそのような歌集があったかどうかは、現時点では恐らく検証不可能な事柄であろう。それより問題なのは、家持歌と混在する形で、現に巻二十に組み込まれている勝宝七歳防人歌を、イの後（あるいは前）で区切って読むことにどれほどの意味があるのかということである。そのように狭い範囲で防人歌を捉えてしまうと、見えにくくなってしまうことがありはしないだろうか。

例えば、勝宝七歳防人歌と混在する家持独詠歌のうち、防人と直接の関係を持たないように見える④などは、その好例であろう。これなどは、伊藤氏の言う「防人歌巻」の範囲で考えようとすると、なかなかに説明の難しいものであるが、後に続く⑦と共に、難波における家持の動静を語る歌群として理解すべきではないだろうか。

④

独惜㆓龍田山桜花㆒歌一首

a　龍田山見つつ越え来し桜花散りか過ぎなむ我が帰るとに　（20・四三九五）

独見㆓江水浮漂糞㆒、怨㆓恨貝玉不㆑依作歌一首

b　堀江より朝潮満ちに寄るこつみ貝にありせばつとにせましを　（四三九六）

在㆓館門㆒見㆓江南美女㆒作歌一首

c　見渡せば向つ峰の上の花にほひ照りて立てるは愛しき誰が妻　（四三九七）

右三首、二月十七日、兵部少輔大伴家持作之。

⑦

三月三日、検㆓校防人㆒勅使并兵部使人等、同集飲宴作歌三首

d　朝な朝な上がるひばりになりてしか都に行きて早帰り来む　（20・四四三三）

右一首、勅使紫微大弼安倍沙美麻呂朝臣。

e　ひばり上がる春へとさやになりぬれば都も見えず霞たなびく　（四四三四）

f　ふふめりし花の初めに来し我や散りなむ後に都へ行かむ　（四四三五）

右二首、兵部使少輔大伴宿祢家持。

既に諸注が指摘するように、陰暦二月十七日の独詠歌aと、三月三日の宴席歌fは、両者相まって家持の難波滞在の時期を語るものと考えられる。これらによれば桜の花の咲き始めに難波にやってきて、散った後に帰るということになるのであろう。d歌やe歌で「ひばり」が詠まれていることにより、難波滞在中の季節の推移が具体的に示されているということにも注意したい。そもそも⑦は「防人を検校する勅使と兵部の使人等」による宴歌であり、防人と関連する歌群であることが明示されている。少なくとも巻二十においては、④と⑦とは関連を持って配列されているのではなかろうか。

また、a歌によれば、龍田山の麓を通ってやってきたという、難波往復の道筋まで示されている。b歌によれば、家持が「堀江」を実際に訪れ、満潮の流れに乗って塵芥が逆流してくるという光景を目の当たりにしたことがうかがわれる。c歌によれば④を詠んだ二月十七日には、なお難波の桜は美しく咲いていたらしい。要するに

④の三首は、題詞を併用しつつ、難波における「兵部少輔大伴家持」（左注）の動静を、桜の花の咲き誇る春のうららかな情景（c歌）と共に、語ろうとしているのではないだろうか。

仮に伊藤氏の言う「防人歌巻」のごとき独立した歌集があり、その中に④などが含まれていたということになれば、その内容が何らかの形で防人歌の抒情と関わっている必要がありそうだが、そのように狭い範囲で考えようとすると、④の位置づけは見えにくくなってしまうのではなかろうか。伊藤氏は、④について「三首は、連鎖の反応をもってまとまりを見せる上に、はるかなる望郷の念をきわめて美しく造型しえている。これは、まぎれもなく、望郷の念を主題にした、作品である」と述べ、「望郷の念」という点から防人歌との関連を考えているが、[21]仮に望郷ということと全く無縁ではないにしても、防人歌に歌われる深刻な望郷の念とはなお逕庭があると言うべきであり、④と防人歌の抒情を重ねようとすることにはやはり無理があると思われる。[22]

そうではなく、もう少し広い範囲で万葉集巻二十を捉え、全体としては歌を蒐集する家持の姿が描き出されているのだと考えてはどうか。④に即して言えば、この歌群があることによって、家持がいかにして難波を訪れ、いかにして過ごしていたかが具体的に示されているということを見逃すべきではあるまい。④が詠まれた「二月十七日」（左注）に家持が防人歌を蒐集しつつあったことは前後の配列から明らかだが、とすれば、④は、防人歌蒐集の当事者たる家持が、難波でいかにあったかということを挿話的に語るものと理解すべきではないだろうか。前述のごとく、④は⑦と相まって難波における家持の動静を物語るものであるが、このことは防人歌群をもっと広い範囲で捉えることを読み手に求めているとさえ言えるだろう。

こうしてみると、少なくとも巻二十においては、一連の歌群をイの「昔年防人歌」の前や後で区切って読むことには必然性が乏しいと言わざるをえない。確かに、勝宝七歳防人歌が分量的に見て巻二十の大きな部分を占めているとは事実であるが、これを独立した歌集のように捉えるわけにはいかないと思われる。

しかし、それでは「昔年相替防人歌」（20・四四三六）を含むロまでが「防人歌群」なのかと言えば、事はそう単純ではない。ロの四首のうち防人に関わるのは最初の一首だけだからである。また、前節で見たように、大原今城関係歌群という括りで見た場合、ロとハの間に区切りがあるようにも見受けられない。要するに勝宝七歳防人歌に関わる歌群は、イやロを橋渡しのようにして、切れ目なくハや⑧へ連続しているという次第なのである。

そもそも、万葉集を読むという視点よりすれば、防人関係歌群だけを巻二十から切り出して考えるということ自体、方法的問題を抱え込んでいるように思われる。巻二十における防人歌のありようは、述べてきたように、むしろ家持が歌を蒐集するプロセスの中で理解すべきものではなかろうか。巻二十巻頭歌が既にして伝聞歌であり、その左注に歌を蒐集する家持の姿が詳細に語られているということを改めて想起したい。巻二十には、歌を蒐集し、時に取捨選択する（「拙劣歌者不㆓取載㆒之」）家持の姿が描き出されているが、そこには家持によって歌が万葉集に取り込まれていく過程が語られていると言ってよい。やはり勝宝七歳防人歌は、昔年防人歌や今城伝誦歌群などと共に、家持の歌集編纂の営みを語る文脈の中で巻二十に取り込まれていると見るべきであろう。

そう考えてくると、④と並んで防人との関係が薄いとされる③（「陳㆓私拙懐㆒一首」20・四三六〇～二）の位置づけも見えてくる。この歌は、内容が難波宮讃歌であるために防人歌との関係が判然とせず、そのために従来の研究は防人歌群中にこの歌があることの説明に苦慮してきたのであるが、この歌の表現するところを防人歌の抒情と重ねようとすることにも、やはり無理があると思われる。本書第一部第六章で述べたように、この歌は、ありもしない行幸を詳細に歌うことで、難波宮に君臨する天皇を幻想の中に描き出すというものであるが、このような作をここに載録するのは、端的に言って、難波滞在中の家持が天皇の威光のもとにあるということを示そうとしているからではあるまいか。無論、それは家持の空想に過ぎないけれども、少なくとも巻二十内部においては家持の立ち位置がそのように描き出されているということである。とすれば、この「陳二私拙懐一一首」は、防人歌の蒐集という文脈の中に置かれることによって、当地で実施されている防人歌の蒐集が、究極的には天皇の威光のもとに実施されているということを保証する役割を与えられているのではなかろうか。(23)

六　おわりに

以上、巻二十における伝聞歌採録の問題について、勝宝七歳防人歌を中心に考察した。

従来の研究は、勝宝七歳防人歌を特別な歌群として取り扱おうとするあまり、この歌群の範囲内で家持歌と防人歌の関わりを考える傾向があったが、右の考察によれば、伝聞歌の採録という視点から、巻二十全体の中でこれを考えるべきであろう。巻二十は巻頭歌からして伝聞歌であり、そこには歌を蒐集する家持の姿が語られているが、これと同様に、勝宝七歳防人歌も家持による蒐集のプロセスと併せて提示されていると見るのである。昔年防人歌や大原今城の伝誦歌も、家持による歌の蒐集という文脈によって勝宝七歳防人歌と関連づけられ、この位置に配列されているのではないだろうか。

大切なのは、歌の蒐集あるいは編纂ということが、語り伝えるべきものとして筆録され、それが歌日記の中に取り込まれているということであろう。その蒐集・編纂の主体として時に家持自身の姿が描き出されていることも看過できない。もちろん、巻十六以前にも編纂のプロセスをうかがわせるような注記は散見するが、末四巻は、編纂に関わる注記が家持という一官人にスポットを当てているという点で際立っているのである。その注記が家持自身の手によって施されているということに注意すべきである。それは、末四巻編者としての家持が、万葉集を編むという営みそのものに価値を見出し、その中心に自らを位置づけようとしていたということを示唆しているからである。

巻二十が伝聞歌を積極的に採録しているということも、右のような観点から捉えていく必要があるだろう。それ以前の巻にも伝聞歌は見られるが、巻二十においては、より以上に歌の蒐集ということに重点が置かれているということなのである。他者の歌をも自らの「生」に関わる形で万葉集に取り込んでいくというその姿勢には、(24)光輝ある編纂事業の中心に身を置いているという家持の矜持を読み取るべきではないだろうか。(25)

〔注〕

（1）本書第二部第一章以下。

（2）巻二十の二二四首中一二一首が伝聞歌（約五四パーセント）。なお、これは勝宝七歳防人歌を伝聞歌と捉えることによる。伝聞歌の一覧は本書二一五頁（第二部第一章）を参照。

（3）本章は家持の問題として勝宝七歳防人歌の採録のありようを位置づけるということを意図している。従って、防人歌そのものの解釈には立ち入らない。

（4）伊藤博「万葉集末四巻歌群の原形態」『万葉集の構造と成立』下、一九七四、初出一九七〇・六。伊藤氏は家持が宴席で伝聞したと考え得る歌は全て「集宴歌」に分類し、それ以外の伝聞歌を「独立伝聞歌」と呼んで区別している。ちなみに、山﨑健司氏は伊藤氏の言う「独立伝聞歌」を「他人資料」という用語で捉え直しているが（「家持『歌日記』から万葉集へ」『大伴家持の歌群と編纂』二〇一〇、初出二〇〇五・三）、防人歌群はやはり「他人資料」の考察からは外れている。伝聞歌の認定をめぐる諸問題については本書第二部第一章を参照。

（5）左注の訓点は伊藤博氏の論に基づく（「防人歌群」『万葉集の歌群と配列』下、一九九二、初出一九八四・一〇、一六一頁以下）。同論において、伊藤氏は従来の訓読だとb・cの意味が通らないということを指摘しているが、その通りであろう。

（6）伊藤注5前掲書、一六三頁以下。

（7）第二部第一章において本書は伝聞歌を以下の四種類に分類したが、今ここに掲げたのはBに該当するものである。

A　家持の同席する宴で伝誦されたことが明らかなもの

B　伝聞の時期あるいは蒐集の事情に関する記載があるもの

C　家持自身による追和歌などが存在するもの

D　家持が伝聞・蒐集したものかどうか明らかでないもの（A〜C以外）

（8）参照、拙稿「万葉集末四巻における作者無記の歌―歌日記の編纂と家持―」『国文学研究』第一五六集、二〇〇八・一〇、本書第三部第一章。

（9）この歌群については本書第三部第五章も参照。

（10）本書第一部第四章、第二部第一章。なお、「応詔」については第三部第五章を参照。

（11）伊藤注4前掲書、三二一頁。

（12）伊藤氏は、日次無記の口について、直前に配置される⑦（三月三日の宴歌、20・四四三三〜五）と資料的に同居の関係にあるとして、これを「集宴歌」に分類しているが（注4前掲書・二九三頁）、この歌群が⑦の宴で披露されたものかどうかは確定的に言うことができないと思われる。なお、細注の「年月未詳」は、諸注の言うように四首の作歌年月が不明だということであろう。

（13）参照、市瀬雅之「大原真人今城関係歌群の編集」『万葉集編纂論』二〇〇七・三。後述するように今城がいかなる機会に口を「伝誦」したかは定かでないが、第一首が「昔年相替防人歌」であることを考えれば、その相手が家持であったということは巻二十から十分に読み取れることではないだろうか。なお、口の後半三首は「応詔歌」であるが、これらの応詔歌に見られる君臣和楽の世界は家持の志向に適うものであったと考えられる。その意味において、この今城の伝誦した四首の歌々は、「歌日記」における伝聞歌のスタンダード的な存在と言ってよいだろう。詳しくは本書第二部第一章及び第三部第五章を参照。

（14）家持が餞宴の歌を積極的に歌日記に取り込んでいたことについては拙稿参照（「万葉集の餞宴の歌―家持送別の宴を中心と

して―」『国語と国文学』第八八巻第六号、二〇一一・六、本書第一部第三章）。

(15) 参照、坂本太郎「朝集使考」『日本古代史の基礎的研究』下、制度篇、一九六四・一〇。なお、軍防令14の「征防遠使」については、『義解』に「防者、防人也」とある。

(16) 参照、直木孝次郎「朝集使二題―その起源と形式化について―」『古代・中世の社会と思想』家永三郎教授東京教育大学退官記念論集1、一九七九・六。

(17) 五味智英「大原真人今城送別の歌」『上代文学』第二九号、一九七一・一〇。なお、伊藤氏も日付の有無と配列から同様のことを指摘している（注4前掲書、二九三頁以下）。

(18) 参照、本書第一部第三章、五九頁以下。

(19) 伊藤注4前掲書、三二四頁及び三二七頁。

(20) 伊藤注5前掲書、一七四頁以下。

(21) 伊藤注5前掲書、一七二〜三頁。

(22) ちなみに鉄野昌弘氏は、④の第三首（20・四三九七）について「美を手の届かないものとして憧憬することが、かえって満たされない現状を照らし出す機制があると思われる」とし、「巻二十の配列の中で、家持の防人関係歌は、防人たちの歌とともに、これら自己の鬱勃たる思いを歌う独詠とも関連付けて読むことが求められている」と述べている（「大伴家持の防人関連歌」『万葉集研究』第三五集、二〇一四・一〇、二〇七頁）。確かに、家持が「満たされない現状」に対して「鬱勃たる思い」を抱いていたということは、④を制作するに至った背景としては忖度しうることかもしれない。しかし、それはやはり悲別を痛む心情とは質を異にするものと言うべきであり、防人歌の抒情とは直接重ならないのではないだろうか。

(23) もちろん、その文脈もあくまで巻二十の中に仮構されたものと見るべきである。別稿で述べたように、勝宝七歳防人歌の蒐集は、現実には家持が兵部少輔の立場を利用して企画したものに過ぎないと考えられるからである（参照、拙稿「防人歌の蒐集と家持」『古代研究』第三〇号、一九九七・一、本書第二部補論二）。

(24) 山崎氏は、巻二十の「他人資料」について「部分的に類纂の手法をとりいれていて、家持の体験にかかわる内容ではなくなっている」とし、更に「巻第二十は、その時代を生きた家持の目で見た〈時代〉が表現されている」とも述べている（注4前掲書、三八五〜六頁、傍点原文）。本書の関心に引き寄せて言えば、伝聞歌が家持によって取り込まれていくという巻二十のありようは、氏の言うように、「家持の目で見た〈時代〉」を表現するものと言ってよいだろう。

(25) その矜持は、倭歌の伝統を継承しようとする家持の思いと無関係ではあるまい。周知のごとく、歌日記には「未レ逕二山柿之門一」(17・三九六九～三九七二前置書簡)という家持の言葉が記されているが、伊藤博氏の言うように、これは家持が「文芸の規範・原点を発見」していたということを意味するものであろう(「家持の文芸観」『万葉集の表現と方法』下、一九七六、初出一九六八・三及び一九六九・九、一九三頁)。「未だ逕らず」という謙遜は、むしろ、そのような倭歌の規範ないしは伝統を継承しようとする意識の裏返しではあるまいか。伊藤氏は、この家持の意識が「十五巻本万葉集」の編纂を契機として生じてきたということを論じているが(同書一九五頁以下)、成立論的な視点は今は措くとしても、「山柿」の問題を編纂の問題に結び付けたのは慧眼と言うべきだろう。本書も、「編者家持」の根底には、自分こそが歌の道の継承者であるという矜持があったのだと考えたい。歌日記の文脈に即して言えば、巻十七において「未だ山柿の門に逕らず」と言明した人物(家持)が、巻二十においては歌を蒐集する主体として積極的に描き出されているという事実に目を向けるべきである。歌日記内部に描き出されたこの構図は、たとえ予め意図されたものではないとしても、結果的には、矜持を持って自他の歌に向き合う家持の姿を物語っているのではなかろうか。

第五章　大伴家持の防人関係長歌

——行路死人歌の系譜——

一　はじめに

天平勝宝七歳二月、当時兵部少輔であった大伴家持は、交替のため東国から集結した防人を難波に迎えた。この時、防人たちが部領使を通じて家持に献じたと考えられる歌々が(1)「天平勝宝七歳乙未二月、相替遣二筑紫一諸国防人等歌」の題詞に一括される八十四首の防人歌である（20・四三二一～四四二四）。本書の視点よりすれば、この勝宝七歳防人歌はいわゆる「伝聞歌」と見るべきものであるが(2)、この長大な伝聞歌群の中に、いわば割り込むような形で家持の独詠歌が載録されていることは、伝聞歌の採録を考える上で見逃すことができない(3)。計二十首に及ぶそれら独詠歌のうち四群十四首までは長反歌であるが、そのうち、

A　追二痛防人悲別之心一作歌一首　并短歌（20・四三三一～四三三三）

B　為二防人情一陳レ思作歌一首　并短歌（20・四三九八～四四〇〇）

C　陳二防人悲別之情一歌一首　并短歌（20・四四〇八～四四一二）

は、防人の悲別の心を痛み、あるいは防人の心になり代わって歌ったものであり、家持と防人歌との関係を端的に示すものとして注目に値しよう（以下、「防人関係長歌A～C」と略称）(4)。

家持が帰京以後に残した長歌六首のうち防人関係長歌は三首を占め、しかも歌日記に長歌が現れるのは実に三年ぶりである。この一事を以てしても、防人歌との出会いを重視する家持の姿勢がうかがわれるが、『新考』に「古歌の成句をつづり合せたるまでなり」とあり、『全釈』に「古歌の成語を幾個所も使用してゐるのは感心できない」とあることを始めとして、かつては低い評価が支配的であった。しかし、言うまでもなく、家持の古歌利用はもう少し別の次元で考えるべき問題であろう。そもそも、「悲別之心」というのは元来当事者によって詠まれるものであり、当面する防人関係長歌のように、他者の悲別を主題とするというのは、極めて異例な発想と言ってよい。かかる独創的な作品が、古歌を踏まえて制作されたというところに、事の本質が潜んでいるのではないだろうか。

そこで本章では、家持歌と防人歌の比較を手がかりに、家持の範とした古歌の類型がいかなるものであったかを考察し、防人関係長歌の歌日記における意義を明らかにしたい。

二　問題の所在

まず、家持が防人歌をいかに受容したかを検討する。次に掲げる〔表1〕は、防人関係長歌と防人歌に見られる類句・類想関係を示したものである。但し、それぞれの長歌はその日までに献ぜられた防人歌を見てから作られたものと考えられるので、対照させてある防人歌は、それぞれの長歌が作歌される以前のものに限っている。

〔表1〕家持の防人歌受容（上段は防人関係長歌・下段は防人歌。○は類似の発想が認められるもの、●は類句関係にあるもの）

防人関係長歌A（四三三一）

(1)たらちねの母が目離れて	○難波津によそひよそひて今日の日や出でてまからむ見る母なしに（四三三〇）
(2)若草の妻をもまかず	○草が共寝む妹なしにして（四三二一）
(3)葦が散る難波の御津に大船にま櫂しじ貫き朝なぎに水手ととのへ夕潮に楫引き折り率ひて漕ぎ行く君は	○磯に触り海原渡る父母を置きて（四三二八） ○八十国は難波に集ひ船かざり（四三二九） ○難波津によそひよそひて今日の日や出でてまからむ見る母なしに（四三三〇）
(4)大王の命のまにま	○畏きや命被り（四三二一） ○大君の命畏み（四三二八）
(5)長き日を待ちかも恋ひむ愛しき妻らは	○我が妻はいたく恋ひらし飲む水に影さへ見えてよに忘られず（四三二二）

防人関係長歌B（四三九八）

(1)大王の命畏み	●大君の命畏み（四三二八、四三五八、四三九四） ○大君の命にされば（四三九三） ○畏きや命被り（四三二一）
(2)妻別れ	○葦垣の隈処に立ちて我妹子が袖もしほほに泣きしぞ思はゆ（四三五七） ○後方には子をと妻をと置きてとも来ぬ（四三八五）
(3)たらちねの母掻き撫で	●父母が頭掻き撫で幸くあれて言ひし言葉ぜ忘れかねつる（四三四六）
(4)若草の妻取り付き	●大君の命畏み出で来れば我ぬ取り付きて言ひし子なはも（四三五八）
(5)平けく我は斎はむま幸くて早	○帰り来までに斎ひて待たね（四三三九）

還り来と	○父母え斎ひて待たね（四三四〇） ○国々の社の神に幣奉り我が恋すなむ妹がかなしさ（四三九一）
(6)真袖もち涙を拭ひむせひつつ言問ひすれば	●我が母の袖もち撫でて我がからに泣きし心を忘らえぬかも（四三五六） ○我妹子が袖もしほほに泣きしそ思はゆ（四三五七）
(7)とどこほりかへり見しつついや遠に国を来離れいや高に山を越え過ぎ	○橘の美袁利の里に父を置きて道の長道は行きかてぬかも（四三四一） ○忘らむて野行き山行き我来れど我が父母は忘れせぬかも（四三四四） ○百隈の道は来にしをまたさらに八十島過ぎて別れか行かむ（四三四九） ○足柄のみ坂たまはりかへり見ず我は越え行く（四三七二）
(8)葦が散る難波に来居て夕潮に船を浮け据ゑ朝なぎに舳向け漕がむと	○筑紫辺に舳向かる船のいつしかも仕へ奉りて国に舳向かも（四三五九） ○難波津に御船下ろ据ゑ（四三六三）

防人関係長歌C（四四〇八）

(1)ははそばの母の命はみ裳の裾摘み上げ掻き撫で	●防人関係長歌B(3)に同じ
(2)しろたへの袖泣き濡らし	○防人関係長歌B(6)に同じ
(3)天皇の命畏み	●防人関係長歌A(4)・長歌B(1)と同じ ●大君の命畏み青雲のとのびく山を越よて来ぬかむ（四四〇三）
(4)たまほこの道に出で立ち岡の崎い廻むるごとに万たびかへり見しつつはろはろに別れし来れば	○防人関係長歌B(7)と同じ

(5)ありめぐり我が来るまでに	●行きめぐり帰り来までに（四三三九）
(6)平けく親はいまさねつつみなく妻は待たせと住吉の我が皇神に幣奉り祈り申して	○我は斎はむ諸は幸くと申す帰り来までに（四三七二） ○ちはやふる神のみ坂に幣奉り斎ふ命は母父がため（四四〇二）
(7)難波津に船を浮け据ゑ八十楫貫き水手ととのへて朝開き我は漕ぎ出ぬと家に告げこそ	●難波津に御船下ろ据ゑ八十楫貫き今は漕ぎぬと妹に告げこそ（四三六三）

既に諸家の指摘するところではあるが、こうして改めて対照させてみると家持歌と防人歌が共通の発想の上に作られていることは明瞭であり、少数ながら両者に類句が認められることを考えると、通説のごとく家持が防人歌の影響を受けたと見るべきであろう(5)。防人関係長歌Aの題詞「追痛」の「追」は、献ぜられた防人歌を目にした上でこの長歌の制作を企図したということを物語るものであり（『全註釈』などに指摘あり）、吉井巖・山本セツ子両氏の「防人が一方的に家持の心に影をおとしただけ」という指摘が首肯されるところである(6)。

さて、〔表1〕によれば防人歌の父母妻子との悲別に関する部分に類句・類想関係が集中していることが知られるが、防人関係長歌の題詞からもわかるように、その主眼はまさに家族との「悲別」を歌うことにあったのであり、それこそ家持が防人歌に見出したものであったと見てよいだろう。もちろんこれは防人歌に父母妻子を歌うものが多いという事実と無関係ではないが(7)、それにしても、家持は何故、長歌という形式を採用したのであろうか。家持が父母妻子の歌に触発されたということは事実だとしても、防人関係長歌が長歌体を取る理由はそれだけでは説明できないと思われる。

蓋し、家持の防人関係長歌（A～C）が三つとも父母妻子（あるいは家）との離別をテーマにし、かつ長歌体を取っているのは、父母妻子と防人とを結びつける何か必然的な発想が家持の中にあったからではないだろうか。注意すべきは、防人関係長歌の第一作（A）には防人歌との直接の類句（●印）は認められず、後述するように、むしろ古歌あるいは家持自身の旧作との類句関係の方がはるかに多く指摘できるということである。(8) 家持は、防人歌の発想の根底に古歌と共通するものを認めたがゆえに、実際の歌作にあたってはむしろ古歌の方に規範を求めたのではあるまいか。

そこで「父母妻子」に関する語彙の万葉集における用いられ方に着目したい。前述のごとく家持が防人歌に見出したのは家族（父母妻子）との悲別というテーマであり、この、故郷の父母妻子を歌うということこそ防人関係長歌の核心をなすものと考えられるが、もし父母妻子を詠む古歌に何らかの類型があるならば、家持がそれを意識したであろうことは想像に難くない。そもそも、「妻（妹）」を詠む歌は極めて多いが、防人関係長歌のように「妻（妹）」が「父母」の語と併用される例――それも故郷の父母妻子が歌われる例――となると相当に限定されてくるのではないか。本章の問題意識はこの点にある。

三　故郷の「父母」と行路死人歌

以下、万葉集に現れる「父母（母父）」「父」「母（親も含む）」の全用例を分類し、歌番号によって掲げよう。

〔表2〕万葉集の「父母」

「母」84首89例　ハハ76例、オモ8例、アモ4例、ミオモ1例（ミオモは四二一四のみ、但し異訓あり）

「父」37首39例　チチ36例、シシ2例、トチ1例（四三四〇）。

　チチ単独の用例は四三四一の1例のみで、他の36首38例は全て母と併用（傍線）

「親」10首10例（波線）

Ⅰ類　故郷の父母を歌うもの

(a) 摂津国班田史生丈部龍麻呂、自経死之時、判官大伴宿祢三中作歌（3・四四三）

(b) 大伴君熊凝歌（5・八八五）

(c) 筑前国守山上憶良敬和下為二熊凝一述二其志一歌上六首〔うち五首〕（八八六・八八七・八八九・八九〇・八九一）

(d) 石上乙麻呂卿、配二土左国一之時歌（6・一〇二二）

(e) 詠二水江浦嶋子一一首（9・一七四〇）

(f) 過二足柄坂一見二死人一作歌（9・一八〇〇）

(g) 備後国神嶋浜、調使首見レ屍作歌（13・三三三六、三三三七、三三三九、三三四〇）〔題詞は或本歌による〕

(h) 到二壱岐嶋一、雪連宅満忽遇二鬼病一、死去之時作歌（15・三六八八）

(i) 葛井連子老作挽歌（15・三六九一）

(j) 忽沈二枉疾一、殆臨二泉路一、仍作二歌詞一、以申二悲緒一一首（家持、17・三九六二）

(k) 為三家婦贈二在レ京尊母一所レ誂作歌（家持、19・四一六九）

(l) 家持の防人関係長歌（20・四三三一、四三九八、四四〇八、四四〇八、四四〇九）

(m) 勝宝七歳防人歌（巻二十）

四三二三、四三二五、四三二六、四三二八、四三三〇、四三三七、四三三八、四三四〇、四三四一（父）、四三四二、

四三四四、四三四六、四三四八、四三五六、四三七六、四三七七、四三七八、四三八三、四三八六、四三九二、四三九三、

四四〇一、四四〇二　＊但し、四四〇一の「母」は自分の妻を指すものであり、例外的。

Ⅱ類　儒教的父母観を歌うもの

(n) 令レ反二惑情一歌（憶良、5・八〇〇）

(o) 貧窮問答歌（憶良、5・八九二）
(p) 教喩史生尾張少咋歌（家持、19・四一〇六）
(q) 慕振勇士之名歌（家持、19・四一六四）
(r) 右、大伴宿祢家持、弔聟南右大臣家藤原二郎之喪慈母患也（家持、19・四二一四）

Ⅲ類
(s) 「妻問い」と「父母」
妻問いの障害ないし監督者として父母を歌うもの
巻3　三六二、三六三
巻7　一三五七
巻9　一七七四、一八〇九
巻11　二三六〇、二三六四、二三六八、二四〇七、二四九五、二五一七、二五二七、二五三七、二五五七、二五七〇、
二六八七、二七六〇
巻12　二九九一、三〇〇〇、三〇七七、三一〇二
巻13　三二五八、三二八五、三二八九、三二九五、三二九六、三三一二
巻14　三三五九、三三五九異伝、三三九三、三四二〇、三五一九、三五二九
巻16　三八一一
巻19　四二一一
(t) その他、結婚生活との関連で父母を歌うもの
巻13　三三一四
巻16　三八八〇

Ⅳ類　例外
(u) 家族意識から父母を歌うもの
3・三三七（罷宴歌）、5・九〇四（恋男子名古日歌）、9・一八〇四（哀弟死去作歌）、16・三七九一（竹取翁歌）
(v) 人間以外の父母を歌うもの
7・一二〇九、9・一七五五、13・三二三九

こうしてみると数首の例外を除いて明快な類型が指摘できそうである。Ⅰ類は防人歌に顕著な父母観で、旅中（または異郷）にある者が故郷（＝家）の父母を思慕するというものを中心とするが、行路死人歌のように死者に代わって父母への思慕を歌う場合も当然ここに分類されよう。Ⅱ類は憶良の「令レ反二惑情一歌」を以て嚆矢とするが、これは父母を尊ぶ儒教的倫理観に基づくものである（歌語ではないので右の表には掲げなかったが、5・八九七の前置詩文に現れる「父」「母」もこれに該当する）。もちろんこれがⅠ類と表裏をなす父母観であることは言うまでもないが、Ⅰ類は故郷以外の地点から父母を思慕するという類型であるので、特に区別しておく。「貧窮問答歌」は例外とすべきかもしれないが、「我よりも　貧しき人の　父母は　飢ゑ寒ゆらむ」とは儒教的発想が根底になければ生まれえない表現と考え、しばらくⅡ類に分類する。そしてⅢ類は、母（父母は五首のみ）を妻問いとの関連で歌うものであり、母（父母）を妻問いの障害ないし監督者として歌うものである。三三一四歌と三八八〇歌はやや例外的であるが、結婚生活との関連で歌われていると理解し、Ⅲ類に入れた。Ⅳ類の七首は例外で、家族の成員として単に父母の語が使用されただけのものや、人間以外の父母を歌うものである。

この表からは様々なことが言えようが、とりあえず指摘したいのは、Ⅰ類の歌が全て作者判明歌であり、かつ原則として律令官人のカテゴリーに属する作者層によって詠まれているということである。すなわち、(a)は大伴三中、(b)は麻田陽春、(c)は山上憶良、(d)は石上乙麻呂[9]、(e)は高橋虫麻呂（歌集歌）、(f)は田辺福麻呂（歌集歌）、(g)は調使首（或本歌題詞による）、(h)(i)は遣新羅使人、(j)(k)(l)は家持である。(m)はやや例外的であるが、防人も律令体制下に組織化された集団であるということを考えると、この範疇から大きく外れるものではない[10]。一方、巻七や巻十一～巻十四といった作者未詳歌巻における母（父母）はことごとくⅢ類であり、類型をほとんど一歩も出ることはない。相聞歌において母（父母）は例外なく妻問いの障害として歌われているのであり、万葉集全体を見渡すと、むしろこのⅢ類の発想の方が一般的であったと考えられる。

　この事実が示唆するのは、Ⅰ類の「父母」は律令的性格を持つものであって、勝宝七歳の防人歌(11)や家持の防人関係長歌も、大きくはその枠組みの中にあるということである。特に家持以前のⅠ類の歌（a〜i）について言えば、そのほとんどに共通の傾向が指摘できる。死を悼む歌が多いことは一見して明らかだが、それらは一つ残らず故郷を離れて横死した者への挽歌なのである。すなわち(a)は任国摂津国で自殺した丈部龍麻呂への挽歌、(b)(c)は相撲使の従者として上京する途中死亡した大伴熊凝になりかわって詠んだ自傷歌、(f)(g)は路傍に臥す無名の死者を悼むいわゆる行路死人歌、(h)は遣新羅使人の歌で新羅への往路に死亡した官人への挽歌（(i)は配列や内容からみて(h)と同趣旨の作）であり、家持以前のⅠ類の歌において、例外らしきものは(d)(e)の二つだけと見られるのである。(d)(e)を除けば、これらは全て行路死人歌の系譜に連なるものではなかろうか。

　一般に行路死人歌とは、故郷（＝家）を離れて横死した者を第三者の立場から悼む挽歌の一類型で、律令制下に旅（諸国と都との往来）を強制され路傍の死者となった無名氏を悼むものである。これが律令制を社会的背景とするものであることは言うまでもあるまい。神野志隆光氏は、

(1)　讃岐狭岑嶋視㆓石中死人㆒柿本朝臣人麻呂作歌一首（2・二二〇〜二）
(2)　上宮聖徳皇子出㆓遊竹原井㆒之時、見㆓龍田山死人㆒悲傷御作歌一首（3・四一五）
(3)　柿本朝臣人麻呂見㆓香具山屍㆒悲慟作歌一首（3・四二六）
(4)　過㆓足柄坂㆒見㆓死人㆒作歌一首（9・一八〇〇）
(5)　備後国神嶋浜調使首見㆑屍作歌一首（13・三三三九〜三三四三）

の五群の歌を挙げ、これらの歌には、

イ、「死人を見て作る」ということが題詞に明示される。
ロ、「家」「妻」を歌う。
ハ、死者に対して「無名性」を確認する。

といった特徴が見られることを指摘し、「家」や「妻」を詠むのは、死者の魂が「浮遊魂」として荒ぶることのないように「家」との呪術的な「共感関係」を喚起することによって鎮魂するという意義を持つのだと説く。[12]行路死人歌に「鎮魂」という意義を認めるかどうかはともかく、[13](1)〜(5)の範囲に限れば、イ〜ハのごとき特徴が共通して指摘できることは認められよう。後述するように、本書は行路死人歌という枠組みをもう少し広く捉えるべきだと考えているのであるが、少なくとも、「家」や「家人」（本書は妻だけでなく父母妻子の全般にわたると考える）と離れて異郷にいるということを歌うのは、行路死人歌に不可欠な要素と見るべきである。

この視点から改めてI類の歌を見てみよう。(f)(g)は典型的な行路死人歌であるが、他の例も律令社会との関わりにおいて異郷で死んだ者を歌うという点では行路死人歌に発想の基盤があると考えるべきではないだろうか。つまり、家持歌以前のI類の歌九群十六首（a）〜（i）のうち少なくとも七群十四首が行路死人歌の系譜に連なるということであり、単純に計算すればこの種の歌がI類の歌の九割近くを占めることになる。行路死人歌はやはりI類の「父母」の性格に深く関わる様式と考えるべきもののようである。

但し、神野志氏は熊凝の歌（b）（c）については、「行路死人を見る側の目がまさに裏返しに反映されているとはいえようが、『死人を見て作る歌』のカテゴリーには直接入れるべきではない」と述べている。[14]確かに、自傷歌の形を取る(b)(c)は、題詞に死人を見たことが記されているわけでもないし、第三者の立場から詠まれているわけでもない。更に言えば、熊凝は「無名」の死者でもない。しかし、(b)(c)のごとき歌々も、異郷での横死を主題としているという点で行路死人歌のバリエーションと見るべきではなかろうか。

そもそも「行路死人歌」という言葉自体、現代の研究者の作り出した用語に過ぎず、万葉集や同時代の文献に見えないばかりか、万葉集の中にそのような分類意識が認められるわけでもない(15)。事実、神野志氏の掲げた五群の歌も、類聚されることなく集中に散在している。むしろ、「異郷における死」という枠で括られる多くの歌の規範的な位置にあるのが、これら(1)〜(5)の行路死人歌なのではないか(16)。素性不明のまま、家族と離れて路傍で屍をさらすというような死に方は、人の死として最も悲劇的なものと言ってよい。古代の旅に常につきまとっていたその「異郷における死」というものの悲劇性を、不足のない形で詠みえたのが行路死人歌だったということである。異郷における死を悼む歌が多かれ少なかれ行路死人歌の語句や発想を踏襲しようとするのは、そこに同質の抒情を見出しているからであろう。かかる視点に立つならば、無名の死者を詠むものでなくとも、客死した者を悼む歌(a)(h)(i)や、その人物になりかわって詠んだ歌(b)(c)、更には、異郷にあって瀕死の床にある自らを詠む歌(j…この家持歌については後述する)なども、行路死人歌のバリエーションと考えるべきではないだろうか。本書が行路死人歌の「系譜」と呼ぶのは、そうしたバリエーションの謂いである。

かくして故郷の「父母」を歌うことは、万葉集においては主に行路死人歌に関わる発想であると認められるが、念のために言えば、行路死人歌に必ず「父母」が詠まれるというわけではない。むしろ典型的な行路死人歌には「妻」を詠むものが多く、残された歌の範囲で考える限りでは「父母」はむしろ後次的な要素のように見受けられる。次に、神野志氏が掲げた行路死人歌(1)〜(5)のうち「父母」を詠み込まないものを掲げよう。

(1)　…浪の音の　茂き浜辺を　しきたへの　枕になして　荒床に　ころ臥す君が　家知らば　行きても告げむ　妻知らば　来も問はましを　玉桙の　道だに知らず　おほほしく　待ちか恋ふらむ　愛しき妻らは

(2)　家にあらば妹が手まかむ草枕旅に臥やせるこの旅人あはれ　（3・四一五、聖徳太子）

(3)　草枕旅の宿りに誰が嬬か国忘れたる家待たまくに　（3・四二六、柿本人麻呂）

(1)は巻二挽歌部後半に配列される人麻呂の私的挽歌の一つ（「石中死人歌」）で、万葉集において最初に現れる行路死人歌であることが注意される。[17]実際に最古のものであったかどうかはともかく、万葉集においては規範的な意義を有していたであろうことが推察される。(2)は巻三挽歌部の冒頭歌、(3)は巻三挽歌部における最初の人麻呂歌（四二三歌異伝を除く）であり、やはり規範的な意義を認めてよいと思われる。

これらの作は家で待つ「妻」に焦点を当てて死者を悼むもので、そこに「父母」の姿は直接歌われていない。(3)の「嬬」は「夫」の義であるが、「誰が嬬」と言うとき、そこに「妻」が意識されていることは言うまでもあるまい。なお、(1)の「石中死人歌」が「妻」を歌うことについて身﨑壽氏は、

「語り手」は死者のすがたに、一歩まちがえればかくあったかもしれないみずからのすがたをかさね、そこから家郷にまつみずからの「妻」のすがたにかさねて死者の「妻」におもいをはせる。これこそがこの「石中死人歌」の挽歌としてのモチーフの核心なのではないだろうか。

と述べているが、[18]この指摘は(2)や(3)にも基本的にあてはまると思われる。旅中にあって故郷の妻を思う歌は集中にはなはだ多く、行路死人歌における「妻」への思慕がそうした一般的な相聞歌の抒情から導かれうることは容易に推測されるところである。

しかるに、既に見たごとく、故郷の「父母」を偲ぶ歌は極めて限定的な範囲にしか現れない。これは記紀歌謡に範囲を拡げても同様である。ちなみに、記紀歌謡で故郷の「父母」を問題にしていると見られるのは次の一例

のみであり（但し「父母」ではなく「親」）、やはり行路死人歌であることが注意される。

しなてる　片岡山に　飯に飢て　臥せる　その旅人あはれ　親無しに　汝生りけめや　さす竹の　君はや無き　飯に飢て　臥せる　その旅人あはれ　（紀一〇四）

これは前掲(2)と同じく聖徳太子の歌とされるものであり、内容も(2)と類似しているが、こちらは「妻」ではなく「親」と「君」とを対比的に歌うものである。(2)との先後関係は必ずしも明らかではないが、少なくとも日本書紀歌謡の方には儒教的な（従って律令的な）発想を読み取るべきではないだろうか。[19] 恐らく万葉集の「父母」を詠む歌も律令社会の成熟に伴って現れたものであり、Ⅰ類の「父母」が天平以降の歌に著しく偏るのも、そうした事情を反映しているのであろう。

更に注意されるのは、行路死人歌の系譜上にあると考えられるⅠ類の歌には、十八歳の少年熊凝を詠む例(b)(c)を除き、「父母妻子」をなるべく網羅的に歌おうとする姿勢が看取されるということである。

まず典型的な行路死人歌から掲げよう。

(f)　…父母も　妻をも見むと　思ひつつ　行きけむ君は……国問へど　国をも告らず　家問へど　家をも言はず…　（9・一八〇〇）

(g)　…母父が　愛子にもあらむ　若草の　妻もあらむと　家問へど　家道も言はず　名を問へど　名だにも告らず…　（13・三三三九→三三三六も小異）

これらには父母と妻が「家」の意識との関連で同時に詠まれており、(g)に至ってはその反歌に「母父も妻も子どもも高々に来むと待つらむ人の悲しさ」（13・三三四〇）とあり、父母妻子を網羅的に表現しようとする態度が顕著にうかがわれる。もっとも、(g)に「父母」ではなく「母父」とあるのは儒教思想だけでは説明できないようにも思われるが、前述したように父母や子を歌に詠むということは万葉においては自明なこととは言いがたく、やはり「家」イコール「父母妻子」という発想自体は（歌語の選択はともかくとして）儒教思想を背景とするものと見るべきであろう。行路死人歌やその系譜に連なる歌々は、律令制を社会的背景として、故郷の父母妻子を網羅的に歌うことで家と死者との紐帯をより強く表現しようとしているのである。

更にもう一点、行路死人歌（特に長歌）には、死者が異郷にあることを明示する部分があるということに注意しておきたい。夙に伊藤博氏は、「『家＝故郷』と『旅＝異郷』とを対比して行路のかなしみを述べる」という発想が行路死人歌に顕著であることを指摘しているが、[20] 伊藤氏の言う「旅＝異郷」に相当するのがこの部分である。

(f)　…鶏が鳴く　東の国の　恐きや　神の御坂に　和栲の　衣寒らに　ぬばたまの　髪は乱れて……ますらをの　行きのまにまに　ここに臥やせる　（9・一八〇〇）

(g)　…しき浪の　寄する浜辺に　高山を　隔てに置きて　浦ぶちを　枕にまきて　うらもなく　臥したる君は…　（13・三三三九→三三三五も小異）

(g)歌の場合、「玉桙の　道に出で立ち　あしひきの　野行き山行き　にはたづみ　川行き渡り　鯨魚取り　海路に出でて」（13・三三三九）という道行きの様子も併せて歌われ、異郷への「旅」であることが効果的に表現されている。人麻呂「石中死人歌」においても、やはり「浪の音の　茂き浜辺を　しきたへの　枕になして　荒床に　ころ臥す君が」（2・二二〇）と異郷における死が明示されており、こうした表現が行路死人歌に不可欠なものであったことがうかがわれよう。

右に見た特徴は、行路死人歌の系譜に連なる他のⅠ類の歌にも確認できる。以下、父母妻子を歌う部分には傍線を、死者が異郷にあることを明示する部分には波線を付して掲げよう。

(a)　天雲の　向伏す国の　もののふと　言はるる人は　皇祖の　神の御門に　外の重に　立ち侍ひ　内の重に　仕へ奉り　玉葛　いや遠長く　祖の名も　継ぎ行くものと　母父に　妻に子どもに　語らひて　立ちにし日より　たらちねの　母の命は　斎瓮を　前に据ゑ置きて　片手には　木綿取り持ち　片手には　和栲奉り　平けく　ま幸くいませと　天地の　神を乞ひ禱み　いかにあらむ　歳月日にか　つつじ花　にほへる君が　にほ鳥の　なづさひ来むと　立ちて居て　待ちけむ人は　大君の　命恐み　おしてる　難波の国に　あらたまの　年経るまでに　白栲の　衣も干さず　朝夕に　ありつる君は　いかさまに　思ひいませか　うつせみの　惜しきこの世を　露霜の　置きて往にけむ　時にあらずして　(3・四四三)

(b)　朝露の消やすき我が身他国に過ぎかてぬかも親の目を欲り　(5・八八五)

(c)　うちひさす　宮へ上ると　たらちしや　母が手離れ　常知らぬ　国の奥処を　百重山　越えて過ぎ行き　いつしかも　京師を見むと　思ひつつ　語らひ居れど　おのが身し　労はしければ　玉桙の　道の隈廻に　草手折り　柴取り敷きて　床じもの　うち臥い伏して　思ひつつ　嘆き伏せらく　国にあらば　父とり見まし　家にあらば　母とり見まし　世間は　かくのみならし　犬じもの　道に伏してや　命過ぎなむ　(5・八八六)

(h)　天皇の　遠の朝廷と　韓国に　渡る我が背は　家人の　斎ひ待たねか　正身かも　過ちしけむ　秋さらば　帰りまさむと　たらちねの　母に申して　時も過ぎ　月も経ぬれば　今日か来む　明日かも来むと　家人は　待ち恋ふらむに　遠の国　いまだも着かず　大和をも　遠く離りて　岩が根の　荒き島根に　宿りする君　(15・三六八八)

(i)　天地と　ともにもがもと　思ひつつ　ありけむものを　はしけやし　家を離れて　波の上ゆ　なづさひ

来にて　あらたまの　月日も来経ぬ　雁がねも　継ぎて来鳴けば　たらちねの　母も妻らも　朝露に　裳の裾ひづち　夕霧に　衣手濡れて　幸くしも　あるらむごとく　出で見つつ　待つらむものを　世間の　人の嘆きは　相思はぬ　君にあれやも　秋萩の　散らへる野辺の　初尾花　仮廬に葺きて　雲離れ　遠き国辺の　露霜の　寒き山辺に　宿りせるらむ　（15・三六九一）

(h)には「母」しか詠まれていないが、同じ雪宅満の死を悼む(i)には「母」「妻」が詠まれ、(i)の反歌には「はしけやし妻も子どもも高々に待つらむ君や島隠れぬる」（15・三六九二）とある（但し「父」が詠まれない理由は不明）。これらの歌がなるべく父母妻子を網羅的に詠もうとしていることは明らかであろう。ともあれ、これらの歌には「家」（傍線部）と「旅」（波線部）という要素が明瞭に指摘できる。いずれも、郷里で待つ父母妻子に思いを馳せることによって異郷での悲劇的な死を表現しようとしているのであり、これらの歌と行路死人歌との発想の類似は明らかであろう。

四　防人関係長歌の表現

このように、家持以前のＩ類の歌が一部の例外（(d)(e)）を除いて行路死人歌の系譜に連なるものだとすれば、家持が防人関係長歌を作る際にこれらの歌を意識したということは十分に考えられる。事実、Ａ〜Ｃのすべての防人関係長歌において、父母妻子が「家」で帰りを待つ様子や、その父母妻子に会えないことへの嘆きが歌われるが、これは行路死人歌において「家」（故郷の家族）を歌う部分に相当するものである。

A　…たらちねの　母が目離れて　若草の　妻をもまかず……ありめぐり　事し終はらば　つつまはず　帰り来ませと　斎瓮を　床辺に据ゑて　しろたへの　袖折り返し　ぬばたまの　黒髪敷きて　長き日を待ちかも恋ひむ　愛しき妻らは　（20・四三三一）

B　…たらちねの　母掻き撫で　若草の　妻取り付き　平けく　我は斎はむ　ま幸くて　早還り来と…　（20・四三九八）

C　…ははそばの　母の命は　み裳の裾　摘み上げ掻き撫で　ちちのみの　父の命は　栲づのの　白ひげの上ゆ　涙垂り　嘆きのたばく……若草の　妻も子どもも　をちこちに　さはに囲み居　春鳥の　声のさまよひ　しろたへの　袖泣き濡らし　たづさはり　別れかてにと　引き留め　慕ひしものを…　（20・四四〇八）

故郷の家族を歌うということは反歌の方で繰り返され、全篇が悲別の情（または家族に会えないことへの嘆き）で結ばれるが、これも行路死人歌によく見られる手法である。とくに長歌Cの第二反歌で「家づと遣らむたづき知らずも」（20・四四一〇）と、「家」との連絡に手段のないことを歌っているのは、「家問へど　家をも言はず」（9・一八〇〇）とか「臥したる君が　家道知らずも」（13・三三四三）といった行路死人歌の常套句を意識したものと言えよう。

一方、防人たちが郷里を遠く離れていく道行きの様子が語られることも、すべての長歌に共通する。

A　…あらたまの　月日数みつつ　葦が散る　難波の御津に　大船に　ま櫂しじ貫き　朝なぎに　水手ととのへ　夕潮に　楫引き折り　率ひて　漕ぎ行く君は　波の間を　い行きさぐくみ…　（20・四三三一）

B　…とどこほり　かへり見しつつ　いや遠に　国を来離れ　いや高に　山を越え過ぎ　葦が散る　難波に

来居て　夕潮に　船を浮けすゑ　朝なぎに　舳向け漕がむと…（20・四三九八）

C　…天皇《おほきみ》の　命畏み　たまほこの　道に出で立ち　岡の崎　い廻むるごとに　万たび　かへり見しつつ　はろはろに　別れし来れば……海原の　畏き道を　島伝ひ　い漕ぎ渡りて…（20・四四〇八）

これは行路死人歌における「旅」（異郷にあることの確認）の描写に相当する。先に見たように、家持以前のI類の歌においても、道行きの描写は「常知らぬ　国の奥処を　百重山　越えて過ぎ行き」（5・八八六）、「玉桙の　道に出で立ち　あしひきの　野行き山行き　にはたづみ　川行き渡り　鯨魚取り　海路に出でて」（13・三三三九）、「はしけやし　家を離れて　波の上ゆ　なづさひ来にて」（15・三六九一）などといった形で見られたものである。

このように防人関係長歌はその全てが故郷の家族との断絶と、防人の道行きを歌っており、その発想は「家」と「旅」を歌う行路死人歌と重なるものであるが、一方、語句の上でも行路死人歌やその系譜上の歌と共通するものが指摘できる。中でも長歌Aの結び「待ちかも恋ひむ　愛しき妻らは」は明らかに人麻呂の石中死人歌の結び「待ちか恋ふらむ　愛しき妻らは」（2・二二〇）によったものであるが、これは単なる語句の類似を越えて構造上の類似にまで及んでいると言うべきであろう。[21]また、「たらちねの　母が目離れて　若草の　妻をもまかず」（長歌A）は、「たらちしの　母が目見ずて」（5・八八七、熊凝の歌）と「母父が　愛子にもあらむ　若草の　妻もあらむと」（13・三三三九、調使首の行路死人歌）とをつなげたような趣であるし、「天皇《おほきみ》の　遠の朝廷と　しらぬひ筑紫の国は」（長歌A）は、ほぼ同様の句が憶良の日本挽歌（5・七九四）に見える。日本挽歌は夫に随伴して筑紫に下向し、その地で死んだ某氏妻（諸説あるが旅人か憶良の妻、恐らく旅人の妻であろう）を悼む挽歌であり、従って故郷で待つ家族を歌うわけではないが、「家」と「旅」とを対比させつつ「異郷での死」を詠むものとして行路死人歌的な性格を持つことは認めてよいだろう。[22]また、「大船に　ま櫂しじ貫き　朝なぎに　水手ととのへ　夕

潮に　楫引き折り」（長歌A）は作者未詳の挽歌（13・三三三三）にほぼ同じ句があるが、この巻十三の挽歌も異郷に死んだ旅人への挽歌である。

これらの類句が防人関係長歌の第一作（A）に集中しているのは偶然ではあるまい。家持が防人歌に接したときに、まず想起したのは、恐らく行路死人歌やその系譜に連なる歌々だったのではないか。防人関係長歌が長歌形式を取るのも、一つには範とした行路死人歌（特に「石中死人歌」）が長歌であったということによるものであろう。防人関係長歌Aに防人歌との直接の類句が見られないことは前述したが、要するに家持は、防人の父母妻子の歌に触発されながらも、実際には行路死人歌などの古歌に規範を求めつつ作歌しているということなのである。[23]

五　越中臥病歌と防人関係長歌

興味深いのは、防人関係長歌Aが第三者の立場から防人の悲別を詠むのに対し、B・Cは防人になりかわって一人称でその悲別を詠んでいるということである。[24] この手法は一つには山上憶良の作歌姿勢に学んだものであろう。〔表2〕にⅠ類の(c)として掲げた「敬和下為二熊凝一述二其志一歌上六首」は、相撲部領使の従者として上京する途中に死んだ大伴君熊凝という少年になり代わって異郷に死ぬ嘆きを歌うものであるが、筑前国守として一庶民の死を歌い、しかもその嘆きを代弁するという態度は、家持が兵部少輔として防人たちの嘆きを代弁することと重なるからである。故郷の父母を詠むということを考えたときに、Ⅰ類の発想に基づくこの憶良歌が家持の胸中にあったことは恐らく間違いないと思われる。

但し、防人関係長歌と熊凝の歌に類句と見られるものは少なく（本書第二部補論一の注22参照）、同じI類の歌で言えば、むしろ家持自身の旧作である次の歌との類似の方が顕著である。前掲の〔表2〕においては、故郷の母を歌うことからI類（j）に分類したものである（父旅人は既に死去しているので、ここでは「母」のみが歌われている）。

忽沈二枉疾一、殆臨二泉路一。仍作二歌詞一、以申二悲緒一一首　并短歌

大王《おほきみ》の　任けのまにまに　ますらをの　情ふりおこし　あしひきの　山坂越えて　天離る　鄙に下り来　息だにも　いまだ休めず　年月も　いくらもあらぬに　うつせみの　世の人なれば　うちなびき　床に臥い伏し　痛けくし　日に異に増さる　たらちねの　母の命の　大船の　ゆくらゆくらに　下恋に　いつかも来むと　待たすらむ　情さぶしく　はしきよし　妻の命も　明けくれば　門に寄り立ち　衣手を　折り返しつつ　夕されば　床打ち払ひ　ぬばたまの　黒髪敷きて　いつしかと　嘆かすらむぞ　妹も兄も　若き子どもは　をちこちに　騒き泣くらむ　たまほこの　道をた遠み　間使も　遣るよしもなし　思ほしき　言伝て遣らず　恋ふるにし　情は燃えぬ　たまきはる　命惜しけど　せむすべの　たどきを知らに　かくしてや　荒し男すらに　嘆き伏せらむ　（17・三九六二）

世間は数なきものか春花の散りのまがひに死ぬべき思へば　（三九六三）

山河のそきへを遠みはしきよし妹を相見ずかくや嘆かむ　（三九六四）

右、天平十九年春二月廿日、越中国守之館、臥レ病悲傷、聊作二此歌一。守大伴宿祢家持。[25]

言うまでもなく、これは越中国守として赴任中に罹病して死に瀕した時のものである（以下、「越中臥病歌」と略称）。全体に憶良の日本挽歌（5・七九四～七九九）の語句や発想によるところが大きいが、異郷における病臥の様子が歌われることや（波線部）、都で待つ家族（母・妻子）の様子が網羅的に歌われることなど（傍線部）、この歌は

日本挽歌以上に行路死人歌的な特徴を備えている。つまり、家持は死に瀕した自らの姿を行路死人に擬して歌っているのであるが[26]、その点においてこの歌もまた作歌態度の上では憶良の熊凝の歌と共通するものがあるとすべきであろう[27]。

この歌は、歌日記においてその後の池主との贈答へとつながる重要な位置に配列されているが[28]、後に続く池主への贈歌（17・三九六九）や「述二恋緒一歌」（17・三九七八〜三九八二）などにこの歌の語句や発想が応用されていることは目を引く。更にこの越中臥病歌と防人関係長歌との間にも語句・発想の両面で共通するものがあることは看過できない。以下、類句と認められる部分の一覧を〔表3〕に掲げよう。

〔表3〕越中臥病歌と防人関係長歌

越中臥病歌	防人関係長歌
・大王能《おほきみの》　麻気能麻尓々々《まけのまにまに》	・大王乃《おほきみの》　麻気乃麻尓々々《まけのまにまに》（長歌C）
・大夫之《ますらをの》　情布里於許之《こころふりおこし》	・麻須良男乃《ますらをの》　許己呂乎母知弖《こころをもちて》（長歌A） ・大夫《ますらをの》　情布里於許之《こころふりおこし》（長歌B）
・宇都世美能《うつせみの》　代人奈礼婆《よのひとなれば》	・宇都世美乃《うつせみの》　与能比等奈礼婆《よのひとなれば》（長歌C）
・己呂母泥乎《ころもでを》　遠理加敝之都追《をりかへしつつ》　由布佐礼婆《ゆふされば》　登許宇知波良《とこうちはら》比《ひ》　奴婆多麻能《ぬばたまの》　黒髪之吉氏《くろかみしきて》	・之路多倍能《しろたへの》　蘇田遠利加敝之《そでをりかへし》　奴婆多麻乃《ぬばたまの》　久路加美之伎弖《くろかみしきて》（長歌A）
・伊母毛勢母《いももせも》　和可伎児等毛波《わかきこどもは》　乎知許知尓《をちこちに》　佐和吉奈久良牟《さわきなくらむ》	・若草之《わかくさの》　都麻母古騰母毛《つまもこどもも》　乎知己知尓《をちこちに》　左波尓可久美為《さはにかくみゐ》（長歌C）
・多麻伎波流《たまきはる》　伊乃知乎之家騰《いのちをしけど》	・多麻伎波流《たまきはる》　伊能知母之良受《いのちもしらず》（長歌C）

このように防人関係長歌A〜Cには、いずれの作にも越中臥病歌の語句が用いられている。但し、これらには他の歌にも見られる一般的な語彙が目立ち、単独では直ちに越中臥病歌を踏まえているとまでは言えないものもあるが、「大夫《ますらをの》　情《こころ》布《ふ》里《り》於《お》許《こ》之《し》」（長歌B）という表現は他には安積皇子挽歌（3・四七八）に見えるのみであり、用字の一致から見ても、越中臥病歌によったものと見てよいだろう。他の類句も仮名書き歌巻における一般的な表記法の範囲内ではあろうが、用字まで概ね一致している。何よりも類句が防人関係長歌A〜Cの全てに及んでいること、また、引用箇所（表の下段）をつなぎ合わせるとほぼ越中臥病歌の内容がたどれてしまうことを考慮すると、防人関係長歌が越中臥病歌の語句をも取り込む形で詠まれていることは認めてよいと思われる。先に見たように、家と旅とを対比的に歌うことや、家族を網羅的に歌うことなど、構造上の類似は覆うべくもなく、むしろ万葉集全体を見わたしても防人関係長歌（特にBC）に最も近い作は越中臥病歌であると言っても過言ではあるまい。

何より大切なのは、歌日記の中で防人関係長歌が越中臥病歌と響き合う関係にあるということである。万葉集を読み進めてきた者が防人関係長歌を目にしたとき、人麻呂の石中死人歌や憶良の歌などと共に、この越中臥病歌は容易に想起されるものであろう。思うに歌日記は、防人関係長歌を通して、家持が防人とかつての自分とを重ね合わせて見ていることを示そうとしているのではないか。

越中において瀕死の床に臥した家持は、「ますらを」としての矜持とは裏腹に、官命のままに異郷の地に赴かねばならぬ悲哀を、身を以て実感したに違いない。実際、越中臥病歌には家族と離れて異郷にあることの悲しみが横溢しているが、家持は自身のその体験から遣唐使や防人といった旅行く人々の思いに強い共感（乃至は同情）を抱くようになったのではないだろうか。防人歌からは家族と離れ苦難の旅を続ける防人の姿が髣髴とするが、家持がそこに越中での体験を重ね合わせていたとしても不思議はないと思われる。

問題は、そのことが読み取れるように歌が選ばれ、配列されているということである。既に述べたように、万葉集末四巻はいわゆる伝聞歌を配することによって、家持の興味・関心がどこにあったかを示そうとしていると考えられるが、伝聞歌群の中で最大の規模を持つ勝宝七歳防人歌について言えば、官命のままに長途の旅をする者への共感から採録されたものと考えてよいだろう(29)。歌日記における防人関係長歌は、無論、その家持の共感を端的に示すものであるが、それと同時に、防人歌に対する家持のまなざしの原点が、越中での体験にあることをも物語っているのではないだろうか。

六　おわりに——歌日記における防人関係長歌の意義

以上、万葉集における「父母」の語のありようを手がかりとして、家持の防人関係長歌が行路死人歌の系譜に連なるものであることを明らかにし、これら三群の長歌作品が歌日記の中でいかなる意義を担っているかということについて考察した。

家持が万葉集に採録した防人歌には、故郷に残してきた父母妻子を思慕するものが多く含まれているが、防人関係長歌との類句・類想句がこれら父母妻子の歌に集中するのは、家持の関心がどこにあったかを如実に示すものであろう。しかし、家持以前において故郷の「父母」を詠むものはそのほとんどが異郷における死を悼む作——行路死人歌の系譜に連なる歌々——であったために、家持は行路死人歌などの古歌に規範を求めつつ作歌したものと推測される。防人関係長歌A～Cが長歌形式を取るのは、一つには範とした古歌が長歌であったということによるものであろう。

考えてみれば、防人はいつ路傍の死者となるかわからないという点で行路死人に最も近い存在と言っても過言ではないだろう。故郷の父母や妻子を思いながら旅を強いられているその姿は、行路死人歌に歌われる無名の旅人そのものと言ってよい。その悲別のさまを第三者の立場から歌おうとしたときに、拠るべき古歌の様式はほとんど行路死人歌しか考えられなかったのではなかろうか。行路死人歌の持つ悲別の側面を応用して、全く新しい離別悲傷歌の創造をなしとげたところに、家持の文学的達成が認められよう。

注意すべきは、かつて家持自身も遠く都を離れた越中で瀕死の床に臥した経験を持っていたということである。その体験を詠んだ越中臥病歌もまた、行路死人歌の系譜を継ぐものであった。官命のままに家族と離れて旅行く防人たちに、家持はかつての自分を投影していたものと思われるが、歌日記はそのことを積極的に語ろうとしていると考えられる。その点よりすれば、集中随一の伝聞歌群と見なされる勝宝七歳防人歌を、家持の視点から歌日記の中に位置づけているのが防人関係長歌と言えるのではないだろうか。

〔注〕

（1）防人歌蒐集についての私見は本書第二部補論二を参照。

（2）参照、本書第二部第一章、及び第二部第四章。

（3）参照、本書第二部第四章。

（4）本論初出時には防人と心を同じうする意識を言うものとして便宜的に「防人同情歌」という呼称を用いたが、現代語の語感からすると誤解を招きかねないので本書においては「防人関係長歌」に統一した。なお、歌の本文は本書第二部補論一にその全文を掲げた（三二三頁以下）。

（5）渡部和雄氏は、通説とは逆に、家持の方が防人に歌の構想を話したのだと説く（「時々の花は咲けども―防人歌と家持―」『国語と国文学』第五〇巻第九号、一九七三・九）。しかし、［表1］によれば先行する防人歌の類句・類想句がその後に続く長歌に現れるという次第になっており、少なくとも巻二十は家持が防人に構想を提示したというようなことは語っていないと見るべきである。氏説の根拠は防人歌に律令的語彙が現れるということにあるが、家持の教示がなければ防人は律令的発想を知りえないという前提に立つこと自体が誤りであろうと思われる。

（6）吉井巖・山本セツ子「家持と防人たちとの出合い」『日本文学』第二〇巻第一一号、一九七一・一一。

（7）勝宝七歳の防人歌八十四首のうち、父母妻子の歌は計五十一首を占める。そもそも防人歌自体が家持による「拙劣歌」の切り捨てを経ているのであるが、にもかかわらずこれほどの高率で父母妻子の歌が残っていることには注意すべきである。かかる編纂作業によって、防人関係長歌と防人歌の関係性の深さがより効果的に演出されているという可能性は考慮されてよいと思われる。

（8）本章第四節参照。

（9）『私注』のように作者を石上乙麻呂以外の者とする見方もあるが、いずれにせよ官人の作であろう。

（10）本論初出時には「勝宝七歳防人歌は特殊な事例に属する」として、防人歌の作者を律令官人のカテゴリーに入れることを避けたが、やはり防人歌の作者は律令体制の最下層に属する一種の「官人」と見るべきではないか。そもそも、天平宝字元年（勝宝九歳）四月四日の勅に「古者、民を治め国を安するは、必ず孝を以て理む。百行の本、玆より先なるは莫し。天下をして家ごとに孝経一本を蔵め、精勤しく誦み習ひて倍教授を加へしむべし」（『続紀』）とあることが象徴的に示すように、「孝」を統治の根幹に据えようとする当時の時代状況の中で、「防人」という体制側の組織に組み込まれた人々が「孝」の思想と無縁であったとは考えにくい。また、短歌や長歌といった定型の抒情詩を、類型を踏まえて作りえたということに照らせば、少なくとも防人歌を残している防人についてはその全てが無教養な階層の人々であったとは考えられない。東城敏毅氏は、防人歌の作者には出身国においてある程度の身分を持っていた者がいるということを指摘し、彼等を「律令官人の最末端に位置する者」と見るべきことを述べているが（「防人歌作者層の検討」『万葉集防人歌群の構造』二〇一六、初出一九九九・四）、従うべき見解であろう。父母を思慕することと、それを歌（しかも短歌）に詠むこととの間には逕庭があると見るべきで、防人歌に「父母」の歌が多いことは、むしろ彼等に一定の律令的教養があったことを物語っていると考えるべきではないだろうか。

(11)　勝宝七歳防人歌の「父母」の特殊性については、渡部和雄氏(「防人歌における『父母』」『北大古代文学会研究論集Ⅱ』一九七二・八)や、佐佐木幸綱氏(「防人歌抄」『万葉集を学ぶ』第八集、一九七八・一二)にも指摘がある。但し、渡部氏は家持による教示を想定しており(注5論文参照)、一方、佐佐木氏も「父母」の語を律令的な語彙として捉えているわけではないので、それぞれ本書とは視点を異にしている。

(12)　神野志隆光「行路死人歌の周辺」『柿本人麻呂研究』一九九二、初出一九七三・一二。

(13)　土佐秀里氏は、行路死人歌が「鎮魂」のための実用的な歌ではなく、純粋な「創作歌」であると指摘する(「石中死人歌の構成―〈神話〉の解体―」『古代研究』第三一号、一九九八・一)。また、三田誠司氏も近年の著書で「鎮魂」という要素を否定している(「『行路死人歌』について」『万葉集の羈旅と文芸』二〇一一・一〇)。本書も両氏の所論と立場を同じくするものであり、行路死人歌はあくまで「異郷における死」を主題とする「文芸作品」の中の一類型であると考える。

(14)　神野志注12前掲書、三七四頁。

(15)　このことは土佐注13論文が強調するところである。

(16)　「死人を見る」という題詞を根拠に「行路死人歌」という用語を定義し、逆にその用語に縛られるというのでは万葉集の歌の理解として本末転倒ではないか。異郷における死ということを主題にした歌の系譜があり、それらの歌々が万葉集の中に一つの流れを作っているというのが本章の見通しである。

(17)　実際に石中死人歌が最古の行路死人歌である可能性も高いと思われるが(参照、土佐注13論文)、この作が万葉集巻二に配列され、万葉集という「歌集」の中で最初の行路死人歌として登場するということを重視したい。後述するように、家持が防人関係長歌Aの作歌にあたって石中死人歌を規範と仰いでいたことは明らかである。

(18)　身﨑壽「石中死人歌」『人麻呂の方法　時間・空間・「語り手」』二〇〇五・一、一七八頁。

(19)　万葉集には「親」が「母」のみを指していると考えられる例もあるが(Ⅲ類の歌など)、ここは「君」と対になっていることから「父母」の義と見ておく。

(20)　伊藤博「家と旅」『万葉集の表現と方法』下、一九七六、初出一九七三・九、一二五頁。

(21) 参照、拙稿「防人関係長歌の成立」『国文学研究』第一一四集、一九九四・一〇、本書第二部補論一。

(22) 参照、伊藤注20論文、及び、土井清民「日本挽歌の成立」『山上憶良―行路死人歌の文学―』一九七九、初出一九七二・一二及び一九七四・四。

(23) 念のために言えば、本論は勝宝七歳防人歌の「父母」が行路死人歌と直接関わりがあると考えているわけではない。ここで問題にしているのは家持が防人歌の「父母」をどのように捉えたかということである。なお、防人関係長歌には「好去好来歌」（5・八九四〜六）など行路死人歌以外の影響も見られるが（注21拙稿参照）、核となって長歌の抒情を支えているのは行路死人歌の発想であり、本論はその点を明らかにしたものである。

(24) 注21拙稿参照。

(25) 「守大伴宿祢家持」の七字を次の三九六五題詞の一部とする写本が多いが、広瀬本・元赭によってこの位置にあるのが原形と考える。参照、拙稿「万葉集末四巻における作者無記の歌―歌日記の編纂と家持―」『国文学研究』第一五六集、二〇〇八・一〇、本書第三部第一章。

(26) 死に瀕した自分を行路死人に擬して詠むという態度は、恐らく人麻呂の鴨山自傷歌（2・二二三）を嚆矢とするものであろう。巻二において石中死人歌と鴨山自傷歌が続けて配列されているのは、少なくとも巻二編者がこれらが「異郷における死」を歌うものとして表裏の関係にあることを認識していたからだと思われる。

(27) もっとも、越中臥病歌には熊凝の歌との直接の類句はないが、熊凝の歌の場合、地方から都へ向かう一庶民の歌であり、歌中にそのまま用いることのできる部分はなかったのであろう。熊凝の歌に「うちひさす　宮へ上ると…常知らぬ　国の奥処を　百重山　越えて過ぎ行き　いつしかも　都を見むと　思ひつつ」（5・八八六）とあるのは、明らかに旅行く方向が逆であるし、「玉桙の　道の隈廻に　草手折り　柴取り敷きて　床じもの　うち臥い伏して」（同）というのも国守の館に臥している家持にはあてはまらない。「国にあらば　父とり見まし　家にあらば　母とり見まし」（同）というのは熊凝が少年であるがゆえの表現であろうし、まして「犬じもの」などという表現を国守である家持自身に使えるはずもない。越中病臥歌が熊凝の歌に近い態度によりながらむしろ日本挽歌の表現を採用しているのは右のような事情によるものと推察される。

(28) 金井清一氏によれば、この歌は越中における長歌多作の出発点になったものだという（「大伴家持論―花鳥諷詠長歌の機能とその成立契機―」『論集上代文学』第七冊、一九七七・一二）。

(29)　参照、本書第二部第一章。なお、夙に鉄野昌弘氏も「防人歌の合間合間に、家持自身の旅の歌や、防人に対する代作や同情の歌が交えられているのは、防人歌が家持によって、いかに受容され、共感されたかを表現する配列と言えよう」と述べている（「総論　家持『歌日誌』とその方法」『大伴家持「歌日誌」論考』二〇〇七・一、四頁）。首肯すべき見解であろう。

補論一　防人関係長歌の構想

一　はじめに

A　追㆓痛防人悲別之心㆒作歌一首　并短歌

天皇《おほきみ》の　遠の朝廷と　しらぬひ　筑紫の国は　敵守る　おさへの城そと　聞こし食す　四方の国には　人さはに　満ちてはあれど　鶏が鳴く　東男《あづまをのこ》は　出で向かひ　かへり見せずて　勇みたる　猛き軍卒と　ねぎたまひ　任けのまにまに　たらちねの　母が目離れて　若草の　妻をもまかず　あらたまの　月日数みつつ　葦が散る　難波の御津に　大船に　ま櫂しじ貫き　朝なぎに　水手ととのへ　夕潮に　楫引き折り　率ひて　漕ぎ行く君は　波の間を　い行きさぐくみ　ま幸くも　早く至りて　大王《おほきみ》の　命のまにま　ますらをの　心を持ちて　ありめぐり　事し終はらば　つつまはず　帰り来ませと　斎瓮を　床辺に据ゑて　しろたへの　袖折り返し　ぬばたまの　黒髪敷きて　長き日を　待ちかも恋ひむ　愛しき妻らは　（20・四三三一）

ますらをの靫取り負ひて出でて行けば別れを惜しみ嘆きけむ妻　（四三三二）

鶏が鳴く東男《あづまをとこ》の妻別れ悲しくありけむ年の緒長み　（四三三三）

右、二月八日、兵部使少輔大伴宿祢家持。

B
為ニ防人情一陳レ思作歌一首　并短歌
大王《おほきみ》の　命畏み　妻別れ　悲しくはあれど　大夫の　情ふりおこし　取り装ひ　門出をすれば　たらちねの
母掻き撫で　若草の　妻取り付き　平けく　我は斎はむ　ま幸くて　早還り来と　真袖もち　涙を拭《のご》ひ　む
せひつつ　言問ひすれば　群鳥の　出で立ちかてに　とどこほり　かへり見しつつ　いや遠に　国を来離れ
いや高に　山を越え過ぎ　葦が散る　難波に来居て　夕潮に　船を浮け据ゑ　朝なぎに　舳向け漕がむと
さもらふと　我が居る時に　春霞　島廻に立ちて　鶴が音の　悲しく鳴けば　はろはろに　家を思ひ出　負
ひ征矢の　そよと鳴るまで　嘆きつるかも　（20・四三九八）
海原に霞たなびき鶴が音の悲しき宵は国辺し思ほゆ　（四三九九）
家思ふと寐を寝ず居れば鶴が鳴く葦辺も見えず春の霞に　（四四〇〇）
右、十九日、兵部少輔大伴宿祢家持作之。

C
陳ニ防人悲別之情一歌一首　并短歌
大王の　任けのまにまに　嶋守に　我が立ち来れば　ははそばの　母の命は　み裳の裾　摘み上げ掻き撫で
ちちのみの　父の命は　栲づのの　白ひげの上ゆ　涙垂り　嘆きのたばく　鹿子じもの　ただ独りして　朝
戸出の　かなしき吾が子　あらたまの　年の緒長く　相見ずは　恋しくあるべし　今日だにも　言問ひせむ
と　惜しみつつ　悲しびませば　若草の　妻も子どもも　をちこちに　さはに囲み居　春鳥の　声のさまよ
ひ　しろたへの　袖泣き濡らし　たづさはり　別れかてにと　引き留め　慕ひしものを　天皇《おほきみ》の　命畏み
たまほこの　道に出で立ち　岡の崎　い廻むるごとに　万たび　かへり見しつつ　はろはろに　別れし来れ

ば　思ふそら　安くもあらず　恋ふるそら　苦しきものを　うつせみの　世の人なれば　たまきはる　命も
知らず　海原の　畏き道を　島伝ひ　い漕ぎ渡りて　ありめぐり　我が来るまでに　平けく　親はいまさね
つつみなく　妻は待たせと　住吉の　我が皇神に　幣奉り　祈り申して　難波津に　船を浮け据ゑ　八十楫
貫き　水手ととのへて　朝開き　我は漕ぎ出ぬと　家に告げこそ　（20・四四〇八）

家人の斎へにかあらむ平けく船出はしぬと親に申さね　（四四〇九）

み空行く雲も使ひと人は言へど家づと遣らむたづき知らずも　（四四一〇）

家づとに貝そ拾へる浜波はいやしくしくに高く寄すれど　（四四一一）

島蔭に我が船泊てて告げ遣らむ使ひを無みや恋ひつつ行かむ　（四四一二）

二月廿三日、兵部少輔大伴宿祢家持。

右は家持が防人の悲別をテーマに歌った長歌の全てである[1]（以下、長歌ＡＢＣ）。これらは勝宝七歳防人歌（20・四三二一～四四二四）に混在する形で載録されているものであるが、防人歌を見た家持がそれに刺激されて詠んだものとする通説に従うべきであろう。[2]いずれも防人の悲別を主題としており、その点ではほぼ同じ趣向の歌と言うことができるが、ここで目を引くのは、長歌Ａ（二月八日）から長歌Ｃ（同二十三日）までが僅か半月ほどで詠まれているということである。歌日記内部において、右の三作品は三年ぶりの長歌として登場するのであるが、これ以降に長歌が一首（20・四四六五～四四六七、喩族歌）しか載録されていないことを考えると、かかる長歌の偏在は大いに問題であろう。同じ趣向の長歌がこれほどの短期間で三首も立て続けに詠まれ、それが歌日記に取り込まれているということをどう考えるべきであろうか。

本章では各長歌の表現を検討することによりこの問題を考えてみたい。

二　防人関係長歌Aの表現

長歌Aは全篇一文であるが、内容的には四つの部分に分けられる。(3)「任けのまにまに」までが第一段、「漕ぎ行く君は」までが第二段、「帰り来ませと」までが第三段、残りの九句が第四段である。

かつて、この歌の前半部は防人に関する羅列的説明と捉えられることが多く、一般に低い評価が与えられてきた。第一段には「鶏が鳴く　東男は　出で向かひ　かへり見せずて　勇みたる　猛き軍卒と」と、防人を勇猛なものとして歌う部分があるが、確かにここだけを取り出せば、「防人が悲別の心を追ひて痛み作る」という題詞と矛盾するように見えてしまうことは事実であろう。

この点について吉井巖・山本セツ子両氏は、ここに描かれる勇猛な防人像こそが「それまで家持の心に育てられてきたものであった」とした上で、「表現の狙いは防人の大夫振りを強調するところにあったかにさえ見える。（中略）家持の防人への志向にもかかわらず、家持の最初の作歌においては、家持と防人との距離はまことに遠かったと言わねばならない」とし、更に長歌B・Cとの比較から、家持が防人との出会いによって防人への理解を深めていった過程を読み取ろうとするのである。(4)もし本当にAよりもB、BよりもCという方向で防人に対する理解が深化しているのだとすれば、長歌が三つあることはその点から説明できることになる。

なるほど、多くの防人歌に接した家持が次第に防人への心寄せを確かにしていったということはあっただろうし、事実、長歌B・Cには防人歌との直接の類句も見られる。しかし、両氏の論は長歌A第一段における勇猛な防人像が家持の防人観そのままであることを前提としているが、[5] この表現を家持の防人理解が未熟であったという「事実」に還元してしまうことはできるのだろうか。そもそも「…かへりみせずて　勇みたる　猛き軍卒とねぎたまひ　任けのまにまに」という歌の文脈からすれば、防人を勇猛なものと評価し慰労している（「ねぎたまひ」）のは「天皇」ではないのだろうか。

長歌Aの表現は、むしろ古歌をいかに利用しているかという視点から、純粋に表現の問題として読み解くべきであろう。この長歌が古歌の成句をかなり流用しているということは既に指摘があり、[6] 家持が様々な要素を取り込んでいることは諸家の認めるところであるが、本書は構造的に見て、山上憶良の「好去好来歌」（5・八九四～八九六）と柿本人麻呂の「石中死人歌」（2・二二〇～二二二）の影響を重視したい。長歌Aの表現は両者の様式を複合したところに成り立っているものであって、勇猛な防人像というのもこうした様式の複合から導かれたものと考えるべきではないか。

まず、山上憶良の「好去好来歌」を掲げよう。

好去好来歌一首　反歌二首

神代より　言ひ伝て来らく　そらみつ　倭の国は　皇神の　いつくしき国　言霊の　幸はふ国と　語り継ぎ
言ひ継がひけり　今の世の　人もことごと　目の前に　見たり知りたり　人さはに　満ちてはあれども　高
光る　日の御朝廷　神ながら　愛での盛りに　天の下　奏したまひし　家の子と　撰ひたまひて　勅旨　反
云、大命　載き持ちて　唐の　遠き境に　遣はされ　罷りいませ　海原の　辺にも沖にも　神づまり　うしは
きいます　諸の　大御神たち　船舳に　反云、ふなのへに　導きまをし　天地の　大御神たち　倭の　大国霊

ひさかたの　天のみ空ゆ　天翔り　見渡したまひ　事畢はり　還らむ日には　またさらに　大御神たち　船舳に　御手打ち掛けて　墨縄を　延へたるごとく　あぢかをし　値嘉の岫より　大伴の　御津の浜びに　直泊てに　御船は泊てむ　つつみなく　幸くいまして　早帰りませ　（5・八九四）

反歌

大伴の御津の松原かき掃きて我立ち待たむ早帰りませ　（八九五）

難波津に御船泊てぬと聞こえ来ば紐解き放けて立ち走りせむ　（八九六）

天平五年三月一日、良宅対面、献三日。山上憶良

謹上

大唐大使卿　記室

この長反歌は天平五年の遣唐使派遣に際して憶良が大使の多治比広成に贈ったものであるが、遣唐使が難波から筑紫経由で海路をたどったことを考えると、難波から船で筑紫に向かう防人たちをまのあたりにした家持がこの歌を想起したとしても不思議はない。事実、長歌Aの「人さはに　満ちてはあれど」「つつまはず　帰り来ませ」などの語句が「好去好来歌」に基づくことは既に指摘されているが、(7) ここで注意したいのは構造的な類似の方である。長歌Aから第四段にあたる末尾九句を取り除いてみると、それは好去好来歌の構造と見事に対応しているのではないか。好去好来歌は「撰ひたまひて」までが第一段、「御船は泊てむ」までが第二段、末尾三句が第三段と考えられるが、問題の第一段だけを取り上げても次に示すような対応が見られる。

〔防人関係長歌A〕

①天皇の　遠の朝廷と　しらぬひ　筑紫の国は　敵守る　おさへの城そと

②聞こし食す　四方の国には　人さはに　満ちてはあれど
③鶏が鳴く　東男は　出で向かひ　かへり見せずて　勇みたる　猛き軍卒と　ねぎたまひ　任けのまにまに

〔好去好来歌〕

①神代より　言ひ伝て来らく　そらみつ　倭の国は　皇神の　いつくしき国　言霊の　幸はふ国と　語り継ぎ　言ひ継がひけり　今の世の　人もことごと　目の前に　見たり知りたり
②人さはに　満ちてはあれども
③高光る　日の御朝庭　神ながら　愛での盛りに　天の下　奏したまひし　家の子と　撰ひたまひて

両者とも①は筑紫とか大和といった国の属性を提示する部分として共通しているし、②は直接の類句関係にある。また③は、天皇がその人物を評価して何かに任命したことを歌う点で共通している。すなわち長歌Aでは東男の勇猛を評価して防人に任じたと歌うのに対し、好去好来歌では多治比広成の家柄を評価して遣唐大使に任じたことを歌うのである。更に言えば、「と」という引用句を用いて天皇の心中を描写し、(8)「たまふ」という尊敬語を用いてその引用句を受けるところまで一致している。

続く第二段は語句の上での類似は見出せないが、一転して旅人の道行きの様子が歌われるという点では両者共通しているし、第三段は「つつまはず　帰り来ませ」(長歌A)、「つつみなく　幸くいまして　早帰りませ」(好去好来歌)と、直接の類句関係にある。

これは偶然ではあるまい。やはり長歌Aは好去好来歌の語句や構造を大きく取り込んだ作品と考えるべきであろう。第一段は勅語の提示によって任務の重さを歌うのであるが、これが激励の意味を持つがゆえに、無事に任務を果たして帰れという第三段に呼応するのであり、長歌Aの場合、第三段までの文脈における表現の中心が

「つつまはず　帰り来ませ」にあることは明らかである。つまり、難波において防人を見送る立場にあった家持は、敬愛する憶良の手法をもって防人の無事を祈るべく、好去好来歌に倣った表現を歌の前半に据えたということであろう。問題の第一段の表現にしても、好去好来歌を範としたところから必然的に導かれたものと見るべきである。これを単なる説明と解することはできないし、先の吉井・山本説のように家持の防人理解が未熟であったゆえの表現と見ることも当たらないはずである。(9)

ただ、ここで気付くことは、好去好来歌はあくまで壮行歌で、これをただ模倣しても悲別を痛む歌にはならないということである。事実、第四段の部分がなければ、好去好来歌と同様に詠み手（家持）が防人を激励し無事を祈る歌としか読めなくなってしまう。ところが第四段まで読んでみるとちゃんと悲別を歌っているように見えてくる。詠み手が防人を見送っているものとばかり思って読んできたのに、末尾では、いつのまにか故郷の妻が夫の無事を祈っているわけである。長歌Aが一見わかりにくいのは、こうした騙し絵のような文脈(10)に起因しているのであるが、ならば、このような文脈の転換を果たしている第四段こそが問題だということになりはしないだろうか。

第四段の中核をなす表現は末尾の二句、すなわち「待ちかも恋ひむ　愛しき妻らは」であるが、実は、これが現れて初めて全文の主格が「妻」であるとわかる仕組みになっているのである。第三段の末尾「帰り来ませと」の「と」は引用を示すが、これの受ける範囲はこれより前の部分、すなわち第一、第二、第三段全体であるらしく、結局「妻」が「好去好来歌」を歌っているような構造になっていると考えられる。しかし初めから読んでいくとそれはわからない。わからないばかりか第二段冒頭には「若草の　妻をもまかず」とあって、これはどうも詠み手の立場から歌っているようである。つまり詠み手の立場から歌い起こされた長歌が、「漕ぎ行く君は」というところあたりを境にして、いつのまにか妻の立場から歌っているように見えてくるのである。これは、第四段、すなわち末尾の九句によって壮行歌から離別歌へと機能の転換を図ったことに起因するものではなかろうか。
そしてこの長歌Aの結びが人麻呂の「石中死人歌」（2・二二〇〜二二二）に倣ったものであることは特に重要な問題をはらんでいる。以下、「石中死人歌」を掲げよう。

讃岐狭岑嶋視二石中死人一柿本朝臣人麻呂作歌一首　并短歌

玉藻よし　讃岐の国は　国柄か　見れども飽かぬ　神柄か　ここだ貴き　天地　日月と共に　足り行かむ　神の御面と　次ぎ来たる　中の水門ゆ　船浮けて　吾が漕ぎ来れば　時つ風　雲居に吹くに　沖見れば　とゐ浪立ち　辺見れば　白浪騒く　鯨魚取り　海を恐み　行く船の　梶引き折りて　をちこちの　嶋は多けど　名ぐはし　狭岑の嶋の　荒礒面に　廬りて見れば　浪の音の　茂き浜辺を　しきたへの　枕になして　荒床に　ころ臥す君が　家知らば　行きても告げむ　妻知らば　来も問はましを　玉桙の　道だに知らず　おほほしく　待ちか恋ふらむ　愛しき妻らは　（2・二二〇）

反歌二首

妻もあらば摘みて食げまし沙弥の山野の上のうはぎ過ぎにけらずや　（二二一）

沖つ波来寄る荒礒をしきたへの枕とまきて寝せる君かも　（二二二）

長歌Aが「漕ぎ行く君は」と「君」を提示しておいて、「待ちかも恋ひむ　愛しき妻らは」と故郷の妻に思いを馳せて結ぶのは、「荒床に　ころ臥す君が〜待ちか恋ふらむ　愛しき妻らは」（傍線部）という石中死人歌後半の形を踏襲しようとしたものと考えられるが、[11] これは長歌Aの核心部が行路死人歌の発想によって歌われていることを意味するのではないか。

石中死人歌の後半部は、第三者たる作者が死人になりかわって故郷の「家」に思いを馳せるという行路死人歌の典型的な発想によっているが[12]、第三者の立場から故郷と旅人との断絶を歌うとすれば、行路死人歌の発想は最もそれに近いものだったのであろう。連絡の手段を持たず旅中の夫をひたすら待つという点において、石中死人歌における妻の嘆きと防人の妻の嘆きとは同質のものであろうが、家持もその類似を認めたがゆえにこの発想を基軸に据えたものと考えられる[13]。行路死人歌は「家」と「旅」という対比構造を特徴とするが、壮行歌にも道行きの描写があったために、「家」で待つ妻と防人の「旅」とを、対比的に歌うことが可能だったのであろう。すなわち家持は、旅という共通項を持つ壮行歌の表現を行路死人歌の発想で仕立てなおし、壮行歌から離別歌への転換を図ったわけである。

長歌Aの前半部が家持の激励のようでもあり防人の妻の激励のようにもみえるという重層的な表現となっているのは、こうした操作のためである。主格となる「妻」が最後に現れるというのは、確かにわかりにくい表現かもしれないが、妻の言葉と己れの言葉とを区別する意識は家持にはなかったのではないか。長歌末尾の「待ちかも恋ひむ　愛しき妻らは」によってもわかるように、長歌前半部は妻の心を家持が推量したわけであるが、これは家持自身の激励を妻の心情に投影して歌うということにほかならないからである。

さて、このような創意のもとに、長歌Aは第三者の立場から他者の離別を歌うという、全く新しい離別悲傷歌として構想されたわけだが、このような歌い方には表現上の制約があることも否定できない。題詞には「防人が悲別の心を追ひて痛む」とあるが、防人当人の悲しみは第二反歌に至ってようやく「妻別れ悲しくありけむ年の緒長み」と歌われるのみで、肝心の長歌では「たらちねの　母が目離れて　若草の　妻をもまかず」というところに間接的に表現されるに留まっている。「漕ぎ行く君」を提示しながら、「漕ぎ行く君」本人の嘆きを十分に表現しきれていないのである。だからといって、仮に長歌Aが「漕ぎ行く君」を受けて「君」の嘆きを歌ったならば、長歌前半の壮行歌的な文脈は破綻してしまうに違いない。また、「妻」が夫の帰還を待ち焦がれているだろうという後半の叙述にもつながらない。つまり、長歌Aのこうした制約は、壮行歌と行路死人歌の様式を複合させるという、この歌の方法そのものに初めから潜在しているものだったのである。

但し、このことは家持も承知の上のことだったと思われる。防人の悲別を詠む長歌第一作の力点は、恐らく、好去好来歌や石中死人歌の様式を踏まえて第三者の立場から防人の悲別を詠むというところに置かれていたのであり、ここで描かれる「悲別」は防人当人からの視点をあえて捨象しているのであろう。

三　防人関係長歌Bの表現

防人の悲別を歌う第二作として構想された長歌B（20・四三九八〜四四〇〇）は二月十九日に詠まれているが、これは長歌A（八日）の十一日後であり、この間には九首の家持独詠歌が詠まれ、駿河・上総・常陸・下野・下総の各国防人歌が献進されている。この歌も全篇一文であるが、「門出をすれば」までが第一段、「言問ひすれば」までが第二段、「悲しく鳴けば」までが第三段、末尾五句が第四段である。

この歌と長歌Aとの決定的違いは、歌の主体が第一人称をもって貫かれているということである。それは「我が居る時に」と歌うところから明らかであるが、これは、第三者的立場を貫いた長歌Aの方法的制約から解放されたということを意味している。家持としては長歌Aは長歌Aの方法で歌っておきたかったのであろうが、そこで防人当人の悲別の嘆きが十分に歌いきれなかったこともまた自覚していたのであろう。その方法的自覚のもとに長歌Bが詠まれたと考えるわけである。

こう考えると同趣向の長歌を家持が再び作ったことも理解できる。従来のようにこれを防人への志向の深まりとか防人への心寄せが確かになっていったという事実に結びつけて理解するよりは、表現上の様々な試みの中で生まれてきたものと見たほうが無理が少ないのではないか。(14)確かに「波状して家持の許に届けられた各国防人歌の、共通した悲別の心情によって、家持が開眼しえた」(15)という「事実」は、あるいはあったかもしれないが、それだけでは長歌Aと長歌Bの表現方法の違いは説明できないはずである。

その方法の相違は冒頭部から顕著にうかがわれる。長歌Aの第一段に歌われる、大君が東国人の勇猛を評価して防人に任じたということも、防人の立場からみれば、「大王の　命畏み」という冒頭二句で済んでしまうわけである。(16)壮行歌の表現を離れ、防人の旅の不可避な属性をこの二句で表現しているのである。

また、長歌Bでは防人歌の表現を積極的に利用しているが、(17)これも長歌Aでは見られなかったことである。これについては防人理解の深まりだと言えば言えそうであるが、そもそも三人称の立場を貫く長歌Aでは防人歌における一人称の表現をそのまま使うことはできなかったはずであり、事実、長歌Bの道行き部分（第三段）と長歌Aのそれ（第二段）が交換不能なのは歌の主体が異なるからである。また一方、長歌Bの「とどこほり　かへり見しつつ　いや遠に　国を来離れ　いや高に　山を越え過ぎ」は明らかに石見相聞歌（2・一三一、一三八）の表現を踏まえているが、これは人麻呂の離別悲傷歌をイメージさせることによって、長歌Bの離別歌としての性格を前面に出そうとしたものと思われる。

更に、長歌Aでは反歌を含めて時間的展開が全く見られず、一体いつを起点にして詠んでいるのか判然としなかったが、長歌Bでは防人の旅が時間的展開を追って整然と歌われていくということも見逃せない。すなわち「門出をすれば」までの第一段では門出を、「言問ひすれば」までの第二段では故郷における母や妻との離別を、「悲しく鳴けば」までの第三段では防人自身の道行きを、残りの第四段では「家」への思いを、防人の旅の展開にあわせて過不足なく表現しているのである。それは渡辺護氏が指摘するように「ば」という助詞の意識的な使用によるところも大きいが(18)、何よりも一人称で歌うことがそうした叙述を容易にしているということに留意しておきたい。

右の点に関連して、長歌Bの「葦が散る　難波に来居て　夕潮に　船を浮け据ゑ　朝なぎに　舳向け漕がむとさもらふと　我が居る時に」という部分（傍線部）が注目される。これと類似の表現は長歌Aにおいて「朝なぎに　水手ととのへ　夕潮に　楫引き折り」という形で既に見られたが、この「朝なぎ」「夕潮」の語順が長歌Bで逆になっていることは看過できない。これは、長歌Aでは対句的な発想に過ぎなかった「朝」「夕」の語をあえて逆にすることによって、そこに時間的展開を表現したものと見られよう(19)。つまり、難波に到着した防人が、今、この夕べに船を浮かべ、翌朝には漕ぎ出そうと控えている、という構図が、この文脈からはっきり読み取れるのであり、長歌Bが夕刻から宵にかけてを「今」として詠まれていることもここから知られるのである。この時間的展開は反歌にも受け継がれ、第一反歌で「宵」を、第二反歌で寝られぬ夜を歌うことによって長歌の時制を補足している。

難破における出航前夜という「今」が明確に設定されることにより、防人の悲別の思いもより具体的に表現されることになる。明朝の出航を前にした「我」は海辺で「鶴が音」を耳にし、「家」への思いをますます募らせるが、それは、海の彼方へ漕ぎ出すということが「家」や「国」との断絶を決定的なものにするとの思いからだ

ろう。それは防人歌の、

白波の寄そる浜辺に別れなばいともすべなみ八度袖振る　(20・四三七九、下野)

国々の防人集ひ船乗りて別るを見ればいともすべなし　(20・四三八一、下野)

津の国の海の渚に船装ひ立し出も時に母が目もがも　(20・四三八三、下野)

暁のかはたれ時に島蔭を漕ぎにし船のたづき知らずも　(20・四三八四、下総)

行こ先に波なとゑらひ後方には子をと妻をと置きてとも来ぬ　(20・四三八五、下総)

といった歌々の抒情の延長線上にあるものであり、これらの防人歌に家持が触発されたという事情を想定してもよいと思われるが、それにしても、長歌Aのように第三者の立場から詠んだのではこうした思いをすくい上げることは難しかったのではあるまいか。

ところで、「はろはろに　家を思ひ出　負ひ征矢の　そよと鳴るまで　嘆きつるかも」という長歌の結びは、「さ夜更けて妹を思ひ出でしきたへの枕もそよに嘆きつるかも」(12・二八八五)によったものであろうが、「枕」を「負ひ征矢」という武具に置き換えることで、「大夫の情」を「ふりおこし」て出郷してきた防人の、こらえきれずに肩を震わせて嘆くさまを効果的に表現している。「はろはろに」は直接には「家を思ひ出」にかかるが、「鶴が音」が遙かに聞こえるということから引き出されてきた表現なのであろう。[20] 夕闇と春霞とに包まれた茫漠たる空間の中で「鶴が音」と「負ひ征矢」の音だけが幽かに聞こえるという、その静寂の中の孤独感を長歌Bは繊細な筆致で描き出す。防人の嘆きが長歌末尾に向かって凝縮されていく構造は恐らく三作品の中では最も完成度が高く、家持の長歌作品の中でも出色の出来と言うべきだろう。

ところで、長歌Bが一人称を貫くのは、行路死人の嘆きを一人称で代弁する憶良「敬和㆘為㆓熊凝㆒述㆓其志㆒歌㆖

六首」（5・八八六〜八九二）に倣ったものであろう。[21] この憶良歌は名もない一庶民の行路の嘆きを一人称で代弁するという点で防人関係長歌の作歌事情と類似し、かつ長歌Aにはこの歌との直接の類句も認められる。[22] 長歌Bと憶良歌の題詞（両者とも作者自記と考えられる）が「為㆓防人情㆒陳㆑思作歌」「為㆓熊凝㆒述㆓其志㆒歌」と構文的に一致することも家持がこの歌を踏まえていることをうかがわせる。長歌Bは一人称を貫くために、一見、行路死人歌から遠い表現になっているように見えるが、「国」や「家」を歌うことも行路死人歌の発想と無縁ではない。

四　防人関係長歌Cの表現

このように長歌Bはかなり完成度の高い作品であったが、家持はこの僅か四日後に長歌C（20・四四〇八〜四四一二）を作っている。この間には信濃・上野の防人歌献進があっただけである。

長歌Cも防人の嘆きを一人称で歌うという長歌Bの方法を踏襲する。やはり全篇一文であるが、内容的には三つの部分に分けられよう。「慕ひしものを」までが第一段、「苦しきものを」までが第二段、残りが第三段である。この第一段と第二段は、

○大王《おほきみ》の任けのまにまに〜慕ひしものを

○天皇《おほきみ》の命畏み〜苦しきものを

という形で対応しているが、第一段で故郷における父母妻子の嘆きを、第二段で防人として旅行くみずからの嘆きをそれぞれ歌うことによって、両者を対比的に表現している。旅の歌に普遍的な「家」と「旅」という対比が、

長歌Cでは他の長歌よりも鮮明に浮き出ているのである。

すぐに気付くのは第一段が長歌ABに比べて長く描写も細かいということであるが、しかし、それ以上に注意されるのは、第一段には「母」や「妻」だけでなく、「父」や「子ども」までが歌われているということである。『全註釈』は「父の言は、平凡な内容で、特に云い立てただけの効果がない」と言うが、父や子どもなどというのは長歌AやBには歌われなかったものであるし、そもそも集中に「父」の行動を描写するという例は他になく、既に「平凡」ではありえないはずである。長歌AからCへの変化の中で家持が故郷で待つ家族を次第に詳しく歌うようになってきていることは確かであり、この長歌Cに至っては全体の約半分が家族の描写に割かれているわけであるが、ここで初めて父母妻子が網羅的に扱われているということには注意すべきであろう。長歌Bの僅か四日後に長歌Cを作ったのは、出郷の際の家族の嘆きを入念にかつ網羅的に歌うというところに新たな着想を得たからではないだろうか。

前章（本書第二部第五章）で詳しく述べたように、故郷の父母妻子を網羅的に歌うというのは実は行路死人歌的な発想なのである。例えば「母」に着目してみよう。家持以前の歌において故郷の「母」を思いやって歌うものは九群十六首である（但し、(b)は「親」）。

(a) 摂津国班田史生丈部龍麻呂、自経死之時、判官大伴宿祢三中作歌（3・四四三）

(b) 大伴君熊凝歌（5・八八五、麻田陽春）

(c) 筑前国守山上憶良敬和下為二熊凝一述二其志一歌上六首［うち五首］（八八六・八八七・八八九・八九〇・八九一）

(d) 石上乙麻呂卿、配二土左国一之時歌（6・一〇二二）

(e) 詠二水江浦嶋子一一首（高橋虫麻呂歌集、9・一七四〇）

(f)　過二足柄坂一見二死人一作歌（田辺福麻呂歌集、9・一八〇〇）
(g)　備後国神嶋浜、調使首見レ屍作歌（13・三三三六、三三三七、三三三九、三三四〇、題詞は或本歌による）
(h)　到二壱岐嶋一、雪連宅満忽遇二鬼病一、死去之時作歌（遣新羅使人歌、15・三六八八）
(i)　葛井連子老作挽歌（遣新羅使人歌、15・三六九一）

このうち傍線を付した例は「父」と併用されており、「妻」と併用される例(a)(f)(g)(i)や「子」と併用される例(a)(g)(i)――但し(i)は反歌三六九二――も目に付く。しかも(d)と(e)を例外とすれば、残りの七群十四首はすべて客死した者に対する挽歌である。これらを見る限り、故郷の父母妻子を歌うという発想は、客死を悼むという行路死人歌的な発想と結び付く面があったと考えるべきであろう。

例えば(g)に挙げた歌に、

○…母父が　愛子にもあらむ　若草の　妻もあらむと　家問へど　家道も言はず…　（13・三三三九）
○母父も妻も子どもも高々に来むと待つらむ人の悲しさ　（三三四〇）
○家人の待つらむものをつれもなき荒儀をまきて臥せる君かも　（三三四一）

とあるのを見れば、父母妻子を網羅的に歌うというのは「家」で待つ人々を詳細に歌うことであったことが知られよう。「家」と「死者」との共感関係を喚起することに行路死人歌の特質があるのだとすれば[23]、行路死人歌に父母妻子が歌われることにはそれなりの意味があったことになる[24]。

恐らく家持は、いつ行路死人となるかわからない防人のその嘆きを、伝統的な行路死人歌の発想を応用して歌おうとしたのである。誤解を避けるために付言すれば、防人歌の父母妻子が行路死人歌と直接関係すると主張しているのではない。大切なのは、故郷の父母妻子を歌うという発想が、少なくとも家持以前においては行路死人歌的な側面を濃厚に持つものであり、従って父母妻子を詠む防人歌を見た家持が行路死人歌やその系譜に連なる歌々を想起しても不思議はないということである。当面の問題である長歌Cで言えば、「父」と「子ども」を加えて父母妻子を網羅的に歌うのは、それらの歌に見られる「家」イコール「父母妻子」という発想を前面に出そうとしたからではないだろうか。(25) 実際、長歌Cは前半に約半分を費して父母妻子を歌うが、後半で再び「親」と「妻」を歌うことによって首尾を呼応させ、結句の「家」が前半の父母妻子を受けたものであることを明示しているのである。

見逃せないのは、続く四首の反歌が総体として「家」との断絶を歌うものだということである。第一反歌で「船出はしぬと親に申さね」と歌っても、第四反歌では「告げ遣らむ使を無みや恋ひつつ行かむ」と諦めざるをえないのであり、また第三反歌で「家づとに貝そ拾へる」と歌っても、それは第二反歌で「家づと遣らむたづき知らずも」と既に否定されているわけである。これらの反歌は家と連絡をとる手段のないことを嘆くが、第一反歌が「親に申さね」と歌うとき、長歌前半における父母妻子の描写がはっきりイメージされるはずであり、その家族の描写が具体的であったために、家族と断絶していることへの嘆きも具体性をもって迫ってくるのである。これは長歌Bには見られなかったものであり、「家」との断絶を歌うところに長歌Cの特徴を認めてよかろう。

防人歌にも、

家風は日に日に吹けど我妹子が家言持ちて来る人もなし　（20・四三五三、上総）
常陸指し行かむ雁もが我が恋を記して付けて妹に知らせむ　（20・四三六六、常陸）
我が家ろに行かも人もが草枕旅は苦しと告げ遣らまくも　（20・四四〇六、上野）

のように、「家」や「妻」と連絡の手段がないことを前提に歌うものがあるが、こうした歌に接した家持は、やはりその発想を行路死人歌に引き寄せて捉えたのではないだろうか。というのも、次に掲げるように、「家」(＝父母妻子)や「国」との深刻な断絶を歌うのは行路死人歌(特に長歌)の大きな特徴と言えるからである。

○…荒床に　ころ臥す君が　家知らば　行きても告げむ　妻知らば　来も問はましを…

(2・二二〇、柿本人麻呂「石中死人歌」)

○…母父が　愛子にもあらむ　若草の　妻もあらむと　家問へど　家道も言はず…

(13・三三三九、調使首)

○…国問へど　国をも告らず　家問へど　家をも言はず…

(9・一八〇〇、田辺福麻呂歌集)

ここで注意すべきは、これらに類似した断絶の表現を、家持は既に越中で用いているということである。すなわち、家持が越中で瀕死の重病を患ったときに作った長反歌(17・三九六二～三九六四)であるが、これは異郷で死にかけた自らをテーマとする作品であり、既に述べたように(本書第二部第五章)、やはり行路死人歌の系譜に連なるものと考えられる。この長歌で家持は、まず故郷で待つ「母」や「妻子」を歌い、「たまほこの　道をた遠み　間使も　遣るよしもなし　思ほしき　言伝て遣らず」と、その家族と連絡の手段がないことを歌っているのである。国守である家持に連絡の手段がないはずはなく、これは明らかに故郷との断絶を表現するための文飾であるが、こうした表現をとるのもこれが行路死人歌の系列に入る作品として構想されているからであろう。これは長歌Cと軌を一にする発想と言うべきである。(26)

また、長歌Cは「うつせみの　世の人なれば　たまきはる　命も知らず　海原の　畏き道を　島伝ひ　い漕ぎ渡りて」と、行路の危険とそれゆえの苦しみを歌うのであるが、これも長歌A・Bには見られなかったものである。これは異郷に対する畏怖を歌う行路死人歌の発想、例えば「荒床」(2・二二〇)、「恐きや神の御坂」(9・一八〇〇)、「恐きや神の渡り」(13・三三三九)などと同根の発想であろう。殊に長歌Cの「海原の畏き道」は、調使首の行路死人歌の「とゐ波の恐き海」（13・三三三九）や、遣新羅使人の客死を悼む挽歌の「わたつみの畏き道」（15・三六九四）に倣ったものと思われ、行路死人歌に対する志向がはっきりうかがわれる。道行きが危険なものであり、従っていつ路傍の死者となるかわからないという危惧は、そのまま悲別の嘆きへとつながるものであるが、結局、家持はそれを歌おうとしたのであろう。

こうしてみると長歌Cは、父母妻子を網羅的に歌うということだけでなく、長歌Bに表現しきれなかった家との断絶や行路の苦難を歌うことにより、行路死人歌的発想を再び前面に出そうとしたところに特色があると言えそうである。長歌Bの洗練された仕上がりにもかかわらず家持が第三作をものしたのは、長歌Bの表現方法ではみだしてしまう部分を別の表現方法で定着させたかったということではないのだろうか。

五　おわりに

防人関係長歌が以上のようにして詠まれたものであるならば、それは家持の純粋に文芸的な営みであったと見るべきである。各長歌が表現方法を少しずつずらしながら展開していることや制作日の間隔が不均衡であることを考慮すれば、防人の教導といった実用的目的[27]は考えにくいが、そもそも、表現の問題を何らかの「事実」と直結させることには慎重であるべきだろう。家持が防人歌に接して、その表現世界を自らのものにしていったことは認められるし、その意味において家持の防人理解が深まったとは言えるだろうが、少なくとも長歌Aの表現が防人理解の未熟に起因するとは言えないはずである。

三つの長歌は表現方法をめぐる家持の様々な試みの過程に対応しているといってよい。但し、結果として残された三つの長歌はそれぞれに必然性をもって生み出されたものであり、長歌A・Bは決して長歌Cの草稿ではなかったと考えるべきであろう。防人の悲別を歌うという点では確かに同じ趣向であるが、実際には表現の重点が異なり、三者三様の世界を構築しているのである。それは防人歌との出会いの中で家持が三種類の表現方法を獲得したということであり、だからこそ長歌A・Bも削除されることなく残されたのだと思われる。防人の嘆きを歌うという試みは、あくまで三つの長歌を詠むことによって完結しているのである。

これらの防人関係長歌が防人歌と混在する形で載録されているのは、一つには、そうした家持の試みが防人歌と響き合う形でなされていったことを示そうとしているからであろう。そして、まさにそのように配列されることによって、勝宝七歳防人歌という集中最大規模の「伝聞歌」が、家持の生と関わる形で歌日記に位置づけられているのである。(28)

〔注〕
(1) 直接防人をテーマとした歌としてほかにも短歌が三首(20・四三三四~四三三六)あるが、本章の関心はあくまで長歌の表現にあるので扱わない。
(2) 参照、本書第二部第五章。
(3) 長歌をどこで区切るかということは、その構造をどう捉えるかという問題と関わっている。例えば増田茂恭氏は三つの長歌を全て二部構成に捉えるが(「家持の防人関係長歌―その方法と表現構造―」『和田繁二郎博士古稀記念 日本文学伝統と近代』一九八三・一二)、これは視点の相違によるものである。
(4) 吉井巖・山本セツ子「家持と防人たちとの出合い」『日本文学』第二〇巻第一一号、一九七一・一一。

(5) この勇猛な防人像を従来多くの論が家持のマスラヲ意識という観点から説明しており、吉井・山本説もそういう理解を前提としている。確かに防人関係長歌にはマスラヲの語が散見するが、それを安易にマスラヲ意識という漠然とした概念と結び付けてしまうことには疑問を感じざるをえない。本論としてはあくまで長歌の文脈にこだわりたい。

(6) 参照、村瀬憲夫「大伴家持の『防人歌』」『近畿大学文芸学部論集　文学・芸術・文化』第二巻第二号、一九九〇・一二。なお、注釈書でもしばしば指摘されている。

(7) 小野寛「防人との出会―防人の心情を陳べる長歌三作―」『家持を考える』上代文学会編万葉夏季大学第一四集、一九八八・八。

(8) 天皇の心中を引用句の形で描写することは家持歌には多く見られるが、万葉集全体からすると異例なことと言うべきである。参照、本書第一部第六章。

(9) 『全注巻第二十』(木下正俊氏担当)の当該歌「ねぎたまひ」の語釈に「ここも主語は天皇(孝謙)で、これから征途に就く防人らを慰撫する詔勅を勅使安倍沙美麻呂が読み聞かせることをいう」とあるが、この部分をそのような「事実」の反映と見ることにも慎重であるべきだろう。

(10) 本論初出時にはこの「騙し絵」という言葉をはっきりマイナスの文脈で用いたために、鉄野昌弘氏の批判を招いた(「大伴家持の防人関連歌」『万葉集研究』第三五集、二〇一四・一〇)。確かに本論では「三つの長歌はそれぞれに必然性をもって生み出された」と結論しているのに、初出稿では長歌Aの「構造的限界」というようなことを述べてしまっており、立場が不徹底であったと反省される。本書で述べているように訂正したい。但し、「騙し絵」という部分については、批判の対象となった部分でもあるので、文脈を修正した上で残した。

(11) 人麻呂の影響については小野注7論文にも指摘がある。

(12) 神野志隆光「行路死人歌の周辺」『柿本人麻呂研究』一九九二、初出一九七三・一二。

(13) 参照、本書第二部第五章。なお、小野注7論文にも同様の指摘がある。

(14) 本論初出時、ここに「試行錯誤」という語を用いたのは不用意であった。長歌Aが作品として不備だったから長歌Bを制作したというのではなく、そもそも表現の重点が異なると考えるべきである。

(15) 吉井・山本注4論文。

(16) 夙に小野寛氏は「第一作（四三三二）の第一段十八句はこの第二作では冒頭二句で済まされている」と指摘している（注7論文）。
(17) 本書第二部第五章の〔表1〕参照。
(18) 渡辺護「家持の防人が情の為に思ひを陳べて作る歌」『万葉集を学ぶ』第八集、一九七八・一二。
(19) 増田茂恭氏は「時間的な経緯の中で訳す必要はない」と言うが（注3論文）、根拠がなく従いがたい。
(20) 集中「はろはろに」は家持以前には「はろはろに思ほゆるかも」（5・八六六、及び15・三五八八）、「はろはろに別れ来ぬれど」（12・三一七二）の三例で、いずれも空間的に遠く隔てられていることを言うものであるが、家持は「はろはろに鳴く霍公鳥」（19・四一九二、及び19・四二〇七）と、ホトトギスが遙かに声を響かせることに用いている。参照、芳賀紀雄「大伴家持―ほととぎすの詠をめぐって―」『万葉集における中国文学の受容』二〇〇三、初出一九八七・一一、六二三頁。
(21) 参照、本書第二部第五章。
(22) 「たらちねの　母が目離れて」（長歌A）とあるのは、憶良歌の「たらちしや　母が手離れ」（5・八八六）、「たらちしの母が目見ずて」（5・八八七）によったものであろう。
(23) 参照、神野志注12論文。
(24) 但し、典型的な行路死人歌では「妻」が詠まれるものが多く、「父母」や「子」は後次的な要素である可能性が高い（本書第二部第五章参照）。故郷の父母妻子を網羅的に歌うという発想は客死を悼む挽歌にしか見られないが、行路死人歌であるからといって必ず父母や子までが歌われるとは限らないということである。なお、「家」を表現するのに父母妻子を網羅的に歌うことを志向するのは、恐らく律令社会の成熟を背景とするものである。孝子・順孫・義夫・節婦を顕彰したり（賦役令17）、孝経を家ごとに蔵めさせたり（『続紀』天平宝字元年四月四日条）するのは律令国家が父母妻子の絆を「家」の基と考えるからであろう。(a)～(i)に掲げた歌の作者が概ね天平期以降の律令官人であることはそのことをよく示している。
(25) 因みに、『古今和歌集』になると歌語としての父・母・子は認められず、「家」も現代語と同じ意味でしか使われていない。「家」と父母妻子を結び付けて歌うという発想の特殊性はこの点からも明らかであろう。
(26) しかも長歌Cはこの越中臥病歌の表現を多く用いている。参照、本書第二部第五章。なお、越中臥病歌と防人関係長歌との間に共通する方法が認められるということについては廣川晶輝氏の論にも指摘がある（「悲緒を申ぶる歌」『万葉歌人大伴家持―作品とその方法』二〇〇三、初出一九九八・一二)。

(27)『窪田評釈』の長歌Aの評に「これは兵部省の役人として、年若い防人に諭すものという、明確な目的をもっての歌であって、その目的を果たしうれば足りるものなのである。すなわち文芸性の歌ではなく、実用性の歌なのである」とあるが、内容的に見ても「年若い防人に諭す」ものにはなっていない。

(28) 参照、本書第二部第一章、第四章、第五章。

補論二　防人歌の蒐集と家持

一　はじめに

天平勝宝七歳二月の防人交替時に蒐集された防人歌（以下、勝宝七歳防人歌）に対するアプローチの方法は様々であるが、家持の問題としてこれを捉えていこうというのが本論の立場である。この時、防人検校業務のため難波を訪れていた家持は僅か十六日間で長歌四首を含む二十首もの独詠歌を歌日記に残しているが、帰京後の歌日記においてこれほど家持作歌（とりわけ長歌）が集中する時期は他に認められない。これらの歌の表現については既に私見を述べてきたが、(1) ここではその補論として、勝宝七歳に行われた防人歌蒐集の実態について、家持がそれにいかに関わったかという視点から考えてみたい。

まず、巻二十における勝宝七歳防人歌と家持歌の配列を掲げよう。

天平勝宝七歳乙未二月、相替遣二筑紫一諸国防人等歌

六日　遠江国防人歌（四三二一～四三二七）

七日　相模国防人歌（四三二八～四三三〇）

(a)八日　家持独詠歌（四三三一～四三三三）

(b)九日　家持独詠歌（四三三四～四三三六）

九日　駿河国防人歌（四三三七～四三四六）
九日　上総国防人歌（四三四七～四三五九）
(c) 十三日　家持独詠歌（四三六〇～四三六二）
十四日　常陸国防人歌（四三六三～四三七二）
十四日　下野国防人歌（四三七三～四三八三）
十六日　下総国防人歌（四三八四～四三九四）
(d) 十七日　家持独詠歌（四三九五～四三九七）
(e) 十九日　家持独詠歌（四三九八～四四〇〇）
廿二日　信濃国防人歌（四四〇一～四四〇三）
廿三日　上野国防人歌（四四〇四～四四〇七）
(f) 廿三日　家持独詠歌（四四〇八～四四一二）
廿九日　武蔵国防人歌（四四一三～四四二四）

右に示したように、巻二十において勝宝七歳防人歌と家持独詠歌(a)～(f)は混在する形で載録されているのであるが、これら家持独詠歌のうち(a)(b)(e)(f)が防人を主題としたものであり、かつ(e)(f)に防人歌との直接の類句が認められる[2]ということからすれば、家持が勝宝七歳防人歌の蒐集に何らかの形で関与していたということは既に指摘される通りであろう。しかし、どのように関与していたのかということになると、諸説あって定解を見ないのが現状と思われる。つまり、勝宝七歳防人歌は家持の個人的興味によって蒐集されたものなのか、あるいは、制度として蒐集されていたものを家持が兵部少輔の立場を利用して入手したものなのかといった、ごく基本的なところにおいてさえ、必ずしも共通の理解が得られているとは言い難いのである。資料的制約が大きいことも事実であるが、家持の側からこの勝宝七歳防人歌を考える時、蒐集の過程に家持がどのように関与したかということは、一度考えてみるべき問題ではないだろうか(3)。

如上の視点から、本論では防人歌蒐集のありようについて検討し、この問題について若干の考察を試みる。

二　問題の所在

言うまでもないことながら、防人歌蒐集に関する規定が文献上確認できるわけではなく、その全体像については万葉集から推測するしかないのであるが、幸いなことに、蒐集過程の一部についてはかなり具体的に知ることができる。すなわち、諸国防人歌にはそれぞれの国ごとに左注があり、日付・国名・防人部領使の官職姓名・進歌の数・拙劣歌不載の旨が注記されているのである。例えば、

二月の六日、防人部領使遠江の国の史生坂本朝臣人上。進る歌の数十八首。ただし、拙劣の歌十一首有るは取り載せず(4)。(20・四三二一～七左注)

〔二月六日、防人部領使遠江国史生坂本朝臣人上。進歌数十八首。但有㆓拙劣歌十一首㆒不㆔取載㆒之。〕

のごとくであるが、各国の左注がほぼ同じ体裁をとっているところからすれば、勝宝七歳防人歌は部領使によってまとめられ、どこかに提出された、公的性格を有する文書と考えるのが妥当であろう(5)。また、防人歌に付された左注を含め、提出文書の形式が概ね統一されていることを考えると、事前にある程度の指示があったことがう

かがわれる。

もちろん、一口に公的といっても事は単純ではない。仮に家持個人の私的な企てであったとしても、兵部少輔という立場を利用してのことであれば、かかる様式の文書として提出される可能性は十分あるからである。従って、どういうレベルでの「公」かを明らかにしない限り、実は何も言っていないのと同じということになる。前述したように家持の防人関係長歌（e）（f）には防人歌との類句があり、これによれば家持が進上されるそばから防人歌を見ていたらしいことがうかがわれるので、部領使の提出する防人歌はまず家持の手許に集められたものと見るべきであろう。しかし、この防人歌が最終的にどこかの官庁に提出されたものなのか、蒐集の責任者が誰なのか、ということについては左注は何も語らないのである。

勝宝七歳防人歌の蒐集については古来様々な説があるが、家持が多かれ少なかれ兵部少輔の立場を利用したことは確かであり、また「昔年防人歌」（20・四四二五〜四四三二）、「昔年相替防人歌」（20・四四三六）があることからすれば防人歌そのものが以前からあったことは確実であるから、問題なのはこのような体系的な防人歌の蒐集が制度として存在したのかどうかということであろう。まずこれについて検討する。

制度としての蒐集があったのだとすれば、家持はそれをただ利用しただけということになるが、この見方に立つ主な説はおよそ以下のごときものである。

(1)　此等の歌が、類型的な発想によつてゐるにせよ、とにかく相当に作れてゐるのは、歌を宮廷に奉る習慣が以前からあつて、民謡風な類想から出発して、何とか創作的な内容を盛るだけの手練が出てゐたお蔭である。（折口信夫）(6)

(2)　元来防人の歌は朝命によりて各国の部領使より録進せしなるが　部領使病の為に上り来らずして歌のみ進めし

例あるによりてその等閑事にあらざるを知るべし　家持は恰兵部少輔たりしかば之を見るを得て其中よりやや佳なるものを択びて私に写し留めたるなり（井上通泰）(7)

(3) 万葉集巻十四の防人歌の制作時代は明記を闕いてゐるが、大体に於いて巻二十のものを基準として考へて差支へあるまい。さうすれば天平勝宝七歳以前の歌で、巻二十の「昔年相替りし防人の歌」と呼んでゐる頃の作歌と看做さるべきものであらう。これらは大伴家持が兵部省に直接関係するやうになる以前の歌であるから、防人歌は、家持の単なる好奇心で蒐集されたわけではなくなり、東国の人々から防人歌が徴されるのは、それ以前から行はれてゐたことであつて、その淵源は更に古いことを証拠立ててゐる。（相磯貞三）(8)

(4) 防人歌の作られた場所と地域とをみてみると、それぞれの郷国を出るときのもの、或は郷里を出るまでの暫しの間に詠み残したらしいもの、難波津でのうたげでのもの、あるいはすでに筑紫をさして瀬戸内に漕ぎ出てからのものなど多様である。これらが、兵部少輔家持の指示によつて献歌のためにはじめて作られたとは到底考へられない。（門脇禎二）(9)

前述したように防人歌蒐集に関する明文規定はなく、蒐集の制度を認めるとすればその根拠は右の諸説に挙げられたものの範囲を出ないであろう。このうち(1)(2)はほとんど問題にならない。(1)は防人歌の完成度が比較的高いことを指摘するが、それだけを根拠に「宮廷に奉る習慣」まで考えることはできないし、また(2)は、病気で来られなかった部領使が代理をたてて進上したということを重視するのであるが、仮に家持の個人的な蒐集だとしても兵部少輔の権限で行われたのであればこれは当然のことであって、防人歌蒐集が制度化されていたことの根拠にはならないはずである。

問題は⑶⑷であろう。⑶は昔年防人歌など古い防人歌が存在するのは防人歌の蒐集が古くより制度化されていたことの証拠だと主張するものであり、一方、⑷は防人歌に出郷時や出航後の歌が含まれていることを根拠に、家持による下命の可能性を否定しようとするものである。どちらも大きな問題を含んでおり、以下、慎重に考察していきたい。

三　昔年防人歌の問題

まず昔年防人歌について検討してみよう。確かに勝宝七歳防人歌より古い防人歌があることは事実であり、

(a)　防人歌（14・三五六七～三五七一）

(b)　右八首、昔年防人歌矣。主典刑部少録正七位上磐余伊美吉諸君抄写、贈㆓兵部少輔大伴宿祢家持㆒。（20・四四二五～四四三二）

(c)　昔年相替防人歌一首（20・四四三六）

の三箇所に載録されている。このほか巻十三にあるいは防人の妻の歌ではないかと左注が疑う長反歌（13・三三四四～五）があるが、実態は不明なので今は措く。また巻十四には(a)のほかにも内容的に防人歌と思われるものがあるが、これも(a)と同様に勝宝七歳よりは古いものと一応見ておく。勝宝七歳防人歌（20・四四二二）に昔年防人歌（20・四四二八）とほとんど同形の作があることからすれば、勝宝七歳以前に防人やその家族によって既に歌が詠まれていたことはほとんど確実であろう。しかし、このように防人歌が古くからあることは事実だとしても、

これがただちに制度としての防人歌蒐集の存在を意味するであろうか。これについて川口常孝氏は、

昔年歌、天平勝宝七年歌ともに、きわめて私的な夫婦間の感懐などを含んでおり、その点から推せば、制度化されるまでには至らなかった蒐集の実態がとどめられていると判すべき《ママ》ものであろう。

と言うが(10)、私的な感懐を歌うからといって公的蒐集に不都合を生ずるとまでは言えないであろう。本論としては、それよりも万葉集における勝宝七歳防人歌と(a)(b)(c)との相違に着目したい。前者は歌数の合計が八十四首を数え、年次、国名、作者名のすべてが明記されているのに対し、後者は(a)(b)(c)を合計しても十四首しかなく、しかも年次も国名も不明である。神堀忍氏も指摘するように(11)、これはやはり前者と後者とでは蒐集のプロセスが異なることを示唆していると見るべきであろう。

そこで注意されるのが昔年防人歌の資料的性格である。家持は防人歌の蒐集にかなり積極的であったようだが、過去の防人歌について入手できたのは(b)(c)だけであった。歌数僅かに九首。もし宮廷の保管する防人歌というものがあったならば、家持がそれを入手できないはずはないと思われるが、実際にはこの九首を人づてに入手しただけだったのである。この「人づてに」入手するしかなかったというところに、昔年防人歌の資料的性格が表れているのではないだろうか。以下、この(b)(c)について検討してみよう。

まず、磐余諸君が贈ったという(b)は、どのように蒐集され保管されていたものなのであろうか。これを考える前に「主典刑部少録」という諸君の肩書きについて考えておく必要があろう。「主典」も「少録」もサカン（第四等官）であり、両者の関係については従来様々な議論があるからである。

例えば『全釈』は「主典は謂はゆる四部の官の第四で、サクワンである。ここの書き方は、主典《サクワン》の刑部少録といふので、主典は職名ではない」と言うが、当時の官人に「少録」が「主典」であることを説明する必要があっ

たとは考えられず、これはやはり刑部少録と何かの主典との兼官と見るべきである。しかし、『古義』のように「刑部少録にて、国ノ目兼たるにや」と考えるのは、上に脱落でも想定しない限り無理であろう。もし国司の第四等官を意味するのであれば、上に国名を付けるか、そうでなくても「目」という用字を選択したはずで、初めから「主典」という注記しかなかったのだとすれば、やはり前後の状況から自明な部分を略したと考えるべきである。

「主典」はサカン一般を指す用語として令の本文に散見するほか、『和名抄』（巻五）に「佑《ママ》官（中略）勘解由曰二主典一余使准レ此」（元和古活字本による）とある。しかし『新考』がこれを根拠に「勘解由主典が刑部省の佐官即少録を兼ねたるなり」と言うのは全くあたらない。『全釈』も指摘するように勘解由使の初見は延暦年間であり、勝宝七歳には存在しなかったはずだからである。一方、『私注』は、軍防令20に「津より発たむ日には、専使部領して、大宰府に付けよ」[12]とあるのを引いて、「その専使の主典即ち四等官として、本官は刑部少録の諸君があてられた」と言うが、既に和銅六年十月の詔で専使の部領をとどめ逓送によるということになっているので（『続紀』）、『私注』のこの説も成り立たない。また、『佐佐木評釈』は「旅人を撿挍する勅使の主典であらう」と言うが、これも無理であろう。確かに三月三日の宴の題詞には「検二校防人一勅使并兵部使人等、同集飲宴作歌」（20・四四三三～五）とあるが、「兵部使人等」の「等」は兵部使を含めた宴の出席者の総体が複数であることを示すものであり、「勅使」が主典を含む複数の人員で構成されていたかどうかは不明だからである。[13]

結局、「本官は刑部の少録であつて、兵部使の主典を兼ねて、難波に来ていた」という『全註釈』の解（『窪田評釈』も同様）が最も無理が少ない。『続紀』には巡察使など臨時の職務に「主典」を任じた例が散見するし、一方、兼官の場合に本官の方を後に記す書式のあったことは巻五に「相撲使某国司官位姓名」（5・八八六～八九一序）とあることによっても知られるからである。[14] ここは「兵部使主典刑部少録」の「兵部使」を略したものであろう。[15]

さて、ここで改めて磐余諸君が「抄写」したという原資料がどのようなものであったかを考えてみたい。これについて『窪田評釈』は次のように述べる。

これらの歌は、巻十四、東歌の中に散在しているもの、その他とも重複したところのない点から見て、民間に伝わることのない状態において保存されている物が多量にあり、その中から抄写したものと思われる。その原本は家持は見ることができず、諸君だけが、何らかの理由で見られたのである。

家持が見られない資料であったという点についてはその通りであろう。しかし、何故見られなかったのかが問題である。仮に昔年防人歌が宮廷に保管されていたのであれば、諸君だけが見られたという状況は想定しにくいし、刑部省秘蔵の防人歌というのも考えにくい。やはり川口氏の言うように、諸君は「みずから記録していたものを、家持に抄写して贈った[16]」のではないだろうか。

ここで、(b)の左注には「贈」とあることに注意したい。先の考察によれば、諸君は兵部使主典、すなわち家持の直接の下僚であったことになるが、既に伊藤博氏も指摘するように、防人歌左注の「進」が縦の関係を示すのに対し、この「贈」は横の関係を示すものと考えられる。[17] つまり、諸君は家持の下僚でありながら、私的な関係において昔年防人歌を「贈」っているのであり、この点から見てもこの資料は諸君個人の所蔵するものであった可能性が高い。しかも原資料から八首を「抄写」するという作業は、家持の「拙劣歌」削除と同様、諸君の文芸意識に基づくものであろうが、事務的な書類の提出であればこのような意識が介在する余地はなかったであろう。やはり、家持が(b)の資料を入手できたのは諸君の個人的な好意によるものと考えて大過あるまい。

一方、(c)の「昔年相替防人歌一首」(20・四四三六)は上総国朝集使として上京中の大原今城が伝誦した四首のうちの一首であり(20・四四三九左注)、今城が個人的に蒐集したものであることは恐らく間違いないだろう。巻二十は(c)を含む歌群の直後に「上総の国の朝集使大掾大原真人今城、京に向ふ時に郡司が妻女等の餞する歌二首」(20・四四四〇〜一)を載せるが、今城はあるいはこうした宴で昔年防人歌を耳にしたのかもしれない。(18)勝宝七歳防人歌の中に昔年防人歌とほとんど同形の歌があることは既に述べたが、そのように民間に伝誦される防人歌のいくつかが郡司によって採取され、宴において披露された可能性は十分にあるからである。林田正男氏は、防人集団の役職者が郡司の子弟などの有力者であった可能性を指摘するが、(19)もしそうだとすれば郡司が防人歌の媒介者であった蓋然性はさらに高くなるだろう。あくまで臆測であるが、諸君の場合も、自身が国司として東国に赴任した折に、郡司の同席する宴などで偶然防人歌蒐集の機会を得たのではないだろうか。

いずれにしても、(b)(c)の資料が個人的に蒐集・保管されていたものであるということは認めてよさそうである。(a)の蒐集の実態は不明だが、年次・国名が不明という点で資料的様態は(b)(c)に近く、体系的な蒐集によるものとは考えにくい。資料的制約から確定的なことを言うのは難しいが、少なくとも、昔年防人歌が存在するからといって防人歌蒐集が勝宝七歳防人歌と同等のレベルで制度化されていたことの証拠にはならないはずである。(b)(c)をめぐる先の論述によれば、防人が歌を詠むという習慣が勝宝七歳以前からあったことは認められるにしても、やはり勝宝七歳防人歌のようにそれを大規模かつ体系的に蒐集するようなことは異例であったと見るべきであろう。

四　家持と朝集使

次に門脇禎二氏（前掲(4)説）の提起する問題について検討する。

前述のごとく、氏の立場は防人歌に出郷時や出航後の歌が含まれていることを根拠に蒐集の慣例を認めようとするものである。[20] 但し出航後の歌が含まれているというのは、「難波津を漕ぎ出て見れば神さぶる生駒高嶺に雲そたなびく」（20・四三八〇）を念頭に置いての発言と思われるが、夙に『全釈』が「予め想像して作つたのであらう」と指摘している通り、これを出航後の作と見る必要はない。むしろ問題なのは、勝宝七歳防人歌に難波集結以前の作が含まれているということであろう。門脇氏の立論は、防人の出郷以前に家持が防人歌蒐集を各国庁に命じておくことは不可能だという前提に立つものであるが、もしその前提が正しいならば家持は難波に来て初めて防人歌蒐集に関わったことになってしまうからである。[21]

しかし、駿河国防人歌（20・四三三七～四六）の左注には「二月七日（中略）実進九日」とあり、実際の献歌は予定日より二日遅れたことが知られるが、提出された書類にこうした予定の期日がそのまま残されていることからすれば、少なくとも駿河国の場合、書類作成はかなり前に行われたと考えるべきではなかろうか（駿河国防人歌には難波での作と見られるものは一首もない）。そもそも、難波において初めて蒐集の命が下ったのであれば難波での詠が多くなりそうなものなのに、残された防人歌のうち難波における詠と断定できるものは決して多くはない。のみならず、防人の父の歌（上総国）や防人の妻の歌（武蔵国）が含まれている以上、防人たちは自作の歌だけでなく、家族の歌も覚えていて難波で誦詠したということになるはずである。無論、そういう歌も中にはあったかもしれないが、難波での下命を想定した場合、勝宝七歳防人歌のかなり多くが誦詠歌となってしまうのであり（歌の読みにより多少の差が出るが少なくとも過半数を越えるであろう）、相当の無理が生じてしまう。(22) 第一、「国々の防人集ひ船乗りて別るを見ればいともすべなし」（20・四三八一）とあることからすれば、諸国の防人は難波に到着するそばから次々と筑紫へ出航して行ったもののようであり、難波滞在の期間はかなり短いものであったと推察される。本来の業務もあったわけだから、その短い期間で下命から進上まで行われたと考えることには、やはり多くの困難が伴うであろう。そういう無理をしてまで難波での下命にこだわる必然性があるとは考えられない。

やはり、防人徴発以前に家持が防人歌蒐集の命を各国庁に伝えることは不可能であったという前提の方が誤っているのではないか。確かに十ヶ国に命を下すとすれば相応に官の力を必要としたであろうから、家持の個人的な興味でそこまでできたかという疑念が起こるのももっともであるが、時の兵部卿が橘奈良麻呂であったことを考えれば（20・四四四九題詞）、次官である家持は奈良麻呂との相談のもとにかなりの権限を行使できたはずである（職員令3分注によれば次官の職掌は原則として長官と同じ）。もちろん防人歌蒐集のためだけに使者が立てられたということは考えにくいが、幸便をもって各国庁に下命するという程度のことは十分ありうるのではないか。

そこで、一つの可能性として朝集使の利用ということを考えてみたい。兵部少輔であった家持が各国庁へ一度に命を下すとすれば、朝集使は最も都合のよいものだからである。朝集使については直木孝次郎氏の次の説明が要点を尽くしている。

朝集使とは、律令制のもとで地方国衙の政治の状況を中央政府に報告する使節の一つであり、それには国司の一人が起用される。毎年一回、国内の官吏の考課を記した考文とその他種々の公文とを携え、十一月一日までに太政官に奉ることを主要な任務とし、計帳を上申する大帳使、正税帳を上申する税帳使、調庸の物を

貢上する貢調使とあわせて四度使とよばれる。(23)
この「種々の公文」を通じて朝集使が兵部省とも関係を持つことに注意すべきであろう。すなわち軍防令には以下のごとき規定を見る。

○凡そ兵士以上は、皆歴名の簿二通造れ。並に征防遠使の処所顕せ。…一通は国に留めよ。一通は年毎に朝集使に附けて、兵部に送れ。(軍防令14)

○…其の国郡の器仗は、年毎に帳を録して、朝集使に附けて、兵部に申せ。(軍防令42)

これによれば、兵士歴名簿(兵士の名簿)および国郡器仗帳(国衙で管理する武器の帳簿)はそれぞれの国の朝集使が兵部省に届けることになっていたわけであるが、言うまでもなくこれらは防人徴発と深く関わるものであり、防人徴発が兵部省の権限において行われていたこと(職員令兵部省条の義解)を考えあわせれば、朝集使を通じての兵部省と東国各国庁との関係は密なるものがあったと考えるべきである。家持は兵部少輔の権限において任国へ帰る朝集使たちを利用し、防人歌蒐集の命を各国庁へと伝えたのではなかろうか。因みに、『続紀』や万葉集によれば防人歌蒐集までの家持の動向は以下の通りである。

〔天平勝宝六年〕
四月五日　兵部少輔任官
五月頃　(朝集使任国に帰任)
十一月一日　山陰道巡察使を兼任
〔天平勝宝七歳〕
二月　難波で防人を検校

家持は十一月に山陰道巡察使に任じられて以降、翌年二月の防人検校の直前まで山陰道にいたものと考えられるから、もし事前に命を下したのだとすれば勝宝六年の四月から十一月の間であったと考えられる。一方、朝集使は五、六月頃任国へ帰るものであったから、(24)四月に兵部少輔に着任した家持が利用することは十分可能であるし（無論、翌年が防人交替の年であることは兵部少輔任官の時点で既に知っていたであろう）、何よりも兵部省の権限の範囲内で各国に一度に伝達できるという点は注目に値しよう。

家持の周囲に朝集使が集っていたということの傍証はほかならぬ巻二十にある。前述したように、家持が防人を難波に迎えた勝宝七歳二月には、大原今城が上総国の朝集使として上京しており（20・四四四〇～一題詞）、日次は不明であるがこの頃に「昔年相替防人歌」を含む四首の伝誦歌（20・四四三六～九）を家持に披露しているのである。確認できる範囲において両者の交流はこの時が最初であるが、これは今城が朝集使であったことと無関係ではないだろう。五味智英氏も指摘するように、(25)兵士名簿や武器の帳簿を提出するという朝集使の職掌を考えれば、今城が防人検校中の家持を訪ねることもありえないことではないからである。

そもそも防人歌蒐集の行われた年に、大原今城が上総国朝集使として上京し、家持の近辺にいたことは偶然とは思えないところがある。この時の上総国守は家持の叔父にあたる大伴稲公であるが、稲公の前職は兵部大輔だったからである。一方、今城も天平二十年十月に兵部少丞であったことが知られ（『寧楽遺文』下、七四六頁）、かつ防人歌蒐集の翌年にあたる勝宝八歳には既に兵部大丞であったことが知られる（20・四四五九左注）。この一連の人事そのものは偶然かもしれないが、防人歌蒐集にあたっては兵部省の職務に詳しい稲公・今城の連携による協力があったのではなかろうか。しかも稲公が兵部大輔から上総国守に転じたのは勝宝六年四月五日のことであり、この時の任官で家持は稲公と入れ代わりに兵部少輔となったのだから、上総国の防人歌蒐集に関しては業務引継ぎなどの際に直接依頼できたことになる。あるいは朝集使の利用ということについても稲公の教示があったかもしれない(26)。

巻二十にはまた、出雲国の朝集使安宿奈杼麻呂と家持との関係も指摘できる。勝宝八歳十一月八日、朝集使として上京中の安宿奈杼麻呂は自邸で宴を催し、その席上、自作の他に出雲国守山背王の歌を披露しているが（20・四四七二～三）、この山背王の歌に追和する歌を家持が作っているのである（20・四四七四）。『全注巻第二十』（木下正俊氏担当）は「家持が誰から〔四四七二〕〔四四七三〕を聞いて書き入れたか不明。あるいは、このあと大原今城と逢うことはあり、彼の聞き覚えの歌を書き付けていることを思えば、この情報提供者も今城かも知れない」と言うが、そうではあるまい。この歌の伝誦者である奈杼麻呂が朝集使だということを考えれば、当時まだ兵部少輔であった家持に直接これを伝える機会は十分にあったはずである。実際、伝えられたのは奈杼麻呂自身の歌と奈杼麻呂の上司である山背王の歌だけであり、情報提供者としては奈杼麻呂がもっともふさわしい。これも朝集使と兵部少輔の職務上の関係を背景としたものであり、家持が朝集使と接点を持っていたことを証するものであろう。

以上、一案として朝集使の利用ということを想定してみたが、兵部省との関わりから見て朝集使利用の可能性は十分にあるのではないだろうか。もちろんこれには確証があるわけではなく、朝集使以外の公使を利用したと考えることも全く不可能というわけではないが、朝集使利用の可能性を考えうる以上、少なくとも家持が事前に蒐集の命を下すことはできないという前提は成り立たないはずである。

五　防人停止との関連について

　ここで、防人歌の蒐集と防人の停止とを関連させる吉永登氏の説[27]について検討しておきたい。『続紀』には、天平二年、天平九年、天平宝字元年の三度にわたり防人を停止する旨の記事が見えるが（このうち天平二年と九年の停止はまもなく解除されたらしい）、まず尾山篤二郎氏が天平宝字元年の停止に着目し、家持による防人歌蒐集が結果的にこの停止に結びついたという推論を提示したのであった[28]。吉永氏はこれをさらに発展させて防人歌蒐集を防人停止を陳情するための一つの手段と捉え、「（防人停止という）旅人以来の大伴家の執念と憶良の影響による同情、この二つが、家持をして防人廃止に懸命にならしめ、そのために防人歌の収集を企てしめた」と結論付けたのである。仮に吉永氏の言う通りだとすれば、防人歌蒐集は家持が防人廃止のために個人的に企図したものということになる。

　だが、既に指摘されるように吉永氏の論証には無理な点が多く、従いがたい。吉永説の主たる論拠は、防人の停止を「旅人以来の大伴家の執念」と考える点にあるが、これは天平二年の防人停止が時の大宰帥であった旅人の積極的な支持のもとに実施されたと捉えるところからきている。氏によれば、防人集団には少なからぬ数の大伴部が参加しており、その大伴部が大伴氏の旧部民であったことから、旅人は防人に対する同情心を持っていたというのである。しかし川口常孝氏は、「大伴部なるものの性格には、大伴氏――大伴部と単純につないでしまえない疑点があ」ると指摘した上で、大伴部を膳臣の部民と考える志田諄一氏の説[29]を引き、「そうだとすると、防人のなかに大伴部を名乗る防人が数多くいても、それはただそれだけのことであって、大伴宿祢（連）家の当主たちに特別な働きかけをもつ因子にはならない」と述べている。[30] その通りであろう。また神堀忍氏は、三度にわたる防人停止が中央政府の東北経略に伴うものであることを論証し、「藤原氏を原動力とする防人の停止は、防人たちの心情とは程遠い問題として行われている」ということを明らかにした上で、「たとえ防人を停止されたにしても、それに代って東国経営への参加を余儀なくされるという現実」があったことを指摘するが、[31] これによれば、東国人への同情を前提とする吉永説は根底から崩れてしまうはずである。

そもそも、天平期に二度にわたって停止された防人の徴発がその後まもなく復活しているらしいことや、天平宝字元年の防人廃止後に大宰府が東国防人の復活を要求している（天平宝字三年三月及び天平神護二年四月）ことからすれば、大宰府としては一貫して防人を必要としていたと見るべきであろう。それなのに大宰帥であった旅人が、個人的な同情心から積極的に防人停止を働きかけるというようなことは考えにくいのではないか。

同様に、防人検校に携わる家持が防人停止といった訴えを企図することはありえないとすべきであろう。第一、現存する勝宝七歳防人歌は既に家持による拙劣歌の削除を経ているわけであるが、[32] 既に指摘されるように「拙劣」と認定し削除すること自体が文芸的営為であり、[33] 東国防人の実態を知るための資料作成という実用からは遠いものであろう。蒐集を企図した動機はむしろ文芸上の問題として捉えなければならないはずである。[34]

六　おわりに

以上、防人歌蒐集に家持がどのように関与したかということについて考察した。これによれば、次のようなことが言えるのではないだろうか。

1　「昔年防人歌」の存在によれば天平勝宝七歳以前にも防人歌が蒐集されていたことは認められるが、磐余諸君や大原今城の例からすると、それは個人的レベルでの蒐集に留まっていたと推察される。

2　「昔年防人歌」は諸君らを頼って家持が個人的に入手したものと考えられるが、この事実は家持による防人歌蒐集が私的な面を持っていたことを示唆している。

3　右に見たような「昔年防人歌」蒐集の実態によれば、家持は可能な限り防人歌を蒐集しようとしていたと考えられるが、にもかかわらず、家持の入手できた「昔年防人歌」は僅か九首に過ぎなかった。天平勝宝七歳のごとき大規模な防人歌蒐集が恒例化していたならば、宮廷に保管されていたはずのそれらの防人歌を、兵部少輔たる家持が披見できなかったとは考えにくい。

4　勝宝七歳防人歌に関して、家持が蒐集の命を各国に一斉に下すことはできないという前提は成り立たない。下命の実態は不明とせざるをえないが、兵部省の職権の範囲内で言えば、各国の朝集使を利用したということが一つの可能性として考えられる。

5　家持の個人的蒐集であるにしても、そこには防人の停止といった現実的な意図があったとは考えられない。「拙劣歌」を削除したり、「昔年防人歌」を個人的に蒐集したりしていることなどを考慮すると、文芸的な関心が動機になっていると考えるのが穏やかである。

こうしてみると、やはり勝宝七歳の防人歌は、家持の個人的関心によって蒐集された可能性の方が高いのではなかろうか。少なくとも、勝宝七歳以前にかくも大規模な蒐集が行われていたと考えることは、現存する文献による限り、難しいとせざるをえない。天平勝宝六年四月五日の兵部少輔任官を契機に家持自ら防人歌の組織的蒐集を企画し（兵部卿橘奈良麻呂の承認くらいは得たかもしれないが）、五月頃に帰任する朝集使などを利用して各国庁に蒐集の命を下した、という状況を一応想定しておきたい(35)。

念のために言えば、家持の個人的蒐集と見ること自体はむしろ通説的理解と言ってよい。夙に伊藤博氏は、「『公』といっても、朝廷の積極的な発意に拠るものではなく、下《ママ》家持の意志を源泉とした左大臣の私的承認を仰いだぐらいの公的性であったとしか思えない」と述べている(36)。更に氏は、防人歌群が正規の公文書としては不統一な部分を含み込むことを指摘し、「兵部少輔大伴宿祢家持の立場を利用して蒐集の指令を出したと思われる天平勝宝七歳の各国の防人歌は、兵部少輔家持に引きつけられる面を有すると同時に、歌人家持の個人的自由に引きつけられるゆるやかな面も色濃く有する」とも述べている(37)。本論は、家持による朝集使利用の可能性などを具体的に想定することによって、こうした私的蒐集という見方を大筋において追認したものである〔補注〕。

ちなみに、蒐集されたこれらの防人歌が最終的に誰かに献じられたのかどうかは不明と言うほかはない。但し、仮に家持が諸兄か奈良麻呂に献ずべく防人歌をまとめたとしても、恐らく献上の機会そのものがなかったのではなかろうか。防人歌蒐集の後、家持が諸兄の催した宴に出席した形跡はなく、出席しなかった宴に対する「追作」（20・四四五〇～一）が残されているのみである。木本好信氏はこの時期が奈良麻呂の乱の直前に当たることを重視し、「宴飲の場が政治的謀略の場となっていた」ことを指摘するが(38)、事実、諸兄は天平勝宝七歳十一月の宴（20・四四五四の詠まれた宴であろうか）における不用意な発言がもとで翌天平勝宝八歳二月には致仕に追い込まれている（『続紀』天平宝字元年六月二十八日条）。この時期、家持は自作でさえ諸兄に披露できなかったのである。

それより大事なことは、家持の筐底に蔵されていた防人歌が、巻二十に取り込まれることによって、難波の家持を語る歌群として再生したということであろう。巻二十においては、家持はあたかも天皇行幸中の難波の宮にあって、天皇の威光のもと、防人歌の蒐集に従事しているように見えるのであるが（本書第二部第四章参照）、本論の考察によれば、天皇の威光による蒐集ということ自体、家持によって仮想された構図に過ぎないということになる。それは「あるべき防人歌の蒐集」として巻二十の中に描き出されたものと理解すべきではなかろうか。

〔注〕

（1）本書第一部第六章、第二部第五章、第二部補論一。

（2）参照、拙稿「家持の防人同情歌—行路死人歌の系譜—」『国文学研究』第一〇九集、一九九三・三、本書第二部第五章。

（3）本書は勝宝七歳防人歌を「伝聞歌」と捉える立場を取る（参照、本書第二部第一章、及び第二部第四章）。本論は、防人歌の蒐集に関する考察を通して、家持が「伝聞歌」をいかに蒐集していたかということの一端を明らかにしてみようというものである。

（4）左注の訓読は『釈注』による。伊藤博氏は、従来の訓読では駿河国（四三三七〜四六）と信濃国（四四〇一〜三）の左注の意味が通じないことから、新訓を提示した（「防人歌群」『万葉集の歌群と配列』下、一九九二、初出一九八四・一〇、一六一頁以下）。それに従う。

（5）但し、勝宝七歳防人歌の左注が提出された公文書そのままかどうかは慎重に考える必要がある。伊藤博氏は、左注の「進歌数」以下（駿河国の場合は「実に」以下）が家持による注記であり、それより上の部領使の姓名の部分までは、進上された歌録にもともとあった後書きであると論じているが（注4論文）、左注の日付部分に「天平勝宝七歳」という年号がないのは公文書としては明らかに不備なものであり、後の編集過程における削除の可能性を考慮すべきであろう。同様のことは、例えば防人の妻の歌（武蔵国防人歌）に付された左注からもうかがわれる。妻の歌のうち、夫の歌と併せて載録されているもの（四四一六・四四二〇・四四二二・四四二四）と、妻の歌単独で載録されているもの（四四一三・四四一七）では明らかに左注の様式が違うのであるが、後者が夫の名前まで詳しく記しているのは、やはり編集上の処理ではないだろうか。夫の歌を拙劣歌として削除した結果、誰の妻かわからなくなってしまい、新たに左注を増補したということは十分に考えられる。巻二十における勝宝七歳防人歌の左注が原資料を尊重したものであるという通説に異論はないが、加筆や削除がなされている可能性は常に考慮しておくべきであろう。
（6）折口信夫「上世日本の文学」『折口信夫全集』第十二巻、初出一九三五・七、四五九頁。
（7）井上通泰『万葉集新考』第七、四〇〇八頁。
（8）相磯貞三『防人文学の研究』一九四三・一一、五六頁以下。
（9）門脇禎二「防人歌の登場」『万葉集大成』一一、一九五五・三、七九頁。
（10）川口常孝『大伴家持』一九七六・一一、九二七頁以下。氏はさらに、防人に徴されたことを嘆く四三八二・四三八九・四四〇六の三首を挙げて、「このような体制がわにとっての反倫理が、少数ながらも　まかり通っているのは、防人歌の収集が、制度化された、公的営為のそれではなかったことを告げている」とも指摘している（同書九二八頁）。だが、それらの歌にしても、家を離れて旅に出ることを余儀なくされた防人の苦しみを歌うに過ぎないものであり、例えば遣新羅使人歌に「草枕旅を苦しみ恋ひ居れば可也の山辺にさ雄鹿鳴くも」（15・三六七四、大判官）とあるのと大きな逕庭があるわけではない。
（11）神堀忍「天平期における防人停止と大伴家持の防人歌記録」『関西大学文学論集』一九七五・一一、六〇頁以下。なお、神堀氏は同論文の中で「各部領使に、防人たちの歌を蒐集選択するについての裁量が保障されていた」ということを指摘し、「防人たちの歌を蒐集選択するについて、かほどの自由があったということは、防人歌を蒐集記録するということが公的には慣例となっていなかった、という傍証になるであろう」と述べている。
（12）令の番号及び訓は日本思想大系『律令』による。以下同じ。
（13）軍防令19は、三千人以上の兵士派遣に際し侍従を遣わして宣勅慰労すること、千人以上の防人の派遣に際し内舎人を遣わすことを定めているが、この時の勅使安倍沙美麻呂は紫微大弼（紫微中台の次官）という高官であり、その異例な人事が注目される。これは、林田正男氏も指摘するように紫微令藤原仲麻呂の「権力の誇示」であろうから（『万葉防人歌の諸相』一九八五・五、二五頁以下）、防人検校の実務を担当したとは考えにくい。そもそも防人派遣は兵部省の権限で行われていたのである。この点からすると、この時の勅使に記録などの実務を担当する「主典」は初めからいなかった可能性が高いと思われる。
（14）防人部領使の肩書きも「防人部領使少目」（20・四三五九左注）のように、本官の方を後に記している。同様の例は多い。
（15）「兵部使少輔」（20・四四三五左注）という家持の肩書きも異例な書き方だが、これは「兵部使兵部少輔」の義で、重複を避けて傍線部分を略したものと考えられよう。つまり本官が兵部少輔で兵部使を兼任しているという意味である。
(16) 川口注10前掲書、九三〇頁。
(17) 伊藤博「万葉集末四巻歌群の原形態」『万葉集の構造と成立』下、一九七四、初出一九七〇・六、三二一頁以下。なお、神堀忍氏は万葉集中の「進」の使用が「公的な場合とか、下位者から上位者への献上とかに限らない」ということを指摘するが（注11論文）、防人歌左注の場合は各国が原則的に同じ書式であり、この点からすれば、やはりこの「進」は公的な意識で用いられたものと考えるべきである。
(18) 家持も郡司を宴に招いたり（18・四〇六九、18・四〇七一、18・四一三六、20・四五一六）、郡司の家に泊まったり（18・四一三八）している。郡司と国司の和歌をめぐる交流は日常的にあったものと考えられる。参照、上野誠『万葉びとの宴』二〇一四・四、七六頁以下。
(19) 林田注13前掲書、六七頁以下。
(20) 但し門脇氏は、兵部省や宮廷による蒐集を考えるのではなく、部領使が防人歌を蒐集し郷里の人々に伝えるという、やや特殊な制度を想定している（注9論文）。
(21) 身﨑壽氏は難波での下命を考えるが（「防人歌試論」『万葉』第八二号、一九七三・一〇）、これに対して遠藤宏氏は「出郷時や難波津への途次の作がその都度記録されていたとするならば、防人歌上進の命は防人徴発の時点ですでに各国庁に届いていなければならない」と指摘する。但し、遠藤氏は、その点に疑問を残しながらも、一方では「防人徴発以前の防人歌上進の下命は可能性が少ない」とも述べ、「身﨑説は妥当かもしれない」としている（「防人歌の場」『万葉集を学ぶ』第八集、一九七八・一二、二二二頁）。
(22) この点については、遠藤氏も同様の指摘をしている（注21論文）。渡部和雄氏は、防人に対する家持の教示ということまで想定するが（「時々の花は咲けども―防人歌と家持―」『国語と国文学』第五〇巻第九号、一九七三・九）、家持の防人関係長歌は教示を目的としたものとは考えられず（参照、本書第二部第五章及び第二部補論一）、従いがたい。
(23) 直木孝次郎「朝集使二題―その起源と形式化について―」『古代・中世の社会と思想』家永三郎教授東京教育大学退官記念論集1、一九七九・六。
(24) 直木注23論文

(25) 五味智英「大原真人今城送別の歌」『上代文学』第二九号、一九七一・一〇。なお、氏の言うように今城が難波を訪問したのだとすれば、「昔年相替防人歌」などを披露したのはその時のことと思われるが、実態はなお不明とせざるをえない。あくまで歌日記の中でそのようにも解しうるということである。

(26) この辺りの論述は状況証拠による臆測を重ねたに過ぎないが、集中ただ一首の稲公の歌（8・一五五三）には少年家持の「和歌」が残されており（8・一五五四）、両者に文学的交流があったことは確認できる。

(27) 吉永登「防人の廃止と大伴家の人人」『万葉―文学と歴史のあいだ』一九六七、初出一九六六・七、二七八頁。

(28) 尾山篤二郎『大伴家持の研究』一九五六・四、三二七頁。

(29) 志田諄一「大伴連」『古代氏族の性格と伝承』一九七四（増補三版）、初出一九七一・二、一七六頁以下（増補版による）。

(30) 川口注10前掲書、九三九頁。

(31) 神堀注11論文

(32) 左注は拙劣歌を削除した旨を注記するのみで誰が削除したかを語らないが、前述のように諸国防人歌が家持の手を経ていることは確実なので、通説のごとく家持が削除したものと見るべきである。

(33) 川口注10前掲書、九四〇頁。

(34) 本論の初出時にはこの後に第六節として防人歌蒐集の背景を論じた部分があったが、全て削除した。本書で述べるように訂正したい。参照、本書第二部第四章及び第五章。

(35) 前述のごとく家持は勝宝六年十一月一日に山陰道巡察使に任ぜられているので、防人歌蒐集の命を下したとすれば、これより前と考えられる。山陰道は都から遠く（『主計式』によれば石見国は京都から「下十五日」、隠岐国に至っては「下十八日」とある）、業務をこなしながら山陰道九ヶ国をまわったとすれば、家持の帰京は防人検校の直前であったと推測されるからである。なお、山陰での歌が一切記録されていないことについて、北山茂夫氏は「作歌と記録への興味がおとろえてきた」（『万葉集とその世紀』下、一九八五・一、二七〇頁）と言うが、そうではあるまい。この時の巡察使派遣について、新大系『続紀』の脚注は「九月に国司に対して田租と正税の利との確保と、任国における私的な交易物の輸送を禁止する勅が出されているので（九月丁未条）、この巡察使の派遣も一連の政策か」と指摘するが、この九月丁未条の勅の内容が国司に対してかなり厳しいものであることに注目したい。巡察使接待の宴は催されたであろうが、それは優雅に歌を詠みあうような雰囲気のものではなかったのではあるまいか。少なくとも家持の文芸的関心を触発するような旅ではなかったのであろう。
(36) 伊藤注17前掲書、三二三頁。
(37) 伊藤注4前掲書、一六五頁。なお、『全注巻第二十』（木下正俊氏担当）は、兵部省の計画とすることすら否定して、「家持がこの程度各国の部領使の手を煩わすことがはたして職権の濫用であろうか」と述べている（五九～六〇頁）。近年では市瀬雅之氏も「蒐集の動機と整理とには、家持の個人的関心が大きく働いた」と述べている（「防人文学の完成」『万葉集編纂論』二〇〇七、初出二〇〇三・七、二八五頁）。
(38) 木本好信『大伴旅人・家持とその時代―大伴氏凋落の政治史的考察―』一九九三・二、八七頁以下。なお、この辺の事情については本書第三部第六章を参照。

〔補注〕　近年、鉄野昌弘氏は、防人歌に他の歌（特に異なる国の防人歌）との類句や類想句が散見することを取り上げて、そのようなことが起こるのは「彼ら全員の前に強力な範例があった」からだとし、「『昔年防人歌』は、防人歌が過去に集められ、テキスト化されていた証である」と述べている（「防人歌再考―「公」と「私」―」『万葉集研究』第三三集、二〇一二・一〇、一〇七頁及び一二〇頁）。そして、その「テキスト」を家持が直接見ていないことについて、氏は「それは家持が防人歌蒐集の企図者であったことを疑わせる事柄でもある」（同論文）とも述べているが、その後に発表された論文では更にはっきりと次のように結論づけている。

　畢竟、防人歌は、制度化され、蓄積され、再生産されていたと思われるのである。それは既に、個人的・「私」的な営みではありえない。防人歌が、部領使の位階姓名を記して提出されているのは、それが公文書であったからだろう。そこに「進歌」とある、その進られる対象は、家持ではなく、天皇乃至朝廷と考えられる。

（「大伴家持の防人関連歌」『万葉集研究』第三五集、二〇一四・一〇、一八一～二頁）

右の所論は、通説や拙論（本論の初出稿）に対する批判の上になされたものであり、防人歌の体系的蒐集が公的なものとして家持以前から行われていたということを明確に主張したものとして注目される。

確かに、勝宝七歳防人歌に類句類想句が目に付くことは事実であり、鉄野氏の言うように、古い防人歌を記載した何らかの「テキスト」が存在したということもありえないことではないと思われる。しかし、仮にそのような「テキスト」があったとしても、そのことは必ずしも官による体系的な防人歌蒐集が過去にあったことを示すとは限らないのではないだろうか。例えば、国司の個人的な関心によって記録された防人歌集が、転任によって他国にもたらされるというようなケースも想定できるからである。また、万葉集の他の歌や日本書紀歌謡との類似なども、国庁での宴などを通して都の歌が国司から郡司へと伝えられた結果であるという可能性を排除できないと思われる。

そもそも、本論が問題にしているのは、勝宝七歳防人歌のような大規模かつ体系的な蒐集が過去にあったかどうかということであるが、万葉集における「昔年防人歌」のありようを見る限りでは、そのような公的制度の存在には否定的にならざるをえない。「昔年防人歌」の入手経路が極めて私的なものに限られるということは、家持がそれ以外に入手方法を持たなかったことを意味しているし、勝宝七歳以前の防人歌の少なさは、宮廷にそれらが保管されていなかったことを示唆していると考えるべきだろう。あるいは、蒐集された防人歌が「御物」として厳重に管理され、簡単に見られない状態であったために家持もそれを見ることができなかったのだ、というような見方もあるかもしれないが、もしそうだとしたら、そのような「テキスト」が東国の防人にもたらされるなどということは更に考えにくいのではないだろうか。現在残されている文献資料の範囲では、防人歌を大規模に蒐集する公的な制度が、家持以前から存在したということの確証を見出すことは難しいとすべきであろう。

但し、「歌日記」の理解という観点からすれば、家持以前に公的な蒐集があったかどうかということは、実はあまり本質的な問題ではないのかもしれない。公的な蒐集に見えるように巻二十に取り込まれているということが問題なのである。天皇の威光のもと、難波で防人歌を蒐集し、それを万葉集という歌集に採録すべく編集する家持の姿――それが「歌日記」の中に描き出されているということに、むしろ目を向けるべきなのではなかろうか（参照、本書第二部第四章）。

第三部　歌日記の題詞左注

万葉集末四巻には、歌と題詞左注とが一体となって一つの作品世界を作っているというケースが往々にして見受けられる。また、題詞左注の中には比較的長文のものもあり、序や書簡を伴うものさえある。総じて、末四巻の題詞左注は散文としての性格を濃厚に有していると言ってよい。但し、題詞左注の散文的な性格は、その長短と本質的には無関係と見るべきであり、たとえ短いものであっても、家持の作歌態度や心情に関わるものであれば、やはり散文的な表現としてその意義が追究されるべきであろう。それらは歌日記の中では家持を語る「地の文」としての性格を持っていると見なされるからである。

題詞左注のこうした側面については、既に第一部や第二部でも「立夏」「餞」「鬱結」「伝誦」など、いくつかの表現に即して見てきた通りである。もちろん、これらの題詞左注の中には、原資料の段階から付されていたものもあったかもしれないが、万葉集に取り込まれている以上、これらの題詞左注は最終的に編者によって統括されていると見るべきではなかろうか。家持自身が編者の立場から題詞左注を付すことにより、自らの軌跡をより効果的に語ろうとしていると考えるのである。

そこで、第三部では末四巻における題詞左注の問題を集中的に取り上げることとする。まず作者注記の問題について検討し、その上で、「依興」「予作（預作・儲作）」「追和」「述懐」「拙懐」「応詔」「未奏」といったいくつかの表現について、その意義を考察してみたい。

第一章　万葉集末四巻における作者無記の歌
――歌日記の編纂と家持――

一　はじめに

①　忽沈二枉疾一、殆臨二泉路一。仍作二歌詞一、以申二悲緒一一首（17・三九六二～四）
②　守大伴宿祢家持館飲宴歌一首（17・三九九九）
③　怨二鸎晩哢一歌一首（17・四〇三〇）
④　廿五日、往二布勢水海一道中馬上口号二首（18・四〇四四～五）
⑤　無題（18・四〇七二）
⑥　為下幸二行芳野離宮一之時上儲作歌一首（18・四〇九八～四一〇〇）
⑦　聞二霍公鳥喧一作歌一首（18・四一一九）
⑧　無題（20・四四六〇～二）

右に掲げたのは、万葉集末四巻において、作者名の有無に問題の残る歌々である。[1]後述するように、これらの中には後ろの歌の左注がその歌にまで及んでいると見られるものもあるが、全く作者名を欠いていると見られる例もあり、それぞれに検討が必要と思われる。もちろん、これらの歌の作者については従来も個別に検討されてきたのであるが、作者名の欠落という現象が末四巻において何を意味するのかということについては、特に注意が払われてこなかったと言ってよいだろう。そもそも従来の研究において、これら①〜⑧の作者は全て家持と推測されているのであるが、この偏りは偶然とは考えにくい。その背後には末四巻と家持に関わる何らかの問題が潜んでいるのではないだろうか。

如上の視点から、本章では作者名の有無に不審のある右の歌々を検証し、末四巻における作者注記の問題を考察する。

二　問題の所在——作者未詳歌の注記

初めに何故本章が作者注記を問題にするかということについて述べておきたい。

万葉集末四巻の題詞・左注に、一見すると一つの基準で編纂されたことを疑わしめるような不統一が散見することは周知の事実である。また、こうした不統一のいくつかが、幾度かの編纂作業を経たことの痕跡である可能性も一概には否定できないだろう。しかし、注記の相違を全て取り上げていくと、末四巻には非常に多くの断層を認めなくてはならず、結果としてこれらは編纂基準のない未整理な歌巻として認定されてしまうことになりかねない。(2) 題詞・左注や表記のありようを検証し、その断層に着目することによって成立過程を考えるという方法は——もちろんそれが有効な場合のあることは否定しないが——末四巻のように多くの歌稿を資料にしている場合には、どの部分の違いを問題にするかによって、結論が大きく左右されてしまう危険性があるのではないか。(3)

一体に万葉集は原資料の様態を尊重する態度が顕著であり、その姿勢は末四巻にもあてはまるが、そのような態度で編集された歌集に注記や表記の外見上の不統一があるのは当然であって、そこに編纂基準の相違があるかどうかは、慎重に判断すべき事柄であろう。

　そもそも、編纂の作業が幾度かにわたるものであっても、それが編纂物としての不統一につながるとは限らない。むしろ、現存する末四巻全体に何か共通する要素が認められるならば、そこに編纂者の積極的な意図を認めるべきではないだろうか。それはこの四巻を家持歌日記として捉えうるか否かという問題にもつながっている。

　本章が作者注記を取り上げるのは、こうした問題意識に基づく。というのは、末四巻は作者注記に関して非常に厳密で、本章で問題にする僅かな例外を除き、作者または伝誦者を明示しようとする態度が徹底して貫かれているからである。

　この態度は作者未詳歌の扱いにおいても一貫しており、

a　作者不レ審二姓名一（17・三八九一～九左注）
b　作主未レ詳（19・四二三六～七題詞）
c　作主未レ詳（19・四二四五～六題詞）
d　未レ詳二作主一也（19・四二五七左注細注）
e　作者未レ詳（19・四二六一本文細注）
f　作者未レ詳（19・四二六三本文細注）
g　作者未レ詳（20・四四八〇本文細注）

など断るのを原則とする。この「作者未詳」「作主未詳」というのは、それ自体、作者注記の一種と見るべきであるが、注目すべきは、この七例のうち五例までが伝誦者に関する左注を伴っており、特定の個人と結び付けられているということである。以下のごとくである。

b　右二首、伝誦遊行女婦蒲生是也。

c　右件歌者、伝誦之人越中大目高安倉人種麻呂是也。

d　右一首、治部卿船王伝誦之久迩京都時歌。

f　右件歌、伝誦大伴宿祢村上同清継等是也。

g　右件四首、伝読兵部大丞大原今城。

また、作歌年月を明示するaを除き、b～gの全てが「伝誦」「伝読」の時期を明らかにしていることも注意される。すなわち、伝誦された時期を題詞に明示するものが二例（d・f）、直前の歌群と同日の宴で披露されたと推測されるものが二例(4)（b・g）、編者が伝聞した時期について左注で言及するものが二例（c・e）である。特に伝聞の時期に言及する

c　但年月次者、随二聞之時一、載二於此一焉。

e　右件二首、天平勝宝四年二月二日聞レ之。即載二於茲一也。

という注記は、伝聞した歌を編者の生きた時間の中に位置づけつつ載録するという編纂方針を示しており、注目に値する(5)。

このように作者未詳歌の注記からは、歌を特定の「人」や「時」に結び付けようとする強い意思が看取される。作者未詳でありながらその旨を記さない歌もあるが、その場合でも、次に示すように伝誦者や歌稿提供者の名は必ず記しているのである(6)。

h　右件歌者、御船以㆓綱手㆒泝㆑江、遊宴之日作也。伝誦之人、田辺史福麻呂是也。（18・四〇六一～二左注）

i　越前国掾大伴宿祢池主来贈歌（18・四〇七三題詞）

j　右一首、左中弁中臣朝臣清麻呂伝誦、古京時歌也。（19・四二五八左注）

k　右八首、昔年防人歌矣。主典刑部少録正七位上磐余伊美吉諸君抄写、贈㆓兵部少輔大伴宿祢家持㆒。（20・四四二五～四四三二左注）

l　右件四首、上総国大掾正六位上大原真人今城伝誦云尓。（この左注は20・四四三六～四四三九に付されたものだが、作者未詳歌は四四三六のみ）

m　右一首、式部少丞大伴宿祢池主読之。即云、兵部大丞大原真人今城先日他所読歌者也。（20・四四五九左注）

このh～mも、伝誦者や歌稿提供者という特定の個人に結び付けられることによって作者判明歌に準ずる扱いがなされているのであり、その意味で作者注記のある例と考えるべきであろう。

作者未詳歌のこうした注記の様相は末四巻における作者注記への関心の高さを物語るものであろうが、これらの注記に見られる伝誦者や歌稿の提供者が全て家持の交際の範囲内にある人物であることは看過できない[7]。末四巻の編者は、作者未詳歌でさえも、そこに家持ゆかりの人々を介在させ、日付順に配列することによって、家持の生きた時間の中に定位しようとしているのである。このような注記を施した主体としてはやはり家持本人を考えざるをえないであろう。そして、a～mの注記が巻十七から巻二十の全てにわたることからすれば、家持は編者として末四巻全体の作者注記に厳密を期したものと推測される。

だが、こうしてみると、冒頭に掲げた①～⑧の異様さも際立ってくる。作者または伝誦者を極力明示しようとする末四巻にあって、何故これらは作者注記を欠くのであろうか。

三　伝来途上の脱落が想定されるもの

これらの例のうち、写本伝来の途上で注記が脱落した可能性のあるもの（①④）を、先に検討しておこう。

まず①（17・三九六二～四）である。この臥病の歌が家持の作であることは、この歌の後に続く家持の池主宛書簡の内容からも明らかで、これを疑う者もないが、広瀬本（及び元赭）を除く諸本では作者名を欠いている。従来あまり注意されていないことであるが、これは伝来途上の脱落ではなかろうか。

この歌の次には「題詞＋書簡＋短歌二首（17・三九六五～六）＋左注」という形で家持の作が配列されるが、この題詞と左注に注目したい。諸本、題詞に「守大伴宿祢家持贈㆓掾大伴宿祢池主㆒悲歌二首」とあるのに、左注にも「二月廿九日大伴宿祢家持」とあり、作者注記が重複するのである。蓋し、この題詞の作者名は、本来は①左注の最後に続くものだったのではないか。事実、広瀬本はそうなっており、①の左注に

右天平十九年春二月廿日、越中国守之館、臥㆑病悲傷、聊作㆓此歌㆒。守大伴宿祢家持。

と作者名を明記する一方で、次歌の題詞には作者名を記さない。なお、元暦校本も次歌の題詞に作者名がなく、①左注の行間に赭でこの作者名を記しているが、これは広瀬本の本文が単なる誤写ではないことをうかがわせる。やはり元赭や広瀬本の本文が原型で、本来①には作者注記があったと考えておきたい。[8]

一方、④はどうか。巻十八の冒頭は天平二十年三月二十三日、田辺福麻呂を越中に迎えた折の宴席歌に始まるが、その一連の歌群の中にあって、④の二首は、皆で布勢の水海に向かうその道中の歌として載録される。

（三月）二十五日、布勢の水海に往く道中の馬上にして口号する二首

浜辺より我が打ち行かば海辺より迎へも来ぬか海人の釣舟　（18・四〇四四）

沖辺より満ち来る潮のいや増しに我が思ふ君が御船かもかれ　（四〇四五）

この二首には諸本いずれも作者注記がない。しかし、巻十八のこの付近は、大野晋氏によって平安時代における破損・補修の痕跡が指摘されている著名な箇所である。すなわち、右の二首を含む二十五日の歌群（18・四〇四四～四〇五一）には計八例にも及ぶ上代特殊仮名遣いの違例が認められること、かつ、この歌群には八首しか載録されていないにもかかわらず四〇五一左注に「前件十五首歌者廿五日作之」とあり、歌の数が合わないことなどから、伝来途上における破損と歌の脱落が想定される、というものである[9]。これによれば、諸注も指摘するように、本来あった作者注記が脱落した可能性は高いと言えよう。

なお、万葉集目録には「廿五日大伴宿祢家持往二布勢水海一道中馬上口号二首」とあるが、周知のごとく、末四巻の目録は本編の編者とは別人の手が入っていると考えられるので[10]、目録がこの二首を家持作とした根拠は不明である。諸注も概ね家持作とする立場をとるが、「多分初めが大伴の家持の作で、次のは福麻呂の歌であろう」（『全註釈』）という見方もあるように、歌の内容から家持作と断定することは難しく、目録の編者が内容から作者を判断したとは考えにくい。目録は基本的に題詞左注等の提供する情報に基づいて作成されており、その点を考え合わせると、目録作成時に参照した本に何らかの注記があったということも考えられないことではない。

四　左注の範囲が問題となるもの

次に、見かけ上作者注記がないけれども、後の歌の左注がその歌に及んでいると見られるケースについて検討する。冒頭に掲げた③⑥⑦がこれに該当すると思われる。まず③をその直後の歌と共に掲げよう。

③
鶯の晩く哢くことを怨むる歌一首
うぐひすは今は鳴かむと片待てば霞たなびき月は経につつ　(17・四〇三〇)
酒を造る歌一首
中臣の太祝詞言言ひ祓へ贖ふ命も誰がために汝　(四〇三一)
右は、大伴宿祢家持作る。

この二首は巻十七の巻末部に載録されるものであるが、巻末歌(17・四〇三一)の左注が③にも及ぶものと考えてよいだろう。題詞を飛び越えて前の歌に左注がかかる例は確かに多くはないが、例のないものではない。例えば、この二首の直前に載録される九首(17・四〇二一〜九)はそれぞれに題詞を持ちながら、最終的には歌群最後に位置する四〇二九の左注に括られ、それによって作者(家持)もわかるという形になっている。③も同様と見てよい。

⑥は儲作の吉野讃歌で、家持作を疑う者はないが、この歌自体には作者注記が見あたらない。しかし、伊藤博氏(『全注巻第十八』『釈注』)も指摘するように、この歌の場合も、次の歌群(18・四一〇一〜五)の左注「右は、五月十四日に、大伴宿祢家持、興に依りて作る」が、⑥の吉野讃歌まで及んでいると考えるべきであろう。[11]但し、

このケースでは、左注に「依興」とあり、この吉野讃歌がいわゆる依興歌であるかどうかという問題と関わるために、慎重な態度をとる論者もないわけではない[12]。しかし、既に別稿で述べたごとく[13]、⑥には「依興」と注記されるべき必然性があるので、やはり次の歌群の左注が及ぶものと見ておきたい。

続いて⑦である。この歌の場合、直前に配列される長反歌と、直後に配列される短歌二首とを併せ、三つの歌群で一組と考えられるので、前後の歌群も併せて掲げる（長歌本文は略した）。

国の掾久米朝臣広縄、天平二十年を以て朝集使に附きて京に入る。其の事畢りて、天平感宝元年閏五月二十七日に、本任に還り到る。仍りて長官の館に詩酒の宴を設けて楽飲す。時に主人守大伴宿祢家持が作る歌一首　并せて短歌。

（長歌略…18・四一一六）

反歌二首

去年の秋相見しまにま今日見れば面やめづらし都方人　（四一一七）

かくしても相見るものを少なくも年月経れば恋しけれやも　（四一一八）

霍公鳥の喧くを聞きて作る歌一首

⑦ いにしへよ偲ひにければほととぎす鳴く声聞きて恋しきものを　（四一一九）

京に向かふ時に、貴人に見え、及た美人に相ひて飲宴する日に懐ひを述ぶる為に、儲けて作る歌二首

見まく欲り思ひしなへにかづらかげかぐはし君を相見つるかも　（四一二〇）

朝参の君が姿を見ず久に鄙にし住めば我恋ひにけり　一に云はく、はしきよし妹が姿を　（四一二一）

同じき閏五月二十八日に、大伴宿祢家持作る。

⑦の前に配列される長反歌は、朝集使として一時帰京していた久米広縄が越中に帰任した折の宴席で詠まれたものである。広縄との再会を喜びつつ、広縄のことを「都方人」（18・四一一七）などと呼び、望京の念をあらわにしている。一方、⑦はホトトギスの声を恋しく思っているというだけの歌に見えなくもないが、ここにも広縄帰任に触発された望京の念が底流していると見るべきである。伊藤博氏は、ホトトギスが懐古の鳥であるという当時の通念に照らし、「自分も古人と同様に過去を思うて恋い焦れざるをえないというので、ここには、ひそかながらかえって強烈に、風雅なる都人士への思いが託されている」（『全注巻第十八』）と指摘するが、その理解に従いたい。ホトトギスの声が家持に在京中のことを想起させ、望京の念をかき立てるというのである。

但し伊藤氏（『全注巻第十八』『釈注』）は⑦を広縄帰任の折の長反歌と同じ閏五月二十七日の作と考えるのであるが、夙に『全註釈』の指摘するごとく、⑦の後に配列される二首（18・四一二〇～一）の左注がこの⑦にも及んでいると見るべきであろう。このことは、この左注に「同じき閏五月二十八日」とあることからも確認できる。「同じき」というのは、⑦の前の長反歌に付された題詞に「天平感宝元年閏五月二十七日」とあるのを明らかに踏まえているからである。⑦の後の二首（18・四一二〇～一）も都を思っての作であり、18・四一一六から四一二一までは広縄帰任を契機とする家持の望京歌群として一括されているのである。⑦は二十八日の作、作者注記もあるものと考えてよい。

五　作者名を全く欠いているもの

以上の考察によれば、作者注記を当初から欠いていたと認められる歌は②⑤⑧の僅か三例ということになる。まず②を掲げよう。

守大伴宿祢家持が館にして飲宴する歌一首　四月二十六日

都辺に立つ日近づく飽くまでに相見て行かな恋ふる日多けむ　（17・三九九九）

題詞は家持邸での宴席歌であることしか断らず、作者注記を全く欠いているが、この歌の場合、「相見て行かな」の主体は都へ立つその人であろうから、当時帰京を目前に控えていた家持の作としか考えられない。

ここで注目したいのは、家持をめぐるこの状況は②の前に配列される歌々を見れば誰の目にも明らかだということである。すなわち家持の一時帰京は、この年（天平十九年）三月二十日の「恋緒を述ぶる歌」（17・三九七八～八二）において既に暗示されているが、四月二十日の八千島邸宴歌（17・三九八九～三九九〇）に至って左注に明記されている。更に、当該②の直前には家持の餞宴の歌（17・三九九五～八）が配列され、帰京の予定が再確認されている。②が直前の歌群と同じ四月二十六日の日付を持つことからしても、巻十七を読み進めてきた者が②の作者を読み誤ることはあるまい。②単独では作者を特定することはできないが、巻十七の文脈の中では、作者を誤解する余地は全くないのである。

②に作者注記がない真の理由は不明であるが、仮に編纂上のミスだとしても、巻十七の配列上、作者が自明であるということがミスを誘発する一因だったのではないか。家持が自作の手控えとして記した覚え書きが資料となった場合、その原資料全てに作者注記があったとは考えにくい。それを、家持自身が自らの軌跡を語る日記的な文脈の中に組み入れた時に、作者注記を加え忘れるということは十分に起こりうることであろう。そもそも、自明な内容の注記であれば意図的に略すということも考えられないことではない。

もっとも、注記欠落の原因自体はさほど重要ではない。家持が作歌と編纂の両面から②に関わっているという状況が、作者注記の欠落という現象の背後に見え隠れしているということが問題なのである。

次に⑤を検討してみよう。この歌は直前に配列される二首と共に一つの歌群を形成していると考えられるので併せて掲げておく。

庭中の牛麦が花を詠む歌一首

一本のなでしこ植ゑしその心誰に見せむと思ひそめけむ　（18・四〇七〇）

右は、先の国師の従僧清見、京師に入るべく、因りて飲饌を設けて饗宴す。時に主人大伴宿祢家持、此の歌詞を作り、酒を清見に送る。

しなざかる越の君らとかくしこそ柳かづらき楽しく遊ばめ　（四〇七一）

右は、郡司已下子弟已上の諸人、多く此の会に集ふ。因りて守大伴宿祢家持、此の歌を作る。

⑤ぬばたまの夜渡る月を幾夜経と数みつつ妹は我待つらむそ　（四〇七二）

右は、此の夕、月光遅く流れ、和風稍に扇ぐ。即ち属目に因りて聊かに此の歌を作る。

第一首（18・四〇七〇）の題詞はこの一首のみにかかるものと考えられるが、第二首（18・四〇七一）の左注に「此の会」とあり、第三首（18・四〇七二）の左注に「此の夕」とあることとから、三首共に同一の宴での作と考えられる(14)。四〇七〇左注によれば、先の国師の従僧であった清見が帰京する折の餞宴で詠まれたものである。

第一首では、撫子を植えた自分の心は他の誰でもなくあなたに見せようと思ったものだと歌い、撫子が咲かないうちに帰京してしまう清見への惜別の情を詠む。続く第二首は、「越中の人々とこうして歓を尽くそう」というのであるが、『注釈』が注意するように、この「こそ……め」は勧誘の意を表すものであり、ここは清見や同座の人々に呼びかけたものと見られる。第三首では、清見の帰京によって望京の念に駆られているであろう一座の気持ちを代表し、都で自分を待っている妻へと思いを馳せて三首を結ぶのである。連作と言うほどの緊密さはないにせよ、当夜の宴席における心情の移ろいを、時間の展開に沿って詠んだものと認められる。

この第三首（18・四〇七二）が作者注記を完全に欠く。しかし、この歌も諸注家持作として疑うものはなく、万葉集目録も第二首と第三首について「大伴家持重作歌二首（大伴家持が重ねて作る歌二首）」と記している。この歌の場合、家持の旧作（17・三九八二）に類似の表現があるということもあるが、左注の内容からしても、やはり家持作とすべきであろう。左注は「月光遅く流れ、和風稍に扇ぐ」ということを作歌動機のごとく記しているが、「和風稍に扇ぐ」の部分は歌には直接表現されていないものであり、作歌者のみが知りうる情報といってよい。明らかに編者の裁量を越えるこのような注記を他人の作に施すことは考えにくいのではないだろうか。つまり、この左注は「聊かに此の歌を作る」という動作の主体が、この左注の書き手と同一であることを暗黙の前提としているのである。その主体としては家持を想定するのが最も穏やかであろう。作歌と編纂の両面に家持が関わる状況は②にもうかがわれたが、⑤にはより明確に、作歌者イコール注記者（注記は編纂の一過程と見ておく）という状況が読み取れるのである。

ところで、⑤の左注の書きざまは非常に日記的であり、これは例えば、家持の少納言遷任の旨を記した「以㆓七月十七日㆒遷㆓任少納言㆒。仍作㆓悲別之歌㆒、贈㆓貽朝集使掾久米朝臣広縄之館㆒二首。」（19・四二四八〜九題詞）などと、発想において類似している。この題詞も少納言遷任の旨を唐突に切り出し、その主体が誰であるかを語らないという点において、それが書き手の動作であることを暗黙の前提にしているからである。もっとも、この歌の場合は巻十九巻末記によって家持作ということが判明するのであるが、巻末記がなければ、⑤の第三首（18・四〇七二）と同じく作者無記の歌になってしまうということが注意される。恐らく、巻十九のこの歌の題詞を作成するにあたって参照した原資料にはもともと作者注記がなかったのであろう。個人的な覚え書きであれば署名などないのが普通であろうが、巻十九以外の巻においては、そういう歌には作者注記を一つ一つ加えるという作業が行われたに違いない。作者注記の欠落はその編集作業の過程で生じたものと推測される。

付言すれば、巻十九の作者注記は原資料の様態をほぼ反映していると思われる。巻十九の家持歌でも宴席歌の場合には原則として作者注記があり、例外は巻頭部（四一五一～三）と巻末部（四二八九）に一例ずつあるのみである。(15) 一方、独詠歌なのに作者注記を持つという例外も三例（四二一一～二、四二二六、四二三九）ほどある。他にも都に送付されたと思われる挽歌（四二一四～六）や、応詔儲作歌（四二六六～七）には作者注記がある。この注記の様相からすれば、元来あった作者注記を編纂段階で削ったとは考えにくい。逆に言えば、独詠歌の大半は原資料の段階から作者注記を持っていなかったことになる。家持歌に作者注記を施さないという巻十九の方針は、他巻に比べ独詠歌が多いという事情から必然的に導かれたものではないだろうか。

さて、最後に⑧である。これも便宜によって前後の歌群と共に掲げておく。

天平勝宝八歳丙申の二月朔乙酉の二十四日戊申に、太上天皇・天皇・大后、河内の離宮に幸行し、信を経て、壬子を以て難波の宮に伝幸したまふ。三月七日に、河内国伎人の郷の馬国人が家に於いて宴する

歌三首

住吉の浜松が根の下延へて我が見る小野の草な刈りそね　（20・四四五七）

右の一首は、兵部少輔大伴宿祢家持。

にほ鳥の息長川は絶えぬとも君に語らむ言尽きめやも　古新未ㇾ詳　（四四五八）

右の一首は、主人散位寮の散位馬史国人。

葦刈りに堀江漕ぐなる楫の音は大宮人の皆聞くまでに　（四四五九）

右の一首は、式部少丞大伴宿祢池主読む。即ち云はく、「兵部大丞大原真人今城、先つ日に他し所にして読む歌なり」といふ。

⑧
堀江漕ぐ伊豆手の船の楫つくめ音しば立ちぬ水脈速みかも　（四四六〇）
堀江より水脈さかのぼる楫の音の間なくそ奈良は恋しかりける　（四四六一）
舟競ふ堀江の川の水際に来居つつ鳴くは都鳥かも　（四四六二）

右の三首は、江の辺にして作る。

ほととぎすまづ鳴く朝明いかにせば我が門過ぎじ語り継ぐまで　（四四六三）
ほととぎす懸けつつ君が松蔭に紐解き放くる月近づきぬ　（四四六四）

右の二首は、二十日に大伴宿祢家持、興に依りて作る。

⑧の場合、後の歌群（20・四四六三〜四）の左注が問題である。諸本「右二首」とあるが（傍線部）、元暦校本には「右五首」とあり、そうだとすればこの左注は⑧の三首にもかかることになるからである。実は万葉集目録の方は諸本「廿日大伴宿祢家持依㆑興作歌五首」とあり、これらの伝を信ずれば、⑧は作者注記を欠く例からは外れることになる。

「五首」を本来の形とする説もあり（『窪田評釈』『全註釈』『大系』『注釈』『講談社文庫』など）、その方が作者注記の問題としてはすっきりするが、⑧には「右三首」という左注があり、四四六四左注が前五首にかかるとすると、歌数注記が重複してしまう。だが、「右…首」という注記が左注において重複することは末四巻では他に例がないのである。[16] やはり四四六四左注は「右二首」が正しく、⑧は作者注記を欠くと見るべきである。

　もちろん、この三首も他の例と同じく家持作と考えられてきたものであり、本章の考察においても家持作を疑うものではない。⑧の第一首（20・四四六〇）に詠まれる「伊豆手の船」はやや特殊な語彙で、前年の家持歌（20・四三三六）に「伊豆手船」とあるのが唯一の例であるし、第二首（20・四四六一）に詠まれる「堀江」「水脈」「楫」の語も、やはり前年の家持歌（「陳二私拙懐一一首」20・四三六〇）に「…堀江より水脈引きしつつ朝なぎに楫引き上り…」と、そのままの順番で見えている。また、この第二首と類似の序詞が家持の旧作に繰り返し用いられていること（17・三九六一、17・四〇二七、18・四〇四八、20・四三三六）も看過できない。これらの類似からすれば、末四巻を読み進めてきた者には、⑧の作者としては、まず第一に家持が想起されるのではないだろうか。

　ここで注意されるのは、家持が予てから難波堀江に強い関心を持っていたらしいということである。それは越中国守時代に田辺福麻呂から次の七首の歌群を伝えられたことが契機になっていると考えられる。

　　太上皇、難波の宮に御在す時の歌七首　清足姫天皇なり
　　左大臣橘宿祢の歌一首
堀江には玉敷かましを大皇を御船漕がむとかねて知りせば　（18・四〇五六）
　　御製歌一首　和
玉敷かず君が悔いて言ふ堀江には玉敷き満てて継ぎて通はむ　（四〇五七）
　　或は云ふ、玉こき敷きて
　右の二首の件の歌は、御船江を泝り遊宴する日の左大臣が奏、并せて御製。
　　御製歌一首

橘のとをの橘八つ代にもあれは忘れじこの橘を　(四〇五八)

　河内女王の歌一首

橘の下照る庭に殿建てて酒みづきいますわが大君かも　(四〇五九)

　粟田女王の歌一首

月待ちて家には行かむわが挿せる赤ら橘影に見えつつ　(四〇六〇)

　右の件の歌は、左大臣橘卿の宅に在して肆宴したまふ御歌、并せて奏歌なり。

堀江より水脈引きしつつ御船さす賤男の伴は川の瀬申せ　(四〇六一)

夏の夜は道たづたづし船に乗り川の瀬ごとに棹さし上れ　(四〇六二)

　右の件の歌は、御船綱手を以て江を泝り、遊宴する日に作る。伝誦する人は、田辺史福麻呂これなり。

この七首は難波遷都のあった天平十六年の歌と推測されているものであるが、別稿で述べたように、家持の「陳二私拙懐一一首」に「堀江より水脈引きしつつ」(20・四三六〇)とあるのは、明らかに右の歌群の傍線部(20・四〇六一)を踏まえたものであり、家持が元正上皇と橘諸兄のこの君臣唱和に強い関心を寄せていたことをうかがわせる。(17) 家持が⑧の歌に「堀江」の「水脈」を詠むのも(20・四四六〇及び四四六一)、この歌群と無関係ではないと考えられる。少なくとも歌日記内部において、難波堀江を詠む巻二十の歌々は、福麻呂の伝誦した天平十六年の歌群との関連で理解すべきものであろう。

一方、⑧の前に配列される三首の歌(20・四四五七～九)にも注目しておきたい。この三首は、天平勝宝八歳に催された難波行幸の際の、馬国人の邸における宴歌であるが、その席で池主が伝誦した歌(20・四四五九)が他ならぬ「堀江」の歌だからである。左注に「兵部大丞大原真人今城、先つ日に他し所にして読む歌なり」とあるが、これは諸注指摘するように、今城の作ではなく、今城が某所で伝誦した作者未詳歌を、更に池主がこの宴席で伝誦したものであろう。(18)

この伝誦歌の意は、葦を刈るために堀江を漕ぐ楫の音が離宮の中にいる大宮人にまで聞こえてくるというもので、堀江を往来する船の盛んな様を詠むことによって離宮の繁栄を讃美するという趣向であるが、「大宮人」を詠んでいることからしても、本来は離宮における宴席歌と見てよいだろう。家持がこうした宮廷の宴に関心を抱いていたことについては既に私見を述べたことがあるが、(19)この時の家持も、池主の伝誦した歌に触発されるところが大きかったのではないだろうか。

そう考えてみると、⑧の第一首（20・四四六〇）は堀江を漕ぐ船の「楫の音」を歌うという点で明らかに池主の伝誦歌（20・四四五九）と類似している。また、第二首（20・四四六一）は第一首を承けて「楫の音」を詠みつつ望京の念に抒情を転じるものであるし、第三首（20・四四六二）は、上句で堀江を往来する船の盛んな様子を詠み、下句で望京の念をかき立てる都鳥を詠んで、前二首を受けているのである。この三首はあたかも池主伝誦歌をもとに展開したような趣を持っており、仮に池主の誦詠に続いて披露されたとしても、一座の思いを代弁する歌として十分に機能したことであろう。

やはり⑧の三首は、難波堀江に対する家持の関心を語るものとして、池主の伝誦した歌との関連においてここに配列されたものと見て良いだろう。(20)また、⑧の左注「右三首江辺作之」は、動作主体を語らないという点において、日記的な覚え書きの特徴を備えている。不明な点はあるものの、この三首も家持という「個」に結びつく部分であるらしいということは言えそうである。三首に底流する難波堀江に対する思いや、池主の伝誦歌に触発された宮廷の宴に対する志向は、明らかに家持の内なる思いに関わるものだからである。

このように見る限り、池主の誦詠歌と関わらせる形でこの位置に配列したのは、家持自身の意図に基づくことと考えるべきであろう。作歌と編纂という二つのプロセスはここでも家持という一点で交わっているのである。

六　おわりに

以上の考察によれば、末四巻において作者注記を完全に欠くものは僅かに三例（②⑤⑧）、しかも、家持の「個」に収斂するような作品に限られることがわかる。これらの歌は、それぞれの前に配列された歌々との関連から比較的容易に家持作と推測しうるが、内容的にも、帰京を控えた家持の心境（②）や、家持本人しか知り得ないような作歌動機（⑤左注）、或いは難波堀江をめぐる家持の感懐（⑧）など、いずれも家持に関わる個人的な事柄を語っているのである。これらの歌の原資料はもともと作者注記を欠く家持自身の覚え書きのようなものであったと推測されるが、そのような資料を操作して現在の形に配列しうる人物は、やはり家持の他には考えられないだろう。作者注記の欠落は、家持が自作の歌を編集する過程で生じているのである。

もとより家持がこの三例に限って作者注記を施さなかった理由は不明である。あるいは意図的なものかとも疑われるが、その理由自体は本章の主たる関心事ではない。重要なのは、作者注記の欠落が、作歌と編纂の交叉するような所にのみ見られるということであろう。家持自身が作歌・筆録・編纂の全てに関わりつつ、自作の歌を配列することによって自らの歩みや個人的な思いを語ろうとする、その日記的な営みが、作者注記の欠落という現象の背後に垣間見えるのである。その意味において、作者無記の歌は末四巻の日記性を図らずも照らし出していると言うべきだろう。

無論、この場合の「日記」とは、単に歌を日付順に並べただけの備忘録の謂いではない。作者無記の歌の裏に見え隠れしているのは、その歌を前後の歌と関わらせつつ配列することによって、自らの生を再構成する試みであったが、そこには平安朝の日記文学にも比すべき性格が認められる。(21) 本章が明らかにしたのは末四巻のそうした性格の一端に過ぎないが、かかる側面を有する末四巻は、やはり「家持歌日記」という日記文学的な歌巻として捉えうるのではないか。(22) 本書があえて「日記」という語を用いるのも、その見通しに立ってのことである。

なお、作者注記に対する厳密な姿勢が末四巻全体にわたっていることは明らかだが、それはやはり歌日記の一つの編纂方針と見るべきである。作者未詳歌についても、原則として編者がいつ誰からそれを聞いたかという視点から注記がなされているが、そこには歌を「人」と「時」に結び付け、編者家持の生きた時間の中に定位しようとする強い意思がうかがわれる。編者自身の生を軸に据えているという点において、かかる関心の持ち方は甚だ日記的と言えよう。作者注記に対するこうした姿勢は末四巻の日記性を支える基盤の一つと言うべく、作者注記の欠落もそうした日記性の一側面として理解すべきものなのである。

〔注〕

（1）作者未詳であっても、その旨を注記するものや、その歌の伝誦者を明示しているものは作者注記のあるケースと考え、この一覧には掲げていない。本章第二節参照。なお本章では、題詞に作者名を記す場合も含め、便宜上「注記」という言葉を用いている。

（2）例えば中西進氏は、末四巻の官職名表記の相違に着目して、筆録段階における他人の関与を想定するが（「いわゆる『家持歌日記』の筆録―巻十七以下四巻の形成―」『中西進万葉論集第六巻』一九九五、初出一九六六・六）、氏によれば、家持以外の手が加わったこれら末四巻の歌々は「一つの立場によって選びとられ羅列されたものではない」という（「家持の追憶―続・巻十七以下四巻の形成―」同書二九六頁、初出一九六六・六〜七）。
（3）鉄野昌弘氏は夙に「出来上がった歌集の不統一や断層から形成過程を推測することの難しさ」を指摘している（「大伴家持「歌日誌」論（前期）―「歌日誌」の編纂を中心に―」『大伴家持「歌日誌」論考』二〇〇七、初出二〇〇二・五、四五〇頁）。
（4）bとgの伝誦者は、直前に配列される宴歌の作者と同一であり、それぞれ直前の歌と同じ宴席で披露されたと考えられる。
（5）同様の注記は17・三九一五や17・三九五二にも見える。参照、拙稿「万葉集末四巻の伝聞歌―家持歌日記の方法―」『美夫君志』第七八号、二〇〇九・三、本書第二部第一章。
（6）但し、i・k・lは作者未詳歌としてよいかどうか問題が残る。それぞれ作者にあたるものとして、i「古人」、k「昔年防人」、l「昔年相替防人」などと記されているからである。固有の人名を明らかにしない作者注記としては他に「郡司妻女等」（20・四四四〇〜一）が挙げられるが、i・k・lもこれと同種の注記だとすれば、作者判明歌とすべきかもしれない。なお、mを作者未詳歌と考えるべきことは本章第五節で述べる。
（7）夙に大久間喜一郎氏は、巻十七以降の「伝誦者」について、「大体において家持周辺の人物とか、家持と接触のあった人物と考えられる」と述べている（「万葉伝誦歌の諸相」『上代文学』第三三号、一九七三・一〇）。
（8）『集成』及び『新校注万葉集』（二〇〇八・一〇）は、特に理由は示さないものの、元赭・広瀬本の本文を採用している。但し、最近の注でも『新編全集』から『釈注』『新大系』『全解』『全歌講義』『和歌文学大系』に至るまで全て西本願寺本の本文に拠っているというのが現状である。
（9）大野晋「『万葉集』巻第十八の本文について」『語学と文学の間』二〇〇六、初出一九四五・三〜四。
（10）木下正俊「万葉集の目録覚書」『万葉集論考』二〇〇〇、初出一九六〇・六、及び、伊藤博「目録の論」『万葉集の構造と成立』下、一九七四、初出一九七四・六。
（11）『集成』『新編全集』『新大系』にも同様の指摘がある。なお、伊藤氏は当初は直前に配列される出金詔書歌との作歌動機上の関連を重視し、五月十二日か十三日の作と推定していたが（「家持の芸―預作讃歌をめぐって―」『万葉集の表現と方法』下、一九七六、初出一九七一・一、一六六頁以下）、『全注巻第十八』や『釈注』では見解を修正している。
（12）参照、橋本達雄「二上山の賦をめぐって」『大伴家持作品論攷』一九八五、初出一九八一・一一、及び、朴一昊「家持の儲作歌」『セミナー万葉の歌人と作品　第八巻』二〇〇二・五など。『全解』もこの左注は「四一〇一～四一〇五歌の五首」のみを指すとする。

(13) 拙稿「大伴家持の依興歌―家持歌日記の問題として―」『和歌文学研究』第九〇号、二〇〇五・六、本書第三部第二章。

(14) 参照、伊藤博「万葉集末四巻歌群の原形態」『万葉集の構造と成立』下、一九七四、初出一九七〇・六、三〇七頁以下。但し、『全註釈』は別時の作である可能性を指摘しており、同時の作かどうかについては説が分かれている。近年では山﨑健司氏も巻十八のこのあたりに破損があった可能性を挙げ、三首の解釈に慎重な態度をとっている（「巻第十九の題詞なき歌」『大伴家持の歌群と編纂』二〇一〇、初出一九九六・七、一七八頁以下）。確かに、この近辺に破損があった可能性は常に想定しておく必要があると思われるが、しかし、現行のテキストでも「此」の指示内容に矛盾はなく、後述のごとく内容的にも三首同時の作と見て特に不自然なところはない。しばらく同時の作と見ておく。

(15) この二例の宴歌はいずれも家持歌のみを載録するが、このようなケースでは家持の覚え書きが資料となった可能性がある。

(16) 複数の作者による歌について「前件…首歌者」（18・四〇四三左注、18・四〇五一左注）とか、「右件二首」（19・四二六一左注）と総括的に記す例や、巻二十の防人歌のように蒐集した歌の総数を記す例はあるが、同一作者の歌について「右…首」という注記が重複する例はない。

(17) 拙稿「家持の陳私拙懐一首―万葉讃歌の終焉―」『美夫君志』第五四号、一九九七・三、本書第一部第六章。

(18) 『全注巻第二十』（木下正俊氏担当）に「本集では原則的に読は他人の作の誦詠と考えてよい」とある（二七九頁）。これに従う。

(19) 拙稿「家持の宮廷讃歌―長歌体讃歌の意義―」『美夫君志』第五七号、一九九八・一二、本書第一部第四章。

(20) 伊藤博氏によれば、このような日付「〇＋×」の構造は資料的同居関係を示すという（注14論文）。しかし⑧について言えば、「堀江」という語に基づいてこの位置に配列することは容易であると考えられるので、原資料の段階で同居していたかどうかまでは即断できない。⑧の左注に「江の辺にして作る」とあることからすれば、むしろ別時の作と考えるのが穏やかではないだろうか。今は⑧が池主伝誦歌との内容的な関連によって配列されていることを指摘するにとどめたい。

(21) 注記のありようからうかがわれる末四巻の日記的性格については既に述べたことがある（注13拙稿参照）。

(22) 鉄野氏は末四巻を「歌日誌」と見る立場を取り、その理由として、末四巻が「総体として、大伴家持という一人の官人の軌跡を描こうとしている」ということを挙げている（「総論　家持『歌日誌』とその方法」注3前掲書、初出二〇〇七・一、三頁）。卓説と言うべく、本書もその理解に賛同したい。

第二章　依興

——家持歌日記の問題として——

一　はじめに

万葉集には題詞・左注に「依興」あるいは「興中所作」と注記する歌が十三例三十四首ある。小野寛氏の認定に基づいて示せば、次の通りである[1]。

天平19年3月30日　①二上山賦（17・三九八五〜七）

右、三月卅日、依レ興作之。大伴宿祢家持。

感宝元年5月14日　②為下幸二行芳野離宮一之時上儲作歌（18・四〇九八〜四一〇〇）

③為レ贈二京家一願二真珠一歌（18・四一〇一〜五）

右、五月十四日、大伴宿祢家持依レ興作。

勝宝2年3月9日　季春三月九日、擬二出挙之政一行二於旧江村一、道上属二目物花一之詠、并興中所レ作之歌。

④悲二世間無常一歌（19・四一六〇〜二）

⑤予作七夕歌（19・四一六三）

勝宝2年3月20日　⑥慕レ振二勇士之名一歌（19・四一六四～五）
　右二首、追二和山上憶良臣作歌一。

勝宝2年3月27日　⑦詠二霍公鳥并時花一歌（19・四一六六～八）
　右、廿日、雖レ未レ及レ時、依レ興預作之。

勝宝2年3月27日　⑧追二和筑紫大宰之時春苑梅歌一一首（19・四一七四）
　右一首、廿七日、依レ興作之。

勝宝2年5月6日　⑨追二同処女墓歌一一首（19・四二一一～二）
　右、五月六日、依レ興大伴宿祢家持作之。

勝宝3年（8月）　⑩向レ京路上依レ興預作侍レ宴応レ詔歌（19・四二五四～五）

勝宝5年2月23日　⑪廿三日依レ興作歌（19・四二九〇～一）

勝宝8歳3月20日　⑫無題（20・四四六三～四）
　右二首、廿日、大伴宿祢家持依レ興作之。

宝字2年2月　⑬依レ興各思二高円離宮処一作歌（20・四五〇六～一〇）

「依興」とは、「興に依りて」と訓読すべきものであり、文字通りに解するなら、「感興を催して」というほどの意味に過ぎない。古注はもちろん近代の注釈においても、ほとんど顧みられることのなかったこの注記が、俄然注目されるようになったのは昭和四十年代に入ってからのことであるが、それは家持研究の進展に伴う一つの必然であったと言えよう。というのは、依興歌のほとんどが家持歌であるばかりか、春愁歌や予作歌・追和歌など、家持論において重要な意味を持つ作品を多く含んでいたからである。とりわけ、依興歌の全てが越中以後の作品であることは、家持が越中で獲得した歌境と何か関わりがあるのではないかという推測を生み、多くの議論を呼んできたのである。しかし、従来の諸説は「全一三例の内、いずれかには該当しても、他の例がそれでは割り切れない、といった様相を呈している(2)」のが実情で、各々の論が互いにかみ合っているとは言いがたい。誰もが認める重要課題でありながら、今ひとつ議論が深まっていないのである。

従来の研究が一致して認めるのは、歌が何らかの感興に基づいて詠まれることは当然であり、わざわざ「依興」と記すことには何か意味があるはずだという一点である。本書もその点は正しいと考える。また、従来の諸説がそれぞれ依興歌の部分的な性質を言い当てていることも事実であろう。しかし、それにもかかわらず依興歌全体を説明しきれていないのは、いかなる理由によるものだろうか。本章ではその問題の所在を探り、その上で私見を提示したい。

二　問題の所在

依興について注目すべき最初の発言は中西進氏の論であろう。氏は「京は家持の去って来た故郷である。その過去に思慕し、幻想を抱き、思いやむ事のなかったのが依興歌の世界であった」と述べ、依興歌を「望京」ということから理解しようとするのである(3)。しかし、氏の論は越中時代の依興歌を手掛かりとして「勝宝初年の感興歌」について考察するものであり、帰京後の依興歌を含めてその総体を論じようとするものではない。越中時代の依興歌に都を意識したものがあるにしても、帰京後の依興歌を視野に入れた場合、「依興」を「望京」ということから説明することは難しいのではないだろうか。

これに対して小野寛氏は、全ての依興歌に共通の要素を見ようとする立場から、「『興に依りて作る』とは、対象の現実に心ひかれて歌うのではなく、歌を作ることに興がわいたということではないだろうか」と述べ、「依興歌の世界はあくまで非現実の世界ではないのか。現実にはまだその状態ではないがそれを空想、想像したり、過去の思い出にふけって憧れの心を歌い、追憶の涙を流すのである」と述べている。「依興」を「非現実」を歌うという「家持独自の作歌法」と見るのである。[4] 既に伊藤博氏も、預作侍宴応詔歌⑩の考察の中で、依興歌の素材が「見立て」の素材であり、依興歌は実用を意図したものではないという趣旨のことを述べているが、伊藤氏はこの作歌意識を依興注記のない歌群にも及ぼして論を展開しており、特定のある歌にだけ依興注記が付されることの意味については言及していない。[5] 小野氏の論は、全ての依興歌を統一的に理解しようとした点で、依興歌論に画期をなすものであったと言えよう。

しかし、「非現実」ということで説明しようとすると、どうしてもあてはまらない例が出てきてしまうように思われる。例えば、小野氏は二上山の賦①が類想的表現による観念的な作であることや、聖武悲傷の歌⑬が追憶の歌であることをもって「非現実」の歌と認定するのであるが、果たしてそういう枠で括れるものであろうか。追憶まで非現実というのであれば、その説明は依興歌以外にもあてはまってしまうのではないかという疑念が残る。

一方、辰巳正明氏は小野氏の論を受けて「そこに詠出された作品に『興』と意識的に明示するのは、感興といった情緒的な理由を指すのではなく、むしろそうした情緒性を排した文学論がそこに存在したことを示唆する」と述べる。その上で、「およそ家持の『依興歌』は、その背後に、あるいは歌の言外に作者の何等かの余意が含まれている歌である」とし、「それら『興』の歌に関し、家持が『依興』と記したのは、それらの歌が六義の『興』に依るものであることを明示し、中国詩の表現に和歌を位置づけることを目的とするためであった」と論じるのである。[6] しかし、この場合も「興」の規定する範囲が問題となりはしないだろうか。辰巳氏は六義の「興」を「隠喩」と解するのであるが、その解釈を「何等かの余意が含まれている歌」というところまで拡大してしまっては、やはり依興歌以外の歌にもあてはまってしまうと思われる。[7]

　このような問題が生じてしまうのは、「非現実の世界」とか「何等かの余意が含まれている歌」という説明をどこまで拡大して解釈するかによって、認定される歌の範囲が変動してしまうからである。何をもって「非現実」あるいは「余意」の歌と見るのか。定義を厳密にすれば一部の歌にしかあてはまらなくなるし、全ての依興歌にあてはまるように定義を拡大していけば今度は依興歌以外の歌にまでその説明が広くあてはまってしまうおそれがある。一部の依興歌が余意を含んでいたり非現実的な設定であったりすることは事実であるが、それは依興歌の性質の一部に過ぎないのであって、依興歌であることを決定づける条件ではないということなのである。

　蓋し、「興」が特定の文学理念や作歌手法を表すという、その前提自体に問題があるのではないか。その前提には少なくとも三つの疑点が認められる。

　まず第一に、「興」という語が特定の文学理念や作歌手法を表しているような例が、万葉集の他の例や『懐風藻』などに認められないということである。万葉集において「興」はほとんどが「依興」の用例で、キョウと読みうる例は他に「雖レ有二乗レ興之感一、不レ耐二策レ杖之労一。」（17・三九六五～六前置書簡）だけであるが、これは「乗レ興而来、興尽而反」（『晋書』王徽之伝）などを典拠とするもので、前後の文脈から考えても「感興を催す」という意味にしか取りようがない。この例は家持の池主宛書簡の一節であり、家持自身「興」を「感興」の意味に用いていることが注目される。

『懐風藻』はもちろん、『凌雲集』や『文華秀麗集』にまで範囲を広げても、「興」が六義の「興」やその他の文学理念を表すような例は一例も認められない。それればかりか、「興」の用例のほとんどは「感興」「興趣」の意味に用いられているのである。(8) そもそも、依興歌と認定される歌の題詞にも「興の中に作る所の歌」（依興歌一覧に掲げた④⑤⑥の総題）という表現が見えるが、この表現に拠る限り、少なくともこの題詞の「興」を隠喩の意に解することはできまい。この歌を含めて依興歌を論ずるのであれば、「興」を六義の「興」と解することには無理があるはずである。(9)

以上のことからすると、万葉における「依興」が何らかの文学理念を示す「用語」であったとは考えにくい。とすれば、やはり「依興」の「興」は「感興」「興趣」といった意味に解するのが穏やかではないだろうか。

第二に、最後の依興歌（20・四五〇六〜四五一〇）は宴席歌だということである。依興歌はほぼ全て家持歌なのであるが、この例だけは家持以外の歌も含んでいるのである。「依興」が文学理念を表すものであるとしたら、このケースでは一座の者全員がその理念を共有して詠んだということになるはずだが、既に見たように、「依興」がそこまで熟した用語であった形跡はない。「興」が一般的な用語として広く認知されていなければ、仮に何らかの特殊な創作意識があったとしても、それを「依興」という言葉で一座の者に理解させることは難しいのではないか。また、仮にこの題詞が歌を記載する段階になって後から付されたものだとしても、家持の作歌意識に関わる特殊な「用語」を、他人の作にまで及ぼして記載するということは考えにくい。

第三に、「興」が文学理念や作歌手法を表すのであれば、その理念や手法にあてはまる歌には等しく依興の注記があってよいはずなのに、実際にはそうなっていないということである。予作歌・追和歌の一部だけが依興歌であることや、類似の内容を持つ春愁三首（19・四二九〇〜二）のうち二十三日の二首だけが依興歌であることは説明がつかないのではないだろうか。特に予作・追和の歌は家持の作歌手法の重要な部分に関わると見られるだけに看過できない。例えば予作であることを明記する長歌体の讃歌は三例あるが、依興歌は二例（②⑩）だけであり、最後の一例である「応詔儲作歌」（19・四二六六〜七）が依興歌でない理由は、従来のどの説によっても十分に説明できないのである。(10)

もはや問題の所在は明らかであろう。全ての依興歌に共通する文学理念あるいは作歌手法を抽出しようとすると、どこかに無理が生じてしまうのである。依興歌にいくつかの類同性を持ったグループがあることは事実だとしても、それは別の視点から考えるべき事柄ではないのだろうか。

三　「依興」とは何か

「興」が特定の文学理念や作歌手法を表すという前提に誤りがあるとすれば、「依興」をどう理解すべきであろうか。

結論から言えば、「依興」とは読者（と想定される官人層）を意識した編纂上の注記であり、作歌事情を明瞭に示し得ないと判断される歌に対して付されたものと考えられる。つまり、日付順を原則とする万葉集末四巻の配列にあって、何故その位置に配列されるかがわかりにくい場合、その作に「依興」の注記が付されるのではないだろうか。依興歌に特殊な歌が多いのはあくまで結果であり、家持が予め「興の歌」なるものを作ろうとして詠んだものではないと考えるのである。

夙に橋本達雄氏は、依興の「興」を「感興以外のものではない」とする立場から、「『依興』なる語は、家持の胸奥にはそれなりの脈絡もあり、必然もあるのだが、普通に見るといかにも唐突でその場その折にそぐわないと思われるような状況で発した感興を述べた歌に対してつけられているのである」と指摘し、依興歌に共通するそういう性格を「非時性」という言葉で説明している(11)。橋本氏の論は、依興歌それぞれにおいて、「興」を促した背景や実態を具体的に明らかにしようというものであるが、前後の配列から依興歌の位置づけを考えようとする視点は基本的に正しいのではないか。本論は、橋本氏の論を踏まえ、より積極的に編纂というプロセスを想定しようというものである。

但し、「依興」が編纂上の注記だとしても、それが作歌意識と無関係だと言うわけではない。作歌動機を明瞭に示し得ない作が、通常とは異なる創作意識に基づいているケースは多いと考えられるからである。逆に言えば、家持自身、何らかの特別な創作意識があることを自覚しつつも、その歌がその日の作として配列されるべき必然性を従来の注記では示すことができず、「感興」によるものとしか説明できない場合、その歌について「依興」と記しているのではないか。

この点、作歌意識の問題と編纂の問題とは不可分のものであると言うことができよう。「依興」は前後の配列を考慮して付された注記と見られるが、だからといって家持以外の第三者が機械的に付したものと考えるべきではない。そもそも「興に依る」というのは作者以外の者が歌の内容から忖度しうる情報とは考えにくいが、そのような注記を第三者が家持歌に集中して付したとすれば、それはいささか編者の裁量を越えるものではあるまいか。「依興」は、家持自身が「作歌者家持」の創作意識を十分考慮しつつ、「編纂者」の視点から付した注記なのである。[12]

だが、ここで大切なのは、「依興」の「興」自体は特定の文学理念や作歌手法を表すものではないということである。「興」は「感興」の意と解されるが、これは従来の注記では表現しえない様々な創作意識の総称として用いられているに過ぎない。つまり、家持が「興」としか表現できなかった特殊事情は各歌ごとに考えられるべきものであり、全ての依興歌を同一の理念で説明する必要はないのである。

このように考えれば、前節で言及した、最後の依興歌（20・四五〇六～四五一〇）に家持以外の歌が含まれているという問題も、容易に説明することができるのではないか。この歌群で歌われる「高円宮」は聖武の離宮であり、これらの歌は今は亡き聖武を偲ぶものと認められるが、ここで突如として聖武を偲ぶ理由は前後の配列からは全くわからない。あえて言えば一座の者が突如感興を催したということでしかない。「依興」はその作歌事情を何とか説明しようとしているのではないか。

一方、集中最初の依興歌は「二上山の賦」（17・三九八五～七）であるが、この歌が依興歌である理由は、これが初の「賦」の試みであるということと無関係ではあるまい。歌によって「賦」を詠むという全く新しい試みの作品が三月三十日という時点に配列される理由は判然とせず、そのことが「依興」と注記せしめたのではないだろうか。[13]ここで注意すべきは、同種の作品でありながら、「布勢の水海に遊覧する賦」（17・三九九一～二）、「立山の賦」（17・四〇〇〇～二）は、いずれも依興歌ではないということである。これらの二賦が依興歌でないのは、小野氏の指摘するように、[14]どちらにも池主の「敬和」が存在するからであろう。だが、それは贈答という「実用」に供されたからではなく、贈答歌は作歌事情判明歌であるという意識が働いた結果だと推察される。家持のいわゆる越中三賦は全て巻十七に載録されるが、巻十七（特に天平十九年の歌）は家持と池主の贈答を核として構成されており、池主の敬和歌を直後に配列する当該の二賦は、池主に示すという意図（それは作歌動機と言いうる）が明瞭に見て取れるために、「依興」という注記を必要としなかったのであろう。事実、贈答歌（書簡を含む）には、一例も依興歌がない。贈答歌は作歌事情が明らかなものと判断していたのではないか。

四　追和と予作

では、「依興」を編纂上の注記と考えた場合、同種の作品でありながら、依興歌である場合とそうでない場合があるのを、どう理解すべきか。本節では依興歌と重なるところの多い追和歌と予作歌について検討を加えよう。(15)末四巻において「追和」（「追同」「追作」を含む）の注記を持つ歌は、以下のように巻十七～二十の各巻に散在している。（○印は依興歌）

天平12年12月9日　a　追㆓和大宰之時梅花㆒新歌（17・三九〇一～六）

右、十二年十二月九日、大伴宿祢書持作。

天平19年4月26日　b　敬和㆘遊㆓覧布勢水海㆒賦㆖一首（17・三九九三～四）

右、掾大伴宿祢池主作。四月廿六日追和。

天平20年3月（？）　c　後追㆓和橘歌㆒二首（18・四〇六三～四）

右二首、大伴宿祢家持作之。

○勝宝2年3月9日　季春三月九日、擬二出挙之政一行二於旧江村一、道上属二目物花一之詠、并興中所レ作之歌。

d 慕レ振二勇士之名一歌（19・四一六四～五）

右二首、追二和山上憶良臣作歌一。

○勝宝2年3月27日　e 追二和筑紫大宰之時春苑梅歌一一首（19・四一七四）

右一首、廿七日、依レ興作之。

○勝宝2年5月6日　f 追二同処女墓歌一一首（19・四二一一～二）

右、五月六日、依レ興大伴宿祢家持作之。

勝宝7歳5月（？）　g 無題（20・四四五〇～一）

右二首、兵部少輔大伴宿祢家持追作。

勝宝8歳11月（？）　h 無題（20・四四七四）

右一首、兵部少輔大伴宿祢家持、後日追二和出雲守山背王歌一作之。

末四巻における追和歌八例（a～h）のうち、ｄｅｆの三例が依興歌であるが、問題は何故この三例だけに依興注記があるのかということである。これについて注目したいのは、依興でない追和歌には、ａを例外として、必ず追和の対象となる歌が直前に配列されているということである。すなわち、ｂは家持の「布勢の水海に遊覧する賦」（17・三九九一～二）に池主が「追和」したものであるが、家持のこの賦は直前に配列され、どの作に追和したものかは一目瞭然なのである。同様に、ｃは直前に配列される田辺福麻呂伝誦歌群（18・四〇五六～四〇六二）

に含まれる橘の歌（18・四〇五八〜四〇六〇）に追和したものであるし、gは丹比国人と船王の宴歌（20・四四四六・四四四九）に、hは山背王の宴歌（20・四四七三）にそれぞれ追和・追作したものである。いずれも追和の対象となる歌は直前に配列されているのである。

一方、「依興」の注記のある追和歌は、いずれも対象となる歌が直前に存在しない。〔補注〕つまり、配列からはその時点で追和歌を制作した理由がわからないのである。eに至っては陰暦三月二十七日（太陽暦で五月七日頃）の作であり、梅花の歌が想起される時節ではないということも「依興」と注記される要件を満たしているのであろう。結論的に言えば、依興注記は、同じ追和歌でも、何故そこに配列されるかが明らかでない作品についてのみ付されているのである。これは編纂上の処理と考えることで明快に説明できよう。

なお、末四巻における最初の追和歌（a）は依興歌でないのに、対象となる歌群が直前にないが、これは家持自身の作ではないということが主たる理由であろう。(16)家持が同座している⑬（20・四五〇六〜一〇）のようなケースならばともかく、自分が直接関わっていない歌について、歌の内容から「依興」という作歌動機を忖度することはやはり考えにくいからである。

但し、a歌群がいわゆる巻十七冒頭歌群（17・三八九〇〜三九二一）に含まれるものであるということには注意しておく必要がある。歌日記の冒頭にあたるこの三十二首は、かつて伊藤博氏によって「後補的」とされてきた部分であり、(17)末四巻の中でもやや例外的なありようを見せているからである。端的に言ってこの三十二首には年紀の間断が目立ち、年数に比して歌数も僅少である（天平十二年の歌としてはaの六首を載せるのみである）。いわゆる「伝聞歌」（参照、本書第二部第一章）が三十二首中二十首と過半を占めることも看過できない。成立論的に「後補」と言えるかどうかは措くとしても、巻十七冒頭歌群が後続の部分に比較して、やや意味合いを異にする部分であることは事実であろう。天平十八年正月以降の歌日記においては、基本的には日付を伴う家持歌を連続的に配列し、それによって家持の「生」を語ろうとしているのであるが、巻十七冒頭歌群においては少なくとも日付の連続性ということは問題となっていないと見られる。飛び飛びの年紀によって配列される、しかも他人の歌々に、「依興」と注記する必然性はほとんどなかったと言ってよい。

では予作歌はどうか。万葉集において「予作」（「預作」「儲作」を含む）は越中以後の家持歌のみに現れる注記であり、巻十八～二十に散在する。以下の通りである。（○印は依興歌）

○感宝元年5月14日　A　為下幸二行芳野離宮一之時上儲作歌（18・四〇九八～四一〇〇）

右、五月十四日、大伴宿祢家持依レ興作。

同閏5月28日　B　為下向レ京之時、見二貴人一及相二美人一飲宴之日、述上レ懐、儲作歌（18・四一二〇～四一二一）

同閏五月廿八日、大伴宿祢家持作之。

○勝宝2年3月9日　季春三月九日、擬二出挙之政一行二於旧江村一、道上属二目物花一之詠、并興中所レ作之歌。

勝宝2年3月20日　C　予作七夕歌（19・四一六三）

○勝宝3年（8月）　D　詠二霍公鳥并時花一歌（19・四一六六～八）

右、廿日、雖レ未レ及レ時、依レ興預作之。

○勝宝3年（8月）　E　向レ京路上依レ興預作侍レ宴応レ詔歌（19・四二五四～五）

勝宝3年（日次無記）　F　為レ寿二左大臣橘卿一預作歌（19・四二五六）

勝宝4年（日次無記）　G 為レ応レ詔儲作歌（19・四二六六～七）
宝字2年1月6日　H 無題（20・四四九四）
右一首、為二七日侍宴一右中弁大伴宿祢家持預作二此歌一。但依二仁王会事一、却以二六日一於二内裏一召二諸王卿等一、賜レ酒肆宴給レ禄。因レ斯不レ奏也。

予作歌全八例（A～H）のうち、ACDEの四例だけが依興歌であるが、これらの依興注記も、その歌が何故そこに位置しているのか、配列からわかりにくい場合に付けられていると考えられる。

典型的なのはCの例である。これは、七夕の歌が三月九日の歌として配列されているケースであるが、七夕の歌が三月という時点で予め作られ、しかも、その作った日が記録される、というようなことは、集中この歌以外には確認することができない。万葉集末四巻においては、その歌がどういう事情で作られたかを克明に記載する方針が貫かれており、三月に七夕歌を作るという特殊な事例に関しては、当然その作歌事情を明らかにしておく必要があったものと推察される。しかし、この歌の場合、宴で披露されたとか、贈答歌であったというような外的な要因によるものではなく、あくまで家持個人の感興に基づく、内的な要因によるものであったために、「依興」としか説明できなかったのであろう。

そもそも家持以前において、歌は、その歌が機能した時点、つまり披露された時点において記録されるべきものであり、いつその歌を用意したかということに対する関心は稀薄であったと考えられる。つまり、予作歌をその制作時点に基づいて配列するということ自体が異例なことだったのである。通常の注記によって作歌事情を示し得ないケースが予作歌に多いのも当然と言うべきである。

Dの「霍公鳥并せて時の花を詠む歌」は左注に「未だ時に及らねども興に依りて預め作る」とあり、Cと同様のケースと認定される。残る依興予作歌はAとEであるが、これらは予作の讃歌であるという点でF・Gと共通している。前述したように、GはA・Eと同じ長歌体の宮廷讃歌であり、[18]何故Gが依興歌でないのかは従来の説によっては十分に説明できないのである。

しかし、これも奏上の意思の有無とか、実用を意図したか否かとか、そういうことではなく、AとEだけが越中時代の歌として配列されていることに起因する問題ではないか。端的に言って、A・Eのケースでは、家持は都にいないのに宮廷讃歌を作ってしまっているわけである。これらの歌を家持が後日奏上しようと考えていたかどうかは今は措くとしても、問題は、これらの歌が配列されている時点、つまり歌を作った時点では、奏上する可能性は全くなかったということである。ということは、これらの歌がこの日付の時点で配列される理由は少なくとも外見的には不明ということになる。こうしたケースはもちろん前代の歌にはなかったことであり、作歌事情を説明しようにも「依興」としか書けなかったのではないだろうか。宮廷讃歌を予め作るということ自体は前代にもあっただろうが、それを作ろうと思った時点がいつかということに目を向け、その「時」を記録するというのは、空前のことだったのである。どうやら依興歌の問題は日付順配列という歌日記の問題に行き着くようである。

なお、Fの橘諸兄讃歌は、Eの直後に配列されていることだけを重視すれば帰京途上の作と見られないこともないが、Eのみにわざわざ「京に向かふ路上にして」という記載があることからすれば、Fから後が帰京後の作という位置づけであると考えるべきだろう。F・Gが在京時の作であるとすれば、何らかの宴を想定して予作したとしても、ありえない設定とまでは言えなかったはずである。

残りの予作歌についても見ておこう。Hは制作した日ではなく、披露するはずだった宴の日程に従って配列されており、他の予作歌と少々異質である。制作事情も詳細に示されており、ここに依興注記が割り込む余地はなかったであろう。問題はBである。題詞によれば、この予作歌は越中にあって都での宴を想像し、その時の宴で披露することを予想して作ったものである。これは一見、AやEの予作讃歌と同様のケースのように見えるが、とすれば、何故「依興」でないのか。

これについては、この歌の前日に詠まれた長反歌（18・四一一六〜八）の存在に注目したい。題詞から久米広縄帰任の折の宴歌であることが知られるが、この日の宴において広縄から都の情報がもたらされ、望郷の念をかき立てられたであろうことは想像に難くない。実際、その第一反歌では「去年の秋相見しまにま今日見れば面やめづらし都方人」（18・四一一七）と、広縄のことを「都方人」と歌っている。予作歌Bは、この日の宴席歌と一連の歌群として配列され、作歌動機が明瞭であるために、依興注記を必要としなかったのではないか。予作歌Bの左注はそれを証している。左注には「同じき閏五月廿八日に、大伴宿祢家持作る」とあるが、「同じき」というのは明らかに前日の歌の題詞「天平感宝元年閏五月廿七日」の傍線部を意識し、一つの歌群として配列したことを意味していよう（参照、本書第三部第一章）。このことは歌の内容からも明白である。予作歌Bの第二首「朝参の君が姿を見ず久に鄙にし住めば我恋ひにけり」（18・四一二一）は、久しく会わないことに起因する恋情を詠んだものであるが、同様の感懐は二十七日の第二反歌に「かくしても相見るものを少なくも年月経れば恋しけれやも」（18・四一一八）と歌われており、両者の抒情が響き合う形で配列されているからである。

広縄帰任がBの作歌動機になっている点については『古典全集』『集成』『全注巻第十八』『釈注』などが既に指摘しているが、このように作歌事情が歌の配列から比較的容易に推察できる場合は、あえて「依興」と注記する必要もなかったのであろう。

五　春愁歌と「依興」

さて、冒頭に掲げた依興歌一覧のうち、まだ触れていない③④⑪⑫の歌についても見ておこう。

③は題詞に「京の家に贈る為に真珠を願ふ歌」とあるように、実際に真珠が手許にあるわけでもなく、前後の歌群からの内容的つながりも直接には指摘できない。作歌動機が配列から推測しにくいということに対する配慮から、直前の吉野讃歌と共に「依興」と注記されたのであろう。(19) ④の「世間の無常を悲しぶる歌」は、19・四一五九の前に置かれる総題によって一括される歌群（19・四一五九、及び④⑤⑥）の一部であるが、④⑤⑥のいずれも、何故四一五九歌と共に配列されているのかが判然とせず、諸家によってその理由が様々に論じられているものである。(20) これも作歌動機が配列から明瞭とは言いがたい。

また、⑫はホトトギスの歌であるが、(21) 立夏（この年は三月三十日）の十日も前に詠まれていることが注意される。内容的には予作とは言えないものの、ホトトギスの声を実際に聞いたわけでもないのに、この時点でホトトギスの歌を詠む理由は判然としない。作歌動機を明瞭に提示できない作には「依興」と注記するしかなかったのであろう。

残るはいわゆる春愁歌である。巻十九巻末部に据えられたこの歌群（四二九〇～二）は、春の愁いという類似した内容を持つことから春愁三首と通称されているものであるが、何故二十三日の二首（⑪）だけに「依興」とあるのだろうか。

廿三日依レ興作歌二首

春の野に霞たなびきうら悲しこの夕影に鶯鳴くも　（19・四二九〇）

我がやどのいささ村竹吹く風の音のかそけきこの夕かも　（四二九一）

廿五日作歌一首

うらうらに照れる春日にひばり上がり情悲しもひとりし思へば　（四二九二）

イ春日遅々、鶬鶊正啼。悽惆之意、非レ歌難レ撥耳。仍作二ロ此歌一、式展二締緒一。但此巻中、不レ偁二作者名字一、徒録二年月所処縁起一者、皆大伴宿祢家持裁作歌詞也。

二十三日の歌は「依興」の語がなければ作歌事情が全く不明になってしまうということにまず着目したい。もっとも、巻末の四二九二左注が二十三日作歌の制作事情をも明らかにしているというなら話は別であるが、本書第一部第五章で述べたように、傍線ロの「此の歌」は直前の四二九二のみを指すと考えられる[22]。傍線イの「春日遅々、鶬鶊正に啼く」の部分は四二九〇歌を意識したものと考えられるが、左注自体は四二九二歌のみに付属すると見るべきであろう。結局、二十三日の歌は、「依興」の語がなければ、題詞の提供する情報が日付だけになってしまうのであるが、末四巻においてそのような例は全くない。前述のごとく、末四巻には題詞・左注によって作歌事情をできる限り詳細に記そうとする編纂方針が貫かれており[23]、日付のみを注記する例は一例もない。二十三日作歌の場合、作歌事情を少しでも明らかにするために、依興注記が施されたのではないか。

ちなみに二十三日の二首は、一ヶ月前の自作「御苑生の竹の林に鶯はしば鳴きにしを雪は降りつつ」（19・四二八六）に詠まれた「竹」「鶯」という素材を二首に分かって再構成したものと考えられるが、その淵源には「梅の花散らまく惜しみ我が苑の竹の林にうぐひす鳴くも」（5・八二四）という梅花の宴の歌がある。二十三日作歌の背景には梅花の宴を媒介とする交友への志向が潜在していると推測されるが[24]、そのような特殊事情は「依興」としか書けなかったのではないだろうか。

六　おわりに——依興歌の意義

「依興」という注記のありようが以上のようなものだとすれば、依興歌の意義はどこにあるのだろうか。この点に関して、本書は依興歌が基本的に作歌日次を明記する歌であることを重視したい。日次明記ということで言えば冒頭に掲げた一覧の⑩⑬がやや例外的だが、⑩は題詞に「京に向かふ路上にして興に依りて預め作る」とあり、いつどこで作ったかが明示されているのであるから、制作時点に意識が向けられていることは確かであり、日次判明歌に準ずるものと判断される。また⑬については直前に日次の判明する歌群（20・四四九六～四五〇五）があり、その歌群と同時の作と考えられるので[25]、これも日次判明歌群と認定してよい。このように依興歌は基本的に日次判明歌であるということが指摘できるのである。

これは依興予作歌を見れば一層はっきりする。依興予作歌には制作した時点が明確に記されており、それ以外の予作歌に比べると、感興を催した時点を明確にしておこうとする意識がより顕著にうかがわれる。依興予作歌は、「いつ、どのような感興に襲われたか」ということに重きを置いて、意図的に配列された作品なのではないだろうか。前述したように、家持以前において、歌はその歌が機能した時点において記録されるべきものであり、いつその歌を用意したかということに対する関心は稀薄であったと考えられる。従って、予作歌の制作時点を明示するというのは、家持が意識的に採用した新しい「方法」であったと言ってよいであろう。

日付に関するこの方法意識は依興歌全般に見られるものではあるまいか。「依興」と注記することは、披露の時点ではなく「興」の発動した時点を記録しようとする営為であり、言い換えれば、心の動き（興）を自覚的に捉え、その心の動きを時系列の上に定位させようとする試みなのである。そこには自照性の萌芽を見てよいと思われるが、こうした自照性を示す編纂上の注記が末四巻の全てに見られるということは、これら四巻が家持の心の軌跡を語る日記文学的な歌巻として構想されていることを示唆しているのではあるまいか。末四巻は、蒐集しうる歌稿を単に日付順につないだ歌巻ではなく、家持という個の、その内面を照射する一面を持っているのである。末四巻のこのような性格は平安朝における日記文学の先蹤をなすものと思われる。

無論、末四巻を「家持歌日記」と認定してよいかどうかについては議論の分かれてきたところであるが、末四巻における日付注記の問題を「日記」の問題として積極的に捉えようとする論も近年提出されている[26]。本章で明らかにした依興注記のありようも、日付の問題を浮き彫りにするものであった。歌に日付を付して配列するということの意義を、依興歌が端的に示しているのである。

〔注〕

（1）小野寛「家持の依興歌」『大伴家持研究』一九八〇、初出一九七三・一二。なお、本章では、題詞に記載される場合も含めて、便宜上「注記」という言葉を用いている。

（2）鉄野昌弘「旧江四部作」『セミナー万葉の歌人と作品　第九巻』二〇〇三・七、九四頁。

（3）中西進「くれなゐ―家持の幻覚―」『中西進万葉論集第五巻（万葉史の研究）』一九九六、初出一九六七・六、三六七頁以下。

（4）小野注1前掲書、三五六頁・三六七頁・三六九頁。

（5）伊藤博「家持の芸―預作讃歌をめぐって―」『万葉集の表現と方法』下、一九七六、初出一九七一・一、一六一頁以下。

（6）辰巳正明「依興歌の論」『万葉集と中国文学』一九八七、初出一九八二・二、五〇九頁及び五一五頁。

（7）依興注記に余意を見る説として、他に藤井貞和「作家論　詩人の成立」（『古代文学』第三〇号、一九九一・三）、大久保廣行「家持作歌の試み」（『筑紫文学圏論　大伴旅人　筑紫文学圏』一九九八、初出一九九五・二、四一一頁）がある。

（8）『懐風藻』の「興」六例中四例が「興趣」の意。以下、『凌雲集』は一三例中一二例が、『文華秀麗集』は八例すべてが「興趣」の意。なお「依興」は漢籍に見出しがたい語とされてきたが、『漢書』に「依二興古事一、悼二己及同類一也。」（巻三十六「楚元王伝」）という例があり、その顔師古注に「興謂二比喩一也」とある（髙松寿夫氏の教示による）。この「依興」は二字で「なぞらえ喩える」意に用いているようであるが、万葉集において「依」は一般に「～に依る」の義で用いられており、そのような用法は一例もない。

（9）夙に鉄野昌弘氏は、「少なくともこの『興中所レ作』に関して言うならば、それは詩的高揚の謂でなければならないと考える」と述べ、「ここに言う『興』は、所謂六義の『興』とは一応分けて考えるべきものである。『興中所作』の『興』も、『興中』という形からすれば、比喩法の一種とは考えがたい」と指摘している（「『興』と『無常』―「歌日誌」への試論―」『大伴家持「歌日誌」論考』二〇〇七、初出一九九四・四、三四二頁及び三四七頁）。

（10）この歌については小野氏も「依興歌であってていいのだが、題詞にも左注にも『依興作』の文字のない理由はわからない」と述べている（注1前掲書、三六二頁）。

（11）橋本達雄「二上山の賦をめぐって」『大伴家持作品論攷』一九八五、初出一九八一・一一、二〇九頁及び二一三～四頁。

（12）「作歌者家持」と「編纂者家持」の問題については鉄野昌弘氏の論に啓発されるところが多い（「大伴家持論（前期）―「歌日誌」の編纂を中心に―」『大伴家持「歌日誌」論考』二〇〇七、初出二〇〇二・五）。また、鉄野氏は「大事なのは、『興』と記すことが、『歌日誌』という形で歌を編む上での一つの技術であることだろう」とも述べているが（注2論文・九四頁）、これは「依興」を編纂の問題に結びつけたほとんど唯一の発言であり、傾聴に値しよう。

（13）これについては、既に橋本氏が同様のことを指摘している（注11論文及び『全注巻第十七』二二一頁）。もちろん、前後の歌群と内的な関連がないわけではなく、鉄野昌弘氏はその「情の展開」を克明に論じている（「「二上山賦」試論」『大伴家持「歌日誌」論考』二〇〇七、初出二〇〇〇・五、一六三頁以下）。

（14） 小野注1論文

（15） 鉄野昌弘氏は、最近の論文において「追和歌」の制作が「予作歌」を導いたという見通しを示し、「『予作』は、将来への期待とともに、過去への憧憬に基づいてもいる。その点でも、『予作』は『追和』と同様の機制を持っていよう」と述べている（「大伴家持『予作歌』の性格と位置」『芸文研究』第一〇九号第一分冊、二〇一五・一二）。追和歌と予作歌の作歌手法に同質のものが潜んでいるという指摘はその通りであろう。

（16） 元暦校本以外の諸本は全て「家持作」としているが、しばらく書持作とする通説に従っておく。参照、拙稿「万葉集の梅柳―「大宰の時の梅花に追和する新しき歌」の解釈をめぐって―」『上代文学』第九九号、二〇〇七・一一、本書第二部第二章。

（17） 伊藤博「万葉集末四巻歌群の原形態」『万葉集の構造と成立』下、一九七四、初出一九七〇・六。なお、近年は伊藤論の検証が進む中で巻十七冒頭歌群についても多くの論が提出されている。その研究史については村瀬憲夫氏の論に詳しい（『伊藤博著『萬葉集の構造と成立』の顕彰と検証」『万葉集編纂構想論』二〇一四、初出二〇一一・六、二四頁以下）。

（18） これらの宮廷讃歌（A・E・G）は基本的に君臣和楽の宴を志向するものであり、その創作意識には共通のものを指摘できる（参照、拙稿「家持の宮廷讃歌―長歌体讃歌の意義―」『美夫君志』第五七号、一九九八・一二、本書第一部第四章）。

（19） 伊藤博氏は日付の「〇＋×」構造をここにも適用し、この吉野讃歌（18・四〇九八～四一〇〇）が五月十二日の「出金詔書歌」（18・四〇九四～七）と同居の関係にあった可能性を指摘するが（注5論文及び注17論文）、その場合、四一〇五左注が吉野讃歌とは無関係である可能性も考慮しなければならなくなる。だが、そのように解すると、吉野讃歌には作者注記すらないことになり、不自然である。小野氏の指摘するように（「大伴家持の依興歌追攷」『論集上代文学』第一三冊、一九八四・三）、四一〇五左注が吉野讃歌まで及ぶものと考えるべきであろう。なお、伊藤氏も『全注巻第十八』や『釈注』では見解を修正している。参照、本書第三部第一章。

（20） 橋本達雄「天平勝宝二年三月、出挙の歌」（『大伴家持作品論攷』一九八五、初出一九七四・一〇）、小野寛「家持の創作―興中所作歌―」（『万葉』第一六六号、一九九八・七）、及び鉄野注9論文。

(21) この歌(20・四四六三〜四)の左注「右二首」は元暦校本に「右五首」とあり、それによれば20・四四六〇〜四の五首全てが依興歌ということになるが、別稿で述べたように「右二首」の本文が正しいと考えられる(「万葉集末四巻における作者無記の歌―歌日記の編纂と家持―」『国文学研究』第一五六集、二〇〇八・一〇、本書第三部第一章)。ちなみに、橋本氏は「右五首」の本文を採用して「すでに堀江行幸から十九日も経過した時点で堀江の歌を作っている『非時性』ないし『唐突性』を意識して『依興』と記した」と述べている(「悽惆の意」『大伴家持作品論攷』一九八五、初出一九八二・一一)。「右五首」の本文に従うのであれば橋本氏のように理解すべきところであろうが、20・四四六〇〜二の左注には「右の三首は、江の辺《かは》にして作る」とあり、作歌事情が示されているので、ここに配列されていることを「唐突」とまでは言えないのではないだろうか。あえて元暦校本の本文を採用する必然性はないと思われる。

(22) 但し、この論文の初出稿(「大伴家持の春愁歌」『国文学研究』第一四三集、二〇〇四・六)においては依興注記に関する考察が不十分であったために、左注がどの歌に付属しているかということについては曖昧な書き方になってしまっている。本書で述べたように訂正したい。

(23) 題詞もなく作歌事情も記さない歌は末四巻では僅かに次の四例だけである。

①17・四〇一七〜二〇(日付+作者のみ)
②20・四三一四(日付+作者のみ)
③20・四三三四〜六(日付+作者のみ)
④20・四四八五(作者のみ)

但し、①は越中の風土や望郷の念を歌うもので、ここに配列されることに唐突の感のあるものではない。③は防人を詠んだもので、直前に防人をテーマとする家持自身の長反歌が配列されていることを考えれば、これも特に説明が必要であったとは思われない。例外は②④の二首のみということになるがこの二首については後考を待つこととしたい。

(24) 参照、本書第一部第五章。

(25) これを別時の作とする説もあるが(後藤利雄「万葉集の巻末補遺部における二つの問題」『上代文学』第五一号、一九八三・一一)、「延ふ葛の」(四五〇八・四五〇九)という序詞部分に季節を読み取ることが根拠になっており、判断の分かれるところである。だが、両歌群における作者の共通性から見れば、少なくとも現行巻二十の編者がこれらの歌群を一連のものとして配列したことは明らかであり、編纂の手法を問題とする本書としては現行のテクストを重視したい。なお、元暦校本など非仙覚本系諸本では四四九六題詞に「十五首」とあり、四四九六〜四五一〇が同時の作であることは明示されている。

(26)　古橋信孝『和文学の成立』一九九八・一二、一一七頁以下。及び鉄野注12論文。

〔補注〕　ちなみに、追和の対象となっているのは、それぞれ、

d…憶良の歌（6・九七八）

e…梅花の歌（5・八一五〜八四六）

f…菟原処女の歌（9・一八〇一〜三、一八〇九〜一八一一）

であるが、これらの歌が全て巻十六以前の巻に載録されているということに注意したい。ｄｅｆを他の追和歌と区別し、これらに依興注記を施していくという作業の背後には、巻十六以前の巻との関連において末四巻を編纂しようとする姿勢が垣間見えるからである。また、その題詞左注のありようからすれば、末四巻編者（本書は家持と考える）は、読み手がこれら巻五・巻六・巻九の歌を当然知っているという前提に立っているようである。少なくとも現行のテクストによる限り、大筋としては、末四巻はそれ以前の巻の「続き」として読まれるように仕組まれていると見るべきではなかろうか。

第三章　述懐
——天平十九年のホトトギス詠——

一　はじめに

四月十六日夜裏、遥聞二霍公鳥喧一、述レ懐歌一首

ぬばたまの月に向かひてほととぎす鳴く音遥けし里遠みかも　（17・三九八八）

右、大伴宿祢家持作之。

万葉集巻十七によれば、家持が税帳使として一時帰京の途に就いたのは天平十九年五月初旬のことと考えられるが、右の歌はその帰京を目前に控えた四月十六日の作である。越中で初めて初夏を迎えた家持がホトトギスの声を心待ちにしていたことは直前に配列される歌々に示されているが、この歌の題詞によれば、ホトトギスの声をこの日の夜になって遥か遠くに聞き、「懐ひ」を述べたのだという。

しかし、この歌の場合、初音を耳にした喜びがあからさまに詠み込まれているわけではなく、従って「懐ひ」の内実が明確に示されているとは言いがたい。むしろ、様々な思いがこの一首に複層的に込められていると見るべきなのであろうが、それにしても、もともと歌は何らかの思いを詠むものであるのに、ことさらに「述懐」と記すことによって家持は何を表現しようとしているのだろうか。

また、この歌の結句も問題である。『窪田評釈』に、

抒情の語といえば、「里遠みかも」だけであるが、これは「音はるけし」の説明で、抒情とはいえない程度のものである。抒情語を好む家持であるが、感が高潮するとそれを用いず、ほとんど純客観にいい、抒情のほうは題詞で暗示するにとどめているのである。

とあるように、結句「里遠みかも」は、一見すると「鳴く音遥けし」の理由を説明しているに過ぎないものであり、この句を据えることによっていかなる感懐を表現したものか、少なくともこの歌単独では判然としない。この歌における「述懐」の問題は、結句の理解と関わっていると予想される。

以下、万葉集の「述懐」の歌全般について検討し、当該歌の題詞に「述懐」と記されていることの意味について考察してみたい。

二　万葉集の「述懐」

万葉集において「述懐」は計十一例、全て題詞に現れる。以下の通りである。(1)

① 冬十一月、大宰官人等、奉レ拝二香椎廟一、訖退帰之時、馬駐二于香椎浦一、各述レ懐作歌（6・九五七〜九五九）

② 十年七月七日之夜、独仰二天漢一、聊述レ懐一首（17・三九〇〇）

③ 四月十六日夜裏、遥聞二霍公鳥喧一、述レ懐歌一首（17・三九八八）

④ 入レ京漸近、悲情難レ撥、述レ懐一首（17・四〇〇六〜四〇〇七）

⑤ 忽見二入レ京述レ懐之作一、生別悲兮、断腸万廻、怨緒難レ禁。聊奉二所心一一首（17・四〇〇八～四〇一〇）

⑥ 于レ時、期四之明日将三遊二覧布勢水海一、仍述レ懐各作歌（18・四〇三六～四〇四三）

⑦ 至二水海一遊覧之時、各述レ懐作歌（18・四〇四六～四〇五一）

⑧ 為下向レ京之時、見二貴人一及相二美人一飲宴之日、述上レ懐、儲作歌二首（18・四一二〇～四一二一）

⑨ 四月三日、贈二越前判官大伴宿祢池主一霍公鳥歌。不レ勝二感旧之意一、述レ懐一首（19・四一七七～四一七九）

⑩ 不レ飽下感二霍公鳥一之情上、述レ懐作歌一首（19・四一八〇～四一八三）

⑪ 十二日、遊二覧布勢水海一、船二泊於多祜湾一、望二見藤花一、各述レ懐作歌四首（19・四一九九～四二〇二）

これを見ると、その用例に著しい偏りのあることがわかる。そもそも最初の①（大伴旅人一行の遊覧の歌）を除けば、残りは全て末四巻の例であり、家持の独詠歌（②③）、家持の予作宴歌（⑧）、家持と池主の贈答歌（④⑤⑨⑩）、家持一行の遊覧の歌（⑥⑦⑪）と、家持関係歌に限られるのである。

述懐歌が家持歌に偏ることに注目し、内容の共通性からこれを説明しようという試みも既になされてきた。例えば、小野寛氏は家持の述懐歌に自然詠が多いことを挙げ、「家持は自然の景色に、風物に、己れの思いを託して歌う時、『述懐』と題したのであろう」と述べている。(2) また、辰巳正明氏は小野氏の論を受け、「家持の歌に見る『述懐』とは、四時の変化によって情が動かされ、自然の風物を鑑賞することで〈懐〉を述べると言うことであった」と述べた上で、「家持の『述懐』の歌が多くは自然詠であるのも、家持の中に中国詩学の理解が存在したからである」と論じている。(3)「景」と「情」の対応を重視する六朝詩学が背後にあるというのである。

家持の述懐歌に自然詠が多いことは事実であり、両氏の指摘が述懐歌の性質の一面を言い当てていることは認めてよいと思われる。だが、⑧のように自然詠ではないものも含まれているし、逆に、家持歌において自然の風物に思いを託した作が全て「述懐」と記されているわけでもない。そもそも、「述懐」が「懐ひ」の内容を規定する用語であるならば、もう少し内容にはっきりした共通点があってもよさそうなものなのに、自然の風物に触発された感懐といった大きな括りでしか説明できず、それでもなお全用例には当てはまらないというところに疑問が残る。そもそも、家持の作歌手法に関わる用語であるならば、述懐歌に家持以外の作者の歌が少なからず含まれるということも問題であろう。

ここで注意すべきは、これらの述懐歌が、基本的には官人間の交流に関わる作であり、漢風の交友観[4]を背景に、他の官人と共有すべき「懐ひ」を歌っているということである。それは②③を除けば、題詞・左注だけを見ても明瞭に読み取れる。皆で遊覧に出かけた折の作であったり、宴席歌であったり、官人同士の贈答歌であったり、いずれにしても、他の官人の存在を強く意識しつつ、その時相手と共有すべき思いを詠んでいるという点で共通している。つまり、「懐ひ」の内容は必ずしも一様ではないけれども、交友に関わる場面において、他者を意識しつつ「懐ひ」を申し述べるという、その作歌態度の方に共通点が見出せるのである。

②と③は独詠歌であり、この歌だけを取り出してみるとそうした作歌態度と無縁な作のようにも見えるが、これについては第五節以下に述べることにして、まず、題詞に「各述懐」「述懐各作歌」とある典型的な例（①⑥⑦⑪）から見ていこう。

①には、香椎潟を訪れた大伴旅人一行の、当地の風光に対する愛惜の念が歌われており、それが「懐ひ」の内容であろうが、その感懐を一行の者それぞれが互いに述べ合い、共有している状況を「各述懐」と表現したものと考えられる。また⑥⑦⑪は布勢水海遊覧に関わる家持一行の歌々である。⑥と⑦は、天平二十年三月に田辺福麻呂を伴って訪れた時のもの、⑪は二年後の天平勝宝二年四月十二日の作である。これらはいずれも布勢の水海

の風光を取り上げ、それに対する感懐を各々が述べるという点で共通する。

これらのうち⑥⑦⑪は家持の作を含むものの、幾人かの歌の説明として「述懐」と記しているのであって、家持個人の作歌手法を説明しているわけではない。ちなみに末四巻において景勝地を遊覧してめいめいが歌を詠むというケースは布勢の水海の歌にほぼ限られるが、これら⑥⑦⑪の歌は、右に見たように必ず題詞に「各述懐」などという記載を伴っているのである。これは、家持がこれらの歌群に①（旅人一行の歌）と共通の作歌状況を読み取り、それを題詞に示そうとした結果ではないだろうか。家持一行の布勢水海遊覧は、この題詞によって旅人一行の香椎潟遊覧と関係づけられていると見るべきだろう。

こうした交友への志向を如実に示すのが贈答歌の存在である。「述懐」十一例のうち、実に四例までが贈答歌であることに注目したい。まず④⑤だが、④は左注により池主に贈った歌であることが知られる。長歌は、美景を賞美しつつ交友を深めるべき時節に、友と別れなければならない悲しみを歌ったものであるが、その「悲情」を、相手（ここは池主）に吐露するという意識を、「述懐」と記しているのであろう。⑤は池主の返歌であるが、「報贈和歌」という左注が注意される。後述するように、述懐歌に「和」するというのは、「述懐」の本質をうかがわせるもので、漢籍に起源を求めうるものだからである。

⑨は池主への贈歌であるが、この歌はホトトギスが鳴いているというのにそれを独りで聞いているという状況を嘆き（「霍公鳥　いやしき鳴きぬ　独りのみ　聞けば寂しも」）、そのホトトギスの声を池主にも聞かせたいと願ったものである。かつて池主と共に風光を賞でたことを懐かしみ、その追懐の念を、越前にいる池主に対して訴える、その意識を「述懐」と記しているのであり、相手と風光を共にすることを志向する点で先の遊覧の歌々と軌を一にするものである。

⑩は独詠歌のようにも見えるが、この歌は⑨の題詞の波線部「四月三日、越前判官大伴宿祢池主に贈る霍公鳥の歌」の支配下にあると考えられる。⑨の題詞は伝来する諸本いずれにおいても「四月三日」から「述レ懐一首」まで改行せずに続けて書かれているが、⑨と⑩がどちらもホトトギスの歌であり、かつ連続して載録されていることから見て、『集成』が指摘するように⑨題詞の波線部は⑨と⑩の「総題」だと考えるべきであろう（『全注巻第十九』や『釈注』にも同様の指摘あり）。⑨の題詞を⑨だけにかかるとする見方もあるが、(5) ⑨題詞のように「～の歌、～の一首」という書き方で一首を説明した例は、末四巻において他に例を見出せない。⑩は、ホトトギスへの愛惜の念に焦点を絞ったものだが、この歌を池主に贈ったのは、ホトトギスに対する愛惜の念を共有したいという思いを、池主に伝えたかったからだと推測される。

但し、右の理解は主に題詞の解釈に基づくものであり、⑩が池主へ贈られなかった可能性を完全には排除できないとする向きもあるだろう。しかし、仮にそうだとしても、⑩が⑨から導き出された作であり、従って池主を強く意識していることは否定できないと思われる。というのは、⑩に「菖蒲草　花橘を　貫き交へ　かづらくまでに　里響め　鳴き渡れども　なほし偲はゆ」（19・四一八〇）とあるのは、明らかに⑨の「菖蒲草　玉貫くまでに　鳴き響め　安寝寝しめず　君を悩ませ」（19・四一七七）を踏まえているからである。(6)

なお、⑨⑩にはいずれも「菖蒲草」や「橘」を「玉に貫く」とか「かづらく」という表現が見えるが、これらは「…ほととぎす　来鳴く　五月の　あやめぐさ　蓬かづらき　酒みづき　遊びなぐれど…」（18・四一一六）や、「…霍公鳥　鳴く初声を　橘の　玉にあへ貫き　かづらきて　遊ばむはしも…」（19・四一八九）などの例に照らすと、酒宴に結び付く表現であったことがわかる。⑩が宴の印象を揺曳していることは、この歌が交友を志向する作であることを内面から証していると言ってよい。

さて、⑧は、上京して宴席に臨んだ折のことを想像して予め作ったという歌である。同席する相手に対する親愛の情を、宴席にふさわしく讃美の心を以て詠んだものであるが、宴においてそのような「懐ひ」を述べることを「述懐」と記しているのであろう。但し、この歌の題詞の読み方には、

㋑　為下向レ京之時、見二貴人一及相二美人一飲宴之日、述上懐、儲作歌二首。[7]

㋺　為下向レ京之時、見二貴人一及相二美人一飲宴之日上、述レ懐、儲作歌二首。[8]

の二説があり、現在においても決着が付いていない。㋑説（「…飲宴する日に懐ひを述ぶる為に、儲けて作る歌」）と㋺説（「…飲宴する日の為に、懐ひを述べて儲けて作る歌」）とでは、どこで誰に「述懐」するかが違ってくるはずであるが、ここではしばらく㋑説を採り、都において宴を共にする官人に対して「述懐」する様を仮想したのだと見ておく。[9]

以上、②③を除く万葉集の述懐歌九例を通覧したが、いずれの作も遊覧の場や宴席等に関わるものであり、他の官人を意識して「懐ひ」を述べるという点で共通している。なお、述懐歌は中世においては自らの不遇や老いを嘆く一つのジャンルとして確立していくのであるが、万葉集においてはそのような意識が全く認められないことにも注意しておきたい。万葉集の述懐歌はその全てが大伴旅人や家持に関わる作であり、それらが自然詠を多く含むのは、端的に言って彼等の作歌活動が美景の共有を志向する交友観に立脚していたからではないだろうか。

ここで、念のため、他の類似表現にも目を向けておこう。

まず注意されるのは、「述拙懐」などと記される歌である。集中に三例あり、全て末四巻に現れるが、これらは「述懐」に「拙」を加えたものと見なされる。[10]

1　十一日、大雪落積尺有二二寸一、因述二拙懐一歌三首（19・四二八五～四二八七題詞）

2　右歌六首、兵部少輔大伴宿祢家持、独憶二秋野一、聊述二拙懐一作之。（20・四三一五～四三二〇左注）

3　陳二私拙懐一一首（20・四三六〇～四三六二題詞）

これらのうち、2は高円離宮での遊宴を詠んだものであり、3は難波宮行幸を前提とした離宮讃歌であるが、いずれも諒闇中の作であり、実際には行われるはずのない宮廷行事への思いを詠んだものと考えられる。1は独詠歌であるが、正月の大雪を眼前にしてかつての雪の日の肆宴（17・三九二二～六）を追懐し、その時の自作（17・三九二六）をもとに詠んだものである。冒頭四二八五歌が三形沙弥の歌（19・四二二七～八）を踏まえ、「な踏みそね惜し」と呼びかけるように歌うのも、宴席を仮想しているからだと察せられる。いずれも宮廷の行事が表現の背後にあることからすれば、これら拙懐歌は一人の世界に沈潜するものではなく、「懐ひ」を共有すべき官人たちを意識したものと言えるのではないか。

思いを述べるという内容的な類似だけで言えば、更に、次のごとき例を集中に指摘できる。

4　…遂申二懐抱一、因贈二詠歌一曰（5・八五三序、大伴旅人？）

5　聊布二私懐一歌（5・八八〇～八八二題詞、山上憶良）

6　…敬和下為二熊凝一述二其志一歌上六首（5・八八六～八九一題詞、山上憶良）

7　遣二新羅一使人等悲レ別贈答、及二海路一慟レ情陳レ思…（15・三五七八題詞、遣新羅使人歌）

8　…蹔還二私家一陳レ思（15・三五九〇左注、遣新羅使人歌）

9　七夕仰二観天漢一各陳レ所レ思作歌（15・三六五六～三六五八題詞、遣新羅使人歌）

10　…各陳二心緒一聊以裁歌（15・三六六八～三六七三題詞、遣新羅使人歌）

11　…各陳二慟心一作歌（15・三六九七～三六九九題詞、遣新羅使人歌）

12　…各陳二心緒一作歌（15・三七〇〇～三七一七題詞、遣新羅使人歌）
13　…寄二花鳥一陳レ思作歌（15・三七七九～三七八五左注、中臣宅守）
14　…各陳二心緒一作歌（16・三七八六～三七八七題詞、作者未詳）
15　…各陳二所心一作歌（16・三七八八～三七九〇題詞、作者未詳）
16　…悲二感妻子之傷一、述レ志而作二此歌一（16・三八六〇～三八六九左注、山上憶良？）
17　…各陳二所心一作歌（17・三八九〇～三八九九題詞、旅人の傔従等）
18　…対二此時候一、詎不レ暢レ志…（17・三九一一～三九一三題詞、家持）
19　…寄二情二眺一、聊裁二所心一（17・三九六〇～三九六一左注、家持）
20　…仍作二歌詞一、以申二悲緒一一首（17・三九六二～三九六四題詞、家持）
21　昨日述二短懐一…（17・三九七三～三九七五前置書簡、池主）
22　述二恋緒一歌（17・三九七八～三九八二題詞、家持）
23　…仍作二此歌一、聊陳二相別之嘆一（17・三九八九～三九九〇左注、家持）
24　…聊奉二所心一一首（17・四〇〇八～四〇一〇題詞、池主）
25　…各述二心緒一（18・四〇三二～四〇三五題詞、田辺福麻呂）
26　…各提二壺酒一登二高円野一、聊述二所心一作歌（20・四二九五～四二九七題詞、家持ほか）
27　為二防人情一陳レ思作歌（20・四三九八～四四〇〇題詞、家持）
28　陳二防人悲別之情一歌（20・四四〇八～四四一二題詞、家持）
29　…因レ此餞之日、各作レ歌聊陳二所心一也（20・四四七三左注、山背王）

30　…仍応㆓詔旨㆒、各陳㆓心緒㆒作㆑歌賦㆑詩（20・四四九三題詞、家持）

右の諸例のうち、「述懐」の変形と言いうるのは「述㆓短懐㆒」（21）くらいのもので、後は類似の内容になっているに過ぎないものであるから、自ずと「述懐」とは表現の位相を異にするものも含まれている。違う表現である以上、単純に比較できないことは言うまでもないが、しかし、それにしてもそのほとんどが述懐歌と同じく律令官人のカテゴリーに属する作であることは注意される。(11) しかも、官人同士が場を同じくして思いを述べ合うことを「各」と記した例が八例に上る（9 10 11 12 17 25 29 30）ことも見逃せない。また、内容面から見ても、官人同士の贈答に関わる例が四例（5 18 21 24）、宴席歌が六例（19 23 25 26 29 30）、遣新羅使人の歌のような官人集団による群作が六例（7 9 10 11 12 17）、他の官人の作に敬和した作が一例（6）となっている。拙懐歌の三例を加えると、三十例中二十例であるから、これらの例も概ね述懐歌と同様の傾向を示すものと見てよいだろう。

三　日本漢詩の「述懐」

ここで『懐風藻』に目を転じたい。『懐風藻』には「述懐」を詩題とする詩が五首（a〜e）あるほか、詩序に「述所懐」という類似の表現が見える（f）。

a　道徳承㆓天訓㆒、塩梅寄㆓真宰㆒。羞無㆓監撫術㆒、安能臨㆓四海㆒。（大友皇子「述懐」・二）

b　年雖㆑足㆑戴㆑冕、智不㆓敢垂㆒㆑裳。朕常夙夜念、何以拙心匡。猶不㆑師㆓往古㆒、何救㆓元首望㆒。然毋㆓三絶務㆒、且欲㆑臨㆓短章㆒。（文武天皇「述懐」・一六）

c　文藻我所レ難、荘老我所レ好。行年已過レ半、今更為レ何労。（越智広江「述懐」・五八）
d　花色花枝染、鶯吟鶯谷新。臨レ水開二良宴一、泛レ爵賞二芳春一。（春日蔵老「述懐」・五九）
e　少無二蛍雪志一、長無二錦綺工一。適逢二文酒会一、終恧不才風。（多治比広成「述懐」・一〇一）
f　…於レ是、絃歌迭奏、蘭蕙同欣。宇宙荒茫、烟霞蕩而満レ目、園池照灼、桃李笑而成レ蹊。既而、日落庭清、樽傾人酔。陶然不レ知二老之将レ至也。夫登レ高能賦、即是大夫之才。体レ物縁レ情、豈非二今日之事一。宜下裁二四韻一、各述中所懐上、云爾。（藤原麻呂「暮春於二弟園池一置酒」序・九四）

これらのうちd・fを除く四例は、自らの不才や老いなどを嘆く意識が基調となっている。万葉集の述懐歌にそのような歌は一首もないので、一見、表現の基盤が異なるようにも見えるが、dの例が、宴において（傍線部）、風光を賞でる趣（波線部）の詩であることは注意されよう。また、fは藤原麻呂の詩序であるが、傍線部の「各述所懐」という表現は万葉集の「各述懐」と類似する。宴席で美景を前にして各自が所懐を述べようという状況も、万葉集の遊覧の歌と発想を同じくする。辰巳正明氏はd・fと万葉集の述懐歌との関連を指摘するが[12]、正鵠を射るものであろう。

但し、このd・fに見られる「述懐」の用法について、辰巳氏は「第二義的」なものとしているが、それについては判断を留保したい。後述するように万葉以前と目される漢籍の用例は数が少なく、かつ内容も様々であり、「懐」の内容を帰納的に考えることは難しいからである。右に掲げた『懐風藻』の例については、「懐」の内容もさることながら、むしろ詠まれた状況の方に注目すべきではないだろうか。eの傍線部「たまたま文酒の会に逢ひて」によれば、やはり宴席で詠まれたもののようであるが、ということは、a～fのうち少なくとも半分（d・e・f）が、宴席で「懐ひ」を述べたものということになる。a～cは作詩の場が明らかではないが、a・b

は国を統べる者としての感懐を述べるものであり、従ってこれらも何らかの公的な場面（立太子など）での披露を考えるべきであろう。また、cは「今更為レ何労」とあるところからすれば、公務に関わる作と想像される。はっきりしないところもあるが、『懐風藻』においても「述懐」は概ね他の官人を意識しつつ「懐ひ」を申し述べるという性質の語として用いられているのではないだろうか。

平安朝のものではあるが、勅撰三集に範囲を拡げてみると、『経国集』以外の二集に「述懐」の例を指摘できる。以下、詩題によってその全てを掲げよう（d～gは詩題に「述懐」の語が見られないが、「述懐」という標目の下に載録されているので、これらも述懐詩に含める）。

〔凌雲集〕

a　自二山崎一乗レ江赴二讃岐一、在二難波江口一述レ懐、贈二野二郎一。（五三・林娑婆）

b　久在二外国一、晩年帰学、知旧零落、已無二其人一。聊以述レ懐、簡之請二益菅原五郎一。桃李之報、豈無二瓊瑶一。（五四・林娑婆）

〔文華秀麗集〕

c　蒙レ譴外居、聊以述レ懐、敬簡二金吾将軍一。（三〇・仲雄王「贈答」）

d　奉レ和二重陽節書一レ懐（四六・仲雄王「述懐」）

e　奉レ和下宿二旧居一之什上（四七・小野岑守「述懐」）

f　奉レ和二秋夜書レ懐之作一（四八・仲科善雄「述懐」）

g　奉レ和下臥レ病逢二重陽節一之作上（四九・小野岑守「述懐」）

h　晩秋述レ懐（五〇・姫大伴氏「述懐」）

i　和㆓澄公臥㆑病述㆑懐之作㆒（七六・嵯峨天皇）

j　和㆓澄上人臥㆑病述㆑懐之作㆒（七七・仲雄王）

k　和㆓澄上人臥㆑病述㆑懐之作㆒（七八・巨勢識人）

これらを見ると、内容的には負の感情を詠むものも目に付くが、小野岑守の詩（e）のように、帝の詩に和しつつ当日の宴の楽しさを詠むものもあり、負の感情に限定されない「述懐」のあり方はここにもうかがうことができる。

注目すべきは、これらも、ほとんど全て官人社会において他者を意識しつつ「懐ひ」を述べたものだということであろう。波線部によれば、a～cは書簡により贈られた詩であり（「贈」「簡」）、それ以外の作も、hを除き唱和の作であることが詩題に明示されている（「和」「奉和」）。唱和の作が少なからず含まれるのは、述懐詩が「懐ひ」を一方的に述べるものではなく、どこかで共感を求める性質を持っていたからではあるまいか。

なお、i～kに至っては同一の述懐詩（最澄の「臥病述懐」の作）に対して複数の人物が「和」しており、これによれば一つの述懐詩が多くの人々によって共有されるという場合のあったことがうかがわれる。しかもこの場合、唱和の対象となった述懐詩は「臥病」の作であるから、[13] 病床で独詠的に作られた述懐詩が宮中に伝えられ、皆に享受されていたという状況を想定しなくてはならない。嵯峨天皇が和したというi詩に「聞くならく公が雲峯の裡、病に臥して真を契らむとすと」（訓読は『大系』による）とあるのは、その辺の事情を物語っていよう。こうした例があることからすると、たとえ特定の誰かに贈るものでなくとも、官人の目に触れることを意識して「懐ひ」を述べるという場合には、「述懐」と題されることもあったと考えるべきではなかろうか。

以上、『懐風藻』『凌雲集』『文華秀麗集』の例を瞥見したが、こうしてみると、日本漢詩の「述懐」も、概ね他の官人を意識しつつ「懐ひ」を述べるものであるということは認めてよさそうである。特に、書簡による贈答や唱和の作があるという点において万葉集と同様の傾向が見られることには注意すべきであろう。

但し、詩の主題は様々であり、やはり「述懐」が内容を規定するような用語であったとは考えにくい。夙に内田徹氏は「一般的に日本漢詩文における述懐は、『思ひをのべる。』という意の制約から概して自省的ではあるが、その『思ひ』の内容は多岐にわたっており、憂え等の特定の心情に限定されているわけではない」と述べているが[14]、その通りであろう。述懐詩に老いや病、不才、不遇を嘆くような負の内容を述べるものが比較的多く含まれるのは、官人社会の枠組みの中で思いを訴えるという状況的制約があるために、自らを貶め謙遜する姿勢に傾くからではないだろうか。

もちろん本書も、「述懐」という題が「懐ひ」の内容と全く無関係に付されていると考えているわけではない。『日本国語大辞典』(第二版)の「述懐」の項に「①心中の思いを述べること。意中を述べること」と並んで「②ぐち、不平、不満を洩らすこと。うらみを言うこと」という釈義が挙げられているが、②のような用法が生じるのは、「述懐」が相手に共感を求めるような意識を含み持っているために、誰かに気持ちをわかってほしい、あるいは思いを伝えたいという方向に向かうからであろう。述懐詩に自らの境遇を嘆くような作が目に付くというのも、理由のないことではないと思われる。

しかし、少なくとも平安朝前期までの範囲においては、「述懐」という題が、負の心情を述べることと、必ずしも固定的に結び付いていたわけではない。「述懐」の本質は、あくまで官人社会の枠組みの中で相手に思いを訴え、共感を求めるというところにあると見るべきではないだろうか。述懐歌や述懐詩に宴席を讃美するような作が見られることも、そう考えることによって初めて了解される。宴席において一座の者に共感されるべき心情を詠むとすれば、その宴席を讃美し祝意を述べるというのは極めて自然なことと考えられるからである。

四　中国詩の「述懐」

a　晋張載「述レ懐詩」（『初学記』巻十八「離別」）
b　晋支遁「述レ懐詩二首」（『広弘明集』巻三十、統帰篇第十・下）
c　梁武帝「撰二孔子正言一竟述レ懐詩」（『芸文類聚』巻五十五「経典」）
d　梁元帝「蕃難未レ静述レ懐詩」（『芸文類聚』巻五十九「戦伐」）
e　北周庾信「和二何儀同講竟述レ懐詩」（『初学記』巻二十一「講論」、『庾子山集』巻三）
f　北周庾信「和二張侍中述レ懐」（『庾子山集』巻三）

六朝までの中国詩において「述懐」を題に持つものは、管見の限り右に掲げた六例に過ぎない。その内容は、隠遁者の感懐、編纂を終えての感懐、戦伐の感懐など、実に様々である。大まかな傾向としては悲哀や不如意といった感情を詠む部分も目に付くようだが、「懐」の内容自体に共通性を求めることにはやはり無理があるように思われる。そもそも、万葉に見られたような遊覧の詩が一首もないことは注意されよう。

もっとも、c詩には「…仲冬寒気厳、霜風折二細柳一。白水凝二澗渓一、黄落散二堆阜一…」とあり、またd詩には「…渓雲連二陣合一、却月半二山空一。楼前飄二密柳一、井上落二疏桐一。差レ営逢二霪雨一、立レ塁挂二長虹一」とあって、これらは「景」を「情」（この場合は負の心情）に関わるものとして描こうとしているようである。景情を結び付けるという姿勢自体は万葉と共通しているとも言えるが、しかし、用例数の乏しさや、内容の相違を考えると、万葉集の「述懐」に関わる直接の典拠はこの範囲では見出しがたいとすべきだろう。

しかし、この場合、注目したいのはまずeとfである。これらは題に「和」とあるので、贈られた述懐詩に対して唱和したものであることは明瞭である。唱和の詩があるという点については実はc詩も同様で、『陳書』に「梁武帝、撰二正言一始畢、製二述レ懐詩一。総預同二此作一。帝覧二総詩一、深降二嗟賞一」（巻二十七・江総列伝）とあることによれば、武帝の作ったc詩に江総が「同」じたことがわかる。

初唐に入ると「述懐」の詩題は一般化するが、こうした傾向は概ね同様で、述懐詩に対して「和」「奉和」「酬」とある例が散見する。

g　和二左僕射燕公春日端居述レ懐（『全唐詩』巻四十四・任希古）

h　奉レ和二皇帝上礼撫レ事述レ懐。応制。（『全唐詩』巻八十四・陳子昂）

i　酬二崔光禄冬日述レ懐贈答一（『全唐詩』巻八十八・張説）

j　酬二崔光禄冬日述レ懐贈答一（『全唐詩』巻九十一・韋嗣立）

iとjは同一の述懐詩に対する「酬」であるが、このように一つの述懐詩が複数の官人に共有されるという状況は前掲の『文華秀麗集』の例にも見られたものである。恐らく、述懐詩に唱和するという態度自体、六朝から初唐にかけての中国詩に学んだものなのであろう。

なお、陳子昂の作（h）は李嶠の述懐詩（「皇帝上礼撫レ事述レ懐」『全唐詩』巻六十一所載）に「奉和」した応制詩であるが、試みにその本文を掲げると、

大君忘二自我一、応運居二紫宸一。揖譲期レ明レ辟、謳歌且レ順レ人。軒宮帝図盛、皇極礼容申。南面朝二万国一、東堂

会㆓百神㆒。雲陛旂常満、天庭玉帛陳。鐘石和㆓睿思㆒、雷雨被㆓深仁㆒。承平信㆓娯楽㆒、王業本㆓艱辛㆒。願㆑罷㆓瑤池宴㆒、来観㆓農扈春㆒。卑㆑宮昭㆓夏徳㆒、尊㆑老睦㆓尭親㆒。微臣敢拝手、歌舞頌㆓維新㆒。

といったものであり、大筋としては天子の徳を尭や禹などになぞらえつつ讃えるものになっている。少なくともこの詩における「懐ひ」は負の感情を表明するものではないと見てよいだろう。なお、応制詩であることや、結句に「歌舞して維新を頌せん」などとあることからすると、この詩は公宴で披露された可能性が高いと考えられる。宮廷人士の目を強く意識した作であることは間違いない。

ちなみに、他の初唐詩においても述懐詩が負の感情を詠んでいるとは限らないということに注意しておきたい。次はその一例である（盧照鄰「元日述懐」）。

筮仕無㆓中秩㆒、帰耕有㆓外臣㆒。人歌小歳酒、花舞大唐春。草色迷㆓三徑㆒、風光動㆓四鄰㆒。願得㆓長如㆑此、年年物候新㆒。（『盧昇之集』巻二）

この詩なども自らの不遇に触れている部分が全くないわけではないが（初二句）、それは隠棲に至った事情を語っているに過ぎないものであり、主意が第三句以降にあることは明らかである。結びに「願はくは長しへに此くのごとく、年年物候新たなるを得ん」とあることが端的に示すように、この詩は元日の祝意を直截に詠んだものと言ってよい。

このように、中国の述懐詩にも、負の心情を詠むものが目に付く一方で、祝意を述べるものが散見するが、このありようは概ね日本漢詩と同様の傾向を示すものと言えるだろう。とりわけ、六朝から初唐にかけての述懐詩に、唱和の詩が少なからず存在するということには注意しておきたい[15]。もちろん、中には作詩の状況がはっきりしない作もあるが、大体の傾向としては、中国詩における「述懐」も、他の官人の存在を意識し、時としてその反応を期待するような「懐ひ」を内在させていると見てよいのではなかろうか。

五　天平十年の七夕歌

かくして、万葉集のみならず、和漢の漢詩文においても「述懐」の語の基本的な属性は概ね共通しているように見受けられる。恐らくこれは、日本の歌人や詩人が中国詩における「述懐」の用法をよく理解して受容した結果なのであろう。万葉集の「述懐」は、決して特異なものではなく、概ね当時の一般的な用法の範囲内にあるものと判断されよう。

しかし、「述懐」がそのように他の官人の存在を意識したものであるならば、独詠歌と見られる万葉の二例（第二節②③）をどう考えるべきだろうか。まず、②の七夕の歌から見ていきたい。

十年七月七日之夜、独仰二天漢一、聊述レ懐一首

たなばたし船乗りすらしまそ鏡清き月夜に雲立ちわたる　（17・三九〇〇）

右一首、大伴宿祢家持作。

この歌については、「雲立ちわたる」の解釈に問題があるものの(16)、全体としては七夕伝説を歌うものであり、表面的な意味からは「述懐」と記されるべき理由が判然としない。しかし、これについては、既に『続日本紀』の次の記事との関連が指摘されている。

秋七月癸酉、天皇御二大蔵省一、覧二相撲一。晩頭、転御二西池宮一。因指二殿前梅樹一、勅二右衛士督下道朝臣真備及

諸才子一曰、人皆有レ志、所レ好不レ同。朕、去春、欲レ翫二此樹一、而未レ及二賞翫一。花葉遽落、意甚惜焉。宜下各賦二春意一、詠中此梅樹上。文人卅人、奉レ詔賦之。（『続紀』天平十年七月七日条）

これによれば、家持が②の歌を制作したその日の晩に、宮中では文人三十人が詔を奉じて詩を賦すということがあったのである（傍線部）。『私注』はこの事実に注目して「家持は未ださうした席に招かれることもなく、独り家居したのであらう。（中略）ここに『独』とした心持は右の事情をこめて見てよいかも知れぬ」と指摘しているが、これを受けて、田中大士氏は「三九〇〇の『懐ひ』は、関わりえなかった当日の肆宴に対する憧憬、羨望の念」であるとし、[17] 鉄野昌弘氏は「その孤独感・疎外感が『述懐』の中心であろう」としている。[18] いずれも従うべき見解であろう。

そもそも宴席を主たる場として展開してきたと推測される七夕歌の歴史を考えれば、文雅の宴を志向しながら独りで歌わざるを得ないというこの家持の七夕歌には、極めて異質なものを感じざるをえない。この文雅の宴への志向は言うまでもなく「懐ひ」を共有すべき他の官人を意識したものであるが、それこそが「述懐」と記されるべき所以だったのではないだろうか。七夕の宴の記事はこの前後では他に天平六年、天平勝宝三年にも見えるが、天平十年の記事は分量においても他を圧倒している。『続紀』のこのありようからすれば、この年の七夕は人々の記憶に強く残るものであったと見てよいだろう。天平十年のこの七夕歌に「独」「述懐」と記したならば、それが当夜の応詔詩奏上の場を意識したものであることは、十分に了解されうる性質のものだったのではあるまいか。

そこで改めて『続紀』の記事を見ると、聖武の勅として「各春の意を賦して、この梅樹を詠むべし」（波線部）とあることが注意される。秋七月に「春の意」を詠むという極めて異例な状況ではあるが、それはそれとして、ここには景物を共有して各々が思いを述べるという状況が看取されるからである。それは万葉における「各述懐」にごく近いものであるが、こうした「場」への羨望の念が「独…述懐」という異例な題詞に表現されているのではないだろうか[19]。

なお、漢詩においても「臥病」の作のように独詠的な述懐詩があることは既に見た通りである。「述懐」が誰かに思いを訴えるという意識を内在させるものであるとすれば、書簡や宴席・遊覧などの場でこの語が用いられるのはその典型的な用法と言ってよいだろうが、他の官人の目に触れることを意識して「懐ひ」を述べている場合には、たとえ独詠的な作品であっても「述懐」と記されることはあったと考えられる。つまり、結果として独詠に終わったものだとしても、誰かに共有されるべき「懐ひ」を詠んだ歌であれば、「述懐」と記される要件を満たしているということである。家持の当該作についても、そのような意識から「述懐」と記されているのではないだろうか。

六　天平十九年のホトトギス詠

残る③は冒頭に掲げた天平十九年四月十六日のホトトギス詠であるが、この歌の場合、その前後に配列されるホトトギス詠の流れの中で理解すべきものではないか。巻十七は、池主との贈答が一段落した後、家持が一時帰京する五月までの一連の歌を載録するが、その中にはホトトギスを詠み込んだ作が散見する。帰京直前に詠まれた述懐歌④⑤（番号は第二節参照）もホトトギスを詠み込んでいるということに注意しておきたい。まずは述懐歌

（③④⑤）を除く天平十九年のホトトギス詠を、配列に従って掲げよう。

A　述二恋緒一歌一首

…霍公鳥　来鳴かむ月に　いつしかも　早くなりなむ…吾を待つと　寝すらむ妹を　逢ひて早見む　（17・三九七八）

右、三月廿日夜裏、忽兮起二恋情一作。大伴宿祢家持。

B　立夏四月、既経二累日一而由未レ聞二霍公鳥喧一。因作恨歌二首

あしひきの山も近きをほととぎす月立つまでに何か来鳴かぬ　（三九八三）

玉に貫く花橘をともしみしこの我が里に来鳴かずあるらし　（三九八四）

霍公鳥者、立夏之日、来鳴必定。又越中風土、希レ有二橙橘一也。因レ此、大伴宿祢家持、感二発於懐一、聊裁二此歌一。三月廿九日

C　二上山賦一首（長歌略）

たまくしげ二上山に鳴く鳥の声の恋しき時は来にけり　（三九八七）

右、三月卅日、依レ興作之。大伴宿祢家持。

D　敬和下遊二覧布勢水海一賦上一首

藤波は　咲きて散りにき　卯の花は　今ぞ盛りと　あしひきの　山にも野にも　ほととぎす　鳴きしとよめば　うちなびく　心もしのに　そこをしも　うら恋しみと　思ふどち　馬打ち群れて　携はり　出で立ち見れば…　（三九九三）

右、掾大伴宿祢池主作。四月廿六日追和。

E　四月廿六日、掾大伴宿祢池主之館、餞二税帳使守大伴宿祢家持一宴歌、并古歌四首〔うち二首〕

我が背子が国へましなばほととぎす鳴かむ五月は寂しけむかも　（三九九六）

右一首、介内蔵忌寸縄麻呂作之。

我なしとなわび我が背子ほととぎす鳴かむ五月は玉を貫かさね　（三九九七）

右一首、守大伴宿祢家持和。

これらA～Eに対する述懐歌③④⑤（これらも全てホトトギスを詠み込んでいる）の位置を示せば次のようになる。

A　三月二十日（立夏前日）

B　三月二十九日

C　三月三十日（三月末日）

③　四月十六日（三九八八）

D　四月二十六日

E　四月二十六日

④　四月三十日（四月末日、四〇〇六～七）

⑤　五月二日（帰京直前、四〇〇八～一〇）

これを見ると、家持の帰京に向けてホトトギス詠が連続的に配列されていること、そして、立夏の前日や月の末日に歌のあることが注意される。恐らく家持は、暦日の節目にホトトギスの歌を配することで、季節の推移に伴う心情の移ろいを表現しようとしているのであろう。大切なのは、一時帰京の事実はAにおいて既に暗示的に語られている（波線部）ということである。家持の一時帰京については、③の後に配列される四月二十日の歌（17・三九八九）の題詞に「餞二守大伴宿祢家持一宴歌」とあり、左注に「守大伴宿祢家持以二正税帳一須レ入二京師一」とあることによって初めて明確に示されるが、Aはその一時帰京に対する期待をほかならぬホトトギスに寄せて示唆しているのである。天平十九年のホトトギスが、まず「帰京」ということに関わって提示されていることには注意してよい。

Bは立夏を過ぎてもまだ鳴かないホトトギスに対する「恨みの歌」と題詞にあり、左注には、立夏に必ず鳴くはずのホトトギスが、越中と都の風土の違いからまだ鳴かないでいるという、そのことが作歌動機になった旨を記している。越中の風土に対するまなざしは、都のそれとの比較において獲得されたものであり[20]、その点よりすればこの歌もやはり都への思いと無縁ではないとすべきである。

Cは「二上山の賦」の反歌であるが、この「鳴く鳥」というのが前後の配列からホトトギスを指すであろうことは、諸家の指摘する通りであろう。ここでホトトギスに対する「恋しさ」が歌われ、この後に来る③に至ってようやくホトトギスの声を聞いたことが歌われる。しかしそれは、夜、遥か遠くに聞くにとどまったわけである。夙に芳賀紀雄氏は、「このばあい、立夏から四月朔日へと、暦日に照らしてほととぎすに対する待ち遠しさは、いやがうえにも昂ぶりを見せてゆくのである。踵を接する三種の作品（前掲A〜Cのこと・引用者注）が、以上のごとき関連をもつならば、この四月十六日の作（③のこと、引用者注）も、まったく無縁ではありえないだろう」と述べ、Aから③に至るホトトギス詠を一連のものとして読むべきことを指摘している。[21]また、鉄野昌弘氏は、芳賀氏の説を受け、ホトトギスの声がなお「里遠」いことに、「都との時差、そこからの距離への思い」を託しているとと述べ、この③の歌を「望京の念」という点から理解しようとしている。[22]芳賀・鉄野両氏の指摘するごとく、ホトトギスをめぐる暦日意識や風土の違いに起因する望京の念が③の基底にあることは、間違いあるまい。

しかし、ここで改めて考えたいのは、A歌におけるホトトギスが既に「帰京」ということと結び付いており、一連のホトトギス詠が「帰京」と不可分なものとして配列されているということである。これらの歌は、Aから⑤までの全てが関連のあるものとして読まれるべく編纂されているのではないだろうか。歌が詠まれた時点で、それぞれの作がどのように享受されたかということではなく、題詞・左注を伴った編纂物である巻十七の中で、どのような意味を持つかということを、今、問題にしたいのである。

その帰京前の一連の作が、望京の念を底流させながらも、③を境に、全体としては越中の官人たちとの交流や惜別の念を歌うようになっていくことに注意したい。③を境とするのはこの直後に家持の一時帰京のことが明確にされるからであろうが、これ以降の作に歌われる思いは望京の念と越中への惜別の念という相反する要素をも含み持つ複雑なものへと変貌を遂げてゆく。ちなみに、巻十七はこれらのホトトギス詠と並行する形でいわゆる越中五賦（三九八五〜七、三九九一〜二、三九九三〜四、四〇〇〇〜二、四〇〇三〜五）を載録しているが、越中の人々に対する惜別の情と交錯する形で当地の風土が提示されていることは看過できない。この配列は、越中に対する惜別の念がその風土へのまなざしを醸成していくというプロセスを物語るものではないだろうか。

前述のごとく③（17・三八八八）の直後に帰京の事実が提示されるが（17・三八八九〜三八九〇）、その後には家持の「布勢の水海に遊覧する賦」（17・三九九一〜二）が置かれ、「思ふどち」との交流と遊覧の様が克明に描かれる。これに追和したのがDで、これは池主の作であるが、ここにはホトトギスの鳴くことが「思ふどち」の遊覧を引き出すきっかけとして歌われており（波線部）、その点注意される。次のEにも、ホトトギスの声を互いに共有したいという心情が強く歌われているが（傍線部）、この、ホトトギスの声を「思ふどち」と共有したいという心情、それが次第に立ち上がってくる様を、これら一連のホトトギス詠は表現しているのであろう。

ちなみに、Eの二首目には「玉を貫かさね」とあるが、「玉に貫く」というのは、五月の遊楽を象徴するものとして、しばしば詠まれるものである。[23] 帰京を前にした述懐歌④にも「我が背子は玉にもがもなほととぎす声にあへ貫き手に巻きて行かむ」（17・四〇〇七）とあるが、ここには池主とホトトギスの声を共有したいという心情が込められていると見るべきだろう。「玉」が池主であり、それが家持の手に巻かれているのだとすれば、そこにホトトギスの声が「あへ貫」かれているというのは、二人がホトトギスの声を共有していることにほかならないからである。

佐藤隆氏は「天平十九年初夏前後の家持にとっては、ホトトギスは池主とともに、池主はホトトギスとともに想起される特別の存在であったのではなかろうか」と述べているが、[24] ホトトギスが池主との交友を象徴的に示すものであるという点についてはその通りであろう。但し、天平十九年のホトトギス詠の全てをひとしなみに池主一人に結び付けてしまうわけにはいくまい。これら一連のホトトギス詠は全体としては越中の官人たちとの交友を志向するものであり、それが最終的に池主への思いに収斂していくように配列されているということではないだろうか。

ところで、B歌には既に「玉に貫く花橘」（波線部）とホトトギスが取り合わせて歌われているが、この「玉に貫く」を、橘の単なる説明と取るべきではないだろう。(25) ここには既に遊宴の印象が見え隠れしていると見るべきであるが、とすれば、交友の宴に対する志向はB歌の時点で既に暗示されているとしなければならない。つまり、天平十九年の一連のホトトギス詠には、帰京までにホトトギスの声を聞き、その感懐を「思ふどち」と共有したいという思いが底流しているのであり、巻十七の配列はその思いが帰京に向けて次第に顕在化していく過程を物語っているのである。当面する述懐歌③（17・三九八八）の場合、ホトトギスがまだ里から遠いところにいるために、その声を未だ誰とも共有できないでいるというもどかしさが、「里遠み」という表現の背後に潜んでいるのではないだろうか。他者——この場合は「思ふどち」——を意識して「懐ひ」を述べているという点に「述懐」と記される必然性があったと考えるのである。

前後に配列された歌には「思ふどち」に対する思いが込められているが、家持は編者の立場から、ここに「述懐」と記すことにより、この作が、前後のそうした思いと有機的な関連を持つことを示そうとしたのではないだろうか。

七　おわりに

以上、天平十九年四月十六日の家持歌を中心に、万葉集の述懐歌について考察した。

万葉集における述懐歌は、他の官人の存在を強く意識しつつ、その時相手と共有すべき思いを詠んでいるという点で共通している。つまり、「懐ひ」の内容は必ずしも一様ではないけれども、他の官人を意識しつつ「懐ひ」を申し述べるという、その作歌態度の方に共通点が見出せるのである。漢詩文においても概ね同様の傾向が看取されるということを考えると、「述懐」が作詩や作歌の態度に関わる記載であった可能性は高いとすべきであろう。万葉集の述懐歌に自然詠が比較的多いことは事実であるが、それは家持を中心とする述懐歌の作者層が、美景の共有を志向する漢風の交友観に立脚して作歌していたために、結果として自然の風物を詠むものが多くなったということではないだろうか。

一見単なる独詠歌に見える述懐歌（②③）も、宴席に連なる官人を意識して「懐ひ」を述べているという点で、他の述懐歌と同じ範疇に入るものと考えられる。特に本章が問題にする天平十九年四月十六日の述懐歌（③）は、前後の歌との関わりにおいてその「懐ひ」が浮かび上がってくるように配列されているのであるが、これは巻十七が日記文学的に編纂されていることの一つの証左と言ってよい。「述懐」の用例そのものが家持周辺に偏るということからも、これは家持自身による編纂の結果と見るべきであろう。

しかし、他の官人を意識した作だからといって、全て一様に「述懐」と記されているわけではない。歌日記における述懐歌は、作歌事情を家持自身が勘案しつつ、編者の立場から「述懐」と記すことによって、歌の表現を補完しようとしているのではあるまいか。この述懐歌（③）の場合、題詞に「述懐」と記すことで、この歌が交友を志向する前後のホトトギス詠と有機的な連関を有することを示唆していると考えられる。ここでは「述懐」が、部立のごとき分類としてではなく、あくまで作歌事情を物語る表現の一つとして用いられているのである。

天平十九年の一連のホトトギス詠には、帰京までにホトトギスの声を聞き、その感懐を「思ふどち」と共有したいという思いが底流しているが、巻十七の配列はその思いが帰京に向けて次第に顕在化していく過程を物語っているると見られる。この間に点在する述懐歌はその流れの中に位置づけられており、四月十六日の述懐歌（③）に込められた「懐ひ」も、そういった前後の歌と共に読まれることによって、より鮮明に浮かび上がってくるという次第なのである。「鳴く音遥けし」は、題詞「夜裏」「遥聞」と相まって、夜の静寂の中で独り耳を傾ける家持の姿を髣髴とさせるが、ホトトギスがまだ里から遠いところにいるために、その声を未だ誰とも共有できないでいるというもどかしさが、「里遠み」という表現の背後に潜んでいるのではないだろうか。

〔注〕

（1）「述拙懐」などの類似表現については後述する。なお、⑤は家持の述懐歌に対する池主の「報贈和歌」（左注）であるが、後述するように、述懐歌に「和」するという態度も述懐歌の本質に関わると見られるので、本章では⑤のような作も述懐歌の一種と考える。

（2）小野寛「独詠述懐―家持の自然詠―」『大伴家持研究』一九八〇、初出一九七六・五、二一六頁。

（3）辰巳正明「述懐―家持と自然」『万葉集と中国文学』一九八七・二、五四八頁。

（4）ここで言う「交友」とは、宴席や遊覧の地などにおいて「思ふどち」と美景を共有し、詩歌を通じて交流しようとする姿勢を指す（参照、辰巳正明「交友の詩学」『万葉集と比較詩学』一九九七、初出一九九五・一九九六）。

（5）参照、西一夫「家持の『感旧之意』―池主に贈るほととぎすの歌―」『日本語と日本文学』第二〇号、一九九四・九。

（6）既に鉄野昌弘氏は、この二つの歌群について、「『霍公鳥を感づる情』と友を恋うる情とは密接に結びついている」と述べている（「総論　家持『歌日誌』とその方法」『大伴家持「歌日誌」論考』二〇〇七・一、二一頁）。

（7）『代匠記』『古義』『新考』『全釈』『注釈』『新大系』『新校注』『全解』など。

（8）『万葉考』『略解』『全註釈』『窪田評釈』『佐佐木評釈』『大系』『古典全集』『全注巻第十八』『新編全集』『釈注』『全歌講義』『和歌文学大系』など。

（9）もっとも、仮に㋺説によるとしても、本章の論旨には大きく影響しない。帰京後の宴を仮想して歌を詠むというのは望京の念に突き動かされてのことであろうが、その望京の「懐ひ」は、越中の官人達にこそ共有されるべきものであったと考えられるからである。⑧は直前に配列される広縄帰任に伴う宴歌（18・四一一六～八）との関連で配列されているものであり（参照、伊藤博『全注巻第十八』『釈注』、及び拙稿「万葉集末四巻における作者無記の歌―歌日記の編纂と家持―」『国文学研究』第一五六集、二〇〇八・一〇、本書第三部第一章）、従ってその宴に参加した官人達の思いと無縁ではないということも考え合わせるべきである。

(10) 3の例は「述」ではなく「陳」であるが、拙懐歌ということで、便宜上ここに掲げた。なお、この三首については拙稿参照（「拙懐歌の論―帰京後の家持―」『国文学研究』第一二五集、一九九八・六、本書第三部第四章）。

(11) このことは、用例が末四巻や巻五、巻十五に偏るということとも深く関わる。

(12) 辰巳注3前掲書、五四三頁以下。

(13) 残念ながらこの最澄の詩自体は伝わらない（参照、小島憲之「釈最澄をめぐる文学交流―嵯峨弘仁期文学の一側面―」『伝教大師研究』天台学会編、一九七三・六、四一七頁以下）。従ってどのような経緯で宮廷に伝えられたのか明らかではないが、複数の唱和が残されていることから見て、特定の誰かに宛てて贈られたものではないとすべきであろう。不特定多数の目に触れる可能性を十分意識しながら思いを申し述べた、独詠的な作品と見ておく。なお、gも御製の臥病詩に和したものであり、これによれば嵯峨天皇にも同様の詩のあったことが知られる。

(14) 内田徹「述懐歌の形成」『文芸と批評』第六巻第五号、一九八七・三。

(15) 無論、唱和の作が全て述懐詩であるわけではなく、述懐詩でない唱和も数多く存在する。述懐詩が唱和の対象となりやすい側面を持っているという意味である。

(16) 参照、田中大士「七夕独詠歌論―大伴家持の漢詩文受容―」『日本語と日本文学』第五号、一九八五・一一。

(17) 田中注16論文

(18) 鉄野昌弘「後期万葉歌人の七夕歌―その寓意をめぐって―」注6前掲書所収、初出二〇〇三・一二、四二四頁。

(19) もちろんこの見方は、万葉集を読む者が『続紀』に書かれている天平十年七月七日の出来事を予め知っているということを前提にしている。万葉集に書かれていないこうしたテクスト外の事実を万葉集の読みに一切持ち込むべきではないという厳格な立場もあろうが、本書としては、当時の官人が共有していたと推測されるような歴史的事実は、当然考慮に入れて読むべきだと考える。参照、本書第三部第六章。

(20) この辺の事情については拙稿参照(「大伴家持のホトトギス詠—万葉集末四巻と立夏—」『国語と国文学』第九一巻第七号、二〇一四・七、本書第一部第一章)。

(21) 芳賀紀雄「大伴家持—ほととぎすの詠をめぐって—」『万葉集における中国文学の受容』二〇〇三、初出一九八七・一二、六二〇頁。

(22) 鉄野昌弘「『二上山賦』試論」『大伴家持「歌日誌」論考』二〇〇七、初出二〇〇〇・五、一六五頁。

(23) 参照、拙稿「家持と書持の贈答—「橘の玉貫く月」をめぐって—」『万葉』第二二二号、二〇一六・五、本書第一部第二章。

(24) 佐藤隆「ホトトギス詠と越中守家持—歌友池主を中心として—」『大伴家持作品論説』一九九三、初出一九九二・三、一六二頁。

(25) 注20及び注23拙稿参照。

第四章　拙懐

——帰京後の家持——

一　はじめに

十一日、大雪落積尺有㆓二寸㆒、因述㆓拙懐㆒歌三首

大宮の内にも外にもめづらしく降れる大雪な踏みそね惜し　（19・四二八五）

御苑生の竹の林に鶯はしば鳴きにしを雪は降りつつ　（四二八六）

鶯の鳴きし垣内ににほへりし梅この雪にうつろふらむか　（四二八七）

右の三首（以下、当該歌群）は、天平勝宝五年正月十一日、珍しく降った大雪に感興を催して「拙き懐ひ」（題詞）を述べたものだという。家持が少納言となって帰京してから約一年半、この間の歌日記には宴歌や伝聞歌が連続し、日付にも空白が目立つ[1]。家持の独詠歌は、当該歌群が帰京後最初のものということになる。

目を引くのはこの「述拙懐」という題詞の表現である。これは、『代匠記』（初稿本）に「述拙懐歌。これ家持の撰なるゆゑに、卑下の詞有て、作者の名なし。此巻の終にそのよしを注せり。たれか家持の撰にあらすといはむ」とあるように、しばしば家持自身による編纂の痕跡として指摘されてきたものである。確かに、「拙」が謙辞である以上、これが家持の自記であることは認められるが、それを編纂者の問題に結び付ける前に、「述拙懐」

という異例な表現が、この歌に至って初めてなされたことの意味を考えてみるべきではなかろうか。「述拙懐」は「述懐」の謙譲表現として創出されたものと考えられるが、(2)自らの「懐ひ」を卑下する「拙懐」という表現は集中に三例しかなく、しかも、後述のごとくその全てが帰京以後の家持歌に関する記載なのである（当該歌群題詞の他、20・四三一五〜四三二〇左注、及び20・四三六〇〜四三六二題詞）。謙辞を含んだ語が家持歌に偏るのは資料の性質上当然としても、何故、帰京後の三例だけにこのような謙辞が付されることになったのだろうか。

「拙」が謙辞として用いられた例としてはこの他に「拙詠」というのが一例だけあるが（17・三九七六〜七の前置詩文）、これは家持が池主に宛てて書いたものであり、この場合、「拙」という意識は池主に向けられていることが明瞭である。これに対して、三例の「拙懐」はいずれも書簡中の語句ではなく、謙辞を付す理由が判然としない。あるいは特定の誰かに贈る目的で書かれたものが編纂上の不備により残されたものかとも疑われるが、そうではあるまい。家持は贈答歌の場合でも単に「述懐」（17・四〇〇六〜七題詞など）と記しており、「述拙懐」というのが特定の相手に示すための形式的な表現であったとは考えにくいからである。思うに、「拙懐」とは「懐ひ」の内容そのものに関わる表現であり、帰京後の家持における表現意識の問題として捉えるべきものではあるまいか。もし、三例の「拙懐」の歌に自らの「懐ひ」を卑下すべき共通の意識が認められれば、「拙懐」の語が用いられる必然性もそこから説明できるはずである。

如上の視点から、本章では三例それぞれの歌の表現に即して「拙懐」の意味を明らかにし、最初の拙懐歌である当該歌群を中心にその意義を考察する。

二　大雪の歌の表現

初めに当該歌群の表現を検討してみたい。

順序は逆になるが、論の都合上、まず第三首（19・四二八七）の解釈を検討しておこう。問題なのはこの歌の下二句「梅この雪にうつろふらむか」である。この「うつろふらむか」という部分は、かつては「散るだろうか」（『全註釈』）、「散るであろうか」（『窪田評釈』『佐佐木評釈』）、「散ることであらうか」（『私注』）、「散って行くであろうか」（『大系』）、「散つてしまふであらうか」（『注釈』）などと、単なる推量表現に訳されていたが、『古典全集』が指摘するごとく「ラムは現在推量」であるから、「散っていることだろうか」（傍点引用者）と訳すべきところである。(3) 周知のごとく「らむ」には種々の用法があるが、「現在起こっている不明な事態についてその状態などを推量する」という、いわゆる現在推量が本義であり、(4) しばしば眼前にないもの、詠み手から離れたものを「今頃…しているだろう」と推量する場合に用いられる。つまり当該歌において、詠み手は「垣内」から離れた所にいて、眼前にはない今現在の「垣内」の梅を思いやっているのである。

万葉において「らむ」を用いた歌は発想上いくつかの類型に分類することができるが、自分から離れた場所の自然の移ろいを思いやるという発想もその一つであり、例を挙げれば枚挙に暇がない。中でも、

ふふめりと言ひし梅が枝今朝降りし沫雪にあひて将レ開《さきぬらむ》可《か》聞《も》　（8・一四三六、大伴村上）

春雨のしくしく降るに高円の山の桜は何如有《いかにかある》良武《らむ》　（8・一四四〇、河辺東人）

背の山に黄葉常敷く神岳の山の黄葉は今日散濫《けふかちるらむ》　（9・一六七六、作者未詳）

などは、眼前の景（傍線部）によって遠くの景（花や黄葉の移ろいなど）を案ずるという点において当該歌群第三首と全く同じ発想である。(5) こうした明らかな類型があることから見ても、この第三首（19・四二八七）において詠み手が「垣内」から離れた場所にいることは恐らく動かないだろう。

本論が詠み手の居場所にこだわることには実は理由がある。家持が当該歌群をどこで詠んだのか（どこで詠んだものとして歌われているか）ということを考えた時に、いくつかの疑念が生じてくるからである。詠み手の居場所については『窪田評釈』と『佐佐木評釈』が皇居での作としているが、他の諸注は概ね明言せず、ほとんど議論の対象になっていないというのが現状である。語釈や通釈から察するに、多くは皇居での作という前提に立っているようであるが、確かに、第一首に「大宮の内にも外にも」とあり、第二首に「御苑生の」とあることからすれば、皇居で詠まれたと考えるのが一見穏やかである。しかしその場合、第三首の「垣内」はいったいどこを指していることになるのであろうか。『全註釈』は「カキツは、垣内で、何処ともないが、前二首が皇居を詠んでいるによれば、同じく皇居の垣内だろうか」と言い、『窪田評釈』と『集成』もそれぞれ「皇居の御垣の内」「皇居の園内」と説明するが、前述のごとく詠み手は「垣内」にはいないのであるから、もしそうだとすれば詠み手は皇居にいないことになるはずなのである。

不思議なことに従来はこのことにあまり関心が払われていないのであるが、「垣内」に皇居以外の場所を想定する説もないわけではない。例えば、『古典全集』の「垣内」の語釈には「ここはどこの屋敷をさしているのか不明」とあるし（『講談社文庫』にも同様の指摘あり）、また、『佐佐木評釈』の四二八七歌の評にも、

> これも前の歌と同じく、宮中に在つての作であらうか。しかし、「鶯の鳴きし垣内」といひ、「にほへりし梅」と、過去の語を用ゐてゐるので、今眼前にある禁苑の梅を詠じてゐるのではなく、意外の大雪に、自邸

の梅を憂へたのであらうか。或は他の或る家で見た梅の花、しかも梢に鶯まで鳴いてゐたその花を思ひ出して惜しんだものとも見える。そしてその家は、作者の愛する人の住む家ではなかつたらうか。

とある。

しかし、この「垣内」はやはり皇居の垣内ではなかろうか。第三首を前歌からの流れで見た場合、何の説明もなく歌われている「垣内」に家持の自邸など別の場所を想定するのは苦しい解釈と言わざるをえない。夙に『古義』が指摘するごとく、第三首の「この雪に」というのは前歌の「雪は降りつつ」を受けた表現であるし、また第三首は「前歌の『うぐひす』を承け、取合せの梅の花に心を及ぼしている」（『集成』）ものである。すなわち、第三首は第二首を受けたものであり、第三首に「鶯の鳴きし垣内」とあるのは、前歌の「御苑生の竹の林に鶯はしば鳴きにし」を前提にした表現なのである。注意すべきは、第三首の「鶯の鳴いた園内で、美しく咲いていた梅」という一見まわりくどい表現であろう。これによれば鶯は梅の枝で鳴いていたとは限らないのであるが、これは「御苑生の竹の林で鶯がしばしば鳴いた」という第二首の表現を踏まえ、今度はその竹の林と同じ園内にある梅を想起し、それに思いを致しているということなのである。結局のところ、「御苑生」と「垣内」は概ね同じ場所を指していることになるが、この「御苑生」は諸注の指摘するごとく第一首を受けたものであり、皇居の庭園を指すものと考えられるから、「垣内」も皇居の垣の内ということになるはずである。

とすれば、当該歌群を皇居での作とする考え方はそのままでは成り立たなくなる。伊藤博氏が、第一首を皇居の大雪を見ての作とし、第二首以降を皇居の「外」における作としたのは[6]、この辺りを合理的に解釈しようとしたのであろう。伊藤氏の解によれば、家持は皇居を退いてから四二八七歌を詠み、皇居の梅が今頃散っているであろうことを危惧したことになるが、これならば確かに「らむ」の理解に関しては矛盾が起こらない。しかし、皇居にいた時点で既に大雪が積もっていたのに、皇居を退いてから皇居の梅を案じるというのはいかにも不自然である。そうまでして皇居で制作したという前提に拘泥する根拠が果たしてあるのだろうか。何より疑問なのは、翌十二日の作（19・四二八八）の題詞には「侍二於内裏一」と明記されているのに、その前日の作である当該歌群には皇居にいたことを示す記載が一切ないということである。同じく大雪を歌った独詠歌なのに、十二日作の方にだけこうした記載があるということは、むしろ十一日作の当該歌群が皇居における作ではないことを物語っているのではないか。

蓋し、当該歌群はいずれも皇居以外の場所（例えば自邸など）で詠まれたものと捉えるべきであろう。そう考えてこそ、初めてこの三首を無理なく一つの流れで読むことができる。大雪を契機として皇居に思いを馳せた家持はまず「大宮の内にも外にも」と大景を捉え、続いて「御苑生の竹の林」と景を絞り込み、最後にその「竹の林」と同じ園内にあった「梅」を愛惜しつつ歌群を結んでいるのである。

三　肆宴の幻想

それにしても、何故、大雪が宮中に思いを馳せる契機になったのだろうか。

ここで思い合わされるのは、当該歌群第一首（19・四二八五）の表現には二つの源流があるということである。既に諸注が指摘する家持自身の歌（17・三九二六）と三形沙弥の歌（19・四二二七～八）である。当該歌群第一首は殆どこの二首を切り継いだような趣さえあるが、この点にこの歌を理解する鍵があるのではないか。

まず、家持自身の歌から見てみよう。巻十七に載録される、天平十八年正月の大雪にまつわる応詔歌である。

天平十八年正月、白雪多零、積レ地数寸也。於レ時左大臣橘卿、率二大納言藤原豊成朝臣及諸王諸臣等一、参二入太上天皇御在所一中宮西院、供奉掃レ雪。於レ是降レ詔、大臣参議并諸王者、令レ侍二于大殿上一、諸卿大夫者、令レ侍二于南細殿一而、則賜レ酒肆宴。勅曰、汝諸王卿等、聊賦二此雪一、各奏二其歌一。

（中略）

大伴宿祢家持応レ詔歌一首

大宮の内にも外にも光るまで降れる白雪見れど飽かぬかも　（17・三九二六）

最初の二句は全く同じであるが、この特徴的な表現は当該歌群第一首（19・四二八五）とこの天平十八年の応詔歌にしか見られないものである。これによれば、勝宝五年正月の大雪を眼前にした家持が天平十八年正月の大雪を思い起こしていることは間違いあるまい。題詞によれば、左大臣橘諸兄が家持を含む諸王諸臣を率いて元正上皇の御所へ雪掃きに行ったところ、上皇の意思によりそのまま宴が催され、応詔歌が詠まれたというのであるが、七年前のこの雪掃きは越中赴任前の晴れがましい事件として特に歌日記に記録されたものと考えられる。[7] 右の挙例では略したが、この応詔歌群（17・三九二二〜六）の左注には「秦忌寸朝元は、左大臣橘卿謔れて云はく、歌を賦するに堪へずは、麝を以て之を贖へといふ」とあり、太田豊明氏も指摘するように、この宴は「〈身内〉的な意識に裏打ちされた、非常にくつろいだ自由な雰囲気」に支えられていた[8]ことがうかがわれる。七年前と同じ正月の大雪を目のあたりにし、かつて宮中で催された和やかな肆宴や自らの応詔歌を想起したことが、第一首（19・四二八五）を制作する機縁となったのであろう。もっと正確に言えば、「大宮の内にも外にも」という特徴的な表現と、「（正月）十一日」という日付とによって、この第一首は天平十八年正月の肆宴と関連付けられ、ここに配列されているということである。

もう一つの源流は巻十九に載録される次の歌である。

大殿の　この廻りの　雪な踏みそね　しばしばも　降らぬ雪そ　山のみに　降りし雪そ　ゆめ寄るな　人や　な踏みそね　雪は　（19・四二二七）

反歌一首

ありつつも見したまはむそ大殿のこのもとほりの雪な踏みそね　（四二二八）

右二首歌者、三形沙弥、承二贈左大臣藤原北卿之語一、作誦之也。聞レ之伝者、笠朝臣子君。復後伝読者、越中国掾久米朝臣広縄是也。

この長反歌は越中国守在任中、家持自身が久米広縄から伝え聞いたもの（伝聞歌）であるが、「な踏みそね」という表現はこの歌と家持の第一首（19・四二八五）にしか見えないものである。家持第一首の結句は明らかにこの長反歌に拠ったものであり、諸注が指摘するように歌の趣旨もほぼ同じと言ってよい。都には珍しい大雪を見て、雪深い越中で耳にしたこの歌が家持の脳裏に蘇ってきたという次第なのであろうが、「な踏みそね」という特徴的な表現によって、久米広縄の「伝読」した長反歌の世界が、そのまま当該歌群の第一首に取り込まれているということにまずは注意すべきであろう。

興味深いのはこの三形沙弥の歌の作歌事情である。左注には三形沙弥が藤原房前の言葉を承けて歌を作り誦詠したとあり、房前邸での詠歌と見られるが、主人房前の意向を受けて「ゆめ寄るな　人や　な踏みそね　雪は」と人々に呼びかけていることからすれば、この歌も元来は宴席で誦詠された歌と考えるべきではなかろうか。

このように、当該歌群第一首の源流とも言うべき二つの歌がどちらも宴に関わる歌であり、しかも、それらが応詔歌（17・三九二六）であったり、主人の心を代弁する歌（19・四二二七〜八）であったりすることは偶然ではあるまい。当該歌群第一首は皇居の雪を歌うものであるから、直接には天平十八年の雪掃きに対する追懐が核となっているのであろうが、この歌に三形沙弥の歌の発想が重ねられているのは、宴における文雅の交流を家持が志向しているからであろう。中西進氏の「天平十八年の宴をいま懐かしんでいるということは、ふたたびの実現を願っていながら、まだ実現していないことをも物語っていよう」という指摘[9]は、その意味において示唆的である。七年前の雪掃きのようなこともなく、独り大雪を見ていた家持は、ありし日の宴を理想的なものとして追懐し、一首の中でその再現を夢想していたのであろう。

ここで問題なのは、第一首（19・四二八五）の結句「な踏みそね惜し」が誰に対して発せられたものなのかということである。もちろんこれは特定の誰かに呼びかけたものではあるまいが、この歌が皇居の雪に思いを馳せたものであることからすれば、呼びかけの対象として仮構されているのは皇居に集う大宮人以外には考えにくい。この歌の趣旨が三形沙弥の歌とほぼ同じであることは前述したが、三形沙弥が主人の言葉を受け、一座の者に呼びかける形で「雪な踏みそね」と歌っていることには注意すべきである。家持はそれを踏まえ、あたかも今、宮中に大宮人が集っているかのごとく仮想し、その仮想された大宮人に対して雪を踏まないでくれと呼びかけているのではあるまいか。

第二首以降で御苑生が歌われるのは、大宮人の見ているであろう庭園に心を移し、そこに焦点を絞って表現したものと理解されるが、その第二首以降に梅花の宴の歌（5・八一五〜八四六）の影響が見られることは看過できない。第二首（19・四二八六）は梅花歌の「梅の花散らまく惜しみ我が苑の竹の林にうぐひす鳴くも」（5・八二四）を踏まえたものであるし[10]、第三首（19・四二八七）の「梅」と「鶯」という取り合わせも梅花歌に拠るところが大きいと考えられる。[11] 当該歌群にはいったいに宴に対する志向が顕著にうかがわれるが、それは「竹の林」「鶯」「梅」といった歌語の選択にまで及んでいると見るべきであろう（参照、本書第一部第五章）。

但し、念のために言えば、宮中で宴が行われているというようなことが当該歌群にあからさまに詠み込まれているわけではない。皇居に集う大宮人の姿にしても、「な踏みそね」という呼びかけの対象としてあくまで言外に仮構されたものに過ぎない。しかし、第一首が七年前（天平十八年正月）の応詔歌を踏まえていることを考えれば、そこにはやはり肆宴の印象が揺曳していると見るべきであろう。当該歌群は歌日記に取り込まれることによって先行歌と響き合い、肆宴への思いを底流させる歌群として再生しているという次第なのである。

大切なのは、その第一首に揺曳する肆宴のイメージが、家持の脳裏に去来した幻想に過ぎないということである。家持は正月の大雪を契機にかつての肆宴を想起し、その印象を今現在の「大宮」の様子に重ね合わせることで自らの「拙懐」（拙き懐ひ）を語ろうとしているのではないだろうか。

四　「拙懐」の意味するもの

このように当該歌群第一首は、過去に対する追懐を核としながら今現在のことを幻想するものであり、その点に著しい特徴があると言ってよいが、その幻想が宮廷に関わるものであることは注目に値しよう。「拙懐」という表現は恐らくこの点に関わるものと予想されるが、[12] これを明らかにするために、ここで他の二例の「拙懐」の歌についても検討しておきたい。

まず、大雪の歌に続く「拙懐」の歌である天平勝宝六年の秋野の歌を掲げよう。

宮人の袖付け衣秋萩ににほひよろしき高円の宮　（20・四三一五）
高円の宮の裾廻の野づかさに今咲けるらむをみなへしはも　（四三一六）
秋野には今こそ行かめもののふの男女の花にほひ見に　（四三一七）
秋の野に露負へる萩を手折らずてあたら盛りを過ぐしてむとか　（四三一八）
高円の秋野の上の朝霧に妻呼ぶ雄鹿出で立つらむか　（四三一九）
ますらをの呼び立てしかばさ雄鹿の胸別け行かむ秋野萩原　（四三二〇）

右歌六首、兵部少輔大伴宿祢家持、独憶二秋野一、聊述二拙懐一作之。

この六首は高円離宮における大宮人の野遊びや遊猟を主題とした連作であるが、目を引くのは、勝宝五年の大雪の歌（第三首四二八七）と同様、四三一六歌や四三一九歌に「らむ」が用いられているということである（傍線部）。家持はやはり高円離宮から離れた場所にいて、今頃催されているであろう野遊びや遊猟に思いを馳せているのである。しかし、既に別稿で論じたごとく、この大宮人の姿が幻想であることは明瞭である。[13] この歌群の直前に配列された歌（20・四三一四）は勝宝六年七月二十八日の作であり、この六首は少なくともそれ以降の作として配列されていることになるが、とすればこの六首が詠まれた時は諒闇中（勝宝六年七月十九日太皇太后宮子崩）であり、遊猟などあるはずもないからである。

更に注意すべきは、歌群の結びとなる四三二〇歌が、坂上郎女の「大夫の高円山に迫めたれば里に下りけるむざさびそ此れ」（6・一〇二八）と家持自身の「をみなへし秋萩凌ぎさ雄鹿の露別け鳴かむ高円の野そ」（20・四二九七）とを切ってつないだような趣を持っていることである。一〇二八歌は天平十一年に聖武天皇が高円の野で催した遊猟に際しての作、(14)四二九七歌は前年（勝宝五年）八月に大伴池主や中臣清麻呂と高円の野に遊んだ折の宴席歌であるが、よく見ると四三二〇歌だけではなく秋野の六首全体がこの二首をもとに構築されていることに気付かされよう。六首を通して描かれる宮廷行事の映像は一〇二八歌における遊猟の印象を核とするものであるし、一方、北島徹氏が指摘するように、四二九七歌に歌われている「をみなへし」「秋萩」「さ雄鹿」「露」「高円」「野」は秋野六首全体にわたって主要な素材となっているものである。(15)つまり家持は、過去のことを意識的に再構成し、それがあたかも今現在の出来事であるかのごとく幻想しているのである。その幻想が自身の私的な追懐の念に基づいているという自覚と、諒闇中であるにもかかわらず宮廷に関わる華やかな行事を幻想しているという憚りの心とが、家持をして左注に「拙懐」と記載せしめたのではなかろうか。

陳㆓私拙懐㆒一首　并短歌

天皇の　遠き御代にも　おしてる　難波の国に　天の下　知らしめしきと　今のをに　絶えず言ひつつ　か
けまくも　あやに畏し　A神ながら　わご大王の　うちなびく　春の初めは　八千種に　花咲きにほひ　山
見れば　見のともしく　川見れば　見のさやけく　物ごとに　栄ゆる時と　見したまひ　明らめたまひ　敷
きませる　難波の宮は　聞こしめす　四方の国より　奉る　御調の舟は　B堀江より　水脈引きしつつ　朝
なぎに　楫引き上り　夕潮に　棹さし下り　あぢ群の　騒き競ひて　浜に出でて　海原見れば　白波の　八
重折るが上に　海人小舟　はららに浮きて　大御食に　仕へ奉ると　をちこちに　いざり釣りけり　そきだ
くも　おぎろなきかも　こきばくも　ゆたけきかも　ここ見れば　うべし神代ゆ　始めけらしも

（20・四三六〇）

桜花今盛りなり難波の海おしてる宮に聞こしめすなへ

（四三六一）

海原のゆたけき見つつ葦が散る難波に年は経ぬべく思ほゆ　（四三六二）

右、二月十三日、兵部少輔大伴宿祢家持。

最後の「拙懐」歌は天平勝宝七歳二月十三日、防人検校業務に伴う難波滞在中に詠まれている。一読して明らかなように難波宮を讃えるものであり、離宮讃歌の系列に属するものである。(16) 興味深いのはこの歌が「大王」の行幸を幻想するものだということである。すなわち、この歌が詠まれた天平勝宝七歳二月は依然として太皇太后宮子の諒闇中であり、難波宮行幸などあるはずもないのであるが、長歌が十六句を費やして大王による難波宮統治の様子を歌うことや（傍線A）、第一反歌が「おしてる宮に聞こしめすなへ」と歌うことからすれば、家持が今現在の行幸を前提としていることは明らかなのである。

一方、この長反歌の表現に天平十六年閏正月の聖武行幸が影を落としていることも看過できない。長歌（傍線A）では、「春の初め」という季節を特に選んで行幸した大王の深慮が強調されているが、この歌の詠まれた二月十三日は「春の初め」ではなく、過去においても「春の初め」の難波行幸と言いうるものは天平十六年閏正月の行幸しかないのである。この時の行幸は難波宮遷都へとつながったものであり、家持が難波宮訪問を契機にその当時のことを想起したとしても不思議はあるまい。また、長歌の「堀江より　水脈引きしつつ」という表現（傍線B）は、元正と諸兄の催した難波堀江遊覧の際の一首（18・四〇六一）を踏まえるものであるが、澤瀉久孝氏の『新釈』が指摘するようにこの遊覧も天平十六年のことであり、家持の目が天平十六年の難波に向いていたことは明らかである。つまりこの長反歌は、天平十六年の難波に対する家持の私的な追懐をもとに今現在の行幸を幻想するものであり、他の「拙懐」の歌と同様の手法によるものなのである。(17)

もはや、家持における「拙懐」の意味は明白であろう。「拙懐」とは、ありもしない宮廷行事を幻想したということに対する憚りの心と、その幻想が私的な追懐の念に基づくという自覚を意味するものなのである。

なお、北島氏が拙懐歌について「過去のある時点を懐しむ心の込められた歌」と説明するのは[18]、「拙懐」を家持の表現意識に関わるものと捉えた指摘として傾聴に値するが、この説明だけでは追懐の念を背景に持つ多くの歌の中でこれら三例だけに「拙」という謙辞が付されている理由が判然としない。単に追懐の念に基づいているというだけでなく、ありえない設定のもとに今現在の宮廷行事を幻想しているという自覚が、自らの「懐ひ」を取るに足らぬものとして卑下する意識（＝拙）を喚起したのである[19]。

五　歌日記における拙懐歌の意義

それにしても、こうした「拙懐」の歌が帰京以後になって初めて現れるのは何故なのだろうか。この問題を解く鍵として、三例の拙懐歌がいずれも君臣和楽に関わる幻想を詠んでいるということに注目したい。大雪の歌が肆宴の印象を揺曳していることは既に見た通りであるが、野遊びや遊猟のさまを詠む秋野の歌（20・四三一五〜四三二〇）や、宮廷讃歌である陳私拙懐一首（20・四三六〇〜四三六二）が君臣和楽の宴と密接な関係にあることは言うまでもあるまい。別稿で述べたように、帰京前後の歌日記には君臣和楽に対する志向が特に強くうかがわれるのであるが[20]、拙懐歌の内容が肆宴や行幸といった宮廷の華やかな催しに関わるのは、こうした志向と表裏の関係にあるのではないだろうか。

そもそも歌日記の文脈によれば、勝宝三年八月に越中国府を離れた時、家持が期待していたのは、まず何よりも宮廷の肆宴（より具体的には聖武の臨席する肆宴）に侍することであったらしい。この時既に元正は亡く、帰京の途上で制作された「向レ京路上依レ興預作侍レ宴応レ詔歌」（19・四二五四〜五）は聖武を意識した作と考えられるからである。(21)この歌に続いて諸兄讃歌（19・四二五六）を制作していることからすれば、家持が思い描いていたのは、まずは聖武や諸兄の臨席する宴に侍することであったと見るべきであろう。

しかし、拙懐歌を考える時に無視できないのは、帰京直後の家持がこうした宴に参加する機会に恵まれなかったらしいということである。聖武の病状は家持の帰京直後特に悪化していたのであり（『続紀』には勝宝三年十月二十三日と翌勝宝四年正月十一日に聖武不予の記事が見える）、少なくとも聖武臨席の宴が催されるような状況ではなかったのであるが、果たして歌日記のありようはその状況を語るがごとくである（参照、本書第一部第四章、及び第三部第六章）。

もちろん、帰京後一年あまり経った勝宝四年十一月八日には聖武の臨席する肆宴が諸兄邸で催されており（19・四二六九〜四二七二）、この頃には聖武の病状も私的な宴に出席できるほどには回復していたらしいことがわかる。しかし、家持はこの宴で実際に聖武と諸兄の君臣唱和を目のあたりにしながら、自らの作は「未奏」（19・四二七二）に終わっているのである。(22)また、翌勝宝五年の正月は廃朝となり、「五位已上を宴したまふ」（『続紀』）とはあるものの、例年のような正月儀礼は控えられたものと推測される。無論、詠歌を奏上するような機会が家持に与えられた形跡もない。最初の拙懐歌である当該歌群が詠まれたのはそんな折だったのである。(23)

拙懐歌がこの時点で登場するのは偶然ではあるまい。あるはずもない宮廷行事を現に行われているかのごとく仮想するのは、そうした場に席を列ねることのできない鬱屈を、歌を詠むことによって晴らそうとしているからであろう。つまり、拙懐歌制作の背景には、歌を媒介として君臣が交流する文雅の宴（いわゆる君臣和楽の宴）に列席することを望みながらも、それが実現しないということに対する家持の鬱屈を読み取るべきなのである。

思い合わされるのは、帰京前後に制作した二つの予作讃歌（19・四二五四～五、19・四二六六～七）は、どちらも実際に奏上された形跡がないということである。これらの讃歌を制作した後、家持は勝宝四年十一月八日には諸兄邸における聖武臨席の肆宴に席を列ねているし（前述）、同じ月の新嘗会の肆宴では応詔歌（19・四二七八）まで詠んでいるのであるが、万葉集による限り、結果的には長歌形式の讃歌を奏上するなどという機会は訪れなかったと考えられる。特に諸兄邸の肆宴においては結局短歌さえ披露できなかったということに注意すべきである。この時の家持歌（19・四二七二）に付された「未奏」という注記は、聖武や諸兄が少なくともこの場では家持に積極的に詠歌を求めなかったということを示唆しているが[24]、こうしたことに対する鬱屈が家持の心の奥底に沈澱していったことは想像に難くない。もちろん、「未奏」と注記すること自体は奏上への並々ならぬ思いを語るものであろうから、家持自身が鬱屈を表明するためにこれを記したわけではあるまいが、君臣唱和の座に加われなかったという思いは、無意識にせよ鬱屈として蓄積されていったものと思われる。このような、期待と鬱屈の交錯した複雑な思いが、正月の大雪など何らかの出来事を契機に昔日への思いと結び付いた時、「拙懐」という形で表面化し、家持に宮廷公宴を幻想させたのではなかろうか。

歌日記が物語るのはおよそ以上のようなことだと思われるが、なお問題なのは、拙懐歌が勝宝七歳二月の作（20・四三六〇～二）を最後に姿を消してしまうということである。家持はその後も侍宴のための歌は残しており（20・四四五三、四四九三、四四九四、四四九五――いずれも未奏歌）、宮廷公宴に対する興味を失ったとは考えられないのであるが、それならば何故、拙懐歌を残していないのだろうか。

これについて注目したいのは、拙懐歌が橘諸兄・元正、あるいは聖武にまつわる思い出を核として幻想を構築していることである。拙懐歌は追懐を核として今現在の宮廷行事を仮想するところに特色があり、未奏歌とは本質的に異なるものと言うべきである。三例の拙懐歌には諸兄・元正・聖武といった人々に対する追懐の念がうかがわれるのであるが、元正亡き当時にあっては、拙懐歌の制作を根底で支えていたのは主として聖武や諸兄に対する思いであったと考えるべきであろう。しかし『続紀』によれば、聖武は最後の拙懐歌が詠まれてから八ヵ月後の勝宝七歳十月二十一日に不予に陥り、翌勝宝八歳五月二日には崩御してしまったのである。この間、勝宝八歳二月二日に橘諸兄が致仕に追い込まれたことも看過できない。拙懐歌が姿を消したのは、聖武の崩御や諸兄の致仕により、その制作の基盤が失われてしまったからではないだろうか。

六　おわりに

以上、拙懐歌を帰京後の歌日記の中に位置付けてみた。こうしてみると最初の拙懐歌である当該歌群が同時に帰京後最初の独詠歌であることも決して偶然とは言えないであろう。君臣和楽の宴を志向していた家持が独りの世界に沈潜し、私的な追懐に浸った時に、初めて自己の内なる「拙懐」を対象として捉えることができたということである。少なくとも歌日記はそのようなものとして拙懐歌を描こうとしているのではないか。

そう考えると、当該歌群第二首（19・四二八六）[25]に歌われた「竹」「鶯」というモティーフが翌二月のいわゆる春愁歌（19・四二九〇〜二）へと展開していくことは誠に大きな意味を持っている。自分でも捉えようのない鬱屈を「うら悲し」（19・四二九〇）と歌い、そうした悲しみが「独り思ふ」（19・四二九二）ことに由来するものだという自覚に至るためには、肆宴の幻想という「拙懐」を吐露することによって、逆に独りの世界にいる自分を見詰める必要があったのである。天平勝宝五年正月十一日の拙懐歌は、「独り」ということに対する自覚を深化させたという点において、重要な意味を持っていると言うべきであろう。

〔注〕

（1）参照、拙稿「家持の宮廷讃歌―長歌体讃歌の意義―」『美夫君志』第五七号、一九九八・一二、本書第一部第四章。

（2）「述懐」については拙稿参照（「大伴家持の述懐歌―天平十九年のホトトギス詠―」『早稲田大学日本古典籍研究所年報』第九号、二〇一六・三、本書第三部第三章）。

（3）近年の注は『集成』『新編全集』『全注』『釈注』『新大系』『全解』のいずれも現在推量に解しているが、『和歌文学大系』のみ「散ってゆくだろうか」と訳している。

（4）松村明編『日本文法大辞典』一九七一・一〇、九〇四頁。なお、『時代別国語大辞典　上代編』の「らむ」の項は「実際の文脈においては、しばしば現在の事実と結びつけて考えやすいところから、現在の推量と説かれることもあるが、本来、そういう時の観念はふくまれていない」としているが、その第一義については「その句または文の表現する事態そのものの存在を、表現者自ら確かめることができないので、一抹の疑念を残して、推量的に言う。〜ているだろう」（傍線引用者）と説明しており、本章の論旨には影響しない。

（5）但し、一四三六歌の「咲きぬらむ」には「咲きにけむ」の異訓がある。

（6）伊藤博「家持の手法」『万葉集の歌群と配列』下、一九九二、初出一九八四・三、一二六頁以下。『釈注』でも同様の解を提示している。

（7）家持の歌で実際に奏上を経たと認めうる応詔歌は三九二六歌の他には一首（19・四二七八）しかない。三九二六歌を含む天平十八年の応詔歌群は、歌日記において記念碑的な意味を持っていると考えられる。

（8）太田豊明「山部赤人の応詔歌―宮廷歌人論として―」『上代文学』第七四号、一九九五・四。

（9）中西進『大伴家持6　もののふ残照』一九九五・三、七八頁。なお、『全注巻第十九』（青木生子担当）には「京には稀な大雪に出会って、家持の感懐は、かつて越中赴任以前天平十八年の正月の大雪に宮中に参上し、応詔歌（17・三九二六）を奉ったことに直ちに及んだことであろう。初二句の同様の表現はこうした追懐をこめたものに違いなく、大雪を大宮を通した内外の大景としてとらえているところには、同様に賀歌の気分も揺曳している」（傍点引用者）とある。鋭い指摘であろう。

（10）集中「竹」を賞美の対象として歌うのは、八二四歌の他は家持歌二首（当該歌と19・四二九一）だけであり、表現の類似から見て八二四歌から当該歌への影響は明らかである。夙に斎藤茂吉氏（『万葉秀歌』下、一九三八・一一）が四二九一歌の前に八二四歌と四二八六歌のあることを指摘しているが、歌語としての特殊性を考慮すれば、積極的に八二四→四二八六→四二九一という展開を考えるべきである。詳しくは拙稿参照（「大伴家持の春愁歌」『国文学研究』第一四三集、二〇〇四・六、本書第一部第五章）。

（11）鶯の歌は集中五十一首を数えるが、意外なことにそのうち梅と鶯の取り合わせで一首を構成しているものは僅か十三首しかなく、そのうち七首までが梅花の宴の歌（八二四・八二七・八三七・八三八・八四一・八四二・八四五）である。因みに、残り六首のうち四首が巻十の作者未詳歌で、後は藤原永手（19・四二七七）と家持（19・四二八七、当該歌）が一首ずつとなっている。なお、辰巳正明氏は「梅と鶯」という構図が漢籍起源のものであることを指摘し、それを「良辰・美景という理想的な風景として描く」ということの「原点」が「梅花の宴の歌にあった」としている（「持統朝の漢文学―梅と鶯の文学史―」『万葉集と中国文学　第二』一九九三・五、一七四頁）。

（12）夙に森長新氏は、三例の拙懐歌がいずれも「宮」に関して歌われていることに着目し、「家持がその歌に込められた『懐』を『拙』なるものとして意識的に記した」と述べている（「述拙懐歌考」『新居浜工業高等専門学校紀要　人文科学編』第三一号、一九九五・一）。但し森長氏は、当該歌群（19・四二八五～七）を「大雪を理由に出仕しないことを述べる」歌であるとし、そこに「拙懐」と記される必然性を読み取るのであるが、当該歌群の表現にそのような要素は認められず、従いがたい。また、後掲の秋野の歌（20・四三一五～四三二〇）については「家持の聖武朝に対するノスタルジーの表出」と捉え、「左注の『拙懐』とは、そのような後ろ向きな心情ゆえの記述なのではないだろうか」と述べているが、家持が聖武朝に対する思慕を「後ろ向き」に感じていたとは考えにくい。氏の論は「拙」を宮廷に対する意識と捉えた点において注目されるものの、「拙懐」の内実に関する論述には賛同できない。参照、本書第一部第六章。

（13）拙稿「家持の陳私拙懐一首―万葉讃歌の終焉―」『美夫君志』第五四号、一九九七・三、本書第一部第六章。

(14) この遊猟に家持が直接関わったかどうかは明らかではないが、当時聖武天皇の内舎人であった家持は供奉していた可能性が高い。
(15) 北島徹「大伴家持と難波」『万葉の風土と歌人』犬養孝編、一九九一・一。
(16) 以下の論述は本書第一部第六章で述べたところを要約したものである。
(17) なお、この歌の題詞には「私の拙き懐ひ」とあり、更に「私」が加えられているが、この「私」は「公」の対義語として据えられたものであり、本来公的な宮廷讃歌の形式によりつつ私的な感懐を歌ったということに対する家持の自覚を表すものと考えられる（注13拙稿参照）。
(18) 北島注15論文
(19) 本論初出稿の発表後、「拙懐」に関する伊藤博氏の論が発表された（「万葉語〝拙懐〟」『万葉歌林』二〇〇三、初出一九九九・八）。氏によれば、「拙懐」は「公の事柄について『懐』を抱くことに恐懼する意を示す」ものだというが（『釈注』四二八五歌の語釈にも同様の指摘あり）、家持歌には「公」の事柄を扱いながら「拙懐」と記されない歌もあるのだから、「懐」の内容を明らかにしない限り、説明としては不十分ではないだろうか。
(20) 注1拙稿参照
(21) 注1拙稿参照
(22) 参照、拙稿「家持の未奏歌―帰京後の宴―」『古代文学の思想と表現』戸谷高明編、二〇〇〇・一、本書第三部第六章。
(23) この辺りの論述は大筋において初出時のままとしたが、今日的な視点からすれば、このように万葉集以外の文献によって作歌状況を考えることには批判もあるかもしれない。しかし、この時期の聖武が病気がちであったということは当時の官人にとっては自明に属する事柄であったと考えられる。万葉集が宮廷のことに言い及んでいる以上、そういう事実も当然考慮に入れて読むべきだというのが本書の視点である。また、家持帰京後の歌日記を見ると、いわゆる伝聞歌が増加する一方で家持自身の独詠歌は影を潜め、家持が晴の場で披露した歌も一首（19・四二七八）にとどまっている。家持の置かれた閉塞状況は万葉集内部のみを見ても十分に読み取れることではないだろうか。無論、ここで問題にしているのは家持の歴史的実像ではなく、歌日記の中に描き出された家持の姿である。
(24) 家持の「未奏」或いは「不奏」の歌は巻二十にも散見するが、この四二七二歌が初見である。なお、伊藤博氏はこの未奏歌が「追和未奏歌」とも言うべきものであって、家持がこの宴の一員であったかどうかは不明であると言うが（「未遅奏上歌」『万葉集の歌人と作品』下、一九七五、初出一九七〇・一二、九八頁以下）、後日追和した作だとすれば「未奏」と注記するのはやはり不自然である。家持は、この宴に同席し、四二七二歌を作ったものの詠歌の機会を与えられなかったのである。詳しくは注22拙稿参照。

（25）　本書第一部第五章参照。このことは正月十一日作歌における「拙懐」が二月二十三日作歌を経て二十五日作歌へと展開していったことを示唆するものである。

第五章　応詔
——「伝統」の創造——

一　はじめに

万葉集には題詞や左注に「応詔」「応詔旨」「奉勅」などと記載される歌が十五例ほどある。次に題詞左注の該当部分を摘記して掲げよう。(1) 下段は作歌年次である（以下、本章のマル番号はこの一覧による）。

①　応レ詔歌（3・二三八、長意吉麻呂）	文武三年（?）
▲②　奉レ勅作歌（3・三一五〜六、大伴旅人）	神亀元年（?）
③　応レ詔歌（6・九九六、海犬養岡麻呂）	天平六年
④　応レ詔作歌（6・九九九、守部王）	天平六年
⑤　応レ詔作歌（6・一〇〇五〜六、山部赤人）	天平八年
⑥　応レ詔歌（6・一〇一〇、橘奈良麻呂）	天平八年
⑦　応レ詔作二此歌一（9・一六七三、長意吉麻呂）	大宝元年
⑧　応レ詔歌（17・三九二二〜六、橘諸兄・紀清人・紀男梶・葛井諸会・大伴家持）	天平十八年

△⑨　依レ興預作侍レ宴応レ詔歌（19・四二五四～五、大伴家持）	天平勝宝三年
△⑩　為レ応レ詔儲作歌（19・四二六六～七、大伴家持）	天平勝宝四年
⑪　新嘗会肆宴応レ詔歌（19・四二七三～八、巨勢奈弖麻呂・石川年足・文室智努・藤原八束・藤原永手・大伴家持）	天平勝宝四年
※⑫　応レ詔奉レ和歌（20・四二九四、舎人親王）	天平七年以前
※⑬　応レ詔奉レ和歌（20・四四三八、薩妙観）	年次不詳
※⑭　応レ詔賦レ雪歌（20・四四三九、石川命婦）	天平八年頃（？）
▲⑮　仍応ニ詔旨一各陳ニ心緒一作レ歌賦レ詩（20・四四九三、大伴家持）	天平宝字二年

作歌年次の順に並べ換えず、あえて歌番号の順に提示した。

従来あまり注意されていないことであるが、こうしてみると、これら応詔歌の載録のありようには明らかな偏りが認められる。すなわち、十五例二十八首の応詔歌のうち末四巻の用例（⑧～⑮）が八例十九首と、歌数にして七割弱を占めるということである。しかもその中には、予作歌[2]（△印）や伝聞歌[3]（※印）、未奏歌[4]（▲印）など、家持論に関わる重要な作が少なからず含まれている。帝の下命によって歌が詠まれるということ自体は古くから行われていた可能性もあるが、そうした事実があったということと、その事情を題詞左注に明示するということ（しかも「応詔」「奉勅」などという漢語によって）とは区別してかかる必要があるだろう。事実、右に掲げたように、応詔の作は『懐風藻』と比較しても相対的に僅少な用例しか指摘できず、万葉歌全般について言えば「応詔」などと記載することが一般的なことであったとは考えにくい。家持歌日記と目される末四巻に「応詔」「応詔旨」

といった記載が偏ることをどう捉えるべきであろうか。

このいわゆる「応詔歌」を、家持の問題、あるいは歌日記の問題として考えてみようというのが本章の視点である[(5)]。以下、末四巻の応詔歌を中心に、これについて論じてみたい。

二　末四巻の応詔歌

従来の研究は、ごく大まかに言うならば、応詔歌全般の共通項を探ることによって、その実態を帰納的に考えようとするものであった。もちろん、それらの研究によっていくつかの重要な事柄が明らかにされてきたということも事実であるが、応詔歌そのものの資料的様態についてはあまり目が向けられてこなかったように思われる。応詔歌全般を取り上げる論について言えば、その多くが主に末四巻の事例――とりわけ⑧⑫⑬⑭――に依拠して立論されているということに注意したい。それは、これらの例が他と比べて作歌事情を詳細に伝えているからではあるけれども、そもそもそのような例が末四巻に集中するということに意味がありはしないだろうか。

まず、末四巻における最初の応詔歌である⑧を掲げよう。応詔歌を論ずる場合に、必ずと言ってよいほど取り上げられているのがこの歌群である。

天平十八年正月、白雪多零、積レ地数寸也。於レ時左大臣橘卿率二大納言藤原豊成朝臣及諸王諸臣等一、参二入太上天皇御在所一中宮西院、供奉掃レ雪。於レ是降レ詔、大臣参議并諸王者、令レ侍二于大殿上一、諸卿大夫者、令レ侍二于南細殿一而、則賜レ酒肆宴。勅曰、汝諸王卿等聊賦二此雪一、各奏二其歌一。

左大臣橘宿祢応レ詔歌一首
降る雪の白髪までに大皇に仕へまつれば貴くもあるか　（17・三九二二）
紀朝臣清人応レ詔歌一首
天の下すでにおほひて降る雪の光りを見れば貴くもあるか　（三九二三）
紀朝臣男梶応レ詔歌一首
山の峡そことも見えず一昨日も昨日も今日も雪の降れれば　（三九二四）
葛井連諸会応レ詔歌一首
新しき年の初めに豊の稔しるすとならし雪の降れるは　（三九二五）
大伴宿祢家持応レ詔歌一首
大宮の内にも外にも光るまで降れる白雪見れど飽かぬかも　（三九二六）

藤原豊成朝臣　巨勢奈弖麻呂朝臣
大伴牛養宿祢　藤原仲麻呂朝臣
三原王　智奴王
船王　邑知王
小田王　林王
穂積朝臣老　小田朝臣諸人
小野朝臣綱手　高橋朝臣国足
太朝臣徳太理　高丘連河内

秦忌寸朝元　　楢原造東人

右件王卿等、応レ詔作レ歌、依レ次奏之。登時不レ記、其歌漏失。但秦忌寸朝元者、左大臣橘卿謔云、靡レ堪レ賦レ歌、以レ麝贖レ之。因レ此黙已也。

題詞によれば、天平十八年正月の大雪の日、左大臣橘諸兄が大納言以下の諸王諸臣を率いて元正上皇の御在所に参内し、雪掃きの奉仕をしたのだという。そして、上皇の「詔」によってそのまま肆宴が行われ、「此の雪を賦して、各其の歌を奏せよ」という「勅」のもとに応詔歌の奏上が行われたというのである(6)。左注には、応詔歌を奏上した他のメンバーの名を記し（但しその歌は「漏失」したという）、更に、橘諸兄が秦朝元に戯れて冗談を言ったというエピソードを伝えている（傍線部）。ここには、応詔歌が奏上されるに至った経緯のみならず、当日の宴席の様子が異例なほど詳細に語られていると言ってよいだろう。載録された五首は、いずれも正月の大雪を瑞祥とし、それを上皇の威光によるものと捉えた上で、それぞれに祝意を述べるものとなっている(7)。

この詳細な記録に従来の研究が注目したのは当然であろう。例えば久米常民氏は、この歌群について次のように述べている。

これによって、われわれは、略々応詔歌の実態を把握することが出来るのである。即ちまず、何々について歌をよめというように、詔命が降されるものであること。次に、その詔命に応えて歌が作られるが、それが作者によって、一つ一つ奏上されて行くものであること。その奏上の順序は、官位身分の序列によるらしいこと。記録者は、その場で速記などするのではなく、思い出して、あとから記録するものであること。従って、この場合のように、多数の応詔者によって、多数の歌が奏上せられることになると、忘れられてしまって、その場かぎりで、消えていった応詔歌も多かったことなどである(8)。

久米氏の論は、応詔歌の誦詠の実態やその筆録について述べようとしたものであるが、確かに⑧の題詞左注からは概ね氏の言うようなことが読み取れる。この題詞左注が応詔歌奏上の一齣を伝えていることは否定すべくもないだろう。しかし、ここに記されているのはあくまで天平十八年正月の応詔歌に関する個別的な作歌事情であり、それが応詔歌一般の習いであったと即断することはできないはずである。「応詔歌の実態」を論ずるならば、もう少し慎重な手続きが必要ではあるまいか。

一方、太田豊明氏は、この歌群の左注に記されたエピソード（傍線部）について次のように述べている。

この諸兄と朝元をめぐるエピソードは、「応詔歌」の詠まれた場の雰囲気を非常によく伝えている。それは〈身内〉的な意識に裏打ちされた、非常にくつろいだ自由な雰囲気とでも言うべきもので、こうした作歌の場における〈身内〉的な意識が「応詔歌」の即興性・遊楽性をもたらしているものだと思われる。こうした〈身内〉的な親しみに裏打ちされた場を、いま仮に〈宴の内部〉の場と呼んでおくならば、「応詔歌」とはまさしく〈宴の内部〉の歌なのだと言ってよい。(9)

ちなみに、太田氏はこの「〈身内〉的な意識」が応詔歌作者の身分に関わるということも併せて指摘している。夙に小野寛氏は応詔歌の作者のうち「五位に達せぬ下級官人」が「長意吉麻呂と海犬養岡麻呂と山部赤人の三人」に限られるということを述べているが、(10)太田氏はその事実に着目した上で、「いわば『応詔歌』の作者たちは、天皇を中心とした場の中で、ほぼ立場を同じくした者同士の〈身内〉的な親しみをもった雰囲気の中にいた」と述べ、応詔歌の「場」の問題に言及しているのである。

太田氏の言説は応詔歌の一面を見事に言い当てたものであり、極めて重要な指摘と言うべきであろう。とりわけ末四巻の応詔歌には非常によく当てはまることと言ってよい。だが、応詔歌全般に関しては、これについても無条件に前提とするわけにはいかないと思われる。まず、応詔歌作者の身分について言えば、彼等の身分がおしなべて高く見えるのは末四巻の例を含めて考えるからであって、末四巻以外の応詔歌七例（①〜⑦）に限れば、身分が低いとされる「長意吉麻呂と海犬養岡麻呂と山部赤人」の作が過半（四例）を占めているという事実を見逃すことはできない。このありようからすれば、応詔歌については、末四巻が加わることによってそう見えているだけかもしれないという可能性を常に考慮しておく必要があるのではなかろうか。[11]

応詔歌の性格についても同様のことが言える。太田氏の指摘するごとく、万葉集の応詔歌に「即興性」や「遊楽性」という一面があることは事実であろう。しかしながら末四巻以外の応詔歌には作歌事情がはっきり記載されていないものも多く、太田氏の述べる応詔歌の性格が当てはまるかどうか微妙な作も散見する。次の⑦の例などはその一例である。

風莫の浜の白波徒らにここによせくる見る人無しに　一云、ここによせ来も　（9・一六七三）

右一首、山上臣憶良類聚歌林曰、長忌寸意吉麻呂応レ詔作二此歌一。

この長意吉麻呂の歌は「大宝元年辛丑冬十月、太上天皇大行天皇幸二紀伊国一時歌十三首」という題詞に一括される十三首の第七首であり、紀伊国行幸に従駕した折の作と知られるが、十三首の中でこの歌だけに「応詔」という記載があるということを含めて問題の多い作である。「ここによせくる」とあることからすれば、自ら目にした「風莫の浜」（所在未詳）を即興的に詠み込んだ作であろうということは認められるが、作歌の場や状況については題詞左注に何も記載がない。[12]何よりこの十三首の作者の身分は全く不明であり（そもそも十一首までが作者未詳歌である）、五位以上の官人の作が含まれているかどうかは確認できない事柄に属する。つまり、この歌が太田氏の言う〈宴の内部〉で披露されたものかどうかは、この歌単独では検証が難しいのである。

太田氏が「『応詔歌』の即興性・遊楽性をもっとも如実に示している作」として挙げる作のうち、次の①なども題詞左注からは作歌事情がはっきりしないものの一つである。

長忌寸意吉麻呂応レ詔歌一首

大宮の内まで聞こゆ網引すと網子調ふる海人の呼び声　（3・二三八）

右一首

これも長意吉麻呂の歌である。「大宮の内まで聞こゆ」とあるので、「大宮の内」（難波宮であろう）にいる詠み手がその場で「海人の呼び声」を耳にし、それを即興的に詠み込んだ作と推測される。海人の生業を天皇に奉仕する様に見立てることで、天皇讃美の意を表したものであろう。橋本達雄氏は、「この詔の内容は『大宮の内まで聞ゆ、あれは何だ』というものであって、『網引すと』以下が応うる部分だ」としているが(13)、これもありうる推測ではあるにしても、やはり太田氏の言うような、五位以上の官人が集う〈宴の内部〉で披露されたものかどうかは、この歌だけでは検証しがたいとすべきである。

但し、本書はこれらの意吉麻呂の歌が〈宴の内部〉で披露されたことを否定しようとしているわけではない。むしろ、その可能性は低くないとさえ考える。しかし、その推測が末四巻に見られる応詔歌の事例に支えられて初めて成り立っているということを重視したいのである。仮に末四巻がなければ、それ以前の巻に散在する応詔歌の性格は非常に見えにくくなるのではなかろうか。

応詔歌全般を扱う論にはいずれも同様の問題がつきまとう。それは端的に言って、末四巻の事例から得られた知見を他巻の応詔歌に敷衍して論じようとするところに起因していると言ってよいだろう。だが、実のところ、それは末四巻の応詔歌のありようが一貫しているということと表裏の関係にあるのではなかろうか。一貫しているからこそ、末四巻の事例からは応詔歌の一面が明瞭に浮かび上がってくるという次第なのである。
応詔歌の論にしばしば取り上げられる⑫⑬⑭などはその好例であろう。これらを順に見ておきたい。次に掲げる⑫は巻二十の巻頭を飾る「先太上天皇」[14]と「舎人親王」の唱和であるが、左注によればこれは家持が下僚の山田土麻呂から伝え聞いたものだという。

幸二行於山村一之時歌二首

先太上天皇詔二陪従王臣一曰、夫諸王卿等、宣下賦二和歌一而奏上。即御口号曰、

あしひきの山行きしかば山人の我に得しめし山づとそこれ　（20・四二九三）

⑫ 舎人親王応レ詔奉レ和歌一首

あしひきの山に行きけむ山人の情も知らず山人や誰　（四二九四）

右、天平勝宝五年五月、在二於大納言藤原朝臣之家一時、依レ奏レ事而請問之間、少主鈴山田史土麻呂語二少納言大伴宿祢家持一曰、昔聞二此言一、即誦二此歌一也。

作歌事情は題詞に詳しい。「山村」（大和国添上郡）への行幸の折、元正上皇が「夫れ諸王卿等、宜しく和ふる歌を賦して奏すべし」と詔して自ら歌を「御口号」したのに対し、舎人親王が「応詔奉和歌」を詠んだ、というものである。小野寛氏によれば、右の歌群における「詔」は「全く突然の仰せ言」として「陪従の王臣」ら皆に向かって発せられたものであり、舎人親王はそれら諸王卿等の中にあって真っ先にそれに「応」じたのだという。[15]首肯すべき見解であろう。
なお、歌の場や解釈については諸説あり、[16]ここでは深入りを避けるが、大筋としては、上皇が「陪従の王臣」に「山づと」（具体的に何であったかは不明）を示しつつ、「これは山人（仙人）が私に与えたものですよ」と戯れた

のに対し、舎人親王が「山人」の意味をわざとずらし、「山人（あなたさま）の心はわかりません。あなたさまの言う山人とはいったい誰のことでしょうか」と、やはり戯れて応じたものであろう。太田氏の指摘するように、ここには〈身内〉的な意識に支えられた「即興性」「遊楽性」が顕著にうかがわれる。

⑬⑭も⑫と類似する。これらは上総国の朝集使として上京中の大原今城が家持に「伝誦」したと見られる四首の一部である[17]。

先太上天皇御製霍公鳥歌一首　日本根子高瑞日清足姫天皇也

ほととぎすなほも鳴かなむ本つ人かけつつもとな我を音し泣くも　（20・四四三七）

⑬

薩妙観応レ詔奉レ和歌一首

ほととぎすここに近くを来鳴きてよ過ぎなむ後にしるしあらめやも　（四四三八）

⑭

冬日幸二于靫負御井一之時、内命婦石川朝臣応レ詔賦レ雪歌一首　諱曰二邑婆一

松が枝の地につくまで降る雪を見ずてや妹が隠りをるらむ　（四四三九）

于レ時水主内親王寝膳不レ安、累日不レ参。因以二此日一太上天皇勅二侍嬬等一曰、為レ遣二水主内親王一賦レ雪作レ歌奉献者。於レ是諸命婦等不レ堪レ作レ歌而、此石川命婦独作二此歌一奏之。

⑬は前に配列される元正上皇の御製（20・四四三七）に対する薩妙観の「応詔奉和歌」である。「ほととぎすなほも鳴かなむ」と上皇が詠んだのを受け、「ここに近くを来鳴きてよ」とホトトギスに呼び掛ける体の歌であり、今ここで鳴かなければ甲斐がないと詠んでいること（「過ぎなむ後にしるしあらめやも」）からすれば、上皇の詠に即座に応じたものと見てよいだろう。身分の高い人物同士の唱和であるということや、「本つ人」を偲ぶという上皇の私的感懐が主題となっていることを重視するならば、この君臣唱和にも太田氏の言う「〈身内〉的な意識」

が底流していると考えられる[18]。

一方、⑭もやはり元正上皇関係の歌である。題詞左注によれば、元正上皇が「靫負の御井」に行幸した際、病気で参内しない水主内親王を見舞うために「侍嬬」たちに勅を下して歌を詠ませたところ、独り石川命婦のみが歌を奏上したというのである。「内親王」に対して「妹」の語を用い、上皇の立場になりかわって詠んでいるというのも、〈身内〉的な意識という点で前の⑬の例と通底するものがあると言えよう。

これら⑫や⑬⑭の事例は確かに即興性に眼目があるとも言えるが、最も大切なのは、いずれの場合においても、打ち解けた（あるいは遊楽的な）場を、和歌の奏上に関わって君臣が共有しているということであろう。即興性というのは和歌の応酬における遊楽的側面を効果的に演出するものであったに違いない。⑭も見舞いの歌ではあるけれども、珍しく降った大雪を皆で賞美するという、遊楽的かつ打ち解けた場を想定することができそうである。その大雪を即興的景物として歌に詠み込んでいることも見逃せない。

最後の応詔歌である⑮にも同様の要素が指摘できる。

〔天平宝字〕二年春正月三日、召二侍従竪子王臣等一令レ侍二於内裏之東屋垣下一、即賜二玉箒一肆宴。于レ時内相藤原朝臣奉レ勅宣、諸王卿等随レ堪任レ意作レ歌并賦レ詩。仍応二詔旨一各陳二心緒一作レ歌賦レ詩。未レ得二諸人之賦詩并作歌一也。

初春の初子の今日の玉箒手に取るからに揺らく玉の緒　（20・四四九三）

右一首、右中弁大伴宿祢家持作。但依二大蔵政一不レ堪レ奏之。

歌は「玉箒」を拝受した感動を詠んだもので、「拝受品の貴さを、美しさとともに讃える」（『窪田評釈』）ものと見てよいだろう。「初春の初子の今日」に下賜された「玉箒」を「手に取る」という、その場に居合わせたかのごとき臨場感を持っているが、左注には「但し大蔵の政に依りて奏し堪へず」（傍線部）とあって、実際には奏上できなかった作であるということが知られる。従って、この歌がどのタイミングで詠まれたのかは定かではないが、恐らくは肆宴において下賜されることになっていた「玉箒」を想像し、それを即興的景物として予作しておいたものなのであろう。いずれにせよ、歌そのものはその場で下された詔に応じて眼前の景物を詠物的に詠むというものであり、その点では⑧や⑭と同様のものと見てよい。⑮は肆宴での作であり、「諸王卿等」が思いのままに詩歌を詠んだというのであるから、明らかに〈身内〉的な意識に支えられたものであり、相応に遊楽的要素があることは明らかである。

だが、応詔歌の作歌事情に関するこのような記録は末四巻以外にはほとんど認められない（⑥はやや問題だが論旨に影響しないので今は措く）。要するに、応詔歌については質的にも量的にも末四巻の占める比重が極めて大きく、その資料的様態には著しい偏りがあると言わざるをえないのである。かかるありようからすれば、万葉集の応詔歌全体を均質な史料のごとく扱い、そこから歴史的事実としての「応詔歌の実態」を抽出することについては――それが全く不可能だとは思わないが――可能な限り慎重な態度で臨むべきだろう。次節に述べるように、末四巻における「応詔」の記載にはいずれも家持の判断が介在していると考えられるからである。

三　応詔歌の筆録と家持

資料的偏りということで言えば、城﨑陽子氏も指摘するように(19)、応詔歌の作歌年次が天平以降に偏るという事実も看過できない。冒頭に掲げた一覧を見ても、聖武朝より遡ることが確実な応詔歌は長意吉麻呂の①⑦くらいのものである。しかし、だからといって勅命による詠歌が古い時代になかったと即断するわけにはいかないだろう。応詔歌は巻三・巻六・巻九と末四巻（巻十八を除く）にしか見られないが、巻一や巻二のような古層を有する巻に「応詔」という記載が現れないのは、編纂姿勢の違いに起因することかもしれないからである。

思うに、「応詔」という用語で規定できるような作歌のプロセスに目を向け、それを自覚的に記し留めようとする意識が編者になければ、たとえ勅命による詠歌があったとしても、その歌に「応詔」と記すようなことはないのではあるまいか。これは、裏を返せば「応詔」という記載を持つ巻の編者が、その「応詔」という作歌のプロセスに自覚的であったということでもある。これらの巻の成立時期が少なくとも天平以降であることを考えると、その時代思潮を反映している可能性は考慮しなくてはならないだろう。

応詔歌の過半が末四巻に偏るということは初めに述べた通りであるが、その末四巻の応詔歌のうち、実際に家持が奏上することのできた⑧⑪を除くと、残り六例が予作歌・未奏歌・伝聞歌といった特殊事情の作ばかりであることも目を引く。伝聞歌三例（⑫⑬⑭）が全て元正上皇に関係する歌であることも偶然とは考えにくい。

このありようだけを見ても、末四巻における応詔歌の採録や題詞左注の記載に家持の判断が介在しているという可能性は容易に推測されるところであるが、実際、末四巻の応詔歌には家持の手を介していることを示す様々な痕跡が認められる。既に指摘されていることも多いが、論の都合上、それらを確認しておきたい。

まず⑧（前掲、17・三九二二〜六）である。葛井諸会（外従五位下）より官位の高い家持（従五位下）の歌が最後に配列されているのは、少なくともこの歌群が家持の筆録によることを示すものと見るべきだろう。(20)また、左注に「登時記さずして、其の歌漏り失せたり」とあるのも家持の言葉と見るべきで、⑧を家持の筆録とする通説的理解に従ってよい。大切なことは、この歌群の記載は何らかの公的記録に基づいているわけではなく、家持自身の記憶に従って後に記載されているということである。[21] つまり、題詞左注に見える「応詔」という用語は家持によって選択されたものであり、⑧の歌々を「応詔」の歌と判断しているのは家持ということになる。

次の⑨（19・四二五四〜五）と⑩（19・四二六六〜七）は家持歌であるが、これらは題詞に「依興」「預作」「儲作」などの家持独自の用語が用いられていることから見ても、「応詔」の文字を含めて家持の自記と考えるべきであろう。[22] これらの歌においては、家持が自作（しかも予作歌）について自ら「応詔」と判断を下しているという特異な事例であり、他者の判断が全く介在していないと見られる点で注目に値する（これらの作については後述する）。

また、⑪（19・四二七三〜八）は、他の作者が姓を末尾に記す尊称法で記載されているのに対し、家持のみ卑称法で記載されている。これも家持の筆録と考えてよい。

⑫（前掲、20・四二九四）はいわゆる伝聞歌であり、その左注には家持による伝聞・蒐集の過程が詳細に記されている。すなわち、

右は、天平勝宝五年五月に、大納言藤原朝臣の家に在りし時に、事を奏するに依りて請問する間に、少主鈴山田史土麻呂、少納言大伴宿祢家持に語りて曰く、昔此の言を聞くといひて、即ち此の歌を誦せるなり。

というものである。ここには当事者しか知りえないプライベートな伝聞・蒐集の過程が詳細に記されているわけだが、より大切なことは、山田土麻呂がこの歌を家持に口頭で伝えている（「語」「誦」）ということである。筆録された資料を見せたわけではない。この歌々を伝聞の事情と共に筆録し、「応詔」などの題詞を付したのは、家持自身と考えるべきではなかろうか。

⑬⑭を含む四首の歌群（20・四四三六〜九）は「右件四首、上総国大掾正六位上大原真人今城伝誦云尓。年月未レ

詳」という左注で一括されており、大原今城によって伝誦されたものであることが知られる。既に述べたように、これも家持による伝聞歌蒐集の経緯を示すものと考えてよいだろう。(23)朝集使として上京中の今城が当時兵部少輔であった家持と職掌上の関係を持っていたということを考えても、(24)左注の「伝誦」というのは家持に対してのものと見るべきではなかろうか。この場合もやはり、歌が作歌事情と共に口頭で伝えられている（「伝誦」）ということに注意したい。これらの伝誦歌に題詞左注を付して巻二十に取り込んだのは、家持ということになるからである。

最後に⑮（前掲、20・四四九三）である。前述したように、この家持歌の左注には「大蔵の政に依りて奏し堪へず」とあるが、この内容も家持自身しか知りえないような情報と言ってよい。そもそも「奏し堪へず」とあって、この歌が当日披露されることはなかったのであるから、やはり題詞左注を含めて家持の自記と考えるほかはないだろう。題詞の細注に「未だ諸人の賦したる詩并せて作れる歌を得ず」とあるのも、この肆宴に参加できなかった家持の言と見るべきである。

以上、末四巻の応詔歌について、その載録の状況を瞥見した。これによれば末四巻の応詔歌は、いずれも家持が個人的に筆録したものと考えるべきであろう。これらは全て家持が題詞や左注を付けて万葉集の中に取り込んだものなのである。作歌事情を勘案して「応詔」と記載しているのも家持自身と考えられる。

こうした点を考慮すると、万葉集の応詔歌から読み取れることと、史実としての応詔の実態とは、一度区別して考える必要がありそうである。特に末四巻の応詔歌は、家持によって選び取られ、歌巻に取り込まれているということが注意される。とすれば、問われるべきは、家持が応詔歌をどう捉え、どう位置づけようとしているのか、ということではなかろうか。

四　予作応詔歌をめぐって

そこでまず、「預作」あるいは「儲作」と記された家持自身の作（⑨⑩）に注目したい。家持が応詔歌の世界に思い描いていたものは、これら予作の応詔歌に端的に表れていると考えられるからである。これらは長歌体の宮廷讃歌であるが、何より予作という机上の作であることに注意したい。前述のごとく、自作の、しかも予作歌に「応詔」などと記す例は他にないが、応詔歌奏上の場を仮想して詠んでいることからすれば、ここには家持がかくあるべしと考える理想世界が歌われている可能性が高いのではなかろうか。(25)

まず⑨を掲げよう。

向レ京路上依レ興預作侍レ宴応レ詔歌一首　并短歌

蜻蛉島　大和の国を　天雲に　磐船浮かべ　艫に舳に　ま櫂しじ貫き　い漕ぎつつ　国見しせして　天降りまし　掃ひ平げ　千代重ね　いや継ぎ継ぎに　知らし来る　天の日継と　神ながら　吾が皇の　天の下　治め賜へば　もののふの　八十伴の男を　撫で賜ひ　ととのへ賜ひ　食す国の　四方の人をも　あぶさはず　恵み賜へば　古ゆ　無かりし瑞　度まねく　申したまひぬ　手拱きて　事無き御代と　天地　日月とともに　万世に　記し継がむそ　やすみしし　吾が大皇　秋の花　しが色々に　見し賜ひ　明らめたまひ　酒みづき　栄ゆる今日の　あやに貴さ　（19・四二五四）

反歌一首

秋の花くさぐさにあれど色ごとに見し明らむる今日の貴さ　（四二五五）

長歌は大きく三段に分かれ、傍線部の「手拱きて　事無き御代」からが第二段、「やすみしし」からが第三段である。第一段は降臨伝承から始まっているが、要は、天子の善政の結果、瑞祥が現れたということを歌うもので、第二段はその太平の世の讃美、そして第三段は、秋の花を愛でる天子の宴を描写し、それを讃美するものである。

この⑨の長歌でまず注意されるのは、随所に中国思想がうかがわれるということである。既に辰巳正明氏は「この応詔の歌を構成する思想は、撫民・斉民・遺民・垂拱に見られる如く、中国の侍宴詩の流れにある」と指摘しているが、[26]傍線部の「手拱きて　事無き御代」という讃美の中心が、「無為にして治まる」という中国思想を中核としていることは明らかであろう。[27]

もう一つ重視したいのは、当該⑨歌が天子の催す宴を対象化して描写しているということである。とりわけ「酒みづき　栄ゆる今日の　あやに貴さ」という長歌の結び（波線部）は、酒宴の盛んなることを叙して今日の貴さを讃美しようとするものであり、その点注目される。後述するように、酒宴そのものを直接讃美するというのは、そう例のあるものではないからである。ここで想起されるのはやはり次の歌群であろう。

　　太上皇御㆓在於難波宮㆒之時歌七首　清足姫天皇也

　　左大臣橘宿祢歌一首

堀江には玉敷かましを大皇を御船漕がむとかねて知りせば　（18・四〇五六）

　　御製歌一首　和

玉敷かず君が悔いて言ふ堀江には玉敷き満てて継ぎて通はむ　（四〇五七）

　　或云、玉こき敷きて

右二首件歌者、御船泝レ江遊宴之日、左大臣奏并御製。

御製歌一首

橘のとをの橘八つ代にもあれは忘れじこの橘を　（四〇五八）

河内女王歌一首

橘の下照る庭に殿建てて酒みづきいますわが大君かも　（四〇五九）

粟田女王歌一首

月待ちて家には行かむわが挿せる赤ら橘影に見えつつ　（四〇六〇）

右件歌者、在ニ於左大臣橘卿之宅一肆宴御歌并奏歌也。

堀江より水脈引きしつつ御船さす賤男の伴は川の瀬申せ　（四〇六一）

夏の夜は道たづたづし船に乗り川の瀬ごとに棹さし上れ　（四〇六二）

右件歌者、御船以ニ綱手一泝レ江遊宴之日作也。伝誦之人、田辺史福麻呂是也。

これらは、天平二十年三月に、越中を訪れた田辺福麻呂が家持に披露した伝誦歌で、(28) やはり家持の筆録と考えられるものであるが、傍線部に「酒みづきいますわが大君かも」とあるのは、酒宴を催す「大君」を讃美するものと見てよいだろう。「酒みづく」は酒盛りするというほどの意味であるが、用例の少ない語であり、万葉では家持歌に二例（⑨と18・四一一六）あるほかは、ここの一例のみである。更に、この歌群は元正をめぐる君臣唱和の歌群であるということが目を引く。左注に二箇所にわたって「遊宴」（波線部）とあることからすると、一連の歌はいずれも打ち解けた宴における作として位置づけられていると見てよいだろう（ちなみに「遊宴」の語は集中この歌群のみに見える）。⑨の応詔歌は、この元正をめぐる歌群を踏まえたものと見るべきではなかろうか。

次に⑩である。

為レ応レ詔儲作歌一首　并短歌

あしひきの　八つ峰の上の　つがの木の　いや継ぎ継ぎに　松が根の　絶ゆる事なく　あをによし　奈良の京師に　万代に　国知らさむと　やすみしし　吾が大皇の　神ながら　思ほしめして　豊の宴　見す今日の日は　もののふの　八十伴の男の　嶋山に　あかる橘　うずに刺し　紐解き放けて　千年寿き　寿きとよもし　ゑらゑらに　仕へ奉るを　見るが貴さ　（19・四二六六）

反歌一首

すめろきの御代万代にかくしこそ見し明らめめ立つ年のはに　（四二六七）

右二首、大伴宿祢家持作之。

この長歌の前半は天皇統治の永続性から歌い起こすという点で⑨と類似するが、後半が非常に独創的なものになっており、天皇が「ご覧になる」宴の様子を、詠み手も一緒に「見る」というところに著しい特色がある（波線部）。高松寿夫氏が指摘するように(29)、これは「天皇と同じ宴席に列なることの喜びを、視線の共有で象徴させ」ているのであろうが、ここで注意したいのは、その宴の様子を詠んだ部分（傍線部）に、「八十伴の男」の極めて打ち解けた様子が描写されているということである。

「ゑらゑらに」というのは他に例のない表現であるが、諸注の説くようにこれは動詞「ゑらく」と同根の語であり、「笑い興じて楽しむ」様子を言うものと考えられる。また、「紐解き放けて」というのは、本来相聞歌の表現であったものが、「開襟」「解帯」といった漢語の影響を受けつつ、打ち解けた交友の表現に転用されたものと見られる(30)。「嶋山に　あかる橘　うずに刺し」というのも、「紐解き放けて」と並列されるところから見て、儀礼的な装いの描写というよりは、宴を楽しむ様の描写に傾いたものと考えてよいだろう。更に注目されるのは「千年寿き　寿きとよもし」という部分である。「とよもす」というからには、声をあげてことほぐ様を描写しているのであろうが、これは賀歌の奏上などを念頭にした表現と見るべきではなかろうか。

ここで改めて確認しておきたいのは、このような打ち解けた群臣の描写は、和歌においては極めて異例だということである。もちろん、森朝男氏の指摘するごとく、大宮人の描写によって天皇を讃美するというのは宮廷讃歌の常套的発想であって[31]、群臣が酒宴をする様を歌うというのも、例えば『古事記』の天語歌第三首[32]に確認できる。しかしながら、家持のこの歌のように、群臣が打ち解け、笑い興じて賀歌を奏上するといった様子を、第三者的視点から歌うというのは、やはり異例なことと言わざるをえない。ここには、家持の心の内なる、あるべき応詔歌の世界が描き出されていると見るべきであろう。

こうしてみると、君臣が歌を通じて打ち解け楽しむという遊楽的な要素は、とりわけ家持が重視したものであったと考えられる[33]。⑨⑩の予作応詔歌に描き出される君臣和楽の宴は、その理想型として造型されていると見られるが、家持の筆録した末四巻の応詔歌が、程度の差こそあれ、いずれも同様に君臣和楽の世界を志向しているというのは偶然ではあるまい。家持は、自他の応詔歌に題詞左注を付して取り込むことで、歌日記の中に自ら理想とする応詔歌の世界を描き出そうとしているのではなかろうか。

五　新嘗会の肆宴の歌

但し、⑨や⑩の歌に見られる家持の発想や表現が、この時代に全く孤立したものなのかと言えば、必ずしもそうとは言えない面がある。それを考えるために、まず家持自身の応詔歌を含む⑪の歌群を検討してみよう。

　廿五日、新嘗会肆宴応レ詔歌六首

天地と相栄えむと大宮を仕へまつれば貴くうれしき　（19・四二七三）

　右一首、大納言巨勢朝臣。

天にはも五百つ綱はふ万代に国知らさむと五百つ綱はふ　似二古歌一而未レ詳。（四二七四）

　右一首、式部卿石川年足朝臣。

天地と久しきまでに万代に仕へまつらむ黒酒白酒を　（四二七五）

　右一首、従三位文室智努真人。

嶋山に照れる橘うずに刺し仕へ奉るは卿大夫たち　（四二七六）

　右一首、右大弁藤原八束朝臣。

袖垂れていざ吾が苑に鶯の木伝ひ散らす梅の花見に　（四二七七）

　右一首、大和国守藤原永手朝臣。

あしひきの山下日影かづらける上にやさらに梅をしのはむ　（四二七八）

　右一首、少納言大伴宿祢家持。

これは天平勝宝四年十一月二十五日の新嘗会の肆宴における応詔歌で、巻十九では⑩のやや後に配列されている。この歌群は最後の二首が問題で、前の四首とのつながりがはっきりしないために様々に論じられているものである。この肆宴が新嘗会のどの段階でどのように実施されたものかはっきりしないということも歌の解釈を難しくしている。

内容的には廣岡義隆氏の説[34]に従って三首ずつに分けて考えるのがよいと思われる。氏の言うように、前半三首は「天地」「天」「万代」という観念語を駆使して「栄える世を讃美する儀礼宴歌をリレー式に歌い継いだもの」であると認められるからである。なお、廣岡氏は前半三首と後半三首では作者の身分や年齢に隔たりがあること、また、前半三首においては「大宮」という大景から「五百つ綱」、「黒酒白酒」へと視界が徐々に絞られてくることなどを指摘している。この理解に従って、前半三首は一つのまとまりをなしていると見ておきたい。但し、廣岡氏も注意しているように、第四首（19・四二七六、藤原八束）の「仕へ奉る」は、前歌の表現を受けた上で「卿大夫たち」の奉仕の様に意味を転じて用いていると見なされるので、前半三首と後半三首の間に明確な区切りがあるわけではない。

さて、本章の関心に沿って言えば、後半三首は盛宴に座を列ねる喜びを表現するものと解される。八束の歌の傍線部に前掲の家持歌（⑩の「応詔儲作歌」）とほぼ同じ表現が見られるが[35]、これはやはり打ち解けて酒宴を楽しむ様の描写と見るべきではないだろうか。もちろん、この歌単独では打ち解けた様子までを読み取ることは難しいが、少し前に家持の⑩が配列され、そこに「もののふの　八十伴の男の　嶋山に　あかる橘　うずに刺し　紐解き放けて　千年寿き　寿きとよもし　ゑらゑらに　仕へ奉るを　見るが貴さ」（19・四二六六、傍線部が類句）とあることを思えば、「橘」を「うずに刺」すというのは、単に儀礼的な飾りを付けることを言うものではないと判断されよう。『新編全集』に「この歌辺りから、気心知れた仲間うちの遊戯的な遣り取りに移りかけている」とあるのは、正鵠を射る指摘と言ってよい。

永手の歌（19・四二七七）の「袖垂れて」というこれまた例のない表現は、『代匠記』（初稿本）以来指摘されるように漢語「垂拱」ないし「垂衣」を和語化したものと見られるが、この歌の場合、『略解』に「寛かに遊ぶさま」とあり、『古義』に「無レ事安らかに、楽み遊ぶさま」とあるのが当を得た解であろう。『私注』や『釈注』にも同様の指摘が見えるが、漫歩の表現と見る点では諸注共通している。本書も「袖垂れて」は庭園に向かう大宮人のくつろいだ様子を描写するものと考えたい。

但し、この永手の歌と次の家持の歌が天皇を直接讃美するものでないことは明らかで、そのことが諸注を悩ませてきた難題の一つであることは周知の通りである。前の八束の歌も前半三首に比較すれば讃美がやや間接的ではあるが、「卿大夫たち」の奉仕の様を叙述するという点では宮廷讃歌の伝統的な発想形式を襲うものと言ってよい。対して、永手の歌は「いざ吾が苑に」と一座の者に呼び掛ける体の歌であり、ここで歌の流れが変わっていることは否定すべくもないのである。

この永手の歌については、かつては「吾が苑」を永手の自邸の庭園と取るのが一般的で、一座の人々を自宅に誘う歌とする理解が通説化していたが（最近でも『古典全集』『新編全集』がこの解を取る）、伊藤博氏は「永手の『我が園』は『われら一同の庭園』の意で、この日、別の場所に設けてあった第二次の園遊の場を指す表現であったのではなかろうか」と述べ、「第二次の園遊の場」に人々を誘う歌だとする新見を提示した。(36)「吾が苑」を「われら一同の庭園」と解する点についてはその通りであろう。しかし、何も二次会の場といった別の場所を想定しなくても、眼前の庭園に誘う歌と見て特に支障はないと思われる。「宴席の臨む庭園を我がものとして詠う」（『新大系』）のであり、「官人たちを庭園に誘い出す趣き」（『全解』）を詠んでいるのである。

もっとも、陰暦十一月二十五日（太陽暦の一月三日頃）の歌に「鶯」「梅」が詠まれることについては疑問もあり、資料的制約もあって残念ながら決定打を欠くのであるが、諸家の説くように恐らくこれは造花の「梅」なのであろう。[37]「鶯」の方は「何時しかも此の夜の明けむ鶯の木伝ひ散らす梅の花見む」（10・一八七三）に拠りつつ「梅」に詠み添えたものであろうが、「木伝ひ散らす」という落花に関する表現を取り込んだことで更に現実味が薄くなっていることに注意したい。要するに、現実の季節とずれのある「梅」を持ち出したところに永手の歌の眼目があるとすべきで、その「梅」を見に一座の人々を誘うというのは風雅な戯れと見るべきではなかろうか。『全釈』に「戯れてこんなことを言つたのであらう」とある通りで、必ずしも本気で誘っていると見なくてもよいだろう。とすれば、この永手の歌はかなり打ち解けた雰囲気の中で詠まれたことになる。

最後の家持の歌については、「や」を反語と見て、永手の誘いを婉曲に断った歌とする解もあるが[38]、それでは宴席の流れを断ち切ることになり、どう言いつくろってもこの歌が応詔歌であることの説明がつかなくなる。そうではなく、これは「ヒカゲノカヅラを縵としている上に、更に梅まで賞美しようというのですか（それは素晴らしい）」という、永手の歌に対する詠嘆的疑問と見るべきであろう（近年の注は概ね詠嘆的疑問と取っている）。時季外れの「梅」を持ち出した永手の戯れを戯れとして受けとめつつ、なんとまあ梅まで、という驚きを詠んでいるのである。風雅なやりとりをしている歌ということになるが、この場合もやはり、盛宴の中で楽しみを極めるさまを詠むことで、当該の酒宴を催した天皇を間接的に讃美しようとしているのであろう。

この歌群の後半部について、例えば『全註釈』は「祝意を離れて、遊楽の気分を歌つている」（四二七七歌の評語）と述べ、『窪田評釈』は「賀歌からは逸脱したもの」（同歌の評）と述べているが、右の考察によれば、必ずしも「祝意」を離れ、「賀歌」から逸脱しているというわけではないと思われる。恐らく、宴の進行に従って詠まれているために、詠歌の内容も次第に「遊楽の気分」に傾いていったのであろうが、その「遊楽の気分」を詠むことは、むしろ「応詔歌」としてふさわしいことと考えられていたのではないだろうか。

家持がこれらの歌を「応詔歌」という題詞で一括し、末尾の二首を削除することなく万葉集に取り込んだのは、その記載を目にするものが不審に思うことはないと判断したからであろう。端的に言って、永手や家持の歌が「応詔歌」たりえたのは、肆宴において打ち解け楽しむこと（そしてそれを歌に詠むこと）が天皇の威徳を讃美することにつながるという発想——家持の予作応詔歌（⑨⑩）に見られたものと同様の——が、当時の宮廷人士にある程度共有されていたからではなかろうか。第四首の八束の歌が家持の「応詔儲作歌」（⑩）と表現を共有しているということは、そのことを象徴的に示していると考えられる。

六　懐風藻の応詔詩

その、盛宴の様を詠むことが帝徳の讃美につながるという発想は、恐らく漢籍に由来するものであろう。というのは、『懐風藻』の侍宴詩・応詔詩などには類似の発想が散見するからである。(39)『懐風藻』の応詔詩は時期的に万葉の応詔歌より先行するものであり、家持がこうした発想に馴染んでいた可能性は高いと思われる。以下、該当する本文を掲げよう。数字は詩番号である。

14　…式宴依二仁智一、優遊催二詩人一。…　（紀麻呂「春日応詔」）

19　…松風催二雅曲一、鶯哢添二談論一。今日良酔レ徳、誰言湛露恩。（巨瀬多益須「春日応詔」）

20　…神衿弄二春色一、清蹕歴二林泉一。登望二繍翼径一、降臨二錦鱗淵一。糸竹時盤桓、文酒乍留連。薫風入二琴台一、蓂日照二歌筵一。…　（同右）

24 …糸竹遏二広楽一、率舞洽二往塵一。此時誰不レ楽、普天蒙二厚仁一。（美努浄麻呂「春日応詔」）

28 …折レ花梅苑側、酌レ醴碧瀾中。神仙非レ存レ意、広済是攸レ同。鼓腹太平日、共詠太平風。（調老人「三月三日応詔」）

29 …済済周行士、穆穆我朝人。感レ徳遊二天沢一、飲レ和惟二聖塵一。（藤原不比等「元日応詔」）

30 …春日歓レ春鳥、蘭生折レ蘭人。塩梅道尚故、文酒事猶新。隠逸去二幽藪一、没賢陪二紫宸一。（同右「春日侍宴応詔」）

37 …琴瑟設二仙籞一、文酒啓二水浜一。叨奉二無限寿一、倶頌二皇恩均一。（大石王「侍宴応詔」）

38 …松風韻添レ詠、梅花薫帯レ身。琴酒開二芳苑一、丹墨点二英人一。適遇二上林会一、忝寿二万年春一。（田辺百枝「春苑応詔」）

40 …素庭満二英才一、紫閣引二雅人一。…舞袖留二翔鶴一、歌声落二梁塵一。今日足レ忘レ徳、勿レ言唐帝民。（石川石足「春苑応詔」）

42 …雲間頌二皇沢一、日下沐二芳塵一。宜下献二南山寿一、千秋衛中北辰上。（采女比良夫「春日侍宴応詔」）

侍宴・応詔の詩には、良辰（＝よい時節）・美景を描写し、そこに集う詩人の様を叙して、最後に天子の徳を頌える[40]というものが多いが、美景描写と詩人の描写とが相まって、そこで催されている宴の様子が対象化されていることに注目したい。宴に集う宮廷人士が美景を賞美しつつ、そこで歓を尽くし、時に詩を作る様が描写されるという次第なのである（傍線部）。天子の恩徳によって宴が催されるという発想（波線部）や、臣下が天子を寿ぐ様子（二重傍線部）も散見する。そのありようを整理すると次のごとくである。

イ、応詔詩のほとんどが宴の様子を対象化して詠む。（――線部）
　a　管弦・舞・詩作などの様子が詠まれることも多い。
　b　時に「遊」「楽」「酔」(41)「文酒」など、宴に参集する臣下の打ち解けて歓を尽くす様が詠まれる。
ロ、盛宴は天子の恩徳・仁政による太平の世の象徴であるという認識に裏打ちされている。（〰〰線部）
ハ、時に臣下が天子を寿ぐ様が詠まれる。（══線部）

　例えば28などは典型的だが、「花を折る梅苑の側、醴を酌む碧瀾の中」（庭園の傍らで梅の花を手折って賞美し、青い流れの中に浮かべた杯を酌み交わす）とは曲水の宴に興じる臣下の様子を描写したものであり、「鼓腹太平の日」（腹鼓を打って太平の日を楽しむ）とは、鼓腹撃壌の故事（『芸文類聚』『初学記』の帝王部など諸書に見える）に拠りつつ、今日という日の太平を天子の徳によるものと捉えたものである。結句の「共に詠む太平の風」（共に太平の歌をうたう）というのは、臣下がその太平を詩に詠んで天子の徳を頌する様を言うものであろう。天子の徳によって太平の世となったので、詩人たちは宴を楽しみ、頌徳の詩を奏上するというのである。これは家持の予作応詔歌（⑨⑩）に見られた発想とほぼ同じものではなかろうか（第四節参照）。

　このように、臣下が酔い、遊び、楽しむ様が、何故「応詔詩」に詠まれるのかと言えば、漢詩の表現世界において、こうした盛宴が天子の恩徳・仁政による太平の世の象徴として認識されていたからであろう。24などは典型的だが、「此の時誰か楽しまざらめやも、普天厚仁を蒙る」――つまり、天下の隅々まで天子の厚い仁徳を蒙っているのだから、この時この宴を楽しまない者があろうか、というわけである。

　ちなみに、『懐風藻』の詩人たちは、しばしば鼓腹撃壌の故事や、『尚書』（武成）の「垂拱而天下治」などを典拠として、「無為にして治まる」という天子の理想的な統治を詠んでいる。(42)「鼓腹太平日」(28・前掲)や「勿レ言唐帝民」(40)などはその典型であるが、侍宴詩に範囲を拡げると、更に次のような例が見出せる。

41　…四海既無為、九域正清淳。元首寿二千歳一、股肱頌二三春一。優優沐レ恩者、誰不レ仰二芳塵一。
（山前王「侍宴」）

44　…共遊聖主沢、同賀撃壌仁。
（大伴旅人「初春侍宴」）

87　…無為自無事、垂拱勿二労塵一……鼓レ枻遊二南浦一、肆レ筵楽二東浜一。
（藤原房前「侍宴」）

これらなどは、まさしく家持の「預作侍宴応詔歌」⑨の「手拱きて　事無き御代」(19・四二五四)と発想において軌を一にするものではなかろうか。「遊」「楽」の語が用いられていることにも留意しておきたい。

また、応詔詩や侍宴詩に、臣下が天子を寿ぐ様が少なからず詠まれていることにも注意すべきである。「叨りに無限の寿を奉り、倶に皇恩の均しきを頌す」(37)、「忝くも万年の春を寿ぐ」(38)、「宜しく南山の寿を献り、千秋北辰を衛るべし」(42)、「同に賀す撃壌の仁」(44)――これらは家持の「応詔儲作歌」⑩に「千年寿き寿きとよもし」(19・四二六六)とあるのと同根の発想によるものであろう。

なお、天平勝宝三年の年紀を持つ『懐風藻』序文にも、

於レ是三階平煥、四海殷昌、旒纊無為、巌廊多レ暇。旋招二文学之士一、時開二置醴之遊一。当二此之際一、宸翰垂レ文、賢臣献レ頌。

とあることが目を引く。すなわち、無為にして治まる太平の世に、詩人を招いて酒宴が催され、君臣唱和が行われた(「宸翰垂レ文、賢臣献レ頌」)というのであるが、これも家持歌や懐風藻詩と同様の思想に裏打ちされていると言ってよい。もちろん、これは近江朝の事績について述べたものではあるが、天平勝宝三年という時点において、

編者がこのような事績を理想的なものとして語っていることは注目に値しよう。〔補注〕家持の二首の予作応詔歌（⑨⑩）が、いずれも『懐風藻』の編纂とほぼ時を同じくして制作されている（天平勝宝三年及び四年）ということも見逃すことができない。これによれば、やはり⑨⑩に見られる発想は当時全く孤立していたというわけではなく、少なくとも漢籍に堪能な同時代の文人には共有されうるものであったと考えるべきではないだろうか。

七　中国文学の応詔詩・公讌詩

このような発想は、当然のことながら中国の応詔詩や公讌詩、侍宴詩の流れを汲むものと予想される。以下、これについて検証しておきたい。

a　公子敬二愛客一、終レ宴不レ知レ疲。清夜遊二西園一、飛レ蓋相追随。…飄颻放二志意一、千秋長若レ斯。
（魏曹植「公讌詩」『文選』巻二十・公讌）

b　…合坐同レ所レ楽、但愬二杯行遅一。常聞二詩人語一、不レ酔且無レ帰。今日不レ極レ歓、含レ情欲レ待レ誰。…
（魏王粲「公讌詩」同右）

c　永日行遊戯、歓楽猶未レ央。…
（魏劉楨「公讌詩」同右）

d　…公子敬二愛客一、楽飲不レ知レ疲。和顔既以暢、乃肯顧二細微一。贈レ詩見二存慰一、小子非レ所レ宜。為且極二歓情一、不レ酔其無レ帰。…
（魏応瑒「侍二五官中郎将建章台集一詩」同右）

e　…皇在二霊沼一、百辟同遊。撃レ櫂清歌、鼓レ枻行酬。聞レ楽咸和、具酔斯柔。…元首既明、股肱惟良、楽レ

…酒今日、君子惟康。（晋閭丘沖「三月三日応レ詔詩」『芸文類聚』巻四・歳時中）

f　…群臣酔又飽、聖恩猶未レ半。（梁沈約「楽将レ殫恩未レ已応レ詔詩」『初学記』巻十五・雑楽第二）

右には『文選』『芸文類聚』『初学記』から公讌詩・応詔詩のいくつかを掲げたが、これらは発想において懐風藻詩と類似する。例えばeなどは典型的で、「皇は霊沼に在りて、百辟（＝諸侯）同《とも》に遊ぶ。櫂を撃ちて清歌し、枻を鼓して行酬す（＝返杯を行う）。楽を聞きて咸《みな》和らぎ、具《とも》に酔ひて斯《ここ》に柔らぐ…酒を楽しぶ今日、君子惟だ康らかなり」とあるが、ここには公宴（公讌）において君臣が共に和らぎ楽しむという、その打ち解けた様が第三者的視点から描写されているのである。その他の例も概ね同様で、傍線部には、公宴を楽しみ、酒を飲んで歓を尽くそうとする様が描写されている。「遊」「楽」「歓」「戯」「酔」「和」「柔」など、打ち解け楽しむことを言うキーワードが散見することも看過できない。『懐風藻』の応詔詩に見られる発想は、やはり中国文学に起源を持つと認めてよいだろう。

ここで注目しておきたいのが、唐太宗朝の詩を集めた『翰林学士集』（『貞観中君臣唱和集』）である。『翰林学士集』は唐の太宗と臣下の君臣唱和を中心とした詩集の残闕であり、多くの応詔詩・侍宴詩を含んでいることが知られている。『翰林学士集』の上代文学への影響は夙に小島憲之氏に指摘があり[43]、井実充史氏も文武朝の侍宴応詔詩（『懐風藻』）が『翰林学士集』を始めとする太宗朝の侍宴応詔詩の影響を受けていることを指摘しているが[44]、家持の「応詔儲作歌」⑩の発想についても、太宗朝の詩が源泉の一つになっている可能性を考えてみるべきではなかろうか。というのは、群臣の楽しむ様（あるいはその心情）を描写することによって帝徳を讃美しようとする発想は、これら太宗朝の詩に顕著にうかがわれるからである。以下、『翰林学士集』から用例を掲げよう[45]。

2　…酒随レ歓至、花逐レ風来。…人生所レ盛、何過レ楽哉。（鄭元璹「四言。曲池酺飲座銘并同作七首」）

5　公侯盛集、酺二醼梁園一。…人生行楽、此外何論。（張後胤・同題）
6　…友朋好合、如レ鼓二瑟琴一。勉矣君子、倶奉二堯心一。（張文琮・同題）
7　…賜二飲平郊一、列二筵春岫一。…倒載言旋、驪哥式奏。（許敬宗・同題）
8　群公酺飲、列二坐水湄一。…倶傾二聖酒一、争摛二雅詩一。…（陸搢・同題）
10　…接レ綬芳筵合、臨レ池紫殿開。…既承二百味酒一、願上二万年杯一。（長孫無忌「五言。早秋。侍宴応詔」）
43　…蒼山帯二落日一、麗苑扇二薫風一。長筵列二広醼一、慶洽載恩隆。（許敬宗「五言。後池侍宴。廻文詩一首。応詔。」）

このうち2～8は「曲池酺飲座銘并同作七首」の題に一括されるものであるが、『説文解字』に「酺、王徳布、大飲レ酒也」（「徳布」はめぐみほどこすこと）とあるように、「酺飲」は天子から酒宴を賜わることである。侍宴詩の一種と解してよいだろう。10と43は応詔詩である。

さて、「歓」「楽」「行楽」「倒載」（泥酔の様）などといった語が散見することからも明らかなように、これらは宴に集う群臣が酒を飲み楽しむ様子を描写するものと言ってよい。すなわち、群臣が参集する様を対象化して「公侯盛んに集まり、梁園に酺醼す」（5）、「友朋好く合ひ、瑟琴を鼓するが如し」（6）、「群公酺飲し…倶に聖酒を傾け」（8）、「綬を接《つら》ねて芳筵合し…既に百味の酒を承く」（10）、「長筵広醼に列す」（43）などと叙述し、その歓楽の様を「酒は歓びに随ひて至り…人生盛んなる所、何ぞ楽しびを過ぐさめや」（2）、「人生の行楽、此の外に何をか論ぜむ」（5）などと詠むのである。「驪哥式て奏す」（7）、「争《きそ》ひて雅詩を摛《の》ぶ」（8）のように、詩歌を詠む様が描写されていることや、「慶び洽《あまね》くして載ち恩隆《さか》んなり」（43）のように、その宴の歓楽が天子の恩徳によるものとされていることも見逃せない。

『翰林学士集』には応詔や君臣唱和の詩が多く載録されるが、「奉レ和下侍二宴儀鸞殿一早秋上。応詔。四首并御詩。」

（9～13総題）のように、太宗の御製に臣下が「奉和」した「応詔」の詩なども見受けられる。また、「延慶殿集、同賦二花間鳥一」（40・41題）のように、君臣が共に「花間の鳥」という主題で詩を賦したという例もあり、この時の太宗の御製（40）に「共視歇二余春一」（共に視て余春を歇《つく》さむ）などとあるのは、君臣が共に春景を見ることで歓を尽くそうというものである。これなどは君臣の和楽に関わって太宗自ら視線の共有を志向しているということが目を引く。家持がこのような君臣和楽の宴を重視していたと見られることは既に述べた通りである。

また、「花間の鳥」を題として詩を詠む（「賦二花間鳥一」）というのは明らかに詠物詩の流れを汲むものであるが、応詔による詠物詩というのは、「詠二春近余雪一応レ詔」（北周庾信『庾子山集』巻五）や、「詠レ雪応レ詔」（『全唐詩』巻四十・上官儀）など、他にも例のあるものである。ここで想起されるのは、万葉集にも同様の例があったことであろう。

⑧　…勅曰、汝諸王卿等聊賦二此雪一、各奏二其歌一。（17・三九二二～六題詞）

⑭　…内命婦石川朝臣応レ詔賦レ雪歌一首（20・四四三九題詞）

この⑧の傍線部に「此の雪を賦して」とあり、雪を主題とした詠物歌であったことが注意される。⑭も同様で傍線部に「雪を賦する歌」とある。この書きざまには、この日の出来事を応詔による詠物詩の流れに位置付けようとする筆録者（家持）の意図を読み取ってよいのであろう。

ところで、次に掲げるのは『翰林学士集』に載録される唯一の詩序であるが、「詔」を下す状況を伝える貴重な資料として注目に値する。

…更深露湛、聖懐興予。爰詔レ在レ列、咸可レ賦レ詩。各探二一字一、四韻云尓。

（許敬宗「五言侍二宴中山一詩序一首。臣敬宗奉レ勅撰レ序」14序）

許敬宗が「勅を奉じて」作ったというこの序には、夜が更け夜露を湛える頃、天子が興を覚え、一座の者に「皆で詩を作れ」という詔を発した旨が記されている。天子が興を催して一座の者に詩作を命ずるというのは、末四巻の応詔歌の場合（⑧⑫⑭など）と酷似する。

こうしてみると、『翰林学士集』が直接の典拠かどうかは措くとしても、家持が唐太宗朝を一つの規範とする中国文学的な君臣和楽の世界を志向していたということは認めてよいのではなかろうか。群臣の楽しむ様（あるいはその心情）を描写することによって帝徳を讃美しようとする発想は中国文学においては古くから見受けられるが、それが唐太宗朝の詩に比較的まとまった形で現れるということには注意すべきであろう。前述のごとく、家持の予作応詔歌（⑨⑩）が、『懐風藻』の成立前後に詠まれているということも考え合わせるべきである。太宗朝詩壇の影響を受けていると見られる『懐風藻』の序や侍宴応詔詩に家持歌と共通の発想が見られるのは決して偶然ではあるまい。(46) 恐らく家持は、侍宴応詔詩に関心が向けられる時代思潮を背景に、その漢詩的な発想を自らの作歌や編纂に応用しようとしていたのであろう。

八　おわりに

このように、作歌・編纂の両面において、家持が志向していたのは、唐太宗朝を一つの規範とする中国文学的な君臣和楽の世界であったと考えられる。末四巻の応詔歌は、君臣唱和（⑫⑬）、詠物（⑧⑭⑮）、盛宴の描写による天子讃徳（⑨⑩及び⑪の後半）などといった、中国文学における侍宴詩・応詔詩の枠組みの中に位置づけられるが、かかる応詔歌のありようは、概ね家持の志向を反映したものと見てよいだろう。

注意すべきは、応詔歌の中でも、家持の予作讃歌（⑨⑩）のように漢詩の発想を歌そのものの表現の中に積極的に取り入れているものは一部にとどまるということである。歌の表現自体が全て中国的なわけではない。末四巻に採録され、題詞や左注によって位置づけを与えられた応詔歌が、結果として中国文学的な枠組みの中に収まるということなのである。家持は、自他の応詔歌に題詞左注を付して取り込むことで、歌日記の中に自ら理想とする応詔歌の世界を描き出そうとしているのではないだろうか。

初めに述べたように、勅命によって歌を詠むというようなことは古くからあった可能性もあるが、天平の頃にはそうした歌を「応詔」という漢籍の枠組みで捉えることが――恐らくは漢籍に堪能な一部の文人の間で(47)――行われるようになったのではなかろうか。そうした時代思潮の中で、家持は中国的な「応詔」の世界を、末四巻の中に描き出そうとしたのであろう。末四巻の応詔歌は、家持のそうした構想によって撰び取られ、歌巻の中に再構築されたものだと考えるべきである。

従って、末四巻の応詔歌から得られた知見を直ちに他巻に敷衍させ、歴史的な事実としての「応詔歌の実態」を考えることには、できるかぎり慎重であるべきだろう。少なくとも末四巻の応詔歌については、それらが家持の目を通して見たものであるということに自覚的である必要がある。もちろん、家持の描き出した応詔歌の世界には「応詔歌の実態」と重なる部分もあるだろうし、重なっていなければ家持が「応詔」と記したところで説得力を持ちえないわけだが、末四巻の応詔歌について言えば、その全てが天平勝宝年間になってから（場合によっては過去の歌に遡って）、家持により筆録されているということに注意したい(48)。それらは、たとえ実録的な側面を持っているにしても、万葉集の内部においては、天平勝宝以降の家持によって解釈され、描き出された、「あるべき応詔歌」の世界と見るべきではなかろうか。

そして、その末四巻の応詔歌が、それ以前の巻の応詔歌と響き合って、万葉集の中に応詔歌の系譜とも言えるものを作り出していることは見逃すことができない。既に述べたように、末四巻がなければ応詔歌の位置づけは非常に難しくなってしまうのであるが、裏を返せば、それは末四巻の応詔歌がそれ以前の巻の応詔歌を照らし出していることでもある。要するに、万葉集の中に浮かび上がる応詔歌の伝統は、いくばくか家持の目を通して見た「伝統」なのである。その意味において、家持は応詔歌の「伝統」を万葉集の中に創造したのだと言っても過言ではあるまい。

以上、家持が万葉集末四巻の中で応詔歌の世界をいかに描き出しているかということについて考えてみた。これによれば、応詔歌の場合も、歌日記に先行する歌巻に見られる要素を家持なりに解釈し、展開したものだと言うことができるのではないか。題詞左注における「応詔」という記載も、末四巻においてはやはり単なる説明に留まるものではなく、家持の和歌観に関わる「歌日記の表現」の一つとして捉え直されるべきであろう。

〔注〕

（1）②⑮はそれぞれ「奉勅」「応詔旨」と記すものであり、必ずしも「応詔」と同一視できないが、天皇の下命による詠歌であることを示す編纂上の記載であるという点では他の例と共通する。本章では編者がその歌をどう捉えているかを問題にしているので、これらを含む①〜⑮を便宜的に「応詔歌」と総称する。なお、論者によっては額田王の「春秋競憐歌」（1・一六）を応詔歌に含める場合もあるが、この歌は作歌事情が末四巻の応詔歌の場合と類似してはいるものの、題詞に「応詔」などと記されているわけではない。「応詔」「奉勅」といった漢語によって歌を位置づけようとする編纂態度とは異質なものと見て、「春秋競憐歌」はこの一覧から除外してある。

（2）参照、拙稿「大伴家持の依興歌―家持歌日記の問題として―」『和歌文学研究』第九〇号、二〇〇五・六、本書第三部第二章。

（3）参照、拙稿「万葉集末四巻の伝聞歌―家持歌日記の方法―」『美夫君志』第七八号、二〇〇九・三、本書第二部第一章。

（4）参照、拙稿「家持の未奏歌―帰京後の宴―」『古代文学の思想と表現』戸谷高明編、二〇〇〇・一、本書第三部第六章。

（5）従って、全ての応詔歌を取り上げてその作品の位置づけを行おうとするものではないということを予めお断りしておく。

（6）ちなみに、この文脈からすれば、少なくともここには「詔」と「勅」の使い分けはないとすべきである。⑮の例（20・四四九三）にも「内相藤原朝臣奉㆑勅宣……仍応㆓詔旨㆒」とあり、やはり使い分けは見られない。

（7）この天平十八年の家持の応詔歌が歌日記において記念碑的な意味を持つということには注意しておきたい（参照、拙稿「拙懐歌の論―帰京後の家持―」『国文学研究』第一二五集、一九九八・六、本書第三部第四章）。

（8）久米常民「万葉集の応詔歌とその誦詠」『万葉集の誦詠歌』一九六一・七、一三二頁。

（9）太田豊明「山部赤人の応詔歌―宮廷歌人論として―」『上代文学』第七四号、一九九五・四。以下、太田氏の論は全てこの論文による。

（10）小野寛「万葉応詔歌考」『論集上代文学』第一〇冊、一九八〇・四。

（11）但し本書は、微官の作者による応詔歌の奏上について、これを例外的な事例と考える従来の見方を必ずしも否定するわけではない。後述するように、恐らくは万葉集編者が「詔」による詠歌という栄誉に目を向け、それを記録しようとしたときに「応詔」という漢籍の用語によってそれを記したというのが実情であり、「やまとうた」の奏上に関して「応詔」という「型」が古くから存在したわけではないように思われる。たとえ天皇の下命による詠歌であっても、編者の目がそのプロセスに向かなければ「応詔」とは記されないということである。長意吉麻呂・海犬養岡麻呂・山部赤人について言えば、天皇の命を直接受けて詠んだということが異例なこととして伝えられたために、後に「応詔」と記載されるに至ったのではないか。なお後考を待つ。

（12）伊藤博氏はこの歌を含む前半の八首（9・一六六七〜一六七四）が「牟婁の湯に到着してのちのある日、来し方をあれやこれや振り返って、一堂で詠み交した」ものであると言う（「紀伊行幸歌群の論」『万葉集の歌群と配列』上、一九九〇、初出一九八八・一一、四〇三頁）。ありうる推測ではあるが、どのようなグループによって詠まれた歌なのかということなど、未解明な点も多い。そもそも長意吉麻呂の作に「応詔」と記したのが憶良であるらしいことも注意しておく必要がある。
(13)　橋本達雄「高市黒人と長意吉麻呂」『万葉宮廷歌人の研究』一九七五、初出一九六七・一〇、三六一頁。但し、この指摘は伊藤嘉夫氏の談話によるものという。
(14)　この「先太上天皇」が誰を指すかについては諸説あるが、近年は元正上皇説が通説化している。これに従う（参照、吉永登「『先太上天皇』について」『万葉―その探求』一九八一、初出一九七四・一二）。
(15)　小野氏はこれを「応詔歌」全般に敷衍し、「(応詔歌とは) 列席する者どもへ、天皇あるいは太上天皇から、歌を作ってたてまつれとの突然の『詔』があって、その人々の中からまっ先に『応』えた歌であった。いわば競作による即詠歌だったのである」と述べている（注10論文）。なお、森斌氏も応詔歌の生まれる事情を⑧⑭⑮に基づいて考察し、「突然詔が下され、そして歌の題目も指示されていた」という状況を想定している（「山部赤人の応詔歌―吉野讃歌としての特質―」『広島女学院大学日本文学』第九号、一九九九・七）。
(16)　参照、藤原茂樹「山村に幸行しし時のうた」『万葉』第一九一号、二〇〇五・一。
(17)　参照、本書第二部第四章及び補論二。
(18)　薩妙観は養老七年正月に従五位上に列せられている（『続紀』）。また、20・四四五五～六題詞によれば天平元年の歌に「薩妙観命婦」とある。なお、上皇の歌の「本つ人」は旧知の人ということであろうが、誰を指すかは不明と言わざるをえない。
(19)　城﨑陽子「応詔歌の系譜―作歌年時の偏りに着目して―」『万葉集の編纂と享受の研究』二〇〇四、初出一九八九・三、九八頁。
(20)　『全釈』には「(この巻が) 家持の手記たる証」とあるが、直ちに巻全体にまで及ぼして考えるべきではあるまい。なお、本書において家持の筆録と言うとき、編纂のどの段階での筆録かは問題としていない。それは検証不可能な場合がほとんどだからである。
(21)　左注に記された人物の位階の序列によれば、この歌群の筆録時期は天平勝宝元年四月一日から十三日の間だという（塩谷香織「万葉集巻十七の編修年月日について」『国語学』第一二〇集、一九八〇・三）。但し、この推定によっても位階と序列が完全に整合するわけではなく、再考の余地は残されているように思われる。
(22)　参照、本書第三部第二章

(23) 参照、本書第二部第一章及び第四章

(24) 参照、本書第二部補論二

(25) 参照、拙稿「家持の宮廷讃歌―長歌体讃歌の意義―」『美夫君志』第五七号、一九九八・一二、本書第一部第四章。なお論の都合上、この第四節の論述は旧稿で述べたところと一部論旨が重複している。

(26) 辰巳正明「応詔―大伴家持の政道について」『万葉集と比較詩学』一九九七・四、五一八頁。

(27) これについては、村山出氏も「帝徳は千古の昔以来天地万民に広く行きわたり、無為にして懐手のままで天下は太平に治まっていると讃美する表現は懐風藻詩との交流が認められ」るということを述べている（「万葉応詔歌の一側面」『北海学園大学人文論集』第二六・二七合併号、二〇〇四・三）。

(28) この歌群は澤瀉久孝『新釈』によって天平十六年の作と推定されている。これに従う。なお、家持がこの「河内女王の歌」を採録するにあたって何故「応詔」と記さなかったのかということは一応問題であるが、詳しい事情は不明である。あるいは、上皇の命により詠まれたものではなく、自発的に奏上したものだというような判断が働いたのかとも疑われるが、なお後考を待ちたい。

(29) 髙松寿夫「宮廷公宴における視線の共有―山部赤人、大伴家持の作品に触れながら―」『上代和歌史の研究』二〇〇七、初出一九九五・三、四〇八頁。

(30) 「紐」を「解く」というのは本来男女の共寝を暗に言うもので、用例のほとんどは相聞歌に集中する。「紐解き放く」が相聞歌に用いられるものとしては「…さ丹つらふ　紐解き放けず　吾妹児に　恋ひつつ居れば…」（4・五〇九）、「旅の夜の久しくなればさ丹つらふ紐解き放けず恋ふるこのころ」（12・三一四四）のごとき例が挙げられる。この表現が「交友」の表現として転用されたことについては、辰巳氏に指摘がある（「交友論(2)―家持と池主の贈答歌」注26前掲書、初出一九九五・一一、一三七頁以下）。

(31) 森朝男「景としての大宮人―宮廷歌人論として―」『古代和歌の成立』一九九三、初出一九八四・一一。

(32) 天語歌第三首の本文は以下の通り。「ももしきの　大宮人は　鶉鳥　領巾取り掛けて　鶺鴒　尾行き合へ　庭雀　踞集りゐて　今日もかも　酒みづくらし　高光る　日の宮人　ことの　語りごとも　こをば」（記一〇二・歌番号は大系『古代歌謡集』による）

(33) 注25拙稿参照。なお、村山氏は、髙松氏の論（注29）や拙稿（注25）を引きつつ、「列席する『八十伴の男』廷臣が寛いで千歳を祝い、歓び楽しみ仕える様」こそが「廷臣家持にとって最も望ましい宴の姿であった」と述べている（注27論文）。一方、鈴木道代氏は「ゑらく」の語が大嘗祭、新嘗祭の宣命に現れることを重視し、「ゑらゑらに仕へ奉る」という表現は、「天皇と一体になって神の酒を笑い楽しむという、新嘗祭における『豊の宴』の理念の中に、君臣の心が一体となる像を求めた」ものだと指摘する（「応詔儲作歌における君臣像の特色とその意義」『大伴家持と中国文学』二〇一四、初出二〇〇九・一二、二〇八頁以下）。

(34) 廣岡義隆「文室真人智努の万葉歌とその歌群―新嘗会応詔歌群考―」『仏足石記仏足跡歌碑歌研究』二〇一五、初出一九九〇・四、六〇一頁。以下、廣岡氏の論は全てこれによる。

(35) 両者に類句が認められる理由は不明である。家持が八束に自作を見せた可能性もあるし、現在では失われてしまった何か共通の典拠に拠ったという可能性も排除できない。また、八束の表現を取り込んで後に制作した「応詔儲作歌」⑩を編纂時の操作として前に割り込ませたということも全くありえないことではない。要するに、いかようにも解釈しうるのであり、万葉集を読むというレベルで言えば、それを考えたところであまり有益ではないと思われる。それよりも、万葉集の中で現に両者の表現が響き合っているということの方が重要であろう。

(36) 伊藤博「新嘗会応詔歌六首」『万葉集の歌群と配列』下、一九九二、初出一九八七・三、二六〇頁。

(37) 『代匠記』（初稿本）は、新嘗会に設けられる舞台の四角三面に「梅柳」が植えられるという『江家次第』の記事を引き、「此日の興に梅柳を植」えてあったのだろうと推測している。廣岡注34論文が指摘するように、『紫式部日記』（寛弘五年十一月二十日条）にも、五節の舞姫に関して「五節にかづら申されたる、つかはすついでに、筥一よろひに薫物入れて、心葉、梅の枝をして、いどみきこえたり」（傍点引用者・本文は『新編全集』による）とある。史料が平安朝より遡れないことに問題はあるが、新嘗会に際して梅の造花が用意されたのだと見ておきたい。

(38) 『注釈』に「『や』を反語として、永手の誘ひを婉曲に断つたものと見たい」とある。『大系』も「どうして梅の花をかざしましょう。（もうこれで十分です。）」と反語に解している。他に『略解』『新考』『全釈』『総釈』『佐佐木評釈』なども小異はあるが反語と取っている。『古典全集』は「～してよいものであろうか、というような意味の、多少反語の気持のはいった疑問。永手が宴半ばで立とうとするのを婉曲にたしなめたものか」としている（『新編全集』も同様）。

(39) 参照、城﨑注19論文

(40) 侍宴詩や応詔詩において特に天子の頌徳はほとんど必須の要件と言えるが（参照、高潤生「懐風藻の侍宴応詔詩と中国文学」『懐風藻　漢字文化圏の中の日本古代漢詩』二〇〇〇・一一）、それも主に当日の宴を讃美する文脈で現れるということに注意したい。

(41) 巨瀬多益須の19詩は天子の徳に「酔ふ」という文脈ではあるが、当然それは、天子の恩徳によって催された酒宴で酔った、ということをも含意していよう。

(42) 但し、「無為にして治まる」という思想は『論語』（衛霊公篇）を始めとして中国の広範な文献に見られるものであり、懐風藻詩の典拠が一書に限定されるわけではない。なお、「鼓腹」と「撃壌」は本来別の熟語であったようだが、例えば『初学記』（帝王部）には「撃壌　鼓腹」の見出しのもと、帝堯の撃壌の故事と荘子の鼓腹の故事とが併せて引かれている。

(43) 小島憲之「懐風藻の詩」『上代日本文学と中国文学』下、一九六五・三、一二五三頁など。

(44) 井実充史「文武朝の侍宴応詔詩─唐太宗朝御製・応詔詩との関わり─」『国文学研究』第一一五集、一九九五・三、早稲田大学国文学会。

(45) 本文及び詩番号は『『翰林学士集』注釈』（藏中進・藏中しのぶ・福田俊昭著、二〇〇六・三）による。但し、訓点及び訓読は私に改めたところがある。

(46) 井実氏は、「太宗を明君として理想化する気運」が文武朝に伝わっていた可能性を指摘し、「文武朝の侍宴応詔詩の作者たちは、唐太宗朝に作られた君臣唱和詩の詩風を組織的に導入して、天皇賛美の詩を作っていったのであろう」と述べている（注44論文）。家持の手法はこうした懐風藻詩人たちの系譜を継ぐものと言ってよい。

(47) 用例の少なさや偏りからすれば、こうした発想が広く共有されていたということは考えにくいように思われる。

(48) 末四巻最初の応詔歌である⑧には「登時記さずして、其の歌漏り失せたり」（17・三九二二〜六左注）とあるが、これはりもなおさず天平十八年当時にはこれらの歌を筆録する必要を認めていなかったということを物語るものであろう。⑧の筆録は天平勝宝元年まで下ると推定されているが（塩谷注21論文）、そうだとすれば末四巻における応詔歌の筆録は全て天平勝宝年間より後のことということになる。

〔補注〕　この『懐風藻』序文の一節は、君臣の理想的なあり方について非常に端的に語ったものと言うべきであるが、宮廷における公宴を「無為にして治まる」という天子の善政の結果だと捉えていることに注意したい。公宴において群臣が打ち解け楽しむことができるのは天子の善政の結果であり、だからこそ、その様子を描写することは帝徳の讃美につながるということなのであろう。ちなみに、『懐風藻』に見える「無為」「垂拱」の語は、その善政を表すキーワードと言ってよいが、これに基づく表現自体は、家持以前の万葉歌にも、例えば「食す国の　遠の朝廷に　汝らが　かくまかりなば　平けく　吾は遊ばむ　手抱きて　我はいまさむ…」（「天皇賜㆓酒節度使卿等㆒御歌」6・九七三、天平四年）という形で見えている。前述のように、天平勝宝四年の藤原永手の歌（19・四二七七）に「袖垂れて」とあるのも「垂拱」を和語化したものと考えられる。家持の予作応詔歌（⑨⑩）に見られる表現が、こうした発想と軌を一にするものであることは間違いあるまい。

第六章　未奏

――帰京後の宴――

一　はじめに

十一月八日、在二於左大臣橘朝臣宅一肆宴歌四首

よそのみに見ればありしを今日見ては年に忘れず思ほえむかも　（19・四二六九）

右一首、太上天皇御歌。

葎はふいやしき屋戸も大皇しまさむと知らば玉敷かましを　（四二七〇）

右一首、左大臣橘卿。

松影の清き浜辺に玉敷かば君来まさむか清き浜辺に　（四二七一）

右一首、右大弁藤原八束朝臣。

天地に足らはし照りて吾が大皇敷きませばかも楽しき小里　（四二七二）

右一首、少納言大伴宿祢家持。未レ奏

万葉集巻十九は天平勝宝四年十一月八日の歌として右の四首を載録している。これによれば、この日、左大臣橘諸兄の私邸において聖武太上天皇の臨席する肆宴が催され、家持も同席を許されたようであるが、まず目を引

くのは冒頭二首が上皇と諸兄の君臣唱和であるということであろう。両者の唱和はこれが集中唯一のものである。前年の八月、帰京の途に就いた際、家持は「向㆑京路上依㆑興預作侍㆑宴応㆑詔歌」（19・四二五四～五）を制作し、続いて「為㆑寿㆓左大臣橘卿㆒預作歌」（19・四二五六）を制作している。歌日記における家持作歌のこうしたありようからすれば、帰京前後の家持がまず期待したのは、聖武上皇や左大臣橘諸兄の臨席する宴に席を列ね、自ら歌を披露することであったと考えられるのであるが、[1]天平十七年以来思わしくなかった聖武の病状は家持の帰京直後には特に悪化していたのであり、[2]少なくともその時点では宴に聖武の来臨を仰ぐなどということは望むべくもなかったと推測される。右の歌が詠まれた勝宝四年十一月八日の肆宴は、聖武と諸兄の君臣唱和が実現し、家持自身それを目の当たりにしたという点において、注目に値するものと言えよう。

　ところが一つ不審なのは、この時の家持歌に「未奏」という注記が付されていることである。家持が渇望したものであったにもかかわらず、この肆宴において家持は自作を披露できなかったのである。これはいったいどう理解したらよいのであろうか。そもそも家持には「未奏」又は「不奏」「不堪奏之」などといった注記を持つ歌が計五首あるが（当該歌四二七二のほか、20・四四五三、四四九三、四四九四、四四九五）、言うまでもなく、万葉集に残された歌の大半は奏上とは無縁の作であり、わざわざ「未奏」などと注記すること自体、異例のことに属する。実際、この他に未奏の旨を注記する歌は大伴旅人（3・三一五～六）と坂上郎女（6・一〇二八）に一例ずつあるだけなのである。奏上ということを強く意識したこのような注記が帰京後の家持歌に集中して現れるということは大いに問題であろう。後述するように、歌によっては「未奏」に終わった理由が明記されているものもあるが、いずれにせよ結果として発表の機会を得られなかったということは事実であり、そのことが家持に落とした影は小さくなかったはずである。

そのような視点から、本章では「未奏」という注記の背後に潜む当時の歴史的状況を考察し、未奏歌を帰京後の歌日記の中に位置づけることを試みたい。〔補注1〕

二　天平勝宝四年の未奏歌

初めに天平勝宝四年十一月八日の肆宴歌についてその表現を検討しておく。

冒頭歌（19・四二六九）は聖武上皇の御製である。この歌は諸兄邸を「よそのみに見」ていた過去の無関心（上句）と、実際に諸兄邸を見た今日の「年に忘れず思ほえむかも」という感懐（下句）とを対比的に歌うところに特徴があるわけだが、注意したいのは、この対比があたかも「始《ママ》めて行幸された趣」（『私注』）を持っているというこ とである。しばしば諸兄邸を訪れていたのであれば、いかに儀礼的な挨拶歌であるにせよ、諸兄邸を見た「今日」という日をここまでクローズアップする必然性はなかったはずである。諸兄邸への御幸は、あるいは初めてではなかったかもしれないが（後述するように聖武の訪れたのが井手だとすれば初めてではない）、少なくとも近来にはない事件だったのではないか。

ところで、諸兄が山背国相楽郡の井手に別業を持ち、井手の左大臣と呼ばれたことから、題詞の言う「左大臣橘朝臣宅」を井手の別業と見る説がある。『古義』が「或説」として紹介して以来、比較的多くの注釈書がこの説に従っているが、これは主として家持歌の「小里」を「小規模の集落」（『古典全集』）と解したり、「小」に「卑下の意」（『全釈』）を読み取ったりするところからきたものである。聖武は天平十二年五月十日にも井手の別業に赴いているが（『続紀』）、この時の行幸は同年十二月の久邇京遷都に関わるものと目されている。もし再び同地を訪れたのだとすれば、好むと好まざるとにかかわらず、そこには政治的な意味が生じたことであろう。もちろん、「小」を単なる美称と取る見方（『新考』『窪田評釈』『集成』『全解』など）もあり、(3) 小里＝井手説は残念ながら決め手を欠くのであるが、仮にこれが井手ではなく平城京域内の諸兄邸であったとしても、孝謙・仲麻呂体制が益々強固になりつつあったこの時期に、聖武を自邸に招くということ自体、政治的な意味を持っていたはずである。こうした政治性（反仲麻呂という）は、この肆宴の背景として押さえておく必要がある。

続く諸兄の歌（19・四二七〇）は聖武の歌に和したものである。「大皇しまさむと知らば玉敷かましを」とは、裏を返せば、大君がいらっしゃるとは知らなかったので玉を敷いていなくて残念だ、ということであり、不意の来訪であるために接待が不十分であることを詫びる形の歌である。但し、諸注指摘するようにこれには類歌（6・一〇一三、11・二八二四、18・四〇五六）があり、こうした歌い方は客を迎える際の一種の定型であったと考えられるので、この歌があることによって直ちに聖武の御幸が不意のものであったとは断じがたいが、前述のごとく聖武の病状は天平十七年以来思わしくなかったのであり、こうした宴がこれ以降の文献に確認できないということを考えても、やはりこの肆宴は無理を押して急遽実施されたものと見るべきではなかろうか。

一方、八束の歌（19・四二七一）は諸兄歌の結句を受けて「玉敷かば」と歌い、聖武御製の下句を受けて「君来まさむか」と歌うものであるが、「君来まさむか」は諸注が言うように聖武の再度の来臨を願うものであろう。なお、八束に関しては単純に反仲麻呂と割り切れない面もあるが、薨伝によれば古くから聖武の寵遇が篤く、仲麻呂にその才を妬まれたとあるので（『続紀』天平神護二年三月十二日条）、こうした場に姿を見せていても不思議はない。

さて、家持の歌（19・四二七二）である。この歌の作者注記は「少納言大伴宿祢家持」となっているが、当該歌群の左注において姓を名の上に記す卑称法によっているのは家持だけであり、これによれば当該四首の資料は未奏の注記を含め家持による筆録と認められる。この歌は、諸兄邸のある地を「楽しき小里」と捉え、その理由を「吾が大皇敷きませば」と歌うものである。『新編全集』は「敷きませばかも」を「疑問条件」とした上で、「上皇の光臨がなかったら楽しくないような表現で、これでは諸兄に失礼になると考えて、それゆえに披露することを取り止めたか」と言うが、これは考え過ぎであろう。ここの「かも」は、むしろ詠嘆に近い疑問であろうし、第一、家持自身が失礼に当たると思った歌を、わざわざ未奏という注記を付けてまで万葉集に残しておくことは考えにくいのではないか。

家持が聖武の来臨を「楽し」と歌うのは、この「小里」に君臣和楽の宴が実現しているからであり、そこには宴の主人たる諸兄に対する讃仰の意識も当然含まれていると考えるべきである。佐竹昭広氏は万葉集に十数例ある「楽し」の大多数が宴席歌の中に見出されることを指摘しているが、(4)これらの歌はしばしば「遊ぶ」という語を同時に用いており、概ね宴席において仲間と歓を尽くすことを「楽し」と表現するものなのである。家持は当該四二七二歌のほかにも、

しなざかる越の君らとかくしこそ柳かづらき楽しく遊ばめ　（18・四〇七一）

春のうちの楽しき終は梅の花手折り招きつつ遊ぶにあるべし　（19・四一七四）

の二首で「楽し」と歌っているが、これらも「遊ぶ」の語を併用している点で例外ではない。家持は、四二七二歌と同じ年に制作した宮廷讃歌（応詔儲作歌、19・四二六六～七）の中で、群臣が橘を「うずに刺し」て打ち解ける様子を表現しているが、既に別稿で述べたように、歌を媒介として君臣が打ち解け楽しむという肆宴のあり方は

帰京前後を中心に家持が追求し続けたものだったのである。[5]『懐風藻』にも「鼓レ枻遊二南浦一、肆レ筵楽二東浜一。」（枻を鼓ちて南浦に遊び、筵を肆べて東浜に楽しぶ」（藤原房前「侍宴」『懐風藻』八七、訓は『大系』による）などという例が見受けられるが、家持の発想はこうした侍宴詩と軌を一にするものと考えられる（本書第三部第五章参照）。当該四二七二歌では「遊ぶ」とまでは歌っていないが、やはり、聖武上皇と席を同じくし、歓を尽くすことを「楽し」と表現しているのであろう。

　ここで、家持が当日の肆宴に出席していない可能性を指摘する伊藤博氏の論[6]に触れておかねばならない。もし家持がその場にいなかったのだとすれば、未奏の問題は追和という側面から考察しなければならないことになり、その意味で伊藤説の提起する問題は小さくないからである。未奏歌には題詞や左注から預作であることが明白なもの（20・四四九三、四四九四）がある一方で、当日披露された他の歌に和したもの（20・四四五三）も確認できるが、氏によれば後者は「追和未奏歌」と称すべきものであり、その制作については、

A　当日の宴に参加したが、奏上の機会が与えられなかったので後日追和歌を制作した（あるいは当日の腹案を記録した）。

B　その宴には参加しなかったが、後になって当日の歌を入手し感興を催して追和歌を制作した。

という二つのケースが想定できるという。[7]そして当面する勝宝四年の未奏歌（19・四二七二）は「その宴の一員で、家持があったか否かは不明であるものの、かならず追和未奏歌である」というのである。

　だが、この説には疑問が残る。追和歌であるならば何故「追和」ではなく「未奏」と注記しているのだろうか。伊藤氏は「末四巻中の宴歌に関する『追和』ということばは、臣下たちが催した宴での歌に対するばあいに限られている」と言い、「『追和』といういささかあつかましい表現をさけ」たのだと説明するが、[8]家持には、元正上

皇と橘諸兄を中心とする歌群（18・四〇五六〜四〇六二）に対する「後追㆓和橘歌㆒二首」（18・四〇六三〜四）があり、この説明は成り立たないのである。

伊藤氏が想定したケースのうち、少なくともBは考えられないということになるが、Aにしても、当日の腹案を記したのであればそれは既に「追和」とは言いがたいと思われる。そもそも後日詠んだ歌であれば奏上の機会などあるはずもなく、そのような作にわざわざ「未奏」と注記するなどというのは極めて考えにくいことではないだろうか。要するに、「追和未奏歌」という概念の存在自体が疑わしいと言わざるをえない。四二七二歌の場合、欠席の事情が記されているわけでもなく、追和でもないとすれば、家持はこの肆宴に出席していたと見るのが穏当であろう。

とすれば、やはり家持は出席しながら詠歌の機会を与えられなかったことになる。右の考察によれば、四二七二歌の表現に奏上を憚るべき要素は特に認められず、「未奏」の直接の原因は不明とするほかはないが、少なくともこの場において聖武も諸兄も家持に詠歌を要求しなかったということは事実なのである。この点にこそ「未奏」に関わる問題が潜んでいるのではあるまいか。次節では家持と諸兄をめぐる他の宴の様相について検討し、この点を考えてみたい。

三　帰京後の宴（一）

①　天平勝宝四年十一月八日（19・四二六九〜七二）…聖武上皇・橘諸兄・藤原八束・大伴家持〔未奏〕

② 天平勝宝四年十一月二十七日（19・四二七九～八一）…橘諸兄・橘奈良麻呂・林王・船王・大伴黒麻呂・大伴家持

③ 天平勝宝五年二月十九日（19・四二八九）…橘諸兄・大伴家持

④ 天平勝宝六年三月二十五日（20・四三〇四）…橘諸兄・山田御母・大伴家持〔不㆓挙誦㆒耳〕

5 天平勝宝七歳五月十一日（20・四四四六～八）…橘諸兄・丹比国人

6 天平勝宝七歳五月十八日（20・四四四九）…橘諸兄・橘奈良麻呂・船王

7 天平勝宝七歳十一月二十八日（20・四四五四～六）…橘諸兄・橘奈良麻呂

家持帰京後の宴のうち、橘諸兄の出席が確認できる宴は集中右の七例である。このうち番号にマルを付けた①～④については家持の歌が残されている（①は前掲の未奏歌）。年月日の下の人名は題詞・左注・歌から当日出席したことが確実な人物である。但し、③は「左大臣橘家の宴」とあるのみなので厳密には諸兄の出欠は不明であるが、一応含めておく。

まず注目すべきは④の宴である。この時の家持歌（20・四三〇四）の左注には、

…但未㆑出之間、大臣罷㆑宴而不㆓挙誦㆒耳。

（但し未だ出ださざる間に、大臣宴を罷めて挙げ誦まざるのみ）

とあるが、これはつまり諸兄が家持に詠歌の機会を与えぬまま宴を終了させてしまったということであり、これによれば、この時点において諸兄の関心が家持の歌に向けられていなかったことは明らかだからである。家持が諸兄の政治的な庇護下にあったという通説を疑うわけではないが、少なくともこの時期の諸兄は、かつて考えられてきたほど家持の作歌活動には関心を持っていなかったのではないだろうか。

一方、②をどう捉えるべきだろうか。以下、その本文を掲げよう。

廿七日、林王宅餞二之但馬按察使橘奈良麻呂朝臣一宴歌三首

能登河の後には逢はむしましくも別るといへば悲しくもあるか　（19・四二七九）

右一首、治部卿船王。

立ち別れ君がいまさば磯城島の人は我じく斎ひて待たむ　（四二八〇）

右一首、右京少進大伴宿祢黒麻呂。

白雪の降り敷く山を越え行かむ君をそもとな息の緒に思ふ　（四二八一）

左大臣換レ尾云、伊伎能乎尓須流。然猶喩曰、如レ前誦之也。

右一首、少納言大伴宿祢家持。

この時の家持歌左注は、「左大臣、尾を換へて云はく、『息の緒にする』といふ。然れども猶し喩して曰はく、『前の如く誦め』といふ」（傍線部）という興味深い作歌事情を伝えている。家持歌の結句「息の緒に思ふ」について諸兄が「息の緒にする」という代案を示し、しかし更にそれを取り消して、前の如く誦むことを命じたというのである。これについて諸注の関心は「息の緒に思ふ」と「息の緒にする」の違いがどこにあるかというところに集中しているが、その中にあって『窪田評釈』の次の指摘は、諸兄の発言の意味するところについて述べた殆ど唯一のものであり、その点において注目される。

家持は披露する前に、諸兄に示して評を乞うたとみえる。（中略）先輩の評を受けて改作することは、この当時も行なわれていたろうが、書き遺したものがなく、これはその唯一の珍しい例である。

だが、そうではあるまい。そうした例が他にないということもあるが、そもそも奈良麻呂送別の歌をその父で

ある諸兄に添削してもらうなどということは考えられないからである。事前に諸兄に歌を見せたとする見解は『釈注』『全解』にも見えるが、歌や題詞・左注のどこを見てもそのように解しうる部分はないと思われる。

宴席での諸兄の発言と言えば、巻十七に、

右件王卿等、応レ詔作レ歌、依レ次奏之。登時不レ記、其歌漏失。但秦忌寸朝元者、左大臣橘卿謔云、靡レ堪レ賦レ歌、以レ麝贖レ之。因レ此黙已也。（17・三九二二～六左注）

とあることが想起されるが、これによれば諸兄は宴席での発言に関していささか細やかさを欠く人物であったように見受けられる（後述のごとく諸兄は宴席での失言がもとで致仕に追い込まれている）。巻十七の伝えるこのエピソードは、天平十八年正月の雪の日の肆宴における応詔歌奏上の折の出来事であり、諸兄が戯れて秦朝元をからかったというのであるが、「依レ次奏之」という記載の後に書かれていることからすれば、朝元は自分の番が回って来たときに諸兄に横槍を入れられたということなのであろう。とすれば、朝元本人にとっては少々穏やかならぬ話ではなかろうか。「因レ此黙已也」という結果に終わった朝元の心中は察するに余りある。もちろん、この左注自体は応詔歌奏上の場としての肆宴の和やかさを伝えるべく付されているのであろうが、図らずも諸兄の人となりを伝えてしまっているように思われる。

②の左注に戻れば、「然猶喩曰、如レ前誦之也」という部分の解釈も問題であろう。従来ほとんど問題とされていないようであるが、「如レ前」とは「原案の通りに」ということではなく「前に誦詠した通りに」ということではないだろうか。とすれば、諸兄は家持が自作を誦詠するのを聞いてから発言したことになる。家持は列席者の面前で添削めいたことをされたということであり、事前に家持の側から批評を求めたというのとはかなり異なる状況を想定しなくてはならないはずである。左注の「喩」は、家持自身の記したものであろうが、家持に対する

諸兄の優越感を案外正確に伝えているのではないか(9)。

但し、言うまでもないことではあるが、家持がこの左注を諸兄に対する反感を込めて記したなどということは到底考えられないことである。家持は諸兄との和歌をめぐる交流を記念して自らこの左注を残したのであろうから、巻十七の場合と同じく、むしろ事態を好意的に捉えていたと見るべきではないだろうか。歌の表現についてあれこれ思案し、家持に親しく声をかけているという点だけを取り出して見れば、諸兄の歌人としての側面をそこに垣間見ることができることは事実であろう。少なくとも歌日記の文脈からすれば、打ち解けた宴席の様子を伝えたものとしてこれを読まねばならないと思われる。だがその一方で、この左注によって家持の立ち位置が図らずも露呈してしまっているということもまた否定できないのではないか。問題なのは、この左注による限り諸兄が家持を歌人として重く遇しているとは言いがたいということである。

さて、5~7に関する家持の出欠は明示されていないが、5・6については家持の「追作」歌があり（20・四四五〇~一）、その点からすれば、5・6の宴には出席していないと見るのが穏やかであろう(10)。いずれにしても家持に作歌の機会が与えられていないことには注意すべきである。

また、③は格別問題となるような歌ではないが、他の列席者の歌が全く載録されていないということが注意される。もちろん、末四巻の他の例からすれば、載録されていないからといって家持以外に誰も歌を詠まなかったとは考えにくいが、家持が諸兄や皇族の歌について特別の関心を持ち、可能な限り蒐集していたらしいことを考えれば、何とも不審なことではある。橋本達雄氏は、この四二八九歌について、

家持の賀歌に続けて歌う者があれば、おそらく記録したであろうにそれはなく、主人諸兄のこれに和えた歌もないということは、家持の歌のみが空疎に響くような雰囲気がその座を支配していたように思われ、その

日の宴が心はずむものでなく、憂色の濃い性格のものであったことを暗示しているかのごとくである。と述べているが、[11]確かに、家持の歌と響き合うような諸兄の詠歌があったならば、それを載せないという道理はないと思われる。どのような性格の宴であったかまではわからないにしても、少なくともこの③の例からは家持と諸兄の親密な関係を読み取ることは難しそうである。

このように見る限り、家持の帰京後、諸兄が宴席において家持を歌人として重用していた形跡は特に認められない。問題の未奏歌（19・四二七二）について言えば、前述のごとく、出席したにもかかわらず詠歌の機会を与えられなかったという状況が想定されるのであるが、これは④と同様のケースであり、やはり特殊な事例ではなかったと見るべきである。前述のごとく、家持の理想は歌を詠むことによって宴という座を共有するところにあったと考えられるのであるが、[12]聖武や諸兄の臨席する宴においてこの理想は思うように実現しなかったのである。勝宝四年の「未奏」注記は、奏上ということにこだわる家持の思いを伝えるものではあるが、同時に、その思いと現実との齟齬を物語ってしまっているということではないだろうか。

こうした齟齬の原因は、しかし、諸兄個人の家持作歌に対する関心の低さということでは説明しきれない側面を持っている。注意したいのは、これら諸兄関係の宴の列席者には橘奈良麻呂の乱（天平勝宝九歳七月に発覚）の関係者が散見するということである（傍線部参照）。子の橘奈良麻呂は言うまでもなく乱の首謀者の一人であるし、丹比国人も、乱に連座して伊豆に流され（『続紀』天平宝字元年七月四日条）、奈良麻呂らと共に「賊臣」（同年八月十八日の詔）と記されている十三人のうちの一人である。山田御母は孝謙の乳母であったが、謀反を知りながら蔽匿していたという罪を問われ、既に故人であったにもかかわらず「御母」の名を除かれている（同年八月二日の詔）。これらの人物が諸兄と席を同じくすることはそれ自体不穏なことであったに違いないが、船王のごとき、どちらかと言えば体制側の人間が同席するに及んでは、[13]その宴は家持が理想とするような文雅の宴とは程遠い雰囲気のものだったのではあるまいか。

諸兄自身の奈良麻呂の乱への関与は定かでないが、『続紀』に勝宝七歳十一月（聖武上皇不予の折）のこととして、次のような記事が見える。

時に左大臣橘朝臣諸兄の祗承の人佐味宮守告げて云はく、「大臣、酒飲む庭にして言辞礼無し。稍く反く状有り云々」といへり。太上天皇、優容にして咎めたまはず。大臣、これを知りて、後歳に致仕せり。（天平宝字元年六月二十八日条）

この「酒飲む庭」というのが前掲7（20・四四五四〜六）の宴と同じものかどうかは確認できないが、年月まで一致することを考えれば、同じである可能性も高いと思われる。しかもこの告発は諸兄の「祗承の人」（家司・資人の類）によるものであり、諸兄に対する監視は身近なところにまで及んでいたことが察せられる。ともあれ、これによれば諸兄が宴席で不用意な発言をしていたことは恐らく事実であり、また、『続紀』がこの記事を奈良麻呂の乱に関わるものとして載せていることからすれば、諸兄の宴が謀議の場として警戒されていたことは認めてよいであろう。また、『続紀』には、

A　諸の氏長ら、或は公事に預らずして恣に己が族を集む。今より以後、更に然すること得ざれ。（中略）若し犯す者有らば、違勅の罪を科せ。（天平宝字元年六月九日の勅）

B　頃者、民間宴集して動すれば違愆つこと有り。或は同悪相聚りて、濫に聖化を非り、或は酔乱して節無く、便ち闘争を致す。（中略）今より已後、王公已下、供祭・療患を除く以外は、酒飲むこと得ざれ。その朋友・寮属、内外の親情、暇景に至りて相追ひ訪ふべき者は、先づ官司に申して、然る後に集ふこと聴せ。

（中略）冀はくは、将て風俗を淳にして、能く人の善を成し、礼を未識に習ひて、乱を未然に防かむことを。
（天平宝字二年二月二十日の詔）

という記事が見え、酒宴に対する当局の警戒ぶりがうかがわれる。Aは奈良麻呂の乱の直前に出された「勅五条」の其一、Bは乱のおよそ半年後に出された詔であるが、いずれも然るべき理由のない酒宴や集会を禁ずるものである。Aは違反した者に「違勅」の罪を以て臨むという極めて厳しい内容であるが、Bは更に、酒宴を謀議の場として捉え、禁令の目的として「乱」（人々の乱れ）を「未然に防」ぐということを明言している点、看過できないものがあろう。〔補注2〕この時期の宴がしばしば謀議の場となっていたことは恐らく事実であり、(14)とすれば、諸兄自身が積極的に奈良麻呂の乱に加担するつもりだったのかどうかはなお検討の余地があるにしても、諸兄の宴が反仲麻呂派の官人にとって極めて政治的な意味を持つものであったことは間違いあるまい。中には②（19・四二七九〜四二八一、奈良麻呂の餞宴）のように謀議を目的として催したとは考えにくいものもあるが、仮に諸兄が謀議を意図しなかったとしても、仲麻呂の専横を快く思わない人物が諸兄のもとに集まる限り、宴そのものは不穏な雰囲気にならざるをえなかったのではないか。

問題の未奏歌が詠まれた①の宴についても同様の状況が考えられる。もちろんこの宴と奈良麻呂の乱との関係は全く不明であるが、既に前節で指摘したごとく、聖武を自邸に招くこと自体、多分に政治的な意味を持っていたはずである。聖武の政治的影響力は譲位後も依然として大きかったのであり、(15)そのことからすれば、大仏開眼後のこの時期に（恐らく聖武の健康が小康を得たということもあったのだろうが）、わざわざ来臨を仰ぐということには、少なくとも仲麻呂を牽制する意識は働いていたと見なければなるまい。当然のことながら、聖武を諸兄邸に招くということに意味があったものと推測され、家持の詠歌に注意が払われなかったのも無理からぬことだったのではないだろうか。つまり、家持が最も期待していた諸兄や聖武の臨席する宴において、家持の文芸上の理想は極めて不十分な形でしか実現しなかったのであり、勝宝四年の「未奏」注記はその蹉跌を象徴的に示す最初のものだったのである。

四　帰京後の宴（二）

1　天平勝宝四年（日次不明、大納言藤原家、19・四二六八、孝謙御製）
②　天平勝宝四年十一月二十五日（新嘗会肆宴、19・四二七三〜八、家持歌は四二七八）
3　天平勝宝六年正月七日（東常宮南大殿、20・四三〇一、安宿王）
④　天平勝宝七歳八月十三日（内南安殿、20・四四五二〜三、家持歌は四四五三、未ㇾ奏）
5　天平宝字元年十一月十八日（内裏、20・四四八六〜七、皇太子・藤原仲麻呂）
⑥　天平宝字二年正月三日（内裏東屋垣下、20・四四九三、家持、不ㇾ堪ㇾ奏之）
⑦　天平宝字二年正月六日（内裏、20・四四九四、家持、不ㇾ奏）
⑧　天平宝字二年正月六日（内庭、20・四四九五、家持、不ㇾ奏）

では、残りの「未奏」「不奏」の歌はどのようなものだったのであろうか。ここではそれを考えるため、家持帰京後の宮廷関係の宴を見ておきたい[16]。右の八例のうち家持の歌が残されているのは番号にマルを付けた②④⑥⑦⑧の五例であるが、家持歌が実際に奏上されたのは僅かに②の一例のみであり、他は「未ㇾ奏」（④）、「不ㇾ堪ㇾ

奏之」(⑥)、「不レ奏」(⑦⑧)の注記を有している。1・5は家持がその場にいたかどうか不明であるが、3については『続紀』に「天皇、東院に御しまして、五位已上を宴したまふ」(天平勝宝六年正月七日条)とあるので、出席していた可能性が高いとすべきであろう。

まず注目すべきは天平宝字二年正月の肆宴に際して詠まれた⑥⑦⑧である。以下、これらの本文を掲げよう。

⑥　〔天平宝字〕二年春正月三日、召二侍従竪子王臣等一令レ侍二於内裏之東屋垣下一、即賜二玉箒一肆宴。于レ時内相藤原朝臣奉レ勅宣、諸王卿等随レ堪任レ意作レ歌并賦レ詩。仍応二詔旨一各陳二心緒一作レ歌賦レ詩。未レ得二諸人之賦詩并作歌一也。

初春の初子の今日の玉箒手に取るからに揺らく玉の緒　(20・四四九三)

右一首、右中弁大伴宿祢家持作。但依二大蔵政一不レ堪レ奏之。

⑦　水鳥の鴨の羽色の青馬を今日見る人は限りなしといふ　(四四九四)

右一首、為二七日侍宴一右中弁大伴宿祢家持、預作二此歌一。但依二仁王会事一、却以二六日一於二内裏一召二諸王卿等一賜レ酒肆宴給レ禄。因レ斯不レ奏也。

⑧　六日、内庭仮植二樹木一以作二林帷一而為二肆宴一歌

打ち靡く春ともしるくうぐひすは植木の樹間を鳴き渡らなむ　(四四九五)

右一首、右中弁大伴宿祢家持。不レ奏

宝字二年正月の肆宴は、正月行事としては恐らく勝宝六年以来四年ぶりの華やかな催しであったのだが[17]、そればかりか⑥(四四九三)には応詔歌奏上の場さえ用意されていたのである(題詞)。家持にとっては正に絶好の機会であり、実際、⑥に付された長文の題詞からは家持の意気込みを読み取ってよいのであろう。

しかし、このいずれの場合においても家持には奏上の機会は訪れなかったのである。⑥⑦についてはその理由が左注に明記されている（傍線部）。これによれば四四九三歌（⑥）は職務のためやむをえず席を外していたもののようであり、一方、四四九四歌（⑦）は、白馬の節会のために「預作」しておいたが、肆宴が六日に前倒しで行われたために奏上できなかったということらしい。だが、注意したいのは、その六日の宴のために急遽詠んだと考えられる四四九五歌（⑧）も結局は「不奏」に終わっているという事実である（波線部）。この四四九五歌は「不奏」の事情が不明であるが、この時既に聖武・諸兄はこの世に亡く、奈良麻呂も失脚していたのであるから、多くの官人の居並ぶ宮中の肆宴において、位階の低い（従五位上）家持に詠歌の機会が回ってこなかったとしても不思議はない。もちろん、家持がこれらの歌を詠んだのは奏上の可能性が多少なりともあったからであろうが、その機会が必ず与えられるという保証は恐らくなかったのではあるまいか。

右に掲げた⑥～⑧は一連の歌群として配列されていると見られるが[18]、これらの歌は、応詔歌の奏上が行われた宮中の盛儀のさまと、自作の奏上に期待をかける家持の姿とを伝えるものであるのだろう。左注の傍線部には、自分の身分や能力と無関係な理由によって奏上する機会を逸したという悔しさが滲み出ているように思われる。だがその一方で、宮中においては家持がこうした応詔歌奏上の場に不可欠な人材として見られていなかったということを、この歌群は物語ってしまっているのではないだろうか。

実際、諸兄致仕前の④の肆宴においてさえ家持歌（20・四四五三）は「未奏」に終わっているのである。この歌群を次に掲げよう。

〔天平勝宝七歳〕八月十三日、在二内南安殿一肆宴歌二首

娘子らが玉裳裾引くこの庭に秋風吹きて花は散りつつ　（20・四四五二）

右一首、内匠頭兼播磨守正四位下安宿王奏之。

秋風の吹きこき敷ける花の庭清き月夜に見れど飽かぬかも　（四四五三）

右一首、兵部少輔従五位上大伴宿祢家持。未ㇾ奏

この時、他にも詠歌があったのかどうかは知るよしもないが、安宿王の歌は奏上され[19]、家持の歌は奏上に及ばないままに終わったということである。『釈注』はこの歌についても「『未奏』の歌とは、その肆宴に参加しながら、うたう機会が与えられなかったので後日になって詠み加えた歌の意と考えられる」とし、「後日、安宿王の歌に合わせて奏上した気分になって詠んだのがこの一首なのである。そうした幻想は、左注の『従五位上』が、家持の作中、位階を示すものの唯一例である点にも現われている」とするが、前述のごとく、後日「詠み加えた」ものに「未奏」と記すことは考えられない。「従五位上」と記すことについても、「前歌と共に位を記したのは、奏上せむが為か」（『全釈』）というような見方も成り立つと思われ、幻想である根拠とはなしがたい。

位階について言えば、むしろ、『全解』に「宮中の賜宴は、身分に応じて着座の場を異にするので、奏上できなかったのかもしれない」とあるのが実情を言い当てているのではなかろうか。奏上の可能性が絶無ではないにしても、貴族としては末席に近いところに着座する家持に、人々の関心が向けられなかったということは十分にありうることである。位階の低さは如何ともしがたいことであり、家持は「未だ奏せざる」ままに宴がお開きになる様を歯がみしながら見ているほかなかったのではあるまいか。家持歌に位階を記す例が集中ここ以外に見られないということも示唆的である。この肆宴においては、少なくとも家持を特別に指名して詠歌を奏上させるような雰囲気はなかったと見るべきであろう。

かくして、応詔歌を奏上したという②を例外とすれば、宮中の肆宴においても家持が歌人として重用されてい

た形跡は格別認められない。家持の意気込みはここでもやはり空転しているのである。

五　巻十九巻末部における未奏歌の意義

さて、これまでの考察を念頭に巻十九巻末部における未奏歌の意義について考えておきたい。以下、便宜上、勝宝四年から巻十九巻末に至るまでの家持歌（または家持歌を含む歌群）を題詞によって全て掲げよう。番号にマルを付けたものは独詠歌、それ以外は宴席歌である。

〔天平勝宝四年〕
1　為レ応レ詔儲作歌一首（19・四二六六〜七）
2　十一月八日、在二於左大臣橘朝臣宅一肆宴歌四首（四二七二、未奏）
3　〔十一月〕廿五日、新嘗会肆宴応レ詔歌六首（四二七八）
4　〔十一月〕廿七日、林王宅餞二之但馬按察使橘奈良麻呂朝臣一宴歌三首（四二八一）

〔天平勝宝五年〕
⑤　〔正月〕十一日、大雪落積尺有二二寸一、因述二拙懐一歌三首（四二八五〜七）
⑥　〔正月〕十二日、侍二於内裏一、聞二千鳥喧一作歌一首（四二八八）
7　二月十九日、於二左大臣橘家宴一、見二攀折柳条一歌一首（四二八九）
⑧　〔二月〕廿三日、依レ興作歌二首（四二九〇〜一）

⑨〔二月〕廿五日作歌一首（四二九二）

ここにはいくつかの特徴を指摘することができよう。まず内容的には、肆宴に関わるもの（1・2・3）、諸兄に関わるもの（2・4・7）、独詠歌（⑤⑥⑧⑨）、の三種に分かれてしまうということ、しかも巻末に近づくにつれて公的な作が影を潜め、私的な独詠歌へと傾斜していくことに注意すべきである。言うまでもなく巻末は春愁歌（⑧⑨）である。また、万葉集における家持歌は帰京後に急減することが知られているが、勝宝四年に入って増加に転ずるということも見逃せない。(20) 本章が問題にする2の肆宴は、「諸兄」「肆宴」という二つの要素が重なっているという点において、一つの結節点となっていると見ることができよう。

このありようを見ると、勝宝四年以降の家持歌は巻末の春愁歌に向かって緩やかながら一つの流れを作っているように見受けられる。帰京前後の家持歌が君臣和楽の宴を志向しているということは既に何度か述べたが、勝宝四年に入ったところに「応詔儲作歌」（1）が配列されているのは、結果として続く「肆宴」の歌（2・3）の予告編のような役割を果たすことになっていると思われる。2は「未奏」に終わったというのであるから本来は載録されていなかったとしても不思議のない作であるが、この「未奏」という注記には、1や3の「応詔」の作と同様、奏上ということに対する家持の強い思いを読み取るべきなのであろう。

しかし、家持も貴族社会にあっては従五位上という位階の低い一官人に過ぎず、実際には歌人として宮廷で重用されていた形跡は認められない。3の新嘗会の肆宴ではかろうじて応詔歌を披露したようであるが、〔補注3〕爾後、巻二十巻末に至るまで、家持がこうした晴の場で歌を披露することは——それを求め続けていたにもかかわらず——遂になかったのである。2に初めて現れる「未奏」という注記は、帰京後のこうした現実に直面した家持の蹉跌を図らずも物語っているのであろう。

家持の誦詠した歌の表現に諸兄が口を挟んだという4の左注にも同様のことが言える。この添削めいた行動には諸兄の家持に対する優越感が見え隠れするが、要するに、家持の思いとは裏腹に、諸兄が家持を歌人として重く遇していたとは考えにくいということである。帰京後の歌日記において、家持が諸兄の前で歌を披露できたのは4・7の二例のみ（巻二十には用例なし）という一事によっても、それは明らかではないだろうか。

但し、家持が「未奏」「不奏」「不挙誦耳」などの注記によって文芸面における自らの挫折を積極的に語ろうとしているのかと言えば、それには否定的にならざるをえない。万葉集という歌集の内部において、（少なくとも表面的には）宮廷や左大臣橘諸兄に対する不満を申し述べるようなことは極めて考えにくいからである。とはいえ、注記の向こう側に垣間見えるそうした現実が、その後の家持作歌に影を落としていくというありようは、やはり歌日記を読む上で無視できないことではないだろうか。

具体的に言えばこういうことである。⑤の題詞に見える「拙懐」の語は家持歌のみに見えるものであり、集中三例のうち⑤がその最初のものであるが、この最初の拙懐歌が最初の未奏歌の後に現れるという事実を本書としては重視したいのである。別稿で述べたように、三例の拙懐歌はいずれも肆宴に関わる追懐をもとにした幻想を詠んでいると認められるが(21)、こうした歌が詠まれるに至ったのは、肆宴における詠歌を望みつつも、それが実現できないという現実が背景にあったからであろう。「未奏」というのはその現実を暗に物語る注記であり、こうした注記を持つ作の後に「拙懐」の歌が現れるというのは、巻十九巻末の春愁歌に至る流れを考慮すれば、やはり意味あることとすべきではなかろうか。

もちろん、家持は歌日記において自らの直面した挫折をあからさまに語ることはしていないのであるが、一方で、巻十九の巻末に位置する春愁歌が「悽惆之意」を詠んでいることをどう捉えるべきであろうか。一方では肆宴での奏上ということを希求しながら、何故、巻十九は孤愁を詠む歌で終わらねばならなかったのか。春愁歌の背後には友の不在という意識が潜んでいると考えられるが、そこから誘発されるもっと本質的な孤独感へと悲愁が昇華されていることを改めて想起したい。(22)家持帰京以後の巻十九巻末部を俯瞰すると、こうした孤独感が突如として家持の心中に去来したわけではなく、天平勝宝四年十一月八日の「未奏」の歌を転換点として、徐々に萌していったということが読み取れるのではあるまいか。要するに「未奏」という注記は、家持が負の側面から記したものではないにしても、その背後には孤愁への道程が図らずも見え隠れしているという次第なのである。

あるいは家持が意図しなかったことは一切読み取ってはいけないという立場もあるかもしれない。そもそも家持が意図したかどうかを完全に見極めるのは難しいことであるが、だからといって、テクスト論的に、そのように読めるからそれでよいのだということでもないように思われる。思うに、こうした注記の背後に、当時の宮廷に実在した、生身の家持が、顔を覗かせているということではないのだろうか。「未奏」ということに即して言えば、奏上ということにこだわり、執拗なまでに「奏」という文字を書き込んでいくその営為の中に、直面する現実との齟齬が痛々しいまでに滲み出てしまっているということなのである。(23)歌日記を読むときに、この部分を読み落としてしまうわけにはいかないのではあるまいか。

六　おわりに

以上、「未奏」「不奏」という注記の意味するところについて考察した。

見たように、ごく僅かの例外を除き、帰京後の家持は肆宴における詠歌の機会に恵まれなかったのであるが、このことは小さくない問題を内包している。帰京前後の家持は宴という座における文芸上の連帯感を重視し、君臣唱和をその理想型と考えていたのであるが、こうした家持の思いは現実の宴において十分に満たされることがなかったのである。もちろん、最初の未奏歌が詠まれた勝宝四年十一月八日の肆宴では聖武上皇と橘諸兄の君臣唱和を目の当たりにしているのであるが、家持自身の作は「未奏」に終わっている。恐らくは無意識裡に蓄積されていった鬱屈が、これ以降の家持作歌に底流していることを見逃すことはできないであろう。「未奏」「不奏」の注記は、家持の奏上に対する執着を示すと同時に、家持の文芸上の理想が宴の現実に直面し、齟齬をきたしたことを、図らずも物語るものなのであった。

注意すべきは、家持は宮中の肆宴ではもちろんのこと、諸兄の出席する宴においてさえ歌人として重用された形跡が認められないということである(24)。これは必ずしも諸兄が家持を評価していなかったということではなく、宴というものが政治的な意味を持たざるをえなかった当時の政情が関わっていると推察される。殊に諸兄の存在は反仲麻呂派の官人にとって大きな意味を持っており、彼の出席する宴は、謀議の場になりかねないものとして当局の警戒するところとなっていたのである。最初の未奏歌が詠まれた勝宝四年十一月八日の宴にしても、諸兄が自邸に聖武を招くということ自体、仲麻呂に対する示威という側面を少なからず有していたはずであり、この時の家持歌が未奏に終った直接の理由は不明であるにしても、少なくともこの日の宴が家持に詠歌の機会を与えるだけの余裕を持ちえなかったことは事実なのである。家持にとって、奈良麻呂の乱を頂点とする政治的対立は、反仲麻呂という意識を喚起するものというよりは、むしろ、宴における文芸上の理想を阻害するものとして作用したと言ってよい。

もちろん、「未奏」という注記は、第一義的には家持の奏上に対する思いの強さを物語るものとして読むべきものなのであろう。が、その一方で、この注記の背後に家持の葛藤が垣間見えるということもまた否定できないと思われる。実際には奏上の機会がなかったにもかかわらず「未奏」「不奏」と記し続けること自体、思うに任せぬ現実を物語ってしまっているからである。巻十九巻末の春愁歌に至る道程を見据えたとき、天平勝宝四年十一月八日の日付を持つ最初の未奏歌は、歌日記における一つの転換点を示すものとして浮かび上がってくるのではないだろうか。

〔注〕

(1) 参照、拙稿「家持の宮廷讃歌―長歌体讃歌の意義―」『美夫君志』第五七号、一九九八・一二、本書第一部第四章。なお、本書第三部第二章で述べたように、諸兄讃歌(19・四二五六)は帰京後の作と考えられる。

(2) 『続紀』には、家持の帰京直後にあたる天平勝宝三年十月二十三日と、翌勝宝四年正月十一日に聖武不予の記事が見える。

(3) 『新大系』は「小里なる花橘」(14・三五七四)の例を挙げて「小里」を「里」の歌語とし、「『楽しき小里』は、宴会に賑わう広大な諸兄邸を見立てて言うのであろう。この前にも藤原仲麻呂の家を『この里』と称していた(四二六八)」と指摘している。本論初出稿の執筆時には『新大系』は世に出ていなかったが、今思うに、この『新大系』の解が最も無理が少ないのではないか。本章の論旨には影響しないが、やはり小里=井手説は決定的な根拠には欠けるとすべきであろう。

(4) 佐竹昭広「意味の変遷」『万葉集抜書』一九八〇、初出一九七七・六、一五七頁。なお、吉村誠氏も宴席歌における「楽し」が「いずれも仲間同士で気楽にうちとける意に用いられている」ことを指摘している(「『未奏』注記の意味―天平勝宝四年橘諸兄宅肆宴―」『大伴家持と奈良朝和歌』二〇〇一、初出一九八〇・四、一〇四頁)。

(5) 注1拙稿参照

(6) 伊藤博「未逕奏上歌」『万葉集の歌人と作品』下、一九七五、初出一九七〇・一二、九六頁以下。

(7) このA・Bは伊藤注6論文（前掲書九七～八頁）の論述を要約したものである。

(8) 伊藤注6前掲書、一〇〇頁。

(9) 『全解』は「喩」について「諸兄と家持の位置関係がわかる。単に上位者というだけでなく、諸兄が和歌に対して一定の見識と自負を持っていたらしいことがうかがえる」と指摘している。この発言に諸兄の矜恃を読み取るという点で注目に値する。

(10) 但し、「追作」（20・四四五〇～一左注）の対象が6だけなのか、5・6の双方に及ぶのかはこの左注だけでは判断できない。本書第二部第一章では、伝聞歌の分類上、慎重を期して6だけにかかるものとしておいたが、歌の内容も含めて考えればこの「追作」はやはり5・6の双方を受けていると見るのがよいと思われる（参照、山﨑健司「宴席歌群と家持」『大伴家持の歌群と編纂』二〇一〇、初出一九九〇・七）。四四五〇歌の「散らめやも」は5の「ゆめ花散るな」（20・四四四六）を受けていると考えられるからである。なお、6の題詞は諸本「十八日左大臣宴㆓於兵部卿橘奈良麻呂朝臣之宅㆒歌三首」とあるが、右のごとき「追作」のありようからすれば、元暦校本・広瀬本に従って「一首」とすべきであろう。

(11) 橋本達雄「悽惆の意―その根底に潜在したもの―」『大伴家持作品論攷』一九八五、初出一九八二・一一、三〇五頁。橋本氏の論は巻末の春愁歌に至るプロセスの中でこの歌を捉えようとするものであり、注目される。

(12) 注1拙稿参照

(13) ②と6に見える船王は、謀反の発覚後、乱に連座した者を拷掠・窮問し、死に至らしめている（『続紀』宝字元年七月四日条）。船王が初めから体制側であったのか、中途で裏切ったのかは明らかでないが、このような人物が奈良麻呂に対して離別を悲しんだり（19・四二七九）、諸兄を讃美したりしている（20・四四四九）のは興味深い。あるいは、互いに腹の内を探りあうような雰囲気があったのかもしれない。

(14) 参照、岸俊男『藤原仲麻呂』一九六九・三、二三〇頁以下、及び木本好信『大伴旅人・家持とその時代―大伴氏凋落の政治史的考察―』一九九三・二、八五頁以下。

(15) 奈良麻呂は天平十七年以来三回にわたり佐伯全成に謀反への加担を要請しているが、三回とも聖武の不予や譲位がその契機となっている（『続紀』宝字元年七月四日条）。岸俊男氏も指摘するごとく、「太上天皇としての聖武の存在は政界の焦点」だったのである（岸注14前掲書、一六四頁）。

(16) 1は仲麻呂邸に行幸した折の御製歌であるが、宴において披露された可能性も十分に考えられるので、他の例に準ずるものとしてここに掲げた。

(17) この時期、正月行事はしばしば中止、又は簡略化されている。勝宝四年と勝宝八歳の正月については『続紀』には何も記載を見ないが、この前後に聖武不予の記事があり、例年通りの正月行事が行われたとは考えにくい。また、勝宝七歳と九歳（宝字元年）の正月は諒闇のため廃朝、勝宝五年正月も理由は不明だが廃朝となっている。つまり、家持が帰京してから宝字二年に至るまで、平常通りだったのは勝宝六年（③）だけと考えられる。

(18) 山﨑健司氏は「題詞を欠く注記を連続させるやりかたが、作歌事情を異にする歌同士を内容的な関連によって結びつける手法として自覚的に用いられたもの」であることを指摘し、ここに掲げた⑥⑦（20・四九九三～四）についてもそれがあてはまるということを論じている（「巻第十九の題詞なき歌」『大伴家持の歌群と編纂』二〇一〇、初出一九九六・七、一七四頁及び一七八頁）。従うべき見解と思われる。この⑥～⑧の場合、⑧も含めて「不奏」注記の連続する歌群となっており、そのことからすれば、この三首はひとまとまりのものとして読むことが求められていると見るべきではないだろうか。

(19) 安宿王の歌は集中二例。当該歌以外の一例も「天皇・太上天皇・皇太后」の臨席する肆宴で「奏」したもの（20・四三〇一）であることが注意される。

(20) 巻十九巻末部の問題については本書第一部第四章を参照。そこで述べたように巻十九においては「為ㇾ寿㆓左大臣橘卿㆒預作歌一首」（19・四二五六）が帰京後最初の作と見られるが、これ以降の家持歌十五首のうち勝宝四年以降の作が十三首を占めている。

(21) 参照、拙稿「拙懐歌の論―帰京後の家持―」『国文学研究』第一二五集、一九九八・六、本書第三部第四章。

(22) 参照、拙稿「大伴家持の春愁歌」『国文学研究』第一四三集、二〇〇四・六、本書第一部第五章。

(23) つまり、家持の意図せざるところで表現されてしまっているものがあるということであるが、こうした書き方も家持の韜晦であって、意図されたものなのだと言われれば、それはそうかもしれない。実のところ、家持がどこまで「意図」していたかというところに本書の主たる関心があるわけではない。問題なのは歌日記のこの二重性であろう。表向きの文脈の背後に家持の文芸的挫折が垣間見えるということ、そして、その挫折から展開する家持の作歌活動が歌日記の文脈に奥行きを与えているということが重要なのである。

(24) ちなみに、宮中において詠歌の機会が殆どなかったということからすれば、当然のことながら、仲麻呂の側も家持を歌人として重く遇してはいなかったと見るべきであろう。巻二十の巻末近くに、「内相宅」（仲麻呂邸）の宴における家持の詠歌が載録されているが（20・四五一四）、その歌に「未レ誦之」と注記されていることは示唆的である。この宴は「渤海大使」の餞宴という公的性格を帯びたものであるが、当該の注記は、この場で仲麻呂が家持に詠歌を求めなかったということを意味しているからである。

〔補注1〕　近年、万葉集の読みにテクスト外の状況を持ち込むことをタブー視する向きがあることは承知している（参照、神野志隆光『万葉集をどう読むか―歌の「発見」と漢字世界』二〇一三・九など）。確かに、テクスト外の事実を恣意的に結び付けてある種の「物語」を構築し、それを編者の意図であるかのごとく言うことは可能な限り慎まねばならないだろうと思われる。優先されるべきは万葉集を現態として捉え、そのテクストが物語るものを真摯に読み解くことであろうが、しかし、本書は万葉集を研究するにあたり、少なくとも二つの点においてテクスト外のことを問題にせざるをえないと考えている。

　第一に、当時の官人が共有していたであろう事柄（歴史的事実や文化史的状況、地理的状況など）を知らずして万葉集を読むことは事実上不可能であろうという点である。平安朝の日記文学作品や枕草子（特に日記的章段）を例に挙げるまでもなく、読み手が当然知っているはずのこと（人物関係を含む）はテクストにはあえて書かれないのではなかろうか。ゆえに、『日本書紀』や『続日本紀』といった当時の史書や、木簡などの考古学的資料によりながら、できるかぎり当時の状況を理解して読むというのは、否定されるべき方法ではないと考える。

　第二に、編者が意図せざるところで万葉集から読み取れてしまう歴史的事実や文化史的状況というのもあるのではないかという点である。万葉集のテクストが要求する読みとは異なる部分で、何らかの事実が読み取れてしまう場合というのを一概に否定すべきではないというのが本書の立場である。もっとも、テクスト論的な立場からすれば、編者の意図というような見方をそもそも許容しないのであろうが、本書においては、現行のテクストから導かれる読みを、編者の「意図」乃至は「構想」に基づくものと措定しているに過ぎない（この種の措定を本書は無益なこととは考えない）。

　本章が「未奏」「不奏」という注記から明らかにしようとしている事柄は、この第二の場合に属すると思われる。これらの注記の背後には、恐らくは家持の表現しようとしていることとは別に、当時の歴史的状況が垣間見えているのではないだろうか。これをどう考えるべきかというのが本章の問題提起である。

〔補注2〕この二つの禁令は万葉集の歌のありかたにも微妙に影を落としているように思われる。というのは、Bの集宴禁止令が出た天平宝字二年二月二十日より後、万葉集は次の二首の歌しか載せていないからである。

〔天平宝字二年〕七月五日、於二治部少輔大原今城真人宅一餞二因幡守大伴宿祢家持一宴歌一首

秋風の末吹き靡く萩の花ともにかざさず相か別れむ（20・四五一五）

右一首、大伴宿祢家持作之。

〔天平宝字〕三年春正月一日、於二因幡国庁一賜二饗国郡司等一之宴歌一首

新しき年の始めの初春の今日降る雪のいやしけ吉事（四五一六）

右一首、守大伴宿祢家持作之。

どちらも家持歌である。前者は因幡国守として任地に赴く際の餞宴における歌、後者はその任地において「国郡司等」を招いて催した元日の宴における歌である。国庁における元日の宴は儀制令18（令の番号は日本思想大系『律令』による）に規定されたものであるから、Bの禁令の適用外であることは言うまでもない。前者の餞宴も、禁令の趣旨に照らせば、申請により許可される種類のものだったと推察される。『続日本紀三』（新大系）の脚注が指摘するように「この禁制はまもなく有名無実化した」ようだが、さすがに禁令の出た直後には、例えば中臣清麻呂邸宴歌（20・四四九六～四五一三）のように風流を旨として多くの官人が集まったり、まして聖武朝を懐古して歌を詠み合ったりする（20・四五〇六～四五一〇）などといったことは、表立ってはできなかったのではなかろうか。この時期の歌は、万葉集に残されていないというだけでなく、現実に寥々たる有様だったのだと思われる。

こうしてみると、歌日記末尾の二首の歌が餞宴の歌と正月一日の宴歌であるということは看過できない。万葉集の最後を飾る四五一六歌が、立春と元日が重なる日の作であることも考え合わせるべきであろう（参照、大濱眞幸「大伴家持作『三年春正月一日』の歌―「新しき年の初めの初春の今日」をめぐって―」『日本古典の眺望』一九九一・五）。家持が餞宴を重視していたこと（参照、本書第一部第三章）や、暦法を歌日記の一つの軸としていたこと（参照、本書第一部第一章）を考えれば、その双方の要素を内包する因幡関係歌群はすぐれて歌日記的な作であると言える。これらが歌日記の末尾に据えられているということは、万葉集末四巻が主題性を意識して編まれた歌巻であることを象徴的に示すものと言うべきではなかろうか。

〔補注3〕家持の帰京後唯一の応詔歌は天平勝宝四年十一月二十五日の新嘗会における肆宴の歌として、次のごとき歌群の最後に配列されている。

　廿五日、新嘗会肆宴応レ詔歌六首
天地と相栄えむと大宮を仕へまつれば貴くうれしき（19・四二七三）
　右一首、大納言巨勢朝臣。
天にはも五百つ綱はふ万代に国知らさむと五百つ綱はふ　似二古歌一而未レ詳。（四二七四）
　右一首、式部卿石川年足朝臣。
天地と久しきまでに万代に仕へまつらむ黒酒白酒を（四二七五）
　右一首、従三位文室智努真人。
嶋山に照れる橘うずに刺し仕へ奉るは卿大夫たち（四二七六）
　右一首、右大弁藤原八束朝臣。
袖垂れていざ吾が苑に鶯の木伝ひ散らす梅の花見に（四二七七）
　右一首、大和国守藤原永手朝臣。
あしひきの山下日影かづらける上にやさらに梅をしのはむ（四二七八）
　右一首、少納言大伴宿祢家持。

前章（本書第三部第五章）でも述べたように、家持歌を含む最後の二首は問題が多い。諸家の指摘する通り、第一首〜第四首のごとき宮廷讃歌的な発想の歌に比べ、最後の二首が質を異にすることは明らかだからである。永手の歌は一座の者を庭園に誘うという趣の歌であるが、この歌が天皇讃美の心を直截に表明するものでないことは否定できないだろう。家持の歌はこの永手の歌を受けて詠まれたものであるが、結果として天皇讃美の心は相応に間接的なものとなってしまっている。天皇讃美の趣旨から外れているわけではないにせよ（本書第三部第五章）、家持がこの年に詠んだ「応詔儲作歌」（19・四二六六〜七）と比べてもかなり方向性の異なる歌になってしまっているということに注意したい。

　本章の関心に引き寄せて言えば、要するに、家持に誦詠の順番が回ってくる前に歌の流れが変わってしまったということではないだろうか。家持としては前歌を受けつつ詠むという宴席歌の習いに従ったまでであろうが、それにしても右の歌群のありようからすれば、宮廷における身分秩序の壁は大きかったということが察せられる。帰京後の家持にとって、自作の奏上という機会を得ることは——決して不可能なことではないにしても——想像以上に困難なことだったのではないだろうか。

結語　万葉集末四巻をどう捉えるか

以上、万葉集末四巻の組織とその意義について、三部に分けて考察した。

末四巻研究の難しさは、まずは巻数にして全巻の五分の一を占めるその分量の多さと、万葉集の現態から推測される原資料の多様さといったところにある。全体としては家持という一官人の生を語るようでありながら、細部に分け入っていくと家持自身の手によるものかどうかはっきりしない部分も見受けられ、どの要素に光を当てるかによって見え方が大きく異なってしまうということが起こりうるからである。

例えば、伝聞歌をどう捉えるかというのは重大な問題で、伝聞歌を多量に抱え込む巻二十などは、ややもすれば「歌日記」という概念から遠いものということになってしまいかねない。また、成立論的に見れば末四巻も何度かの増補を経ている可能性は（あくまで可能性のレベルだが）否定できず、四巻を無条件に一括りにするわけにはいかないという見方があるのも当然であろう。

しかし、仮に成立過程における増補が想定されるとしても、まず第一に問われるべきは、現態としての万葉集が何を語っているかということではあるまいか。そもそも末四巻は、家持歌を軸に原則として日付順に配列するという点では一貫している。それならば、内容的にも四巻が一貫した方針に基づいて編まれているという可能性についても一度考えてみるべきではないかというのが本書の問題意識である(1)。増築を繰り返した家屋でも、最終的に増築を施した者の考えが建物全体に及ぶということは、十分にありうることだからである。原資料の様態を推測し、その不統一を編纂の不備に結び付けるよりも、むしろ末四巻の中で一貫している要素の方により多く目を向けるべきではなかろうか。本書は必ずしもテクスト論的に万葉集を読もうとするものではないが、編纂を問題にするにしても、現態において四巻を貫く編纂原理の方に重点を置くべきだと考える。

そのような視点に立って、本書は末四巻を総体として把握することに努めた。以下、その総括である。

まず、末四巻が歌集として主題性を持っているということは認めてよいだろう。この四巻は、無作為に蒐集した資料を日付順に並べただけの単なる歌稿の集成ではなく、いくつかの主題を軸として編まれた「撰集」だということである。もちろん本書で問題にした主題はごく一部であり、言及できなかったものも多いが、ホトトギスと暦法、交友、君臣和楽など、家持の和歌観に関わるような主題が巻十七〜巻二十の各巻で一貫した視点から語られていることは明らかだと思われる。このことは末四巻の総体が家持をめぐる日記文学的な歌巻として構想されていることを示唆しているのではなかろうか。

大切なのは、これらの主題が末四巻に孤立しているわけではないということである。見てきたように、末四巻で展開される重要な主題はいずれもその淵源を先行する巻の中に指摘することができる。末四巻は、こうした主題を取り込むことによって、先行する巻と有機的な関連を持つように仕組まれていると見るべきだろう。それぞれの主題は少しずつ内容をずらしながら繰り返し表現されており、あたかも変奏曲のごとき趣を持って末四巻を織り成しているが、末四巻のこのありようは、万葉集全体に一貫性——全ての巻に及ぶわけではないにせよ——を与えていると言ってよい。末四巻は先行する巻のいくつかの要素に光を当てつつそれを継承・発展させる形で編まれており、万葉集に撰集としての方向性を付与する構造体としての側面を持っているのである(2)。

いわゆる伝聞歌についても同様のことが指摘できる。巻二十の巻末付近に少数の例外はあるにせよ、ほとんど全ての伝聞歌はある一定の基準に従って採録されていると見るべきであろう。結論的に言って、末四巻はそれらの伝聞歌を配することで家持の興味・関心がどこにあったかを示そうとしているのである。もちろん、その興味・関心も家持自身の歌によって語られる主題群と密接に関わっている。伝聞歌は家持に関係の薄い夾雑物のごときものではなく、むしろ家持歌日記を構成する重要な要素として捉え直されるべきではないだろうか。

天平勝宝七歳の防人歌群（巻二十）にしてもそうである。そもそも従来は防人歌群が伝聞歌として捉えられることさえなかったのであるが、これらは歌日記中最大の伝聞歌群として家持の関心の所在を示していると考えるべきであろう。防人歌群中に点在する家持の防人関係長歌は、家持が防人歌をどう見ていたかということだけでなく、万葉集の中にどう位置づけようとしているかということをも物語っている。家持自身、越中国守時代には病に臥した体験をもとに家族と離れて異郷にあることの悲哀を歌に詠んでいるが、その悲哀と同質のものを家持が防人歌に見出していたことは恐らく間違いないだろう。その背景には官命のままに旅を続ける者に対する家持の共感乃至は同情があると思われる。

ところで、防人歌に父母を詠むものが多いことは誰の目にも明らかであるが、意外なことに、故郷の父母を詠むというのは旅の歌として決して一般的なことではない。巻十六以前において、故郷の父母を詠むという発想は、異郷における死を主題とする挽歌群——行路死人歌の系譜に連なる作——に集中する。家持の防人関係長歌には行路死人歌的な発想が顕著にうかがわれるが、家持がそのような歌い方を採用しているのは、いつ行路死人になるかわからないという防人の旅の一面を描き出そうとしているからであろう。看過できないのは、家持歌の存在によって、旅をする防人の姿が行路死人歌の発想の枠組みの中で捉え返されているということである。防人歌は家持の視点から歌日記に取り込まれ、更には万葉集二十巻の一部として位置づけられているという次第なのである。勝宝七歳の防人歌を巻二十に孤立した特殊な歌群と見るべきではない。

ここでもう一つ注意しておきたいのは、伝聞歌の中には採録の経緯を題詞や左注に記すものが散見するという事実である。これは、蒐集の主体である家持自身の存在を示しつつ、家持を中心とした歌集編纂の営為を描き出そうとしているものと見られるが、歌を蒐集する自らの姿をあえて記し留めようとするこの態度は、歌日記の本質に関わるものとして注目に値しよう。それは、歌を蒐集すること自体に価値を見出し、その営為を歌日記の主題として対象化するということにほかならないからである。

伝聞歌の場合に限らず、総じて末四巻においては題詞左注の果たす役割が小さくない。それは、作歌者と編者が同一人物であるために、本来編者の領域に属する題詞左注というものが日記的な意味合いを持つ場合があるからである。末四巻には歌と題詞左注とが一体となって一つの作品世界を作っているというケースが往々にして見受けられるが、それらの題詞左注は、長短にかかわらずしばしば散文的な性格を持っている。ここで「散文」とは、歌日記の中で家持を語る地の文としての謂いである。たとえ短いものでも家持の作歌態度や心情に関わるものであれば、やはり散文的な表現としてその意義が追究されるべきではなかろうか。

そのような観点から、本書では題詞左注に現れるいくつかのキーワードについて考察した。それらは、作歌態度や作歌状況を説明するもの（「依興」「追和」「予作（預作・儲作）」「述懐」「拙懐」「餞」「応詔」「未奏（不奏）」）、暦法意識に関わるもの（「立夏」）、歌論意識に関わるもの（「鬱結」）など、内容は多岐にわたるものの、いずれも家持の生きた時間と密接な関わりを持ちながら歌日記の表現の一部を構成していると見てよいだろう。複数の巻にまたがって現れるケースも多いが、末四巻内部においては用いられ方が一貫しており、そこに編纂方針の揺れは見られない。

また、これらの中には末四巻のみに現れるものもあるが（「依興」「予作（預作・儲作）」「拙懐」「立夏」など）、先行する巻に見える表現を用いている場合も少なくない。それも、単に言葉だけをなぞるのではなく、その表現に関わる作歌態度や和歌観と共に継承しているということが注意される。題詞左注の面から見ても、末四巻は先行する巻の達成の上に立って構想されていることが明らかであろう。

かくして、末四巻はその内部に種々の資料的断層を持ちながらも、全体としては家持歌日記として構想されていると認められる。仮に増補を繰り返してきたものだとしても、最終的な形態としては一貫した方針の下に編まれていると見てよいだろう。しかも、末四巻はその内部で完結しているわけではなく、先行する巻の達成を受けて、そこから選び取ったいくつかの要素を展開させる形で編まれている。それらの要素は家持の和歌観によって選択されたものと考えられるが、その選び取るという行為は、それまでの〈和歌史〉——万葉集の中に描き出されたものとしての——に対する家持なりの「解釈」と言っても過言ではない。先行する巻の中に描き出された歌の世界を、家持が解釈し、展開させているということである。繰り返すが、こうした内容を持つ四巻が万葉集の末尾に据えられることによって、万葉集に撰集としての方向性が付与されていることを見逃すべきではあるまい。要するに末四巻は万葉集の末尾にあるべき歌巻として編まれているということである(3)。

なお、本書は末四巻の編者が家持自身であるという仮定の上に立って論述を進めてきたが、ここまでの考察の範囲ではその仮定と矛盾する事実は認められない。万葉集の中に描かれた歌の歴史は、家持という一官人に収斂する形で示されているわけだが、それは家持自身によって仕組まれたものと見なければならないだろう。家持は万葉集における〈和歌史〉を自らの生に関わる形で示そうとしているのである。

かかる編纂姿勢の背後には、歌の道を継承する者としての家持の矜持が垣間見える。「未だ山柿の門に逕らず」(17・三九六九〜三九七二前置書簡)という謙遜はむしろその矜持の裏返しと言ってよいだろう。歌日記には随所に歌を蒐集する家持自身の姿が描かれているが、歌集編纂のプロセスを記すということ自体、そうした意識と無関係ではない。それは万葉集を編むという光輝ある営みの中に自らを位置づけることに他ならないからである。

〔注〕

（1）無論、これは一つの仮定に過ぎない。しかし、一度このような仮定に立って末四巻の組織を見渡してみることも必要ではないだろうか。違いに目を向けることから始めるのではなく、まずは末四巻に一貫する原理の方を追究してみようという視点である。

（2）念のために言えば、本書は万葉集全体が一つの視点から編まれていると考えているわけではない。万葉集には原資料の様態をできるかぎり尊重しようとする編纂姿勢が随所にうかがわれるが、その結果として一つの歌集の中に複数の編纂原理が包摂されてしまっていることは否定できないからである（参照、西澤一光「解釈学の視点から見た『万葉集』の組織」『上代文学』第一一四号、二〇一五・四）。末四巻は、この一見雑然とした歌集に、ゆるやかな枠組みを与える役割を担っているのではないだろうか。

（3）つまり、末四巻は家持歌日記としての性格を持ちながらも、独立した歌集として編まれているわけではないということである。末四巻はあくまで万葉集の一部として、先行する十六巻を照らし出す役割を担っていると見るべきである。

初出一覧

第一部　歌日記の手法

第一章　大伴家持のホトトギス詠—万葉集末四巻と立夏—

（『国語と国文学』第九一巻第七号、二〇一四年七月、東京大学国語国文学会）

＊概ね初出稿のまま載録したが、細部において手を入れたところがある。

第二章　家持と書持の贈答—「橘の玉貫く月」をめぐって—

（『万葉』第二二二号、二〇一六年五月、万葉学会）

＊概ね初出稿のまま載録したが、細部において手を入れたところがある。

第三章　万葉集の餞宴の歌—家持送別の宴を中心として—

（『国語と国文学』第八八巻第六号、二〇一一年六月、東京大学国語国文学会）

＊論の骨子は初出稿と同じであるが、一部用例を追加し、加筆・改稿したところがある。

第四章　大伴家持の宮廷讃歌—長歌体讃歌の意義—

〔原題〕家持の宮廷讃歌—長歌体讃歌の意義—

（『美夫君志』第五七号、一九九八年一二月、美夫君志会）

＊論の骨子は初出稿と同じであるが、近年の研究動向も踏まえて全体的に大幅な加筆・改稿を施した。

第五章　大伴家持の春愁歌

（『国文学研究』第一四三集、二〇〇四年六月、早稲田大学国文学会）

＊論の骨子は初出稿と同じであるが、全体的に大幅な加筆・改稿を施した。

第六章　大伴家持の陳私拙懐一首―万葉讃歌の終焉―

〔原題1〕家持の陳私拙懐一首―万葉讃歌の終焉―

（『美夫君志』第五四号、一九九七年三月、美夫君志会）

〔原題2〕私の拙懐を陳ぶる歌

（『セミナー万葉の歌人と作品　第九巻』二〇〇三年七月、和泉書院）

＊本章は前者の論文をもとにしているが、一部に後者の論述を取り込んで、大幅に改稿した。但し、論旨は概ね初出稿と同じである。

補論　家持亡妾悲傷歌の構想

（『国文学研究』第一一八集、一九九六年三月、早稲田大学国文学会）

＊論の骨子は初出稿と同じであるが、暦法に関する本書の論旨に即し、第二節を中心に加筆・改稿した。

第二部　歌日記と伝聞歌

第一章　万葉集末四巻の伝聞歌―家持歌日記の方法―

（『美夫君志』第七八号、二〇〇九年三月、美夫君志会）

＊論の骨子は初出稿と同じであるが、第二節を中心に加筆・改稿した。

第二章　大宰の時の梅花に追和する新しき歌―万葉集の梅柳―

〔原題〕万葉集の梅柳―「大宰の時の梅花に追和する新しき歌」の解釈をめぐって―

（『上代文学』第九九号、二〇〇七年一一月、上代文学会）

＊概ね初出稿のまま載録したが、本書全体の論旨に即して一部手を入れたところがある。

第三章　射水郡の駅館の屋の柱に題著せる歌―題壁と駅―

〔原題〕射水郡の駅館の屋の柱に題著せる歌―万葉集末四巻における伝聞歌の採録―

（『上代文学』第一〇九号、二〇一二年一一月、上代文学会）

＊概ね初出稿のまま載録したが、細部において手を入れたところがある。

第四章　万葉集巻二十における伝聞歌の採録―天平勝宝七歳防人歌をめぐって―

（『早稲田大学日本古典籍研究所年報』第一〇号、二〇一七年三月、早稲田大学日本古典籍研究所）

＊巻二十の防人歌を「伝聞歌」と捉える本書の立場を明確にするため、第五章以下の論の序説として執筆した。概ね初出稿の

まま載録したが、細部において手を入れたところがある。

第五章　大伴家持の防人関係長歌─行路死人歌の系譜─
〔原題〕家持の防人同情歌─行路死人歌の系譜─
（『国文学研究』第一〇九集、一九九三年三月、早稲田大学国文学会）
＊論の骨子は初出稿と同じであるが、行路死人歌に関する近年の研究動向を踏まえ、本書全体の論旨に即して全体的に大幅な加筆・改稿を施した。

補論一　防人関係長歌の構想
〔原題〕防人関係長歌の成立
（『国文学研究』第一一四集、一九九四年一〇月、早稲田大学国文学会）
＊第五章の補論として載録した。論の骨子は初出稿と同じであるが、近年の研究動向を踏まえ、全体的に大幅な加筆・改稿を施した。

補論二　防人歌の蒐集と家持
（『古代研究』第三〇号、一九九七年一月、早稲田古代研究会）
＊第四章及び第五章の補論として載録した。防人歌蒐集の実態を論じた部分は初出稿と概ね同じであるが、論の後半は大幅に改稿した（特に初出稿の第六節についてはその全てを削除した）。また、近年の研究動向を踏まえて注を増補した。

第三部　歌日記の題詞左注

第一章　万葉集末四巻における作者無記の歌―歌日記の編纂と家持―

（『国文学研究』第一五六集、二〇〇八年一〇月、早稲田大学国文学会）

＊概ね初出稿のまま載録したが、細部において手を入れたところがある。

第二章　依興―家持歌日記の問題として―

〔原題〕大伴家持の依興歌―家持歌日記の問題として―

（『和歌文学研究』第九〇号、二〇〇五年六月、和歌文学会）

＊概ね初出稿のまま載録したが、巻十七冒頭歌群に関する部分など、一部手を入れたところがある。

第三章　述懐―天平十九年のホトトギス詠―

〔原題〕大伴家持の述懐歌―天平十九年のホトトギス詠―

（『早稲田大学日本古典籍研究所年報』第九号、二〇一六年三月、早稲田大学日本古典籍研究所）

＊概ね初出稿のまま載録したが、細部において手を入れたところがある。

第四章　拙懐―帰京後の家持―
〔原題〕拙懐歌の論―帰京後の家持―
（『国文学研究』第一二五集、一九九八年六月、早稲田大学国文学会）
＊論の骨子は初出稿と同じであるが、細部において手を入れたところがある。特に第五節は本書全体の論旨に即して加筆・改稿を施した。

第五章　応詔―「伝統」の創造―
〔原題1〕大伴家持と応詔歌―「伝統」の創造―
（『古代研究』第五〇号、二〇一七年二月、早稲田古代研究会）
〔原題2〕家持の応詔儲作歌―その発想の基盤―
（『国文学研究』第一八一集、二〇一七年三月、早稲田大学国文学会）
＊二つの初出稿を概ねそのままつなぎあわせたものであるが、重複部分を削るなど、一部改稿したところがある。

第六章　未奏―帰京後の宴―
〔原題〕家持の未奏歌―帰京後の宴―
（『古代文学の思想と表現』戸谷高明編、二〇〇〇年一月、新典社）
＊論の骨子は初出稿と同じであるが、本書全体の論旨に即して大幅な加筆・改稿を施した。また、近年の研究動向を踏まえ、補注を加えることによって本書の立場を明らかにした。

結語　万葉集末四巻をどう捉えるか（未公表）
＊学位請求論文の執筆時に、新たに書き下ろした。

あとがき

本書は二〇一六年に早稲田大学へ提出した学位請求論文に基づく。審査に際しては、同門の先輩でもある髙松寿夫先生に主査を、内藤明先生と松本直樹先生に副査をお願いすることができた。まずは審査を引き受けてくださった三人の先生方に篤く御礼を申し上げる。なお、成書にあたっては新たに二章（第二部第四章・第三部第五章）を加え、公開審査会（同年六月二十日）での指摘などを踏まえて全体的に推敲を加えた。

本書の刊行を、恩師上野理先生の墓前にご報告申し上げたい。

先生との出会いがなかったら、今の私はなかったに違いない。先生の学風は、歌の表現を徹底的に追究することによってその歌の構想や和歌史的な課題を浮き彫りにしていくというものであったが、その研究手法には大きな影響を受けた。俊英の集う上野研究室にあって、不勉強な私はよく叱られたが、先生の教えは――「上野節」と言われたその独特の語り口と共に――一つ一つが脳裏に刻み込まれている。

大学院に在籍していたのはもうかなり前のことであるが、顧みればまるで昨日のことのように思い出される。先生はいつも微笑を絶やさぬ方でいらっしゃったが、そのご指導には一切の妥協がなく、演習は常にただならぬ緊張感が漂っていた。発表となると、結論もさることながら、前提となる土台の部分が厳しく問われた。当時通説となっていたような著名な学説でさえも、安易にその上に立って論を展開しようものなら、その土台が舌鋒鋭く批判され、容赦なく突き崩されてしまう。下手をすると、発表者の考えてきた部分に検討が及ぶ前に論が瓦解してしまうというわけである。先行研究を鵜呑みにせず、できるかぎり一から自分の頭で考えろということだったのであろう。それゆえ、師説といえども無批判に従うことを先生は厳に戒められた。

私が幸運だったのは、大学院でも職場でも、行く先々に優秀な方がいて、教えを受ける機会に恵まれたということである。上野先生は平安朝和歌を中心に専門領域が極めて広く、そのため研究室には上代から中世に至るまで韻文・散文を問わず広い分野の院生が在籍していた。また、戸谷高明先生の研究室（上代散文）にも週に一度お世話になっていたが、そこに集う院生は、上野研同様、今考えると信じられないほど豪華な顔ぶれであった。今ではそれぞれ第一線で活躍されている多くの方々と、机を並べて勉強できたというのは本当に得がたい経験であったと思う。ご指導いただいた先生や先輩方には心より感謝申し上げたい。

毎週月曜の夜、上野先生の研究室で時間を限らずに行われた万葉集研究会も忘れがたい。当時は巻八を読んでいたが、一首の短歌に対して繰り出される先生の多彩な論評と、それを支える無尽蔵とも言える学識に目を見張った。研究会が終わると必ず皆を飲みに誘ってくださったが、今考えると先生は宴席で院生同士が交流を持つことを大切にされていたのだと思う。「大学院に進んでも、仲間と情報交換し、切磋琢磨しなければ、独学と同じなのだ」という趣旨のことを、よくおっしゃっていた。

晩年の先生はご病気のため自宅で療養されており、ほとんど誰とも面会されなかったが、私が論文を書いたときなど、折にふれてお手紙を下さった。全国誌に論文が載ったときは、ことのほか喜んでくださった。気にかけていただいていることが何より励みになった。その先生がお亡くなりになって早くも十年が過ぎてしまった。思えば父が亡くなったのも同じ十年前である（その後、亡父の書斎からは私の論文を丁寧に整理したファイルが発見された）。もう少し早く著書を出せなかったかという思いがこみあげてくる。

とはいえ、大学院の学籍を離れ、高校教員の職に就いたときには、学位を取ることも著書を出すことも全く考えられなかった。いつかは末四巻の日記文学的な側面を明らかにしたいということを漠然と考えていたが（ちなみに本書第二部第一章の「伝聞歌一覧」は院生の頃に作成した表をもとにしている）、そもそも当時は論文の数が少なすぎて話にならなかった。上野先生の口癖は「年間三本」だったが、就職後は高校教員としての劇務に追われ、しばらくは年に一本の論文を書くことすらままならなかった。

しかも、万葉集研究の世界には大きな変化が起こりつつあった。歌人論の限界ということが議論されるようになってきたのである。二〇〇五年十月に東京大学で行われた上代文学会秋季大会のシンポジウム「歌人論の行方―額田王をめぐって―」は当時の学界の動向を象徴するものであったが（参照、『上代文学』第九六号、二〇〇六・四）、こうした動きはパラダイムシフトと言っても過言ではないような思考様式の変革をもたらした。要するに、万葉集から読み取れる歌人像をその歌人の実像に結び付けるということに対して、極めて慎重にならざるをえない研究状況が出来したのである。この議論を突き詰めていけば、いっそ万葉集の外部にある事柄を捨象して、テクストの内部だけで万葉集を読むべきだという主張が現れてくるのも当然であろう。私は必ずしもテクスト論に与するものではないが、このような流れの中にあって、私がそれまでに書いた論文をどうするかというのは重い宿題となってしまった。過去に書いたものの中には、歴史的実在としての家持に言及した部分も多く、ものによっては相当手を加えなければ通用しなくなってしまったからである。

正直なところ、そのような手直しは私には一年や二年でできることとは思われなかった。また、職業柄、なかなか研究の時間が取れないのはやむをえないにしても、時間があればむしろ新しい論文を書きたかった。過去の論文を手直しして体系的にまとめることなど、本当にできるのかと危惧された。実は上記のシンポジウムが行われた正にその年、二〇〇五年に初めて学位請求論文の計画を立てたのであるが、完成の見通しは全く立たず、執筆は遅々として進まなかった。

ちなみに、その時考えた題目は「大伴家持と歌日記の研究」というものであったが、題目で「歌日記」と言い切ってしまうことにはまだ逡巡があった。その年の六月に発表した論文（本書第三部第二章所収）では、投稿時に「日記文学」の語を使用したために——それは今にして思えば不用意な物言いだったのだが——審査の過程で削除を求められてしまったからである。万葉集末四巻が日記的に編まれているというところまでは通説的理解と言ってよいと思われるが、末四巻全体を「歌日記」と呼ぶことについては十分な理解を得られないおそれがあった。「万葉集末四巻の研究」などという題目も脳裏をよぎった。

そのような中で、『大伴家持「歌日誌」論考』（鉄野昌弘著、二〇〇七・一）が世に出たことは、私にとっても大きな出来事だった。書名に「歌日誌」という文言を掲げ、末四巻を日記文学的な歌巻と捉えたという点で、この書は正に研究史に画期をなすものと言うべきであろう。また、その後まもなく公刊された『大伴家持の歌群と編纂』（山﨑健司著、二〇一〇・二）も末四巻の論として極めて重要なものである。これらの書に出会ったことを考えると、私の遠回りも無駄ではなかったような気がする。十年前に無理に論文をまとめていたら、全く別のものができあがっていたことは確実だからである。両先生の学恩ははかりしれない。

転機は突然訪れた。二〇一三年七月、萬葉学会奨励賞の受賞者に選ばれたという電話をいただいたのである。その前年に書いた論文（本書第二部第三章所収）を評価してくださったとのことだった。およそ表彰ということに縁のない私にとって、学会賞をいただくなどということは全くもって身に余る光栄である。これをきっかけに、学位を取り、著書を出すということを本気で考えるようになった。題目を「家持歌日記の研究」と決めた。

ところで、私は大学院を出てすぐ多摩大学目黒中学高等学校という中高一貫校の専任教員となり、以後長きにわたり中等教育に携わってきた。本年四月に岡山大学に奉職することとなり、働き慣れた職場を去ることになったけれども、今までの私にとって、研究活動は中学高校の仕事と一体のものだったのである。本書のもとになった論文のうち、五篇は院生時代に書いたものであるが、残り十七篇は全て同校に勤務している期間に書いたものである。土曜日も授業やクラブ指導を始め様々な校務があり、学会に行くときなど随分迷惑をかけたことと思うが、それにもかかわらず私の研究活動全般を温かく支えてくださった同僚諸氏には本当に感謝している。

また、同校の卒業生と一緒に始めた「多摩大目黒万葉集研究会」は、不定期ではあったが十年にわたって続き、例会は百二十六回を数えた。クラブ指導（退職まで長く吹奏楽部の顧問をしていた）などが終わった後、時に在校生や同僚の教員を交えて「歌日記」の輪講を行っていたのであるが、私が新しいことを考えたときなどはそれについて発表することもあった。一方、その研究会と同じ頃に始めたカルチャーセンターの市民講座も私にとっては大切な修錬の場だった。高校教員時代の論文は、その多くがこの研究会や市民講座で話したことをもとにしている。夜遅くまで私の研究に付き合ってくれた歴代の研究会メンバーや、専門的な話に長年耳を傾けてくださった市民講座の方々には、深く感謝したい。

今年は奇しくも大伴家持の千三百歳にあたる年である（養老二年出生説による）。初めて計画を立ててから十二年、あれから何度も計画を立て直し、十二支も一巡してしまったが、このような記念の年に家持に関する書を上梓できることは、望外の喜びと言うほかはない。もちろん、未だ論じていない作品も多く、家持の全貌を明らかにするというには程遠いということも自覚しているが、現時点における私見はいささか示し得たのではないかと思う。知命を迎える前に著書を出すという目標もかろうじて達成できた。これも多くの方々の支えと導きがあってのことである。

学会や研究会などでも多くの先生方にお世話になってきた。ご厚情を賜った全ての方々に、この場を借りて篤く御礼申し上げる次第である。特に、村瀬憲夫先生、廣岡義隆先生、上野誠先生には、院生の頃から長年にわたって常に気にかけていただき、書簡や電話などでもしばしば励ましの言葉をいただいてきた。本書の出版にあたり、伝統ある塙書房に斡旋の労を執ってくださったのも村瀬先生である。衷心より感謝申し上げたい。

末筆ながら、本書の刊行を快く引き受けてくださり、編集・校正作業にあたってくださった塙書房社長白石タイ氏に心より御礼申し上げる。また、校正と索引の作成を、山橋恵美子さん（岡山大学大学院生）、田中柚香さん（同上）、小山眞子さん（岡山大学四年生）、多恵馬里穂さん（同上）、平井知紗さん（同上）、山本悠理君（同上）、藤田隼太朗君（同三年生）、中島つぐみさん（二松學舍大学二年生・多摩大学目黒高等学校卒業生）にお手伝いいただいた。中心となって作業を進めてくださった小山さんを始め、ご協力いただいた皆さんに深甚の謝意を表したい。

二〇一七年八月二十八日　大伴家持の忌日に

松　田　聡

〔付記〕本書の刊行にあたり、日本学術振興会から平成二十九年度科学研究費補助金（研究成果公開促進費・課題番号17HP5034）の交付を受けた。

ま

み

へ

ほ

と

な

に

ち

つ

さ

え

お

か

Ⅳ　歌語・事項索引

り

ろ

わ

か

き

Ⅲ　人名索引

り

ろ

わ

Ⅱ　書名索引

I　万葉集歌番号索引

索　　引

凡　　例

1．本索引は以下のⅠ～Ⅳから成る。

2．同じ頁に複数の用例がある場合でも、当該の頁は一度しか掲げていない。

3．用例が多数あるものについては、その一部を選んで載せた場合がある。

4．書名索引には、明治以降の文献、及び万葉集の注釈類は掲げていない。

5．人名索引においては、万葉集の挙例のみに現れるものは原則として見出し語としていない。なお、「大伴家持」は頻出するので人名索引では見出し語とせず、関連項目を歌語・事項索引に掲げた。

6．歌語・事項索引においては、同じことを述べている頁についても、意を採って掲げた場合がある。

7．本索引の配列は原則として現代仮名遣い・五十音順によった。

松 田　　聡（まつだ　さとし）

略 歴

1967年12月　千葉県柏市に生まれる
1990年３月　早稲田大学第一文学部日本文学専修卒業
1997年３月　早稲田大学大学院文学研究科博士後期課程単位取得満期退学
1997年４月　多摩大学目黒中学高等学校国語科教諭
2003年４月　早稲田大学文学学術院非常勤講師を兼任
2013年10月　萬葉学会奨励賞受賞
2016年７月　博士（文学）早稲田大学
2017年４月　岡山大学大学院教育学研究科准教授（現職）

論 文（本書所収のものを除く）

「品詞分解に基づく古文の読解指導－古文教育のスタンダードとして－」
（『月刊国語教育』2004年11月号）

「古文解釈のための品詞分解演習－古典文法の段階的指導と暗記例文の効用－」
（『早稲田大学国語教育研究』第27集、2007年３月）

家持歌日記《やかもちうたにっき》の研究《けんきゅう》

2017年10月31日　第１版第１刷

著 者　松 田　　聡
発行者　白 石 タ イ

発行所　株式会社　塙 書 房
〒113-0033　東京都文京区本郷６丁目８-16
電話　03(3812)5821
FAX　03(3811)0617
振替　00100-6-8782

亜細亜印刷・弘伸製本

定価はケースに表示してあります。落丁本・乱丁本はお取替えいたします。

 ISBN978-4-8273-0128-1　C3091